La mujer del novelista

La mujer del novelista

Eloy Urroz

Santillana Ediciones Generales, S. A. de C. V., 2014
Av. Río Mixcoac 274, Col. Acacias
México, 03240, D.F. Teléfono 5420 7530
www.alfaguara.com/mx

Este libro se realizó con el pago del Fondo Nacional para la Cultura y Artes a través del Programa Sistema Nacional de Creación de Arte.

Primera edición: abril de 2014

ISBN: 978-607-11-3305-2

Impreso en México

Para mi mujer

Uno escribe una novela no porque tenga una vida novelesca, sino porque quiere hacer una novela con su vida.
José Donoso (citado por Pilar Donoso,
Cuaderno inédito, junio de 1992)

Yo ignoraba aún que el noventa por ciento de los matrimonios vive en ese infierno en el que vivía yo...
Lev Tolstoi, *Sonata a Kreutzer*

Primera parte

1

Estamos a pocos días de llegar a Aix, adonde pasaremos un año. Seguimos en Madrid desde hace cinco semanas y no he conseguido empezar esta novela. Me he dicho que lo haré nada más lleguemos a Francia, una vez nos instalemos en la casita que he alquilado a las afueras y que aún no conocemos. Vimos unas pocas fotos en el internet, pero eso es todo. Sabemos que tiene tres recámaras, un baño, una salita y un pequeño patio trasero con jardín. No sé qué más pueda tener; lo añadiré cuando lleguemos y la conozcamos. Por ahora, basta recordar que el plazo (el pretexto) para empezar este relato se vence y no me queda más remedio que iniciarlo.

Pero ¿qué historia, de qué relato hablo? El de mi vida con Lourdes. La historia de los dieciséis años que llevamos casados, la de nuestro amor y desamor, la de nuestros rompimientos y reencuentros, la de nuestros dos hijos y todo eso que nos tiene unidos y frustrados como dos animalitos atrapados en su caja de alabastro. Cumplimos justo los dieciséis este próximo once de agosto, falta poco en realidad; ahora que empiezo esta novela —sí, la novela de mi matrimonio—, julio está por terminar, no sé qué día es hoy ni me importa. Eso sí: hace un calor endemoniado, una calina sofocante, casi peor que la de Carlton, donde vivimos desde hace un lustro o poco más.

Ahora mismo estamos a las afueras de Madrid; para ser precisos, en un pueblo urbanizado con el espantoso nombre de Collado Villalba —sitio de paso o de tránsito—. Sólo esperamos que la casita de Aix se desocupe y podamos, por fin, habitarla. Falta poco, falta nada, lo salmodio cuando el tránsito me agobia, cuando quiero tener mi casa, mi cuarto y mi silencio para recordar y sentarme a escribir en absoluta paz.

Éste no será sólo el relato de mi matrimonio, otro más que zozobra; quiero que sea, sobre todo, la novela de mi generación. La de un grupo de escritores que alguna vez se dijeron (nos sentimos) jóvenes. La de nuestros encuentros y rencillas, hazañas y desventuras durante casi treinta años. Podría convertirse también en la crónica del año que pasaremos en Aix los cuatro, mis dos hijos, Lourdes y yo. Así que iré entreverando el presente francés con el pasado. Lo haré como vaya aconteciendo... El problema es decidir dónde da inicio ese pasado: ¿cuando Lourdes y yo nos casamos o cuando la vi por primera vez, en 1992, o años antes: cuando conocí a mis amigos de generación en el bachillerato, o mucho tiempo atrás cuando, por ejemplo, supe (siendo adolescente) que lo que más deseaba en la vida era ser un escritor como Stendhal? La novela que me propongo no es la de un hecho concreto o varios sucesos planeados con la típica antelación de novelista. Prefiero desmenuzar la crónica de un matrimonio durante sus tres primeros lustros y hacer de paso la novela de un escritor hasta sus 45 o 46. Esa historia, sin embargo, no podría estar desligada a la de otros novelistas que, como él, soñaron convertirse en Stendhal también. ¿Qué ha sido (qué fue) de nosotros después de treinta años, más o menos el tiempo que llevamos de amarnos, odiarnos y envidiarnos?

Confieso que la idea de escribir algo así surgió, al menos en parte, de la lectura de *Los mandarines*, de Simone de Beauvoir, la cual apenas terminé de leer este verano. Mientras lo hacía, me decía medroso, ambivalente: ¿por qué no hacer una novela parecida... todas las distancias salvadas? Pero ¿podría interesarle a alguien?, ¿vale la pena intentar algo así, tan largo, complejo y privado? Muy distinto, claro, es descifrar lo que pasaba con Camus, Sartre, Koestler, Algren y Simone de Beauvoir después de la liberación francesa, que enterarse de lo que ocurría con mis amigos hace treinta años, justo después de la caída del sistema en 1988 o bien tras la debacle económica del 94. Por eso mismo digo que la idea surgió *sólo en parte* o por culpa de *Los mandarines*. La otra parte viene de la mera urgencia ontológica, la necesidad de romper este cerco o bloqueo de quince insoportables meses que me agobia.

Me explico: hasta mi último libro, yo había sido poseído por la historia que debía contar. Sucedía como sortilegio, un *pathos* humano inapelable. Cada novela *tenía* que ser escrita. Un día cualquiera, la idea se instalaba en mí, se adueñaba de cada partícula de mi ser, y a partir de ese instante todo se precipitaba en cascada. Era cosa de ponerse a trabajar y terminar el nuevo libro. Esta vez, y tras un año y pico de asfixiante silencio, nada se vuelve impostergable, nada me interesa demasiado. ¿Será un signo de madurez literaria, de realismo crítico, y no un bloqueo como suelo pensar entristecido?

Vienen y van retazos, tramas e impulsos, pero no llega el íncubo o demonio. Es, pues, la necesidad (la *ananké* griega) la que ahora empuja este relato. A diferencia de los viejos fantasmas, esta vez será la disciplina, la austera máquina la que guíe esta novela que me he impuesto el tiempo que dure este sabático.

Esto no lo he dicho: me han dado un año entero en Bastion College, donde trabajo desde hace seis años. Tuve, por supuesto, que proponer un proyecto a un comité, quince profesores que no entienden un ápice lo que prometí hacer en los próximos doce meses: un libro de exégesis sobre las novelas autobiográficas de Mario Vargas Llosa. Al final, contra todos los augurios, me otorgaron el año completo y no la mitad como suele suceder. Lourdes se quedó perpleja con la noticia; contenta y descontenta a la vez.

Lo primero, la conmoción, sobrevino porque jamás creyó que me darían el año completo (por lo que hubiera tenido que declinarlo según lo convenido); lo segundo, el contento o alegría, es obvio, y no requiere explicación: ¿quién no desea un año para marcharse a Francia, todos los gastos pagados? Finalmente, el descontento o contrariedad surge porque mi mujer se encuentra a la mitad de su carrera de pedagogía en Carlton College, la otra universidad, la rival de Bastion. En resumen: que Lourdes vivió esas tres emociones, una encima de otra —perplejidad, dicha y descontento—, sin que, al final, pudiéramos declinar nada, lo que implica doce meses para pasarlos donde más deseábamos por segunda vez en la vida: en Francia.

El descontento, insisto, viene de que Lourdes hubiese querido este sabático dentro de dos años (una vez terminase la carrera) y no ahora, a la mitad de su empeño, cuando más encaminada se encuentra estudiando para convertirse en maestra y ayudar a niños hispanos pobres de Estados Unidos. De pronto la situación se tornó parecida, al menos para ella, a la de aquel que no puede no aceptar una invitación a la playa cuando menos la hubiese esperado. No así para mí, que deseaba este año con toda mi alma. No así para mi hija Natalia, de doce, que odió a sus padres por tener que hacerla abandonar su ciudad, sus amigas, su escuela, su lengua y su perfecta rutina americana. En cuanto a Abraham, nuestro hijo de ocho, todavía no sabe qué pensar de este desvío en su itinerario vital. Natalia le dice al oído que es terrible, algo monstruoso en sus destinos de niños felices estadounidenses; su padre le dice lo contrario y su madre simplemente sonríe. Yo, por supuesto, les he asegurado que este viraje no es sino una aventura, una oportunidad en la vida y que millones de niños querrían pasar un año en el país más hermoso del mundo. No sabemos qué irá a pasar, a quiénes conoceremos, qué aprenderemos, qué veremos, salvo que tendremos una hermosa casita con tres recámaras, un baño, una sala-comedor y un pequeño patio trasero con jardín, cuestión que a Natalia, americana por los cuatro costados, le parece el colmo de la estrechez. Ni siquiera sabemos los nombres de sus escuelas todavía. Ésta es, por supuesto, una cuestión que debemos expeditar una vez lleguemos a Aix la semana que viene. Lo que sí adelanté hace tres fue el llamar al teléfono que me proporcionó el ayuntamiento y preguntar lo que debíamos llevar para inscribirlos. Todo lo tenemos, y en cuanto a las fechas de matriculación, la señorita me ha respondido con una cortesía que no he sentido estas cinco semanas de vivir en Madrid: "Aquí llegan niños de todo el mundo a lo largo de todo el año, así que no se preocupe. Cuando llegue a Aix, sólo nos trae los documentos que le he dicho y un comprobante de domicilio. Eso es todo". ¿Por qué dicen que los franceses son insoportables cuando los únicos insufribles son los españoles? Hay mitos que se propagan y luego resulta difícil borrar, como aquel otro, por cierto, de que los niños traen felicidad a las parejas (cuando la verdad es lo contrario). En cualquier caso, no he logrado convencer a Natalia de los enormes beneficios de pasar, por segunda ocasión, un año en Francia, y más o menos sí lo he conseguido con Lourdes y Abraham.

Ahora no me queda más remedio que empalmar páginas para justificar el cambio de país, de lengua, de casa, de amigos, de vecindario... Estoy, digamos, atrapado en mi deseo (en mi cajita de alabastro) y esto explica la imposición o plazo que me he dado para garabatear una novela lo que dure este sabático en que no haré nada aparte de exhumar muertos, tergiversar vidas, saldar cuentas... pero miento... Soy el cocinero del hogar. Esta tarea la empecé cuando nació mi hija Natalia en el 99, o quizá antes, cuando nos casamos Lourdes y yo en el 96 y vivíamos en Los Ángeles. Ella lo hace a veces, aunque yo, para decirlo en pocas palabras, prefiero atenerme a mi sazón.

Además de cocinar exóticos platillos, corro para adelgazarlos una media de treinta y cinco kilómetros por semana. Lo hago desde los 17. Recuerdo incluso la fecha: el verano anterior al terremoto del 85. Allí comencé a dar mis primeros pasos. Empecé a hacerlo en Bosques de Tlalpan con Jirafa, el tipo más alto que conozco. Jirafa debía andar cerca de los dos metros desde aquella época. Luego se sumaron Omar e Ismael, mis dos mejores amigos no escritores.

Además de cocinar y correr, estarán las tareas en francés de los niños y esas otras clases que Lourdes y yo planeamos tomar durante el año que dure nuestra estancia en Aix. Los dos hablamos francés, leemos francés, pero nos falta mucho por aprender, está claro. No he dicho sin embargo que ya habíamos pasado un primer año en la Provenza entre el 2005 y el 2006. En esa ocasión vivimos en Arles, cerca de Aix, y resultó un año estupendo. Al menos ése es el recuerdo compartido, claro. (Esto del recuerdo "compartido" es mucho más importante de lo que se suele pensar; Lourdes, por ejemplo, tiene un pésimo recuerdo del año y pico que vivió en Los Ángeles mientras que yo tengo uno distinto de esos años; Lourdes tiene un recuerdo más o menos hermoso de Virginia, donde vivimos cinco años, mientras que yo guardo un ingrato recuerdo de ese periodo, y así sucesivamente… en cada lugar.) Incluso para Natalia, el recuerdo de ese año en Arles es positivo; algo borroso, pero positivo. Tenía seis años, hizo algunas amigas, aprendió francés… Abraham tenía dos y, por supuesto, no recuerda nada de esa estancia donde, aparte de todo, escribí una novela que aún me gusta y salvaría. ¿No estaré probando fortuna pretendiendo repetir aquella hazaña en poco menos de un año? Probablemente sí. Probablemente tiento al destino, pero ¿qué otro remedio tengo a estas alturas, cuando está todo ya comprometido?

2

Aún no llegamos a la famosa ciudad de Cézanne y ya me he impuesto esta maldita novela como una camisa de fuerza; los hados me la imponen, me subyugan. Faltan pocos días para nuestra llegada… Seguimos de tránsito en Madrid. Seguimos arrimados al departamento de Tessi, la hermana mayor de mi mujer, quien también tiene algo que ver en este cuento largo. Su parte, la de mi cuñada, no siempre es halagüeña. Es todo lo contrario; su parte es execrable, pero no quiero adelantarme a pesar de que entrevero el pasado con el presente fugaz. El pasado no puede ser cronológico. La memoria no lo es: salta, bucea, aparece y desaparece como un topo, se escabulle, surge de un hoyo y se oculta en otro. El recuerdo es idéntico: no sabes cuándo ni dónde va a emerger, y así el relato en ciernes. En cuanto al presente, ya lo he dicho, comienzo en Collado Villalba, no lejos de Madrid, a pocos días de partir a Aix-en-Provence y cuando apenas nos hemos despedido de nuestros queridos Javier y Rosario.

Los Solti han partido a Dubrobvnik para su desfasada luna de miel. De hecho, la razón por la que estamos en Madrid desde hace seis semanas y no hace dos (como planeamos en un principio) es porque, al final, tuvimos que adelantar un mes nuestra llegada: Javier nos invitó a su boda para el día 15 de junio y la casita de Aix no estaba disponible sino hasta el 1 de agosto. Mes y medio de errancia madrileña, y todo por la boda precipitada y temprana —temprana para nosotros, está claro— de nuestros dos mejores amigos.

Al final se volvió imposible no asistir cuando Javier, intuyendo mi reticencia, me asestó por teléfono: "Yo te quiero pagar los billetes de avión a Lourdes y a ti, pero por favor no dejen de venir. Serán nuestros testigos de boda". Esto, por supuesto, adelantó cuatro semanas nuestros planes, su boda aceleró nuestra mudanza y, por último, su boda precipitó el alquiler de nuestra propia casa en Carlton, dinero que, dejo constancia, costeará el alquiler de la casita en Aix los once meses por venir. Confieso que la invitación de Javier me ha halagado, pero también me ha fastidiado. Si de todas maneras veníamos a Europa el 15 de julio, arguyó, ¿por qué no mejor llegan los cuatro el 15 de junio? Y eso hicimos, y por ello hemos pagado las consecuencias. Ninguna muy grave, aunque algunas insufribles como el ininterrumpido llanto de la hija de dos años de mi cuñada, la incomodidad de dormir en una sala prestada durante cinco semanas, la estrechez del departamento de Tessi, la ausencia de privacidad y el insufrible calor madrileño.

Por otro lado, hemos tenido en Collado una piscina de agua helada —tal y como a mí me gusta y los demás aborrecen—, un curso intensivo de español gratuito para mis dos hijos que hablan inglés como primera lengua, varias citas con editores españoles y, sobre todo, la oportunidad de haber pasado este mes con Javier y Rosario, quienes no sólo celebraron su boda en Salamanca, sino que aún festejan el nuevo premio que Javier recibió por su más reciente novela, un éxito internacional.

Fue tal la cantidad del premio que no sentí, confieso, reparo en aceptar la invitación. Me refiero a los dos billetes de avión. Y tal vez aquí convenga (en este espinoso recodo del camino) dar verdaderamente inicio a mi relato... Me refiero a mi estrecha relación con Solti, la cual, para bien o para mal, ha marcado al individuo que soy treinta años más tarde. Solti ha signado, lo sepa o no, le guste o no, cómo me miro a la distancia, cómo me mido en el tiempo y también cómo *no soy* (cómo no fui). Hablo, por supuesto, de la fragosa experiencia que ha sido para sus íntimos, y para mí en particular, tenerlo como compañero de ruta; hablo del intrincado arte de tener como mejor amigo a otro novelista como tú, mas con la ingrata diferencia de que él tiene la fama y el dinero que tú no has tenido y un día (muy joven) pretendiste obtener.

Entonces ¿cómo dar inicio a este ovillo si es tan largo y complicado, si resulta evanescente, confuso a ratos y hasta desleído? ¿Comenzar acaso por la envidia? No. Ésa llegará más tarde, muchos años después. En aquella época, hace tanto de esto, yo soy el envidiado, el modestamente famoso en el círculo capitalino de jóvenes poetas mexicanos, el adolescente guapo, atractivo y mujeriego, el amiguero, rebelde y atrevido, el único que sabe desde siempre lo que quiere, que no es otra cosa que eso mismo que los otros (jóvenes como Solti) añoran con toda su alma pero no se atreven a expresar sin sonrojarse: el deseo de convertirse en grandes novelistas.

Por eso, insisto, ¿por dónde dar inicio a un libro así, tan intrincado y turbio, un libro tan privado y público a la vez? Tal vez con una línea de Márai que simplifica lo que aquí no consigo yo mismo descifrar: "Él dijo que en la vida de todos los seres humanos hay un testigo al que conocemos desde jóvenes y que es más fuerte. También me dijo que todo lo que hacía una persona en la vida acaba haciéndolo para el testigo, para convencerlo, para demostrarle algo. La carrera y los grandes esfuerzos de la vida personal se hacen ante todo para el testigo". Si es así, entonces tal vez convenga comenzar por el bachillerato en la Ciudad de México, en la colonia Del Valle, ese primer año que ambos (el testigo y yo) pasamos allí, es decir, el cuarto de preparatoria, a nuestros quince o dieciséis años, buena edad para empezar una *bildungsroman*, aunque ésta no lo vaya a ser, aunque ésta pretenda cubrir muchos más años que los de nuestra ingenua adolescencia.

3

Javier y yo no coincidimos en el mismo salón de clases, pero esto no fue óbice para que él, poco después de iniciado el año escolar, fuera a buscarme durante un receso: deseaba conocer al extravagante tipo de quien ya había oído hablar.

El individuo en cuestión llevaba una larga capa negra, leía como enajenado en los recreos y jamás salía a jugar soccer o espiro como los demás. Al menos eso cuenta él. (Lo de la capa es verosímil pues yo tocaba la guitarra, formaba parte de la estudiantina del colegio y no la llevaba por excentricidad.) Mi memoria es, no obstante, precaria en cuanto a esa fase de la vida; estaba tan metido en las novelas decimonónicas que devoraba, que el mundo allá afuera no existía para mí o apenas existía como un untuoso residuo platónico. Tan metido estaba en la caverna de la ficción desde primera hora de la mañana, que no se me ocurría pensar que pudiera haber allá afuera otro ser humano parecido a mí. Y los había. Pocos, pero existían, y uno de esos otros bichos raros apareció durante un receso entre clase y clase. No recuerdo qué palabras nos cruzamos y ni siquiera si nos cruzamos algunas. Probablemente sí. Probablemente las suficientes para continuar viéndonos e intercambiar ideas y títulos de libros durante los dos siguientes años que pasé en ese bachillerato de la colonia Del Valle, entre sacerdotes maristas y ninguna chica de nuestra edad —la conservadora escuela a la que asistíamos no era mixta—. El último año, aquel en el que uno elige el área en que quiere matricularse previo a la carrera universitaria, lo pasé en otro colegio, el Instituto Reina de México: laico, bilingüe, mixto, liberal pero académicamente inferior. Debía cuatro materias en la preparatoria marista, de las cuales pasé dos ese verano. Los maristas te aceptaban en el siguiente ciclo sólo si debías una materia y en esto no hacían excepciones. Javier se quedó y yo me fui, pero lo cierto es que, a pesar del descalabro, no me he arrepentido un segundo. Gané otras cosas que no hubiese imaginado existían fuera de esa cárcel de hombres: entablé amistad con muchas chicas de mi edad, algunas tan bellas como María, y me hice amigo de Aldo Pérez, el mujeriego más exitoso que conozco, el único que logra, en mi recuerdo, superarme. Con Aldo la amistad se ha desvanecido con los años. A veces nos vemos, nos damos un abrazo y recordamos aventuras que tuvimos con chicas en Acapulco, Tequesquitengo y Cuernavaca, los sitios favoritos de ligue en los ochenta.

Hablaba de Javier, hablaba de nuestro encuentro y de los dos años en el bachillerato y del momento exacto en que nos conocimos y perplejos reparamos en que había, aparte de nosotros mismos, otro excéntrico en el mundo. Solti leía filosofía. Yo, en cambio, amaba la literatura. Javier devoraba a Nietzsche y a Freud, a quienes debía su temprano ateísmo, pero no conocía a Dickens, a Dostoyevski y a Galdós. Yo no había leído a Nietzsche y a Freud, pero conocía el siglo XIX al dedillo. Entre más largas las novelas, más me apasionaba sumergirme en ellas y más olvidaba el insulso mundo que me rodeaba. Ese tic no lo he perdido, creo, al día de hoy. Claramente, con dos hijos a cuestas, no puedo leer tantas y tan extensas, pero siguen siendo mis favoritas. Algo, no obstante, descubrimos Javier y yo al unísono durante el segundo año del bachillerato, un año y pico después de conocernos: la novela latinoamericana.

A pesar de su rigor académico, en el bachillerato marista debíamos leer *Los bandidos de Río Frío* antes que *Los miserables*; debíamos leer *Clemencia*, pero no sabíamos quién era Madame Bovary ni cómo había muerto. Nunca he pensado que estas lecturas estuvieran mal; era el orden el que me desconcertaba. Y si lo cuento es sólo para mostrar las lagunas que un joven de los ochenta en la Ciudad de México podía arrastrar consigo. En cualquier caso, *Terra Nostra*, *Rayuela*, *La vida breve*, *Cien años de soledad*, *La casa verde*, *Un mundo para Julius*, *El siglo de las luces*, *Casa de campo*, los cuentos de Borges y Rulfo, entre otros, fueron como encontrar un panal de estrellas. Este descubrimiento nos unió más, pues ahora empezábamos a compartir algo distinto, algo maravilloso e inédito. A Javier, la novela hispanoamericana lo llevó directo al corazón de la literatura. Yo, en cambio, no necesitaba ser convencido ni convertido. Era un adepto desde antes, tal vez desde los catorce en que leí *Siddhartha* y *El lobo estepario*, de Hesse, y poco más tarde, *Rojo y negro* y *La cartuja de Parma*, de Stendhal. A partir de esas lecturas, todo había sido sencillo, claro como un venero: deseaba ser un escritor, quería con toda mi alma convertirme en Henri Beyle y deploraba no haber nacido francés —este traspiés se podía arreglar a pesar de todo: allí estaban, como ejemplo, nuestros nuevos ídolos del *Boom* latinoamericano, a quienes deseábamos emular—. Ellos habían vivido en París, habían estudiado francés y habían escrito novelas tan portentosas como las de aquellos europeos del siglo XIX.

Nunca imaginé, confieso, que podría existir allá afuera, en el mundo real, otro adolescente aparte de mí añorando convertirse en su propio autor de cabecera —una desmesura, sí, pero irremediablemente cierta—. Javier quiso ser, primero, filósofo; luego quiso, como yo, ser escritor; al final, cuando nos separamos ese penúltimo año del bachillerato, Javier no se atrevió a seguir la carrera de letras y entró a la de Derecho mientras que yo, obcecado, me matriculé en la carrera de Letras Hispánicas en la Universidad Nacional Autónoma de México. El fogonazo que había sido descubrir ese otro siglo XIX que era el *Boom* latinoamericano no podía ser fácilmente desbastado estudiando cualquier otra carrera: o sería un escritor o no sería nada. Era demasiada la dicha, demasiada la gran literatura esperando ser leída, demasiadas galaxias por descubrir, como para desdeñarlas y perder mi tiempo leyendo el Código Penal, aunque el mismo Stendhal, mi ídolo de juventud, lo sugiriera más de una vez como práctica narrativa.

De los dos años del bachillerato que pasé en el centro marista, sólo el último lo compartí con Amancio Piquer, el otro adolescente que, como Javier y yo, sabía para qué había nacido. Y en el caso de Amancio, esto se reforzaba con un extraordinario talento natural, una inusitada capacidad para narrar la historia que se propusiera. Todos lo sabíamos. Lo supieron los profesores que lo leyeron por primera vez; lo sabían sus padres que lo leían y alentaban; lo sabía el anónimo mecenas que lo mantuvo durante muchos años; lo supimos Javier y yo acojonados, envidiosos, al leer sus primeros cuentos. Era imposible, y hasta ridículo, cuestionar su calidad o quedar impávido ante sus frases decantadas, su ambivalente y esmerado estilo, su gracia para contar cualquier anécdota descabellada. En ese entonces, Amancio sólo leía y releía a Rulfo y a García Márquez. Esto se notaba en sus relatos a caballo entre el realismo mágico y una ambientación falsamente rural. No obstante, el recuerdo que tengo de nuestro primer encuentro con Amancio aconteció cuando Javier y yo supimos que no habíamos obtenido el primer lugar del cotizado concurso de cuento del colegio marista, premio que habían ganado décadas atrás Carlos Fuentes y Jorge Ibargüengoitia. ¿Cómo era posible, nos decíamos incrédulos, que dos cultos estudiantes de quinto de bachillerato hubieran sido superados por un perfecto desconocido estudiante de cuarto? Pero así era. Y lo peor de todo es que, poco tiempo después, pudimos leer el cuento ganador. Hasta hoy el texto de Amancio se sostiene y los nuestros no. La pregunta era, pues, impostergable: ¿cómo podía hacerlo tan bien este advenedizo, quién le había enseñado? Lo conocimos y trabamos amistad, una amistad literaria, con todo lo que esto implica, lo cual, como se verá, es muchísimo.

Así empezó, supongo, eso que al principio he llamado mi generación.

4

Llegamos antier por la noche a Aix. No hay palabras para describirla, para dibujar el trazo impecable de sus calles y sus fuentes, sus *boulangeries* y restaurantes, sus pequeños *bistros* desparramados a lo largo de la acera, el mercado abierto por las noches, el célebre Cours Mirabeau y la Rotonde en el que desemboca, su gente atildada, sus prisas y su porte elegante. Iré desnudándola el año que me quede aquí. En cuanto a la casita de tres habitaciones y un baño que nos esperaba, resultó ser más amplia, más espaciosa y hermosa de lo que Lourdes y yo jamás supusimos al verla por internet.

El vuelo de Madrid a Marsella con once maletas podía haber sido nuestra peor pesadilla, pero se aligeró de varias maneras: primero, cuando nos cobraron menos sobrepeso de lo que yo estaba dispuesto a pagar y, segundo, porque tuvimos la suerte de que Aaron Miller, nuestro nuevo amigo inglés, se ofreciera a recogernos en su camioneta último modelo, bastante grande y aparatosa para lo que se acostumbra en Europa. A Aaron apenas lo conocimos Lourdes y yo. Su mujer, Doris, tomaba clases de francés con la misma maestra que le ha enseñado francés a Natalia cada martes desde que nos mudamos a Carlton hace seis años. Fue Madame Caroline la que nos presentó poco después de saber que me habían otorgado el año sabático y a dos semanas de que ellos abandonaran Carlton para mudarse a Aix-en-Provence. Menuda, increíble coincidencia como para no ser novelada. Pareciera que el destino hubiese forzado su mano para que entabláramos esta relación en un país y en una lengua por completo ajenos a ellos y a nosotros. De todos los sitios del mundo, dos parejas carltonianas por adopción —ellos ingleses, nosotros mexicanos— se mudaban por azar a la misma región francesa sin conocer a nadie y sin saber poco o nada sobre la ciudad de Cézanne.

El caso es que Aaron, a quien una sola vez he visto en mi vida —cuando lo invité a cenar a la casa con su mujer—, tuvo el amable detalle de recogernos y llevarnos antier por la noche a Rue de la Clairière, nuestro nuevo hogar donde los propietarios, los Rahim, nos esperaban desde hacía dos horas sentados a la puerta. Eran las diez de la noche pasadas. La temperatura era ideal, pero estábamos demasiado cansados. Con todo, Lourdes y yo nos quedamos deslumbrados, primero, con la ciudad iluminada, y segundo, con la hermosa casa, Les Grives, que así se llama, según reza una linda plaquita en la entrada.

El cansancio y la angustia se volvieron alborozo conforme la dueña nos conducía por cada rincón y nos hablaba en un rápido francés del que entendimos la mitad. Estos rincones del hogar resultaron ser enormes, con alacenas, armarios, despensas y clósets para blancos por doquier, con una cocina equipada que bien puede competir con la nuestra de Carlton y, por último, con una sala comedor amplia, acogedora y bien iluminada. Por si todo esto no fuera suficiente, tenemos una bella terraza con sombrilla y una mesa de acero con seis sillas en el patio lateral colindante con el comedor. Cada habitación tiene sus enormes ventanales protegidos por los típicos bloqueadores europeos inexistentes en Estados Unidos, por lo que, si uno lo desea, no penetra en las recámaras un solo milímetro de luz. Este detalle aumentó mi dicha, pues con los años me he vuelto fotofóbico y la luz, a pesar de la subrepticia idea de belleza que conlleva, me consigue casi siempre poner de mal humor. Prefiero las penumbras a la hora de escribir, de comer o de leer, a la hora de beber y conversar con amigos. La luz la reservo para la playa, para broncearme, para tirarme en la arena después de nadar.

Aaron se despidió a los diez minutos no sin antes recordarnos que pasaría por nosotros para ir a comer a su casa el domingo. Así que los Miller serán a partir de ahora —y sin habérnoslo propuesto— nuestros únicos conocidos en Aix-en-Provence… e inevitables personajes de esta novela.

5

Originalmente pensaba iniciar este relato hace algunos meses. De hecho, lo empecé, pero varias veces lo dejé abandonado. Quise retomarlo un par de ocasiones, pero el desinterés me abatió. De eso, creo, ya hablé al principio. Lo que no he dicho es que el libro que deseaba escribir era y no era diferente a éste. Me explico.

Inicialmente pensaba hacer una novela sobre un crimen perpetrado en Bastion College, donde, como ya dije, llevo seis años enseñando lengua y literatura. La idea surgió a raíz de un sorpresivo descubrimiento al final de una clase: un estudiante, de origen hispano y con un paupérrimo español, se acercó y me dijo sin el menor reparo que era bisnieto del general Victoriano Huerta, alias el Chacal en tiempos de la Revolución Mexicana. Me quedé de piedra, por supuesto. ¿Era cierto? Escudriñé sus facciones y quise imaginar al infame general en el rostro moreno del bisnieto y llegué a la conclusión de que bien podía serlo. Pero ¿por qué me lo habría dicho, con qué objeto?

Era obvio que estaba orgulloso, pero era claro también que no tenía la más remota idea de quién había sido su bisabuelo ni cómo era recordado y citado en los anales de la historia mexicana. Huerta no sólo había sido un inepto y cruel dictador, sino que, sobre todo, había sido el cobarde asesino del primer presidente democráticamente electo de México, el mártir de la Revolución, Francisco I. Madero, el 22 de febrero de 1913, y de su hermano Gustavo, entre otros. Cuando más tarde corroboré la historia familiar de Bryan Huerta, surgió la inspiración, vino el íncubo, y supe que tenía una buena historia que contar: se apoderó de mi eso que se llama idea seminal…

¿Cuántas veces se conoce al bisnieto de un antihéroe histórico? Puse manos a la obra, hice un poco de investigación y me dije: ¿qué tal si este joven cadete amaneciera asesinado en las barracas de la universidad donde viven los estudiantes, *mis* estudiantes (y esto no tiene nada de ficción pues Bastion College es, como el infame Leoncio Prado, una escuela militar en el Sur de los Estados Unidos)?

¿Qué tal si a partir de este suceso se desatase una novela de misterio, un crimen que tuviera que ser resuelto por el lector y donde ninguna autoridad americana comprendiera el aspecto "mexicano", "revolucionario" y "vindicativo" del asesinato? No sería, como las autoridades del colegio asumen, un crimen racista, sino más bien un crimen de un obtuso nacionalismo fuera de tiempo y perpetrado por otro (u otros) jóvenes cadetes de origen o descendencia mexicanos como el mismo Huerta. O incluso un crimen perpetrado por el profesor mexicano narrador de la novela, yo —un poco al estilo Roger Ackroyd—. La inspiración, no obstante, desmayó al poco tiempo. En su lugar, comencé a escribir la historia de este mismo profesor mexicano que enseña en Bastion y que sin embargo no puede salir de su obstinado bloqueo literario. Su mujer, harta de sus quejas y chantajes, escribe un diario sobre él, sobre lo que le pasa interiormente y sobre su mutuo amor resquebrajado. Todo se iría —o se iba— entremezclando en el relato: el misterio alrededor del crimen del cadete Huerta, el aciago día a día del profesor emigrado, quien, para colmo, pierde la noción del tiempo y el espacio y, por último, el escalofriante diario de su mujer relatando el desdoblamiento de personalidad de su insoportable marido. Este diario y el día a día del profesor no pretendían ser originalmente más que un mero preámbulo de algo accesorio para dar, por fin, con la que sería la trama nuclear: la historia del crimen del cadete Huerta.

A pesar de todo, no conseguía, por más que lo intentaba, entrar en materia. Todas mis pocas ganas de escribir se circunscribían al único asunto que de veras me importaba: la desavenencia del profesor y su mujer. Como se echa de ver, aquella no es otra que la historia que me he propuesto reiniciar, o al menos una de ellas... Al final resulta inevitable: todo me empuja a lo ruin y autobiográfico. No debía inventarme siniestras tramas revolucionarias, rocambolescos dramas pseudohistóricos: con el mío bastaba, y ése era el que debía contar.

6

Poco antes de entablar amistad con Solti y Piquer en el colegio marista, me hice amigo de Abelardo Sanavria, quien había estudiado el bachillerato con los hermanos lasallistas, la competencia de los maristas, sus rivales. Abelardo era cuatro años mayor que yo y cinco mayor que ellos. De hecho, yo presenté a Abelardo con Javier y Amancio poco después. Corría el año 1984 o 1985 y entonces yo tenía una novia. Se llamaba Casilda Beckmann. Fue, de hecho, mi primera novia aunque no mi primer encuentro sexual. Con Casilda sólo hubo arrumacos, besos y caricias. Era demasiado tímida, irreprimiblemente religiosa a pesar de tener la misma edad que yo. En una ocasión, en la iglesia de la Covadonga, le tomé la mano con candor; recuerdo que me la soltó en el acto apostrofándome: "Pero si es una falta de respeto a Dios, Eloy". Estos aspavientos, a la postre, no consiguieron sino enardecer mis voluptuosos deseos sexuales; no obstante, todo mi empeño fue en balde: nunca logré acostarme con ella y un beso recatado o la caricia de un seno fue lo más que logré durante nuestra frustrante relación juvenil. Yo a los diecisiete años, cuando la conocí en un alto de la colonia Polanco (iba con Omar Massieu en mi coche), no era virgen ya. Me había acostado con varias mujeres, pero no había tenido una novia todavía. De hecho, mis dos primeras experiencias sexuales habían sido con prostitutas en La Paz, Baja California. Tenía catorce años y la testosterona estallaba por mi cuerpo como lava ardiendo. Esta parte de mi adolescencia la he narrado en una antigua novelita y lo hice, debo decir, con parsimonia erotizante. Lo importante, sin embargo, de esta parte de la historia con Casilda, mi primera novia, es que poco tiempo después ella me invitó a la fiesta de su mejor amiga, Leonor, y ésta, a su vez, nos presentó a Abelardo y a mí, los únicos dos bichos raros que habían publicado un libro entre sus convidados, los únicos que se autodenominaban escritores sin sonrojarse.

Abelardo había publicado a sus veinte años una novela dedicada a Leonor —su amor platónico, quien, por cierto, no le hizo el menor caso veinte años hasta que, por fin, divorciada, se terminó acostando con él— y yo un libro de poemas muy malo. El mío había sido financiado por mi padre tras obcecados ruegos de mi parte. Tenía diecisiete años cuando el poemario apareció y deseaba con ahínco que mi primer libro saliera publicado a la misma edad que Neruda había publicado el suyo. En todo caso, aquella cena en Las Lomas de Chapultepec fue importante no tanto por Leonor y Casilda, las cuales se desvanecieron con el tiempo y la distancia, sino porque conocí y entablé una entrañable amistad con Abelardo Sanavria, el otro miembro de mi generación que, sin haber estudiado en el mismo bachillerato, más ha influido en mi formación. Otra vez, para bien o para mal, Abelardo es el otro amigo escritor con el que me mido, con el que contrasto lo que he sido y lo que no soy, el otro posible testigo. Una diferencia salta a la vista: él se decantó por la política y la literatura, como si de un animal bifronte se tratara, y yo no.

A mí el poder no me interesaba; nunca me importó. Hice mío, sin conocerlo aún, el adagio de Simone Weil que reza: "Quien se aproxima demasiado al poder, le sucede como a las polillas que se acercan al foco: mueren achicharradas". Algo en mi interior me lo dijo siempre, algo en mis entrañas intuía que era mejor mantenerse a distancia —a *cierta* distancia del poder, al menos—. Y aquí la palabra intuición no es gratuita pues debo aclarar que, cuando joven, solía seguirla mucho más que hoy. Esto ha sido, a la postre, bueno y malo.

Casi siempre que seguía mi intuición, atinaba; las pocas veces en que, sin embargo, no atinaba, los efectos conseguían ser devastadores. Y creo que la razón, visto a la distancia, no estribaba tanto en mi intuición, sino en cierto uso excesivo y confiado de ella. Por ello, pasadas tres décadas, he venido desconfiando más de mis corazonadas y me he vuelto el tipo racional y utilitario que hoy pretendo ser a rajatabla. Ha sido como despojarme de un talismán que no era, a la postre, tan nefasto. Y esto, a su vez, se ha convertido en un arma de dos filos: tiene sus innegables virtudes, pero también sus claros defectos. Por ejemplo, la mayor virtud derivada de mi racionalismo ha sido el pragmatismo moral que he desarrollado con el paso de los años. Este pragmatismo —y ése podría ser su inherente defecto también— me vuelve dogmático en mis apreciaciones, en mi sucinto diagnóstico de cualquier evento y hasta en mis declaraciones, algunas explosivas. Si al menos no expresara mi pragmatismo como suelo, habría ganado mucho terreno, está claro. Pero esa innata dificultad por callarme la boca cuando tengo la razón (*o a pesar de tenerla*) hace que los éxitos de mis batallas racionales se conviertan en espurias conquistas. Y estas batallas (basadas en mi pragmatismo y no en mi añeja intuición adolescente) desafortunadamente se han acendrado con los años al lado de Lourdes.

He comprendido tarde —aunque confieso no haber hecho siempre efectiva esta abstracta comprensión— lo verdaderamente inútil que es ganar las llamadas batallas racionales, sobre todo tratándose de algo tan fragoso como el matrimonio o el amor. Resulta casi preferible perder esas luchas, pues el que pierde, gana, ya se sabe. Y de esto iré hablando conforme me adentre en la novela. Ahora quería ceñirme a la influencia de Abelardo en mi pragmatismo, tanto como al influjo de Javier en mi racionalismo actual, ambos *ethos* sólo superados por mi psicoanálisis de dos décadas, al cual llegué por accidente dos años antes de casarme con Lourdes.

7

Al poco tiempo de habernos conocido, Abelardo me invitó a ir a verlo a su oficina en la avenida Revolución, en el sur del Distrito Federal. Era entonces el jovencísimo y flamante secretario particular del director general de publicaciones de la Secretaría de Educación Pública. Trabajaba en un despacho aledaño al del jefe, un poeta famoso e inculto, quien casi nunca estaba allí. El poeta era un tipo de voz engolada cuya amistad con el grupo de Octavio Paz en los setenta lo había ayudado a medrar escalafones burocráticos. ¿Cómo conoció Abelardo a este poetastro sesentón? No lo sé, sin embargo fue una suerte que así fuera y que hubiese depositado su confianza en su secretario particular, pues tras visitar a Abelardo, mi nuevo amigo novelista me ofreció el primer trabajo de mi vida: corrector de estilo en la Dirección de Publicaciones.

¿Qué otra cosa podía hacer un joven de mi edad a quien lo único que le interesaba era leer libros todo el día? Pensé: corrigiendo textos, podría leer cuanto quisiera, y leyendo, aprendería a corregir mejor. Y así fue. Con el tiempo agucé mis destrezas, las herramientas que todo escritor debe afinar más temprano o más tarde. Sanavria me asignó una jefa de área, la novelista Aline Pettersson, y ella me enseñó las reglas tipográficas por las que todos los editores, tipógrafos, autores y correctores del mundo se entienden entre sí.

Entre los libros que me tocó corregir para las ediciones populares que la SEP publicaba entonces —y que pocos mexicanos leían— estuvieron los cinco volúmenes de la *Historia romana,* de Tito Livio, y *Los doce Césares,* de Suetonio. Dado que yo ponía cuidado y énfasis en la corrección y el estilo —en este caso la puesta al día de viejas traducciones españolas—, el contenido pasaba en su mayor parte desapercibido para mí. Ese lado del trabajo me frustraba un poco (no poner la atención deseada a la trama y las vicisitudes, perder de vista la apasionante historia romana que se desenvolvía frente a mí). No era el tipo de lectura que más me atraía, pero al menos recibía un módico sueldo para dedicarme a lo que más me gustaba, tenía un horario y, más importante, mis padres estaban orgullosos de mí.

Otro de los beneficios adquiridos en la Dirección de Publicaciones fue el haber conocido, como dije, a Pettersson, quien pronto me cobró afecto y luego presentó uno de mis libros. A través de Aline y Abelardo, conseguí que mi segundo poemario fuera publicado en 1988. Tenía 21. Pero aquí me adelanto, pues fue justo al terminar el bachillerato en el Reina de México que partí diez meses a Europa e Israel y que recibí, inesperada, la llamada de Javier. Fue en julio de 1986, si no me equivoco. Había pasado un año desde que dejara la preparatoria marista y nuestros encuentros se habían espaciado.

Ese año que no conviví con Javier y Amancio, había sido rico en otros aspectos empezando porque reinicié mis conquistas al lado de Aldo, el mujeriego empedernido, conocí a María Roti, una chica a la que siempre quise pero que, para mi mala suerte, siempre estuvo enamorada de un judío que, para colmo, terminó por fastidiarle la existencia casándose con su mejor amiga y, por último, escribí algunos poemas recostado sobre el tibio regazo de María durante los recesos o en su casa de San Jerónimo, adonde íbamos a charlar al terminar el colegio. Fue, como ya dije, antes de partir a Israel en el verano del 86 que Javier me llamó para citarnos en el Sanborns de la Carreta en San Ángel: allí apostamos que, al volver yo de mi travesía, tendríamos cada uno nuestra primera novela terminada, lo mismo que Abelardo había hecho a los veinte. ¿Si Sanavria lo había conseguido, por qué nosotros no? Yo, a diferencia de Javier, Amancio y Abelardo, me sentía sobre todo poeta y me justificaba aduciendo que un poeta no escribe novelas aunque presumiblemente las lea. Pensaba que un poeta representaba la cima de todas las artes, la cresta de la ola, la nata de la tribu, mientras que los novelistas eran una horda de seres inferiores e impuros con buenas intenciones. Claro: hasta ese momento no me había atrevido a escribir nada parecido a una novela, salvo algunos cuentos, y todos ellos pésimos. La poesía era mi vida, mi blasón, mi escudo protector frente a la amenaza novelística... Por si lo anterior no fuera suficiente, mi amigo me había desafiado en esta ocasión. No tenía, pues, alternativa.

Antes de partir, una sola vez en mi vida había intentado un bosquejo de novela. Y ese nonato de setenta páginas que pretendía pintar los cinturones de pobreza del Ajusco quedó abortado cuando el cuentista Enrico López Aguilera me dijo a bocajarro que era basura y que mejor haría dedicándome por entero a la poesía. Qué mejor excusa pude tener a los quince para no volver a intentar un relato de larga o mediana extensión. Yo era un poeta, era evidente, y no un novelista proletario. Yo era un ser puro y alado, aristocrático y etéreo como Petrarca o William Blake y no un imperfecto narrador clasemediero como Stendhal o Dostoyevski (mis verdaderos ídolos de juventud). En qué error estaba metido pensando que un día llegaría el momento en que emprendería una novela. Y, por supuesto, esa trampa autoimpuesta cayó hecha añicos cuando Solti, un par de años después de haber abortado ese primer proyecto del Ajusco, me desafió a tener concluida una a mi vuelta de Europa. No podía decir que no. Era una cuestión de honor y era también la posibilidad de resarcirme o vindicarme frente al fantasma ya distante de Enrico López Aguilera.

Pero ¿quién había sido este hombre que pasó como un cometa por mi juventud y luego se extinguió como el pabilo de una vela? Su magisterio, debo decirlo, selló parte de mi destino literario. Los tres años que pasé bajo su tutela fueron fundamentales para confirmarme en mi vocación. Ahora lo sé aunque entonces apenas lo intuyera. De hecho, lo conocí antes que a Javier, Amancio o a Abelardo. López Aguilera pertenecía a otra generación. Era, por lo menos, quince o dieciocho años mayor que yo y a esa edad, mis quince, tres lustros es muchísimo tiempo. Él era entonces un reputado profesor de la UAM que, por algo de dinero extra, ofrecía un taller literario a señoras ricas del Pedregal, la colonia adonde nos mudamos cuando abandonamos San Jerónimo Lídice. Yo era el único adolescente cautivo entre siete u ocho señoras ansiosas de leer gran literatura, o más específicamente: ávidas de sumergirse en Proust y su alambicado mundo de signos y decadentes aristócratas franceses. Todavía recuerdo el día en que López Aguilera nos dijo en el acogedor salón iluminado donde impartiría el taller los siguientes tres años: "Si estamos aquí para leer a Proust como corresponde, debemos empezar por el primer novelista de la historia: Homero; de lo contrario, nadie puede entender el origen de la mayor novela de todos los tiempos". Y así fue que, a lo largo de tres años, asistí una vez por semana a ese centro cultural para señoras ricas no muy lejos de mi casa en el Pedregal de San Ángel. Así terminé por estudiar *La Odisea*, *El Ramayana*, *La Eneida*, *El Satiricón*, *El asno de oro*, *Dafnis y Cloé*, Chaucer y Boccaccio, *El Buscón*, *Don Quijote* y docenas de títulos que no recuerdo ahora, pero que, al final, nos conducirían a la obra cimera de todos los tiempos, *À la recherche du temps perdu*. El curso se extendió tanto que, al final, nunca llegamos a Proust y yo terminé leyendo sus siete volúmenes por mi cuenta un par de años más tarde.

Muchas cosas interesantes pasaron esos tres años, varias dignas de mención, entre ellas, la escandalosa relación entre Enrico y Rebeca Suárez, una de las señoras más atractivas del taller, quien terminó por abandonar a su marido y sus hijas, armándose con ello un revuelo de *jet set* entre la comunidad de señoras bien del Pedregal. Confieso que me masturbaba pensando en esta atractiva señora amante de mi profesor. A veces salía a mitad de clase para ir a los baños a descargar el cúmulo de células germinativas que amenazaban desparramarse en mis calzoncillos.

Rebeca era bajita, de breve cintura y ojos felinos, grandes tetas, faldas siempre muy cortas, tobillos bien torneados, de carácter mordaz y cáustico. Se sabía guapa y era inteligente. De hecho, ahora que lo pienso, era parecida a Lourdes, mi mujer. No obstante, a diferencia del célebre personaje de Zweig, mi secreta pasión no iba dirigida a López Aguilera, sino exclusivamente a mi condiscípula. En *La confusión de sentimientos*, el joven aprendiz sublima su amor por el maestro hacia su esposa; yo, en cambio, no desplazaba nada: sencillamente ardía de deseos por su nueva amante. En la novela de Zweig, el muchacho se acuesta con ella una sola vez sin imaginar que lo ha hecho —simbólicamente— con su tutor; yo, en cambio, lo hice en mis sueños con Rebeca, mi compañera de clase, veinte años mayor que yo, madre de tres hijas, una de ellas de mi edad —a quien, por cierto, conocí y con quien, para mi desconsuelo, no logré acostarme jamás—. Ésa sí había sido, infiero, una auténtica sublimación...

Enrico López Aguilera presentó mi primer libro de poemas en el otoño de 1984, por lo que mi entrada en su taller debió haberse iniciado al menos un año antes de esa fecha, es decir, al menos dos años antes de conocer a Javier y a Abelardo Sanavria. A López Aguilera le perdí la pista. De los tres años ricos en lecturas y cafés con señoras atildadas y guapas, sólo quedó una larga nota sobre aquel primer poemario donde mi maestro explicaba la eterna necesidad del parricidio, la forma en que Borges lo había cometido matando a Lugones, la manera en que los jóvenes debíamos hacerlo matando a nuestros mayores. Años después, yo publiqué una elogiosa reseña sobre su poesía. Pero de esto (y de cómo empecé a publicar reseñas y artículos) falta mucho. Ahora sólo diré que el plazo de un año que Javier y yo nos habíamos dado para acabar nuestras respectivas novelas tocó a su fin, y yo no había cumplido aún lo pactado.

8

El matrimonio es una montaña rusa, todo mundo lo sabe. Antier, anteayer, no sé, hace pocos días, detestaba a mi mujer. Hoy la quiero. Ayer le he cogido la mano, le he puesto una mano sobre el hombro, le he hecho una caricia en el mentón, incluso la he abrazado como se abraza a un compañero deportista con quien se ha jugado una partida de tenis durante dos o tres horas seguidas. Todos signos minúsculos de cierta colaboración, de cierto sutil reencuentro entre las partes agraviadas. Al final, qué se le va a hacer: ambos amamos el deporte blanco.

Otro signo fehaciente de que, al menos desde ayer, han mejorado las cosas es el hecho indiscutible de que nuestros pies se rozaran bajo las sábanas por escasos dos segundos antes de caer rendidos de fatiga. Harto curioso cómo se engarzan esos gestos y ademanes, las minucias con las que se construye el insoportable discurso del amor. En el fondo, eso que llamamos amor no es sino un amasijo de sentimientos simples, bastante primitivos, empezando por el odio o los celos, las pequeñas venganzas, el afecto y la ternura, la recapitulación, la tolerancia y el rencor. De hecho, el amor no debería llamarse de ese modo; no, al menos tratándose de dos animales más o menos racionales que llevan largo tiempo cohabitando. Debería llamarse, acaso, compañerismo, asociación o amasiato, pues el amor (sea el erótico o el afectivo) es sólo una parte minúscula del todo, un fragmento del discurso. No hace mucho, todavía en Carlton, le respondí a Abelardo un correo: "Si lo piensas, no es extraño odiarse cuando llevas 365 días en la misma casa con la misma persona. Esto multiplícalo por dieciséis años. Lo raro sería lo contrario, ¿no crees? Lo insano es haber decidido pasar tanto tiempo juntos cuando apenas uno se entiende a sí mismo. Convivir con el otro es el infierno".

Antes de salir de Estados Unidos rumbo a Francia, en mi última o penúltima sesión telefónica, le dije a mi psiquiatra: "Lourdes no lo sabe, pero este año es el decisivo. Ya no la aguanto, doc. A veces la odio. Y seguro ella me odia a mí también. La relación se ha vuelto intolerable. Éste es mi plazo: un año. O se incrementa la balanza de la felicidad conyugal o me separo con todo el dolor de mi alma". Haberme atrevido a verbalizar lo anterior es bastante inusual para mí. Nunca toco ese tema con Lourdes; instintivamente me opongo. Y no sólo instintivamente, también pragmática y racionalmente. Por ello, insisto, mi propia perplejidad al haberlo verbalizado en mi última sesión antes de partir a Europa. El doc me respondió: "Por ningún motivo vaya a decírselo a Lourdes. Arruinaría su sabático". Y así lo he hecho, o así lo hice hasta el segundo día que pasamos con los Solti en la Sierra de Peñaclara, a las afueras de Madrid. De hecho, nunca claudiqué de mi promesa. Sólo aventuré (tras alguna absurda querella conyugal) que "lo nuestro" no marchaba bien "últimamente". Es todo. Eso dije. Ni una palabra más. No mencioné el vocablo "plazo" ni "divorcio". Dije "lo nuestro" y añadí el adverbio "últimamente". No obstante, lo pronunciado tuvo efectos inimaginables, como se verá.

Tras la boda salmantina adonde habíamos sido testigos, Javier y Rosario se empeñaron en organizar una despedida familiar en alguna casa campestre de la sierra. Sería bonito, dijo Rosario, reunirnos con los niños antes de marcharnos a Princeton y ustedes a Aix. No es que yo no tuviera el mismo deseo, sólo que no quería incurrir en gastos antes de habernos instalado en Francia. Había muchos por delante y bien haríamos siendo cautelosos. Al final, dimos nuestro brazo a torcer y Rosario consiguió un espacioso sitio a un módico precio a las afueras de Madrid. Se trataba de una vieja casona remodelada con un patio fabuloso y una imponente cava con un enorme salón de fiestas subterráneo adonde pasábamos las horas más calientes del día. Allí bajábamos a oír música clásica estereofónica y comíamos opíparamente mientras los niños jugaban en el patio soleado con piscina.

No recuerdo el nombre del pueblo, sólo que estaba vacío y se hallaba en la Sierra de Peñaclara. De los tres mil habitantes que alguna vez llegó a tener, conservaba trescientos o menos. Son muchos los pueblos españoles como éste: los jóvenes emigran a las grandes ciudades y se quedan allí. No paraba de pensar en esta decrepitud al caminar por sus estrechas y limpias callejuelas. Me decía: cuánto darían miles de paisanos por vivir en cualquiera de estas aldeas abandonadas y poder huir del superpoblado Distrito Federal. Pero la vida es injusta y absurda. En cualquier caso, allá nos dirigimos los ocho en plan despedida: es decir, los dos hijos de Rosario, mis dos hijos y nosotros cuatro, los adultos. El programa: beber como cosacos, cocinar y asar carnes y chorizos, caminar por el pueblo, jugar soccer con los niños en el parque, ponernos al corriente en nuestras vidas y, de cierta manera, despedirnos pues no nos veríamos en un año, el tiempo que durase yo en escribir mi libro en Aix, el tiempo que durase Javier en terminar el suyo en Princeton. No sé, sin embargo, en qué momento algo de por sí feble se resquebrajó entre Lourdes y yo. Tal vez fuese al segundo día cuando le dije, molesto o herido por algo, que yo sentía que "lo nuestro" no marchaba bien "últimamente". No le gustó, por supuesto, pero no le di más importancia pues, como suele suceder, un minuto más tarde pasamos a otro asunto o algún niño nos interrumpió. Desafortunadamente no ponderé en su justa dimensión la mella que había causado, por lo que no logré rectificar o suavizar mi frasecita. Lourdes, como siempre, la guardó con esmero para sacarla cuando fuese necesario o bien para acumularla junto con otros rencores que, a la postre, no han hecho sino fastidiarnos la vida por tres lustros. Ni yo me entero qué le pasa ni ella se digna decírmelo. En esos extenuantes periodos llega el punto, diría cimero, en que la relación se fastidia al grado de que cualquier aproximación verbal o física se vuelve literalmente imposible; yo no comprendo entonces qué diablos ha ocurrido o a qué atribuir su enfado, vivo en el desconocimiento y para colmo mi memoria no alcanza a discernir cuál pudo haber sido el origen del postrer desaguisado. Finalmente, luego de días de soterrada agresión, la cuestión sale a relucir como una burbuja del fondo: Lourdes me dice que tal o cual día, o que tal o cual tarde y en tal o cual momento, yo le respondí feo o no le hice caso o la zaherí enfrente de nuestros amigos o su hermana o lo que sea. Lourdes acumula, suma. Yo disuelvo, resto. Ella añade, almacena. Yo diluyo, olvido y dejo atrás. No encuentro otras palabras para explicar este desgastante proceso conyugal: el de quien, por un lado, aglutina y calla, y el de quien, por el otro, rebaja y habla; aquel que, como yo, intuye que la vida es corta, cortísima, y aquel que, como ella, se olvida de que la vida es corta y no merece la pena sumar rencores y disgustos. Si al menos yo me enterase a tiempo (cosa que algunas veces sucede), podría tal vez pedirle una disculpa, suavizaría lo dicho con una explicación o hasta mentiría poniéndome de rodillas. El problema es que no lo percibo y ella no me lo dice.

Algo por el estilo aconteció en el pueblo de la Sierra de Peñaclara de cuyo nombre no puedo acordarme el segundo día que llegamos dando al traste, en cuestión de minutos, los siguientes dos que pasamos las dos familias reunidas allí bajo el calor sofocante. Era casi lamentable ver a Javier y Rosario llenándose de besos y arrumacos de recién casados mientras Lourdes y yo no hallábamos la manera de mejor evitarnos. Nada de esto, sin embargo, me espanta a estas alturas de la vida; incluso me parece de lo más natural, ya lo dije. Dos seres humanos conviviendo en tan poco espacio no merecen sino una medalla olímpica. Por eso todo aquello que saliese de esa convivencia (la putrefacción, la pus) resulta saludable y hasta cierto punto predecible. Me digo convencido que la herida deberá, tarde o temprano, restañar, y si para ello necesita supurar un poco, que supure. Pero aquí me contradigo, pues también he dicho que estoy harto de mi relación y que me he dado el plazo de un año. Por ello, supongo, salí con Javier a caminar por las calles empedradas del pueblo y le dije lo mismo que le había confesado a mi psiquiatra: que ya no aguantaba más, que me sentía maltratado. Solti me respondió que había notado algo, que Rosario y él habían percibido la fractura aunque no sabían a qué atribuirla. Le dije que, enfadado por alguna necedad, no recordaba cuál, le había dicho a Lourdes que sentía que "lo nuestro" no marchaba bien "últimamente". Sólo eso. Ni una palabra más. ¿Qué tenía de malo decir lo que era a todas luces evidente, lo que Lourdes y yo sabemos desde tiempo inmemorial?

Solti no pudo responder nada, salvo ofrecerse a mediar entre los dos, cosa que acepté encantado. Al día siguiente, junto con Rosario y sin los niños, nos sentamos los cuatro con un café en la mano para conversar.

Lourdes diría más tarde —y con no poca razón— que se había sentido en el banquillo de los acusados frente a un tribunal que enjuiciaría sus acciones contra mí. No había, sin embargo, a estas alturas, otra manera de poder hacerla entrar en razón: eran ya tres los días de funesta convivencia y tanto Javier como Rosario lo habían estado resintiendo a nuestra costa. En ese tribunal de tres con café en la mano salió a relucir, para mi completo desconcierto, que, para Lourdes al menos, nuestra relación iba bastante bien "últimamente" y que justo por ese motivo yo la había herido al revelarle que opinaba lo contrario. Ella no lo podía creer y yo a su vez no podía creer lo que estaba escuchando.

Lourdes, quien siempre se ha quejado de lo espantoso de su matrimonio, venía a decirle a ese tribunal que, al fin y al cabo, las cosas no estaban *tan mal*, y que incluso nuestro viaje a Argentina el pasado mes de mayo nos había unido más que nunca. (Este detalle al calce era verdad: viajar al Chaco y Buenos Aires nos había volcado uno hacia el otro, empero no podía dejar de sentir que emplearlo como argumento no era sino un truco rastrero encaminado a despistar a sus jueces.) Yo contraataqué aduciendo que apenas hacía un año y medio ella había querido divorciarse por enésima ocasión. ¿Acaso lo había olvidado?

Debo añadir que son tantas las crisis y los ultimátum de divorcio que vienen adosados a esas ininterrumpidas crisis, que los dos hemos perdido la noción de cuándo pasaron o qué las suscitó; no obstante, la de hacía dieciocho meses había sido algo más memorable que las otras treinta, pues tuve la pésima ocurrencia de ponerla por escrito y enviarla a sus padres, sus hermanos, mis hermanos, mi madre y nuestros amigos más cercanos. Deseaba un interlocutor, un aliado, alguien que allá afuera, en el mundo exterior, me oyera y supiese de una vez por todas que yo no era el malo de la película, que los dos éramos los malos o que ella era la más mala desde hacía un lustro para acá y que yo era su pobre víctima aunque antaño hubiese sido lo contrario.

El resultado de mi detallada correspondencia colectiva fue, por supuesto, un desastre cósmico. Todos me odiaron: sus padres, mi madre, sus hermanos, los míos, nuestros amigos comunes. Todos. A pesar de ello, el experimento cibernético servía de algo hoy: marcaba un hito, una fecha distintiva que los dos podíamos recordar entre muchas otras crisis dislocadas en el tiempo. Y a ésa me referí, a esa crisis concreta hacía mención esa mañana con sendas tazas de café: desde hace un año y medio, contrargumenté, las cosas no marchaban nada bien, y tú lo sabes, Lourdes, le espeté casi con inquina. ¿Olvidas el Gatorade que me tiraste en la cara? ¿Olvidas que terminé enviando a todo mundo esos imprudentes correos relatando nuestros problemas y tus repetidas agresiones físicas y verbales? ¿Cómo me dices ahora que tú sentías que las cosas marchaban "bastante bien"? ¿Desde cuándo? ¿Desde el Chaco y Buenos Aires? Pero si eso fue en mayo, hace apenas dos meses, ¿de qué diablos estás hablando?, farfullé empapado de sudor.

9

Llevamos una semana en Aix invadidos por la calígene, lo que la hace harto parecida a Carlton en verano: húmeda, irrespirable, pegajosa. Al día siguiente de nuestra llegada, mi cuñada y su marido llegaron a Rue de la Clairière para pasar una semana con sus dos hijos, entre ellos, la niña de dos años que berrea todo el día como forma de comunicación. Yo he decidido no tocarla, no besarla, no hacerle el menor caso y, tal parece, ha surtido el temible efecto contrario: la niña me busca, me llama tío y no llora conmigo.

Ahora restan tres días para que mi cuñada y su familia vuelvan a Madrid. Cuento los minutos. Supongo que mi concuño padeció lo mismo las cinco semanas que pasamos en Collado Villalba. Al igual que hacía él en su departamento, yo me escondo en mi habitación, me siento a escribir, me pongo a leer e intento no salir de mi escondrijo. Nomás hacerlo, se distingue, inconfundible, el llanto de su hija, se incrementa el volumen de sus gritos. Parece que mi sobrina no tuviera otra forma de hacerse entender.

El domingo, tal y como Aaron Miller prometió, comimos con él y su familia en su hermosa casa campestre de Éguilles. A diferencia de la nuestra, la suya es enorme aunque con el inconveniente de estar más lejos de Centre Ville. Eso queríamos Lourdes y yo desde que, hace cinco meses, comenzamos a mirar casas por internet. Habíamos decidido no comprar un auto y vivir este año a pie, con todas las ventajas y desventajas que esto conlleva. Ya lo habíamos hecho así hace seis años, cuando pasamos, por primera vez, un sabático en Arles, la ciudad de Van Gogh, no lejos de aquí, y a los dos nos encantó la experiencia. Cuando lo necesitábamos, lo alquilábamos y punto. Eso pensamos volver a hacer y por ello hemos comprado nuestros abonos anuales; usaremos el pequeño autobús que nos recoge en la esquina de la casa y nos deja en la Rotonda Victor Hugo, es decir, en el corazón de la ciudad, célebre por su inmensa fuente con leones esculpidos, su estatua de Cézanne y su bello Cours Mirabeu atiborrado de turistas.

La casa de los Miller, en Éguilles, dista quince minutos en auto de la nuestra. Aaron tuvo que venir a recogernos, y dado que venía mi cuñada y su familia, su invitado, un tal Ben que lo visita por unos días con su familia, se ofreció a llevar al otro grupo en su coche de alquiler. La mujer de Ben, Julia, es doctora en letras francesas e hizo su tesis sobre Simone de Beauvoir. Inevitablemente, la conversación gravitó hacia *Los mandarines*. Le conté que yo quería escribir algo parecido y que apenas comenzaba. Me miró estupefacta y me pidió que no dejase de enviársela cuando la terminara.

Doris, la esposa de Aaron, no hizo otra cosa que perseguir a sus dos hijas recién adoptadas: dos hermosas negritas de un año y medio de edad. Como la casa tiene piscina, los Miller redoblan el cuidado y no pierden de vista a las niñas a pesar de que la alberca tiene una valla alrededor y una puertecita que debe permanecer cerrada cada vez que uno entra o sale.

Los Miller tienen también un hijo de la edad de Abraham. Se llama Stan. De hecho, ambos asistían a la misma escuela en Carlton, aunque no al mismo salón. Aaron y Ben encendieron el horno de leña en el jardín y allí cocinamos el pollo que yo había marinado la noche anterior: ajos machacados, limón, aceite de oliva, paprika, comino y toneladas de orégano. El resultado fue estupendo; lo acompañamos con una ensalada de papas que Aaron preparó y otra ensalada de arúgula y berros que Julia había aderezado. El vino corrió a litros y a la mañana siguiente mi mujer y yo cogimos, por supuesto, una resaca que nos dejó molidos.

Aaron escribe un libro sobre su experiencia con el proceso de adopción. Según Lourdes, no sólo las gemelas son adoptadas sino también Stan, el niño de la edad de Abraham. Puede que sea así, pues, aunque rubio como la madre, no se parece a ninguno de los dos. En algún momento Doris me dijo: "Serás una influencia benéfica para mi marido, pues él jamás ha escrito un libro". Yo, por supuesto, no tenía idea de que Aaron estuviese escribiendo uno. Dije que haría lo más que pudiera por ayudarle el año que estuviera en Aix, pero lo cierto es que nunca he sido el mejor corrector o estilista en inglés, aparte de que tengo mis reservas respecto a la forma en que Aaron pretende abordar el tema que se ha propuesto: la adopción.

Mi reticencia surge de que no hará más de dos años tuve en las manos el manuscrito de una antigua amiga de Lourdes, quien también había escrito un libro compartiendo su experiencia adoptando dos hijos y el libro era, por cualquier lado que se le mirase, vomitivo. No sólo estaba mal escrito, sino que no tenía el más mínimo rigor o estructura. Se trataba de un insufrible enlistado de sentimentalismos dirigidos a sus amigos y familiares. ¿Qué debía hacer yo con ese bodrio? Ella deseaba mi sincera opinión así como considerar la posibilidad de publicarlo una vez yo lo corrigiera y le diese el visto bueno. Me exigió que fuera sincero y desgraciadamente lo fui. Por supuesto, nunca hice la corrección del libro. Podría haberle mentido, claro; podría haberle dicho que sólo requería una mano de barniz, pero me decanté por la franqueza y con ello saboteé el dinero que podía haberme embolsado. Es esta lejana experiencia la que hoy me pone en guardia con este otro libro que escribe Aaron. De hecho, ufano y contento, me llevó a su oficina para mostrarme lo adelantado.

Su estudio está separado de la casa de piedra con una linda vista y una inmejorable ventilación; tiene su baño propio y un sofá para relajarse, aparte de la cómoda silla giratoria de piel, la computadora y el inmenso escritorio de caoba. Ver el mobiliario me dio envidia, celos de escritor clasemediero. A pesar de todo, no debo quejarme. Aquí adonde ahora escribo no está del todo mal siempre y cuando no penetre el llanto de mi sobrina. Comparado con el piso de Arles donde vivimos hace seis años, esta casita en Aix es un palacio. Comparada con aquella recámara en los altillos del apartamento arlesiano, esta casa, en el primer piso, con la vista a unos rosales y arbustos bien podados que la rodean, es como un museo pulcro y sereno. Si en el bullicio de Arles conseguí escribir, hace seis años, una larga novela, aquí, supongo, puedo emprender ésta. Hemingway y Fitzgerald lo hicieron, Vargas Llosa y Bremen también, incluso Javier y yo lo hicimos en el pasado y, como nosotros, muchos más lo han hecho una vez se instalan en Francia y se ponen a emborronar hojas y hojas.

Al día siguiente, nomás abrir el ojo, escuché ruidos en el garage. Era temprano. Me levanté para ver qué ocurría y vislumbré al viejo de quien la propietaria me había hablado ya: monsieur Lastique, el vecino de arriba. Sí, no he dicho que la casa tiene dos plantas y nosotros habitamos la de abajo, la más amplia, la que tiene terraza, jardín y un lindero de matorrales y hiedra alrededor. El otro inquilino, un hombre de 70 o 72 años, había estado de vacaciones y por eso no lo habíamos visto. Salí para presentarme y estrecharle la mano. Su sequedad fue contundente y yo ya no insistí demasiado.

Desde entonces lo he visto llegar e irse unas tres ocasiones, lo veo meter o sacar su auto del garage y, tal parece, prefiere pasar de largo —sin saludar ni mirarnos— el camino de cinco metros que va de la calle al rellano de las escaleras. Él sube a su planta sin molestarse en ver hacia nuestra ventana (la de la cocina). Me parece bien, le dije a Lourdes más tarde; cada quien a lo suyo. Mientras que no se meta con nosotros, no necesitamos su saludo ni su falsa cordialidad. Pagamos demasiado alquiler como para encima aguantar a un francés que no quiere hacer migas con sus vecinos.

10

Entre 1984, fecha de publicación de mi primer libro de poemas, y 1988, fecha de publicación del segundo, pasaron muchas cosas, algunas de las cuales, por más que me esfuerce, no logro recordar. Me apena saber que dejaré cuestiones importantes en el tintero. Luego sucede que uno las recuerda, pero ya es tarde. Como sea, digo que muchas cosas debieron haber ocurrido en ese periplo pues, entre otras hazañas, pude congregar, no sé cómo, a cinco autores para presentar mi segundo libro de poemas en el Museo Rufino Tamayo. Tenía veintiún años. Había armado este poemario con excesiva parsimonia, reescribiendo una y otra vez los textos que lo integrarían, puliendo y eliminando versos al grado de que en algunos casos los poemas terminaban por tener tres o cuatro líneas cuando originalmente tenían veinte o veinticinco. El llamado *ermetismo* de Ungaretti me avalaba: poemas brevísimos, sintéticos, despojados de cualquier ornamento innecesario. ¿Para qué escribir largos poemas mediocres con versos buenos, malos y regulares, todos entreverados, cuando uno podía y *debía* escribir simplemente lo mejor, la quintaesencia del arte poético? Esto lo había aprendido en el taller de un poeta chiapaneco al que admiraba, Herman Efraín Bartolomé. Tuve la suerte de asistir a estos encuentros poéticos en la UNAM, justo frente a la Sala Nezahualcóyotl. Debió haber sido antes de partir a Israel en el 86, por supuesto. Efraín mutilaba versos en su taller como endemoniado: los que no se sostuvieran, eran sacrificados. A veces era doloroso, pero el resultado era evidentemente bueno: los poemas ganaban en fuerza, en control, en rigor y hasta en brillo. A luchar por conseguir este rigor y síntesis me aboqué aun más cuando supe que la Dirección de Publicaciones había accedido a publicar este segundo libro en su colección de jóvenes poetas gracias, otra vez, a la influencia de Abelardo Sanavria y Aline Pettersson. Me sentía en la cima de la gloria literaria cuando aquella noche me senté en el estrado frente a doscientas personas, entre ellas algunas señoras del taller de lectura de Enrico López Aguilera. En esta ocasión no estaba Enrico: había congregado a autores más importantes que él, tipos con una trayectoria que rebasaba mis expectativas y sueños. A mi lado estaban Alberto Ruy Sánchez, Francisco Cervantes, Luis Mario Schneider, Efraín Bartolomé y, por último, Javier. Era demasiada gente en el pódium: cinco presentadores para un exiguo libro de poemas. Era un poco ridículo incluso. Hubo periodistas a granel y canales de televisión que habían asistido ex profeso a cubrir la nota para algunos telediarios. Era la apoteosis de cualquier escritor joven, y esto apenas a mis 21 años y con mi segundo libro de poemas. ¿Estaría soñándolo todo? ¿Cuándo iría a despertar? Visto a la distancia, es un poemario primerizo, pero no es del todo malo; a pesar de su exacerbada juventud e imperfecciones, hay algunos versos que podrían salvarse de las llamas. Me gusta imaginarlo como mi verdadero primer libro y por eso no hago referencia al anterior, aquel que presentara Enrico en el 84.

Dije que mucho había pasado en esos cuatro años, y debe ser cierto pues había conseguido publicar un nuevo libro en una colección reconocida y no ya en una edición particular auspiciada por mi padre. Debe ser cierto pues había extendido mis relaciones literarias y contactos. Había deambulado por editoriales, bibliotecas, revistas y suplementos literarios, había entablado amistad con poetas jóvenes y escritores de mayor edad, había conocido a editores y reseñistas, diarios y oficinas de redacción, pero todo esto sucedió, si no me equivoco, luego del año que pasé fuera de México, a mi vuelta de Israel, en el verano del 87, cuando me matriculé en la carrera de Lengua y Literatura Hispánicas, la única a la que hubiera podido dedicar mi tiempo y mi interés. De no haber existido esa peculiar profesión, es probable que no hubiera estudiado nada y ahora estuviera vendiendo playeras o chorizos en algún bazar del Distrito Federal. Para ser un escritor como yo quería, no había que ir a la universidad, argumentaba con fuego en la lengua. Bastaba escribir, viajar a Francia, trabajar en lo que fuera e ir saliendo al paso, publicar y esmerarse, seguir publicando aquí y allá hasta que un buen día me convirtiera en Carlos Fuentes u Octavio Paz y me pagaran mucho dinero por escribir mis grandes libros. Todo el mundo querría leerlos. Las editoriales se pelearían por mí. Sería traducido a muchas lenguas e invitado a congresos internacionales donde mi nombre brillaría en posters y desplegados, la gente haría colas interminables para ver autografiados mis libros recién comprados y podría vivir de las pingües ganancias salidas de mi obra genial y prolífica. No se me ocurría ni por casualidad imaginar que miles de jóvenes latinoamericanos debían pensar lo mismo y que, al final, sólo un puñado podría vivir un día de sus regalías, de su nombre o de sus conferencias. Hoy sólo Javier y hasta cierto punto Amancio viven de sus regalías, sus premios, sus becas y sus conferencias. He seguido, como ellos, las reglas que me impuse desde adolescente: escribir, esmerarme, trabajar, publicar, leer mucho, seguir escribiendo, continuar publicando, y no he conseguido vivir de mis regalías ni de los premios. Dos amigos lo hacen; dos amigos de mi generación lo han conseguido y no necesitan, que yo sepa, un trabajo estable para subsistir como hace el resto de los mortales. Su trabajo es simplemente escribir cuando quieren como quieran y de lo que quieran y a partir de allí se desprende, como miel del panal, todo lo demás. ¿Por qué yo no? De entre esos cientos o miles de jóvenes escritores emprendedores, al menos dos que yo conozco, lo consiguieron. A veces no logro evitar sentirme como aquel miserable que casi le atina al billete de la lotería, pero que, al final, sólo falló por un número. Y ese número hace toda la diferencia, claro. Qué bueno, me he dicho a lo largo de los años, que estudié esa maldita carrera de letras y luego esa maestría y al final un doctorado en Los Ángeles. Qué bueno que mi padre se impuso con su denodado deseo de que yo hiciera una licenciatura en lo que fuera. Él, por supuesto, hubiera preferido ingeniería o arquitectura o química o de menos historia, como mi hermana. Jamás imaginó que su primogénito terminaría por hacer una carrera en lo único que para él no tenía el más mínimo sentido ni el menor prospecto por más que yo me empecinase demostrándole lo contrario, poniendo como vivos ejemplos a Carlos Fuentes y a Octavio Paz.

11

¿Cómo llegué a Palmahim, aquel hermoso e iluminado kibutz a orillas del Mediterráneo? Ya dije que en el verano del 86 terminé la preparatoria en el Instituto Reina de México, ya dije que María Roti nunca me hizo el menor caso, embebida como estaba por el judío guapo y rico, quien estaba embebido por otra judía con la que, al final, se casó. Yo, por mi parte, no quería entrar de inmediato a la universidad y mucho menos tenía ánimo para posar mis ojos sobre ninguna otra chica que no fuera María, de quien era sólo paño de lágrimas. Deseaba huir de ese *impasse*, escapar lo más lejos que fuera de la Ciudad de México.

Mi madre, judía shajata, me llevó a la Sojnut de Polanco, y allí, luego de una breve entrevista, me dieron una dirección en Tel Aviv a la que debía acudir una vez llegara al aeropuerto. Y eso hice tras despedirme de todos en México y con la promesa de tener terminada mi primera novela a mi vuelta. No era, de hecho, una promesa. Había sido una apuesta con Javier.

Mi vuelo hizo escala en Londres. Era mi primera vez en Europa. Tenía cuatro días para pasear y tuve la suerte de que Abelardo me diera alojamiento en el pequeño piso que compartía con otro estudiante de Ghana. Había dejado su trabajo como secretario particular del poeta sesentón en la Dirección de Publicaciones y ahora hacía una maestría en Derecho Laboral en la London School of Economics. Seguía amando la literatura por sobre todas las cosas, pero también amaba el poder por sobre todas las cosas. Abelardo me había ido a recoger al aeropuerto y como yo no llevaba una toalla en mi veliz, lo primero que hicimos fue ir a comprar una antes de irnos a cenar unos *shwarmas* con cocacolas heladas. Le pedí que me llevara a mirar los cuadros de quien era entonces uno de mis pintores favoritos, Joseph Turner, y eso hicimos a la mañana siguiente: nos encaminamos a la Tate Gallery bajo una fastidiosa lluvia que no escampó durante toda mi estancia londinense. No sé qué más sucedió esos días, salvo aquellos paseos y algunas visitas de rigor bajo la ininterrumpida garúa, razón por la que Londres me sigue pareciendo una de las ciudades más sobrevaloradas que conozco: su gente es antipática, todo es caro y el clima es monstruoso. ¿Por qué vivir allí? ¿Por qué soportar esas multitudes en el Metro, esos precios de locura, la consuetudinaria estrechez, su pretensión engolada y, para colmo, la peor cocina del mundo? ¿A cambio de qué, digo yo? ¿De poder vivir cerca de esos museos a los que no irás más de una vez en la vida? ¿A cambio de comer pastel de riñones, la especialidad inglesa? Londres no es para mí. He vuelto y lo he confirmado: hace tres años me invitaron a presentar la traducción de una novela en Foyles, una de las librerías más legendarias del mundo, y la ciudad me deprimió terriblemente.

Pasados los cuatro días de tránsito, Abelardo y yo nos despedimos con un fuerte abrazo. Él continuaría sus estudios de maestría en la sobrevalorada ciudad de Londres y yo me iría a Israel.

Una vez hube llegado al aeropuerto de Tel Aviv, un taxista me llevó al sitio indicado por la Sojnut de México en Polanco. Al igual que yo, había otros jóvenes extranjeros cargando sus *back-packs* en la espalda y esperando a que abrieran las oficinas bajo un cielo enceguecedor. Cuando abrieron y llegó mi turno, una amable señora me mostró un gigantesco mapa de Israel pegado en el muro lleno de alfileres con bolitas de colores. Me dijo en inglés: "Cada alfiler que ves es un kibutz. Tú elige". Me entró el pánico. Mis próximos seis meses se definirían en ese momento y no tenía idea de qué alfiler escoger, ¿al sur, al norte, al este o al oeste? Ni siquiera sabía entonces los atractivos de cada lugar, no sabía cuál era el Néguev ni que existía un desierto, ni dónde estaba el puerto de Haifa, ni Roshanikrá en la frontera con Líbano, ni el Mar Muerto ni nada. Percibiendo mis dudas, la mujer me preguntó: "Hay kibutz con Ulpán y otros sin Ulpán" "¿Qué es Ulpán?", pregunté. "Un instituto donde puedes estudiar hebreo. ¿Te interesa?". Respondí que no, aunque la verdad es que podría haber respondido lo contrario. Supuse que esos kibutz recibirían más jóvenes judíos que no judíos y yo no era judío aunque mi madre lo es; los primeros debían tener noción de hebreo como la tienen mis primos, mientras que los segundos (como yo) ninguna. Sin detenerse más en la cuestión, volvió a preguntarme: "¿Prefieres cerca de Jerusalén o prefieres el desierto, o bien las montañas o el bosque o el mar?". En cuanto oí la palabra mar, no dudé un instante. Dije que prefería el mar, por supuesto. Así que en un santiamén, poniendo el dedo en uno de los alfileres de colores que pinchaban el mapa, señaló "Palmahim". "¿Qué te parece?", me dijo pronunciando el nombre del kibutz. La palabra de inmediato evocó en mí palmeras, oasis, playas de arenas blancas, chicas bonitas, buen clima, brisa del mar, cocos y mucha diversión. Para mi azoro, no me equivocaba. Cuando llegué horas más tarde, muerto de fatiga y con un *jet-lag* del demonio, descubrí que todo lo que había imaginado basado en la pura evocación del nombre era cierto, salvo la diversión. Es decir, había palmeras, cocos, playas de arena fina, buen clima, brisa y muchas chicas bonitas (hebreas y no hebreas), pero en lugar de diversión, debía haber pensado en trabajo —trabajo físico, para ser precisos, algo que nunca había hecho en toda mi vida—. Pero exagero...

En Palmahim los voluntarios trabajábamos, pero no al grado de no poder divertirnos. Había tiempo para las dos cosas y los jefes se aseguraban de que cada voluntario internacional pasara una agradable estancia, aparte de que cada mes organizaban un viaje de dos o tres días a algún sitio histórico, como la legendaria Masada en la cumbre de la montaña, el desierto del Néguev donde se ocultó el rey David o incluso el Mar Muerto, donde nos metimos, flotamos y salimos embadurnados de sal. Nos querían trabajando, sí, pero también disfrutando de lo que Israel tenía que ofrecer. Y en esto debo decir que los hebreos son los individuos mejor organizados y también los mejores distribuidores de su tiempo que conozco. Muchos de ellos, sin embargo, prefieren el trabajo sin descanso —puede vérseles laborando horas extras, semanas enteras, de sol a sol, y sólo porque aman lo que hacen—, no así los voluntarios internacionales, que hacíamos lo estrictamente necesario antes de largarnos felices a la playa, la cual se hallaba a tres minutos de nuestras cabinas. Nomás salir de nuestros cuartuchos, uno tenía bajo sus pies la misma arena blanca y fina de la playa, tal era la cercanía del mar.

Yo compartía mi cabina con un holandés de cuarenta años, edad límite, según supe después, para recibir voluntarios que no fueran judíos y que no desearan quedarse allí para toda la vida. Había que ser un *sadhu*, pensaba, para querer abandonarlo todo, desposeerte de tus pertenencias, entregar tus bienes a la comunidad en aras de ingresar a esta nueva sociedad que todo te da, pero de la que no te llevas nada el día que decides largarte. A esto lo llamaba yo auténtico cristianismo y, de hecho, no me equivocaba: la idea original venía de las granjas colectivas de Tolstoi y Aarón David Gordon, quien deseaba construir un socialismo agrícola autosuficiente en Israel.

Durante los seis meses pasados en Palmahim empleé mis manos más de lo que nunca antes y nunca después las he vuelto a emplear en mi vida. Con esto no hablo de escribir, sino de trabajar vigorosamente con el cuerpo. Los primeros tres meses fui enviado a una fábrica de concreto donde se construían largas vigas llamadas double-T's. Había que tensar los cables dentro de un larguísimo molde de hierro con unas máquinas especiales, luego verter el concreto con otras máquinas. Al final, había que regar varias veces al día las double-T's para que el hormigón se endureciera. El trabajo me gustaba, no obstante odiaba tener que madrugar. A las cinco estaba sonando mi alarma para iniciar las faenas a las 5:30 todos los días. A esa hora, Israel estaba a oscuras. Nos deteníamos a desayunar a las 7:30 para continuar trabajando hasta mediodía. Luego otra vez, después de comer, volvíamos a la fábrica hasta terminar, muertos de cansancio, alrededor de las cuatro o cinco de la tarde. Había, como ya dije, israelíes que vivían en el kibutz desde niños o que habían nacido en Palmahim. Muchos de ellos se quedaban más horas trabajando en la fábrica e incluso acumulaban días y semanas enteras de vacaciones que jamás utilizaban. La ventaja de este trabajo, a diferencia de las demás alternativas que se ofrecían en Palmahim, era que los voluntarios que, como yo, laborábamos en la fábrica de concreto, lo hacíamos cinco veces por semana; en cambio, los demás lo hacían seis comenzando, por supuesto, con el día domingo. La desventaja era que se acortaba drásticamente el día para poder ir a la playa. Resintiéndolo fue que a los tres meses pedí el cambio a la pizca de naranjas, donde, aunque se trabajaba seis veces por semana, no debías madrugar. Esto sin contar con que la mayoría de las voluntarias hacían el mismo trabajo, a menos que estuvieran (muy pocas) en la cocina o la lavandería del kibutz. No había una sola mujer en la fábrica de las double-T's. Los voluntarios de la pizca terminaban hacia las doce o doce y media o bien cuando tu grupo (tres o cuatro voluntarios) conseguían llenar sus cinco tinajas de naranjas. Allí llegaba el mejor momento del día: almorzar en el enorme comedor hasta el hartazgo. En Israel probé el mejor yogurt que he comido en mi vida y las mejores aceitunas, incluso mejores que las francesas y españolas.

Una vez concluido el almuerzo, los voluntarios corríamos como ráfaga a la playa. Y ésa era la otra ventaja de trabajar en el naranjo. En la época en que estuve allí, llegaron diecinueve chicas suecas y un solo sueco acompañándolas. Todas doraban su apetitosa piel en *top-less* y todas eran amables con los latinoamericanos, que, en este caso, se reducían a dos, Heitor, mi amigo brasileño, y yo. Aunque no tuve una novia sueca durante mi estancia, algo curioso sucedió con una de ellas, quien, cuando le venía en gana, aparecía inopinadamente en mi cabina. Si no estaba mi compañero, el holandés, la chica me daba una felación y luego se marchaba. Nunca nos besamos ni hicimos el amor y creo que ni siquiera me dejó tocarla. Ella sólo venía a una cosa: a darme esa satisfacción. Yo podía estar leyendo u oyendo música, pero todo lo interrumpía para dejarla darme esa dicha inmerecida cerca del mar y las palmeras. En cambio, a mí me gustaba una joven belga de lentecitos redondos que afortunadamente nunca me hizo el menor caso. Y digo afortunadamente porque algo siniestro ocurrió una mañana en que íbamos los voluntarios a la pizca de naranjas...

Encaramado en uno de los naranjos, tuve un retortijón de tripas: un deseo vehemente se apoderó de mí. No había tiempo para llegar a ningún sitio, por lo que salí en estampida lo más lejos que pude a buscar sacro refugio; no había allí otra cosa salvo filas interminables de naranjos. Detrás de uno pude obrar acuclillado; me limpié con lo que pude y sujeté mis shorts de trabajo con el recio cinturón que nos prestaban. Me disponía a volver a mi fila y a mi árbol, cuando vi frente a mí al perro faldero de la joven belga. En un abrir y cerrar de ojos, el cerdo se devoró mi mierda. Me dio una arcada, mas volví estoico a las tinajas como si nada hubiese sucedido. Había que llenarlas para poder largarse a la playa. Unos minutos más tarde, miré a la joven belga abalanzarse sobre su querido perro, rodar abrazada con él y comérselo a besos como si estuviera besando a un novio que no hubiese visto en seis meses. Las lenguas del cachorro y la joven chocaban y se lamían con siniestro frenesí. Por lo anterior digo que, al final, fui afortunado de que la chica belga no me hiciera caso y por eso también seguí aborreciendo a los perros.

Recuerdo un día que cambiaría mi vida... Tuvo que haber sido durante los primeros tres meses, pues yo aún trabajaba en la fábrica de las double-T's. Los voluntarios internacionales (todos varones) teníamos una caseta al final de la fábrica donde había también una vieja cafetera y un par de sillas. Allí nos despatarrábamos unos minutos si estábamos cansados. Debe haber existido un baño, pues lo que paso a contar tiene que ver con un espejo y no veo por qué tendría que haber un espejo en una pequeña caseta para reposar y beberse un café aguado. En todo caso, yo me refugiaba allí más de la cuenta para leer a los latinoamericanos. Una vez terminada la parte que mi jefe me exigía, me escabullía a la caseta a tomarme un insípido café y a avanzar unas cuantas páginas de cualquier novela. En todo caso, la caseta estaba en penumbras. No había nadie más. No distinguía ruidos ni voces; sólo un silencio profundo cubriéndolo todo: la fábrica, el aire caliente, la tierra húmeda. El sol no había salido aún. Debí haber abandonado mi libro y mi café para acercarme al espejo cuando con espanto observé, justo frente a mí, reflejado, a mi padre. Digo espanto no porque me horrorizara mi padre sino porque lo último que podía haber esperado encontrar, al otro lado del mundo, era a mi padre en la misma caseta donde yo me hallaba a las seis de la mañana. Pero era él... sin duda, aunque mucho más joven: su barba cerrada, sus sienes, su mirada y sus pómulos. Se me encogió el corazón. Han pasado muchos años desde aquella mañana y aún no la logro olvidar.

Veinticinco años más tarde, esa imagen volvió para espantarme. Hace ocho meses, viviendo en Carlton, apareció mi padre en el espejo otra vez. La diferencia era que, en esta ocasión, él no podía estar allí... y esto lo sabía porque él había muerto en el 2008 y yo vi su imagen en Carlton a fines del 2011, antes de venir a Aix, meses antes de volar al Chaco, Argentina, con Lourdes, al taller de mi amigo Mempo Giardinelli.

12

Eran las cuatro de la mañana. Lo supe al mirar la luz del reloj que tiene mi mujer sobre su mesita de noche. Yo no tengo una, no cabe en el cuarto, aparte de que prefiero que sea Lourdes quien se haga cargo de apagar la maldita alarma.

Desperezado, me rehíce y salí del cuarto para echar un vistazo a los niños. A tientas me dirigí a la recámara de Abraham: dormía tranquilo. Su respiración era pausada, sincrónica: lo cobijé, cerré la puerta y fui a la habitación de Natalia. Como siempre, estaba descubierta. La tapé, le di un beso y caminé hasta el baño de visitas. No tenía deseos de orinar, pero igual deseaba aprovechar la despertada.

Fue al entrar y mirarme en el espejo que sentí pasar, justo detrás, la imagen. No sé si eran sus ojos o los míos, pero era su sombra, su silueta recortada en el fondo. La descubrí reflejada un segundo en plena oscuridad. Apenas un residuo de luz untuosa penetraba la ventana del baño desde el farol de la calle. Reprimí un grito... No había oído un solo ruido, pero sí sentí ese movimiento, un roce humano sobre el filo del azogue.

Sin haber orinado, volví, espantado, a mi cuarto, me tendí sobre la cama, removí con la mano a mi mujer, y le dije:

—Despierta. Creo que hay alguien.

Amodorrada, me contestó:

—Pero ¿qué dices?

—Vi a alguien. ¿Llamo a la policía?

—Debe ser tu padre —me dijo dispuesta a volver a su sueño.

¿Mi padre? ¿Era ésa la sombra, el roce?

Inseguro, me metí en la cama. Si ella lo decía, debía ser verdad. Mi padre y su mujer estaban de visita y yo lo había olvidado.

Aguzando el oído, intentando captar la menor pisada, terminé por caer rendido sin soñar nada más, hasta que una voz infantil empezó a llamarme:

—Despierta, papi.

No hice caso; quería continuar mi letargo, mi olvido o lo que fuera que me hacía sentir abrigado, cálidamente protegido. Después del tercer llamado, no pude porfiar en mi sueño: abrí un ojo, luego el otro, vislumbré a una niña de cinco o seis años, una niña que, por supuesto, no era Natalia de doce, espigada y de cabellos castaños...

—Papi, despiértate ya.

¿Quién era esta niña? Y ¿por qué me decía papá?

*

Eugenio se enfurece inútilmente. Cada vez que no escribe, se pone igual: ansioso, distraído, crispado. Se enfada porque no sabe sobre qué escribir. Sabe que lo necesita, incluso lo desea, pero no sabe sobre qué. Baraja ideas, obsesiones, recuerdos, incluso chismes e historias de otros, pero nada lo anima a comenzar. Le digo que no escriba. No va a pasar nada, le aseguro. No tiene un contrato, un editor que lo persiga y mucho menos un plazo. Si no consigue escribir, que no lo haga y se acabó. ¿Para qué se tortura? Yo no lo soporto así. Me enerva la sangre. Su desesperación está sólo en su cabeza y si escribe y publica o si no publica ni escribe, no pasa nada, no nos haremos más ricos ni más pobres. Eugenio sabe que esa desazón se la impuso como una absurda camisa de fuerza.

*

¿Y si yo no fuera yo? ¿Qué tal si ese tipo que yo creía que era, no fuera yo? ¿Sería posible algo así? ¿Suceden esas cosas en la vida? ¿Qué pasaría? Esto es muy raro: yo no tengo una hija de seis años, yo tengo una hija de doce y se llama Natalia; tengo un hijo de nueve y se llama Abraham. Entonces, ¿quién diablos es esta niña que me grita y se obstina en despertarme?

Abro los ojos: la veo. No a la niña. Descubro a la mujer; me mira, me sonríe:

—Despiértate. Vamos a desayunar.

—¿Quién eres? —le digo.

—Amaneciste de buen humor, ¿eh? Soy Penélope Cruz, ¿no ves?

—No, en serio. ¿Te conozco?

—No —se tira sobre la cama y me abraza.

Me desperezo, me restriego los ojos, pero no para quitarme las legañas sino para asegurarme de que estoy de veras despierto, de que no duermo.

La mujer añade:

—Soy la madre Teresa de Calcuta, Penélope Cruz, Hillary Clinton y la puta madre que te parió.

La niña se ríe aunque no entiende una palabra; yo también, pero mi risa es, por supuesto, fingida. Estoy aterrado. ¿Quiénes son? A la mujer la conozco, pero hace años que no la veo, hace al menos veinte que perdí contacto con ella. A la niña, en cambio, jamás la he visto. ¿Y qué hacen aquí, en esta cama, en esta habitación?

*

Le pregunto a Lourdes:

—¿Se despertaron?

—¿De qué hablas? —se enfada: ya no sonríe, titubea, hurga en mis ojos... ¿Estaré bromeando?—. Deja de hacerte el chistoso.

—¿Y mi papá?

Esta vez, se levanta, me mira largamente y me dice con voz avinagrada:

—Tu papá está muerto.

Estoy a punto de responder algo, pero ella insiste:

—¿Por qué mierda me preguntas eso, Eloy?

No bromeo, mis ojos lo deben estar gritando y Lourdes, a estas alturas, lo adivina, lo ha visto en mi rostro: no juego, no puedo aunque quisiera. Tampoco puedo cambiar el rumbo de la mañana, es tarde para eso... Lourdes ha descubierto una fisura. No sabe con exactitud de qué se trata, como tampoco lo sé yo; la diferencia es que ella me ha abrazado, me ha reconocido, me ha besado. La diferencia es que me ha llamado Eloy, pero ¿por qué?

¿Por qué si no estoy casado con esta mujer? ¿Por qué si soy Eugenio Kurtz Bassó y estoy casado con Gloria Piña desde hace veinte años exactos?

¿Y si yo no fuera yo? ¿Si de veras fuera Eloy, como asegura Lourdes, mi amiga?

*

¿Mi padre? ¿En mi casa? ¿Desde cuándo ha estado aquí, cuándo vino, cuándo llegaron él y su mujer? No puede ser. No tiene ningún sentido...

Por eso anoche me rehíce en la cama otra vez sin haber conciliado el sueño, por eso removí a mi mujer por segunda ocasión.

—¿Qué quieres? —me dijo soñolienta.

—No puede ser mi papá.

—Duérmete. Es él. ¿Quién más va a ser?

—Mi padre está muerto...

—Pero ¿de qué carajos hablas? Estás soñando. Duérmete, Eugenio. Mañana hablamos, ¿quieres?

*

El suicidio de Ana, su prima, hace un mes, ha suscitado este maldito embrollo en su cabeza. Creo que la espantosa noticia dio al traste con todo. Si Eugenio estaba ya inquieto sin escribir nada, la llamada de su hermana con la noticia del suicidio de Ana en Navidad lo dejó postrado, alicaído. Allí empezó, creo, el verdadero tormento, y ahora son tres meses que se ha pasado sin escribir una línea, rondando la computadora y los cuadernos como una fiera enjaulada, postergando el momento de enfrentarse a lo único que lo salva o lo condena.

Hoy, me ha dicho, va a salir a un bar del centro con su amigo Saúl Castelo Arizpe. Realmente no es su amigo. Se trata del único colega mexicano de la universidad. Profesor de literatura como él; apenas lo ha visto desde que nos mudamos a Carlton. A mí, lo confieso, el tipo no me agrada particularmente; me da mala espina. Desde que Eugenio me contó que tenía una amante en México, prefiero no encontrármelo. Así soy, ni modo. De hecho, tampoco nos cae bien su mujer: una veracruzana con cara de pocos amigos, neurocirujana, creo. Odia a México, o eso dice a todo el mundo; no ha vuelto desde hace treinta años. Esta digresión sobre la esposa no importa en absoluto. Lo que deseaba dejar claro era que Eugenio va a salir con Saúl por segunda vez esta semana y eso me ha puesto los pelos de punta. Sé que Saúl no tiene la culpa, sino mi esposo, y ni siquiera él sino ese pasado común que acarreamos. Si no me hubiese puesto el cuerno no me importaría que saliera con amigos, pero recordar lo que hizo, conocer sus dos infidelidades, me produce sarpullidos. Se lo dije tal cual: "Seguro van a ver qué ligan, ¿no? Tal para cual, par de cabrones". Sabiamente, Eugenio no contestó; se quedó callado, sonrió.

Dejaré lo del suicidio de su prima para más tarde. Sólo diré que, desde que lo supo, me dijo: "Creo que voy a escribir sobre Ana, ¿sabes? Sobre lo que le pasó. Su vida. Su muerte. Su puta desgracia". Pero eso fue en diciembre y no ha escrito una línea desde entonces. Estamos a mediados de marzo y sólo regurgita su deseo de empezar, de ponerse a escribir, de contar lo poco que sabe de su trágica historia, pero no lo hace, no se atreve, posterga, aplaza, se ocupa de cualquier nimiedad y las clases en la universidad, al final, se convierten en su mejor coartada. Dice que es por culpa de sus estudiantes que no escribe, pero los dos sabemos que no es cierto. Ha conseguido siempre, desde que vivimos en Estados Unidos, congeniar la enseñanza con sus libros y así, de ese modo harto desigual, ha escrito algunos.

*

Eloy me inoculó el endemoniado virus de los celos. Lo admito: estoy celosa y mi infierno surge de ese pozo sin fondo. Pero ¿hacia quién? Hacia nadie concreto. Sólo sé que de repente salen y el cuerpo me arde como si me echaran virutas de fierro en la piel...

Todo empezó cuando me casé o desde que éramos amigos y Eloy me contaba sus infidelidades, me hablaba de novias y conquistas, y yo reía de sus historias de mujeriego empedernido. Tal vez mis celos vengan de aquella época o desde que me habló de Gloria Piña por primera vez, aunque no lo creo.

Cuando salió con Gloria, Eloy y yo éramos sólo amigos. Yo tenía otro novio. Éramos confidentes cuando me contó que se casaría con Gloria y también cuando rompió con ella pocos días antes de la boda. Incluso yo iba a ir a esa boda con mi novio. Eloy era mi amigo y nada más. Mis celos, pues, son retrospectivos...

Sea como fuere, esta vez fue un correo el que ha disparado esta horrible combustión. Cuando le pedí que me dejara leerlo, cuando me acerqué a mirar la pantalla y él cerró la tapa, monté en cólera.

Pero ¿cómo pude llegar a esos extremos? ¿Estaba acaso en mi periodo? ¿Tienen mis hormonas algo que ver o iba yo a explotar de cualquier forma?

En todo caso, pude contemplarme en pleno movimiento: seguí mi cuerpo, observé mis manos, supe lo que llevaba a cabo y no perdí conciencia de mis actos.

Primero le tiré el vaso de Gatorade; luego lo golpeé con todas mis fuerzas en la espalda cuando se giraba para escabullirse en el baño, y finalmente lo empujé contra el espejo empotrado en el muro sobre el lavabo. Su cabeza golpeó contra el espejo, me di cuenta. Por fortuna el golpe no rompió el vidrio ni él se hizo daño, pero no todo acabó allí.

Fui derecha a la habitación de Natalia y luego a la de Abraham y empecé a gritar como una loca diciéndoles que su padre era un cabrón, un hijo de puta, un macho infiel.

Unos minutos más tarde, Eloy abrió su laptop y me pidió que me acercara: "Ven, lee", dijo. Y yo le hice caso y me acerqué: una rusa desconocida le había mandado sus fotos semiencuerada diciéndole que quería conocer a alguien simpático en Estados Unidos. Necesitaba un permiso de trabajo y buscaba un hombre bueno, joven, amable que la pudiera traer aquí. Hija de puta. Pinches mujeres. El correo no incriminaba a Eloy, ni siquiera parecía conocerlo. Sólo pretendía entablar contacto con alguien, quien fuera. Seguro le habría enviado ese correo a dos mil americanos. Maldita rusa puta... Lo único que se me ocurrió decir fue: "¿Por qué no me lo dijiste? Si no tenías nada que esconder, ¿por qué no me lo enseñaste la primera vez?" "Porque sabía que ibas a imaginarte lo peor", me respondió. "Pero ya ves lo que causaste. ¿Pensabas que podías desatar algo peor? Eso querías, ¿no es cierto? Te gusta provocarme. Te gusta el caos. Lo necesitas para alimentar tus malditas novelas, para crear a partir del desperdicio humano. Quieres una loca a tu lado. Sin mí no tienes nada, y como no consigues escribir una puta palabra, ahora me metes en tu locura".

Ya no dijo nada, y yo no tuve otro remedio que calmarme. Esa tarde me la pasé llorando. Mis hijos, aterrados, se fueron a jugar con los vecinos y al menos no tuvieron que padecer mi inconsolable llanto.

Esa noche, Eloy me reenvió ese correo para ratificar que no tenía nada que esconderme, para mostrar lo engañada que estaba desconfiando de él. Sí, eso era. Quería restregarme ese desvarío que cobardemente él suscitó, y eso me ha dolido mucho más.

No le he pedido perdón, ni lo pienso hacer. Ahora, para colmo, lo veo sentarse y ponerse a escribir, ajeno al universo. ¿Qué mierda estará garabateando?

*

Estábamos borrachos. Éramos quince; todos sentados en las mesas del Tenampa, la célebre cantina en la plaza Garibaldi. No sé qué horas eran. Las tres o las cuatro de la madrugada. Celebrábamos el cumpleaños de Piquer. Las circunstancias, los objetos, hasta las personas, se emborronan, pierden sustancia con el paso del tiempo. Lo importante fueron las palabras, lo que Gloria dijo entre trago y trago en medio del mariachi, lo que yo respondí, ambos sellando nuestro destino.

—Y ¿tú qué fuiste en tu otra vida? —le pregunté.

Hablábamos del Más Allá, de la metempsicosis y la resurrección de los muertos.

—Yo fui… —Gloria titubeó—: cazadora de jabalíes.

Nos reímos. Chocamos nuestros tequilas y de inmediato me preguntó:

—¿Y tú qué fuiste?

Sin pensármelo, le contesté:

—Yo fui jabalí.

Estallamos en risas.

Así empezó todo, así empezó a enamorarse de mí y yo de ella, aunque sin dejárselo sentir, sin dejárselo saber. Cuanto más desinterés mostraba, más se obsesionaba… Pero de todo eso ya pasaron muchos años y al final (días antes de la boda) terminamos. Al final me casé con Lourdes, mi amiga, en el 96, dos años después de romper con Gloria Piña.

El amor no tiene esencia, pensé ayer. Lo digo porque Lourdes y yo peleamos, lo digo porque ayer (no sé por qué) me volví a acordar de Gloria… Lo digo porque todo, al final, es intercambiable y los gestos y los odios se repiten, sólo cambian los nombres, los lugares y una o dos fechas…

*

Fue una disputa o diferencia originada por… no recuerdo qué. Siempre hay disputas entre dos confinados a vivir bajo el mismo techo. Es lo más normal del mundo. El origen de cada batalla queda sepultado, indiscernible, con el tiempo. Nos dijimos cosas. Yo le dije que la estaba dejando de querer, y lo creí, lo sentí y por eso se lo dije. Ella me lo ha dicho mil veces desde que nos casamos. Cada vez que se enfurece, me lo restriega. Era, pues, mi oportunidad…

En resumen: que en medio de la guerra, le dije que había dos cosas que había hecho para que yo dejase de amarla: sus reproches y su constante maltrato verbal. Y era cierto. Al menos mi verdad, claro. Y, por supuesto, se ofendió y ha llorado dos días a intervalos. Para Gloria nada tiene sentido si yo ya no la quiero. Podría argumentar, por supuesto, lo mismo. Tomo, no obstante, sus frases como lo que son: veleidades de la ira, vilanos en el viento.

Debí haberme callado la boca...

*

—¿Sabes? Tal vez me ponga a escribir ese libro —le dije a Gloria más tarde... y no mentía: iba a intentarlo al menos, ¿por qué no?

Me encerré a cal y canto y anoté en una hoja de papel cuadriculada: "Estamos a pocos días de llegar a Aix, adonde pasaremos un año. Seguimos en Madrid desde hace cinco semanas y no he conseguido empezar esta novela. Me he dicho que lo haré nada más lleguemos a Francia, una vez nos instalemos en la casita que he alquilado a las afueras y que aún no conocemos. Vimos unas pocas fotos en el internet, pero eso es todo. Sabemos que tiene tres recámaras, un baño, una salita y un pequeño patio trasero con jardín. No sé qué más pueda tener; lo añadiré cuando lleguemos y la conozcamos. Por ahora, basta recordar que el plazo (el pretexto) para empezar este relato se vence y no me queda más remedio que iniciarlo."

13

Después de casi un año, puro balbuceo, tropiezos, retazos. Creo que, al final, sólo escribo las mismas obsesiones de siempre: los celos de mi esposa camuflados, nuestro aburrido desacierto amoroso, mi lucha con la escritura, la muerte de mi padre, el reciente suicidio de Ada en Navidad. Mis temas se reducen…

Al final ni siquiera llegué a contar cómo conocí al cadete Bryan Huerta. Al final ni siquiera elaboré una posible estrategia "revolucionaria" para encuadrar al Chacal, para explicar la muerte de Francisco I. Madero y Pino Suárez, para justificar la (futura) horrenda muerte de Bryan. Nada hice, poco investigué… Antes de preludiar su entrada en el relato aparecieron otros demonios, todos, por supuesto, verdaderos; por ejemplo, la noche en que, mirándome al espejo, creí haber visto (de refilón) a mi padre. Y esto sí ocurrió, a diferencia del crimen del cadete Huerta. Aunque no desperté a Lourdes, esa noche no volví a pegar el ojo sino hasta muy tarde (o muy temprano). Me quedé rumiando la posibilidad de que mi padre estuviese visitándonos en Carlton junto con su segunda mujer. Pero eso era imposible. Mi padre estaba muerto, incinerado, guardado dentro de una urna.

No obstante, a aquellas altas horas de la noche, espantado como estaba, nada pudo impedirme sospechar que algo así —un dislocamiento del tiempo— pudiese haber ocurrido. Luego ya, una vez despierto, pensé: ¿qué pasaría si, de repente, yo no fuera yo, si Eloy fuera otro, si me llamara distinto, si no me reconociera o no me reconocieran los demás? ¿Qué pasaría si en lugar de Natalia y Abraham tuviera una hija pequeña, una niña, por ejemplo, de seis, y si en lugar de Lourdes me hubiese casado con Gloria en el 94, la amiga de Irene y Amancio Piquer, la novia de felinos ojos verdes?

Fue ese "qué pasaría" el que me orilló (sin proponérmelo) por otro sendero al que yo tenía previsto: el de la novela sobre un crimen perpetrado en la misma universidad donde trabajo desde hace seis años.

Es sabido que los novelistas no siempre eligen lo que cuentan; es sabido que algo más fuerte los conduce hacia otros derroteros o algo distinto se posesiona a veces de ellos. De la misma forma, la voz de mi mujer, machacona, comenzó a hacerse presente en la historia que yo *no* iba a contar, es decir, la historia de mi matrimonio. Ahora sé que ésa es la única novela que deseo escribir.

14

Mi cuñada y su marido se han marchado de Aix y han vuelto a España. Diez días al lado de la niña malcriada. A las cinco semanas en Collado Villalba, tuvimos que sumar diez días más de su visita, pero, como ya expliqué, me encerré a cal y canto y gracias a los gritos destemplados de mi sobrina me puse a trabajar.

Lourdes se ha marchado a Centre Ville con los niños. Se ha ido enfadada conmigo, para no perder la costumbre. Quizá le quepa razón esta vez y fui yo el que cometí el error de enviar por correo ese cuentito que escribí. Lo titulé "Historia de la princesa que no llegó a ser". Me refería, por supuesto, a mi cuñada.

Para vislumbrar los entresijos que me movieron a hacerlo, tendría que dar marcha atrás en el tiempo, tendría que contar por qué guardo aquel resentimiento… Ambos, mi cuñada y yo, sabemos que no nos queremos a pesar de que algún día, antes de que me casara con su hermana, fuimos amigos. De hecho, conocí a Lourdes gracias a ella. Tessi iba a casarse con mi primo Alejandro y al final no se casó, lo mismo que yo no me casé con Gloria. En cambio, Lourdes y yo, contra todos los augurios, llevamos dieciséis años juntos, cosa que nadie en su sano juicio hubiera pronosticado cuando nos conocimos en La Regadera.

Mas volviendo a la "Historia de la princesa que no llegó a ser", adelanto que Tessi siempre ha envidiado a mi mujer, siempre ha sentido que compite con su hermana menor, con todo lo que Lourdes tiene, con lo que sabe, con lo que ha viajado o ha leído o incluso en la forma como educa a sus hijos (mis hijos). Se trata de la típica torcida historia de la hermana mayor nacida para ser princesa, la hija malcriada y bonita que, al final, no llegó jamás a serlo y, para colmo, tuvo la desdicha de ver a su hermana joven casarse antes. La competencia y envidia son tales que todos, salvo mi mujer, las pueden ver lo mismo que se puede ver la Saint Victoire desde cualquier punto de Aix. Es a partir de esa ceguera que algunos de nuestros problemas sucedieron y otros persisten.

Sea como fuere, el enfado de mi mujer surge porque hace dos noches un demonio me murmuró este cuento para mi solaz y a la mañana siguiente, sin prever el daño que podía causar, lo redacté y lo envié a Lourdes, a su madre y a Tessi, la princesita de su hogar.

Historia de la princesa que no llegó a ser

Había una vez una niña muy bella, tan bella que sus papis le decían "Princesa". Desde pequeña la llamaron así y nunca le dijeron su auténtico nombre de pila. La niña, por supuesto, se tomó de manera literal el apodo y empezó a sentirse una verdadera princesa salida de un cuento de hadas. La niña se vestía, caminaba y se peinaba como princesa. Se pasaba horas en el espejo y se decía embelesada: "Qué hermosa estás hoy". Cuando llegó a la edad de merecer, aparecieron algunos pretendientes. Primero llegó un Marqués dueño de bienes y heredades, y le dijo: "Cásate conmigo". La Princesa le dijo que "no" puesto que él era Marquesito y ella una Princesa. Muy triste, el Marqués se fue a su palacio a mirar series de televisión y a jugar póker con sus amigos solterones. Años más tarde apareció un Barón agraciado y le dijo a la Princesa: "Cásate conmigo". Y ésta, sin pensárselo dos veces, le dio un rotundo "no" argumentando que él era un Baronzuelo y ella una Princesa salida de los cuentos de hadas. El Barón se fue a llorar sus cuitas sobre el tibio regazo de dos muchachonas que, por supuesto, no dejaron pasar la ocasión. Transcurrieron años y un día apareció un Duque famoso, quien, prendado de la marchita belleza de la Princesa, le dijo: "Cásate conmigo". Ésta dijo que no llevaría a cabo tamaño despropósito puesto que ella era una Princesa y él un cultillo Duquezuelo y nada más. Éste, despechado, se marchó a Harvard a enseñar biogenética, su especialidad. Pasaron lustros y la belleza de la Princesa se ajaba. Llegó a esa edad donde de pronto empiezan a desvanecerse los barones, los marqueses y los duques, pero ella ni enterada. Cayó en cuenta del rijoso paso del tiempo cuando su hermana, la segundona, se casó con un apuesto mancebo que le escribía romanzas y le bajaba el cielo y las estrellas a cambio de un ósculo. Entonces la Princesa se dijo taciturna: "Dios, cómo corre el tiempo". Fue a un espejo y notó que algunas arrugas marchitaban su pálida tez, así como algunas estrías y moretones hacían mella en sus brazos y antaño hermosas piernas. Trastornada, salió de su casa (la que ella pensaba, por supuesto, que era un Palacio Real) y se metió al tupido bosque a reflexionar sobre su vida y su destino. Allí, de pronto, junto a un riachuelo, encontró a un Ostión. Al verlo, saltó de miedo, pero éste era, a pesar de todo, un Ostión inofensivo, incluso un Ostión cordial. Lo insólito era que este grisáceo Ostión podía hablar, y entonces ella lo escuchó decir: "Hermosa Princesa, cásate conmigo". A lo que ésta le respondió anonadada: "Pero ¿estás loco? Yo soy una Princesa, quizá un poquillo ajada, es cierto, pero tú eres un repugnante Ostión del riachuelo y nada más", y lo cierto es que el pobre Ostión lo era: su piel, reblandecida, variaba entre los tonos verduzcos, gris perla y blanquecino; tenía un feo y prominente mentón y una deforme nariz aguileña, pero era, a pesar de todo, un tenue Ostión gentil y amable. A todo decía "sí", "sí", "sí". Era sumiso y dócil, en definitiva un Ostión lindo y comprensivo. Sin embargo, al escuchar el Ostión las palabras de la Princesa ajadilla, le respondió: "Sé que parezco Ostión, pero quiero que sepas que no lo soy. De hecho, soy un Príncipe. No hay que guiarse por las apariencias, Princesa. Desde chiquito, mis papis me han dicho que soy un Príncipe y aunque me costaba un poco de trabajo creerlo, he descubierto finalmente que tenían razón. Soy un Príncipe y este riachuelo no es un riachuelo aunque lo parezca. Ya verás que con el paso del tiempo descubrirás mi verdadera esencia de Príncipe y no al blando Ostión que dices que parezco hoy".

La Princesa, que sólo tenía dos dedillos de inteligencia, quedó fascinada con el discreto argumento del Ostión, perdón: del Príncipe, y se dijo a sí misma: "Éste debe ser, a qué dudarlo, un auténtico Príncipe aunque parezca un Ostión. Nadie habla con tanta discreción y donaire. Aparte de todo, es tan dócil y sumiso que, aunque Príncipe, parece de veras un Ostión. ¿Qué más puedo pedir? Se ha cumplido mi deseo. Me casaré con el anhelado Príncipe de mis sueños". Y aunque el Ostiopríncipe no tenía las fincas del barón ni el garbo y hermosura del Marqués y mucho menos el renombre del Duque, tenía otras virtudes, entre ellas su bonhomía, su docilidad a los caprichos de la ajada Princesa y una ostionuda sumisión a prueba de balas. Pero, sobre todo, tenía algo en común con la Princesa, y es que ambos les creyeron a sus papis cuando eran chiquitos.

Hasta aquí la fábula, la cual hubiese sido inocua si no tengo la pésima ocurrencia de enviarla a mi suegra, a mi cuñada y a su marido, el Ostión. Por supuesto, el previsible zafarrancho se desató y he tenido que disculparme a diestra y siniestra arguyendo que soy un imbécil redomado. Cierto malestar, confieso, se apoderó de mí toda la tarde, especialmente cuando Lourdes me hizo ver lo descabellado de mi osadía: "¿Cómo escribiste una cosa así", me gritó, "y por qué se lo mandas a todo mundo cuando acaban de recibirnos en su casa cinco semanas? ¿Estás loco, Eloy? ¿Acaso te hizo algo él aparte de recibirte y cocinarte?" "No", le respondí aturdido; no, me digo en secreto, no me ha hecho nada. "¿Y ella, mi hermana?", rezongó Lourdes. "Tampoco me ha hecho nada", respondí. Sin embargo aquí mentía, sólo en esta partecita tuve que hacerlo pues no podía dejar entrever bajo ningún concepto que, a pesar de los años transcurridos, todavía le tengo un vivo rencor a su hermana —yo, el que nunca guardo rencores—, el mismo que, muy en el fondo, Tessi me conserva a mí. Pero no diré de dónde surge este sentimiento, pues desmenuzarlo adelantaría la complicada cronología que me he propuesto y hasta aquí (está claro) todavía no me he casado con Lourdes y ni siquiera la conozco. Faltan años para que esto ocurra, faltan días y sus noches para verla por primera vez en La Regadera, y antes debo confesar —nunca mejor usado el verbo— la increíble y candorosa historia de mi cristianismo juvenil, el cual se halla indisolublemente ligado al suicidio de Ada, mi prima, mi primer amor.

15

Yo no tuve nada que ver con la muerte de mi prima, pero sí tuvo que ver el hecho de que ambos, ella y yo, estuviéramos metidos hasta el cuello en el Movimiento de Renovación Espiritual de El Altillo, la popular iglesia católica en la colonia Coyoacán, durante los años ochenta. Y dado que estoy contando lo que pasó en los ochenta —la misma década en que entablé amistad con Javier, Amancio y Abelardo—, no puedo, por tanto, saltarme esa curiosa etapa por más que en el fondo lo deseara.

Pero ¿cómo empezó aquello? He allí el problema. Los inicios son borrosos o no son jamás inicios... Quizá todo empieza el día en que mi prima (de mi misma edad) tomó la comunión en el patio de su casa, vestida de blanco, a los diez años, y yo salté de entre la multitud para gritar a voz en cuello que yo también quería el cuerpo de Jesús. Ni idea qué era el cuerpo de Jesús (no había tomado una sola clase de catecismo en mi vida) y ni recuerdo detalles del evento, pero toda mi familia lo rememora (para mi vergüenza) con excelsa pulcritud. Mi tía, la hermana de mi padre, vio en ello la infalible señal del Espíritu Santo y de inmediato le preguntó a su amigo sacerdote si podía darme, a mí también, su sobrino, la primera comunión. Para sorpresa de propios y extraños, el cura accedió y pude comerme a Cristo a la misma edad y el mismo día que mi querida prima lo hizo.

Si Ada era la niña más hermosa que yo había visto en mi vida, este suceso redobló su encanto. Estábamos a partir de ahora unidos por el cuerpo de Jesús. No obstante, los siguientes años (hasta donde puedo columbrar) no pasó nada significativo, salvo el primer beso de mi vida: un ósculo fugaz que un día nos dimos en su habitación cuando jugábamos al papá, a la mamá y a los hijos. Tendríamos doce años.

Por mucho tiempo creí que este evento había sido el culpígeno motor que la empujó por el camino del celibato, pues ya desde esa edad anunció que haría todo para convertirse en monja. Y vaya que lo llevó a cabo: los ayunos empezaron a ser más frecuentes, lo mismo que sus plegarias y meditaciones, sus prédicas e involucramiento con la iglesia de El Altillo. Empalideció, adelgazó y uno no sabía si la anorexia la ponía cada día más bella o acaso más cadavérica.

Viene aquí ese periodo en el que mi tía se compromete con el Movimiento de Renovación del Espíritu Santo, el cual dirigía un famoso sacerdote, el padre Alfredo Navarro. Éste era un hombre gordo, mofletudo, inmenso, de barba gris bien recortada y ojos pequeñitos y curiosos. Afable y sonriente, la comunidad de feligreses lo adoraba, lo seguía, creía en él como se venera a un santo milagroso. Primero mis tíos y después mi padre cayeron embrujados por su labia y su carisma. Mi madre, ya lo dije, es judía y abomina de cualquier iglesia, templo, mezquita o sinagoga, por ello jamás nos acompañó a mi padre o a mí. Mis hermanas nunca se interesaron por ninguna religión y mucho menos por El Altillo, lo que les parecía, con sobrada razón, la manera más insólita de perder el tiempo.

Aunque mi padre nunca fue un creyente y menos un practicante, a insistencia de su hermana empezó a asistir a los cursos de catecismo impartidos en las aulas de El Altillo. Mis tíos eran unos de los muchos instructores que los miércoles por la noche enseñaban la catequesis para adultos. Y es que los niveles o escaños de espiritualidad no terminaban: uno podía llegar muy lejos en el adentramiento de los arcanos divinos. Hasta las viejitas más católicas y veteranas tomaban estos cursos con especial devoción. Al concluir los seminarios, los estudiantes nos dirigíamos a la nave aledaña donde, cada miércoles, el padre Navarro oficiaba a gran escala. Un grupo nutrido de jóvenes, con guitarras y panderos, cantaban y amenizaban la ceremonia, la cual, debo admitir, era conmovedora. Nadie permanecía impávido a los cánticos y alabanzas que allí se dejaban sentir por espacio de dos horas. Al terminar la misa, un grupo de padres de familia, la élite, iba a cenar al Vips de Miguel Ángel de Quevedo, a dos calles de El Altillo y al lado de la librería más famosa de México, la Gandhi. A veces fui con mi padre al Vips y por supuesto iban también mis tíos y mi bella prima Ada, quien cada día estaba más pálida, más enflaquecida. Su obstinación monástica iba en aumento. Yo con ella ya casi no hablaba para entonces. Sentía que vivía en otro mundo, un lugar ultraterreno donde los seres como yo (terráqueos y besucones) no existíamos. Parecía ida o drogada, pero no feliz. (Esto sí puedo asegurarlo pasados los años: Ada no era una adolescente feliz por más que hubiera entregado su corazón al buen Jesús.)

Al final —y abdicando de su deseo inicial de convertirse en monja—, mi prima se casó con otro joven misionero pocos años después de esta fase de ultrarreligiosidad en la que yo también la acompañé a mi muy peculiar manera. Mi espiritualidad no era ascética sino, al contrario, mundana y hedonista: me gustaban los tacos, las mujeres, las playas, el ocio y los libros. Al alcohol llegué un poco tarde. Mi Cristo particular tenía la facultad de perdonar mis vicios: la pornografía, el sexo, los *strippers* en la avenida Insurgentes, mi apetito descomunal y hasta mis tempranas lecturas ateas y anticlericales. Todo era parte de una suerte de plan divino donde lo racional y lo epicúreo se reconciliaban perfectamente con la fe. Yo tenía un trato especial con Dios y podía hacer básicamente lo que se me diera la gana. No en balde creía en el refrán agustiniano: "Ama y haz lo que quieras". Yo amaba y hacía lo que deseaba, por supuesto. Lo que, sin embargo, no dejaba de ser harto excéntrico era mi amistad con dos ateos recalcitrantes, Javier y Abelardo: el racional y el pragmático. Aunque sólo Abelardo lo mostrase, Javier era tan anticlerical como Abelardo. El primero no perdía oportunidad para explayar su sarcasmo; Javier, en cambio, despreciaba a los curas, pero no lo expresaba. Amancio era, desde la época del bachillerato, católico confeso pero, a pesar de serlo, era discreto en su fe; su catolicismo era distinto al mío: el suyo era encubierto y reservado; el mío, evangelizador, incluyente y por lo mismo insoportable. No sé bien cómo explicar esta diferencia. El catolicismo de Amancio se había incubado con los *boy-scouts*, tipos a quienes yo, por cierto, odiaba desde que mi padre tuvo la peregrina idea de meterme con los llamados "lobatos". Mi catolicismo, a diferencia del de Amancio, era ecuménico, integraba a pobres y judíos, o eso decía yo. El suyo era elitista, clasista y para blanquitos. (A veces he pensado que si no fuera por la literatura, Amancio hubiese acabado en el Opus Dei.) El mío, en resumidas cuentas, era sincrético —no en balde mi madre era judía, pensaba, como Jesús y Pedro, y este argumento, por supuesto, me servía a la perfección para mis alrevesados propósitos teológicos: conjugar judaísmo y cristianismo en una suerte de fe superior, algo así como la raza cósmica de Vasconcelos pero en versión cristológica.

Pero ¿cómo conseguía hacer compatibles mis grupos de oración los jueves y mis desmanes eróticos los viernes? ¿Cómo reconciliaba mi amistad con ateos, por un lado, y mis cursos de evangelización los miércoles en El Altillo, por el otro? ¿Cómo hice para disociar las misiones cristianas adonde iba a predicar la palabra del Señor (Biblia en mano) con las lecturas de Sartre, Russell y Nietzsche que Abelardo y Javier me endilgaban?

Disociación. Personalidad múltiple. Distintos heterónimos. En resumen: un vehemente e insoportable Goliadkin mexicano.

16

Querido Javier,

Gracias por tu correo. Me alegra saber que ya tienen el coche. Ojalá les sirva este año que pasarán en Princeton. Debe estar mugroso por dentro y por fuera. Mi estudiante, el cadete Huerta, es bastante despistado como podrás imaginar. Le pedí que te lo entregara limpio, pero seguro no lo hizo.

No te pregunto cómo están ni qué tan bien se han ajustado al estilo de vida americano, pues ahora mismo necesito contarte algo en extremo delicado, y es que aquí en Aix las cosas van de mal en peor. Una nube negra, de mal agüero, se cernió sobre nosotros y no conseguimos escapar de su sombra. Lourdes y yo seguimos empantanados como los melancólicos o depresivos: adonde van, la maldita nube negra los persigue. Te ruego no le digas una palabra a Rosario, pues ella luego se lo cuenta a mi mujer. No tengo a nadie con quién hablar en Aix. Ni un amigo ni un conocido. A Aaron Miller, el inglés de quien te he hablado, no le tengo la confianza para contarle mis problemas conyugales, y mucho menos los últimos. Si al menos supiera el trasfondo de nuestro pasado, nuestras disputas en Carlton, pero allá nunca coincidimos y sólo los vimos una vez antes de partir. Soltarle al inglesito, de buenas a primeras, lo que te paso a contar, sería un despropósito.

Para no demorar el misterio, te lo digo con una sola frase: hace tres horas Lourdes me agarró a golpes. Eran las diez de la noche. Habíamos vuelto de cenar una excelente carne tártara. Natalia vino con nosotros, y a pesar de la sutil agresividad de que fui objeto durante la tarde, mi hija no pareció enterarse de la nube que se empozaba sobre sus padres, tal había sido el arte de nuestra simulación. Obviamente, esto no iba a perdurar: esos nubarrones terminan por estallar, y lo hicieron cuando Lourdes dobló un paraguas de metal en mi espalda y, de paso, me dejó con el dedo meñique lesionado. Aún me duele. La escena fue violenta. No podía quitarle el paraguas de las manos. Aunque me ha pegado varias veces, jamás había recibido la golpiza de ayer, te lo juro. En la cabeza, en la espalda, en los hombros, donde ella pudiera acertar y yo no supiera detener el siguiente golpe. Cuando por fin le arrebaté el paraguas, empezó a soltarme arañazos; finalmente me dio unos jalones y me rompió la camisa que me habías prestado. Traté varias veces de cogerle las manos, pero no pude. Lourdes estaba fuera de sí. Quise escapar de la casa, pero no me dejó. Cuando por fin conseguí abrir el ventanal eléctrico de la terraza para huir, se interpuso y lo volvió a cerrar. Literalmente me acorraló y me siguió soltando golpes por espacio de seis o siete minutos, hasta que, por fin, se calmó.

Natalia, al oír el altercado, salió espantada por la ventana de su cuarto. Mientras me golpeaba, le pedía a Lourdes que bajara la voz, pero no lo hizo. Al contrario: la alzaba, se desgañitaba al punto de que Natalia, quien veía un programa de televisión en su recámara, oyó la trifulca. Abraham, por fortuna, estaba con Stan, el hijo de los Miller.

Entre otras cosas, Lourdes me acusó de estar destruyendo su vida y la de mis hijos. Gritaba que yo había orquestado este año para usarla como personaje de mi libro y después propinarle un puntapié al volver a Carlton. Que por qué, si ella era feliz allá con sus amigas y su carrera de pedagogía, la había traído a Francia. Que por qué la odiaba tanto. Que ella era la mujer más desgraciada del mundo por haberme conocido, que le había destruido la vida, que me estaba llevando de corbata a Natalia y Abraham al haberlos traído un año a Aix con mentiras y embelesos, ¿lo puedes creer? ¿Un año de vacaciones a Francia y a eso ella lo llama destrucción? Le dije que ese chantaje era por demás infantil, que debía ser más lista que eso, que no me afectaba que lo dijese porque no era cierto, que la única que los envenenaba era ella actuando y vociferando de ese modo, hablándole a Natalia de nuestros problemas cada vez que surge algo entre nosotros y ella no encuentra a nadie con quien compartir sus desdichas (como hacía, por supuesto, con su hermana Tessi en Collado). Le he recordado infinidad de ocasiones, y otra vez lo hice ayer, algo a lo que ella misma se adhiere, pero que no es capaz de cumplir: "Recuerda que Natalia es tu hija, no es tu amiga, y que no debes compartir con ella tus problemas conyugales". Pero lo sigue haciendo, una y otra vez. Le habla a su hija mal de mí pasando por alto que soy el padre de Natalia, una niña de doce años. La compulsiva necesidad de contarlo la rebasa. Y eso sí es, a mi juicio, destruirle la vida a cualquier hijo. Mis padres lo hacían... De hecho, mi madre nos llamaba cuando estallaba de celos y no podía controlarse: necesitaba refrendar su punto de vista con los niños soñolientos a las dos de la mañana. En eso Lourdes es idéntica a mi madre por más que no lo admita... Nunca la ha querido, la aborrece desde que Lourdes le entregó una carta en Los Ángeles para que mi madre se la diera a mi suegra y mi madre, hurgona, la abrió y la leyó en el avión. En la carta, Lourdes hablaba pestes del mensajero, es decir, de mi madre, es decir, de *su* suegra. ¡Y apenas llevábamos un año de casados! ¡Imagínate! Lourdes, por supuesto, se ofendió al descubrir que mi madre había abierto y leído una carta que no era para ella y mi madre se ofendió al saber que Lourdes hablaba pestes de ella. Patético, ¿no? ¿En qué cabeza cabe usar de mensajero a la misma persona de la que estás hablando mal? Sólo en la de Lourdes. Claro, al año de casados, mi mujer no conocía a su suegra y no imaginaba de lo que es capaz. Yo me pregunto: ¿en qué se distinguen las dos, finalmente? Lourdes habla de la desvergüenza de mi madre y ella, no obstante, ha confesado leer mi novela sin mi autorización, es decir, haber cometido la misma barbarie al fisgonear en mi computadora. ¿En qué se distinguen las dos?, le dije y por supuesto se quedó plantada en el suelo. ¿Y cómo puede mi mujer, digo yo, señalar a mi madre con su dedo flamígero? ¿Cómo se arroga ese derecho? No es la primera vez que se mete en mis archivos. Ha abierto mis correos cada vez que ha podido, con las obvias consecuencias.

Perdona la intensidad y longitud, pero necesitaba desahogarme y no puedo hacer llamadas a México. Estoy jodido. México, nos ha dicho la casera, es el único país al que no podemos llamar desde Aix, así que si tienes teléfono en Princeton, dámelo, o llámame cuando puedas. Harás de psicólogo, para variar... Si pudiese, ahora mismo le llamaría a mi psiquiatra, pero está claro que este año me las apañaré con mis fantasmas. Mi mendrugo de pan será este maldito libro que escribo...

Lourdes dice que se va a México con los niños. Ha perdido la cabeza.

17

Querido Eugenio,
Leo tu correo aterrado, consternado.
Pero ¿qué diablos le hiciste a Gloria? ¿Cómo empezó todo?
Jacinto

18

Nada, es mi primera respuesta, no le hice nada, Javier, te lo juro.

Todo comenzó a los cinco días de que mis cuñados volvieron a España con su hija malcriada y chillona. Apenas se reestablecía cierto (precario) equilibrio, cierta complicada paz tras varias semanas de peregrinar como gitanos por culpa de tu maldita boda salmantina el 15 de junio. Mi intuición me dice, sin embargo, que el verdadero problema surgió cuando, otra vez, hurgando en mi computadora, se puso a leer mi novela. La que escribo ahora, sí. En ella el narrador habla de su desmoronamiento matrimonial. ¡Qué falta de imaginación!, dirás. No te preocupes, no eres el único; eso mismo me gritó Lourdes enfurecida.

Si llevábamos un periodo malo (¿recordarás el tribunal al que fue sometida en la Sierra de Peñaclara?), esta lectura fue el detonante, la gota que derramó el vaso. Argumenta que la engañé trayéndola a Aix con el pérfido fin de poder armar mi relato, dice que necesito el delirio, la destrucción y el caos para crear y que la he metido en mi locura para poder escribir puesto que soy incapaz de inventar nada que no sea autorreferencial.

Dirás que no te digo aún cómo llegamos al punto en que ella se sintiera incapaz de razonar y comenzara a golpearme con el paraguas…

Al volver de la cena le dije que quería hablar con ella. Primero se negó. Yo insistí. Ella siguió negándose. Entonces un duendecillo me susurró al oído: "Lourdes sabe lo que vas a decirle, pero se caga de miedo." Así que simplemente le dije a quemarropa lo que ella esperaba oír: que aprobaba su demanda de divorcio, que congeniaba con su deseo de separarnos una vez volviéramos a Estados Unidos.

Dos días atrás, ella me había vuelto a pedir la separación a raíz de la lectura que había hecho de estas páginas sin tener yo, hasta ese momento, la menor sospecha de que se había metido a husmear en ellas. No podía adivinar (hace dos días) que esa lectura había desatado esta inopinada demanda de divorcio, así que simplemente le dije en subjuntivo y con la misma mala leche con que ella me había pedido la separación dos días atrás:

—Lourdes, todo lo que *sientas* y *pienses* sobre mí, yo también lo pienso y lo siento.

Petrificada, me dijo:

—¿Y qué es lo que siento y pienso, según tú?

—Tú sientes y piensas lo mismo que yo siento y pienso.

—¿Y qué es eso? —insistió.

—Lo mismo que tú —repetí.

—¿Y cómo lo sabes? —me dijo.

—Porque un duende me lo ha dicho.

Esto, lo sé ahora, le taladró el alma pues había dado en el clavo sin querer (o queriendo). Como si no hubiera oído una palabra, todavía sentados los dos en la terraza, Lourdes continuó diciendo que estaba finalmente feliz y tranquila pues hoy sabía lo que le esperaba al volver a Carlton: la placidez de la separación definitiva, la serenidad y seguridad de un divorcio civilizado. Todo eso me endilgó con rostro falsamente radiante, ¿lo puedes creer? Pretendía estar contenta con su nueva decisión, no obstante, las 48 horas siguientes mostraron lo contrario: nada de alegría, nada de paz interior, sino un soterrado coraje, perniciosas indirectas enfrente de Natalia. Es decir, 48 horas de ininterrumpida mala vibra con el fin de orillarme a que, 48 horas más tarde (ayer por la noche después de ir a cenar), le dijese lo que ella quería oír luego de haberme amargado la vida:

—Lourdes, estoy de acuerdo con lo que me pediste hace dos días en la terraza. Esto es insostenible. Los dos lo sabemos. Tienes razón. Te mereces algo mejor y yo también. Tenemos edad para conocer a alguien y poder, con un poco de suerte, ser felices cada quien por su cuenta. Adelante, pues, acepto tu propuesta, separémonos al volver a Carlton.

Y entonces, en ese instante, como por arte de magia, nomás terminar mis dos frasecitas, se soltó la peor gresca de mi matrimonio, sólo comparable a las que tuvimos de recién casados en Los Ángeles. Allí, en la sala de estar, hacia las diez de la noche, empezaron los golpes sin piedad, uno tras otro. Allí tomó lo primero que encontró a mano: el paraguas de metal, y allí mismo comenzó a pegarme con todas sus fuerzas.

No tengo ánimo para continuar. Estoy triste y exhausto y es tarde. Voy a intentar dormir, lo necesito. Hablemos cuando puedas.

Un abrazo desde la casa de Cézanne,

Eloy

19

Al padre Alfredo Navarro todos lo querían, todos le tenían sincera devoción. Yo, sin embargo, no lo quería por un sencillo motivo: desde niño, instintivamente, no quiero a aquellos que no me quieren. Y casi siempre acierto en esto; casi siempre identifico a los que no me quieren. Jamás me empecino en que me quieran; al contrario, me retraigo, me alejo, prudente, y no insisto. Ahora, pasados los años, creo adivinar por qué el padre Navarro no me quería y por qué jamás me hizo el más mínimo caso: porque Ada me había besado a mí primero, porque Ada me amaba a mí, su primo de doce y trece años, porque él amaba a Ada, porque él la besaba y porque él se la follaba en sus oficinas de El Altillo en Coyoacán mientras mis cándidos tíos cantaban alabanzas al Señor, mientras yo oraba con los ojos cerrados y mi padre comulgaba a cien metros de distancia de donde el venerado padre Alfredo, con su verga descomunal, desgarraba a mi prima de doce, trece y catorce años de edad. Este repetido suceso debió ser (¿qué otro?) la raíz amarga del suicidio de mi prima la Navidad pasada. Por supuesto, pasaron ya treinta años entre esos abusos de El Altillo y su muerte y por eso resulta difícil rastrear los orígenes: las huellas se emborronan, se disimulan con el paso del tiempo, se confunden con otras más recientes. Sus hijos, su ex marido, sus padres, cualquiera podría decir que ese suicidio lo motivó algún evento más reciente, y parecería de pronto verdad. No obstante, los orígenes deben haber sido esas orgías, digo yo, esos festines de carne que el glorificado padre Navarro, con su descomunal vientre y su descomunal verga, perpetraba en sus oficinas de El Altillo a puerta cerrada. La vestal fue mi prima Ada, la hija de la hermana de mi padre. Tal vez hubo otras (u otros), no lo sé. Lo que sí sé de sobra (porque Ada me lo contó antes de morir) fue que el padre abusaba de ella y que ella lo amaba a él como a un padre. ¿Cómo no quererlo, Eloy?, me dijo después de tantos años de tenebroso silencio. Era un santo. Todos lo amábamos, lo seguíamos, todos se encogían frente a él. Daba tanto a los pobres, hacía tanto por los desfavorecidos... Llevaba la Palabra del Señor a todos los rincones de México. Era incansable en su apostolado. El espíritu de Dios lo impulsaba con su fuego purificador, Eloy. ¿Cómo no servirlo y aceptar lo que te pidiera y te dijese que estaba bien? Al principio no entendía por qué me hacía eso a mí, por qué me llamaba a su oficina justo a mí, por qué me pedía que le chupara el miembro, por qué me subía el vestido y me hacía sentarme sobre sus rodillas y por qué me exigía que no se lo contara a nadie... No entendía, pero él me lo explicó con ternura y paciencia; él me lo dijo muchas veces mientras me estrujaba los senos y las nalgas y se venía (eso sí) siempre fuera de mí: "Porque eres mi predilecta, Ada; porque eres la sierva favorita del Señor, ¿no te das cuenta? Por eso tienes que hacer esto conmigo, por eso no debes jamás decírselo a nadie, ni siquiera a un confesor y mucho menos a tu primo Eloy, el niño pecador que osó besarte en los labios. Óyelo, a nadie. Yo seré siempre tu aliado, tu único vehículo hacia Dios; a mí me dirás tus pecados, tus secretos, y yo te los perdonaré. Si no me cuentas todo o si le cuentas lo que hacemos a alguien más, perderás el Cielo y no serás salva. Yo ya no podré hacer nada por ti. Te quedarás huérfana y sin Dios. Cristo Jesús me lo ha dicho y yo te lo repito: esto que hacemos es puro, santo y no debes sentirte mal. Tenemos Su bendición. Debes venir a buscarme cada vez que yo te lo pida y para ello debes decir que vendrás a confesión. Eso es todo. Ahora límpiate bien, acomódate ese lindo vestido y vuelve al catecismo. Deben estar esperándote".

Todo frente a las narices de mis tíos, sus padres. El mismo ritual, la misma bacanal, durante varios años.

No hay que ser un inspector de policía, digo yo, para rastrear el desasosiego temprano de mi prima, su escisión interna, su angustiosa sensación de pecado y su imperiosa necesidad de absolución. Todo continuo, contiguo, inmediato, mezclado en su perturbado interior. ¿Cómo contrarrestar esa impureza? ¿Cómo limpiar esa cosa extraña que se siente sin embargo abyecta? Con ayunos, flagelos, sacrificios y, sobre todo, con la convicción temprana de que estaba hecha para el claustro, para la vida monacal. Ada supo muy temprano en la vida que debía ser monja o hermana, pero se equivocaba. Ada se casó a los dieciocho con un joven misionero, otro trastornado como ella, y luego tuvo dos hijos con él. El hermano mayor de ese joven misionero violaría a su primogénito de doce muchos años después y yo simplemente razono, atribulado, así: ¿no habrá sido abusado este hermano mayor, este tío que no conozco, este cuñado de mi prima? ¿Se trata de una indisoluble cadena de acontecimientos, de aberraciones? ¿Cómo pasan estas cosas en la vida? ¿Cómo inician, dónde inician? Imposible precisarlo. Lo cierto es que la historia se repetía con su propio hijo veinte años más tarde y este suceso (¡claro!) colmó el vaso, precipitó la catástrofe, pero no modifica el origen (la raíz delirante) de su muerte: ésta se la impuso, insisto, Navarro cuando acusó su frágil y espeluznante belleza a muy temprana edad, la misma que acusé cuando nos besamos en su recámara y jugábamos al papá, la mamá y a los hijos.

20

Dormí pésimo. No pude conciliar el sueño sino pasadas las cuatro de la madrugada. Al despertarme (era mediodía) leí y releí dos correos que Eloy me había enviado. El primero dice que la decisión es mía, que yo elija si quedarme o volver.

Aunque quisiera, no puedo llevarme a los niños cuando apenas llegamos, cuando la escuela de Natalia y Abraham está a punto de comenzar. No es justo involucrarlos en nuestras peleas. Por eso, a pesar de lo que le dije, me quedo en Francia. Me siento sola, aislada, no conozco a nadie, pero debo ser fuerte, tal y como dice mi hermana Tessi en su correo.

No termino de entender por qué Eloy me hizo esto aquí, y en cambio no me dijo que ya no me quería en Carlton, donde tengo mis amigas, mi rutina, mi sostén. ¿Por qué nos trajo aquí? ¿Para destruirnos y hacer su novela? Como llevaba un año sin escribir nada, el hijo de puta necesita esta locura, este gradual desmoronamiento, y sólo para poder fabricarse una historia humana y verosímil, válgame Dios. Está loco y desea empujarnos hacia su demencia. Él es así, tal y como se describe en el segundo correo: un escritor que alimenta sus libros de la misma podredumbre que vive. Lo que más me duele no es eso, sin embargo; lo que más daño me hace es que él incite el caos y el desvarío para poder tener jugoso material. Eso me arde en lo más hondo porque el imbécil no parece percatarse de que pone en jaque a su familia, y lo hace sólo para poder escribir su novela.

En el fondo prefiero ser su amiga, la que leía sus libros cuando no me involucraban, cuando no éramos marido y mujer, cuando no existía una familia de por medio. Es mejor estar fuera de su vida porque así no sufres nunca leyéndolo.

Ahora necesito recuperar mi paz. Eso es lo más importante. Necesito recobrar mi estabilidad, mi equilibrio emocional. No puedo llevarme de calle a mis hijos, quienes de por sí fueron arrastrados a Francia con el señuelo de que sería una experiencia maravillosa, cuando no fue sino nuestro abstruso egoísmo el que nos trajo hasta aquí. Lo mejor hubiera sido quedarnos en Carlton.

Tengo miedo de la separación, tengo miedo del porvenir y de volver a equivocarme tomando una decisión en el calor del momento. Por eso no voy a llevarme a Natalia y a Abraham. Ésa sí sería una locura, la peor de todas.

A partir de hoy haré un esfuerzo por habitar bajo el mismo techo. No voy a permitir que vuelva a suceder lo que pasó. Me rebajé de tal forma golpeándolo que hoy, todavía, no consigo perdonarme. Necesito recuperar mi lado cuerdo, sensato. Leer en una novela lo que no es sino mutuo sufrimiento no me alivia, al contrario: me desquicia. Que él escriba lo que quiera, no soy quien para impedírselo, pero hoy, por fin, entiendo mejor a sus padres cuando decían que no podían leer sus libros: sufrían leyendo sus intimidades, aquellos pasajes de su propia vida de los que no se sentían especialmente orgullosos. Y el cabrón de su hijo los empleaba para aderezar sus relatos, y lo mismo ha hecho con sus hermanas, sus cuñados, sus vecinos, sus colegas y maestros, sus mejores amigos y enemigos. Con todos hace lo mismo. No tiene ningún respeto por la privacidad del otro. Es una máquina trituradora de vidas ajenas. Es definitivamente más fácil estar fuera de su vida que dentro, y yo, imbécil, elegí convertirme en su blanco, en su ficción.

Ahora, con maquiavélico arte, nos ha traído hasta aquí, y lo ha hecho con una sola pervertida intención: escribir su libro, la novela de nuestra destrucción, y eso no se lo voy a perdonar nunca.

21

Querido Eugenio,

Por lo que describes, Gloria cree verdaderamente ser un personaje de novela y cree asimismo que tú eres una suerte de doctor Frankenstein capaz de utilizar a tu familia para tus (malévolos) planes novelísticos. Ése sí es un gran argumento de novela, *pero sólo eso*: un argumento de ficción.

Ojalá, poco a poco, le puedas hacer entender lo principal: que tú no juegas con ella ni con Luna, que no planeas nada de antemano, y que tus novelas, basadas en hechos reales, tuyos y de tu familia, son siempre *a posteriori*, una consecuencia y *no una causa* de tu vida familiar.

Hablemos pronto.

Un abrazo,

Jacinto

22

Al volver de mi viaje, me matriculé en la carrera de Letras Hispánicas en la Universidad Nacional. En total pasé, aparte de los seis primeros meses en Israel, otros cuatro recorriendo ciudades y pueblos europeos. En muchos de ellos escribí poemas —algunos cuantos han sobrevivido el criterio del tiempo: San Gimignano, Aviñón, Nápoles, Bomarzo, Madrid, Lisboa—. Sin embargo, durante esa segunda parte del periplo, luego de abandonar Israel por barco, me dediqué a perseguir, como si se tratara de una mujer, la figura evanescente de El Bosco, quien llevaba tiempo obsesionándome. Dondequiera que había alguna pintura de él —Brujas, Gante, Lisboa, París, Viena, Venecia, Madrid—, me desplazaba sin pensármelo dos veces. Creo que vi todas las que aún existen. Conozco gente que ha ido a Europa tras las huellas de un general o un estadista famoso; conozco a una familia que fue a Europa para conocer los estadios de fútbol y a otros más que han ido al Viejo Continente buscando las mejores discotecas o los restaurants más *chic* o hasta los desfiles de moda. A mediados de los ochenta, yo era un joven viajero pobre y semiculto con una mochila en la espalda como único ajuar: me la pasaba en los museos y en ellos buscaba las poquísimas pinturas que aún quedan del genial holandés Hieronymus Bosch, quien, para colmo, solía no firmarlas.

Pero ¿por qué, de entre tantos otros artistas, El Bosco? Siempre he creído que tuvo que ver en ello la lectura que Javier y yo hiciéramos en el bachillerato marista de *Terra Nostra*. En ella, el famoso tríptico de Hieronymus Bosch, *El Jardín de las Delicias*, funciona como sinécdoque de la alucinada novela de Fuentes. En la realidad, este cuadro lo adquirió Felipe II por su intención moralizante, la cual, vista en perspectiva, parece todo salvo edificante al punto de no saber a ciencia cierta si Felipe II la compró por ingenuidad o porque en el fondo entreveía la intención subversiva del pintor humanista. Yo no conocía a El Bosco hasta que lo hallé en *Terra Nostra*. Por supuesto, inmediatamente comencé a admirarlo acercándome a las reproducciones de sus cuadros. (Hoy comprendo por qué, sin El Bosco, no existirían Otto Mueller, Max Beckmann, Cézanne o Remedios Varo.) ¿Qué me quedaba en aquel viaje, sino visitar y admirar esas pinturas? Y eso hice los tres meses que siguieron a mi estancia en Israel y Egipto.

Debió ser poco después de este periplo, casi recién desembarcado en México, que conocí a Carlos Fuentes. Tendría diecinueve años. Estaba alojado con mi familia en un espléndido hotel metido en la selva de Guerrero, en Zihuatanejo. Luego sabría que éste era uno de los sitios favoritos de Fuentes y su mujer y que, cada vez que deseaban huir del mundanal ruido, allí se refugiaban. En todo caso, yo viajaba esa ardiente tarde en un carrito descapotable que conducía a los huéspedes desde el lobby (en la cima de la selvática montaña) hasta la alberca (abajo, cerca del mar) y viceversa. Dado que el trayecto a través de ceibas, palmeras y lianas podía ser largo y cansado, el carrito le ahorraba al huésped el trabajo de desplazarse. En todo caso, yo iba absorto leyendo *Sobre héroes y tumbas*, de Sábato, cuando una mujer, sentada frente a mí, me soltó a bocajarro:

—Es amigo de mi marido.

Y yo, que no había comprendido bien lo que me había dicho (tan ensimismado estaba con el libro), le pregunté:

—¿Amigo de quién?

—Del autor que estás leyendo —me tuteó.

—¿Su marido es amigo de Sábato? —volví a preguntar un poco desatento o incrédulo; pensé que esa señora rubia estaba un poco chalada o algo por el estilo.

—Sí —me dijo.

—Qué bien —le respondí poniéndome de inmediato a leer. Unos segundos después, recapacité, dejé mi libro a un lado, y le pregunté a la guapa señora rubia del carrito:

—¿Y quién es su marido?

—Carlos Fuentes.

Me quedé helado. Silvia debió haber calibrado mi sorpresa, pues de inmediato una amplia sonrisa se dibujó en su rostro.

—¿Y dónde está él? —le dije como si se tratara de una Miss Universo y no de su marido.

—En la alberca.

—Pero si allá estaba yo y no lo vi —le dije.

De hecho, veníamos los dos de vuelta de la piscina camino al lobby del hotel en la cima de la enmarañada montaña vegetal.

—Pues allí lo dejé hace cinco minutos.

—¿Usted cree que le importaría que me acercara a conocerlo?

—Le encantaría —mintió.

Así fue que volví a tomar el carrito de vuelta al área de la piscina y allí, luego de un rato, lo encontré bajo una palapa bebiéndose un sabroso coco helado. Debí haberlo abrumado con preguntas, no sé, pero sí recuerdo haber caminado con él hacia la playa, haber vuelto a la alberca y después habernos despedido. Inevitablemente, la charla gravitó hacia el Colegio Marista, al cual él, como yo, había asistido de joven y, por ende, sobre su novela *Terra Nostra*. Cuando le dije que un amigo y yo la habíamos leído en dos semanas, me respondió ufano que un amigo suyo la había leído en el tiempo récord de cuarenta horas sin parar, lo que me dejó, por supuesto, desarmado. Cuando le dije que me había impresionado el momento en que Felipe II se pone a mirar un cuadro de Jesús arengando a sus apóstoles y luego observa, medio alucinado, cómo éstos se han puesto a masturbarse mientras lo escuchan, me dijo riendo: "A los hermanos maristas debe haberles disgustado mucho esta escena." Su suposición debía ser cierta si al menos hubieran leído la novela, no obstante, *Terra Nostra*, le expliqué, la habíamos leído sólo Javier y yo por solaz y no como parte de ninguna asignatura. Al hablar de *Terra Nostra* y el cuadro, inevitablemente surgió el tema de El Bosco, pintor quien, le dije, había conocido gracias a su novela y no al revés, cuestión que claramente le deparó profundo placer. Le dije que había vuelto de Europa hacía unos meses y que allá había estado persiguiendo las huellas de El Bosco. No sé qué más pudimos conversar esos cuarenta minutos, pero tengo presente ese primer encuentro "pictórico" con uno de mis ídolos literarios de la juventud. Años después hubo ocasiones donde coincidimos y charlamos, pero no estoy seguro de que él jamás hubiese hecho la conexión entre el adulto que en el futuro conversó con él y ese adolescente preguntón que lo siguió por el hotel selvático de Zihuatanejo. Nunca le dije que yo había sido aquel muchacho ni él jamás me lo preguntó. De cualquier manera, El Bosco y Fuentes están indisolublemente unidos en mi memoria como dos caras de una misma moneda, un mismo humanismo, una misma risotada. En ambos encontré la locura, la subversión, la temeridad y el desparpajo que yo aún no me atrevía a poner en palabras. Se sabe que cada cerebro asocia imágenes y anécdotas de forma inusual, algunas incluso de modo arbitrario. Ése es mi caso. Tristemente, hará unos meses me enteré de que el autor de esa ingente novela falleció y ahora mismo no olvido el momento en que Silvia, su mujer, interrumpió mi lectura de Sábato para presumirme gozosa la amistad de su marido con el novelista argentino. Pienso que ella debió haberlo amado y admirado muchísimo y que no sé si Lourdes a mí me amará un día igual o si terminará odiándome el día en que yo desaparezca del mundo.

23

Poco después de volver a México, recibí una llamada de Javier Solti. Sugirió que nos viéramos en el café Sanborns de la Carreta, conocido también como el Sanborns del monumento Álvaro Obregón, pues allí, enfrente del restaurante, en el parque La Bombilla, se encontraba, hasta hace poco, la mano cercenada del general Obregón dentro de una botella de formol, lastimoso espectáculo que los visitantes podíamos contemplar gratuitamente.

Una vez sentados en el hermoso recinto de azulejos con una fuente en medio y unos deliciosos bísquets recién tostados, Javier abrió un pequeño maletín de cuero y sacó un legajo de hojas engargolado:

—Mi novela —dijo, poniendo el libro frente a mis narices.

—¿Tu novela? ¡No me digas que la escribiste! —dije, aterrado.

—Sí, tal y como apostamos. ¿Ya se te olvidó?

—No, claro que no lo he olvidado —tartamudeé.

—¿Y la tuya? ¿La escribiste?

—No —dije avergonzado.

—O sea que mientras te paseabas por Europa e Israel, yo escribía mi primera novela.

—Tal parece que así fue. Ganaste.

—Sí, gané.

Realmente no habíamos apostado nada. Simplemente habíamos apostado. Desde que nos despidiéramos un año atrás y me marchara a Israel, algo más sutil y enmarañado que una apuesta era lo que en realidad había estado en juego: la dignidad literaria, la capacidad (o incapacidad) para poder crear una historia a partir de la nada; la tenacidad y disciplina para redactar doscientas cincuenta páginas de algo coherente o, quién sabe: acaso se trataba de humillar al otro al precio que fuere, lo cierto es que ambos habíamos apostado terminar nuestra primera novela en espacio de año y medio y Javier había ganado y yo había perdido. A partir de esa fecha descubriría también un rasgo fundamental de mi carácter, y es que suele bastar que alguien me ponga a prueba para que funcione, produzca, crezca de manera alarmante. Sucedía así en casi todos los ámbitos. Desde una carrera de 42 kilómetros o la osadía de subir el Popocatépetl, enamorar a una rubia inaccesible o terminar un doctorado. Siempre he sido así, no sé por qué. Si no hubiese tenido esos y otros retos, probablemente tampoco los habría conquistado. Pocos humanos funcionan de ese modo, lo sé ahora, y es precisamente el hecho de no haberlo comprendido a tiempo lo que me ha granjeado el odio de gente que quiero, hermanas y amigos, seres a quienes he pretendido desafiar o aplastar pensando que con ello les haría un bien a largo plazo. De allí que esa primera novela de Javier fuese el primer y verdadero acicate para que, dos años más tarde, surgiera la mía. Pero antes de que pasara aquello, teníamos que experimentar los dos, Javier y yo, con otra suerte de libro, uno que empezaríamos a escribir poco más tarde junto con Amancio y Abelardo. Para poder entrar, no obstante, a esa nueva fase de escritura experimental (es decir, escritura a ocho manos), es menester contar primero la historia del taller literario de los miércoles. Qué fue y quiénes iban, cómo surgió, qué sacamos de esos bizarros encuentros el tiempo que duró.

Durante el último año del bachillerato, antes de partir a Israel y a Europa, trabé una sólida amistad con mi profesor de filosofía mexicana en la preparatoria del Reina de México, aquella mediocre escuela en la que, por primera vez, conviví codo a codo con chicas hermosas, a diferencia del mentado bachillerato marista donde sólo se admitían hombres. El primer día de clases, Chema Lagos, el poeta nicaragüense, nos avisó:

—Para dar inicio al curso de filosofía mexicana que me han pedido enseñar este año, debemos dejar sentado claramente que la filosofía mexicana no existe.

Con este guiño, el nicaragüense me tuvo en su bolsillo, no así a los demás estudiantes, a quienes, ni les importaba la filosofía (mexicana, griega o alemana), y mucho menos comprendieron la ironía del nuevo profesor. Lagos era un tipo bajo, regordete, de lentes gruesos de carey, con poco pelo distribuido de manera azarosa y de mejillas sonrosadas que denotaban su ascendente anglosajón, y es que, como supe más tarde, su madre era norteamericana y su padre nicaragüense. Él no hablaba una jota de inglés, aunque hablaba griego y alemán. Había estudiado filosofía en Nicaragua, pero su verdadera pasión era la poesía y eso que él denominaba con absoluta seriedad la astrosofía, una disciplina que, al día de hoy, no sé si existe o él la inventó. En todo caso, la practicaba en todos los sentidos de la palabra: hacía cartas astrológicas de quien se lo pidiese y las pagara, así como analizaba poesía (el género que yo más amaba) desde el punto de vista alquímico y hermético. Tenía dos libros publicados: uno sobre Darío y otro sobre el coetáneo de Darío, el poeta nicaragüense Alfonso Cortés, no sólo opacado por la figura del primero sino también olvidado por culpa de su temprano suicidio. En todo caso, Chema Lagos no vivía de la enseñanza, sino de las cartas astrológicas que le pedían y, sobre todo, de los quesos menonitas que vendía a domicilio. Siempre llevaba cajas de queso en la cajuela de su destartalado Ford 1975. Para poder vislumbrar algo de la influencia de este personaje atípico, baste decir que ese Ford viejo de un azul desteñido no es sino el automóvil que aparece en una de mis primeras novelas, el cual funge como máquina del tiempo a través del cual los personajes logran saltar de una historia a otra; baste asimismo decir que Javier escribió su primer largo ensayo sobre un poeta mexicano desde el punto de vista alquímico, el cual Lagos le había enseñado a emplear para sus atrabiliarios análisis, y, por último, baste añadir que aquella novela a ocho manos que escribimos los cuatro entre 1988 y 1989, a raíz del taller de los miércoles, cobra su forma justo durante esos encuentros semanales. Incluso el nicaragüense Chema Lagos pasa a ser, más tarde, personaje de ese chocarrero libro generacional. Y aquí puede hablarse por primera vez de generación aunque entonces a ninguno de los cuatro se le ocurriera tamaña presunción. ¿Llamarse generación? Ridículo. Acabábamos de entrar a la universidad, cada uno a sus respectivas carreras, no habíamos cumplido los veinte años, compartíamos lecturas y textos, nos reuníamos con asiduidad (al menos todos los miércoles de taller y a veces los fines de semana) y sabíamos al menos una cosa: queríamos ser escritores, pretendíamos hacer novelas y quizá, con un poco de suerte, publicarlas algún día. ¿Eso es suficiente para llamarse generación?

Fui yo quien convenció, primero a Javier y luego a Amancio, de reunirnos a estudiar seriamente los libros que, de todas formas, leíamos. Luego busqué a Chema Lagos y le propuse la idea de un taller. Hoy a estas tertulias se les denomina club de lectura y casi podría haber sido uno si en el nuestro no hubiera existido un director de orquesta, alguien mayor que moderase la charanga y a quien todos los adeptos respetaran. Infiero que tal vez deseaba repetir (de manera inconsciente) aquel antiguo y añorado seminario al que asistí entre los quince y dieciocho años con Enrico López Aguilera.

Lagos aceptó y en un abrir y cerrar de ojos éramos entre diez y doce lectores ávidos de leer textos difíciles, impenetrables. Estudiar desde una perspectiva alquímica *El cementerio marino*, el *Primero sueño*, los *Cuatro cuartetos*, *Canto a un dios mineral*, *Fábula de Polifemo y Galatea*, *Piedra de sol* o *Muerte sin fin* era una tarea inolvidable, más si se acompañaba de canapés, cervezas y café, pero sobre todo de guapas y esbeltas compañeras que cada uno había traído de sus respectivas carreras y universidades. Primero nos reunimos en mi casa los miércoles por la noche, y más tarde en la de Laura, una chica bellísima, prima de Ismael Sánchez, mi mejor amigo, y compañera en la carrera de Derecho de Javier.

Allí sufrí también unos de los más bufonescos descalabros amorosos de mi vida. La joven se llamaba Irma Lozano y tenía nuestra edad. Era, de entre todas las participantes (Anabel, Emilia, Dánae, Laura *et alii*), la menos agraciada en todos los sentidos salvo en uno: parecía (que no era) la más intelectual. Sus redondos anteojitos estilo John Lennon, su tacto y mesura al ponderar una idea baladí, perfilaban la imagen de una refinada intelectual o investigadora de jeroglíficos. Tampoco es que fuera tonta, pero lo cierto es que no era bonita. Yo, no obstante, la encontraba la más bella mujer del planeta y al menos la más interesante del taller. Cada miércoles esperaba como un adepto a que la delgadísima Irma pronunciara una opinión sobre el largo poema que leíamos. No importaba qué dijera, sus comentarios me parecían ensalmos. Debo decir que, afortunadamente para mi ego, no fui el único en caer bajo el hechizo de alguna compañera del taller. Abelardo y Javier se enamoraron (pasajeramente) de Laura y Anabel, pero el único persistente en su inútil pasión fui yo. Ni siquiera la había besado y ya había perdido el sueño y el apetito. Sin darme cuenta, me estaba volviendo el bufón de los miércoles mientras acontecía, a la vista de todos, esa suerte de adoración contemplativa de la que Irma Lozano era deífico objeto. Por fin, desesperado ante el absurdo *impasse* en que me hallaba, una noche me atreví a decirle que me gustaba y que quería que fuera mi novia. Tuve, por supuesto, que armarme de un valor incalculable. Esas declaraciones de juventud suelen tener el mismo peso que el anuncio del fallecimiento de un ser querido. Hice de tripas corazón y se lo dije muerto de miedo. Íbamos en su coche. Creo que me llevaba a mi casa o fue al revés. En todo caso, recuerdo la absoluta falsa cara de sorpresa que puso cuando se lo pedí, como si en esos meses no se hubiera percatado de mi arrobamiento. Impasible y expedita, segura de llevar la sartén por el mango, me contestó:

—Te ruego me des un mes para pensarlo.

Incauto, se lo di.

No era entonces lo que se dice cándido, no obstante, tratándose de amores, la verdad es que nunca se acaba de aprender, y yo aprendí a los treinta días lo que a muchos les lleva largos años: que cuando alguien te pide tiempo no hay que darlo, pues la respuesta ya está dada, sucede simplemente que no la hemos oído, sucede que queremos padecer en la falsa esperanza como si ella, la esperanza, pudiera cambiar el porvenir. Lo cierto, no obstante, es que el destino se ha escrito cuando alguien te pide un mes para meditar si quiere estar a tu lado. En estos casos, lo más probable es que esa chica espera a su vez que otro chico del taller le ponga atención, descubra algo espectacular en ella, y esto, claro, sucedió. Irma terminó enamorada de un joven químico que aparecía y desaparecía los miércoles de taller —tal vez sólo iba por algo que no era precisamente el análisis literario—. Al exacto mes de mi infamante espera, contando los días en duermevela, a solas le pregunté poco antes de que diera inicio el taller:

—¿Lo has pensado, Irma?

—¿Qué? —me preguntó con perfecta naturalidad.

—¿Lo has olvidado? —insistí con un temblor en la mejilla.

—Perdona, Eloy, pero no sé de qué libro hablas.

—No hablo de un libro —dije aterrado—. Hace un mes te pregunté si querías ser mi novia.

—Ah, eso —respondió despreocupada—. No puedo ser tu novia, Eloy, porque estoy saliendo con él —me dijo señalando al químico, quien en ese preciso momento se acercaba hacia nosotros: era idéntico a ella. Parecían hermanos. Los mismos anteojos, la misma sonrisa bovina, la misma mesura, la misma falsa agudeza y escasez de ideas. Tal para cual. Una espina se clavó en mi corazón, pero otra salió de inmediato. Algo entró y algo salió. Era un dolor y era un alivio. El bufón de los miércoles podía, por fin, abandonar su escarnecido disfraz. Ahora restaba ponerse circunspecto, dejarse de amores atolondrados y ponerse a escribir en serio. Y eso hice junto con Amancio, Abelardo y Javier. Durante un año exacto, todos los sábados y domingos, nos reunimos en casa de Sanavria. Él era el único que en 1988 tenía un artefacto llamado computadora. Los demás escribíamos en máquinas o incluso a mano. No obstante, sin el taller de los miércoles no habría existido una primera novela al alimón y por ende tampoco habría habido una generación, pero sin ese sueño compartido jamás habría existido un taller rebosante de chicas hermosas durante tres años. Teníamos veinte años y podíamos comernos el mundo, ¿por qué no?

24

Ayer fuimos al Castillo de If, en Marsella. Visitamos la siniestra fortificación de la isleta, la cual fue utilizada como prisión desde el siglo XVIII y donde mi héroe de juventud, el Conde de Monte Cristo, fue injustamente encarcelado. Por supuesto, mientras que estuvo en prisión y años antes (cuando todavía era el prometido de Mercedes) se llamaba simplemente Edmundo Dantès. Curiosamente leí esa novela en Zihuatanejo, pero lo hice mucho antes de aquel primer encuentro con Fuentes. Debía tener quince años y recuerdo que la terminé en menos de una semana. *El Conde de Monte Cristo* es larguísima, pero a diferencia de las otras grandes sagas de la época, la novela de Dumas se lee con una avidez rayana en el paroxismo. Como dice Eco, el lector espera con ansia el momento de la revelación y las venganzas, una a una desgranándose. ¿No será ese ingrediente parte del éxito de la trilogía de Stieg Larsson también? ¿No será la vindicación la columna vertebral de ambas historias, sólo que en vez de un hombre, esperamos la vindicación de la joven protagonista? En cualquier caso, no íbamos en realidad al Castillo de If sino a la isla de Frioul, al lado de la primera, para refugiarnos del calor que ha azotado Aix estos días haciendo de nuestro hogar un hervidero sin aire acondicionado.

El día era excepcional. Encontramos una pequeñísima caleta donde ningún turista suele acercarse. El continente de bañistas que, como nosotros, tomaron el barco en el puerto y desembarcaron en la isla, se dejó conducir en trenecito a una pequeña playa atestada de gente. Apenas se podía caminar en zig-zag entre tantos cuerpos tirados al sol. Dado que Abraham había estado necio con hacer saltos desde alguna plataforma rocosa (su principal placer en la vida), me salí de la playa sin decir una palabra y me puse a merodear los desérticos alrededores de la ínsula.

Justo al otro lado de lo que no era sino una suerte de escarpado acantilado, hallé lo que buscábamos: una caletilla silenciosa.

Cinco yates fondeaban allí. Volví por Lourdes y los niños a la playa, compramos cervezas y refrescos y tomamos el pedregoso camino del acantilado adonde a nadie se le había ocurrido ir, no al menos esc mediodía. Abraham encontró las rocas de donde poder tirarse al mar y yo, haciendo acopio de fuerzas, lo seguí; Lourdes leyó un rato, luego nadamos y nos asoleamos sobre unas piedras lisas; Natalia hizo amistad con dos parejas de franceses jubilados, dueños de los dos yates más próximos a la orilla. Los franceses les prestaron snórkeles y visores a los niños, les regalaron cocacolas y, para remachar la tarde, pusieron música guapachosa en honor de los mexicanos que invadían su privacía y su soledad. Sacaron una botella de ron, la compartieron con Lourdes y conmigo a falta de tequila o mezcal, y finalmente las tres parejas nos pusimos a bailar en la popa de unos de los yates. Eran las siete cuando nos despedimos no sin antes tomarnos algunas fotografías. Natalia y Abraham dijeron que, a partir de ahora, este pequeño santuario sería su lugar favorito de Francia, incluso más que el puerto de Cassis, adonde habíamos ido la semana anterior. Evidentemente la relación con Lourdes ha mejorado años luz en apenas cuatro o cinco días. Ponernos a bailar, incluso tomarnos de la cintura (a pesar de haberlo hecho a instancias de las dos parejas del yate), es un salto cualitativo. Abraham y Natalia han cambiado también en estos cuatro días: se ven más contentos, más dicharacheros. Lourdes se ha dado cuenta. De la pelea no ha hablado y ni siquiera me ha pedido perdón, aparte de aquel correo donde me decía que no deseaba volver a convertirse en un monstruo, esa cosa informe que nadie más que yo conseguía sacar de su corazón. Ni una palabra ha añadido, y yo así lo prefiero. Tampoco me importa que me pida perdón. Para mí estuvo perdonada diez minutos después de la golpiza y los destemplados gritos.

Volvimos a Aix en autobús, lo cual no es, como pretenden los franceses, una tarea sencilla a pesar de la corta distancia. No sólo tuvimos que tomar el ferry de vuelta húmedos y con la piel cubierta de sal, sino que, una vez tocamos tierra, anduvimos diez empinadas calles atestadas de árabes y negros con cara de pocos amigos hasta la estación, y de allí cogimos luego el autobús que nos dejó en la Rotonda, en el centro de Aix, con su hermosa fuente esculpida con leones.

Muertos de hambre y sedientos, llevamos a los niños a cenar *shawarmas* asegurándoles que eran tan sabrosos como los tacos al pastor pero sin piña ni limón. Al lado del local (detrás del Hôtel de

Ville) hay un excelente Irish Pub que Lourdes y yo habíamos descubierto antes de nuestra batalla y adonde puedes llevar los alimentos sin que nadie te diga una palabra. Y eso hicimos: compramos los *shawarmas* y compartimos unas buenas pintas entre docenas de jóvenes franceses.

—Estos no son como los tacos al pastor —dijo Abraham; Lourdes y yo nos miramos a punto de reírnos—, pero están buenísimos...

25

El año que pasamos los cuatro —Abelardo, Amancio, Javier y yo— escribiendo aquella vieja novela al alimón, no sólo se convirtió en un curso intensivo de estilo, estructura, tiempo y punto de vista, caracterología de personajes y cuanta cosa puede ocurrírsele a alguien que se ponga a escribir un relato, sino que, sobre todo, me impulsó a escribir inmediatamente después mi propia primera novela.

El método, sin proponérnoslo, funcionó: encontrarnos en casa de Abelardo todos los sábados y domingos, a veces después de desayunar en algún café cercano, sentarnos frente a la vetusta pantalla y dirimir cada adjetivo, adverbio o frase que añadíamos o mutilábamos de manera más o menos democrática. Antes, sin embargo, habíamos diseñado la pormenorizada historia. Esto lo hicimos durante algunas sesiones del taller de los miércoles. De una u otra manera, faltaba lo más importante: poner manos a la obra y dejarnos de especulaciones. Por supuesto, incluimos en el libro (camufladas) a varias de nuestras compañeras de taller, así como al poeta nicaragüense Chema Lagos. El título del libro, juguetón, era *La muerte de Artemio Krauze*, pues era el año en que el historiador Enrique Krauze había publicado, con la venia de Octavio Paz, un libelo demoledor contra la obra de Fuentes (a quien, entre otras cosas, descalificaba como falsamente mexicano), a quienes los cuatro admirábamos. Terminamos nuestro propio relato, creo, en el verano de 1989 y por votación unánime decidimos dedicárselo a Brooke Shields. Lo cierto es que, una vez concluido, no deseábamos volver a saber de él, como tampoco deseábamos saber nada de nuestras respectivas humanidades. Necesitábamos un poco de aire. La parte más vulnerable, a veces violenta u obcecada de cada uno, salió a flote durante esas jornadas pletóricas de arengas, negociaciones estilísticas y mutilaciones dolorosas. La generación se empezaba a perfilar. Ya no podíamos ser, a partir de ese insensato año, los agradables amigos del bachillerato que toman café, comparten libros y muestran su mejor cara los miércoles durante el taller colmado de chicas bonitas. Durante ese breve periplo supimos lo que cada uno defiende y también a lo que cada uno se opone en materia de literatura, y aunque estábamos en pleno terreno de la ficción durante esas sesiones, todos sabemos que la ficción contamina la realidad y que ésta, a su vez, permea indefectible a la ficción. Era hora, sin embargo, de cumplir mi propia apuesta con Javier.

Me encerré en mi cuarto, el cual era, para mi buena suerte, una especie de buhardilla con baño separada de la casa de mis padres y mis hermanas. En ella tenía mis amados libros adosados a la pared, mi música clásica, mi máquina de escribir y, sobre todo, mi privacidad. Nada me incordiaba, salvo no haber escrito ese maldito libro a solas. Sin proponérmelo, el relato se apoderó de mí una vez me lo propuse y me senté a escribirlo. Era mi historia de amor y la historia de mi cuerpo: mi primer encuentro sexual a los trece años con una prostituta en Baja California. A partir de ese pasaje, la narración cobró su rumbo, se desovilló ella sola.

Baja California había sido la tierra de mi abuelo paterno. Allí nació. Luego sabría que sus abuelos también eran de allá y que el ascendente se remontaba a un primer norteamericano de Missouri que llegó a Baja California en el siglo XIX y éste a su vez de una madre alemana de apellido Élmer. No en balde, mi padre amaba ese rincón del noroeste y allá nos llevaba cada verano. Mi primera novela inevitablemente gravitó hacia esas playas vírgenes, hacia esos cielos tachonados de gaviotas, a su desierto y mayestáticos cactus, su ríspido mar, su centro fayuquero, sus puestos de pescado y birria, su prostíbulo y bares, su largo malecón y todos esos recuerdos que cargaba de mi adolescencia y mi niñez.

La novela tenía cuatro partes, cada una transcurría en un solo día y ese día se llenaba de *flash-backs* vividos por el protagonista en otro pasado más remoto aun —casi siempre se trataba de su propia infancia—. El cuarto día (o cuarta parte) tenía que ser distinto: en lugar de *flash-backs*, el adolescente tiene una epifanía "futura" y por lo mismo surge (*adviene*) un *flash-forward* al final. El adolescente no imagina ya, sino vive literalmente, un día específico en París en febrero del 2006. Recuérdese que estamos en 1989 y que escribo esa primera novela diecisiete años antes de esa fecha. Lo interesante de ese cuarto día o cuarta parte es que allí apunto algunas predicciones que yo conjeturaba, las cuales, pasados los lustros, no fueron tan descabelladas ni tan ajenas a la realidad. En otras palabras, inventaba o moldeaba mi futuro. O tal vez lo invoqué. Mi abuelo paterno decía que uno debe tener cuidado con lo que se quiere, pues los deseos se cumplen. Y aunque yo no puedo decir si aquella descripción de lo que sería yo en el 2006 entrañaba o no mi deseo, lo cierto es que nunca he vuelto a repetir el experimento, aunque sí imagino a veces cómo será mi vida a los sesenta o setenta años. ¿Quién no lo hace? Hoy, por ejemplo, añoro algo que no añoraba en 1989: ser, por sobre todas las cosas, moderadamente feliz el tiempo que me reste. Eso deseo, abuelo. Simple, pero no tan simple, por supuesto. Creo, no obstante, que he andado más o menos por buen camino hacia ese fin. Entre la desdicha gratuita en que transcurrió mi juventud peleando con mis padres y maestros, hasta el día de hoy, treinta años más tarde, viviendo en Aix con mi familia, la curva de la felicidad va en ascenso, y esto a pesar de mis disputas con Lourdes. De alguna extraña manera que no termino de entender, esta batalla soterrada (y a intervalos) con mi esposa no ha conseguido dentar esa curva. Al contrario: cada día siento su ascenso, la percibo ineluctable dentro de mí. Y eso me da, otra vez, una profunda tranquilidad y sosiego. No importa lo que el porvenir nos depare, no importa este año en Aix, esa curva va en ascenso. Puedo, claro, sentirme a ratos desdichado cuando, por ejemplo, no consigo ponerme a escribir; puedo a veces sentirme desdichado cuando peleo con Lourdes o puedo sentirme desdichado cuando regaño a Natalia y Abraham por estar peleando o desobedecer; no obstante, esa curva sigue, imperturbable, su ascenso, y esto es, para mí, lo francamente insólito del asunto. ¿Por qué asciende la flecha? Infiero que tendrá que ver, al menos en cierta medida, con el cerebro, con la manera en que la serotonina y los neurotransmisores modelan mis sentimientos y mis ímpetus, y lo hacen, al final, sin reprimirlos, sin asfixiarlos. Eso es lo más raro, sí, eso es lo curioso de este enigmático proceso químico y celular que vivo. Puedo seguir siendo yo, puedo continuar expresando atrabiliariamente mis emociones como suelo, y sin embargo el cerebro está, cómo explicarlo, monitoreándolas, aquilatándolas, verificando que el equilibrio interno se sostenga y que todo marche correctamente hacia el objetivo final, la meta insoslayable: vivir moderadamente feliz. Tiene que ver con cierta aquiescencia que tal vez otorga el acercarse a los cincuenta o tiene que ver con los duros sentones de la vida, quién sabe. No hay dolor en ello. No hay frustración. No hay rencor. Es, al contrario, como descubrir que tienes una verruga o una pequeña cicatriz o que no eres tan bonita como toda la vida te habían dicho tus padres. De repente lo sabes y lo aceptas y está bien. De pronto te llena de dicha mirarte por primera vez en el espejo tal y como eres, y ahora sí, te dices seguro y tranquilo: "Vamos a vivir en paz". Claro, faltan muchos años para que esta estúpida revelación surja, faltan golpes y descalabros para que la felicidad de la aquiescencia tome el control de mi vida. Mientras tanto, hay que pagar el maldito precio de ser joven, tonto, ambicioso y gratuitamente desdichado...

Llevé las primeras páginas de ese relato en ciernes al Sanborns de la Carreta. Amancio y Javier las leyeron, las comentaron e hicieron algunas correcciones, sobre todo en relación a los tiempos verbales. Este detalle (los tiempos verbales) en una novela erótica que salta del pasado al futuro en un abrir y cerrar de ojos y luego del pasado a un pasado aún más remoto, era quintaesencial para su comprensión. Conforme avanzaba —a veces redactándola en total frenesí—, seguíamos reuniéndonos en Sanborns. Abelardo, unos años mayor que nosotros, tenía un nuevo puesto político como secretario del procurador de Justicia del Distrito Federal y no aparecía en nuestras tertulias. Piquer, por su parte, escribía su primera novela, la cual, a pesar o gracias a su prodigiosa fuerza verbal, gravitaba hacia la alegoría fantástica. Era curioso: afincado su inobjetable talento, Amancio se volvía cada vez más inescrutable en sus cuentos, más evasivo, el lenguaje lo envolvía todo y no dejaba oxígeno para la simple continuidad. La claridad y fluidez desmayaban con cada nuevo texto que nos traía. Leerlo era un ejercicio alucinante, no obstante nunca estaba uno seguro de haber entendido "correctamente" lo que se estaba leyendo. ¿Esa imprecisión en la que se mecía el relato era una meta estilística o una falla narrativa? ¿Cómo había que interpretarla? Sea como fuere, Amancio eligió seguir por esa línea, agudizando la belleza al precio de su ininteligibilidad. El caso de Sanavria era justo el opuesto: el estilo no importaba o si importaba, era un mero sucedáneo de la anécdota. La trama, el suspenso, lo era todo para él. Sin ellas, no había historia, y sin ésta no había novela. Y no es que Abelardo escribiera mal; todo lo contrario. Escribía como hablaba: racional, pragmática y eficientemente. Sin tapujos, sin adornos, yendo siempre al grano del asunto. Una frase suya resumía su *ars*: "Cuando un día sea traducido, nadie va a notar el esfuerzo que he puesto o no he puesto en el estilo." Abelardo era un escritor neutro, límpido. No escribía, redactaba. Leerlo era una experiencia parecida a como él mismo deseaba ser leído: en traducción. Uno detectaba un estilo supeditado a la narración y no al contrario, como yo siempre había creído. Abelardo pensaba demasiado en el lector. Amancio no pensaba en el lector. Y no sé si Javier estuviera o no en un punto intermedio entre los dos, un espacio a caballo entre lo conjetural y lo realista, entre la ambigüedad denotativa y la certidumbre connotativa y realista. Lo que sí quedó claro con el paso de los años es que no siempre estaría dispuesto a llevar el riesgo formal al punto de osar perder a sus lectores y por ende, las ventas y, por lo mismo, su fama. No iba a llegar tan lejos en su experimentación, estaba claro. Amaba la literatura, amaba la novela, pero amaba el reconocimiento también.

Una vez concluida mi novela erótica, dedicamos muchas horas a la lectura de esa primera novela de Amancio en el Sanborns de la Carreta. Los dimes y diretes, las mismas disputas por un adjetivo o un adverbio, todo eso que habíamos creído dejar atrás con aquel viejo libro al alimón, resurgía de las cenizas. Aparte de escribir nuestros respectivos relatos, los cuatro hacíamos reseñas para distintos diarios. Abelardo y Javier publicaban con Manuel Caballero en *Punto* y Amancio y yo publicábamos cada semana en el *unomásuno* de Huberto Batis. Cuando nos sentábamos a charlar, indefectiblemente surgía la figura de nuestro temible maestro. Siempre había una anécdota nueva que contar en relación a las visitas que le rendíamos a la redacción del periódico cada semana para llevarle nuestra nota. Batis nos daba miedo. Lo queríamos, pero le temíamos. Llegar a la redacción, subir los dos pisos para llegar a su oficina, aclararse la garganta antes de entrar, secarse los dedos sudorosos de la mano en la camisa, alisar las tres cuartillas mecanografiadas que el maestro iba a destazar en cuestión de segundos, saludarlo y tenderle las hojas desde el otro lado de su atestado escritorio, era un ritual semanal que ninguno de los dos podremos jamás olvidar. Batis era enorme: alto, gordo, con unas barbas inmensas, unos ojos pequeños y terribles y, por extraño que parezca, una voz de niño con bondadosa sonrisa, la cual chocaba tremendamente con su espíritu demoledor. Lo que tenía que decir, lo decía sin tapujos. Si el texto que cualquiera llevaba a la redacción era una mierda, Batis decía: "Esto es una mierda" y acto seguido añadía: "Lárgate de aquí", o bien: "Cuando aprendas a escribir, regresa". Esta visceralidad tenía la ventaja de que te presionaba a entregar una reseña lo mejor posible, a riesgo de padecer un insulto. Debías cuidar cada coma y cada acento, cada frase, cada idea. Debías ser claro. Debías ser conciso. Debías ir al grano, ser analítico y finalmente debías aprender a dar un juicio de valor y no a andarte por las ramas con ambigüedades. En especial esta última recomendación era la que alejó a muchos críticos de nuestra generación de su oficina, tipos quienes no podían (o no sabían) no andarse por las ramas. Su arte era el de la vaguedad crítica, o como Alfonso Reyes dijo alguna vez: el miedo a no machucarse los dedos diciendo lo que realmente piensan sin importar las consecuencias. En todo caso, esos años con Huberto Batis nos enseñaron a escribir. Si Amancio y yo creíamos que ya lo sabíamos todo, descubrimos que faltaba mucho para poder escribir *razonablemente* bien.

26

Mientras, veloces, se sucedían semanas y meses de libros y lecturas, talleres y cafés, cada uno hacía lo que podía con sus respectivas carreras universitarias. Para todos, excepto para Abelardo, hacer una carrera era, en el fondo, un pesado fardo que cargar, un ritual estúpido e inmisericorde. No es que fuera difícil o doloroso; era simplemente inútil, ocioso, trivial. Si lo que uno deseaba era escribir, si se sabía muy temprano lo que se quería en la vida, matricularse en cualquier otro asunto resulta un estorbo, un pequeño problema. Ingresar a la universidad a los 18 o 19 era como entrar a un programa de reducción de peso. ¿Para qué, por qué, si soy feliz con mis kilos de más? Y la respuesta a la pregunta era inobjetable: porque eso es lo aconsejable, lo prudente, lo que hace todo mundo en su sano juicio y porque, finalmente, no hay otra cosa mejor que hacer a esa edad. A menos, claro, que uno quiera emplearse en un trabajo manual a tiempo completo. Ésa era evidentemente la otra posible alternativa. Trabajar. Ninguno de nosotros tenía que hacerlo, claro. Nuestras familias podían apoyarnos mientras que continuásemos nuestros estudios. Y aunque los tres hallamos efímeros empleos, algunos de medio tiempo, en el fondo ninguno vivía del sudor de su frente o sus ahorros. Trabajar unas horas alguna temporada era, más bien, un sucedáneo, una forma más o menos chapucera de ingresar a la maquinaria laboral mexicana —y yo ya lo había hecho durante un año en la Dirección de Publicaciones de la SEP—. No había, pues, remedio: había que estudiar una licenciatura, estudiar cuando lo único que queríamos era que nos dejasen en paz para dedicar todo el tiempo del mundo a la lectura, que nos dejaran en paz para poder, con un poco de suerte y empeño, escribir un gran libro. Pero no había escapatoria: a los veinte años se estudia una carrera o estás jodido. No yerra Lennon cuando canta: "When they've tortured and scared you for twenty-odd years, / Then they expect you to pick a career". Sí, un título universitario, una carrera, una especie de colchón o salvavidas en caso de que no consigas hacer lo que pensaste hacer a los 20 años. Por eso te lo recomiendan ampliamente tus progenitores. Por eso hay que meterse la píldora y hacer de tripas corazón y terminar una licenciatura a como dé lugar. Eso hicimos. Amancio en la Universidad Iberoamericana. Abelardo en la Escuela Libre de Derecho. Javier y yo en la UNAM. Pero, como ya conté, de los cuatro, sólo yo fui lo suficientemente fiel (o estulto) a mis altos principios literarios para no desviarme demasiado y entrar a la carrera de Letras Hispánicas en la Facultad de Filosofía de la UNAM, la cual era aledaña, para nuestra suerte, a la de Derecho, donde Javier estudiaba lo que no quería estudiar. Digo suerte, pues podíamos huir en estampida a cualquier café a charlar sobre Soares y Cioran cada vez que teníamos un par de horas ahorcadas, o de plano, cuando ya no aguantábamos el calor, las aglomeraciones de estudiantes en los pasillos o la torturante expectativa de un profesor soporífero. Con todo, Javier los tuvo más que yo, según me contaba entre sorbos de café o mordidas de bísquets con mermelada. Yo al menos tenía la fortuna de asistir a clase con excelentes profesores. A algunos incluso los había leído y estudiado; eran parte de mi canon literario mexicano: Salvador Elizondo, Ramón Xirau, Manuel Ulacia, Eugenia Revueltas, Ludovic Osterk, Elsa Cross, Jorge López Páez, Huberto Batis, Armando Pereira, Federico Patán y Silvia Molina. Esta última se convertiría, dos años más tarde, en mi editora. En ese entonces, sin embargo, mientras tomaba apuntes para su clase de literatura prehispánica, no tenía la menor idea de que Silvia publicaría mi segunda novela, la cual comencé a escribir inmediatamente después de dar por concluido el relato erótico basado en mis recuerdos de niñez en Baja California. Esta vez deseaba escribir mi libro a mano, igual que había escrito los suyos mi ídolo literario de la época: D. H. Lawrence.

Dejé la máquina de escribir con la que había apuntalado mi relato en cuatro partes y justo antes de marcharme a España, en el verano de 1990, terminé mi segunda novela. No tenía un editor para la primera (había sido varias veces rechazada), pero eso no me arredró para iniciar la segunda. La lectura de *La insoportable levedad del ser*, *La mujer leopardo* y *Mujeres enamoradas* había despertado en mí el deseo de escribir una historia conyugal, en este caso: el relato de dos parejas de amigos recién casados. A una de ellas le iban bien las cosas y a la otra le iba pésimo. Una pareja se entiende a las mil maravillas y la otra no encuentra el canal de comunicación. En medio de ambos matrimonios se halla el mejor amigo de los cuatro, Tomás, el eterno soltero, el empedernido mujeriego, una especie de yo sublimado, por supuesto. Parece mentira que veinticinco años más tarde reescriba esa vieja historia, pero que ahora lo haga con conocimiento de causa. Aquella novela conyugal la conjeturé, la adiviné, la profeticé. No podría haber sido de otra manera. A los 22, cuando ni siquiera mis noviazgos perduraban tres meses, tenía que observar y escudriñar la vida de los otros, mis mayores, los adultos que *verdaderamente* conocen y saben del amor. En este caso, fue el desavenido matrimonio de los padres de mi amigo Aldo (hermano de Anabel, quien asistía al taller de los miércoles) el que me sirvió como punto de partida para crear una historia psicológica, amorosa y destructiva. Aparte de Lawrence y Kundera, el italiano Moravia era mi ejemplo a seguir, mi otro gran maestro de la época: debía aprender (como ellos tres) a penetrar en el alma de los personajes, a otear el fondo tenebroso de los hombres, ponderar el efecto del choque de sus humanidades, examinar las chispas que saltan al frotar sus cuerpos. Debía, pues, anotar, aquilatar, desmenuzar, narrar cada partícula de sentimiento: encono, celos, pasión, deseo, infidelidad, perdón, sufrimiento, ira, alegría, redención, a veces todo apelmazado, igual a un amasijo o hervidero repugnante. Todo ese deleznable magma siempre me ha atraído; esa clase de literatura es la que, incluso al día de hoy, más me entusiasma. Algo de psiquiatra hay en ello, pero algo intuitivo también.

El novelista que se decanta por este tipo de narración debe ser instintivo y racional, visceral e introspectivo, coherente y contradictorio, voyerista y mentiroso, pero sobre todas las cosas, debe ser verosímil. Cuando dos amantes se hieren, las heridas *deben* ser reales, *deben* padecerse. Cuando Marcel muere de celos por Albertine, *debe* ser real, debe haberle pasado a Proust y no basta que lo haya imaginado. Y esto debe suceder al punto de que el lector sienta en carne propia que lo que leyó era de veras *real* y no que *parecía* real. He allí el *quid*. Las relaciones son *reales* incluso en una novela. Lograr esta verosimilitud casi biográfica o documental debería ser la meta de esos novelistas que recrean la vida íntima de las personas —puesto que, ojo: los personajes son también personas y no seres de ficción.

27

Harto de la Facultad, hastiado de México, con dos novelas inéditas a cuestas y dos libros de poemas publicados, avisé a mis padres que me marchaba ese verano de 1990 a España, la meca de la literatura, el único sitio en el mundo que publicaba a los grandes autores y donde yo debía buscar a mi propio editor. Ambos se opusieron a la descabellada idea. ¿Cómo iba a abandonar la carrera justo en el quinto semestre, a la mitad? Si ya había sido un craso error ingresar a la licenciatura de Letras, aún peor sería no terminarla. Cuando concluyese, me apostrofaron, podía hacer lo que quisiera, antes no. Fueron meses de peleas, fricciones y largas conversaciones con mi padre hasta altas horas de la noche. A la distancia compruebo su paciencia, el tiempo invertido en mi estrechez y obstinación juveniles. Al final, testarudo e imberbe, me impuse. Vendí mi auto, ahorré todo lo que pude y me largué, no sin antes dejarle mi segunda novela a Silvia Molina, mi profesora, quien por esos años arrancaba una pequeña editorial literaria. No tenía, al dejársela, la más mínima esperanza de verla publicada como tampoco la tenía con mi primera novela erótica. En España, pensaba, todo sería diferente. Se trataba de mi segundo viaje a Europa —tres años más tarde reincidía, pero esta vez con dos libros inéditos y un montón de poemas nuevos bajo el brazo—. Como Max Aub, me inventé un heterónimo para mis poemas y los dejé en un par de editoriales, aduciendo que se trataba de un joven poeta mexicano recientemente fallecido.

Los seis meses en la Madre Patria fueron, si la memoria no exagera, seis de los peores y más deprimentes de mi vida. Aprendí a odiar a España. Supe lo que significa no ser un gachupín en la península ibérica, comprendí el significado profundo de la palabra sudaca y, tal y como me advirtió el embajador mexicano, Enrique González Pedrero, el día que lo fui a ver con una carta de presentación: "Hágame caso, Eloy: gástese su dinerito, pasee por España, coma jamón ibérico y vuélvase a México. Aquí no nos quieren. No hay nada qué hacer. Llega en un muy mal momento." Su mujer, la novelista Julieta Campos, era, según él, el palpable ejemplo de lo que me decía. Y era cierto. Famosa, poderosa, influyente, excelente escritora y sin embargo perfectamente desdeñada por la intelectualidad española, que ni siquiera se dignaba publicarla. Aparte de Paz, Fuentes y Rulfo, nada más con olor mexicano se leía en España. Ni siquiera a Revueltas, Elizondo, Pitol o Del Paso. Fines de los ochenta y principios de los noventa no eran una buena época para encontrar lo que Alfonso Reyes dice felizmente haber hallado setenta años atrás al lado de sus amigos Uslar Pietri y Carpentier. Con todo, algo positivo, aparte del severo rictus de la Madre Patria, surgió de esos tristes meses que pasé comiendo aceitunas y pan rancio en el minúsculo cuarto que alquilaba en la calle O'Donnell: conseguí publicar reseñas en el diario *El Mundo*, el cual fue fundado el mismo año en que yo llegué. Pero ¿cómo pudo pasar este milagro?

Después de haber recibido innumerables rechazos de empleo los dos primeros meses de mi estancia, la joven editora del suplemento literario leyó las reseñas que yo había publicado en el *unomásuno* gracias a Huberto Batis y de inmediato, sin pensárselo, me empezó a endilgar novelas recién aparecidas para reseñar y entregárselas cada semana. Con esto no me ganaba la vida, por supuesto, pero al menos mi vilipendiado orgullo no quedó del todo derrotado. Algo había acontecido, a pesar de los sentones, en esta desangelada aventura europea. A los seis meses exactos, sin un peso encima, volví a mi casa, a mi buhardilla, con mis libros, mis padres, mis hermanas y mis amigos novelistas. No había nada mejor en este mundo. Miento... Una extraordinaria noticia me esperaba: Silvia Molina había estado buscándome durante esos meses. Tal parece, durante mi ausencia había leído mi novela conyugal, mi novela lawrenciana, y le había gustado mucho. Quería publicarla. Para colmo de alegrías, esto coincidía con la publicación de la primera novela de Javier, la cual había sido aceptada por Joaquín Díez Canedo. En realidad era la segunda novela de Javier, pues aquella primera de la apuesta jamás la publicó. En el 92 aparecen, pues, nuestros primeros relatos, y un año más tarde salen publicados los de Abelardo y Amancio. El libro de Abelardo reescribía la historia de Jesús, pero en una apócrifa versión; en su novela, Cristo era un héroe nietzscheano, un zelota decidido a vencer a los romanos al lado de su bella amante gentil, la cual, recuerdo, siempre llevaba unas hermosas sandalias que dejaban al descubierto sus menudos pies. De hecho, los pies y las sandalias siempre han sido el fetiche de Sanavria y la joven amante de Jesús no era otra que Leonor, aquella amiga de Casilda Beckmann, mi primera novia, alcahueta noble que había tenido a bien presentarnos en su casa siete u ocho años atrás.

En cuanto al libro de Amancio, se trataba del extraño monólogo de un idiota perdido en una isla desierta, una especie de Benjy faulkneriano y caribeño. No pasaba nada allí, salvo el lenguaje, que lo permeaba todo. Un año después de su publicación, la novela de Piquer ganaría un premio, lo que de paso lo catapultaría a otra esfera nacional, aquella donde los autores empiezan a existir, aquella donde atraen a falsos amigos y sinceros enemigos. Nosotros tres, en cambio, debíamos esperar un poco más para que eso sucediera. Por lo pronto había que conformarse con ver publicadas las novelas. Curiosamente, cada una de las cuatro apareció en editoriales distintas. La persistencia o la paciencia comenzaban a redituar. No obstante, entre poner el punto final a un libro y verlo impreso en un estante de la librería, mediaban entre dos y tres años: el suplicio de Tántalo.

No sé si aquí aparezca esa primera tenue fisura que los años irán haciendo más palpable entre Amancio y yo. No sé si alguna vez tuvo que ver el hecho de que me atreviera a escribir novelas y no me quedase haciendo alambicadas pirotecnias poéticas, tal y como él me aconsejaba y no hice. No sé si fue el hecho de que Amancio descreyera de los poetas novelistas (Joyce, Lawrence, Graves), lo que poco a poco fue creando ese imperceptible cambio en él, una ínfima pero insalvable distancia, la cual, con el correr de los años, se iría a agrandar y volver (acaso) más obvia, más notable. Cuando uno vive al calor del momento, cuando eres joven y las aventuras se suceden raudas, cuando sobrevienen tropelías y lances, uno no se apercibe demasiado del otro, no calibra sus posibles sentimientos, no pondera los signos o minúsculos gestos. Uno vive ensimismado, embelesado con su yo y los demás en derredor poco importan, salvo como meras proyecciones de sí mismo. Se precisan años (o cierta madurez) para poder hacer el recuento, para escudriñar en bonanza el pasado sin escamas en los párpados. A la vertiginosa velocidad de la juventud no cabe perspectiva alguna, sólo se ve lo que se quiere ver y uno se enciega cuando le conviene. Y en esta amistad entre Piquer y yo, convenía a todas luces permanecer miope. Incluso, no lo dudo hoy, Amancio pudo a su manera estar (¿cómo explicarlo?) inconscientemente ciego a sus propios sentimientos, a esa maraña que yo le generaba: aturdimiento, sorpresa, desconfianza, hartazgo, perplejidad.

No lo culpo. Yo era abrumador. Lo sigo siendo. He tratado, con los años, de apaciguar ese temible lado oscuro, suavizar al ogro insatisfecho, pero en aquel tiempo sólo había dos avenidas: me querían o me odiaban. Y tuve bastante de los dos. Amancio, en su desamparo, nunca supo cuál elegir. Era, como yo, muy joven. Siempre quiso creer que me quería; pensó, tal vez, que aprobaba al Gargantúa sediento, al poeta novelista, pero creo que no. Yo siempre le costé mucho trabajo. Rompí sus expectativas, su molde, sus esquemas, sus previsiones, su idea entallada de la amistad. Él sabía tanto como yo que esa amistad se llamaba pasión compartida por la literatura, amor por la novela, por la poesía, por la crítica. Y por si todo este arsenal de afecto compartido no fuese suficiente, teníamos en medio a dos amigos entrañables: Abelardo y Javier. No había, pues, manera de escapar. El destino nos había jugado la treta de ponernos irremediablemente juntos desde un principio, desde el bachillerato marista. *Teníamos* que ser amigos. Así nos había tocado, para bien y para mal. Admitirlo no fue fácil. Muchas veces, y las iré contando, tuvimos que mordernos la lengua para no largarnos. Siempre la suprema conveniencia de la amistad a regañadientes, de los intereses comunes y los amigos compartidos, nos tuvo a su merced, atados en un mismo puño. De hecho, en algún momento, antes de empezar esta novela, pensé en hacer algo distinto, un libro como el que Paul Theroux escribió sobre V. S. Naipaul contando la historia de sus treinta largos años de amistad, confesando su amargo rompimiento con quien, él creía, había sido su mejor amigo. En el fondo, una historia así puede ser tan trágica y deplorable como el peor de los rompimientos amorosos, y aquellos que hemos amado a un amigo veinte o treinta años, conocemos la pena que conlleva una experiencia como la de Theroux. Aunque Amancio nunca fue mi mejor amigo, puedo decir que sí estaba dentro del grupo de mis mejores amigos. No así yo para él, quien en mi total y bochornoso azoro, lo escuché decir alguna vez por televisión que Javier y yo éramos indudablemente sus mejores amigos. Aturdido, yo no podía dejar de cavilar en mi fuero íntimo: ¿cómo puede ser esto, cómo puedo ser yo su mejor amigo si no lo experimento así y si ni siquiera creo que lo esté diciendo en serio? ¿Se trata de una pose? ¿Estoy loco o él está loco de atar? ¿Cómo puedo ser su mejor amigo cuando, durante veinticinco años, ha demostrado que no lo es, que no lo fue, que nunca quiso serlo por más que me obstiné en que de veras lo fuéramos? Claro: él diría que es todo lo contrario; él argüiría que durante cinco lustros no ha hecho otra cosa que demostrarme su desprendimiento, su generosidad, su amistad incondicional. Y he allí, supongo, el problema esencial, el problema de fondo... y es que su manera de entender la amistad resulta, a la postre, muy distinta a mi forma de entenderla. Y parte de este libro pretende examinar (hasta donde es posible) ese intrincado ovillo de emociones, ora apelmazadas, ora encubiertas, ora camufladas, que cada uno tuvo hacia el otro en diferentes épocas. En todo caso, al leer el descarnado libro de Theroux sobre Naipaul, una fuerza irrefrenable me decía: "Ponte a hacer lo mismo", pero el miedo me paralizaba. Temía ser injusto. O *parecer* injusto, y es que en este tipo de historias personales, siempre el autor del libro en cuestión suena desmedido, y viciado. Yo no he querido serlo. Me niego a serlo, pero tampoco puedo no contar lo que siento, lo que viví durante casi treinta años y lo que pasó entre los dos *según* mi recuerdo, tal y como yo lo experimenté, es decir, bajo mi propio filtro sesgado. Sé de sobra que por más que me empecine por encontrar la objetividad —y la pienso buscar—, terminaré por relatar nuestra historia de manera oblicua y parcial. Y esto en sí ya me fastidia bastante, pero no tengo remedio: la parcialidad es inherente al cuento. En una novela de Marías que no me gusta nada —y vaya que me gusta Marías—, hay un momento estelar que se quedó grabado en mí con hierro: el narrador está furioso porque no entiende su ceguera. Se reconviene ácidamente y dice: ¿cómo no pude ver el rostro del falso amigo durante tantos años a pesar de haberlo tenido frente a mí? Amancio fue el tipo al que no quise mirar a fondo (¿por miedo, por pudor, por conveniencia?) a pesar de haberlo tenido muchos (demasiados) años a mi lado.

28

Ayer salí a caminar con Eloy. El día era espléndido. Mejor decir que la noche era espléndida, pues salimos de Rue de la Clairière hacia las ocho y aún no oscurecía en Aix. A la izquierda, la luna; a la derecha, el sol declinaba, naranja y azulado. El mistral aligeró la subida de la loma hasta el final de Chemin de Marguerite, el límite boscoso donde Eloy llega cuando sale de casa a correr; conmigo, en cambio, camina. Sabe que tengo este problema en mi espalda que me impide llevar su mismo paso. Desde que sufrí el problema de la ciática, correr —ese ritual que teníamos desde que nos casamos— se volvió una tortura. No obstante, debo moverme, caminar, hacer ejercicio.

Originalmente yo iba a salir con Natalia, pero Eloy, abandonando su novela, preguntó si podía ir con nosotras. Mi hija —no sé si intuyendo algo— dijo que ella se quedaba con Abraham y nosotros no insistimos. En el fondo deseábamos estar solos, juntos y solos. Eloy apagó su computadora, se puso sus tenis y partimos.

Subir la avenida Paul Cézanne, esa loma que, más tarde, se convierte en Les Lauves, es una hermosa experiencia a pesar de los coches que, a ratos, la transitan. Cada vez que oye sus ruidos, Eloy se sube a la acera y luego desciende otra vez. Primero pasamos el *atelier* de Cézanne y luego continuamos, cuesta arriba, sin detenernos, hasta llegar al punto exacto donde el pintor ponía su caballete, su lienzo, sacaba su paleta y pintaba la montaña Saint Victoire una y otra vez, empecinadamente. Esta pequeña colina en el camino de Les Lauves tiene unas quince reproducciones del pintor, todas con el mismo tema: la Saint Victoire, la cual parece, a la distancia, un monstruo brotando de la tierra. Al parecer, Cézanne estaba obsesionado con ella desde niño pues aquí, en este pináculo con espectacular vista al que Eloy y yo llegamos veinte minutos más tarde, cogió el resfriado que lo llevaría a la tumba a sus 67 años.

Como todos los días, esa mañana de octubre de 1906, el pintor salió de su *atelier*, dos kilómetros más abajo, y ascendió con su caballete y sus óleos a pintar, como era su rutina, la gran montaña de su querida ciudad natal. Acomodó su equipo donde hoy existe una señal que marca el punto exacto donde se ponía a pintar, y poco más tarde una lluvia torrencial vino a calarle hasta los huesos. Viejo y testarudo, siguió pintando por dos horas bajo la lluvia helada. Al descender la misma cuesta que Eloy y yo subimos, antes de llegar a su *atelier*, Cézanne cayó desmayado. Un conductor lo encontró en el camino, lo tomó en brazos y lo depositó dos kilómetros más abajo (muy cerca de nuestra casa), donde su ama de llaves lo secó y frotó con la intención de restaurar su circulación. Al día siguiente, sintiéndose mejor, Cézanne volvió al trabajo sin hacer caso a la gripe. Tenía programada una cita con una modelo en su *atelier* (por falta de recursos, éstas eran cada vez más escasas: no podía desaprovechar una oportunidad como aquella). Sin hacer caso a los signos de su cuerpo, Cézanne se incorporó de la cama y comenzó a pintarla cuando, a los pocos minutos, cayó desvanecido. Aterradas, el ama y la modelo lo metieron en cama. No volvió a salir de su casa, y el 22 de octubre de 1906 murió de pulmonía en Aix-en-Provence, el mismo terruño que lo vio nacer y del cual había escapado muchos años para irse a París.

Cuando estuve en esa pequeña casita con Tessi, mi hermana, por primera vez, descubrimos que el padre de Cézanne había comprado el *atelier* para su hijo, aparte de su departamento de París, donde había trabado amistad con los impresionistas de su época. El padre tenía una clara consigna: Paul sería el mejor pintor del mundo o no sería nada. Y a eso dedicó su empeño como si se tratase de sí mismo: alentar la carrera de su hijo, impulsarlo. Cuando leí la anécdota, quedé conmovida. ¿Podríamos ser esos padres algún día? ¿Por qué no convertirnos en alguien como el padre de Cézanne? ¿Cómo pretenderlo si en realidad apenas nos soportamos? Cuando se lo conté a Eloy —estábamos por llegar a la cima donde se encuentran las reproducciones—, se me salieron las lágrimas; Eloy me preguntó qué me pasaba y yo, por supuesto, le mentí:

—Podemos ser buenos amigos. Al volver a Carlton hay que divorciarnos. Es lo mejor. Tenemos veinticinco o treinta buenos años por delante. Nos lo merecemos. Yo no quiero seguir así, destruyéndonos. La única posible relación entre los dos se ha basado en el mutuo desgaste; así ha sido siempre, desde Los Ángeles, ¿recuerdas? ¿No estás cansado, harto? Dime la verdad…

Eloy se quedó absorto mirando esa montaña con forma de ogro torcido que Cézanne veía sin descanso cada mañana al ascender, y luego me dijo:

—No creo que vaya a suceder.

—¿Qué? —le pregunté.

—El divorcio... —y de inmediato cambió el rumbo de la charla y añadió como si cualquier cosa—: Sigamos, falta un tramo más.

Abandonamos el terreno con las reproducciones y cogimos una larga y estrecha callecita arbolada donde sólo entran bicicletas y peatones. Eloy no volvió a decir una sola palabra sobre el asunto. Apenas y comentó algo sobre la perfección del clima, el mistral y lo bueno que era comprobar que la insoportable calina provenzal desmayaba a pesar de que no entrábamos en septiembre todavía. Confieso que algo en sus palabras me hizo sentir aliviada. No sé si era lo que yo deseaba oír, pero su retorcida certeza en una suerte de porvenir juntos actuó como un bálsamo. Sentí seguridad, sentí que volvía a tocar tierra, aunque sólo fue una leve ráfaga, pues desde que lo golpeé (hará cosa de dos semanas) he sentido que nuestro tiempo se acabó, que es cuestión de meses, cosa de pasar los cuatro juntos este último año en Aix, para luego firmar nuestro divorcio al volver a Carlton y despedirnos como amigos.

Después de esa horrenda pelea, toqué fondo; no podía ir más lejos en mi derrumbamiento. Me había lastimado suficiente. Esa mujer enloquecida no era yo, no podía ser yo. No me reconocía en ella. ¿Qué me estaba sucediendo? Pensaba, y sigo creyendo, que sólo puedo volver a ser la Lourdes de antes si consigo alejarme de Eloy para siempre. Por eso le dije ayer lo que le dije de manera sorpresiva, sin venir a cuento. Pero él, es obvio, no lo cree así. Eloy piensa que se trata, a fin de cuentas, de otra nueva crisis conyugal... Comprendo que lo vea de esa manera. Hemos sobrevivido tantas, que ésta poco se distingue de las anteriores, sólo que ambos solemos olvidar detalles concretos: éstos terminan por esfumarse, se desvanecen con el tiempo y quedan amontonados como trastos viejos en el desván de la memoria. Son crisis y más crisis: medianas, grandes, ínfimas, todas desleídas, erosionadas. Probablemente yo olvido más que él y no distingo ya cuál de todas es la peor, si esta última o la anterior o la primera que tuvimos en Los Ángeles cuando nos casamos o las que le siguieron en Colorado y Virginia. Es tanto el desgaste y tanto el mutuo agravio que resulta inevitable perder la noción del tiempo, extraviar detalles y hasta el origen que pudo o no causar un estrago específico. El destrozo se ha vuelto tan grande que hoy —y también ayer que se lo dije en la montaña— sólo discierno una cosa con todas las fibras de mi ser: ya no puedo más. No es desamor pues, a pesar de lo que diga enfurecida, lo quiero. Se trata de algo más difícil de identificar: una carcoma infinita, el puro desgaste de dos almas que no supieron hacerlo mejor.

A veces, sin embargo, me digo a solas, cuando me siento optimista: Lourdes, lo hiciste bien, no te castigues pensando que no supiste hacer las cosas. Ambos pusieron lo mejor de cada uno los años que estuvieron juntos. No hay culpables, no hay villanos. Es, como dice Eloy, normal que dos desconocidos se desplomen en severas crisis a intervalos. ¿De qué otra forma podría ser? Lo importante es aprender a salir; lo importante es hacerles frente sin degradarse y anclarse en lo que ya pasó y no tiene remedio. Eso cree mi marido. Ésa ha sido la inquebrantable fe que lo sostiene. Pero yo ya la he perdido. Yo ya no tengo ésa ni ninguna otra fe en mi corazón.

29

Cuando me dijo que debíamos divorciarnos, sólo le respondí que no creía que eso fuera a pasar. Estábamos a tres kilómetros de nuestra casa sobre una pequeña colina con una vista espectacular de esa montaña que Cézanne pintó muchas veces al final de su vida: la Saint Victoire.

Habíamos salido a caminar por Les Lauves. Estábamos tranquilos, más o menos contentos, y no esperaba francamente ese comentario salido de la nada. Por supuesto que las cosas han ido mal desde que llegamos a Aix —de hecho, desde que arribamos a España—, pero, con todo, estos últimos días pensaba que todo se había normalizado. Lo irónico es que Lourdes me lo dijese de manera pacífica, casi amistosa. No me sorprendieron sus palabras tanto como el lugar y el tono conciliador. Me ha dicho tantas veces a lo largo de los años que se quiere divorciar, que ahora resulta difícil creerle una palabra. Respondí, no obstante, lo que creo: y es que a pesar de toda esta inmensa sensación de fracaso que a ratos nos invade, no nos vamos a separar. No le respondí lo que quiero o no quiero, pues no sé lo que quiero. Sólo respondí *lo que creo*. Si ella me hubiese preguntado las razones, se las habría dado, pero afortunadamente no lo hizo.

El primer motivo que le hubiera endilgado hubiese sido: ¿para qué, Lourdes?, ¿con qué objeto?, ¿qué ganamos divorciándonos? Más bien deberíamos pensar en todo lo que *sí* perdemos (sin contar lo que, de paso, perderían nuestros hijos). La segunda razón salta a la vista: y es que no hay un motivo. Sencillamente no lo encuentro. Y ése es el imposible dilema de fondo. Por ejemplo: Lourdes no tiene un marido que la golpea o un marido con una amante, Lourdes no tiene un marido que abuse de ella o de sus hijos, Lourdes no tiene un marido que no trae el gasto a la casa o un insufrible marido celoso que la acose, Lourdes no tiene un marido alcóholico ni drogadicto. Entonces ¿qué marido tiene Lourdes? Uno que escribe un libro sobre su fracaso conyugal. Eso es todo. Un marido que no comprende la razón de ese fracaso y trata de auscultar las razones sentándose frente a la computadora como si se tratase de un psicoanalista informático. Un tercer motivo es que, al menos en un noventa por ciento de los casos, el marido es quien decide poner punto final al matrimonio. Eso leí una vez. Incluso cuando una mujer sufre los celos del marido, su despotismo o su maltrato —la humillación de saber que tiene una amante, por ejemplo—, ni siquiera en esas situaciones se divorcia. Son pocas las Anna Karénina en la vida real. Las mujeres toleran mucho más que los hombres. Al final, son los hombres los que eligen abandonar o permanecer con sus esposas. Y no es machismo lo que me empuja a decir esto. Al contrario: es admiración por la fuerza y paciencia femeninas. Es desdén por la debilidad y el egoísmo masculinos. Por eso sostengo lo que digo: son los hombres los que tiran la toalla en el noventa por ciento de las ocasiones. Lo irónico es que fuese yo y no ella quien, ya desde Carlton, pensara que este año sería el decisivo, y lo irónico es asimismo que fuera yo y no Lourdes quien había elegido darse una última oportunidad. Ella creía (o decía creer) que todo marchaba muy bien antes de llegar a Europa, o moderadamente bien. Así lo hizo saber en la Sierra de Peñaclara con Javier y Rosario. Fue el oír de mis labios que las cosas no estaban bien desde hacía, por lo menos, un par de años, lo que ha catapultado este berenjenal. Fue eso lo que, otra vez, de manera harto paradójica, la ha puesto en el lado de quien ahora se quiere divorciar y a mí (instintivamente) en el lado de quien no quiere divorciarse. En el fondo, Javier tiene razón: se trata de un puro juego dialéctico de fuerzas. Si yo digo que me quiero separar, ella recula. Si Lourdes dice que se quiere divorciar, me refreno y pienso que, a pesar de todo, no me quiero divorciar. Pero ¿me arredro? ¿Tengo miedo? ¿Por eso reculo? No lo sé. Cualquiera sea mi miedo, es mucho menor que el que padecí en periodos semejantes. Por eso no sé qué es lo que me detiene esta vez. ¿Es, acaso, al igual que con Amancio, la pura conveniencia?

30

Querido Eugenio,

Siento no haberte escrito antes. Estábamos de visita con Pato y su mujer en Massachusetts. La casa, de estilo victoriano, es acogedora y amplia, mucho más que la que alquilamos en Princeton.

La pasamos de maravilla, comimos y hablamos, entre otros temas, sobre tu lío con Alonso, sobre Genaro y su nombramiento, sobre el *tenure* de Pato en la universidad y del año que me aguarda a mí en Princeton. Coincidimos en que esta vida a la americana está hecha más para ti o para Alonso, tipos sedentarios, que para Genaro o para mí...

Te cuento que Pato está por terminar su nueva novela y suena muy bien. Promete enviárnosla en cuanto la tenga lista. El tema no lo vas a creer: Lawrence en Oaxaca. Se te adelantaron, amigo... Yo aún no consigo reanudar la mía con todo el trajín que tenemos desde que dejamos España. Vivir en Estados Unidos es como actuar en *Truman Show*, donde nunca te enteras del papel que te endosaron: todos habitan casas idénticas, perfectamente alineadas, cada cual poda su jardín a la misma hora, cada personaje vive apurado y sonriente, zambullido en el confort y el entretenimiento los siete días de la semana. ¿Sabes? Estados Unidos tiene algo del retablo de Maese Pedro y no me había dado cuenta... Tal vez por eso a ti te gusta tanto y ya te hayas acostumbrado a su metaficción. No sé aún si a mí esto me atrae o lo aborrezco. Por un año está bien, supongo. Los hijos de Roxana aprenderán inglés y yo me pondré a escribir mi novela si los estudiantes no me dan mucha lata.

Cambiando de tema, quería saber si las cosas se han normalizado entre Gloria y tú. Me quedé espantado con aquellos correos donde ya no me entero qué es ficción y qué está pasando en realidad. No sé si le hiciste entender que lo que escribes es una novela y que por más que partas de alguna que otra experiencia personal, ella debe hacer un esfuerzo para no involucrarse. No es fácil, pero debes sentarte con ella y decírselo con tranquilidad.

Mientras jugábamos billar, Pato y yo hablamos del asunto. Le comenté que, tal y como sueles, escribías una novela intimista y psicológica, y que Gloria había leído alguna parte sin tu autorización. Pato, por supuesto, no es tonto. Comprendió que tu libro era sobre ustedes y dijo que no debía ser nada fácil estar en la situación de tu mujer. Me confesó que si él se atreviera hacer algo semejante, lo descuartizarían.

Bueno, es tarde y deliro de cansancio. Mañana salgo temprano a Medellín. Sigamos en contacto o hablemos la próxima semana, ¿te parece?

Un abrazo,

Jacinto

31

Pero ¿de veras la odio como ella jura odiarme?

El viernes fuimos los cuatro a Georges du Verdun, a hora y media de Aix, en los llamados Altos Alpes franceses, y allí, de súbito, me respondí.

El día era perfecto para alquilar un coche e ir a nadar al lago Saint Croix. Aaron y Doris nos lo habían recomendado y no se equivocaban. Ninguna postal describe el efecto que produce descubrir, desde las montañas que descienden en suave pendiente, ese ojo verdiazul reflejado por el sol.

Abraham y Natalia fueron los niños más felices del mundo brincando desde las escarpadas rocas a las aguas del lago cristalino. Muchos adolescentes saltaban sin agotarse: un puro subir y tirarse en imparable frenesí. Para alcanzar esas plataformas había que alquilar, primero, el paquebote; luego había que pedalear hasta un estrecho acantilado que se ha formado a partir de las montañas que cercan el lago. No éramos los únicos: multitud de canoas giraban alrededor, todas dirigiéndose al mismo sitio, admirando el paisaje y mirando, perplejos, hacia arriba, desde el lago, ese embudo rocoso que desciende y se estrecha hacia abajo…

Fue un día espléndido o casi pues, en cierto momento —al volver a la pequeña playa donde habíamos dejado las toallas y la bolsa con la comida—, apenas meterme dos minutos al agua fría, se adueñó de mí una invencible emoción, una corazonada: odiaba a Lourdes. No la amaba. No me gustaba. No la quería.

Nada más.

No me planteé los virtuales efectos que estos sentimientos podrían o no provocar, no me planteé ningún porvenir a partir de lo que sentí, no cavilé otra cosa. Era eso. Sólo eso. No deseaba añadir un ápice a mi revelación. ¿Para qué? ¿Por qué siempre buscar un efecto? ¿Por qué no aceptar, al menos una vez, los sentimientos tal y como existen sin calibrar las repercusiones de algo puro que de súbito te envuelve y aniquila?

Pero ¿cómo se puede odiar a la persona que se ama?

Eso no me lo supe responder.

32

Fue por culpa de la literatura francesa que casi me convierto en un asesino vengador al estilo Edmundo Dantès o Lisbeth Salander. Decir esto a quemarropa resulta a todas luces descabellado si antes no explico la conexión. Debo decir, en primer lugar, que no fue sino el suicidio de mi prima Ada el que ha catapultado el recuerdo de mi viejo crimen abortado. Si no fuera asimismo por esa ardiente pasión que confesé por la novela decimonónica, no habría leído a los franceses, y si no hubiera sido por Proust, tampoco hubiera llegado al taller de Enrico López Aguilera y, más tarde, a la Alianza Francesa a estudiar la lengua de mis novelistas favoritos. El crimen aconteció, pues, al volver de España y reanudar mis estudios de Letras en la UNAM.

Como ya conté, esos deprimentes seis meses en la Madre Patria consiguieron ser el antídoto perfecto para desear no saber jamás de España y volcarme, ahora sí, en la Francia de los quesos, las buhardillas, el Côte du Rhône y Stendhal. Había, sin embargo, un problema: no hablaba francés, nunca lo había estudiado y a todos los autores que leía amorosamente los conocía a través de traducciones. Debía remediar ese hueco, lo mismo que hacía Javier, quien, a mi vuelta de España, asistía a la Alianza a tres calles del mismo Sanborns de la Carreta donde nos reuníamos con Amancio los domingos a tomar café y a hablar de literatura.

Había que cruzar la avenida Insurgentes hasta el parque La Bombilla —donde se encuentra el monumento a Álvaro Obregón— y luego cruzar otra calle transitada, para encontrar el edificio de la Alianza. Fue allí, casi por azar, que comenzó a perfilarse ese crimen a mis veintidós años.

No es cierto.

Allí no comenzó a perpetrarse nada. El infortunio inició trece o catorce años atrás cuando yo tenía nueve o diez años y mi padre, apasionado del deporte blanco, quiso enviarnos a mi hermana y a mí a una famosa clínica de tenis en Cocoyoc, Morelos. A ninguno de los dos nos interesó jamás ese deporte, pero mi padre lo practicaba con devoción, especialmente desde que abandonara el golf, otro pasatiempo que a mí tampoco me interesó demasiado. Ya he dicho que el único ejercicio que hago es, al igual que Murakami, correr, y que lo comencé un año antes del terremoto de México en el 85 al lado de mi viejo amigo Jirafa, el tipo más alto que conozco. Pero no quiero desviarme...

He dicho que casi me vuelvo un asesino y que la literatura francesa y el recuerdo del suicidio de mi prima Ada están intrínsecamente conectados con lo que ocurrió.

La clínica de tenis la dirigía un tenista de origen francés, Ives Lemaitre, quien en esa época era el eximio entrenador del equipo mexicano. Raúl Ramírez, el mejor jugador mexicano de todos los tiempos, era su discípulo. ¿Cómo no asistir a una clínica al lado del connotado Lemaitre si se tenía el dinero y la pasión? Mi padre tenía ambos, no así mi hermana y yo. A esa edad uno no sabe lo que quiere y a Cocoyoc fuimos convencidos por mi padre, quien probablemente veía proyectadas en nosotros sus aspiraciones de tenista profesional. Los estudiantes estábamos hospedados en un hotel de lujo donde seguramente habría muchas canchas para practicar el deporte blanco. No recuerdo detalles, pues jamás he vuelto a Cocoyoc; lo que sí recuerdo es haber dormido en una habitación con otros tres hermanos varones. No retengo sus nombres ni sus edades, pero sí la distribución: yo dormía con el mayor de los tres y los otros dos dormían en la segunda cama. No sé cuándo empezó todo, en qué noche empecé a sentir las manos del mayor rodeándome la cintura, bajándome el calzón e intentando hacerme algo que entonces no comprendía pero me causaba profundo malestar. Y no lo comprendía no sólo por estar dormido, sino por mi corta edad.

Tengo vagas sensaciones de lo que ocurrió durante dos o tres noches seguidas hasta que, incómodo, me acerqué a Ives Lemaitre para decirle que no quería seguir durmiendo con los tres hermanos. Sin preguntarme nada y sin añadir una palabra, me llevó a su habitación el resto de los días hasta el final de la clínica. A pesar de lo contado, no creo que este hermano mayor hubiera conseguido penetrarme. Habría sangrado o me habría dolido el ano al punto de no poder jugar al tenis los siguientes días. De lo que no me cabe duda es que este joven de 17 o 18 años lo intentó más de una vez, pues conservo viva la infame sensación en mi cintura y el empeño que ponía en bajarme el calzoncillo. Yo, a su vez, entre sueños, me empeñaba en volvérmelo a subir y, por lo mismo, no conseguía dormir en paz. Tal vez hubo penetración y la he bloqueado. Pero si así fuera, me digo, ¿entonces por qué recuerdo los prolegómenos pero no la consumación? De uno u otro modo, pasaron trece o catorce años desde aquella remota semana en una clínica de tenis sin jamás volver a acordarme del asunto hasta que algo insólito pasó en mi clase de francés en los edificios de la Alianza.

Debía haber sido el segundo o tercer semestre, pues repasábamos las conjugaciones del pretérito, el *passé compose* y el imperfecto. Cuando llegó su turno, uno de los compañeros leyó en voz alta su pequeña redacción: algo borroso sobre una clínica de tenis a la que asistía con el famoso Ives Lemaitre cuando era niño. El párrafo leído tuvo un terrible poder anagnórico. La anécdota era demasiado específica. Aparte de todo, el compañero de clase tenía mi edad. Oír el nombre del entrenador suscitó el recuerdo de esas desagradables noches compartiendo una cama con alguien mayor que yo: debía ser su hermano, pensé. Al final de clase me acerqué a preguntarle si él, de hecho, había tomado esa clínica... Para no alargar aquí la previsible historia, concluí que él era, como dije, el hermano menor del imbécil que trató de follarme cuando era un niño de nueve o diez años. Se lo dije. Quiero decir, le dije que yo era aquel niño y no que su hermano era un puto predador. Él, como yo, apenas me recordaba o simuló hacerlo. De una u otra manera, a partir de ese día, un cúmulo de pensamientos comenzaron a surcar mi frente, todos, por supuesto, negros y a cual más siniestros. ¿Iba a dejar pasar esta casualidad, olvidar lo sucedido, sepultarlo como había estado haciendo hasta ese mediodía?

Durante las siguientes sesiones en la Alianza, fui recabando algo más de información, aunque no mucha. Debía ser sigiloso en mis pesquisas, claro. Me acercaba después de clase y conversábamos sobre cualquier tontería un par de minutos. Poco a poco saqué en conclusión que su hermano mayor se acababa de casar a sus treinta años, es decir, siete más que nosotros. Nada de esto le conté a Javier, a quien veía antes de cada clase para desayunar en el Sanborns de la Carreta. Sólo me atreví a narrarle la historia cuando ya hubo pasado, cuando me atreví a hacer de Edmundo Dantès y casi me convierto en un asesino vengador. La conexión entre el suicidio de mi prima, la novela francesa y el entrenador Ives Lemaitre es, a estas alturas, harto clara. Las películas suelen tener estas bizarras conexiones. Las captamos fácilmente pues se dan en apenas dos horas de duración, el tiempo densificado (aglutinado) que dura el film. Lo curioso es que cuando ocurren en la vida nos cuesta trabajo aceptarlas, verlas, en pocas palabras: concatenarlas. Solemos dejar pasar de largo esos cabos sin unirlos, cuando casi siempre habían estado allí, frente a nuestras narices.

Lo que sigue es la primera vez que lo cuento, la primera vez que lo pongo por escrito, y aunque ésta es una novela, lo que relato no lo es. Javier sólo supo la primera parte, es decir, todo lo que he contado hasta este momento, ni una coma más. Lourdes tampoco sabe una palabra, ni mis padres lo supieron ni mis hermanos y ni siquiera mi psiquiatra. Nadie sabe, insisto, lo que llevé a cabo dos o tres semanas después de pasar varias noches en vela descifrando mi propia sensación.

Confieso que en todo momento me sentí indeciso. Cualquiera fuera mi determinación, un minuto más tarde ésta se tambaleaba, se venía a pique, para luego resurgir. Si, por ejemplo, decidía no actuar, no hacer absolutamente nada, empezaba, acto seguido, a recriminarme, a tacharme de cobarde. Si, al contrario, me convencía de hacer algo, cualquier cosa (desde contarle a su hermano hasta ir a golpearlo) me arredraba, argumentaba que había pasado mucho tiempo y que, tal vez, ni siquiera me hizo nada en Cocoyoc. Al final, un poco desquiciado, me atreví a dar un primer paso ínfimo: buscar su nombre en la Sección Amarilla.

Di fácil con su nuevo domicilio, no lejos, de hecho, de la Alianza, en San Ángel. Más tarde, sin saber a ciencia cierta qué me empujaba hasta allí, fui acercándome a su casa, una y otra vez, en el coche de mi madre. (Desde mi vuelta de España no había ahorrado lo suficiente para comprarme otro auto.) Pasaba por su calle, me detenía unos segundos, contemplaba, espiaba. Era en extremo cauteloso. Las primeras tres veces que rondé su nuevo hogar de recién casado, no encontré ni vi a nadie. La cuarta vez, hacia las ocho de la noche, observé a una joven rubia de tacones, muy bien vestida, entrar con las bolsas del mandado. Debía ser más o menos de su edad; *debía* ser su esposa. La mujer no había usado su auto, por lo que coligí que la tienda debía estar muy cerca. Y así era. Justo a la vuelta había un Superama. Allí debían ir a hacer las compras, pensé. Volví los siguientes días a su casa a distintas horas. Si me aburría, me dirigía al Superama a comprar cualquier bagatela esperando encontrármela otra vez. Nunca pasó. Luego volvía a la casa treinta minutos más tarde. La rondaba en el coche o incluso me estacionaba a unos cien metros de allí a oír música, de preferencia bajo un árbol si lo había. No era difícil encontrar sitio en esa poco transitada calle en aquella época —el Distrito Federal era (a principios de los noventa) todavía tolerable.

Finalmente, después de varias intentonas infructuosas, un sábado lo vi salir en shorts y playera. Eran las once. Hacía calor. Yo llevaba una hora sentado en mi coche bajo el mismo árbol de siempre leyendo *Thérèse Raquin*, de mi admirado Zola. Debía ser el mismo tipo, conjeturé. No lo reconocí, ni siquiera cuando cerré la puerta del auto; lo seguí una calle y media y me lo fui a topar adrede en el quiosco donde compraba el periódico. Vi su rostro y él me vio un instante. No recordé nada, ni sus facciones ni su nariz ni sus ojos, pero debía ser él: un hombre de treinta años viviendo en la misma casa que señalaba la Sección Amarilla.

Compré ese sábado el *unomásuno*, tal y como solía hacer. Esa mañana, no obstante, con las prisas y el nerviosismo, no lo había hecho. Recuerdo mi propia reseña pues también, de una manera harto distinta, ella influiría y cambiaría mi vida: en mi nota elogiaba la novela recién aparecida de Pablo sobre la vida y muerte de Xavier Villaurrutia. Palacios se convertiría en uno de mis mejores amigos a partir de esa nota y del ulterior hecho de que coincidiera temáticamente con la novela de Solti sobre Cuesta (el otro poeta de *Contemporáneos*), la cual estaba a punto de ser publicada por esos meses.

Mi padre escondía una pistola en una repisa en el fondo de su armario —en la parte más alta y difícil de acceder bajo montones de suéteres que jamás se puso—. Imagino que todos los padres guardan sus armas en sitios inaccesibles. Como nunca he tenido un revólver (aparte de esa ocasión en que tomé prestado el de mi padre), no sé si infiero lo correcto. Hay que esconder las pistolas como se esconden los secretos más feos.

Pistola en mano, cogí el auto de mi madre y tomé hacia la montaña del Ajusco. Busqué un par de atajos donde no pasaban coches, atravesé un camino de terracería hasta topar con las lindes de un bosque solitario. Me interné medio kilómetro a pie y aprendí a disparar la pistola yo solo; aprendí a apuntar y a dar en el blanco a cuatro o cinco metros, luego a diez y finalmente a doce y quince metros de distancia. Cada tronido me desperezaba, me recordaba con un escalofrío la extraña faena que me había propuesto llevar a cabo, la cual no era precisamente matarlo, sino herirlo o por lo menos asustar al hijo de puta. En este punto concreto confieso que oscilaba en mi decisión. Lo único seguro para mí era que debía llevar el arma conmigo el día en que, por fin, me atreviera a meterme en su casa como un bandido. Y llegó ocho días más tarde, otro sábado, no sin antes haberme rapado el cabello, no sin antes comprarme una bonita boina verde, unos lentes oscuros y ponerme encima un chaleco de lana, absurdo para el calor que arreciaba. Ni qué decir que mis padres se quedaron atónitos al verme el día que regresé de la peluquería rapado. Todo mundo me conocía con cabello. Por supuesto, mi familia no supo nada más, salvo esa pequeña excentricidad.

El viernes compré cinta adhesiva, tijeras y una soga en una tlapalería de San Jerónimo. Luego me hice de una grabadora portátil que nunca usaba mi papá. El sábado, luego de ducharme y con una espesa barba de días, conduje a la misma casa de San Ángel. Afortunadamente hallé vacía la sombra bajo el árbol que me protegía de la inclemencia del sol cada vez que iba. Allí estacioné el coche de mi madre sin reparar, hasta más tarde, que era una temeridad llevar un auto por eso del número de placas. Alrededor de las once lo vi salir, otra vez con shorts y playera, campante, tranquilo, y dirigirse al mismo quiosco a calle y media de su casa.

Sucedía lo que más o menos esperaba. Bajé del coche con la pistola oculta entre el chaleco y el pantalón, crucé la calle con el bolso lleno y, sin tocar la puerta de la calle, abrí el pequeño portón de no más de un metro de altura. Lo cerré tras de mí y caminé impertérrito bajo la luz enceguecedora del cielo hasta la puerta de la entrada. Me sacudí el polvo en el tapete y giré el pestillo. El cerrojo abrió. La puerta abrió. Entré y ella me vio. Evidentemente, no comprendía nada. No entiendes todavía, quise decirle, pero pronto vas a entender. Para ella yo era el peor de los misterios posibles. ¿Era un ladrón, un vecino, un violador? ¿Quién diablos era y por qué entraba en su casa? Antes de que la mujer pudiera soltar un grito, saqué la pistola y la apunté directo a su rostro. Era hermosa, rubia. Tenía una nariz pequeña y abombada. Unos labios trémulos. Palideció.

Sólo hasta ese momento pensé: pero ¿qué estás haciendo, Eloy? ¿Te has vuelto loco? Pero ya era tarde. Ella no se movió. Le pedí con toda la calma de que fui capaz que se sentara y ella, indecisa, lo hizo sin dejar de mirar a la puerta un instante. Obviamente esperaba que su marido volviera, o que mejor no volviera, quién sabe. Yo sabía que él no tardaría en regresar del quiosco; por eso tomé la cinta adhesiva, jalé un trozo, lo corté con los dientes y lo enrollé dos veces sobre su boca, sus dientes, su cuello fino, su cabello ondulado, casi rubio. Era hermosa. Sus ojos verdes me miraron con espanto. Tuve que decirle: "No te voy a hacer nada. Créeme. Ni a tu marido". Esto último no sé por qué lo dije. No era cierto. A él sí iba a hacerle algo y yo lo sabía desde días antes, si no semanas. Tal vez deseaba calmarla, hacerle creer que iba a robar la casa y nada más. Pero yo no era un ladrón. Yo simplemente me estaba vengando. ¿Cómo diablos podría hacerle saber que no iba a hacerle nada? En ese momento oí su voz, la voz del hombre; oí la puerta cerrarse y un segundo más tarde vi el periódico en sus manos; luego miré esas manos cruzando las jambas en arco de la entrada, vi sus ojos, vi su rostro. Sí, era su hermano. Los dos se parecían o tenían un aire de familia. Respiré, sentí un profundo alivio. No me había equivocado. Esta segunda vez, este segundo encuentro, me lo corroboró. Apunté el arma y él soltó el periódico en el acto. Levantó las manos como en las películas. Sus ojos zozobraron. Lo percibí. Estaba asustado. La miró a ella; ella hizo lo mismo. Entonces le pedí que se sentara en la silla vacía al lado de su mujer y él lo hizo sin dejar de mirar la pistola que no dejaba de apuntar hacia su corazón. Ella comenzó a llorar y esto, no sé por qué, exacerbó mi ira de pronto. Yo no pensaba hacerle nada a ella. Cuanto más, sería un testigo. Y se lo dije: "Serás mi testigo". No podía responderme, claro, pero imaginé, supuse, lo que tras la cinta adhesiva quería desesperadamente preguntar: "¿Testigo de qué?" "Ya verás", le respondí; "ahora toma la cinta y tápale la boca a tu marido. Dale varias vueltas. Hazlo duro, si no, me voy a encabronar". Como una esclava lo hizo, pero sin dejar de lloriquear un segundo. Cuando acabó, le dije: "Ahora toma la soga que está dentro del bolso, ¿la ves?, y amarra a tu marido contra la silla. Hazlo lo más fuerte que puedas. Y no me engañes. No te conviene." Como una esclava, otra vez, la rubia, su mujer, hizo lo que le decía: abrió mi bolso, tomó la cuerda y comenzó a amarrarlo como pudo, con fuerza. Sólo entonces dejé la pistola sobre un taburete y la amarré a ella al lado de él. No quería esperar más, no quería tardar más. Los lentes ahumados, con gotas de sudor o vaho, me impedían ver con claridad. La cabeza empezó a darme vueltas. Me giré un instante para que ninguno me viera sin los anteojos, me sequé los párpados con la punta del chaleco y empecé el interrogatorio no sin antes coger nuevamente el arma del taburete y ponerla sobre su sien:

—¿Te gustan los niños?

No podía responder.

Sin soltar la pistola, desenrollé la cinta adhesiva que su mujer le había puesto alrededor de la cabeza. Chilló de dolor. No me importaba. Chillaría más, pensé. Repetí la pregunta e hizo como que no comprendía lo que le estaba diciendo. Esa hipocresía me irritó tanto que, con la misma cacha de la pistola de mi padre, lo golpeé en la cabeza justo donde comenzaba a dejarse entrever un hueco incipiente del cabello. Esta vez dijo:

—Me gustaría tener hijos, por supuesto, pero no tenemos.

—No me refiero a eso, imbécil —respondí—. ¿Te gustan los niños? ¿Te gusta cogerte a los niños?

Espantada, su mujer abrió los ojos verdes. Obviamente seguía sin comprender lo que pasaba.

—No —dijo él perplejo.

—Mentira, cabrón —grité volviéndole a dar un cachazo en la cabeza. Unas gotitas de sangre saltaron—. Y si gritas, te mato. Ahora aguántate y responde: ¿te gustan los niños?

—Antes, sí —tartamudeó aterrado, en voz baja. Esperaba, tal vez, que su mujer no lo oyera.

—Antes, ¿cuándo?

—Hace mucho.

—Mentira, cabrón —y otra vez, sin titubear, volví a darle con la cacha, esta vez en la sien y con todas mis fuerzas. Un cardenal quedó estampado allí—. ¿Hace cuánto fue la última vez que te cogiste a un niño? Si mientes, te mato.

Y para mi total sorpresa, respondió:

—Hace un mes.

No esperaba eso. Realmente no me lo esperaba. Me quedé helado. Apenas pude disimular mi desconcierto. ¿Hace un mes? Su franqueza o su miedo rayaban en la pura demencia.

—¿Lo has oído? —le pregunté a la rubia ahora más enfadado que antes.

—¿Quién fue? —pregunté.

El tipo cerró los ojos con fuerza. No quería responder, era claro.

—¿A quién te cogiste hace un mes? Si no me dices, te disparo aquí mismo.

—A un sobrino de mi mujer.

La rubia estaba aterrada. Sus hermosos ojos hicieron bizco. Lloraba quedamente.

—¿Quién? —dije.

—Beto.

—¿Qué edad tiene Beto, cabrón?

—Ocho.

—¿Has oído? —me volteé a mirarla a ella. Quería estar seguro de que lo había escuchado bien.

La rubia, con los ojos verdes bien abiertos y la boca sellada, asintió. Había oído bien. Entonces dije, sin salir todavía de mi atolondramiento y mi sorpresa:

—¿A cuántos niños te has cogido?

—Pocos, muy pocos...

—Mentira —adiviné, y esta vez le solté un puñetazo en la nariz. Oí el tabique quebrársele. Comenzó a sangrar profusamente—. ¿Cuántos? ¿Muchos?

—No sé cuántos...

—¿Muchos? —insistí poniendo el arma contra uno de sus ojos hasta hacerle daño, o eso pensé.

—Sí —respondió aterrado o avergonzado.

—¿Me conoces? —le dije.

—No.

—¿Has oído bien todo lo que ha dicho? —le pregunté a ella.

La casi rubia, despavorida, asintió. Yo añadí:

—¿Te das cuenta con quién te has casado? Un depredador, un asqueroso pedófilo. ¿Lo sabías?

Negó con la cabeza sin dejar de lloriquear un instante. El calor empezaba a empozarse en la sala. Yo transpiraba. Apenas podía ver a través de los malditos lentes empañados. Entonces me volví otra vez hacia él y le dije:

—¿Te cogiste a tu hermano?

Evidentemente no esperaba hacerle esa pregunta por una sencilla razón, y es que jamás, hasta ese instante, se me había ocurrido hacérsela. El hijo de puta asintió sin tener, esta vez, que repetirle la pregunta. Había aprendido la lección: si no contestaba, recibía un golpe en la cara.

—¿Qué? —le grité—. Habla más fuerte. Que tu mujer te oiga.

—Sí.

—¿Muchas veces?

—Sí.

—¿Tus padres lo saben? ¿Él se lo dijo?

—No.

—¿Por qué?

—Porque me perdonó hace mucho.

—Pero antes lo amenazaste, ¿no? Lo amenazabas cuando era un niño, ¿no?

—No.

—Mentira, zoquete —grité dándole un golpe con la pistola en la frente, pero esta vez no usé el cacho sino el cañón, como si se tratara de un picahielos—. ¿Lo amenazabas?

—Sí, pero luego hablamos, le expliqué y me perdonó. ¿Cómo lo sabes? —se atrevió a preguntar con los ojos desorbitados. Se le empezó a formar un hematoma en la frente.

—No lo sabía. Tú me lo acabas de decir —le dije, y acto seguido, añadí—: Ahora es mi turno: dime, ¿te mato?

—Por favor, no —gimoteó removiéndose en su silla como un chancho maniatado.

Recogí el bolso del suelo, saqué la cinta, jalé un largo trozo, lo corté con los dientes y lo volví a enrollar en su boca y su cabello ralo con fuerza, haciéndole daño. Ya no quería oír su voz. Era suficiente. El cobarde ni siquiera se opuso durante la operación. Jamás intentó levantarse con la silla a rastras y lanzarse contra mí. Al terror que lo inundaba, se añadía el factor sorpresa. Nunca soñó que un sábado cualquiera a mediodía se le aparecería el demonio a pedirle cuentas, y mucho menos a los pocos meses de estar casado con la linda rubia de ojos verdes. Sólo al devolver la cinta adhesiva al bolso caí en la cuenta de que había olvidado encender la grabadora portátil. Era tarde. Había confesado y no iba a volver a pasar el mal trago otra vez.

—¿Lo mato? —le pregunté a su mujer, quien resoplaba con la cinta adhesiva todavía contra su boca. Las pequeñas fosas nasales de su pequeña nariz abombada parecían estar a punto de estallar. No podía arriesgarme. No podía quitarle la cinta: un grito suyo atraería la atención de un vecino.

Negó con la cabeza.

—¿Te vas a separar? ¿Vas a abandonar a este hijo de puta?

Asintió.

—¿Me lo juras?

Asintió.

—Si no lo dejas, te busco y te mato. ¿Estamos de acuerdo? —le dije de pronto no sé por qué: la pobre rubia no tenía vela en este entierro, pero en ese momento sólo deseaba, antes de partir de esa casa, cavar lo más hondo que pudiese la sepultura de ese hijo de la gran puta, quien no sólo había intentado violarme en Cocoyoc trece años atrás, sino que había violado a su hermano menor y a muchos otros niños, pero ¿cuántos?

Ella asintió: estaba de acuerdo. Lo abandonaría.

Yo le pregunté entonces:

—¿Le perdonamos la vida?

La rubia asintió. Entonces me giré hacia él y le dije:

—Si te acercas a la policía, se lo cuento a tus padres. Si tratas de averiguar quién soy, se lo cuento a tu familia, se lo cuento a tus amigos e iré a tu trabajo a contarlo. A todos les diré lo que eres. Un asqueroso pedófilo. ¿Comprendido?

Asintió.

—Ahora dime: ¿qué prefieres, perder los güevos, un brazo o perder la pierna? Tú elige.

Se quedó aterrado. Ahora sí se removió de su silla con fuerza al punto que cayó en el suelo dando de bruces. Allí, tirado a mis pies, maniatado contra el respaldo, sangrando profusamente de la nariz, le solté dos puntapiés con todas mis fuerzas, uno en la mejilla, el otro en el pecho.

—Está bien —le dije en el colmo del delirio—. Te perdono los güevos, pero no el brazo —y al decir esto le descerrajé un balazo en el bícep izquierdo y salí corriendo. Crucé la calle en un santiamén, caminé a trancos los cien metros hasta donde tenía estacionado el coche bajo el tilo y me fui en estampida, entre asustado y satisfecho, entre aliviado y sorprendido con mi acción. Yo estaba loco, había vencido a la cordura, pero ese individuo había pagado al menos parte de su deuda.

Segunda parte

1

Abelardo y Javier leyeron la novela de Pablo Palacios sobre Xavier Villaurrutia. Al igual que a mí, les encantó. Creo que fue Javier quien, al final, consiguió su número de teléfono en Querétaro, pues, a diferencia de nosotros, Pablo era bicho de provincias. Había sido una feliz coincidencia que ambos escribieran un relato sobre dos amigos poetas de una misma generación, la de *Contemporáneos*. La novela de Solti reescribía el final de la vida de Cuesta hasta su emasculación y posterior suicidio en un manicomio de la capital en 1940. La de Palacios contaba los últimos años (hasta su ulterior suicidio) del autor de *Nocturnos* e incorporaba unos falsos diarios durante su estancia en New Haven. Villaurrutia y Cuesta habían sido amigos hasta la muerte del segundo. Más interesante era el hecho de que Pablo tuviera nuestra edad, no obstante, jamás hasta ese momento habíamos oído hablar de Palacios a pesar de que tenía ya publicada una novela breve —tal era la distancia que mediaba entre lo que se producía en el Distrito y lo que se gestaba en provincias.

Conocimos a Pablo y empezamos a frecuentarnos. Javier le pediría a Palacios, poco después, que presentara su novela en Bellas Artes y por ello Abelardo se sentiría despechado. Sólo Sanavria y Pablo tuvieron algo más de trabajo en congeniar a pesar de que eran sorprendentemente parecidos en un aspecto: su inalterable vocación de poder. No hablo ya de las otras ambiciones —fama, dinero o mujeres—, las cuales todos más o menos y en distintos grados compartíamos; hablo de una desembozada avidez por escalar peldaños políticos, o mejor: un deseo (casi urgente) por detentar una plataforma desde donde hacer todas esas cosas que querían hacer por su país. Y no es que los demás no deseáramos hacer cosas por nuestro país, pero era claro que no estábamos dispuestos a sacrificarlo todo para obtenerlo. Abelardo y Pablo, en cambio, sí. Amancio y yo, no. Javier se cocía aparte: soñaba con otro tipo de poder, el del intelectual independiente —aunque en franca oposición con ese sueño, Solti se convertiría en servidor del Estado cada vez que necesitara un sueldo—. La diferencia entre él y Pablo y Abelardo era que Javier no buscaba medrar con tal obstinación. Creo que el poder no era un vicio para él como lo era para los otros. Para Solti, un cargo político era, si acaso, una forma de ganar dinero y obtener contactos. Si de escalar se trataba, un puesto en el sector público podía servir a su único verdadero objetivo: convertirse en un árbitro de la cultura que todo mundo escucha. Los últimos mandarines en México habían sido Paz y Fuentes. Del Paso no quiso serlo, Pacheco no tenía la talla y mucho menos Aguilar Camín. Krauze lo fue, pero a diferencia de los otros, él nunca pretendió ser poeta o novelista. Y eso, sólo eso, habría que alabárselo.

La amistad con Pablo, en todo caso, fue inmediata, y la feliz coincidencia entre su novela y la de Solti coadyuvó a que se empezara a perfilar algo así como una incipiente generación de novelistas. No lo era, claro, pero este hecho pergeñaba su posibilidad.

Abelardo, abogado de la Libre, había asistido, como ya conté, a un bachillerato lasallista, mientras que Amancio, Javier y yo estuvimos en uno marista —no he dicho que la primaria la estudié con lasallistas, de quienes conservaba, a pesar de su misoginia, un mejor recuerdo—. He contado también que Abelardo era tres o cuatro años mayor que nosotros. Lo que no dije fue que él hubiera estado en la misma escuela y en el mismo salón de clase que un joven crítico literario, Miguel Doménech. Ambos habían sido, pues, lasallistas.

Según nos contó Sanavria años después, Miguel y él habían terminado su amistad cuando pelearon por la misma distinción al final de la preparatoria: algo tan ridículo como el Premio a la Joven Promesa del Año. Un reconocimiento que otorgaba el presidente de la República al mejor estudiante del país. Ambos eran demasiado ambiciosos para ceder o mantener la amistad pasado el vendaval y la lucha. Al final, Abelardo se impuso, ganó la presea, pero también la eterna enemistad de Miguel, quien se la ha cobrado hasta hoy ignorándolo. Cabe agregar que, a la par que Doménech, existía otro gran lector y articulista a principios de los noventa, un tipo larguilucho y simpático a quien yo profesaba admiración y quien se perfilaba, desde entonces, como el verdadero gran crítico de nuestra generación: Igor Toledo Fuentes. Sin embargo, un accidente automovilístico cambió su suerte por lo que, al final, Doménech y no Toledo fue quien se quedaría con el improbable estatus de crítico de nuestra generación. La diferencia entre ambos era, a pesar de todo, la honestidad y claridad de conciencia, ambas virtudes indispensables para convertirse en un crítico perdurable. En cualquier caso, el padrinazgo de Octavio Paz fue una clara ayuda en la carrera de Doménech. Aunque en todos estos años jamás le he restado valor a su talento y constancia, una fea anécdota me predispuso contra él muy temprano sin ni siquiera haberlo conocido.

La revista *Vuelta* tenía una joven traductora guapa y talentosa, la novelista Guadalupe Sáenz Núñez. Muchos de los artículos que Octavio Paz mandaba publicar en su revista, los traducía ella del francés. Desde que mi amigo Alberto Ruy Sánchez terminara con *Vuelta* a fines de los ochenta y Krauze se adueñara de la revista de Paz, muchas traducciones las hacía Guadalupe y no ya Alberto, quien había estudiado con Barthes y Derrida en Francia en los ochenta y había publicado una excelente novela que yo, a su vez, había reseñado elogiosamente en el *unomásuno* de Huberto Batis. En cualquier caso, Javier conocía a Guadalupe de la Alianza Francesa. Ella enseñaba allí o sustituía a los maestros cuando se ausentaban. Por esos años, Javier había trabado una entrañable amistad con Guadalupe y por supuesto le contó que su novela sobre Cuesta estaba por ser publicada en Joaquín Mortiz, la casa editorial más prestigiosa en esa época. Aparentemente, Javier le había contado también sobre nosotros, sus amigos novelistas, incluido Abelardo, quien, como ya dije, conocía a Doménech del bachillerato lasallista. Guadalupe, a su vez, fue a contarle a Miguel que su nuevo amigo de la Alianza, un tal Javier Solti, estaba por publicar una primera novela sobre nada menos que el poeta Jorge Cuesta, de quien él, Doménech, escribía entonces un largo ensayo. La respuesta de Miguel, según Guadalupe, fue contundente: "Nadie que sea amigo de Sanavria puede ser un buen escritor. La novela seguro es una mierda". Evidentemente, Miguel conocía la amistad entre Abelardo y Javier, y Guadalupe no hizo sino corroborarlo. Pero no todo acaba aquí: sin imaginarlo, Javier había pisado un coto prohibido. Cuesta pertenecía por derecho propio al dominio de Doménech *and the happy few*, los iniciados (Katz, Elizondo, Panabière, Caicedo, Sheridan, Arredondo *et ce tout*). El autor del *Canto a un dios mineral* no era sólo un gran poeta, sino para muchos el mejor crítico que había tenido México, al lado de Alfonso Reyes y Octavio Paz. ¿Cómo se atrevía entonces ese mequetrefe de Solti a escribir una novela sobre su ídolo literario? ¿Cómo osaba el amigo del deleznable Abelardo Sanavria meterse con el crítico que lo presagiaba a él, Miguel Doménech, como supremo portavoz de la literatura en México? Ese terruño era de su propiedad y punto. Lamentablemente, este tipo de egocéntricos desplantes solían darse en maceta en México, donde si un investigador o crítico encontraba su nicho, casi de inmediato pensaba (en su demencia) que nadie más podía meterse con él. Se trata, es obvio, de otra nefanda herencia española, una infeliz tara oscurantista: nadie más que un gachupín puede opinar sobre Cervantes y Calderón, como si se tratase de santos cuyos exégetas tuvieran que haber estudiado en el Vaticano.

En cualquier caso, la primera novela de Javier estaba condenada, si no al éxito de ventas precisamente, al menos a la disputa y el revuelo, pues una vez hubo aparecido la diatriba injusta y feroz de Doménech en la revista *Vuelta*, salieron como topos de sus agujeros cantidad de reseñas discrepando, en distintas medidas, con él. De manera harto paradójica, la ulterior amistad con Carmen Boullosa, Javier Sicilia, Vicente Herrasti, Armando Pereira, Sandro Cohen, Alberto Paredes, Federico Patán, entre otros, surgió gracias a este venenoso artículo escrito con la más mala fe y en pura ciega represalia hacia Abelardo. En su texto, Miguel concluía, palabras más palabras menos: "Sólo esperemos que su autor no termine emasculándose como hiciera el gran autor de *Contemporáneos*". Pablo, en signo de solidaridad, también rompió su ya de por sí tibia relación con Doménech, quien había tenido a bien incluirlo al final de su monumental *Antología de la Narrativa Mexicana del siglo XX* auspiciada, otra vez, por Octavio Paz y el Fondo de Cultura Económica a principios de los noventa. Ni qué hablar que ninguno de nosotros estábamos en ella, ni estaríamos.

2

Hoy le he dicho a Eloy que debíamos volver a dormir en la misma cama. De hecho, se lo dije a Abraham en la cocina mientras él se tomaba su café y yo alistaba a mi hijo para su primer día de escuela. Hace más de un mes que ya no duermo con Eloy. Infantil protesta, reclamo de párvulos, declaración de guerra...

Natalia tiene su habitación, yo la mía y Abraham, por mi culpa, se quedó en el aire... ¿Dónde dormiría mi hijo si a su madre le molestaba el blando colchón de la cama matrimonial? Éste fue, por supuesto, el pretexto que empleé con mis hijos cuando, perplejos, me cuestionaron los motivos del cambio. Mi ciática, mi espalda, la necesidad de un colchón más duro, les mentí. El problema que mi mudanza acarreó fue que Abraham ha venido eligiendo dormirse con su padre desde hace casi un mes. Bastante nos había costado acostumbrarlo a dormir en su propio cuarto para venir ahora a arruinar esa rutina difícilmente conquistada. Y lo cierto es que yo, con mis desplantes, lo orillé a irse con su padre, lo que más le gusta en la vida.

La situación en Aix se ha tornado ridícula desde el momento en que tuve la descabellada idea de mudar mi ajuar a la habitación de Abraham, confiscando con ello su espacio. Por eso hoy le he dicho:

—A partir de esta noche dormirás en tu cuarto.

—¿Por qué? —rezongó.

—Porque en eso habíamos quedado, ¿recuerdas? —mentí otra vez—. Cuando comenzara la escuela, tenías que volver a tu recámara... ¿Por qué no quieres dormir allí?

—Porque me caigo.

—Mentiras.

—Pero tu espalda, mamá —argumentó él.

—Ya no me duele.

—¿Vas a volver a dormir con mi papá?

—Sí.

Eloy sonrió, pero no supe qué diablos significaba esa sonrisa: ¿ternura, complicidad, malicia, orgullo de ganador, cariño, reconciliación?

Confieso que estos últimos días han sido, a pesar de todo, muy buenos —digamos que *bastante* buenos en comparación con los primeros: como si de pronto hubiésemos firmado un armisticio—. He aceptado que es absurdo seguir peleando, independientemente de lo que nos depare el destino. Contra todos los pronósticos, he dado yo el primer paso hacia la reconciliación. O si no hacia la reconciliación, al menos hacia la normalidad, la rutina, el orden interno familiar. Cada quien en su recámara, tal y como debe ser. Las vacaciones se acabaron. No nos hemos dado ni un beso ni un abrazo desde que llegamos a Aix —tampoco hemos dormido juntos—. Todo esto no es, por supuesto, normal y alguno de los dos tenía que acabarlo. He sido yo puesto que Eloy, hasta el momento, no ha esbozado un solo gesto de acercamiento... Se le nota incluso feliz durmiendo solo y recibiendo las visitas de Abraham por las noches. Parece que no me necesita. O que incluso le estorbo. ¿O sigue todavía sentido por los golpes que le di? Supongo que sí... El otro día me dijo que no debía esperar una espontánea calidez, que se sentía como el perro vapuleado, que le llevaría tiempo mostrarme de nuevo su afecto. Sea como fuere, han pasado cinco semanas y hoy ha sido el primer día de escuela de los niños. Era el momento para detener este absurdo *impasse*. Sí, no quiero terminar igual que mis padres, durmiendo en cuartos separados. Muchas parejas lo hacen, pero yo me niego a caer (tan joven) en ese tipo de relación. Mejor divorciarnos, mejor vivir cada uno en su casa, pero de eso tampoco quiero hablar... Estoy harta de maldecir, cansada de darle vueltas a la cantaleta del divorcio, a los pros y contras de la separación, cuando lo que me pasa, lo sé de sobra, es que no deseo parecerme a mi querida madre. En el fondo es eso: lucho internamente contra esa mujer, esa esposa sumisa que me habita. Yo no soy ella. No quiero serlo. Mi madre, lo sé, debió haberse divorciado hace mucho y nunca se atrevió. La detuvieron las circunstancias, pero, sobre todo, el dinero, el maldito dinero —o eso al menos dice ella cuando se lo pregunto—. ¿Será verdad? Tal vez la frenó el amor, sí, porque ambos se quieren aunque no se toquen; ambos se quieren a su infame y peculiar manera... Pero eso no es una relación, me digo asustada, indignada. Me repugna esa anómala forma de amarse. No es eso lo que yo quiero en la vida. Nunca lo deseé así. Yo quiero dormir con mi esposo, compartir la habitación con un hombre al que ame, ser capaz de besarlo y abrazarlo cuando me venga en gana. Insisto: yo no soy mi madre y no la pienso repetir. ¿Cuántas veces no la odié por no tener el valor de dejar a mi padre? Y no es que no lo quiera a él, pero mi padre es imposible, más complicado que Eloy y eso que no es novelista. Si no toma su medicamento, desvaría. Y el problema es que no lo toma y mi madre tiene que aguantarlo, esquivarlo como a un toro de lidia. Mi padre fue siempre farol de la calle y oscuridad de su casa... Sonriente, campechano, locuaz con los amigos; voluble, hipocondriaco, rencoroso y manipulador en su hogar. Yo lo vi. Yo presencié la forma en que la sofocaba, fui testigo de los pacatos silencios de mi madre, la aceptación servil, las nulas agallas para responderle, discrepar o negarse a hacer la santa voluntad de su marido. Siempre su maldita voluntad. Jamás la de ella. Ése ha sido el centro, creo, de la disputa con Eloy, la causa liminar de mi batalla. Dos almas contrapuestas, ninguna dispuesta a ceder. Dos voluntades que en apariencia razonan y acuerdan, pero que en el fondo sólo desean imponer su voluntad. De pronto es como si Eloy fuera mi padre y yo fuese mi madre —la madre agobiada de antes, claro—. Descubrirme siendo ella, repitiéndola, me solivianta: me vuelvo una madre coraje, una mujer que, a pesar de haber encontrado la voluntad para hacer frente al enemigo, ha perdido la razón y no sabe ya controlarse. Como si el maldito precio por haber encontrado mi voz, mi yo distinto, fuese el de haber perdido la razón. No veo otra manera, sin embargo, de luchar contra Eloy. Su displicente racionalidad, su falsa impasibilidad, me hostigan. Con ellas no puedo: muerdo el anzuelo, caigo en el cepo que me ha puesto.

Mi conflictivo padre nunca mostró esa impasibilidad, esa fría y cortante distancia con que Eloy me ataca. Mi padre es primitivo en sus emociones, llano y tajante: si se enfurece, no se controla. Si está feliz, no se controla. Si pierde los estribos, no racionaliza. Jamás lo ha hecho. No está en su naturaleza. Él no calcula; Eloy, sí. Mi madre, por otro lado, no ha tenido otro remedio que emplear la cautela como escudo; junto con ella, el silencio pacato y la eterna cobarde evasión. Pero esto fue así sólo hasta hace ocho o diez años. A partir de no sé qué momento, las cosas empezaron a cambiar. Yo ya no vivía con ellos, por supuesto.

Mi madre fue hallando su propio diapasón. Se convirtió —¡quién lo diría!— en esa otra esposa insoportable que dogmatiza y apabulla a mi padre por cualquier tontería. Cuando los veo peleando, cuando contemplo la historia de sus cuarenta y cinco años de matrimonio, no dejo de equipararlo con un cuadrilátero y dos boxeadores. Durante los primeros nueve rounds, él es el favorito, el inexpugnable; ella sólo recibe los golpes o los evita como Dios le da a entender; huye a las esquinas, baja la cerviz, se cubre el rostro y sangra a borbotones. En los últimos tres rounds, esto cambia de manera dramática: él parece cansado, no consigue sostener los brazos, no suelta golpes, o muy pocos, y lo peor de todo: no hacen ningún daño. Ella, en cambio, golpea duro, constante, a la cabeza y al hígado, una y otra vez. Toda la energía almacenada durante nueve rounds aparece de súbito, destilada, en esos últimos tres rounds de la pelea. Es un milagro pugilístico. Nadie lo esperaba. Nadie lo veía venir. La voluntad adormilada de mi madre, por la fuerza abrumadora de mi padre, renace de entre los escombros hará unos ocho o diez años. ¿Será eso lo que me pasa con Eloy? ¿Estaremos repitiendo esa monstruosa historia de amor? Y si fuese así, ¿en qué round vamos si llevamos dieciséis y no 45 años de matrimonio?

3

Mi novela no provocó el escándalo que causó la de Javier, aunque sí recibió varias reseñas. Incluso ha sido el relato que más artículos ha suscitado, lo que no deja de ser bastante irónico si se piensa que es una novela novicia y bastante ingenua. Las reseñas fueron sin embargo positivas. Diría que tibia o moderadamente buenas. Mi novela lawrenciana no provocaba sarpullidos ni envidias, no causaba problemas a nadie: era una típica historia conyugal, lineal, sin ambiciones formales, casi decimonónica. Yo la quería así. Aparte yo no publicaba en Mortiz, como Javier, y eso me aseguraba, si menos odios, también menos prestigio. El título lo puso azarosamente un amigo poeta, Jorge Fernández Granados. Una noche en que Amancio, Javier, Jorge Fernández Granados y yo cenábamos tacos al pastor, barajando los cuatro distintas alternativas, en un puro acto de instinto poético, el último salió con el hermoso título y éste, al cabo, se quedó estampado en el libro que Silvia Molina me había publicado.

Esta vez le pedí a Amancio que presentara mi primera novela. El recinto, en San Ángel, se abarrotó esa noche. Al igual que hiciera con aquel libro de poemas publicado en 1988, en esta ocasión invité a propios y extraños, amigos del bachillerato marista y del Reina de México, tíos, primos, escritores, profesores y compañeros de la Facultad. Iba a sus casas, dejaba la invitación, me aseguraba de que fueran. Al final asistían, no sé si porque no tenían otra cosa mejor qué hacer, por solidaridad o por no lastimar mis sentimientos. Pero a todo esto ¿de dónde sacaba yo la fuerza para congregar esa multitud? No lo sé. Hoy no la tengo y tampoco me interesa. A las editoriales tampoco les importa. No venden suficientes libros y gastan demasiado, dicen, en publicidad y vinos de honor. Mejor hacer ruedas de prensa o, bien, agendas de entrevistas con medios. Pero incluso esa tarea me desgasta, me aburre soberanamente: uno repite hasta la saciedad la misma retahíla sobre el libro que ya, para ese momento, se desea olvidar. No obstante, para esta suerte de hartazgo promocional falta mucho tiempo todavía. Se trata apenas de mi primera novela. De su bautizo. Si aparece gente el día de la presentación, su éxito —como si se tratase de un absurdo talismán— está garantizado. Eso al menos creemos: somos jóvenes, ingenuos, bobalicones. Llenar una sala no asegura, sin embargo, nada más que una buena velada, unos buenos tragos y después unos tacos con los amigos. Hoy preferiría evitármelo todo e ir derecho a los tacos con mis amigos, pero no con Amancio. Pero ¿por qué no con él? No estoy seguro... Desde aquella velada en San Ángel, desde esa evanescente ocasión en que leyó unas cuartillas sobre mi primera novela, algo no cuadraba del todo, algo inaprensible no terminaba de encajar. Pero ¿qué era? Hoy todavía no lo sé. No he releído su texto. Jamás lo publicó. En esto, debo decir, se parece bastante a Doménech: ninguno arriesga su opinión (quiero decir: *publica* su opinión) si antes no pondera sus repercusiones. Su crítica (buena o mala) era cautelosamente aquilatada, domesticada, comprometida. En Miguel se entiende: yo no era su amigo. Pero ¿en Amancio Piquer? ¿Por qué él, mi mejor amigo escritor, iba a cuidarse de expresar simpatía por mi primer libro aunque no la sintiera? Era evidente que no la sentía y también fue evidente que se esforzó, como pudo, por salir airoso del aprieto esa lejana noche de San Ángel. En todo caso, sólo recuerdo la evasión, el subterfugio, las palabras cordiales pero reticentes y estrictamente vigiladas. Es decir, nada que pueda, posteriormente, dejar rastro o testimonio. Amancio era como su prosa: cuidada, ambigua y tersa, impenetrable e incierta. Pero, como ya dije... cuando uno no quiere ver, no mira absolutamente nada. Cuando uno tiene, como en la novela de Marías, al falso amigo frente a las narices durante treinta años, sencillamente no se huele nada porque se ha tapado adrede las narices. Y esto me pasó a mí. Yo era para Amancio, cuanto mucho, el poeta temerario que osaba publicar una novela *demodé* primero que él la suya, iconoclasta y *sui generis*. Yo quería emular a Moravia y a Lawrence, él a Perutz y a Saramago. Él era gótico; yo, realista. Mi narrativa no podía gustarle, claro. Había en ella muchos nombres de calles, taquerías, marcas, objetos, mis personajes se llamaban Olegario, Tomás, Federico y hablaban de política, futbol o telenovelas mexicanas, discutían sobre el amor, los celos, el fracaso. Se enfrascaban demasiado en sentimientos... Los suyos, en cambio, sólo existían en Europa Central y sus calles y plazas jamás tenían un nombre en castellano. Sus personajes no osaban dialogar. Era peligroso que lo hicieran, a riesgo de poder ubicarlos. A mí, a pesar de las diferencias, me encantaban sus cuentos y novelas. Me siguen gustando. El problema no era yo ni tampoco mis gustos. El problema era él. O mejor dicho: *su* problema era yo y mis libros, específicamente mis novelas... específicamente la idea preconcebida que Amancio tuvo siempre de lo que yo era o lo que yo debía ser rigiéndome, claro, por sus propios raseros literarios.

4

Apenas el domingo pasado, en casa de Doris y Aaron Miller, Eloy le dijo a la otra pareja neoyorquina que los visitaba por el fin de semana:

—Yo me enamoré de sus ojos, de su eterna sonrisa. Lourdes siempre reía. Nada la hacía enojar.

Durante la sobremesa en la deliciosa terraza, Aaron nos había preguntado cómo nos habíamos conocido y qué nos había llamado la atención cuando empezamos a salir hace veinte años.

Ellos, los judíos, llevan uno solo de casados —conservan intacta la curiosidad de los amantes deseosos por saber las entretelas del amor, como si escuchar la historia de los otros los corroborara en la suya o los conjurara del demonio del divorcio.

Hacía mucho que nadie nos preguntaba sobre nuestro pasado. Hacía mucho que ni Eloy ni yo contábamos nuestra historia, sin embargo lo hicimos encantados, demorando los detalles e intercalando los puntos de vista. Cada uno tomábamos turnos entre sorbos de café y bocados de pastel o helado de pistache. Incluso Abraham y Natalia no dejaron de mirar a sus padres embelesados. No querían perderse una sílaba. La brisa de la tarde en Éguilles nos ayudaba a continuar el relato de nuestro noviazgo. Si no me equivoco, es la primera vez que lo contamos enfrente de los niños. En cualquier caso, lo único molesto o incómodo fue que Eloy hubiera de pronto enfatizado el encanto de mi eterna sonrisa, el brillo de mis ojos, mi alegría constante, es decir, todo lo que dice no encontrar ya en mí cuando se enfada y yo pierdo los estribos.

"Eras feliz, Lourdes", me reprocha a veces. "Irradiabas alegría. Todos querían estar a tu lado. Yo, al menos". "Pero eso", le contesto avinagrada, "tú lo destruiste. Es por tu culpa que no sonrío como antes, que no soy la mujer feliz que tú amabas, ¿te das cuenta? Tú me has cambiado. No me has dejado alternativa, Eloy... Tienes lo que has hecho. Tú me moldeaste a tu imagen y semejanza. Ahora aguántate, cabrón".

Éste era el reverso de la historia, por supuesto, el relato que no le contamos a los judíos neoyorquinos el domingo en Éguilles. ¿Para qué? ¿Con qué objeto si eso es lo que *no* quiere escuchar una pareja de recién casados? Como dice mi querida madre: nadie experimenta en cabeza ajena... y mucho menos que nadie, los enamorados.

5

Aparte de Amancio, mi primera novela la presentaron Álvaro Ruiz Abreu y Lázaro Pagani, quien se convertiría, con los años, en uno de mis mejores amigos aunque en aquella época nada ni nadie hubiera podido presagiar esto. Lázaro era diecisiete años mayor que yo. Pertenecía a otra generación: aquellos que siguieron a Cortázar en su cándida fe revolucionaria, aquellos que se perdieron en el alcohol y no produjeron la obra proporcional a su verdadero talento. Ese nutrido grupo de intelectuales y profesores nacidos en los cincuenta todavía continuaba creyendo en Castro y por lo mismo no comprendieron, si no tarde, el viraje de Vargas Llosa en los ochenta; mucho menos comprendieron la alternativa paciana, la cual, equivocadamente, tomaron por traición o neoliberalismo, cuando no era ninguna de las dos, cuando, al contrario, se trataba de una heroica y templada apuesta por la libertad y la conciencia en una época donde la moda intelectual era la opuesta. De hecho, Pagani publicó algunas pocas cosas en *Vuelta* a principios de los ochenta, pero luego se distanció de Paz. Este curioso fenómeno mexicano (y latinoamericano) se produjo con muchos otros intelectuales de su generación, amigos suyos algunos, que odiaban con sobrada razón al imperio yanqui y que, por consiguiente, sin razón, encontraron refugio en el patriarca de la isla malhadada. El misterio para mí era tratar de imaginar la manera en que Lázaro en particular tuvo que superar el cambio vargasllosiano de la izquierda a la derecha cuanto que el autor de *La casa verde* había sido su verdadero ídolo de juventud. A él había dedicado un libro y al lado de él y Cortázar había crecido y se había moldeado políticamente. ¿Cómo congeniar su admiración con su estupor? Al final eligió a Cortázar, pero sólo por un breve lapso; luego volvería a Vargas Llosa y a Paz, pero para que esto suceda falta mucho tiempo todavía. En la época en que yo lo conocí, escribía el libro definitivo sobre la novela cubana. En él sólo incluía la literatura escrita dentro de la isla. Los disidentes estaban proscritos de su libro. Con todo, creo que para cuando inopinadamente yo llegué a la redacción de la *Revista de la Universidad de México* a pedirle trabajo, él experimentaba un franco viraje hacia la derecha, un desengaño difícil de tragar.

—Hola —le dije a la joven que me abrió la puerta—. Quisiera hablar con el director de la revista.

—No se encuentra —respondió refiriéndose a Fernando Coral—, pero está el jefe de redacción, es decir —y se rió—, el verdadero jefe.

—¿Podría hablar con él?

—Déjame... veo —contestó y se dio la media vuelta.

La redacción era un largo piso iluminado, casi un chorizo elongado con mesas, sillas y algunos sillones viejos adosados en la pared despostillada. Entre ellos, había estanterías repletas con números pasados de la revista, todos perfectamente ordenados, numerados, infinitos. Se decía que era la revista más antigua de América Latina. Por eso justamente había ido allí: su enorme prestigio me atraía. Desde que volviera de España y retomara mis estudios de Letras Hispánicas en la UNAM, me urgía encontrar un trabajo: no tenía dinero y tampoco tenía coche. Me las apañaba con lo que mi padre me daba para subsistir y usaba el auto de mi madre. Mi padre, como dije, se había opuesto a mi aventura española y ahora yo debía pagar las consecuencias de haber vendido mi coche para ir a comer aceitunas y pan duro a la Madre Patria. Por eso estaba allí, en las oficinas de la revista, en Insurgentes Sur, desesperado por hallar un empleo literario, es decir, algo que me gustara, un trabajo afín a mi carrera. No se me ocurría otra cosa aparte de trabajar en una librería y ya dos de ellas en el sur de la ciudad me habían respondido que no necesitaban a nadie por el momento.

Por fin volvió la joven dominicana, alegre y cordial, claros signos que me alentaron a tratar, bajo cualquier concepto, de quedarme allí:

—Dice que pases.

—¿Cómo se llama el subdirector?

—No es subdirector, ya te dije —respondió divertida—. Es el jefe de redacción. Se llama Lázaro Pagani. Es muy buen tipo. Entra...

Y entré. Él estaba allí, fumando, sentado tras un escritorio repleto de hojas y libros desparramados por doquier. Llevaba puestos sus eternos anteojos redondos al estilo John Lennon, pero no tan pequeños como los de él. Era calvo, pero con dos breves mechones claros a cada lado del cuero cabelludo, los cuales se echaba para atrás consiguiendo que cayeran casi hasta los hombros en un solo abanico recortado. Era, por supuesto, una forma extraña de ser calvo dado que, por paradójico que parezca, no lo era por completo. Sonreía. Fumaba. Mostraba los dientes enormes, perfectos. Seguro se preguntó al verme qué diablos hacía yo allí. Se lo dije. Se quedó atónito al ver mi deslenguada forma de pedirle empleo.

—¿Y qué haces aparte de buscar trabajo?

—Estudio Letras en la UNAM —le dije desde el otro lado del escritorio—, y escribo...

—Yo enseño en la Facultad y escribo también.

—No te había visto —lo tuteé.

—Enseño en posgrado solamente. Por eso no me has visto —y añadió luego, riendo—, pero me verás... ¿Conoces a Huberto Batis?

—Fue mi profesor —le dije—. Publico con él en el *unomásuno* cada semana.

—¿De veras? —ahora sí había conseguido atrapar su atención. Alguien que publicaba con Batis era confiable, o por lo menos no era un imbécil redomado.

—Desde hace dos o tres años que publico allí.

—Huberto es mi amigo y mentor —se ufanó—. De hecho, es mentor de muchos... Fácil te llevo quince años, ¿no?

Y era cierto. Huberto Batis había sido mentor de varias generaciones, entre ellas, la de Lázaro y la mía, separadas ambas por veinte años de distancia. Supongo que esa coincidencia fue la que, al final, lo hizo ofrecerme el puesto de corrector de estilo junto con la guapa Karina, que así se llamaba la joven dominicana, quien luego se volvería mi consejera en asuntos de amores. A partir de esa fecha también fue perfilándose una entrañable amistad entre Pagani y yo a pesar de la diferencia de edades e incluso a pesar de que yo no conseguía beber la décima parte de lo que él bebía en cada reunión. Su mujer, Cloe, me adoptó cuando poco tiempo más tarde nos conocimos. Era guapa, delgada, de abultadas cejas negras que proveía a sus ojos de un brillo inquisitivo. Como nigromanta, parecía leer las facciones de tu rostro o el color de tus pupilas. Nos caímos bien. Sin embargo la verdadera atracción fue con Lázaro. Sentarse a tomar un café o una cerveza y escucharlo despotricar sobre política y literatura se volvió uno de mis más duraderos placeres, un ejercicio que se quiere repetir por el simple goce que produce. Pero ¿no es acaso la prolongación de una costumbre compartida el verdadero signo de la amistad? A este ejercicio o ritual se añadirían, con los años, viajes, comidas, francachelas y, sobre todo, interminables bromas y chistes grotescos. Ese reducto, diría lúdico, que compartimos, es el que ha continuado asimismo nuestro cariño a pesar de algunos sinsabores y uno o dos desencuentros. Se trata de un particular y extraño hedonismo que con ningún otro amigo he conseguido empatar. Basta sentarnos con nuestras respectivas esposas o con amigos suyos, míos o mutuos, empezar a beber y escuchar música, para sentir el inmediato goce intelectual salpicado de pantagruelescos despropósitos: mierda, almorranas, culos y tetas gigantes, anos floreados y vergas descomunales, maricas y lesbianas, travestis, políticos, enemigos y amigos, escritores conocidos, chismes y recuerdos compartidos, todo amaridado en un discurso irracional, un cocktail de disparates que sólo a él y a mí nos embargan de placer cuando estamos juntos y borrachos. Ni Cloe ni Lourdes consiguen seguirnos en nuestra locura hasta el estertor final. Ya entrada la noche, luego de beber whiskies, vinos y tequilas, ahítas de tanto chocarrero dislate, se marchan a dormir o se desconectan e inician su propia conversación de mujeres más o menos sobrias. Lo de ellas es apolíneo; lo nuestro es dionisiaco. Ni con Solti, ni con Omar e Ismael, mis amigos de la infancia, he conseguido jamás desbarrancarme soltando tantas divertidas tonterías hasta el amanecer sin agotarme.

A Lázaro le oí decir que el día en que yo llegué a la revista, las cosas habían sido bastante diferentes a como yo las recuerdo. Básicamente yo fui a buscarlo a él o a Coral para publicar un largo ensayo sobre el mito del Judío Errante. Dice que abrí dos maletas atestadas de textos inéditos y los volqué sobre su escritorio sin más: tres novelas, cinco poemarios, cuatro libros de ensayo y hasta una obra de teatro. Por supuesto que la hipérbole era parte del dislate y en esto (aunque le pese) se parece muchísimo a Abelardo, quien suele contar, muerto de risa y a quien desee escucharlo, muchas mentiras con trazas de verdad. Por ejemplo, que fui a Egipto todos los gastos pagados por mi padre millonario sólo para escribir un memorable dístico, y luego, para colmo, lo inventa y lo recita muerto de risa. (Es cierto que fui a Egipto y que escribí un poema, el cual reduje tanto que quedó en un dístico, lo demás es pura y deleznable mentira.) A Lázaro, por su lado, le gusta exagerar mi fecundidad. Lo cierto, no obstante, es que, al menos en esos años, yo era prolífico, aunque casi todo (sabiamente) lo he enterrado. Lázaro escribía a cuentagotas o bien publicaba sólo lo mejor que tenía y eso, supongo, lo desconcertó cuando nos conocimos —digamos que yo era lo contrario: febril, ávido y confiado—. La segunda parte (publicar sólo lo mejor) la aprendí de él, quien a su vez lo aprendió de su grupo de escritores favorito: la generación de la Casa del Lago, quienes, en general, habían publicado poco, salvo García Ponce y Carlos Fuentes. Junto con Cloe, su mujer, Lázaro consiguió establecer, a duras penas, la impronta de Elizondo, Arredondo, Batis, Pitol, Pacheco, Melo y García Ponce en el panorama de la literatura mexicana, algo que, hasta hace poco, se les negaba. Sin *La obediencia nocturna*, *Río subterráneo*, *Crónica de la intervención*, *El desfile del amor, Morirás lejos* o *Farabeuf*, entre otros, la literatura de su generación (la de Lázaro y Álvaro Ruiz Abreu, la de Morábito y Villoro) no existiría y de paso tampoco la nuestra. Su influencia se haría notar en los siguientes libros que publicamos Pablo Palacios, Javier Solti, Amancio Piquer y yo.

Al poco tiempo de empezar a trabajar en la revista, presenté a Javier con Lázaro; sin embargo no hubo entre ellos la misma chispa que había habido entre nosotros. Algunas veces nos encontrábamos en casa de Lázaro y Cloe, pero a pesar de los intentos, ellos dos no terminaron de congeniar como yo hubiese esperado. Javier y Lázaro eran (como Ismael Sánchez) cáncer y no obstante eran diametralmente distintos. En una cosa, creo, se parecían: abrigaban un sutil remanente de cautela o reticencia, una fibra que, al final, no los dejaba abrirse con el otro como yo había conseguido hacer con los dos de manera separada. Unir esos cabos terminó por ser una tarea infructuosa. Tampoco Abelardo y Amancio simpatizaron demasiado con Lázaro. Él, ya lo dije, pertenecía a otra generación. Pablo, por otro lado, vivía en Querétaro y sólo ocasionalmente lo llegábamos a ver. Odiaba venir a la Ciudad de México. Se había casado muy joven y eso alteraba drásticamente la dinámica entre nosotros, quienes salíamos con chicas sin pretender (hasta entonces) entablar ningún tipo de compromiso. No pasábamos de los 23 años, ¿quién querría casarse a esa edad?

En cualquier caso, un asunto comenzó a quedarme claro para cuando ya estaba corrigiendo planas en la *Revista de la Universidad* al lado de Karina: todos esos autores que corregía eran, mal que bien, la familia con la que yo había querido rodearme toda mi vida: escritores, editores, críticos, poetas, dramaturgos, profesores de literatura. Gente que amaba lo mismo que yo. Era mi mundo. No sabía a esa edad que ese mundo no era mucho mejor que otros. La infamia, la envidia, los celos feroces habitaban estos círculos polares, los cuales poco o nada tenían que ver con ese otro hermoso cuento de hadas que era leer novelas en casa y no conocer jamás a sus autores —su megalomanía, sus tics, sus inseguridades y complejos, sus envidias, traiciones y alianzas fortuitas—. Lo más parecido a la realidad, artera y egoísta, la había leído sólo en *Las ilusiones perdidas*, de Balzac, y en la trágica historia de su héroe, Lucien de Rubempré. No obstante, su desgraciado ejemplo no me disuadió cuando pudo haberlo hecho y, obcecado, fui convirtiéndome en eso que añoraba ser: un escritor. No podía ser tan terrible, me dije cuando leí la novela de Balzac por primera vez siendo muy joven. Seguro el mundo de la literatura en México debía ser distinto al francés: cordial, generoso, solidario y auténtico. Pero, claro, me equivocaba; faltaba poco para empezar a comprenderlo y vivirlo en carne y hueso.

6

Poco después de mi llegada a la redacción de la revista, Lázaro contrató a otra joven correctora de estilo para ayudarnos con la ingente tarea a Karina y a mí, quienes no nos dábamos abasto con los artículos, reseñas, cuentos y números monográficos que nos llegaban cada semana. Durante los dos años y medio que pasé allí, publiqué dos fragmentos de novela, poemas, muchas reseñas, un par de largos ensayos y armé cinco antologías poéticas: una chilena con el poeta Hernán Lavín Cerda, otra nicaragüense con mi querido maestro Chema Lagos, otra norteamericana con mi amiga Claire Joysmith, una reunión de joven poesía cubana y otra de poesía mexicana actual.

Amalia, la nueva correctora de estilo, era la mejor amiga de Cloe, la mujer de Lázaro; ambas terminaban el doctorado en Letras en El Colegio de México. Al poco tiempo de llegar a la revista se convirtió en mi novia. Era cinco años mayor que yo, pero eso no parecía importarle demasiado. De ese modo, es decir, a través de Amalia, fue que la relación con Cloe y Lázaro se fue estrechando aún más.

Amalia era en extremo atractiva: bajita y morena como Lourdes, con unos enormes ojos negros como los de mi mujer, dientes blanquísimos como mazorcas y una sonrisa coqueta e infantil. Incluso Coral, el director de la revista, intentó (según supe más tarde) un par de infructuosas aproximaciones, aunque a Amalia él nunca le atrajo. Al igual que Lourdes, tenía un cuerpo compacto y hermoso, sin embargo, en muchas cosas eran distintas: Amalia era una intelectual y Lourdes es una bailarina. Amalia vivía una ensoñación a mi lado en la que básicamente ella era George Sand y yo Chopin y ambos protagonizábamos una novela erótica entre francachelas con escritores famosos y ardientes coitos en la redacción de la revista o en su coche a medianoche. La verdad es que Amalia me gustaba, pero algo en ella terminó por complicar esta historia: su inseguridad. No era yo, es cierto, especialmente fiel, aunque ella no me supo nunca nada. Su inseguridad provenía de oídas, de intuir que me gustaban las mujeres —tal y como Lourdes lo supo también— y eso fue, al final, el motivo para que, en todo momento, ella interpusiera con los otros una especie de pantalla en la que *lo nuestro* debía pretender ser impoluto, mágico e irrepetible. Era su gran historia de amor y yo no iba a echársela a perder. Menos si se trataba de un imberbe mozalbete cinco años menor que ella y si, para colmo, había rechazado al mismo director de la revista, un escritor importante, por un simple estudiante de Letras de la UNAM, autor de poemas y corrector de estilo. Era demasiado. Su dignidad estaba en juego. Y así pasaron los últimos meses hasta que se marchó a Harvard a enseñar y se casó poco más tarde. No importaba: con Amalia aprendí bastante. Por ejemplo, que con el orgullo de una mujer jamás se juega y que, al final, no importa tanto lo que hagas como que *nadie* se entere de que lo hiciste. Y en ese *nadie* no sólo queda incluida la pareja en cuestión, sino su público, sus íntimos, sus más cercanos amigos y colaboradores. Ellos son los que al final importan y no el amante en cuestión. Si uno falla, esa afrenta no se perdona, y Amalia no pudo perdonarme esas dos cosas y de ambas se vengó a su debido tiempo. Primero cuando se enteró de que Cloe y Josefina (la esposa de Abreu) habían sabido, no sé cómo, que yo había tenido otra relación —no era en sí la infidelidad lo que la humillaba, sino el que se hubiese ventilado—. Y segundo, el que yo le insinuase un par de veces que ya no deseaba estar a su lado, que era mejor continuar como buenos amigos.

Trabajar en el mismo sitio hacía las cosas difíciles (e intensas), al menos para mí. Sentía que me vigilaba, que estaba pendiente de mis gustos femeninos, de mis movimientos, de cualquier llamada telefónica. No podía mirar a otras mujeres y menos contárselo a Karina, mi confidente, quien era ya, para esa época, confidente de Amalia también. Por eso, poco antes de marcharse, Amalia me pidió en secreto:

—Te ruego que te esperes a que yo me vaya para romper lo nuestro. ¿Qué te cuesta? Faltan dos meses nada más. Entonces ya podrás andar con la otra...

—Pero si no quiero andar con nadie, sólo me acosté una vez con la otra y te pedí perdón. Te prometí que jamás volvería a pasar.

—Sí, ya sé, pero eso no importa, Eloy. Ahora sólo prométeme que no me vas a abandonar hasta que yo me largue a Harvard.

Y lo hice: no rompí con ella. Aguanté. Podía seguir dos meses sin problema. Incluso, para celebrar su partida, nos escapamos a Zihuatanejo cuatro días Cloe, Lázaro, Álvaro, Josefina, ella y yo. Los seis la pasamos bebiendo cervezas y tequilas en la playa de La Ropa, nadamos, nos asoleamos, comimos y follamos, todo para que, al final, cuando Amalia se hubo marchado a Harvard, Cloe me dijera consternada:

—Lo siento, Eloy. Sé cómo debes sentirte.

—Pues sí. Muy triste —mentí.

Y así pasaron varios meses: Cloe, Lázaro, Álvaro y Josefina consolándome como si yo viviera la peor crisis de mi existencia. Yo, por supuesto, no entendía nada: claro que estaba triste por la partida de Amalia, pero dado que no estaba realmente enamorado, no padecí ninguna depresión ni mucho menos. De hecho, me sentía liberado y hasta un poco culpable de no haberla amado más. La extrañaba como a una buena amiga y colega de trabajo, pero no como novia o amante. Yo ya estaba para ese entonces entusiasmado con Ofelia, una joven abogada, amiga de Abelardo, también mayor que yo. Salía con ella los fines de semana, conversábamos de política y no de literatura, nos encantaba ir a bailar con su grupo de amigos abogados, cogíamos en la lavandería de su casa cuando sus padres estaban mirando televisión, pero siempre con la certeza de que, a pesar del ardor y la demencia, lo nuestro no iba a perdurar, lo que paradójicamente le otorgaba un bellísimo cariz de espontaneidad y libertad que yo echaba de menos cuando estaba con Amalia. Con Ofelia pasé cinco memorables meses, pero no es ahora de ella de quien deseo hablar sino de Amalia y su *petit* venganza. La llamo así porque en el fondo lo suyo no fue otra cosa que un juego de párvulos vanidosos y traviesos. Sólo el tiempo y la distancia consiguen mostrar lo ridículos que somos los amantes tratándose del pundonor.

Por fin, pasados los meses, una noche de copas, en casa de Álvaro y Josefina —y en la que Ofelia, por supuesto, no estaba conmigo—, salió a relucir la irrisoria verdad, y ésta era que Amalia les había confesado en secreto que ella me quería dejar mucho antes de partir a Harvard, pero que yo le había implorado que no lo hiciera. Por eso solamente, había argüido ella, no me había cortado antes y había, al contrario, esperado, paciente y abnegada, hasta que se marchara de México. Es decir, no quería, por ningún motivo, destrozar mi tierno corazón adolescente: sí, sabía de sobra que yo la adoraba, les dijo.

Cuando lo quise corroborar con Karina un par de días más tarde, la dominicana me contestó exactamente lo mismo. Yo, por supuesto, no salía del estupor. El que todo hubiese concluido así me producía, no obstante, un extraño y peculiar gusto, cierto alivio: yo había querido a Amalia y no me importaba sinceramente que el mundo entero creyera lo que ella les había hecho creer.

7

Doris vino a casa ayer por la mañana para irnos juntas al yoga. Yo le había dicho que podía dejar el coche estacionado en nuestro garage; de otro modo es imposible encontrar un espacio en Centre Ville. De hecho, nuestra cochera es tan espaciosa que pueden caber cuatro autos sin mayor problema. Monsieur Lastique, el vecino de arriba, tiene uno y su mujer otro, ambos muy pequeños, como todo en Francia.

Hasta hoy sólo habíamos visto uno de los coches, el suyo, el cual estaciona en el lado izquierdo del amplio garage cubierto que compartimos. Eloy y yo decidimos no tener coche en Aix todo este año; era parte de la aventura francesa. En Estados Unidos se necesita el coche para todo; si no, estás paralizado. En cambio aquí, si vives cerca de Centre Ville, la verdad no lo necesitas: se vuelve más bien un estorbo. En cualquier caso, Doris llegó puntual; le dije que pusiera su coche en el lado derecho del garage, es decir, el lado que nos corresponde. No sé sin embargo qué pasó a partir de ese momento, una vez ella y yo nos marchamos, salvo que Monsieur Lastique le tocó la puerta a Eloy y éste, ensimismado en su maldita novela, se levantó a regañadientes, fue a la puerta medio zombi, la abrió y apenas puso atención a la extraña queja de nuestro anciano vecino de arriba. Básicamente decía que el coche de Doris estaba mal estacionado (es decir, no suficientemente alineado a la derecha dentro del garage), por lo que él no había tenido otra alternativa que acomodar el suyo detrás del de Doris —tapando con ello la salida, por supuesto—. Distraído, ensimismado en su obra de arte, Eloy le dijo que no sabía dónde estaban las llaves para moverlo, que seguramente Doris se las había llevado. Se disculpó como pudo, se lo quitó de encima y volvió a la habitación para seguir escribiendo. Hasta allí lo que él me contó poco más tarde, cuando todo se había ido ya al desbarrancadero.

Una hora y media después, cuando volvimos Doris y yo del yoga, descubrimos que no sólo el auto de Monsieur Lastique bloqueaba el suyo, sino que afuera, en el límite justo entre la entrada de la casa y la angostísima Rue de la Clairière, Madame Lastique había también estacionado su coche horizontalmente. En resumen, que Doris, metida hasta el fondo del garage en el sótano de la casa, tenía dos autos impidiéndole salir. Fui a buscar a Eloy a nuestra habitación y se lo dije. Salió, saludó a Doris y comprobó con sus propios ojos lo que pasaba: dos coches estorbaban la salida, uno justo detrás del de mi amiga, el de Monsieur Lastique, y el otro afuera, el de Madame Lastique, en la estrecha Rue de la Clairière. Desconcertados, los tres tocamos el timbre exterior de la casa de los Lastique, pero nadie respondió. La ventana de la cocina (sabemos que es la cocina porque su piso es idéntico al nuestro) estaba abierta de par en par. Debían estar allí. Siempre que salen cierran las ventanas. Así que yo volví a tocar el timbre y nada. Eloy volvió al rellano y subió las escaleras; lo vi tocar suavemente la puerta con los nudillos. Nada. Tocó el timbre de la puerta. Nada. ¿Estarían dormidos? Afortunadamente Doris nos dijo que no nos preocupáramos, que debía ir a hacer unas compras de cualquier forma a Centre Ville y que volvería en treinta o cuarenta minutos. Digo afortunadamente pues a partir de ese momento el zafarrancho se desencadenó en nuestra pequeña Rue de la Clairière.

Incrédulo, Eloy volvió a subir las escaleras que, desde nuestro pabellón en el jardín, llevan a la entrada de la casa de los Lastique en el segundo piso. Volvió a tocar, esta vez un poco más fuerte, y nada otra vez. Yo toqué el timbre exterior dos o tres veces y tampoco hubo respuesta. ¿Habrán salido a comprar el pan unos minutos? Era extraño sin embargo que los dos hubieran salido al mismo tiempo y más extraño aún que los dos hubieran estacionado su coche perfectamente mal, es decir, sin la mínima consideración a sus vecinos de residencia. Eloy empezaba a perder la paciencia. Lo noté. Se dirigió entonces a casa del vecino de la izquierda, pues sabe que el anciano es amigo o conocido de Monsieur Lastique: los ha visto conversando. Nadie estaba allí. Fue luego a la casa de los vecinos de enfrente y una amable pareja madura y contradictoria le dijo dos cosas distintas: que no sabían dónde podían estar, pero que seguro debían encontrarse en su casa, pues jamás habrían dejado los coches tan mal estacionados.

Cada vez más desconcertados con el misterioso galimatías, Eloy y yo no sabíamos qué diablos hacer a partir de ese momento: pronto volvería Doris a recoger su auto. ¿Qué se hace en Francia en estas situaciones? ¿Llamar a la policía? ¿Esperar? ¿Cruzarse de brazos? Pero ¿si se trata de una emergencia? Doris volvería en cualquier momento e iba a necesitar su coche para ir a recoger a sus dos hijas.

Perplejos, malhumorados, Eloy y yo nos quedamos mirando uno al otro a mitad del jardín sin saber qué más hacer ni qué decir. A ratos mirábamos arriba, hacia el piso de los Lastique, y no veíamos nada más que la ventana de la cocina abierta de par en par. Hacía calor afuera, no tanto como en agosto, es cierto, pero aún se dejaba sentir su maldito eco al mediodía. Eloy empezaba a sudar, se le veía francamente molesto por haber tenido que interrumpir su trabajo, pero, sobre todo, impaciente con la absurda situación. Decidió subir de nuevo las escaleras desde el jardín para ver si, tal vez, teníamos suerte: quizás alguno de los dos estaba allí durmiendo o bañándose y no habían escuchado la primera vez. Cuando volvió a tocar fue que oyó, según me dijo, la voz de Monsieur Lastique susurrándole detrás de la puerta a su mujer que no la abriera. Desde allí, estupefacto, lívido, me lo gritó desde arriba:

—Lourdes. Los acabo de oír. Están adentro.

—¿Estás seguro? No puede ser —yo no lo podía creer—. Pero ¿por qué no abren?

—No tengo puta idea —y nomás responder esto, lo vi comenzar a dar puñetazos contra la puerta de los Lastique como un energúmeno. Vociferaba: —Si vous voulez la guerre, on va avoir la guerre, Monsieur Lastique.

Entonces el viejo respondió agresivo desde la ventana de su cocina algo que no comprendimos. Rauda, subí las escaleras hasta el rellano para tratar de calmar a Eloy, quien no dejaba de soltar puñetazos y puntapiés a la puerta de madera de los Lastique al mismo tiempo que gritaba algunas cuantas incoherencias en francés. Le rogué que me dejara hablarles. Colérico y cegado, primero no aceptó, y luego, al ver lo infructuoso de sus golpes y gritos, me dijo que adelante, que yo intentara hablar con ellos. Traté de hacerlo desde el otro lado para saber qué diablos los había llevado a encerrarse a cal y canto y no querer abrirnos; por lo menos, les dije, deseábamos saber qué habíamos hecho de malo, queríamos enterarnos, pero nada: ella no abría y el viejo seguía despotricando desde la ventana.

Eloy, furioso, le volvió a gritar:

—Je va appeler la police.

—Moi aussi —gritó Monsieur Lastique.

El problema era que ni Eloy ni yo sabíamos cómo se llama a la policía en Francia, así que, en un acto de inspiración, de inmediato bajé a llamarle a nuestra casera, Madame Rahim, para que intercediera por teléfono, de lo contrario, esto podía terminar verdaderamente mal. Ella me dijo que no podía creer lo que estaba sucediendo, que los Lastique eran gente sumamente gentil y amable, que debía existir algún tipo de malentendido, pero que hablaría con ellos inmediatamente. Colgamos. No sé qué pudo hablar Madame Rahim con los Lastique, pero el caso es que, cinco minutos más tarde, salieron ambos medio asustados, medio avergonzados, descendieron las escaleras impasibles, atravesaron el jardín y por fin movieron sus respectivos coches. Eloy ya no quiso salir de la casa a partir de ese momento. Era mejor así. Fui yo quien me acerqué y hablé con Madame Lastique para tratar de dilucidar qué diantres les había pasado por la cabeza al punto de no querer abrirnos la puerta por espacio de treinta minutos. Básicamente, ella me dijo que su marido era viejo y no sabía maniobrar su coche al meterlo en la cochera, así que al estacionar los nuestros debíamos hacer todo lo posible para pegarlos lo más cerca a la pared de la derecha. Estupefacta, yo la llamé y le pedí que viniera conmigo a la cochera para que viera con sus propios ojos cómo sí había espacio suficiente para que su marido metiera su auto sin ningún problema y comprobar cómo el coche de Doris estaba alineado y adosado a la pared, en el lado derecho, tal y como ellos querían. Tan era cierto lo que le explicaba, que Monsieur Lastique había conseguido, en ese mismo par de minutos, desbloquear el auto de Doris y meter el suyo en el lado correspondiente. ¿Qué diablos les había pasado a estos ancianos?, me preguntaba yo. Y, sobre todo, ¿por qué se encerraron a cal y canto como dos malhechores?, ¿por qué no dialogar como dos buenos vecinos? Se lo traté de explicar, pero ella, demudada, no supo responder nada más. Sólo dijo que su marido estaba enfadado cuando llegó a casa y vio el coche de Doris aparcado no del todo como a él le gusta y le conviene. Acto seguido, se disculpó y antes de subir las escaleras me pidió que por favor dejáramos atrás el mal sabor de boca. Me quedó claro que era él quien, achacoso y senil, no había querido abrir la puerta en un principio. Probablemente hasta se lo habría impedido a ella. En todo caso, yo entré a la casa, fui a nuestra recámara y le conté a Eloy lo sucedido. Ya no escribía una palabra en la computadora —había perdido la concentración y ahora estaba recostado sobre la cama con un insoportable dolor de cabeza—. Yo, no sé por qué, añadí:

—Ya ves, tú también pierdes los estribos... No soy la única. En lugar de enojarte, debías haber hablado con el viejo.

Se quedó pensativo y después me dijo:

—El problema es que no me dejaba hablar con él. Tú lo viste. Se escondió como un ladrón. Si al menos hubiera abierto la puerta, nada de esto habría sucedido.

En ese momento escuchamos la sirena de la policía en Rue de la Clairière. Salimos los dos un poco asustados pues, al final, no habíamos sido nosotros quienes la habíamos llamado. Debía haber sido Monsieur Lastique... Vimos a tres policías apearse de su auto y entrar al jardín, vigilándolo. Eloy salió de casa tranquilo, sonriente, y preguntó qué se les ofrecía. Dijeron que habían recibido una llamada de los Lastique hacía veinte minutos, pero que ahora no parecían responder el timbre.

—Ils doivent faire la sieste —les dijo Eloy pausado, y, como ninguno de los dos ancianos mostraba señas de salir de su casa, asumimos que las aguas se habían calmado y que incluso se debían sentir arrepentidos de habernos provocado así.

Los policías se fueron y a los diez minutos bajó Monsieur Lastique a tocarnos la puerta. Tenía razón: estaban arrepentidos de provocar este absurdo alboroto. Le estrechó la mano a Eloy y le pidió una disculpa.

Doris volvió cinco minutos después por su coche. No vio nada. No supo nada. La canícula había empeorado.

8

El origen de la tríada de *nouvelles* —o tríptico— que publicamos Amancio, Javier y yo en 1994 da su quijotesco inicio cuando Solti envía el manuscrito de la novela sobre Jorge Cuesta a la editorial Siglo XXI. Debido a que Jaime Labastida, su director, tardaba demasiado en responder, Javier —aconsejado por mí y en un acto de temeridad— decidió enviar el libro también a Joaquín Díez Canedo. Para su sorpresa éste, a diferencia del primero, aceptó de inmediato, por lo que, cuando finalmente Labastida le dijo que deseaba publicar la novela, era muy tarde ya. De sobra está añadir que la situación se tornó embarazosa, sin embargo, al final y contra nuestras predicciones, resultó positiva para todos, pues Labastida, generosamente, le hizo prometer a Javier enviarle su siguiente relato, el cual estaba justamente en proceso de escribir.

Luego de aparecida mi segunda novela —casi al mismo tiempo que las de Javier y Pablo—, yo seguía conservando inédito aquel breve relato dividido en cuatro días sobre el aprendizaje erótico de un adolescente en Baja California Sur. Básicamente, aquel primer intento no abortado de narración (mismo que Amancio y Javier brillantemente depuraron) continuaba sin editor para mediados de 1993. Fue por esa época —no sé si en otro arrebato de inspiración o de locura—, que le pedí a Javier recomendarme con Labastida, y eso hizo. Una mañana, saliendo de la Facultad y con una cita apalabrada, me aparecí en las oficinas de Siglo XXI cerca del metro Copilco, llevando el manuscrito en la mano. A los pocos minutos de esperar en la sala contigua a su oficina, conocí al poeta que dirigía la ya legendaria editorial. Amablemente, Labastida me recibió con un café con leche y me dijo que él mismo leería la pequeña novela que le traía. Para mi total azoro, en esta ocasión me respondió en menos de un mes diciendo que aceptaba publicarla, que le había gustado mucho. Surgían, sin embargo, dos impedimentos: el primero, que el relato no pasaba de las ochenta páginas (cuestión que a Labastida no parecía importarle), y el segundo, que para entonces, mi relato bajacaliforniano comenzaba a formar parte de una mucho más ambiciosa novela, aquella que, antes ya he dicho, no hubiera existido sin la lectura de *La casa verde* y *La vida breve*. Yo la llamaba mi novela cervantina pues, como en el *Quijote*, aparecían tres relatos imbricándose aleatoriamente en el *corpus* de la narración, todos interrelacionados. Uno de esos relatos era justo la pequeña *nouvelle* de aprendizaje que había sido, hasta ese momento, siempre rechazada. ¿Qué hacer ahora si había sido finalmente aceptada por nada menos que la editorial Siglo XXI? Dado que el relato continuaba siendo autónomo —como, por ejemplo, *Ella cantaba boleros* lo es dentro de *Tres tristes tigres*—, decidí que bien podía publicarse por separado, y desde entonces eso ha sucedido con cada una de sus traducciones.

En lo íntimo seguía creyendo que era un problema irresuelto su dimensión: me parecía demasiado breve, pero intuía al mismo tiempo que estaría desaprovechando una gran oportunidad si no aceptaba publicarla luego de casi cinco años de espera. Así fue que se me ocurrió decirle a Javier una mañana en el Sanborns de la Carreta frente a unos chilaquiles verdes:

—¿Por qué no unimos tu pequeña nueva novela y la mía y se la ofrecemos a Labastida como un libro conjunto?

—¿Estás loco? —me respondió—. Jamás va a aceptar, aparte de que debe seguir sentido conmigo.

—Todo lo contrario —le aseguré dejando mi café en la mesa—. Él mismo me dijo cuando lo fui a ver que no te olvidaras de tu compromiso. Quedaste de enviarle otra cosa, ¿recuerdas?

—Era una forma cordial de no mostrar su enfado conmigo, ¿no te das cuenta? Yo le quité la novela de Cuesta y se la di a Joaquín. Eso no me lo va a perdonar nunca.

—Intentémoslo al menos.

—Inténtalo tú. Ya verás.

—Primero termínala —lo conminé—, y luego paso a verlo de nuevo.

—Pero ¿no te lo dije? —sonreía satisfecho con su taza de café en la mano—. Ya la he acabado.

—¿Qué?

—Antier puse punto final, y es macabra. Es mi propia versión de *Farabeuf*, todas las distancias salvadas.

—Felicidades —dije, y acto seguido, concluí: —Déjamelo a mí. Lo iré a ver la próxima semana. Sólo pásame el manuscrito en cuanto lo tengas listo.

Y así fue que Labastida aceptó publicar las dos novelas breves en un solo volumen. Dado que, como ya he dicho, esta es la historia del tríptico de Amancio, Javier y yo, amigos del bachillerato, amigos de generación, falta contar el final de la rocambolesca anécdota, y ésta se resume en que ambos, Javier y yo, invitamos a Amancio a participar en el libro. Él también empezaba una nueva pequeña novela gótica o fantástica, un misterioso relato a caballo entre Poe y Kafka. El anterior, aquél del soliloquio del idiota perdido en una isla desierta, seguía inédito, para su desdicha. Como a mí, el suyo había recibido sendos baldazos de agua. De cualquier modo, Javier y yo le propusimos incluir su relato si Labastida, claro, aceptaba —la única condición era que fuera más o menos corto, como los nuestros—. Ambos fuimos a ver a Labastida (yo por tercera ocasión), y esta vez, sin ni siquiera leer el texto de Amancio, aceptó la inverosímil propuesta: armar y publicar una tríada de relatos escritos por tres jóvenes autores bastante desconocidos.

El problema que se avecinaba era que Amancio no llevaba siquiera la mitad de su *nouvelle* escrita para cuando ya teníamos el sí de Labastida. Conocida, no obstante, la oportunidad y coyuntura, Piquer puso manos a la obra y en escasas cuatro semanas terminó la novela y en una quinta la leímos y depuramos los tres reunidos en mi solitaria casa del Ajusco. Es aquí, en este sitio memorable en el sur de la ciudad, adonde yo deseaba subrepticiamente llegar al ponerme a repasar aquella vieja anécdota alrededor de nuestro tríptico: la casa del Ajusco donde viví por espacio de tres años y donde muchas cosas sucedieron desde que mis padres abandonaran la capital y se mudaran a Morelos con el vano intento de salvar su matrimonio de ya cinco confusos lustros.

La casona de dos pisos y cinco recámaras construida en el culo de la montaña pertenecía a la madre de mi prima Ada, mi recalcitrante y generosa tía católica, la hermana mayor de mi padre, quien la tenía abandonada desde hacía meses luego de que también ella se largara a Morelos en busca de su adorado hermano menor, mi padre. En alguna parte he descrito esa casona; lo que no he contado es que allí se fraguó mi novela cervantina, allí escribí mi tesis de licenciatura sobre Mario Vargas Llosa, dirigida por mi amigo Lázaro Pagani, y allí también llevé y cohabité con novias y amantes a granel. Tenía la edad perfecta, supongo. Era el lugar ideal. Y mi estado civil no tenía, por supuesto, parangón. Todo se amalgamaba de una manera demasiado benévola para que pasara una de las más excitantes épocas de mi vida a pesar de la peculiar soledad que me asolaba viviendo en una casa cercada con altísimos muros alambrados, sin vecinos y en una calle pedregosa, sin asfaltar y sin alumbrado público.

Es difícil describir el lugar, el frío viento de la montaña por las noches y el pueril miedo que me atenazaba al irme a dormir. Por ejemplo, prefería no subir al segundo piso: allí no había nada, salvo tres habitaciones perfectamente vacías, dos baños igualmente vacíos y dos espejos enormes. Al volver de la Facultad, echaba cerrojos por doquier y esperaba hasta el último momento de la noche para verdaderamente cerrar los ojos, es decir, leía, escribía, comía, veía televisión o hablaba por teléfono, lo que fuera con tal de no irme a la cama hasta conseguir agotarme de sueño o de aburrimiento. Pero esto no era siempre así. La casona, en su aislamiento, me gustaba. Había algo inusitado en esa soledad que, a pesar de mi innata inclinación a estar acompañado, me atraía. Nadie me decía nada allí. Nadie me regañaba o me apuraba jamás. Me servía un café o una taza de té para sentarme a leer a Faulkner o a Muñoz Molina y, cuando me hartaba, escribía o me masturbaba. Afortunadamente, como ya dije, las novias y amantes, pasajeras o más o menos permanentes, hicieron más llevadero esos interregnos. Incluso recuerdo haber llevado a la casa a dos jóvenes acapulqueñas, ambas hermosísimas, morenas, de cinturas delgadas y bustos firmes, dispuestas a todo, felices de complacerme. A pesar del goce de ese sueño hecho realidad, recuerdo haberme cansado de las dos luego de una semana de acostarme con una o con otra y en una ocasión con las dos. Las había conocido en un viaje relámpago a Acapulco junto con Aldo Pérez y me habían llamado por teléfono meses más tarde diciéndome que vendrían a la Ciudad de México. Aldo no estaba en el D.F. y yo, ni tardo ni perezoso, las invité a las dos, las hospedé, las agasajé y a cambio me amaron en el jardín de la casa, en la sala vacía, en la cocina y hasta en el suelo de parqué de las habitaciones de arriba. Era un sueño difícil de repetir, lo intuía, no obstante me harté pronto, no sé bien cómo ni por qué. Hoy, casado por dieciséis años con la misma mujer, no lo acabo de comprender. ¿Cómo pude haberme fastidiado de estas dos jóvenes perfectas, estas acapulqueñas esbeltas, entregadas a mi cuerpo? Yo me iba a la Facultad y volvía pensando si acaso no se habrían marchado llevándose algo… aunque no había nada que llevarse. Siempre las encontré allí. Las hallaba desnudas regando las plantas del jardín o cocinándome o asoleándose mientras oían música, alegres y desinhibidas. Yo era feliz, pero hasta esa alegría llegó a cansarme, pues algo invisible me estaba faltando y ese algo era el tiempo precioso para sentarme a escribir mi ambiciosa novela cervantina. Ahora lo sé. Ahora creo entenderlo mejor que antes. Necesitaba, como una droga, continuar escribiendo ese monstruo que me había propuesto parir. El monstruo crecía, se desperdigaba en forma de quimera con cola de serpiente, la cual luego, para mi sorpresa, venía a parar en las fauces de otra quimera que a su vez se enredaba con la cola de otra serpiente. Javier, Amancio, Abelardo y Pablo escribían también su monstruo, su quimera u Ouroboros. Cada uno emprendía su más ambicioso relato... por fin. Era ahora o nunca, y yo no pensaba quedarme atrás, por supuesto. No podía. Me lo impedía mi estúpida fe en mí mismo. Sin ellos, sin mis amigos, sin su ímpetu e implacable ambición, yo no habría escrito mucho más que aquellos dos primeros libros, acaso ni siquiera esos dos. Fueron ellos, mis testigos, los culpables de que no dejase de escribir... hasta el día de hoy... sin barruntar, no obstante, con qué maldito objeto, sin entender mucho más que lo indispensable: que se escribe sin ninguna meta ni sentido, que se escribe porque sí, porque hay que hacerlo, porque tal vez no haya nada mejor que hacer en la vida (¡tan predecible, la pobre!), porque debe contarse lo que pasa, lo que muere o se enturbia en el camino, lo que se vive o se desea y no se consigue obtener. Es su puta ambición y su amistad la que no me deja en paz un día, la que no me deja ser (simplemente) un decoroso profesor de literatura, un lector cualquiera, un satisfecho padre de familia y, quizá, también, este novelista de 45 años que escribe su vida (su ficción) en Aix narrándolos a ellos, cambiándolos y transfigurándolos. Pero para que todos estos libros estén terminados, para que esas cinco novelas de esos cinco amigos tengan punto final, faltan todavía dos años de trabajos forzados. El tríptico, primero, será publicado en el 94 y presentado por Lázaro, Pablo y Abelardo en la sala Arnaldo Orfila de la editorial Siglo XXI. Falta asimismo que yo conozca a Lourdes, y eso no sucederá sino hasta febrero de 1993 cuando yo viva solo, medroso y feliz en la inmensa casona del Ajusco.

9

Lo he leído, he vuelto a husmear sin que lo sepa y Eloy se equivoca de cabo a rabo: no fue en febrero del 93 que nos conocimos sino en febrero del 92, un año antes de lo que él cuenta. Lo recuerdo pues fue el día de mi cumpleaños. Yo tenía un novio de provincias que venía a verme los fines de semana y por supuesto ese viernes tampoco falló. Mi novio estaba allí, abrazándome, cuando me lo presentaron en la avenida Insurgentes a punto de entrar a La Regadera, la discoteca de moda adonde iríamos a celebrar mi cumpleaños. Ni siquiera en esa fecha consigue ser preciso, ni en esto logra demostrar el afecto que pretende sentir —o bien, como él dice, todo es parte de su incongruente ficcionalización.

Yo había oído de Eloy mucho tiempo antes de conocerlo. Mi hermana, la princesa que no llegó a ser, como la llama él, estaba comprometida con su primo, Alejandro Grey, hijo mayor de los dueños de unos conocidos laboratorios. Tessi y él llevaban tres años de noviazgo y era claro para todos que estarían juntos por el resto de sus vidas. Eran tal para cual: conservadores, mundanos, amantes de las formas y las etiquetas. Vivían para la alta sociedad mexicana, el *jet-set* capitalino. Amaban el dinero y despreciaban la cultura. Alejandro era la cara opuesta de su primo Eloy aunque de cierta alrevesada o paradójica manera lo admirase. Creo que más que admiración, Alejandro veía en su primo todo lo que él no se atrevía a ser; lo seducía en Eloy su carácter expansivo y temerario, el cual él no hubiera jamás osado remedar. Lo estimaba, lo quería bien, pero eso sí: jamás al grado de presentármelo. Temía con sobrada razón que Eloy fuera a dar algún mal paso, un traspiés, con su joven cuñadita y arruinara su almidonada relación con la hermana mayor. En pocas palabras, Alejandro conocía a su primo: sabía qué clase de mujeriego era y no obstante nunca me lo quiso advertir. Al contrario, Alejandro no dejaba de mostrar su afecto y admiración por Eloy, pero negándomelos siempre a mí. No dejaba, por ejemplo, de reprobar la vida bohemia de su primo novelista, pero secretamente la envidiaba, lo que no conseguía, a pesar suyo, disimular muy bien. Lo mismo Tessi: ella no paraba de alabar al primo de Alejandro, pero durante tres años lo quiso mantener a raya, cercado, proscrito, como si temiera (y olfateara) lo que al cabo de los años terminó por suceder: que yo me enamoraría de él y acabaría casándome con el hombre equivocado. Lo irónico del largo culebrón es que, al año de conocer a Eloy en mi fiesta de cumpleaños, dos o tres meses antes de casarse, mi hermana Tessi y Alejandro Grey terminaron abruptamente su compromiso. Nadie lo esperaba, por supuesto. Jamás lo habríamos imaginado mis padres o yo. Estaban hechos el uno para el otro, ya lo dije, como sacados del mismo molde. Amaban las mismas cosas y se aburrían con las mismas cosas que Eloy y yo disfrutábamos. Algo entre ellos sucedió, algo que nunca le contaron a nadie, y todo se acabó en cuestión de tres días. Lo que no se acabó fue mi extraña y complicada relación con Eloy, mi amorosa amistad con Eloy. Porque eso fuimos durante cuatro años: amorosos amigos sin compromisos. Yo no los quería. Los evité desesperadamente hasta el último minuto; me negué a tenerlos por un sutil miedo que me vencía cada vez que él, cariñoso, deseaba volver más seria nuestra relación. Yo, confieso, supe, casi adiviné el mismo día en que lo conocí, que me terminaría casando con él; por eso tal vez puse todo lo que estaba a mi alcance para que aquello no sucediera. A veces pienso que mi historia parece una maldición de la Edad Media. Por más que la heroína busca escapar a su infausto sino, éste, al final, la engulle. Tuvieron que pasar cuatro años, tuve que conocer a varios hombres, tuve que romper noviazgos y él tuvo que hacer lo propio, para que al final, como en los maléficos cuentos de hadas, nos terminásemos casando. Pero para esto falta mucha historia, la cual podría resumirse en una sola línea: Eloy estuvo a punto de casarse con Gloria y con ello —sí, con ello— romper el hechizo que nos perseguía. Pero al final no lo hizo y el destino aciago demostró que no importa cuánto uno pretenda desviarse de la ruta establecida, ésta siempre te lleva al mismo lugar.

10

¿Qué habrá pensado Sartre cuando leyó *Los mandarines* de su mujer, Simone, en 1954? Ayer me rondó la idea como una abeja que zumba y da vueltas sin dejarte en paz un instante. Cuando salió publicado, Sartre tenía 49 años y Camus, su mejor amigo, 41 o 42. ¿Qué habrá sentido el filósofo del existencialismo cuando leyó esas páginas donde su mujer confiesa públicamente su relación amorosa con el novelista norteamericano Nelson Algren? ¿Qué le habrá dicho a Simone en el 54 cuando las leía en su cómodo chaise-longue con un cigarrillo en la mano? ¿Estaría dolido, asqueado, humillado porque su amigo Camus y sus enemigos se enterasen de las infidelidades de Simone? ¿Acaso lo habrá anticipado antes de que ella lo pusiera en su libro? ¿Tenía ella su aprobación? ¿Se lo habrá advertido? No lo sé, aunque es probable que Sartre supiera que su propia historia con Simone y Camus aparecería en forma de novela (¡claro!) dentro de *Los mandarines*. Lo que seguro no imaginó es que también leería allí (con excesivo lujo de detalles) lo que no quería leer y sabía desde hacía años. Lo irónico del cuento es que no fue Sartre sino Algren, quien, al final, se encolerizaría por la versión que Simone había ofrecido de su relación. No sé muchos más detalles de la historia detrás de la novela. No he tenido el tiempo o me ha sobrado la pereza para averiguarlos. Lo que no paro de cuestionar —y hasta cierto punto me agobia— es la compleja moralidad del asunto. Pongámoslo así: ¿la novelista Simone de Beauvoir tuvo las agallas y el valor de ficcionalizar sus infidelidades o más bien tuvo la desvergüenza y el descaro de contarlas? ¿Cómo hay que entenderlo? ¿Hay que alabarla por sincera o hay que defenestrarla por impúdica? Incluso, al principio de *Los mandarines,* nos enteramos de que su alter ego, Ana Dubreuilh, ha vivido otra infidelidad, ésta efímera, con el fabuloso personaje de Scriassini, quien para algunos no era en la vida real otro que el genial Arthur Koestler.

Simone de Beauvoir no sólo le puso el cuerno a Sartre dos veces en los años de la posguerra (al menos dos que ella cuenta), sino que lo hizo con autores famosos y luego se atrevió a novelizarlo todo. Algo similar debe estar pensando Lourdes... Por fortuna, a muy pocos les interesa saber quién es quién dentro de un *roman a clé*. A mí, por ejemplo, nunca me importó identificar al Marqués de Guermantes o a Saint-Loup, a Swann y a Odette. Lo que los lectores desean es una buena historia, una trama interesante, original y bien contada. Lo que a mí más me interesa es eso y otra cosa: el problema insoluble de la condición humana, el cuestionamiento existencial de mis personajes, las disyuntivas morales y filosóficas con las que se topan, sus dudas vitales y amorosas, sus inextricables emociones e inconfesables sentimientos, pero sobre todo dar testimonio de una época.

Lo que me he propuesto revivir acaece antes de que yo me casara con Lourdes. Algo (no mucho, creo) conoce mi mujer de toda esta historia; lo demás lo tendrá que leer, tal y como hizo el dogmático Sartre en su momento. Su hermana Tessi y mi primo Alejandro le contaron un mundo de patrañas cuando le hablaron de mí por primera vez, eso lo sé de sobra. Ella me ha confesado que ya desde aquella época tenía curiosidad por conocerme, pero, dado que ella tenía un novio de provincias al que quería, jamás insistió demasiado. Si el encuentro iba a ocurrir, ocurriría, más o menos pensó, o eso me dijo. Yo creo que a este asenso suyo, a esta aquiescencia, habría que añadir un ingrediente, cierto irrefrenable miedo que, al final, la acobardó: el escuchar a través de mi primo y su hermana las conquistas que yo compartía con ellos, oír esas historias (exageradas o amañadas) la atraía y asustaba, la desafiaba y arredraba. ¿Y si ella fuera un día una de esas conquistas?, se preguntaba, me ha dicho, sin haberme conocido aún. ¿Y si ella, Lourdes, se convirtiese un día en personaje de esas novelas truculentas que el primo de Alejandro escribía en su casa del Ajusco? ¿Sería maravilloso? ¿Sería monstruoso? ¿Qué se sentiría formar parte de ese mundo?

A lo largo de mi vida he corroborado una y otra vez una máxima unamuniana: el amor comienza siempre antes de conocer a la persona amada. De hecho, poco o nada importa esa persona (el objeto del deseo) en el bizarro proceso amatorio aunque habitualmente creamos (y juremos) lo contrario. Antes de enamorarse, el cuerpo y la mente han estado suficientemente preparados, susceptibles a reaccionar, casi por instinto, a la fatua llama del amor. Falta encontrar, claro, la coyuntura, la hora y la circunstancia propicia para que ese fuego se desencadene independientemente de quienes son los actores que lo susciten. El enamoramiento ocurre entonces si tenía que ocurrir, es decir, a pesar de sus actores. Unamuno escribe: "Al viejo aforismo escolástico de *nihil volitum quin praecognitum*, nada se quiere sin haberlo antes conocido, hay que corregirlo con un *nihil cognitum, quin praevolitum*, nada se conoce sin haberlo antes querido". Importan, pues, la voluntad, la química, las feromonas. Importa la ceguera y no el ser en quien deposita uno su amor. Por eso pienso que lo nuestro, al final, se demoró tanto. Su miedo, el recelo de Lourdes, obró propiciatoriamente; de lo contrario, de haberse enamorado cuando debió hacerlo (como yo de ella) y de no haberse resistido como se resistió, no hubiese vivido yo las otras aventuras que viví en la casa del Ajusco, no hubiera conocido a Susana, la nicaragüense doce años mayor que yo con quien prolongué (a ocultas) una exaltada pasión por seis convulsivos meses.

Susana era casada y tenía una hija pequeña. Vivía para ella y no para su marido, a quien despreciaba con toda el alma. Para colmo de estereotipos y clichés, Susana leía vorazmente, tanto o más que Emma Bovary, su heroína, su modelo. Llegaba a mediodía a mi casa en su coche último modelo, yo le abría la reja eléctrica, entraba temerosa de que alguien la hubiera seguido hasta allí, cerraba ella misma la puerta de la entrada y se lanzaba, casi de inmediato, a besarme acaloradamente, a abrazarme enloquecida, como si se le fuera la vida en ello, en un puro acto de desesperación o impúdico deseo, como si no tuviera tiempo para estar conmigo, cuando, de hecho, pasábamos tres horas tirados en la cama haciendo el amor, conversando, oyendo música y comiendo sobras recalentadas en el suelo de parqué. Luego, antes de intentar siquiera despedirnos, repetíamos insatisfechos el amor. Era sencillo: no podía yo atemperar el ardor que me provocaba su culo duro, enorme, su perfecta grupa y su espalda morena. No me cansaba de lamerla y penetrarla. Y cuando ya no podía más, cuando la fatiga me vencía, todavía había algo que me gustaba hacer: conversar de esos libros que ella leía en su casa cuando su hija no estaba y no quería ver a su marido. Lo había leído todo y casi siempre me traía un libro a regalar —siempre el último que hubiera leído, el cual, por supuesto, jamás firmaba—. Aún los tengo, sé que son suyos, sé que fueron sus regalos, pero no hay nada que la delate en ellos allí. Ni una firma, ni un recuerdo en *Bella del señor* y en *Ada o el ardor*. No obstante, a pesar del extremo cuidado que ella siempre puso para que el marido jamás se enterase de nuestra relación, éste al final la descubrió.

Un mediodía lluvioso, cuando yo la esperaba como solía de vuelta de la Facultad si salía temprano, contento de tenerla en mis brazos, me llamó aterrada, diciéndome que no iría, que su marido lo sabía todo, que la había amenazado, entre otras cosas, con quitarle a la niña, que me cuidara, que aunque él no conocía mi nombre sabía todo lo demás y podía, si se obcecaba, descubrir mi paradero y matarme. En fin, que él se había vuelto loco de atar y que yo no la volviera a buscar. Y eso hice. No la busqué. Esperé algún tiempo (al principio, aterrado) y sólo años después supe que se había separado del tipo, supe que había vuelto a Nicaragua y que tenía a su hija con ella. Inevitablemente, mi breve historia de amor con Susana pasó a engordar mi novela cervantina que escribía, ya lo dije, como un enajenado en la casa del Ajusco mientras terminaba la carrera de Letras en la UNAM.

Lázaro Pagani aceptó dirigir mi tesis sobre Mario Vargas Llosa y eso empecé a hacer un poco a regañadientes, pues en el fondo sólo deseaba dedicarme a escribir la que, en mi delirio o fatuidad, no sería sino mi gran novela. Cada uno de nosotros —Abelardo, Pablo, Javier, Amancio y yo—, escribía, al mismo tiempo, la suya, su gran obra. O eso creíamos invariablemente uno del otro, eso nos decíamos en el Sanborns de la Carreta, en los tacos de San Ángel Inn o en alguna presentación de un libro. Al final, ese virus novelístico llegó a contagiar tanto nuestra concepción del otro —lo que hacía o no hacía nuestro prójimo—, que indefectiblemente sirvió como acicate para que cada uno, por su cuenta, trabajara como un demente creyendo (en serio) que se le iba la vida en su gran apuesta novelística. Mi tesis sobre la estructura y concepción artística en *La casa verde* se convirtió, al final, en una suerte de espejo o vida paralela de eso que yo intentaba hacer con mi novela: vasos comunicantes, datos escondidos en hipérbaton, mudas y elipsis temporales y sobre todo el celebrado "elemento añadido" vargasllosiano. En mi afán o desvarío cervantino, yo deseaba que todo lo aprendido estuviera allí, presente, alambicado, rindiendo homenaje al escritor peruano. El naturalismo o verismo vargasllosiano me atrajo siempre más que el realismo mágico de García Márquez. Y en esto discrepaba con Javier y Amancio, quienes, desde entonces, ponían siempre al colombiano por encima del escritor peruano.

11

Trabajando en la *Revista de la Universidad de México* con Karina, la dominicana, pero sin Amalia, quien para esas fechas ya se había marchado a Harvard, cayó en mis manos un ensayo sobre Gilberto Owen, el otro gran poeta de *Contemporáneos*. Era, quizá, el menos leído de ese extraordinario grupo y por ello requería una pronta revaloración. El autor del ensayo, Manfredo Quiñones, era asimismo el futuro editor de un libro de poemas que había llevado yo a la imprenta de la UNAM.

No he dicho que para entonces llevaba varios años trabajando silencioso y paciente en ese nuevo poemario. Ese lado oscuro (el de la poesía) lo compartía apenas con mis amigos novelistas y con nadie más. Sabía que la obra poética (si un día llegaba a existir) debía labrarse en las afueras, sin aspavientos, humilde y con paciencia. La poesía era excéntrica, marginal. Era su sino y su esencia. Lo sigo creyendo así. Ser exitoso escribiendo poemas me habría inundado de pavor y ambivalencia. Tampoco voy a mentir diciendo que no aceptaría la recompensa, sin embargo no me gustaría obtenerla por haber escrito poemas. En cambio, con las novelas, ya lo dije, quería el éxito, la fama, los lectores, lo mismo que mis compañeros. Pero ¿cuál éxito, cuáles lectores? No lo sé a ciencia cierta. Todavía no tengo idea de qué quiere decir eso, e intuyo que ellos tampoco.

Conforme pasan los años, uno duda más del éxito y menos sabe lo que, en el fondo, quiere decir... ¿Será, por ejemplo, ser leído mucho un día y no volver a serlo después? ¿Será cosechar premios? ¿O acaso ganar dinero? ¿O ganarse amigos y enemigos a granel? ¿Ser famoso, pero no ser leído? ¿Ser alabado por un puñado de lectores, pero no ser reconocido por tus rencorosos y envidiosos pares? ¿Qué diablos significa? No lo sé. Mis amigos tampoco, pero lo buscaron con ansia. Eso me consta. El problema surge cuando buscas denodadamente algo que no sabes qué es, y como no lo sabes, tampoco te enteras cuando te llega. Buscar el triunfo deja de ser un asunto ligado a obtenerlo: se trata de no poder vivir en paz sin dejar de buscarlo.

En todo caso, algo me empujó a escribir una reseña sobre el libro de Gilberto Owen recientemente publicado por quien sería, ya dije, mi editor, y quien, para colmo, era también íntimo amigo de Fernando Coral, el director de nuestra revista. Ingenuo y pazguato, se lo llevé a Lázaro para publicarlo en el dossier, tal y como solíamos hacer cualquiera de nosotros con libros recién aparecidos en México. Lo leyó con calma frente a mí en su escritorio inundado de cuartillas y libros descosidos, y al final me dijo asustado, casi incrédulo:

—Pero, Eloy, ¿cómo crees que vamos a publicar un artículo contra Manfredo?

Yo estaba perplejo.

—¿Contra Manfredo? Pero si no es contra él.

—Hablas mal del libro.

—Detecto un par de problemas, es cierto, pero en general hablo muy bien —lo creía sinceramente. Deseaba ser socráticamente justo, desesperadamente honrado conmigo mismo.

—No me lo parece, pero si de veras quieres publicarlo, ve a verlo a su oficina a ver qué te dice. Por mí no hay bronca.

Y eso hice, cándido, socrático, seguro de que Manfredo celebraría mi abrumadora sinceridad.

Cuando por fin estuve en la oficina de la editorial universitaria que él comandaba, era ya tarde para echarme atrás. Quiñones leía frente a mí el artículo que había escrito yo sobre su reciente libro de Gilberto Owen. Recuerdo la lividez en su rostro barcino, cierto color púrpura demudando en oliváceo conforme leía las cinco cuartillas que yo me había esmerado en pulir y corregir hasta la mesura. Al final, demorando o cavilando las palabras que iba a emplear, Manfredo dejó las cuartillas sobre su escritorio, se aclaró la garganta y me preguntó con taimada (falsa) cortesía:

—¿Quién te pidió que escribieras esto?

Me quedé atónito.

—Nadie —dije desde el otro lado de su escritorio, sentado, erguido, nervioso.

—Dime de verdad, ¿quién te mandó?

—Nadie, Manfredo. Leí tu libro con calma, incluso con gusto, pero noté ciertas inconsistencias y pensé que era lo correcto mencionarlas en mi texto. Pero no te preocupes: ahora mismo olvidamos la reseña. Te ruego que la tires al cesto de la basura. No tiene por qué ser publicada.

—No, no —saltó enrojecido, contrariado—. Aquí están tus cuartillas. Ten... Tienes el derecho de hacer lo que quieras con ellas. Adiós. Tengo mucho trabajo.

No me dio la mano. Salí aterrado. Y con razón: mi pequeño libro de poemas nunca apareció en su exquisita colección de poesía. Tuvieron que pasar cinco o seis años para que, al final, encontrara otro editor. Por supuesto, odié a Manfredo mucho tiempo por esto. Él no me había entendido y yo no lo había entendido a él. Yo despreciaba, como nada en el mundo, ese talante, esa forma oligárquica de ser y existir (muy a la mexicana, a la paciana). En mi ingenuidad o juventud, quién sabe, amaba el socratismo, creía en las verdades a ultranza, en la sinceridad a quemarropa. Las complicidades y disimulos, las mafias y alianzas, los intereses creados formaban un mundo aparte, no el de la literatura, el cual era, creía yo, platónico e inmaculado. No en balde, hasta hoy, Javier se mofa de mí llamándome el Dios de la Sinceridad —aunque lo cierto es que no lo soy ya tanto—. En todo caso, volví a la *Revista de la Universidad* esa misma tarde completamente lívido. Karina me miró asustada. Yo seguí de largo hasta la oficina de Lázaro. Se lo conté, por supuesto, demorando los detalles, sin escatimar los matices en el rostro de Manfredo.

Pagani sólo se sonrió:

—Te lo dije, pendejo.

En un rinconcito de mi otrora estúpida alma romántica, yo envidiaba a Amancio, quien llevaba tres años con su misma novia de la universidad, Irene. Amancio, a su vez, envidiaba a Pablo, quien, para entonces, estaba casado y esperaba a su segundo hijo. Pablo, secretamente, envidiaba las conquistas de Abelardo y Javier, quienes, abiertamente, envidiaban mi suerte con las mujeres —mayores casi siempre—. No es que ellos no tuvieran las suyas, era que yo pasaba por una extraordinaria buena racha, la cual, en mi desasosiego y frenesí, yo interpretaba (incorrectamente) como añoranza del alma gemela, eso que Amancio ya había encontrado, por supuesto, en Irene.

Sabiéndolo, casi enternecidos por mi desesperación donjuanil, Irene y Amancio pusieron manos a la obra: debían remediar la ausencia de pareja estable en el Casanova que era yo (¡pobrecito!) contra mi voluntad. Irene estudiaba Comunicaciones en la Universidad Iberoamericana, un nicho de bellezas de alto nivel social, todo lo contrario a la UNAM, donde cualquier mediocridad descollaba de manera inverosímil. Debo confesar que mis gustos se decantaban hacia el estilo Ibero: chicas levemente maquilladas, elegantemente vestidas, con taconcitos y bolsa de marca al hombro desnudo, clavículas tersas y cuellos ebúrneos. Esto no siempre se traducía en inteligencia, pero tampoco lo contrario era verdad: es decir, que no era condición *sine qua non* el que en la UNAM fueran inteligentes sólo porque eran feas. En resumen, que a mí me gustaba que las mujeres fueran muy femeninas (lo que no siempre sucede y mucho menos en ambientes universitarios o proletarios), que olieran a perfume caro y supieran comer con la boca cerrada si las invitabas a un restaurante a cenar. Toda esa parafernalia del cortejo me entusiasmaba tanto como el sexo o incluso más que el amor. En la Facultad de Letras de la UNAM era difícil encontrarlo: el feminismo y no la feminidad era lo que más abundaba allí. Por eso, Irene, sabia y solidaria, hizo lo que pudo presentándome varias compañeras de la carrera de Comunicaciones de su universidad. Y la primera de ellas fue Vanessa.

Amancio me llamó para decirme que su novia había encontrado a la mujer perfecta para mí. Y era cierto: cuando salimos los cuatro a cenar unos tacos en San Ángel, no cabía en mí del alborozo. Había encontrado a mi alma gemela. Guapa e inteligente, refinada y culta, simpática y hasta un poco tímida. Sólo había un problema: acababa de cortar con su prometido y no estaba lista para empezar una nueva relación. Era muy pronto. Lo entendí. Decidí no apurarla. Acepté el reto, como siempre: era parte del cortejo, ya lo dije, y Vanessa lo ameritaba con creces.

Una semana más tarde, la llamé para invitarla al cine y aceptó. Pasé por ella, vimos una película de Scorsese y después fuimos a cenar a un restaurante italiano con velas y música ambiental; no la toqué más que para cruzar la calle, seguramente le abrí la puerta del coche, probablemente la cerré, después la volví a abrir y otra vez la volví a cerrar; al final, la dejé en su casa del Pedregal enternecido, románticamente ilusionado. Era perfecta. Debía sin embargo esperar, me dije yendo de vuelta a mi solitaria casona en la montaña. Vanessa había sido clara conmigo entre sorbos de vino blanco espumoso: aún pensaba en el ex novio, aunque tenía claro que jamás volvería con el bastardo. Su razonamiento me dejó bastante tranquilo. Yo podía, en el ínterin, proseguir mis conquistas, la cuales, confieso, jamás disminuyeron a pesar del imperativo que animaba a mi alma romántica por encontrar a su gemela. ¿Me engañaba? Seguramente. En todo caso, pasaron los días y la volví a llamar. No estaba, me respondieron. Dejé un mensaje con sus padres. No me llamó de vuelta. Esperé una semana. Volví a llamar y otra vez no estaba. Me aseguré de dejar mi número de teléfono con su madre. Seguí esperando; sin embargo, la próxima vez fue Amancio y no Vanessa, quien llamó por teléfono y me dijo:

—Lo siento, Eloy. Vanessa volvió con su novio.

—¿Qué?

—Sí. Como lo oyes, y lo peor es que se van a casar.

Estas ínfimas catástrofes del corazón afortunadamente no duran más de unas horas, a lo mucho una noche pasada en vela, un poema escéptico y cruel, una resaca y nada más. Al otro día, el tumulto, las prisas, los pendientes, las mujeres que van y vienen por la calle, las clases de la universidad, todo consigue emborronar incidentes tan catastróficos como aquél. Empero éste no iba a ser un incidente más, una anécdota cualquiera, pues dos meses más tarde, solo en el Ajusco, metido en mi novela cervantina, totalmente ensimismado en las vicisitudes de mis personajes, recibí una nueva llamada de Piquer:

—No lo vas a creer…

No tenía la más remota idea de qué era lo que no iba a creer.

—Vanessa le llamó a Irene.

—¿Qué Vanessa? —yo empezaba a salir otra vez con Casilda Beckmann, aquella primera novia de la juventud que me había roto el corazón, por lo que realmente no sabía a quién diablos se refería Amancio.

—No te hagas el tonto.

Caí en la cuenta. Me empezaron a sudar las manos y le dije:

—Sí, Vanessa. Pero ¿no se casó?

—No, todavía no.

—O sea que no se casa —pregunté esperanzado o aliviado.

—No, sí se casa.

—Mierda —no entendía una palabra—. ¿Entonces?

—Que te quiere ver.

—¿Me quiere ver? —estaba aturdido—. ¿No dices que se va a casar? ¿Por qué me quiere ver?

—Ésa es la cuestión, Eloy. ¿Para qué te quiere ver si ya se va a casar? —se rió Amancio desde el otro lado—. Supongo que ahora deberás descubrirlo tú, y luego, por supuesto, contármelo.

—Igual que tú me cuentas todo, ¿no? —lo dije porque Amancio nunca nos contaba nada sobre Irene y él. Esa parte se la reservaba, lo mismo que Pablo: la discreción era en los dos su mayor virtud o acaso su principal defecto—. En todo caso, no entiendo nada…

—No hay mucho que entender. Vanessa le llamó a Irene e Irene me acaba de llamar a mí. Me pidió que te dijera que Vanessa quiere que la llames, pues no encuentra tu teléfono.

—No tengo su teléfono. Lo tiré.

—Apunta —y me dictó el número de Vanessa en el acto.

Lo que sigue puede ser inverosímil, pero es verdadero. En otras palabras: es absolutamente real a pesar de que lo esté convirtiendo en ficción. La llamé esa noche o la siguiente. Conversamos dos o tres minutos como si no hubieran pasado dos meses y al final me dijo, como si cualquier cosa, que le gustaría volver a verme. Aunque yo no entendía para qué, acepté su extraña invitación a tomar un cafecito en su casa el jueves siguiente a eso de las ocho. Debo agradecerle a Irene y Amancio ese cafecito del jueves a las ocho toda la vida.

Vanessa vivía en el Pedregal, ya lo dije. Sus padres estaban, cuando llegué a su casa, en la parte de arriba y nosotros en la parte de abajo: ellos en la segunda planta, nosotros en la primera. Entre sorbos de café y una chimenea que Vanessa había encendido para la ocasión —aunque es rarísimo e inverosímil encender chimeneas en la Ciudad de México—, nos fuimos poniendo tiernos y cariñosos: en un santiamén, el prometido de Vanessa desapareció del mapa y no sé cómo ni cuándo la tímida joven prometida de mis sueños rotos me violó en el *love-seat* de su acogedora sala con chimenea. Sólo hay una mejor manera de decir "me violó" y es que "fui violado" o que "me dejé violar", lo que, para el caso, es exactamente lo mismo. Faltaban dos semanas para su boda y Vanessa, casi virginal y casi tímida, me volvió a pedir que fuera a su casa a tomar un cafecito a la semana siguiente, el jueves a la misma hora, especificó, y yo, por supuesto, acepté encantado. Me pidió que la llamara por teléfono antes de salir del Ajusco por si se le aparecía un imprevisto de última hora. Aunque no entendí, hice lo que me pidió y la llamé antes de salir de mi casa en la montaña el siguiente jueves a las siete y media y ella me dijo que adelante, que fuera, que me esperaba con el cafecito y yo llegué a su casa al mismo tiempo que el imprevisto iba llegando, corporeizado, a pesar de las precauciones tomadas por Vanessa justo cuando yo estaba estacionando el coche en la acera de enfrente.

Como dije y repito, estaba yo estacionando el coche en la acera de su calle en el Pedregal de San Ángel —donde pocos autos pasan y donde es legítimo estacionarse—, cuando vi que un coche se acercaba a la puerta de la entrada de la casa de Vanessa. Incrédulo e indeciso por escasos tres segundos entre apearme o no, la vi aparecer por esa misma puerta, salir sonriente de su casa, aproximarse al otro coche y besar tiernamente en la boca al hombre que lo conducía y había llegado sin avisar.

Con una perfecta exhibición de sangre fría, Vanessa me saludó desde el lado de su acera, el prometido giró para verme y me saludó con un breve ademán; ella cruzó la calle ligera con algo en la mano, se acercó a la ventanilla de mi auto y me lo entregó afabilísima, como si cualquier cosa, murmurando entre dientes:

—Vete, Eloy. El imbécil llegó sin avisar. Dios mío... Lo que me faltaba... Le he dicho que venías a recoger esta invitación para la boda, que eras un viejo amigo de mi hermana. Fue lo único que se me ocurrió.

Yo, ni tardo ni perezoso, recibí la invitación lacrada, saludé al tipo desde mi coche y me largué de allí empavorecido.

No todo termina allí. En mi delirio o truculencia, en mi añoranza de vivir una novela balzaciana, tuve la desvergonzada ocurrencia de asistir a una boda a la que por supuesto, jamás había sido invitado, y para colmo, con mi antigua novia de juventud, Casilda Beckmann. No sé aún qué demonio me empujó hasta allí o por qué lo hice. Irene y Amancio no pudieron ir; algo se les cruzó en el camino ese día (un sábado, imagino). En el colmo de la temeridad, Casilda y yo, sentados en una mesa plagada de desconocidos, saludamos al novio y la novia cuando se acercaron a la mesa para ser felicitados. Cuando tocó mi turno, besé a la novia en los labios. Fue la penúltima vez que vi a Vanessa y es la primera que me atrevo a contarlo.

13

Querido Eugenio,

Perdona la demora en responderte. Estuve de viaje en un congreso dedicado a Fuentes en Santiago de Chile. Ya ves: por todas partes se le conmemora. Vi a Silvia y te manda muchos besos. Se le veía, por supuesto, triste y enflaquecida. No es para menos. Lo de Carlos es muy reciente. Estaba demasiado acostumbrada a él, a viajar a su lado siempre, a acompañarlo a todas partes. El tiempo va a ayudarla, estoy seguro. Se lo he dicho y me dio un abrazo cariñoso. En cuanto a tu pregunta, te respondo con la misma franqueza con que nos hemos dicho siempre la verdad: no me gusta *La novela de nuestra destrucción*. Tampoco me gusta *Aix o la crónica de un divorcio*. Suena pretencioso, petulante. En cambio, me fascina *La mujer del novelista*. Ése sí es un gran título. Atinaste, cabrón. Ojalá le guste al editor.

Te mando un abrazo y Roxana te manda otro desde Princeton,

Jacinto

14

Yo tuve la culpa de muchas de las incongruencias y malentendidos que entorpecieron nuestra relación desde un principio. Fui yo quien le envió a Eloy, durante esos primeros cuatro años de amistad, funestos dobles mensajes, signos cargados de ambivalencia. Confieso haber sido con él (antes de habernos casado) de una ambigüedad insoportable. Y esto pasó porque ni yo misma sabía lo que quería..., o quizá pasaron así las cosas, nuestros enredos, porque creía saber lo que quería, y ese deseo callado, latente, se llamaba casarme con Eloy —aunque jamás en esa etapa de mi vida—. Era joven y amaba mi trabajo con toda mi alma: bailar, enseñar danza clásica. Manejaba, casi yo sola, la academia de ballet fundada por Nélida Alegría, una de las mejores coreógrafas del mundo y la mejor que ha tenido México. Ella era la dueña del estudio en Polanco y yo su pupila favorita. No exagero. Me quería como a la hija que nunca tuvo pues Nélida, para los que no lo sepan, jamás se casó. Dedicó toda su vida al ballet y a la coreografía. Viajó por todo el mundo, las compañías más importantes se la disputaron, y en ello se le fueron los años sin hacer una familia. No sé si no la quiso o no lo intentó; jamás me atreví a preguntárselo. Para cuando yo llegué a heredar (simbólicamente, claro) su academia —tenía diecisiete—, ella podría haber sido mi tía abuela. Ya no bailaba; administraba. Pero ni siquiera eso. Nélida sólo deseaba montar coreografías. Para cuando yo conocí a Eloy, ella ya había depositado su confianza en mí. Comía temprano y me iba a la academia. No paraba de enseñar a docenas de chiquillas de familias ricas que ponían su confianza en Miss Lourdes. Para colmo, yo era buena haciendo ambas cosas y ganaba bastante bien, suficiente para darme mis pequeños lujos y viajar adonde yo quisiera si mis padres me lo permitían. Ni Tessi, mi hermana, ni mi hermano, ganaban un peso entonces. Los mantenían mis padres. Estudiaban en la Universidad Iberoamericana como Irene, la ex mujer de Amancio. Yo, en cambio, tuve que elegir muy temprano en la vida: no podía continuar con la universidad y seguir dedicándome de tiempo completo, como hacía, a la danza. Por supuesto, mis padres desaprobaron la idea, pero, al final, terca, me impuse. Ninguno pudo con mis argumentos, mi voluntad y la seriedad con que yo había tomado la carrera de baile. Todas reunidas —voluntad, seriedad y largas disputas—, me hacían demasiado fuerte a esas alturas. Al final, casi a regañadientes, me apoyaron en mi vocación. A pesar de todo, me justificaba a mí misma, había sido mi madre la culpable de que yo amara el ballet: ella me llevaba tres veces por semana a esa misma academia que terminé casi heredando. Digo "casi" puesto que, al final, no la heredé. Y no lo hice porque elegí casarme con Eloy... aunque para esto falten varios años.

Dije que había sido mi culpa la razón del entorpecimiento que sufrió, una y otra vez, nuestra relación de amigos, la de Eloy conmigo. Para empezar, habría que explicitar que nunca quedaron claros los términos de "nuestra amistad" y ni siquiera hoy sé francamente si así habría que llamarla —o bien amorío o pasión a intervalos—. Fue mi eterna ambivalencia, ya lo dije, la que nos trajo enfados, desavenencias y hasta lapsos de semanas o meses en que nos dejamos de hablar. Él, molesto conmigo, o bien yo asustada de él —asustada de su desembozado deseo y su arrebato—. Aunque yo lo había besado, nunca acepté ser su novia, su pareja. Aunque al principio él no me lo pidió, tampoco yo lo sugerí. Yo había roto con mi novio de provincias, pero no quería ser novia de Eloy. Quería conocerlo, quería darme tiempo, quería viajar con amigas, divertirme, pero sobre todo tenía, en el fondo, impronunciable, un miedo o escozor. Eso fue lo que pudo más que yo misma cuando le dije que no quería ser su novia sino simplemente su amiga. Él jamás lo entendió, pero tampoco insistió demasiado. Supongo que con mi inexplicable ambigüedad, dejaba yo la puerta abierta para que él saliera con quien quisiera... y yo también. No era sin embargo que yo deseara salir con muchos hombres; era que no quería acercarme demasiado a Eloy, era que no pensaba enamorarme de él, era que no deseaba formalizar nada a su lado... no al menos todavía. A mí no me interesaban los hombres tanto como me importaba mi ballet. Por eso conocí bastantes, y porque era guapa, tenía bonito cuerpo y siempre estaba de excelente humor. Mi madre decía que yo era la alegría del hogar. Tuve, sí, varios novios e incluso, en el colmo de las ironías, Eloy conoció, al menos, a tres de ellos: a uno le dio un aventón al Metro Polanco una noche, con otro jugó al póker en mi casa una ocasión y con el tercero se fotografió una Navidad en que ambos coincidieron sin haberlo yo previsto. Recuérdese que Eloy no era ni nunca fue mi novio ni mi pretendiente ni nada por el estilo. Mis padres lo sabían. Mi hermana lo sabía aunque no lo entendía. Por eso, repito, mi relación amistosa (y amorosa) con Eloy pudo durar tanto aunque, eso sí, al precio del entorpecimiento que padecimos por culpa de mis eternos equívocos. Yo me había impuesto dos simples reglas desde que salimos la segunda vez: no acostarme con él y no ser su novia. Ambas caídas —sí, caídas— me parecían el pase directo al enamoramiento y, por ende, a lo que yo en el fondo de mi alma deseaba aunque sin atrever a pronunciarlo: casarme con él y con ello sacrificar mi academia, lo que más quería. No era precisamente que casarme con Eloy condicionara mi trabajo; se trataba de mi edad, de mi juventud y de eso que llaman el *timing*. Yo tenía otras muchas cosas que hacer: viajar, conocer hombres, divertirme, bailar y hasta vivir sola si un día convencía a mis padres de que me lo permitieran. Eran los noventa. Yo no quería tener un novio formal. Los que conoció Eloy no lo fueron —no importa cuánto supusiera él lo contrario—. Tuvo, claro, que tragar saliva, hacer de tripas corazón —es decir, tuvo que verme salir con otros a sabiendas de que yo no sería su novia jamás—. Lo que nunca adivinó era que yo no sería su novia porque, al final, sería su esposa. No lo supo y yo no se lo dije tampoco. Y no se lo dije porque yo misma apenas lo balbucí lo mismo que se deletrea un futuro hermoso pero distante.

En ese vaivén, en esa oscilatoria y desgastante relación en que nos embarcamos, pasamos momentos de felicidad, vivimos anécdotas que veinte años más tarde me embargan de alegría cuando me siento a recordar con un café y un cigarrillo en la terraza. Pero hay también tragos amargos que podríamos habernos ahorrado... Recuerdo un remoto viernes en que, ociosa como estaba, luego de una cansada tarde de sesiones en la academia de Polanco, lo llamé para invitarlo a salir. Así solía ser entre nosotros; así funcionaba nuestra extraña historia de amor. Él me llamaba o yo lo llamaba cuando nada mejor teníamos que hacer. Suena absurdo, pero no lo era: yo sabía que él no me esperaba a mí, sabía por Tessi, mi hermana (o incluso por él mismo), que tenía una novia o que había conocido a otra mujer —a veces mujeres bastante mayores que él—. Siempre era así: enamorado del sexo femenino, loco por una y luego por otra, y sin embargo, necia de mí, así me atraía, así me gustaba: no lo podía remediar. Hoy no entiendo de dónde surgía esa atracción aunque en aquella época tampoco me importaba demasiado averiguarlo. En esos años no podía interesarme lo que hiciera él con su vida, pues yo también salía con otros, tenía novios y aventuras, yo también le llamaba por teléfono cuando simplemente quería salir, cuando quería besarlo y divertirme a su lado con unos tequilas en la barra de una cantina escuchando mariachis y contando chistes. Repito: no tenía derecho a reclamarle, y nunca lo hice. Me pregunto si no fue esta confusión que yo misma propicié la que tantas desdichas nos ha traído *a posteriori*. ¿No habrá sido, insisto, la mezcla de amistad y amor, de pasión y afecto, la que lo ha trastornado todo? Lo digo pues Eloy es el mejor amigo que una mujer pueda tener en el mundo, pero no el mejor marido. ¿De cuál me enamoré yo? Y es que, dieciséis años después, aquí en Aix, aún no lo tengo claro. Lo que sí he corroborado es que me encanta su compañía, sus bromas, lo que vivimos y aprendemos juntos e incluso su cuerpo, sus manos en mi envés, sus besos en mis hombros, subirme sobre él, venirme dos y tres veces mientras él me aprieta el culo con todas sus fuerzas. Todo eso me gusta, pero no ese otro exasperante marido que me vuelve loca, que me reprocha ser esa mujer que soy o en la que me he convertido por su culpa. ¿Será que es al antiguo amante al que deseo, con el que (equivocadamente) luego me casé, y yo, torpe, los confundí a los dos, intercambié al amante por el esposo, el amor por la insensibilidad, la amistad por el odio?

En cualquier caso, ese viernes de marras, él me contestó el teléfono. Estaba allí, solo, sin nada que hacer, me dijo. ¿Era cierto? No lo sé. Probablemente leía, escribía o se preparaba para salir con Omar e Ismael, sus invariables amigos de la infancia. Sin titubear, dijo que le encantaría salir y quedamos para las nueve en mi casa, al otro lado de la ciudad. Tal y como solía, él pasaría a recogerme, pero algo extraño sucedió en esos siguientes treinta o cuarenta minutos, quiero decir: algo sucedió conmigo, dentro de mí. Era otra vez el inexplicable miedo que me suscitaba su mera cercanía. Habían pasado más de dos años desde que nos conociéramos, habíamos salido muchas veces solos y con amigos, nos habíamos besado en fiestas y reuniones, en mi casa y en los bares; nos habíamos tocado en su coche, él a mí y yo a él, y sin embargo, no dejaba de sentir a ratos y sin saber por qué un acoquinamiento, una parálisis. Cuarenta minutos más tarde, decidí llamarlo y cancelar nuestra cita con la ingenua excusa de que una amiga me había llamado llorando y me quería ver con urgencia. Furioso, Eloy me contestó que estaba ya vestido, afeitado, con el coche encendido en la puerta de su garage, a punto de salir y que yo no le iba hacer eso, que yo trajera a mi amiga con nosotros si quería. Colgó sin decir una palabra más. Con el alma en vilo, lo esperé sintiéndome doblemente atrapada: en mi estúpida mentira y por Eloy. ¿Qué me pasaba? ¿Por qué esta inexplicable angustia? A los cuarenta minutos sonó el timbre de la casa. Salí a abrir. Me saludó como si no hubiéramos hablado una sola palabra por teléfono, subí al auto y nos marchamos. Casi no habló durante el trayecto. Puso música, abrió las ventanillas y tomó hacia el Periférico. ¿Adónde íbamos? Después de un rato, me atreví a preguntárselo. Sabía que en el fondo él continuaba enfadado conmigo aunque, por supuesto, lo quería disimular. Me contestó inopinadamente que a su casa. Allí, dijo, escucharíamos música, pediríamos una pizza y luego, quizá, veríamos qué plan se armaba con Ismael y Omar o quien quisiera unírsenos. Al fin llegamos al Ajusco, subimos por la carretera, nos adentramos por su colonia desierta, cruzamos la inhóspita calle de terracería sin alumbrado eléctrico donde estaba su casa (la casa de su tía, creo), abrió la cochera y estacionó el auto. La casa era inmensa, rodeada de muros altísimos y alambrado con púas. No había vecinos sino lotes vacíos a la izquierda, a la derecha y al fondo, tras el muro que cercaba el jardín lleno de arbustos y rosales. De vez en cuando se oía un perro ladrar a lo lejos y un viento rasposo y frío golpeaba aunque hiciera buen tiempo en la ciudad. Su casa estaba arriba en la montaña. ¿Por qué habíamos ido hasta allí un viernes por la noche en lugar de ir a un bar o a un restaurante como solíamos? Eloy seguía parco, tranquilo, sí, pero parco. Al menos yo sentía eso. Al entrar, llamamos por teléfono y pedimos una pizza, luego puso música y por fin nos sentamos en el único sillón de la sala con dos cervezas heladas que sacó del refrigerador. Se acercó a mí, dijo alguna tontería y casi de inmediato empezamos a besarnos. En unos segundos, bajé la guardia. Me gustaba besarlo. Me diluía cuando pasaba su lengua por la mía y ponía sus manos en mi cuello o por mi espalda. Empezamos a bailar en la sala con suelo de parqué. Con todo, era un poco extraño estar allí, bailando solos, con dos cervezas en la mano, especialmente después del pequeño disgusto telefónico que hasta entonces habíamos querido obviar. Bailábamos, nos acariciábamos, nos besábamos al ritmo de la música, bebíamos. Así pasó un buen rato, cuando de pronto, espontáneamente, Eloy me cargó como a una novia. Al principio, debo decirlo, me pareció excitante y por eso me dejé llevar a su cuarto. Las cervezas, casi vacías, rodaron sobre el parqué. Como un Casanova, Eloy me tendió sobre su cama destendida y empezamos a tocarnos, a fajar. Yo estaba ardiendo, lo confieso; había olvidado el disgusto. Eloy me besaba sin dejar de pasar sus manos por mi cuerpo. Luego comenzó a desvestirme o a intentar hacerlo cuando yo, súbitamente, empecé a decirle que no, que ahora no. Él, sin embargo, no quiso escucharme; continuó besándome al mismo tiempo que me desabrochaba los botones de la blusa e intentaba bajarme el cierre de los jeans. Fue en ese momento que, otra vez, el miedo se adueñó de mí y comencé a patearlo como una histérica. Primero él creyó, supongo, que era una broma, parte del juego, una manera erótica de forcejear y hacerme desear un poco más, pero cuando mis patadas aumentaron y le solté un par de bofetadas, se levantó de un salto, se acomodó la camisa, se cerró la bragueta del pantalón y me dijo con voz tonante:

—Vámonos.

—Pero ¿por qué?

—Porque no pienso dejar que sigas jugando conmigo.

—Pero no estoy jugando; sólo que no quiero acostarme contigo.

—No es eso.

—Entonces ¿qué es? —le pregunté sentándome en el borde de la cama revuelta.

—Tú sabes muy bien qué es —me dijo colérico.

—No lo sé —mentí.

—Primero me llamas porque no tienes nada mejor que hacer; luego me vuelves a llamar inventándote una amiga que, según tú, necesita verte sólo porque, a última hora, has cambiado de opinión y ya no quieres verme; luego bailas conmigo, nos besamos, vamos a la cama y al final te detienes, me frenas en seco y me abofeteas. ¿Te parece chistoso?

—No.

—Vámonos —me respondió—. Te llevo a tu casa. La fiesta se acabó. A ver a quién más te buscas para burlarte de él.

Y así terminó aquella espantosa noche del Ajusco.

¿Mi culpa? Sí. ¿La suya? También. Ese viernes, por supuesto, ninguno de los dos lo veíamos de esa manera. Para él yo era una arpía rastrera, ambigua y calientabraguetas. Para mí, él era un patán, insensible y desaforado. La verdad es —recordada la anécdota veinte años más tarde— que los dos éramos las dos cosas.

Mas no todo fue así en nuestra complicada historia. Al contrario: los pasajes hermosos fueron muchos más que los lamentables como aquél. La memoria, como dice Daniel Gilbert, nos traiciona: pervierte, trastorna, confunde los recuerdos. La mente es un artefacto bastante tramposo si lo quiere ser, mucho más si, al factor memoria, se le añade el factor tiempo. Eloy me obsequió ese libro, *Stumbling on Happiness*, hace un par de años y creo que en este punto Gilbert tiene razón. Cada vez que me pongo pesimista y le hablo a Eloy de nuestro pasado, él cita pasajes de ese libro. Según Eloy, los dieciséis años que llevamos juntos no deben haber sido tan malos, de lo contrario no estaríamos aquí. Es lógico, me digo, pero tampoco es seguro. No obstante, cuando uno vive en un presente negro —como el que apenas acabamos de pasar en Aix— es fácil distorsionar el pasado a nuestra conveniencia, manipularlo a nuestro arbitrio con el fin de fortalecer nuestro punto de vista y hacerlo valedero. Y no sólo esto. Según Gilbert, nuestra mente proyecta un futuro sesgado cuando estamos viviendo un presente sombrío. Por eso, dice, los seres humanos *mis*futurizamos y *mis*recordamos. Somos pésimos para predecir el futuro y mucho peores para recordarlo.

15

1994 y 1995 fueron años negrísimos. Así los recuerdo. Al menos fueron negros —y cargados de severa depresión— hasta el verano de 1995 cuando, por fin, la suerte o las estrellas, comenzaron a sonreír y la aplastante melancolía comenzó a disolverse como polvillo lunar en la penumbra. No obstante, como dice Gilbert, no todo debió ser tan nefando. Habría que ver, por ejemplo, de cuál mes quiero hablar, o de qué semana, o incluso de quién o de qué cosa. Para Amancio, verbigracia, no fueron negros. Al contrario: fueron diamantinos. Entre 1994 y 1995 ganó casi todos los premios a los que convoca el Instituto Nacional de Bellas Artes: el Juan Rulfo de primera novela, el Juan de la Cabada para cuento infantil, el Premio Kalpa de Ciencia Ficción y el de ensayo literario con un libro sobre Paul Bowles, su ídolo de juventud. Por fin, su novela inédita —el soliloquio del idiota en la isla deshabitada— encontraba su lugar con un premio y esto sucedía al año siguiente en que apareció nuestro tríptico en la editorial Siglo XXI. Su noviazgo con Irene se afianzaba más —lo que, por supuesto, mi volátil alma romántica envidiaba— y estaba por terminar la licenciatura con una tesis sobre nuestro mutuo amigo, el novelista Alberto Ruy Sánchez. Por último y para coronar su increíble buena estrella, Amancio consiguió un sorprendente y singular trabajo: director editorial de la revista *Playboy* de México y obtuvo, junto con Javier y yo, la beca para jóvenes creadores del Fondo Nacional para la Cultura y las Artes para escribir su siguiente novela, tal vez la mejor que haya escrito.

Era la primera vez que cualquiera de nosotros recibía una nada despreciable cantidad para ponerse a hacer lo que más nos gustaba. No cabíamos de gozo. Carmen Boullosa se convirtió en nuestra tutora ese año en que los tres nos reunimos tres veces con otros novelistas en tres sitios distintos durante un largo fin de semana: Oaxaca, Guadalajara y Tabasco. También ese año me recibí con mi tesis sobre Vargas Llosa dirigida por Lázaro Pagani y Javier encontró su primer puesto político gracias a las conexiones de Abelardo: flamante secretario particular del procurador de Justicia del Distrito Federal, Diego Valdés, quien, en una ocasión nos dijo a Javier y a mí en su oficina: "No pierdan el tiempo escribiendo novelas, muchachos. En México eso no le importa a nadie. Nunca llegarán a ningún lado. Mejor dedíquense a la política. Eso sí deja." Por fortuna, Javier no le hizo caso y sí nos hizo caso a Amancio y a mí.

Abelardo era, ya lo he dicho, un arroz distinto y se cocía por separado. Al igual que Palacios, cada vez dedicaba más tiempo al poder y menos a la literatura, aunque aseguraba que esto no era verdad. Verlos a ambos, a Pablo y a Abelardo, era presenciar de primera mano una angustiosa escisión entre dos férreas amantes que no te dan tregua. Amaban la política tanto como adoraban la literatura y no estaban dispuestos a ceder o a dejar una ramera por la otra. Estaban convencidos de que podían conciliar exitosamente las dos. Abelardo admiraba a Torres Bodet y Pablo a Rómulo Gallegos. Si estos dos escritores habían conseguido reunir ambas pasiones, ¿por qué no podrían ellos? Javier, mal que bien, supo vadear ese campo minado a pesar de haber sido varias veces funcionario público. En cuanto a mí, tuve que dejar la *Revista de la Universidad* cuando el nuevo rector, en un típico desplante de autoritarismo, echó a la calle a Coral y a Pagani de un día para otro.

Karina y yo, por supuesto, no íbamos a quedarnos con el nuevo director, quien, aparte de todo, traía a su nuevo equipo editorial. Debo confesar que no me fui de la redacción tan triste como ellos pues a las dos semanas exactas volvía a tener otro trabajo, esta vez como director de *Sacbé*, una revista literaria hoy inexistente, auspiciada por el hijo menor del ex presidente de México, Miguel de la Madrid, quien, a su vez, era el mejor amigo de Jirafa, mi antiguo compañero de la primaria lasallista a quien yo no había visto desde la época en que nos íbamos a correr juntos al Bosque de Tlalpan.

Jirafa me había buscado un par de meses atrás para proponerme dirigir la nueva revista, la cual contaba con excelente presupuesto. Sería bilingüe y a todo color. Estaría distribuida en toda América Latina. Acepté el trabajo y de inmediato comencé a armar el primer número ayudado de esos contactos que había hecho durante mi estancia en la *Revista de la Universidad* y durante mis años de estudiante en la Facultad de Letras: poetas, novelistas, críticos, dramaturgos, profesores, traductores, fotógrafos y pintores. Estaba contento, satisfecho, pasaba una buena racha. Tenía un mucho mejor sueldo que antes, detentaba la beca del FONCA para jóvenes, acababa de presentar el tríptico en la sala Arnaldo Orfila, y, sobre todo, mi nueva novela (mi *opera magna*) estaba por ser concluida. Faltaba que Carmen Boullosa, tutora de los novelistas, la leyera y diera su opinión y sus consejos. Así que, al menos hasta aquí, todo parece contradecir esa primera (pesimista) aseveración y darle la razón a Daniel Gilbert en cuanto a que la mente recuerda las cosas de manera tergiversada. No obstante, y para ser justos con la memoria, falta añadir un poco más de información, falta narrar el lado poco amable de esos dieciocho meses, entre enero de 1994 hasta mediados de 1995. Tal vez entonces sí podré llevar a cabo un mejor y más razonado balance, un verdadero recuento de daños y perjuicios.

16

Queridos Roxana y Jacinto,

Les escribo preocupada. Qué digo preocupada. Estoy aterrada, alarmada… Creo que Eugenio está volviéndose loco. Estos tres primeros meses en Aix le están afectando la salud cuando pensé que sería todo lo contrario. De hecho, desde el suicidio de Ana, su prima, el año pasado, empecé a notarlo raro y un poco huraño. No era el Eugenio de siempre; el Eugenio que ustedes y yo conocemos: dicharachero, extrovertido, bromista.

Primero, todavía en Carlton, se quejaba amargamente de que no podía escribir. Estaba pasando una racha de esterilidad, decía. Se la pasaba día y noche con esa cantaleta y de paso me atormentaba a mí. Prudente, callada, dejé correr el tiempo con la esperanza de que, poco a poco, la tempestad amainase. Y esa calma —al menos en apariencia— llegó. La noté, sobre todo, cuando llegamos a España y los vimos a ustedes. Incluso, después de ese hermoso fin que pasamos en la Sierra de Peñanegra juntos, seguí creyendo que todo marchaba más o menos bien. Ir a su boda, primero, volver a tomarse sus pastillas e ir a la Sierra con Luna, pareció aliviarlo, sedarlo un poco. Llegar más tarde aquí, instalarnos en Francia, parecía haber dado fin a su grima. Aix parecía haberse convertido en una suerte de bálsamo: ya no mencionaba a Ana y ahora se sentaba, con increíble disciplina, a escribir cada mañana. Mirarlo con su taza de café frente a la computadora había logrado el efecto deseado: exorcizar la frustración que lo acosaba. Luna o yo apenas si entrábamos al cuarto para no interrumpirlo. Finalmente, hace unos días, a ocultas, empecé a leer tramos de su novela (¿su novela?) cuando se iba a la biblioteca o a un café del centro a leer a Maupassant, pero conforme avanzaba en mi lectura, más se me erizaba la piel…

Ahora que he terminado la primera parte, no sé a qué conclusión llegar, salvo que Eugenio empieza realmente a delirar.

No había visto una línea hasta ahora, sin embargo él fabula (como si lo pronosticara) que lo había hecho ya, que había leído no sé qué cosa sobre una hermana mía, y que desde entonces nuestra relación se ha ido a pique. Según él, enterarme de lo que escribió sobre esa hermana y sobre mí, me ha orillado a la demencia y por eso lo quiero abandonar. Luego se contradice y cuenta que es él quien me quiere abandonar.

En primer lugar, ustedes saben que no tengo una hermana, que tengo sólo un hermano al que no veo jamás y que no vive en España desde hace muchos años. Por si lo anterior no fuera suficiente, Eugenio narra una historia que yo misma le conté y la relata como si le hubiera ocurrido a él: un crimen que cometió mi hermano cuando era muy joven. También describe, salpimentadas, intimidades de nuestro matrimonio, infinitas truculencias (camufladas, claro). Sé que me dirán que me tranquilice, que lo que hace Eugenio es, como siempre, ficción, sin embargo, esta vez, a diferencia de las otras, entremezcla eventos reales, intimidades, con auténticas anécdotas de Alonso, otras de Genaro y Pato y algunas más de ustedes dos, y todo lo desmenuza con la falsa apariencia de que lo que cuenta es ficción cuando es obvio que debe leerse como pura verdad. Esta vez no es apócrifa convención de novelista. Eugenio está enloqueciendo tras la computadora, lo mismo que su querido Maupassant, a quien no deja de leer y releer cuando se cansa o no tiene nada mejor que hacer. Escribe, por ejemplo, que tiene dos hijos, Abraham y Natalia. Escribe que su padre murió de cáncer... Inventa que se fue a Israel cuando era joven... Dice que tuvo un altercado con nuestros vecinos, los Lastique, y que llegó la policía. Dice que se casó con Lourdes, su amiga bailarina de la juventud. ¿La recuerdan? La golfa que quiso arrebatármelo. Dice que Lourdes lo golpeó en la sala de nuestra casa en Aix con un paraguas de metal y que por eso y no sé cuántas cosas que han vivido juntos la detesta, pero luego dice que la ama y otra vez, unas páginas más tarde, se contradice y confiesa que la odia con toda su alma. Fantasías pasionales, incoherencias y elucubraciones. En la novela, ella, Lourdes, y no yo, es su mujer. Yo no existo. O mejor dicho: desaparezco diez días antes de casarnos hace veinte años. ¿Qué hago con todo esto? Dios... Estoy asustada. ¿No estará confundiendo la realidad, mezclando personas y sitios? En alguna parte, incluso, llega a dudar de ser él mismo: se pregunta si él, Eugenio, es él; si acaso no será otro el que escribe su novela, un tal Eloy, autor de los mismos libros que él ha escrito. Un enredo indescifrable...

Disculpen el desesperado correo, pero ojalá puedan darme algún consejo. ¿Qué hacer? ¿Cruzarme de brazos? ¿Fingir? No sé si deba continuar, impávida, simulando que no sé nada, dejándolo fabricar mentiras con apariencia de verdad, ignorando estar enterada de lo que pasa en su novela, dentro de mi propia habitación.

Un beso desdc Aix,

Gloria

17

Irene y Amancio se quedaron más desconsolados que yo con la noticia de Vanessa. Es decir, con su sabia (o poco sabia) elección: casarse con el bastardo de su ex novio y no darle una oportunidad a su viejo amigo Eloy, el desesperado romántico sin novia ni verdadero amor. Yo, por mi parte, no podía quejarme, y esto Amancio (jamás Irene) lo supo: aunque brevísima, mi relación con Vanessa había sido intensa. Más importante aún fue el hecho de que Irene se impusiera —a partir de aquel desolador pasaje— la tarea de remediar mi soltería a como dé lugar, ese lamentable estado civil del que yo deseaba huir como de la peste.

Por otro lado, aquel infructuoso intento por regresar con Casilda, mi primera novia, pereció poco después de la siniestra boda a la que me acompañó, y justo pereció por seguir siendo (a pesar de los años transcurridos) la misma joven mojigata que había sido cuando nos conocimos y fuimos a la misa de la Covadonga. Para Casilda los años no habían pasado: su férreo catolicismo, su casi total aversión al sexo, su conservadurismo trasnochado seguían intactos. Era la misma hermosa joven que conocí a los diecisiete años, pero yo ya no era el mismo: no tenía la paciencia o el interés para aguantar esa frigidez a deshora. Me gustaba, pero me cansaba. Ella, en cambio, ahora parecía más interesada en mí que nunca, casi dispuesta a perder su virginidad conmigo si yo le daba tiempo, mucho tiempo, pero yo no lo tenía…

Fue entonces, el 5 de enero de 1994, cuando conocí, salida del abismo, a Gloria Piña. Recuerdo la fecha, pues era cumpleaños de Amancio. Él e Irene nos invitaron a Gloria y a mí con el claro objetivo de entrelazarnos. Ella, Gloria, sabía que me conocería esa noche y yo lo sabía también, y no obstante ninguno debía pretender que lo sabía. Al contrario, fuimos al Tenampa junto con otros conocidos y amigos a celebrar el cumpleaños número 25 o 26 de Piquer: no había, pues, coerción ni cita a ciegas. Todo entre Gloria y yo debía ser perfectamente natural, espontáneo, cuando lo cierto es que nuestro encuentro era todo salvo espontáneo: se trataba de una cita amañada y artificialmente natural. Esto, pasados los años, ya no importa demasiado... Importa que Gloria apareció en mi vida cuando, para mi desastroso consuelo, más chicas hermosas conocía yo, cuando más éxito tenía con mujeres de todas las edades (casadas y solteras), cuando conseguía sin mayor dificultad acostarme con dos y tres alternadamente. Esto, creo, influyó (sin proponérmelo) en mi comportamiento, lo que a su vez tuvo que haber influido (sesgadamente) en el interés que Gloria mostró por mí desde el Tenampa a pesar de sus altivos aires de princesa de la Ibero. En pocas semanas, su precavido interés (efecto, repito, de mi desinterés) se convirtió en insana obsesión, en delirio efectivo. No pretendo exagerar las cosas. No pretendo decir que yo no me enamoré y me volví loco por Gloria. Era demasiado hermosa para no caer rendido a sus pies. Sostengo sólo que, al menos al principio, fue mi desapego o mi genuina ausencia de interés —apenas uno evanescente y tibio— el que prendió, por reacción, la mecha de su pasión cautiva y poco más tarde la mía. De lo contrario, sin ambos pabilos encendidos, jamás hubiéramos llegado tan lejos.

No por salir con Gloria dejé de invitar a otras chicas al Ajusco —entre éstas, dos con las que había trabado una erótica amistad casi al mismo tiempo de conocerla a ella—. Una era una joven aeromoza virgen que peligrosamente empezaba a enamorarse de mí. La otra una española divorciada que visitaba México. No tengo idea cómo o a través de quién las conocí y tampoco interesa mucho recordarlo pues en el fondo, desde que la vi, sólo me importaba Gloria, aunque aún sin asumirlo. A pesar o por culpa de sus increíbles ojos verdes, a pesar de su tez clara, sus labios rojísimos y sus ubérrimos senos, yo conseguía, no sé cómo diablos, librar la batalla haciéndola sentir que no me importaba. Gloria probablemente intuía que me gustaba lo suficiente para invitarla a salir, pero entendía que nunca al punto de rendirme a sus pies o al grado de sacrificar mis otras conquistas. Incluso, cuando por fin hicimos el amor en mi casona, seguí (sin proponérmelo) con mi estrategia. Y es que, sobre todo al principio, yo no pensé jamás sacrificar a la aeromoza desvirgada y a la española divorciada por un amor exclusivo con Gloria. Comprendo que soy, hasta aquí, un conglomerado de contradicciones. Por un lado, confieso que mi alma gemebunda anhelaba un solo amor, pero, por el otro, hacía todo lo que estaba a mi alcance para no encontrar esa alma gemela. Plañía, suspiraba por esa alma, pero gozaba indescriptiblemente por no habérmela topado. Al final caí en mi inocente trampa de escolar: terminé por hallar esa media naranja que decía engañosamente añorar. Mordí mi anzuelo: me enamoré de Gloria y una tarde, tres semanas después de haber hecho el amor, le pregunté si quería ser mi novia. Diáfana y desnuda, tendida en el lecho, Gloria se giró y me dio un beso largo, humedecido. De ese modo cándido firmamos nuestra sentencia de muerte. Seis meses más tarde, estábamos comprometidos. Seis meses más tarde, Gloria tenía comprado su vestido blanco de novia y llevaba un anillo con diamante que yo le había obsequiado. Contar las peripecias de nuestro noviazgo, sus sinsabores y paroxismo, es la historia de otro libro maldito, un relato que años más tarde escribí con sangre y tuve el descaro de publicar. Una novela que mis amigos, incluida Lourdes, odian. La llaman, con razón, mi novela depresiva y aquí no la pienso volver a contar. Sólo diré lo esencial, lo atómico: diez días antes de celebrarse nuestra boda en una hermosa hacienda de Cuernavaca, rompimos (o ella rompió) nuestro precipitado compromiso. Jamás pudimos recomponer lo roto, aunque varias veces lo intentamos. Caí en una cruenta depresión. Un mes más tarde, al borde de la locura, rematé en el diván de mi actual psiquiatra, el tipo que me salvó la vida, o eso creo, y casi dos años más tarde me casé con Lourdes, mi mejor amiga.

18

Querido Jacinto,

La novela ha dado un giro vertiginoso, de locura casi. No te voy a decir una palabra, pero te prometo que cuando la tengas en las manos y llegues hasta aquí, hasta estas líneas, te quedarás, como la mujer de Lot, petrificado.

Un abrazo desde Aix,

Eugenio

19

Por supuesto, no sólo fue horroroso el rompimiento con Gloria diez días antes de la boda, sino todas aquellas desgracias que se sumaron a ésa como vagones de tren cargados de pólvora, empezando, por supuesto, con la artera traición que Jirafa, mi compañero de la primaria lasallista y su amigo, el hijo del ex presidente Miguel de la Madrid, me asestaron por la espalda cuando más necesitaba yo ese empleo en *Sacbé*, cuando más requería mostrarle a los padres de Gloria que yo era un intelectual autosuficiente y no un pobre peladillo egresado de la Facultad de Filosofía y Letras de la UNAM.

Yo había armado y publicado tres números de la revista cuando Jirafa, desde las alturas, me llamó una mañana al Ajusco para decirme que De la Madrid y él me querían invitar a comer al Covadonga, un lujoso restaurante español en Insurgentes Norte, para charlar de negocios relacionados con *Sacbé*. Yo acepté encantado. Quizá en ese momento debí acordarme que así se llamaba también la iglesia donde Casilda Beckmann me había regañado una lejana ocasión cuando intenté cogerle la mano a mitad de misa. Nada que se llamara Covadonga, pues, podía traerme noticias halagüeñas, pero lo olvidé por completo y allí estaba yo esa tarde sentado a la mesa, esperándolos con un tequilita blanco, cuando, de repente, miré entrar al comedor del restaurante a De la Madrid y a Jirafa muy bien trajeados junto con otro individuo al que yo, por supuesto, conocía de antaño: el poeta Pancho Segarra.

A Pancho lo conocía muy bien desde que me brindara su casa en Barcelona en aquel infausto viaje a España de 1990 que he contado. Un amigo mutuo, amigo de Abelardo a su vez, nos había presentado en Madrid, y él, sin conocerme apenas, me había ofrecido su departamento. Pasé cuatro o cinco días con Pancho y su mujer, en lo que fue uno de los pocos momentos gratos en mi pesarosa estancia en la Madre Patria. A mi añeja estima y gratitud, se sumaba la admiración que me producía un libro de ensayos suyo que había leído en la misma colección del SEP/CREA donde yo había publicado mi segundo poemario ayudado por Abelardo y Aline. No sólo eso: Pancho llevaba tras de sí la estela de su padre y su madre, dos extraordinarios escritores a quienes yo admiraba: Tomás Segovia e Inés Arredondo, la mejor cuentista mexicana junto con Juan Rulfo. De hecho, Cloe, la mujer de Lázaro Pagani, era la mejor amiga de Ana, hermana mayor de Pancho y biógrafa de Inés. Fue Cloe quien, a mi vuelta de España, me introdujo a la obra de su autora favorita aunque este espurio detalle literario no importa aquí y en cambio sí importa el hecho, por demás desconcertante, de ver parado a Pancho junto con los propietarios de *Sacbé* en el Covadonga. ¿Cómo los conocía? ¿A qué diablos los habría acompañado a esta comida entre los tres?

No recuerdo si fue durante los postres y el café cuando de repente mi viejo amigo de la primaria lasallista me espetó:

—Hemos pensado, Eloy, que quizá sería una buena idea incorporar a Pancho en la redacción de la revista. ¿Qué opinas?

Por increíble que parezca, no había caído aún en la cuenta de lo que se fraguaba allí; no ponderaba todavía la verdadera hondura de la proposición y la pregunta.

—Sí —añadió De la Madrid—, el nombre y la reputación de Pancho, junto con tu visión y tus contactos, levantarían *Sacbé*.

—¿Y qué es lo que proponen? —esta vez me dirigí a Jirafa; al fin y al cabo, él era mi amigo, mi contacto, la razón de que yo fuera el director.

—Bueno —se aclaró la garganta como si hubiera dado un trago a su tequila, que seguía intacto allí—, pensábamos que Pancho fuera el director de *Sacbé* a partir de ahora y tú, digamos, el jefe de redacción. En el fondo, son sólo títulos sin mayor importancia, tú lo sabes, Eloy.

—No, no lo sé —repetí azorado.

Aquí Pancho intervino, intentando mediar:

—Tú y yo haríamos la revista, Eloy. O mejor dicho: yo te ayudaría. La he visto, la he seguido, y lo que has hecho en estos primeros tres números es encomiable. De verdad. Podemos seguir haciendo la mejor revista literaria de México si nos apoyamos los dos, si sumamos nuestro esfuerzo.

—¿Y para eso se necesita que yo me convierta en jefe de redacción? —pregunté enfadado.

—Son sólo títulos, etiquetas. Si prefieres, puedes ser el nuevo subdirector de la revista. No importa.

—Al final —respondí seco—, lo que importa es que Pancho sea el director, ¿no es eso?

—Sí —dijo De la Madrid clarísimo y contundente—, tú lo has dicho, Eloy.

—Pancho tiene un nombre, una reputación entre los intelectuales —añadió mi altísimo amigo—. Tú lo sabes mejor que yo. Su padre y su madre son grandes escritores.

—Por supuesto que la tiene —respondí refiriéndome, claro, a la reputación de sus padres mientras tamborileaba los dedos sobre el mantel manchado de grasa—, pero tú me invitaste a mí y no a él cuando iniciaste este proyecto, y no lo he hecho mal, creo.

—Por supuesto que no lo has hecho mal —atajó De la Madrid—. Todo lo contrario. Sólo sentimos que una mano experta como la de Pancho podría beneficiarlos a ti y a la revista. Eso es todo. No hay que complicar las cosas.

—¿Y por qué no me lo avisaron antes? —pregunté.

—Te lo estamos avisando ahora —dijo otra vez, definitivo, el hijo del ex mandatario de México. Hay que decirlo: era más persuasivo y tajante que su padre.

—Y, por supuesto —sonrió Jirafa para suavizar el momento—, tu sueldo no va a cambiar un céntimo. Eso te lo aseguro.

—Déjame lo pienso —le contesté sabiendo de antemano que no había absolutamente nada más qué hacer: mi decisión estaba tomada, sólo que no les daría el gusto (o el disgusto) de conocerla allí. Tendrían que esperar.

—¿Qué tal un coñac? —preguntó De la Madrid para romper el hielo o cambiar el tema de conversación—. ¿O prefieren una *grappa*?

El mal trago llegó a su fin cuando, pocos días después, Pancho Segarra me llamó por primera (y última) vez en su vida. Palabras más palabras menos, me exhortó gentilmente a aceptar la degradante propuesta, me explicó que se trataba de una gran oportunidad para hacer juntos una revista chingona; dijo que ya lo era, pero que lo podía ser aún más; prometió respetar mi criterio, mis gustos literarios, etcétera; me rogó que no me dejara enceguecer por el orgullo, que él comprendía perfectamente cómo me debía sentir, que lo que Jirafa y De la Madrid habían hecho en el Covadonga sin previo aviso no había estado nada bien, pero que, a partir de ese momento podíamos hacer y deshacer a nuestro antojo; que Jirafa y De la Madrid eran básicamente —y en esto coincidía plenamente con él— un par de redomados imbéciles, unos *yuppies* incultos que poco o nada sabían de literatura y que, por eso mismo, debíamos tomar el toro por los cuernos.

Confieso que Pancho fue honrado y brillante en su arenga telefónica, confieso que casi me convence, confieso que la sola idea de quedarme sin trabajo y sin sueldo justo cuando estaba a punto de casarme con Gloria Piña era un acicate tentador, confieso que todo eso me orillaba a aceptar sus sabios (pero no dignos) consejos. Al final, sin embargo, no acepté. Mi orgullo herido pudo más que mi inteligencia. O tal vez fue mi dignidad la que pudo más que mi conveniencia. No sé. En todo caso, le dije a Pancho allí mismo (en el teléfono) que me perdonara, pero que yo ya estaba fuera de *Sacbé*, que la revista era suya y que le deseaba éxito con ese par de crápulas.

A punto de colgar, Pancho todavía me dijo:

—Eloy: si tú no aceptas, yo tampoco puedo aceptar.

—Suena a chantaje —le respondí.

—No lo es —me contestó.

—¿Entonces qué diablos es? —ahora estaba malhumorado.

—No sé lo que sea, pero si sé una cosa: no puedo quedarme con *Sacbé* sabiendo que te echaron.

—Pero no me echaron —dije enfático—. Yo me estoy yendo.

—Para mí es lo mismo.

—Pues no lo es, y te pido, te ruego, que te quedes con la revista y no me pongas en este aprieto, Pancho.

—No lo hago por ti, Eloy. Lo hago por mí. Quiero estar en paz conmigo mismo, ¿entiendes? Quiero tener la conciencia tranquila.

—Pues no te preocupes —lo absolví—. Tienes de verdad mi apoyo. Toma la dirección de *Sacbé* y seguimos tú y yo igual de amigos. Te lo prometo.

—No puedo.

—Qué lástima.

—Piénsalo…

—Me tengo que ir —dije.

Para mí no había nada más que añadir.

—Un abrazo, Eloy.

—Un abrazo para ti, Pancho.

En ese mismo año cayeron, por si lo anterior no hubiera sido suficiente, todos los cataclismos habidos y por haber sobre nuestro

México lindo y querido. Las desgracias, enfiladas y continuas, parecían vagones cargados de pólvora, en colisión.

No sólo rompí, como ya dije, con Gloria y perdí mi flamante trabajo como director de *Sacbé*, también mi pobre país comenzó a descarrilarse como un tren en llamas: estábamos hechos el uno para el otro, sí, había por fin encontrado mi media naranja.

Primero, y en orden de aparición, contemplamos en vivo y a todo color el alzamiento zapatista, poco después el asesinato de Luis Donaldo Colosio, candidato a la presidencia de la República. El momento en que la bala es descerrajada en su sien fue retransmitido una y otra vez. Era marzo y recuerdo haberlo visto en casa de Gloria con pasmosa claridad.

Segundo vagón: pocos meses después del crimen de Colosio, el tío de mi amigo Omar, José Francisco Ruiz Massieu, quien había estado casado con Adriana Salinas de Gortari, era asesinado por órdenes del hermano mayor de éste, Raúl.

Tercer vagón: el hermano de José Francisco, Mario, tío de Omar y sub-procurador general de la República, asignado a llevar a cabo las investigaciones por el propio presidente Salinas de Gortari, renuncia. Abelardo, quien era secretario particular del procurador y amigo de Mario, escuchó en vivo el hoy legendario discurso donde éste proclama ante los medios, que "los demonios andan sueltos y han triunfado". ¿Se habrá vuelto loco?, me dijo Abelardo en su oficina al día siguiente en un imperceptible murmullo, como si hubiera micrófonos ocultos. Omar, mi amigo de la infancia, me dijo lo mismo: mi tío se ha vuelto loco. Mario alegó frente a la prensa que se le había impuesto un bloqueo en la investigación del asesinato de su hermano José Francisco. Para colmo, el EZLN había recrudecido sus embestidas al gobierno federal con la intención de sabotear el polémico Tratado de Libre Comercio con Estados Unidos y Canadá.

1994 concluye con el tristemente célebre error de diciembre y con ese error la peor debacle económica de los últimos años en México, paralelamente, ya lo dije, a mi propia crisis: había perdido mi trabajo, mi sueldo, mis padres se habían divorciado, mi prometida de ojos verdes había roto nuestro compromiso diez días antes de la boda en una hacienda de Cuernavaca y yo, coronando los infortunios, padecía una severa depresión, la cual me había llevado derecho al diván de mi psiquiatra en Insurgentes Sur, justo enfrente del Parque Hundido.

En el colmo de la irrisión, ni siquiera tenía dinero para pagar las consultas, y mi padre, quien no confiaba en este tipo de terapias, tampoco quiso ayudarme. Contemplando mi peligroso estado anímico, mi psiquiatra, supongo que en un alarde de filantropía analítica, decidió fiarme las consultas confiando en que un día se las pagaría. Y fue entonces también que comencé con las malditas pastillitas que me prescribía para mi problema de disociación...

Tal y como dije, 1994 y la primera mitad del 95 fueron tiempos negros, meses del color del chapopote, el azabache y la obsidiana. Hubo semanas o días más o menos halagüeños, pero en el recuento final, esos años no lo fueron.

Querido Gilbert, aunque tu perspicaz libro me encantó, objetivamente hablando no puedo aceptar que esa fragosa época trajera nada bueno para mí salvo un mundo entero de aciduladas experiencias. Así que cuando, charlando con Pablo y Abelardo de política, me preguntan socarrones: "¿Cuándo se jodió el país?", yo les respondo: "Cuando rompí con Gloria Piña".

20

Ayer fuimos Eloy y yo al Renoir a ver la estupenda *Killer Joe*.

Por increíble que parezca, el Renoir es la única sala en todo Aix donde muestran películas en su versión original. Las demás, lo mismo que en España, son dobladas y la verdad es que Eloy y yo preferimos quedarnos en casa que pagar por ir al cine si no oímos a los personajes hablar en inglés. Terminan por ser insoportables en otra lengua. Aunque no soy aficionada a tanta degradación, *Killer Joe* fue delirante. Una mezcla explosiva de Faulkner, Cain, Giardinelli y David Lynch.

Antes de partir, cenamos con Natalia y Abraham un exquisito pato con salsa de uvas que Eloy cocinó. ¿Cómo lo hizo? No tengo idea, pero era extraordinario... Los dejamos dormidos y más tarde nos fuimos caminando por todo Centre Ville hasta el Renoir en lugar de tomar el camioncito en la parada frente a la casa.

Eloy quería disfrutar Aix de noche después de un largo día frente a la computadora. Conforme caminábamos tomados de la mano —lo que casi ya no hacemos—, me dijo emocionado que prefería Aix de noche que de día, y creo que tiene razón aunque a mí, lo confieso, me sigue encantando a la luz del sol.

El trajín, las motos, las verduleras, los atascos y los perros le hartan sobremanera. En cambio, a mí sus callecitas atestadas de turistas no me enervan. Es justo ese ruido lo que le otorga un encanto añadido a la ciudad que elegimos.

Mientras andábamos, me confesó que podría fácilmente verse viviendo en una casa solitaria en el bosque el resto de su vida y no en una ciudad como ésta. No lo podía creer. ¿Decir eso él, un bicho de ciudad? Aunque le gusta ir al mercado, siempre regresa maldiciendo, quejándose de que ha vuelto de la guerra con las comadres y vendedoras de Aix. Al igual que en México, los franceses no respetan el orden y tampoco las marchantes de los puestos. Es tal la algarabía que, al final, las vendedoras sólo venden al que grita más fuerte, al que empuja su cesto de verduras más pronto dispuesto a pagar y largarse de allí.

En una cosa Eloy tiene razón: la ciudad es más sucia de día que de noche, o al menos su desaseo resalta más a la luz del sol, y eso sí nos ha desilusionado tremendamente. Creíamos que Aix sería más limpia que Arles, donde ya vivimos, pero al final resultó mucho más sucia. A pesar de la mugre y las toneladas de basura acumulada por los restaurantes, ya entrada la noche, hacia las siete u ocho, las pintorescas calles parecen recién lavadas, casi pulidas; la luz de las farolas ilumina tibiamente sus esquinas y la inmundicia de los perros desaparece o no se ve; los camiones se han llevado la basura de los *bistrós* y los hombres de los tanques de agua a presión han limpiado el adoquinado, que reluce. De noche, dice Eloy, Aix es como una anciana tranquila, una actriz que alguna vez fuera muy bella, y al decirlo o como lo decía casi me convence. Con sus farolas de hierro alineadas, sus fuentes talladas en cada rincón y placita, sus vertederos con grifos de mármol, sus casas de piedra y sus fachadas con visillos de madera pintada tapeando las ventanas simétricas, el imponente Hôtel de Ville y sus boutiques caras, sus olorosas *boulangeries* y florerías, sus *epiceries* y *fromageries* desparramados por doquier, sus *pubs* y restaurantes con todas las posibles cocinas que uno se pueda imaginar, la ciudad deslumbra la primera vez que la ves. Después, conforme pasan las semanas y los meses, su belleza de actriz *demodé* se agosta, o mejor: revela sus años, sus averías, sus moretes y fatiga. Al final se trata de una ciudad medieval y romana...

Han pasado dos meses y medio desde que llegamos y Eloy no ha parado de escribir, no suelta la novela un solo día —como si se le fuera la vida en ello—. No lo reconozco casi. Parece una adicción. Hace un año se quejaba de su esterilidad, y ahora, en cambio, no para casi nunca. Si sale del cuarto a estirarse, cinco minutos más tarde vuelve a la habitación y se pone a escribir de nuevo. Si se cansa, sale de la recámara, cumple alguna faena, me ayuda a tender la ropa o a aspirar los tapetes, y de inmediato regresa a escribir. Yo ya me acostumbré. A todo, dicen, se acostumbra una. Y la verdad ya no me duele que fabule sus cosas como me dolía cuando recién llegamos; ya no me lastima lo que dice... y no me duele porque no lo he vuelto a leer, porque no quiero torturarme repitiendo la horrible experiencia. Mejor así, me digo. A veces, claro, fantaseo, imagino qué diablos estará inventándose; a veces barrunto si acaso fabrica nuevos dramas o si se estará ateniendo a la realidad. Comprendo que el suyo no es un diario. Comprendo que es una novela y como tal, puede hacer y deshacer cuanto le plazca, puede armar o destruir a su antojo, incluso a sus personajes. Pero eso no quiere decir que yo deseé enterarme de su mundo, saber lo que se inventa. Mejor así... Las cosas, finalmente, se han calmado, se normalizan cada día más...

No puedo creer que haya sido yo esa mujer en que me convertí hace unas semanas y menos que hayamos pasado lo que padecimos nomás llegar a Aix. Que vergüenza. Toda la rabia, toda la destrucción, todo el infierno... y Natalia y Abraham como testigos. Dios... ¿En qué mierda estábamos pensando? ¿Qué virus contrajimos? En un abrir y cerrar de ojos (en un mes escaso) estamos, otra vez, tomados de la mano, conversando sin pelear, incluso haciendo el amor como si nada malo hubiera sucedido.

Ayer, por ejemplo, a la vuelta de *Killer Joe*, aunque un poco cansados por el paseo nocturno, hicimos el amor. Era medianoche. Natalia y Abraham seguían dormidos. Nos cepillamos los dientes, nos dispusimos a dormir y al final, un minuto antes de apagar la lamparita del buró, sin que él o yo lo incitáramos, comenzamos a besarnos y, por supuesto, terminamos por hacer el amor como hicimos las dos semanas de mayo que pasamos en Argentina antes de venir aquí. Todo ha cambiado entre los dos en estos días. Incluso Aix me parece más bonita y, claro, ya no me arrepiento de estar aquí, ya no me quejo de haber dejado Carlton por un año, de abandonar mi carrera en el College. Somos, como dice Eloy, afortunados.

21

Ayer fuimos Eugenio y yo al Renoir a ver la estupenda *Paper Boy.* Conseguimos una *au pair* y nos largamos al cine y a cenar como no habíamos hecho desde que llegamos. Después de la película, todavía estupefactos por tanta degradación, hallamos —escondido en una callecita por la que no habíamos pasado— un pequeño restaurante: tenía sólo seis mesas y cinco estaban ocupadas. Aunque caro, valió la pena al final: los dos pedimos lo mismo, un exquisito pato con salsa de uvas, la especialidad de la casa, y una botella de Bordeaux. ¿Cómo prepararon ese pato? No lo sé. Era de veras increíble. Le dije a Eugenio que debía intentar hacerlo alguna vez para los Millerton, y cariñoso, me cogió la mano y prometió intentarlo. A Luna también le encantaría. Se ha aficionado al pato, cosa que en Carlton jamás había visto ni probado.

A la vuelta, justo al cruzar el Hôtel de Ville y la placita del mercado (a esas horas, por supuesto, vacía), Eugenio me confesó que le encantaría vivir en Éguilles, es decir, en la campiña boscosa, donde han comprado su casa nuestros amigos ingleses. Yo no lo podía creer. ¿Vivir en el campo, él, un bicho de ciudad? ¿Estaba bromeando? En veinte años jamás me lo había insinuado, nunca me lo ha hecho sentir. Eran las once y seguimos caminando por un rato sin decir palabra. Estábamos contentos. El clima era espléndido. Con un suéter bastaba para pasear sin enfriarse. La luz de las farolas iluminaba tibiamente cada esquina y la mierda de los perros se había esfumado como por encanto; los botes de basura de los *bistrós* se los habían llevado y los hombres de los tanques de agua habían dejado impoluto el adoquinado. Es maravilloso poder estar aquí, en Aix. Un privilegio...

—¿Sabes, Gloria? —me dijo de repente—. De noche, Aix se parece a Greta Garbo.

—A sus ochenta años —me reí.

Con sus farolas de hierro, sus fuentes talladas y sus placitas arboladas, sus vertederos de mármol, sus casas de piedra y sus fachadas con visillos de madera pintada, sus boutiques de lujo, sus olorosas *boulangeries* y florerías, sus *epiceries* y *fromageries* desparramados por doquier, sus *pubs* y restaurantes con todas las posibles cocinas que se pueda uno imaginar, Aix deslumbra la primera vez que te la topas, la primera vez que la ves en pantalla gigante. Después, conforme pasan las semanas y los meses, su belleza se revela un poquitín ajada: es fácil descubrir su deterioro, sus moretes y fatiga.

Casi al llegar a casa, cuando le pregunté si le había gustado la película, me dijo que le recordaba muchísimo a otra…

—¿La he visto? —lo abracé.

—Creo que no —me dijo—. Se llama *Killer Joe*. Es tan siniestra como *Paper Boy*. Una mezcla de Cain, Faulkner, Giardinelli y David Lynch.

22

En el verano de 1995 tres eventos me salvaron la vida aparte de las pastillitas: primero, el Departamento de Español y Portugués de la Universidad de California, Los Ángeles, me aceptó en su programa de doctorado con una beca para hacer mis estudios y vivir modestamente los cuatro años que residiría allí; segundo, Lázaro Pagani, nuevo director de la editorial Planeta tras su despido de la *Revista de la Universidad de México*, aceptó publicar en bloque (para la primavera del 96) las nuevas cuatro novelas de mis amigos y la mía; tercero: le dije a Lourdes que la quería, que siempre la había amado y que, a pesar de haber estado a punto de casarme con Gloria, era a ella, mi amiga, a quien debía haber elegido —si, al menos, claro, me hubiera hecho caso desde un comienzo.

Asustada, incrédula, Lourdes no sabía si sentirse dichosa o degradada. No me respondió nada concreto esa velada en el restaurante San Ángel Inn adonde la había invitado para noquearla con la proposición. Tampoco yo necesitaba una respuesta esa noche. Si habíamos sido amigos tantos años, ¿qué prisa podíamos tener? Obviamente, Lourdes necesitaba tiempo para procesar la súbita propuesta, para más o menos digerir la oferta que le había hecho entre copas de Bordeaux, besos y caricias en la mano. Pero ¿cómo podría casarse con su mejor amigo? ¿Cómo podría enlazarse para toda la vida con alguien que ni siquiera había sido su novio, con un tipo con quien nunca había hecho el amor? ¿Me conocía de veras? ¿Nos conocíamos en realidad? ¿Y eso acaso importaba? ¿Me amaba o simplemente le gustaba? ¿Era su amigo o podía convertirme en su esposo? Esas preguntas se las hizo; tuvo que habérselas hecho cantidad de veces, mas no yo, quien, a esas alturas, ya sabía lo que quería: a Lourdes y no a Gloria Piña.

Me marchaba a Los Ángeles en pocos días, aliviado, menos triste y levemente más seguro en mi elección; abandonaba un México hundido; abandonaba la solitaria casona del Ajusco y comenzaba una nueva vida en Estados Unidos. Si soltero o si casado, no lo sabía aún. Había cumplido. Le había dicho a Lourdes lo que tenía que decirle: que deseaba estar a su lado y que a partir de ese momento (era julio o agosto de 1995), la decisión estaba en sus manos.

23

Querida Gloria,

Sé cómo debes sentirte. Comprendo que estés alarmada con la lectura del libro de Eugenio. No puedo siquiera imaginar de qué trata ni qué cosas y eventos modifica que tú no conozcas de sobra. Imagino que, como Jacinto, Eugenio transforma la realidad y que a veces la traiciona pérfidamente. Una, lo sé por experiencia, se siente herida también. Me ha pasado muchas veces, amiga. Cuando leo sus novelas y aparecen sus protagonistas femeninas, empiezo infaliblemente a tratar de adivinar quién diablos pudo ser una o la otra, si una amiga suya o si una amante, si una antigua novia o si de plano soy yo, pero con otro nombre. Me pasa como a ti: las mismas dudas, la misma angustia, la incertidumbre... Pero ¿qué se le va a hacer? Nosotras elegimos casarnos con escritores y supongo que alguno debía ser el precio. Mira: mientras que la ficción no contamine su realidad, la de ustedes dos y la de Luna, no creo que debas preocuparte más de la cuenta. En serio. Eugenio podrá inventar todas las locuras que se le ocurran, podrá modificar su vida conyugal a su antojo, tomar o desechar cuanto desee de la realidad, del pasado y su presente, pero, insisto, mientras que ese mundo ficcional no trasmine al que tú y tu hijita están viviendo en Aix, no veo por qué debas preocuparte.

Si, como dices, lo siguieras notando huraño o deprimido como estaba en Carlton el año pasado (cuando no podía escribir), si lo vieras errático y atormentándose de nuevo, entonces sería otra cuestión. Pero, por lo que me cuentas, ese periodo ha quedado atrás. Ha pasado más de un año desde el suicidio de su prima; ahora ustedes tres están bien, con salud, felices, disfrutando Francia y, sobre todo, Luna está contenta. Déjalo, pues, que se invente dos hijos, déjalo que se fabrique otra mujer, déjalo que sueñe otra vida que no tiene. Imagino que no es nada sencillo; no te culpo. Comprendo que es más fácil decirlo que llevarlo a cabo. Sobre todo debe ser doloroso que siga pensando en su amiga de antaño. Eso es lo más cruel, que ponga su nombre en su novela y que tú, para colmo, la hayas leído sin saberlo él; eso sí debe ser una pesadilla, pero, recuérdalo: es ficción, una fantasía inocua y nada más. Eugenio no se casó con ella, con Lourdes, su amiga bailarina. Se casó contigo, amiga, y eso es lo único que cuenta.

Te confieso que Jacinto y yo hemos conversado sobre ustedes (al fin y al cabo son nuestros mejores amigos) y él me ha prometido que hablará con Eugenio en San Juan durante el Festival. No te preocupes: le he pedido, por supuesto, que no le diga nada sobre tu correo, sobre tus miedos. Eugenio jamás sabrá, te lo aseguro, que lo has leído a escondidas, pero ya no lo hagas si te desmoraliza, si no puedes digerir esa historia que imagina al lado de la otra como si la tuviese allí, a su lado.

Sácale provecho a este año. Te lo mereces. Toma el sabático de Eugenio como unas vacaciones para ti. Mejora tu francés que ya lo hablas endemoniadamente bien y acércate a tu marido lo más que puedas. Tal vez consigas sondear un poco más qué pasa en su alma, por qué se ha puesto a escribir un libro sobre la mujer con quien nunca se casó.

Te mando un abrazo desde Princeton y no dejes de escribirme diciéndome qué pasa,

Roxana

24

En el verano de 1995, antes de partir a Los Ángeles, los cinco integrantes del *Clash* nos reunimos para definir el nombre del grupo. Confieso que no sabía si dejar el mote tal y como se le conoce o inventarme otro con un propósito más o menos novelesco. Pensé hablar de la Generación sin Contienda o la Generación de Fin de Siglo —pero no, no éramos una generación: fuimos un grupo de amigos solamente—. Pensé hablar de "los milenaristas", un apelativo que, de hecho, Pablo propuso una ocasión, pero este adjetivo nunca me sedujo.

Ahora que lo digo, recapacito: ésta no es una novela aunque me la pase aduciendo lo contrario. Debo dejar entonces el nombre, debo contar la historia del grupo y su *Manifiesto*. Si hasta aquí he sido fiel a mi recuerdo, ¿por qué voy a detenerme en este recodo? He aquí, pues, la historia del *Clash* tal y como la viví, y esta historia más o menos empieza el día en que, sin cabal noción del despropósito, le propuse a Pagani lanzar nuestras novelas de manera conjunta. Era descabellado, sí, pero ninguno de nosotros lo sabíamos. De hecho, tres editores me habían dicho antes que no sin tomarse la molestia de abrir la tapa de los manuscritos para ver los títulos. Uno de ellos me atajó: "No publico en paquete, Eloy".

Tal parece, la idea de publicar de manera conjunta era absurda y desproporcionada hasta que se la propuse a Pagani semanas más tarde. Yo había decidido no hacerlo, es decir, no proponerle nada hasta agotar las demás posibilidades. Los cinco nos habíamos reunido en casa de Javier y allí habíamos dicho que Lázaro sería nuestra última opción. Si tampoco Pagani las quería, cada quien buscaría su propia editorial por su cuenta y riesgo.

Poco después hice una cita con Lázaro en Planeta; le llevé los libros (que pesaban una tonelada) y le propuse la misma desmesura que a los anteriores: publicar los cinco al lado de un solo *Manifiesto*, el cual escribiríamos a cinco partes iguales. Nuestra idea, le dije, era leerlo la misma noche de la presentación.

Cauteloso, Pagani aceptó leer los libros primero, lo que, por supuesto, le llevó mucho tiempo. Para cuando finalmente hubo tomado la decisión de publicarlos, Planeta lo había echado de su puesto. Otra vez no teníamos editorial, aunque al menos en esta ocasión teníamos un potencial editor interesado.

Para nuestra buena estrella, a los tres meses de su despido, Nueva Imagen (la editorial de Cortázar en México) le ofreció a Pagani el mismo puesto que tenía en Planeta y así, de la noche a la mañana, mi amigo se convirtió en nuestro arriesgado editor. Redactamos una versión final del *Manifiesto* en un par de sesiones clandestinas, cincelamos cada una de sus cinco partes y al final lo leímos (con ingente concurrencia) el verano de 1996 en el auditorio de San Ángel, enfrente de la Plaza San Jacinto. No obstante, para que ese fausto (o infausto) evento acontezca falta que transcurra un año, falta que escriba una pequeña novela erótica y falta asimismo que Javier y Amancio sean aceptados en el doctorado de Filología Hispánica de la Universidad de Salamanca. De hecho, no sé si fue en el verano del 95 o del 96 que los dos partieron de México. Sé, por ejemplo, que Pablo y Abelardo permanecieron en México y que los dos siguieron, de manera paralela, sus dos grandes pasiones: la política y la literatura. Sé que Palacios no dejó nunca de enseñar Ciencias Sociales en la Universidad Simón Bolívar al tiempo que aceptaba el cargo de secretario de Cultura de su estado, y que Abelardo Sanavria, por su lado, fungió, primero, como director general de Prevención del Delito y, más tarde, como director general de Comunicación Social de la Suprema Corte de Justicia, empleos que en el fondo le gustaban más que la literatura. Nada de esto sin embargo me interesaba a mí. La política y el poder (que suelen achicharrar a quien los toca) no me atraían, jamás me sedujeron. México estaba hundiéndose desde el 94 (si no es que antes) y para mí sólo cabían dos posibilidades, irme a España o a Estados Unidos.

Varias veces, años atrás, Javier, Amancio y yo habíamos conversado largo y tendido sobre cuál sería el lugar idóneo para largarse como escritor si un día teníamos que hacerlo. Claro: cuando lo hablábamos en el Sanborns de la Carreta, jamás imaginamos que ese día llegaría *de facto*, no obstante, como todo en la vida, ese momento llegó, y al final no tuvimos otra alternativa que elegir un sitio. Yo, por supuesto, no iba a volver al país que en 1990 me había tratado deplorablemente. Había aprendido mi lección y, tal y como me había dicho el embajador, yo ya sabía que en España no querían a los sudacas. ¿Por qué volver al mismo país adonde no había sido bien recibido la primera vez? Amancio y Javier no habían sin embargo vivido la misma amarga experiencia que yo; por eso, supongo, eligieron España y ni siquiera, que yo recuerde, solicitaron una beca a las universidades norteamericanas. Yo, como ya conté, había sido aceptado en UCLA gracias, en parte, a una generosa carta de recomendación que la novelista Rosa Beltrán, egresada de esa misma universidad, me había escrito. A Rosa la conocí cuando Lázaro me dio a leer su primera novela. La leí admirado y la dictaminé favorablemente. Cuando ella lo supo, me lo agradeció toda la vida. A partir de ese momento nos hicimos amigos.

Antes hablé de una breve novela erótica (o mi novelita porno) que terminé justo antes de declararle mi amor a Lourdes en el restaurante San Ángel Inn. Básicamente contaba la historia de un triángulo amoroso del que había sido partícipe —y saltimbanqui— sin sospecharlo hasta que, como suele pasar en estos sainetes, un día sin querer me enteré del papel que venía desempeñando a ciegas. Parece broma, pero no lo descubrí (o no quise enterarme) sino hasta el final, hasta la última página del triángulo, y eso justo me puse a contar con hilarante acidez por espacio de cuatro meses. Necesitaba burlarme de mí mismo, defenestrar mi ceguera amorosa en un divertimento erótico y desternillante. Y eso hice feliz y hasta aliviado. Añadiré que ese relato fue lo último que le dejé a Javier antes de marcharme. Deseaba, como siempre, saber su opinión: era mi primer testigo. Entonces sí, maletas hechas, cuenta de banco cerrada, pertenencias vendidas, me fui de mi país. Nunca imaginé que el exilio autoimpuesto duraría hasta el día de hoy, diecisiete años más tarde. En mi cabeza, ese periplo iba a durar el mismo lapso que durase mi doctorado, pero obviamente no fue así. Mi madre, divorciada y de vuelta en la Ciudad de México, me agasajó con una fiesta de despedida. Esa noche preparó mi platillo favorito como sólo ella lo sabe cocinar: mole poblano con frijoles de olla y arroz rojo con chícharos y cuadritos de zanahoria. Mis hermanas y primos, Omar Massieu, Aldo Pérez, Ismael Sánchez, Cloe y Lázaro Pagani, así como mis cuatro compañeros del *Clash* y sus mujeres vinieron al convite.

Lourdes estuvo esa tarde conmigo. Nos despedimos con un beso.

25

Querida Roxana,

Como siempre, gracias por tu correo y tus consejos.

Creo que tienes razón: había un precio que pagar por habernos casado con escritores y lo hemos hecho con creces sintiéndonos traicionadas con cada maldito libro que publican. Sin embargo, y para serte franca, la diferencia entre nosotras es que Jacinto y tú llevan poco tiempo de casados y para mí son veinte años de padecer la ambigüedad de vivir a caballo entre la ficción y la realidad. Con Eugenio, lo sabes de sobra, la línea que divide un mundo y el otro es siempre tenue... y eso, quieras o no, complica las cosas, las desdibuja.

En una cosa te sobra razón: no debo hurgar más en esa línea de sombra, no debo inmiscuirme en ese mundo. Mejor dejarlo escribir a sus anchas, dejarlo exacerbar sus fantasías, y, como dices, incluso sea más sensato sentarme a hablar con él, sondear dentro de su alma, descubrir por qué se ha puesto a fabricar una novela al lado de Lourdes, la imbécil que quiso arrebatármelo. Este sábado que viene me caerá como anillo al dedo para intentarlo... Luna estará fuera con unos amigos ingleses que tienen dos niñas pequeñas, dos negritas hermosas que adoptaron en Estados Unidos. Tenemos la mañana y la tarde para nosotros. Aparte, aquí en Aix se avecina un temporal del demonio y no tenemos otro plan más que encerrarnos a mirar películas.

Me tengo que ir, pero prometo escribirte con más calma. Ya te contaré qué pasa si hablo con Eugenio.

Abrazos a tus hijos y a Jacinto,

Gloria

26

Llegué a Los Ángeles en agosto de 1995, semanas antes de empezar el primer trimestre de la maestría que se convertiría, cuatro años más tarde, en doctorado. Inmediatamente después de alojarme con tres sinaloenses que había conocido a través de Aldo Pérez, fui al Departamento de Español y Portugués para presentarme y anunciar mi llegada. No había un alma en todo el campus: pura desolación en la pradera inmaculadamente podada. Los profesores seguían de vacaciones. Estaba allí, sola en la oficina del Departamento, ocupada como siempre la vería a partir de esa mañana, Hilda, la secretaria, una amable chilena sin años. Me saludó, conversamos un rato sobre cualquier cosa y al final me pidió mis papeles para empezar a tramitarlos con la administración y tener todo a tiempo antes del inicio de cursos. Yo los llevaba conmigo, por supuesto, y se los entregué.

Hilda los revisó detenidamente, uno a uno, y de pronto, alzando las cejas, me preguntó como si acaso no lo supiera:

—¿De dónde eres, Eloy?

—¿Cómo de dónde? Mexicano —le contesté sorprendido: ella debía saberlo desde que me aceptaron en el Departamento, desde que me otorgaron la beca. Acababa asimismo de contarle algunas peripecias de mi viaje, anécdotas sobre el piso que apenas empezaba a alquilar, vaya: que hasta mi acento lo denotaba, ¿qué otra cosa podía ser sino mexicano?

—Aquí dice que naciste en Manhattan —señaló mi pasaporte mexicano y mi acta de nacimiento mexicana.

—Ah, ya caigo: pero eso no importa —respondí en el acto—. Soy mexicano. Nací en Nueva York por accidente...

—Como todos en la vida, ¿no? —se rió—. ¿Cómo entraste a Estados Unidos?

—Como turista.

—¿Y por qué?

—Tienes razón —dije cogido en falta—. Debía haber sacado esa forma para estudiantes extranjeros...

—No, no —me interrumpió—. No me refiero a eso... Digo que por qué no entraste como americano si eres americano. Naciste en Estados Unidos.

—No lo había pensado.

—¿Por qué complicarse la vida? —me dijo pragmática y sucinta... y así, de la noche a la mañana, como si de un cambio de muda se tratara, cambió mi destino o buena parte de él... La otra parte, la que no me correspondía (estrictamente hablando, pero que afectó toda mi vida) ocurrió, si no me equivoco, una mañana soleada en que mis padres se conocieron en las hermosas playas de Acapulco. Era 1966 y hacía mucho calor. No sé qué mes ni qué día y nunca lo he preguntado (enterarme me haría ochomesino). Sólo más tarde supe que mi madre había tenido un novio de cinco años antes de conocer a mi padre y que cuando lo conoció acababa de romper con ese novio, o mejor dicho: el tipo la había dejado por otra chica askenazí más rica que ella. Supe que mi padre tuvo, entre otras, una célebre novia actriz, Claudia Islas, quien entonces todavía no rodaba *Los años verdes*, su primera película, de 1967, año en que nací oyendo al Sargento Pimienta en la consola del vecino. Supe que mi madre divisó a mi padre nadando en el mar junto con sus dos mejores amigos y que primero creyó que mi padre era italiano (era muy guapo). Se enamoró de mi padre o creyó de veras estarlo cuando el guapo le pidió la mano tres meses después de haberlo conocido. No deja de sorprender, visto a la distancia, el parangón entre la expedita forma en que ellos se casaron y la rapidez con que Lourdes y yo contrajimos matrimonio. Nosotros apenas fuimos novios; mis padres lo fueron tres meses. La diferencia es que yo conocía a Lourdes de marras, Lourdes era mi amiga, y mi padre, en cambio, ni siquiera sabía el verdadero nombre de mi madre. Ella no se lo dijo cuando se conocieron; ella siguió mintiéndole hasta poco antes de quedar embarazada de mí. Pero ¿por qué no decirle su nombre al joven de 26 años que, según ella creía, era italiano? ¿Qué había de malo en contárselo? Para mí, que ya lo sé, no había nada que esconder. Para ella evidentemente sí... y lo temía con toda su alma: mi madre era judía y el guapo de la playa no lo era. Otra vez, visto en lontananza, me parece exagerado, incluso irrisorio. ¿A quién le importa qué profesan tus padres (mis abuelos) si tú no crees en Dios y mis padres, los dos a su manera, no creían y no les interesaba ninguna religión?

Tanto era así, que al final se casaron. Tal vez, si lo pienso, en esa mentira de mi madre se hallaba enquistado un hábito que, con los años, empeoraría: mentir por el goce de engañar al otro aunque no haya beneficio en ello. Un prurito por demostrar su sagacidad, una intrínseca necesidad por salirse con la suya como si los otros quisieran hacerle daño todo el tiempo. Según mi padre, se trata de un rasgo semita originado por tantos siglos de persecuciones y por la obvia necesidad de sobrevivencia. Sea como fuere, se trata de una peculiaridad harto enojosa, pero así era y así, sabiéndolo, mi padre le pidió casarse con él. Debía estar, supongo, muy enamorado de la hermosa judía mentirosa. Entre la bellísima Claudia Islas y otras novias que tuvo, eligió a la joven shajata que le había ocultado su verdadero nombre. Pero ¿por qué?, insisto. No he hallado otra respuesta al enigma, salvo la que yo mismo deduzco: un bebé venía en camino. Sin embargo, y para ser precisos, no era ésa la primera vez que un bebé venía en camino —y esto, infiero, ciertamente debió coadyuvar en su compleja decisión—. He aquí, pues, el *quid*, el cogollo del enigma que mi madre nunca descifró. Sólo treinta años más tarde ella y yo descubriríamos que mi padre había dejado encinta a otra mujer. Esto, no obstante, había pasado tres años antes del 66 y no lo supo nadie sino tres siglos más tarde. ¿Se habría sentido culpable? ¿Por eso se casó con la joven judía o estaba realmente enamorado o ambas cosas son verdad y no son necesariamente irreconciliables? Como sea que fuere, algo más ocurrió durante ese corto noviazgo que afectaría, no tanto su propia vida, como la mía: mi padre recibió una primera oferta de trabajo en Nueva York que no podía rechazar. Mi abuelo había movilizado sus contactos en Estados Unidos y por ello su hijo tenía ahora lo que de sobra merecía: el comienzo de un destino brillante como arquitecto recién egresado de la UNAM. Sin embargo, cuando mis abuelos paternos se enteraron de que mi padre tenía una novia formal, montaron en cólera tanto o más como lo hicieron los padres de mi madre. Todo empeoró cuando ambas partes descubrieron la verdadera religión (o herejía) de la otra parte. Mi abuelo materno abjuró de su hija y se rasgó la camisa en señal de duelo. Mi abuelo paterno le exigió a mi padre romper con la chica: su hijo había destrozado el cristiano corazón de su madre, mi abuela, y de paso, el suyo. Por supuesto, ya era tarde para esa comedia: no sólo estaban prendados uno del otro, sino que algo mucho peor venía en camino que ninguno de mis abuelos conocía. Al final, mi madre vendió su única propiedad, un coche último modelo, y donó el dinero a la causa conyugal. Se marchó de México, lo mismo que mi padre, sin bendición materna ni paterna, pero encinta y más o menos contenta. A los no sé cuántos meses de instalarse en Queens nací yo por azar, por accidente, como dijo Hilda. Era marzo de 1967 y dormía en una caja de zapatos bien acondicionada pues, lo que se dice holgura económica, no la había. Ningún abuelo quiso aportar a mi pobre causa (léase: una cuna decente) y ni siquiera mostraron interés en conocerme.

Por supuesto, yo no iba a contarle a Hilda, la chilena, este peregrinaje y sus vicisitudes. La secretaria del Departamento de Español y Portugués estaba, como siempre, ocupada con los papeles de matriculación de un buen par de docenas de estudiantes extranjeros que llegaban, lo mismo que yo, a estudiar su doctorado en Lingüística y Literatura: brasileños, venezolanos, colombianos, argentinos, uruguayos, hondureños, españoles, portugueses. De mí, por fortuna, no tenía por qué preocuparse un minuto más. Eloy era, a partir de que solicité mi pasaporte tres días más tarde, un ciudadano americano hecho y derecho y con ello quedaban liquidados engorrosos trámites burocráticos universitarios.

Con su pragmatismo, Hilda había enderezado mi entuerto destino, aquel que una vez había sido enderezado cuando recibí, a los dieciocho, una carta oficial de la Secretaría de Relaciones Exteriores pidiendo mi renuncia a la ciudadanía americana. Sin saberlo, hasta esa edad había sido legalmente estadounidense y no había tenido la menor idea. Sin embargo, ya no podía serlo más, según resumía la carta con letras en negrita. Tenía la malograda edad para elegir, diría Sartre. O me decantaba por México con sus infinitas taras heredadas de la Colonia, su corrupción y desorden, su centralismo e inequidad congénita, o elegía Estados Unidos con su orden y limpieza, su equidad y planeación, su democracia y su poderío económico. ¿Qué hacer?

Mi padre llamó e hizo una cita para zanjar el asunto en la Secretaría de Relaciones Exteriores; fuimos los dos. Allí un burócrata de bigotes bien trajeado nos hizo pasar a su oficina, nos sentó y me dijo en el acto, sin perder mucho tiempo en inútiles protocolos:

—¿Comprendes que debes renunciar a una de tus dos ciudadanías? Has cumplido los dieciocho. Aunque Estados Unidos permite tener dos, México sólo te permite tener una.

—¿Por qué? —dije.

—No lo sé. Así es la ley —y viendo a las claras que yo no sabía qué hacer, me preguntó de repente—: ¿Te gusta el futbol?

—Me encanta.

—¿A quién le vas?

—Al Cruz Azul —desde que los cementeros fueran tricampeones, eran y han sido mi equipo favorito.

—Y cuando juega México contra otro país, ¿a quién le vas?

—A México —le respondí.

—Y cuándo juega Estados Unidos contra México, ¿a quién le vas?

—A México —repetí sin titubear.

—¿Ya ves? Lo tienes claro en tu corazón: eres mexicano, te sientes mexicano y vives en México —acto seguido, volviéndose hacia mi padre, prosiguió con su demostración—: Si ustedes piensan continuar viviendo en México, le sugiero que su hijo renuncie a la ciudadanía americana. De lo contrario, va a ser un extranjero en su propio país. A la larga esto va a ocasionarle problemas y complicaciones legales. Eso es lo único que le puedo decir. Piénselo y decídanlo pronto.

Así fue que a los dieciocho un lógico razonamiento futbolístico enderezó mi entuerto destino y mi diáspora; no obstante, Hilda, la chilena, los reenderezaría en un abrir y cerrar de ojos a mis 28, una década más tarde. Desde 1995 tengo dos pasaportes y dos ciudadanías, pero ¿qué diablos soy, quién soy o qué me siento a fin de cuentas?

27

Ayer sábado vimos *Mildred Pierce*. No paró de llover todo el día desde que amaneció. Eloy, cansado de escribir, se lanzó —paraguas en mano y bajó la torrencial lluvia— a alquilar la película y volvió, por supuesto, ensopado.

La película dura cinco horas y la verdad a ninguno de los dos nos gustó. Tuvimos que verla en tres sesiones, claro, pero no teníamos tampoco nada mejor que hacer. Lo rescatable es, como era previsible, la actuación de Kate Winslet, no obstante, la historia resulta maniquea: la hija de Mildred es demasiado mala, y en cambio ella, la heroína, es demasiado buena. Aunque Eloy decía que le gustaba el dilema que propone Cain (la elección entre la ruina de uno mismo y el amor a tu propia hija), esta nueva *Mildred* fracasa porque una película debería funcionar como un relato corto y éste, a fin de cuentas, no lo era…

—En el cuento todo tiene su razón de ser aunque no se vea a primera vista. Cuando se adapta, en cambio, una novela, el resultado sólo es bueno si se hace una criba… Si se mete cada diálogo del libro dentro de la película, el resultado es catastrófico. Ya lo ves… —farfulló dando vueltas con su vasito de whisky en la mano—: Cuando Faulkner adaptó *Mildred Pierce* para la versión con Joan Crawford hace setenta años, tuvo que discriminar, seleccionar materiales. Faulkner comprendía la diferencia entre un cuento y una novela… La segunda abarca todo lo que puede; todo lo que sobra, nunca sobra. Las digresiones no lo son, al contrario: transmiten el insensible paso del tiempo, tal y como ocurre en la vida. Un cuento, en cambio, se lee de una sentada, como se mira una película; ambos son, por supuesto, un puro acto de artificio que poco o nada tiene que ver con la realidad. Una novela no discrimina, sólo engulle y acapara. Cribar una novela sería como quitarle capítulos a *À la recherche…* Dejaría de ser el relato de una vida. Aborrezco a los críticos que, sin saber de lo que hablan, sueltan tonterías como: "Fulanito debería haberle quitado cien páginas a su novela", o bien: "La novela de Sutanito hubiera mejorado quitándole diez capítulos". No entienden que son justo esos capítulos los que hacen que una novela se parezca a la vida. Si no les gusta, que se pongan a leer cuentos…

Eloy se sirvió otro whisky y me trajo uno a mí con unos cuantos hielos. Chocamos los vasitos y bebimos: paladeamos, felices, el Chivas Regal que los Miller nos acababan de obsequiar. Afuera seguía lloviendo: las calles de Aix estarían purificándose de las inmundicias. Ésa había sido nuestra principal queja en Arles hace seis años: la mierda de los perros, la indolencia francesa. Y ésa era otra vez nuestra desilusión aquí, seis años más tarde. Francia no había cambiado: la temible *crotte de chien* no parece importunarles. Había que esperar días lluviosos como éste para ver las plazas, las callejuelas y el Cour Mirabeu reluciente.

De pronto, sin dejar de mirar a través de la ventana, Eloy me preguntó:

—Cuando me fui a Los Ángeles en el 95, ¿qué pensabas?

—¿De qué hablas? —me giré con mi vasito; casi adiviné a qué se refería, por eso le contesté tranquila, ensayando una sonrisa—. ¿Quieres munición para tu libro? ¿Es eso?

—En absoluto.

Supuse que alguna escena en *Mildred Pierce* le había suscitado ese recuerdo; así que sólo añadí, divertida:

—Usa tu imaginación; no me uses para tu novela…

—No es para mi novela —mintió—. Sólo quería saber qué pensaste cuando, antes de irme, te dije en el San Ángel Inn que quería casarme contigo, ¿recuerdas? Siempre me lo he preguntado.

—Si de veras quieres saberlo, te lo digo sin que te ofendas: te tomé a loco.

Guardé silencio y justo oímos un trueno en el cielo encapotado. Pasada la estridencia, Eloy dijo:

—Pero si hubiera sido así, si me hubieras tomado a loco, ¿entonces por qué me fuiste a visitar a Los Ángeles ocho meses más tarde? No tiene mucho sentido.

—Para divertirme, porque me gustabas, porque quería conocer Los Ángeles. No debes darle muchas vueltas. Es más sencillo de lo que parece.

—¿Sólo por eso? —me interrogó—. Tú sabías que yo quería casarme contigo, y a sabiendas, fuiste a visitarme. Era peligroso, arriesgado… ¿no crees?

—¿Tú piensas que fui a Los Ángeles para casarme contigo?

—Inconscientemente, sí. Al menos debiste preguntártelo. Tuviste ocho largos meses para meditar mi absurda e incongruente proposición. Era una posibilidad... Yo te había dicho en el San Ángel Inn que me quería casar contigo a pesar de que nunca habíamos sido novios. Fui claro.

—Yo quería salirme de mi casa, lo sabes.

—¿Te casaste conmigo para salirte de tu casa? —fingió hacerse el ofendido.

—No dije eso —aclaré—. Yo hubiera vivido contigo si me hubiera atrevido, pero era una jovencita imbécil chapada a la antigua. Le temía a la reacción de mis padres. Mi educación me lo impidió. Y eso no le va a pasar a Natalia, te lo aseguro. Ella va a vivir con sus novios antes de casarse con cualquiera, para que no le suceda lo mismo que a mí.

—¿Y qué te sucedió a ti?

—Que me casé joven y cometí un error.

—¿Cometiste un error casándote conmigo?

—Cometí un error casándome joven. No cambies mis palabras.

—Si hubiera sido un error, ya te habrías divorciado —infirió Eloy con su vaso de whisky en la mano. Sonreía. Se veía que disfrutaba la ocasión, que gozaba acorralándome.

—Mi error fue precipitarme, mi error fue no rebelarme y casarme sin antes haber vivido contigo o con cualquiera...

—Pero ¿te das cuenta de lo que dices?

—No sé de qué hablas.

—Si no podías vivir conmigo, entonces te quedaba una sola alternativa: casarte conmigo... Tú misma lo acabas de decir.

—Pero yo no quería casarme contigo. No sabía lo qué hacía. Era muy joven.

—Yo creo que sí sabías lo que hacías y que no eras tan joven como dices —me refutó—, sólo que te quisiste engañar...

—No entiendo...

—Claro que entiendes —me atajó—. Dijiste que no podías desobedecer a tus padres, que sólo podías salirte de tu casa casada, y al mismo tiempo yo te había pedido casarte conmigo ocho meses atrás. Era la coyuntura perfecta. No se necesita ser Sherlock Holmes para aclarar el misterio de tu matrimonio.

—Me encoñé —dije de súbito, impaciente, y yo misma me asombré de haber usado el verbo así, tal cual, de modo tan despiadado.

—No es cierto. Otra vez te engañas, Lourdes. Ya te habías encoñado de, por lo menos, dos novios antes que de mí. Yo los conocí. Yo era tu amigo, ¿recuerdas? Tú misma me lo contaste. Yo no era tu primer encoñamiento ni mucho menos. Tú sabías lo que podía pasar si venías a Los Ángeles a verme. Conocías el peligro, el riesgo, y lo deseabas.

—Necesitaba saber que me gustabas... sexualmente.

—Eso *sí* es verdad. Por fin dices algo en serio.

—En todos esos años de amistad nunca nos habíamos acostado, Eloy.

—Por eso te digo que estabas predispuesta a que, si lo nuestro funcionaba en Los Ángeles, podrías, al fin, casarte conmigo. Ocho meses atrás, en el verano del 95, yo te lo había propuesto. No pudiste tomarme a loco, como dices. Ése ha sido tu embeleco y ahora, para colmo, pretendes engañarme a mí —se rió dándole un sorbito a su vaso con hielos—. Sigues diciendo que fue un error, quieres justificarte aduciendo que no sabías lo que hacías, que eras una jovencita imbécil y obediente y, para colmo, insistes en decir que te casaste porque estabas encoñada. Si hubiera sido así, te hubieras casado encoñada con, al menos, dos de tus novios antes que conmigo.

No dije nada, ¿para qué? Preferí callar y beber mi whisky tranquila mientras oía las gotas chocar contra el ventanal del comedor. No íbamos a sacar nada con este debate y hasta ese momento la habíamos pasado muy contentos mirando *Mildred Pierce*. Afuera seguía lloviendo. El cielo seguía gris desde la mañana, y ya no iba a cambiar hasta el domingo. La mierda de los perros de Aix se estaría diluyendo por las alcantarillas... Ahora la ciudad quedaría destellante de limpia.

Una pregunta me asaltó. Necesitaba saber la respuesta antes de que Eloy se marchara a San Juan. Estábamos solos, cobijados, y los niños se hallaban con los Miller festejando el cumpleaños de Stan. La sala era el lugar ideal y la tarde era perfecta para sondear el corazón de mi marido, justo lo que Rosario me había aconsejado en su email:

—¿Sigues pensando en Gloria?

Eloy dejó el vaso en la mesa aparentando total tranquilidad; luego dijo:

—¿Por qué me lo preguntas?

—Por la misma razón por la qué tú me preguntaste qué había pensado cuando te fuiste a Los Ángeles en el 95.

—No veo la relación.

—Un año antes de que me dijeras que querías casarte conmigo, ibas a casarte con ella. ¿No te parece suficiente? ¿Seguías pensando en Gloria cuando me dijiste que querías casarte conmigo? Es muy simple... ¿Sí o no?

—Si hubiera sido así, no te habría pedido que te casaras conmigo.

—Pero ella fue el amor de tu vida.

—Tú eres el amor de mi vida.

—Yo soy *el otro* amor de tu vida —lo corregí.

—No es cierto.

—Déjame y me río —contesté dándole el último sorbo a mi vasito. Sentí el ardor del whisky y los hielos: me hizo bien, me anestesiaba unos segundos al menos.

—No pienso en ella —dijo de súbito—. Y si lo hago, es ocasionalmente, lo mismo que tú te acuerdas de tus ex novios a veces. ¿Qué hay de malo en ello?

—No es lo mismo. Tú ibas a casarte con Gloria. Yo no iba a casarme con nadie. Jamás estuve comprometida. No sabía lo que hacía cuando fui a Los Ángeles; en cambio tú sí sabías lo que hacías al pedir mi mano. Es muy distinto ¿no crees?

—Vuelves a lo mismo. Por supuesto que sabías muy bien lo que hacías, Lourdes; basta de escudarte con mentiras... Ni eras una niña ni eras virgen ni querías solamente divertirte. Lo único sincero de todo lo que dices es que necesitabas estar segura de que funcionábamos, necesitabas saber que te gustaba hacer el amor conmigo. Punto. Lo demás, mucho o poco, ya lo sabías. Tuviste cuatro años para meditarlo. Fuimos amigos cuatro años. Y luego tuviste ocho meses más para decidir. Así que basta de engañifas.

Eloy no estaba molesto; al contrario, se le notaba satisfecho, casi diría que feliz: había descubierto el hilo negro de su ecuación y creía que me había desarmado.

Afuera seguía lloviendo a cántaros; el agua salpicaba las ventanas de la terraza, inundaba las macetas, chorreaba por el filo de las jambas. Era casi hermoso oír la lluvia golpear con tanta fuerza desde la mañana. Eloy sirvió más whisky, chocamos los vasos y bebimos con placidez.

Volví a la carga:

—¿Recuerdas el día que la conocí?

—Sí, una vez... En la fiesta de graduación de Tessi. La llevé conmigo.

—Gloria era muy guapa.

—No más que tú —mintió Eloy.

—No importa lo que diga, siempre me das por mi lado.

—No es cierto —contestó—. Ves que te he demostrado que te engañas con lo del encoñamiento y todos los pretextos que te has inventado.

—Me refiero a Gloria. Siempre me das por mi lado. Nunca la nombras; la evitas como a la peste.

—Lo mismo que tú evitas mencionar a tus novios. ¿Qué sentido tendría ponerse a hablar de ellos?

—¿No sigues pensando en ella? —me atreví a insinuar—. ¿No te imaginas a veces cómo hubiera sido tu vida a su lado?

Me contestó sin titubear:

—Piensa por un momento lo contrario: ¿qué tal si ahora, en este preciso momento, imaginara cómo sería mi vida a tu lado si me hubiera casado con Gloria?

—Pero estás casado conmigo.

—Imagina que estuviera casado con Gloria; imagina que nunca hubiera roto con ella, y también imagina que hoy, aquí en Aix, vivo con ella y tengo una hija pequeña a su lado, pero que a pesar de todo sigo pensando en ti... ¿Te tranquilizaría pensar de ese modo?

—No.

—Entonces deja de preguntarme si sigo pensando en Gloria.

28

He dejado la novela por espacio de once días. Era justo y necesario. Si no hubiera ido al Festival de San Juan y luego a Nueva York no hubiera escapado de su espiral, de su embudo demoniaco. La novela me drena y no yo a ella. Me prometí no escribir una línea y lo he cumplido. Me prometí disfrutar los once días del viaje, abandonarme a la corriente y dejar a Lourdes tranquila, sin mí, a solas con los niños. Algo de remordimiento me llevé en la maleta aun cuando sabía de sobra que ella estaría contenta sin mí. Nunca me lo dice, nunca me dice qué feliz y tranquila se queda cuando me marcho... pero lo sé... Comprendo que estoy demasiado presente. Me ha llevado años descubrir cómo me mira ella, cómo me miran los demás, intentar ponerme en los zapatos ajenos y auscultarme desde afuera, desdoblarme... Entonces los compadezco, me apiado de mis semejantes...

Cuando, por ejemplo, miro una película de mi infancia, la verdad es que yo mismo no soporto el timbre de mi voz, mis aspavientos, ese vehemente deseo por aparecer en cámara. Ese virtual imaginarme cómo me miran los otros, ese trasladarme a los demás, ha sido una dura *ascesis*, un trabajo de análisis, y me ha llevado treinta años, si no más. Ojalá hubiese un equilibrio, me digo, una moderación, pero no es tan fácil. Por eso compadezco a Lourdes y de paso me compadezco. Cuando pienso en nuestras dos humanidades, esas soledades juntas, la quiero y la comprendo mejor. Es triste, por supuesto, apiadarse de alguien o compadecerse de sí mismo, pero también hay compasión en el amor.

29

Llegué a San Juan a tiempo para mirar el primer debate entre Romney y Obama. No sé si maldormí por culpa de la desastrosa actuación del presidente o por el maldito *jet-lag* transatlántico; de uno u otro modo, al otro día, temprano y con una modorra de los mil diablos, me encontré a Rosa Beltrán y a Ernesto, su marido, a punto de partir a una conferencia. Aunque hubiera querido charlar con los dos, no hubo un solo momento. Sólo me enteré que Rosa está por terminar una nueva novela y él su primera película. Nos despedimos...

Me dirigí al comedor donde había algunos escritores en las mesas reservadas para el Festival. Me presenté con el primer grupo a la vista y ordené unos huevos estrellados, pan tostado y jugo de naranja. Saludé a Ignacio Martínez de Pisón, José Ovejero, a Manuel Rivas y a su mujer. Estaban, a las claras, tan despistados como me hallaba yo esa mañana. Entre sorbos de café y mordiscos de pan, pasamos de Rajoy a la crisis española, del debate presidencial del día anterior al Real Madrid contra el Barça, hasta llegar al viejo San Juan que ninguno de nosotros conocíamos. Minutos más tarde nos fuimos caminando con otro grupo hasta el Museo de Puerto Rico donde tendrían lugar las mesas durante los siguientes cuatro días.

Llegamos al auditorio justo cuando Almudena hacía un recuento de sus novelas en escasos cincuenta minutos. Dijo que a partir de cierta epifanía, su literatura había cambiado porque no podía escribir nada más sobre su generación. Contó que había agotado el tema y que en cierto momento (no hace mucho) supo que debía volver a empezar desde cero. A partir de ese día no escribe una línea hasta no estructurar cada capítulo del nuevo libro, hasta no llenar el cuaderno de notas. Sólo entonces, cuando conoce el final, cuando lo sabe todo sobre su obra, se lanza a escribirla. Antes no. ¿Acaso no debería yo hacer lo mismo? ¿Podría ser esa clase de novelista? No ahora, por supuesto. Ahora sé muy poco de la mía, lo indispensable.

Hoy no conozco el futuro. Tampoco columbro el horizonte ni el tamaño de esta historia. Este relato se escribe conforme se vive... Quizá un día termine armando mis libros con un cuaderno repleto de notas, tal vez un día no ponga nada hasta no saber cada detalle de mi héroe o mi heroína. Ahora sin embargo lo contrario es verdad: no sé lo suficiente de ellos, los escudriño o los recuerdo mal, los fabrico sin adivinar qué van a hacer mañana o cómo van a reaccionar. Me rebasan. Yo mismo me rebaso, y así se lo conté a Almudena el último día cuando desayunamos...

Al volver al hotel, a punto de sentarme con los poetas, un tipo alto, de ojos verdes, se acercó a mí: era mi viejo amigo Guillermo Arregui, a quien no había visto desde hacía por lo menos cinco años. Nos dimos un abrazo y me invitó a comer unos mariscos fuera de allí. "Larguémonos", me dijo en un susurro, y acto seguido nos escapamos de incógnito.

A pesar del gusto que me dio encontrarlo, no sabía si quería o no ver a Guillermo. Encontrármelo removía un pasado brumoso, embarullado; implicaba volver al día en que Gloria, siendo novios, me dijo exultante:

—Quiero presentarte a alguien... Es mi profesor favorito —dijo hace veinte años y algo se agitó en mis entrañas como amibas—. Es escritor como tú. Publicó un libro buenísimo.

—¿Lo leíste?

—Por supuesto —esas amibas eran celos, por supuesto—. Me ha dicho que quiere conocerte. Le llevé tu novela —debía ser aquella primera novela publicada en el 92— y le ha gustado mucho.

—No me lo habías contado.

—¿Ya ves? —dijo ufana, orgullosa—. Te presumo con todo el mundo.

—Ya veo —dije contento y consternado a la vez.

—Guillermo quiere invitarte a dar una clase para que nos hables de tus libros, ¿qué te parece?

¿Mis libros? Había publicado una novela y dos libros de poesía. Era todo. A eso se reducía mi obra completa. Sin embargo, a la semana siguiente, estaba yo allí, en la Universidad Iberoamericana, al otro lado de la ciudad, de pie sobre una tarima frente a una clase repleta de rostros desconocidos, hablándole al profesor Guillermo Arregui, a Gloria Piña y a sus docenas de compañeros sobre mis hábitos literarios, mis demonios, el origen de una historia, la construcción de personajes, el punto de vista, todo eso que Almudena acababa de compartir esa mañana en el Museo de Arte de Puerto Rico frente a un auditorio repleto de admiradores.

A partir de ese día en la Ibero, volví a ver a Arregui muchas veces, antes y después de que se hiciera famoso, y muchas veces me asaltó la maldita duda: ¿estuvo Gloria enamorada de él? ¿Gloria lo sedujo o Guillermo la sedujo alguna vez? ¿Pasó algo entre ellos o he fabulado una pasión inexistente durante estos veinte años?

Ahora, frente a dos cervezas, brindando por la amistad y esperando a que nos trajeran los pescados fritos que habíamos ordenado, era el momento de preguntárselo, pero no me atrevía: un escalofrío me recorría, el puro miedo a saber… ¿Por qué preguntar algo así dos décadas más tarde? ¿Acaso no he dejado atrás a Gloria? ¿Tiene Lourdes razón cuando indaga en mi corazón, cuando pregunta si sigo pensando en el *otro* amor de mi vida?

Y si, por ejemplo, Guillermo se hubiera acostado con Gloria, ¿qué con eso? ¿En qué cambiaría el sentido de mi vida saberlo? ¿Dejaría de ser mi amigo? ¿Me dolería enterarme? ¿Sería un dolor retrospectivo o un dolor actual?

Entre bromas y tragos de cerveza, me armé de valor y por fin se lo pregunté:

—¿Te acostaste con Gloria?

Guillermo se quedó atónito. No era para menos. Me miró unos segundos y luego dijo tranquilo:

—No.

El silencio se empozó en la mesa por mi culpa; yo lo había convocado, pero ya no había marcha atrás. Me dijo inmediatamente:

—¿Por qué me lo preguntas?

—Siempre tuve la sospecha —le contesté—. Ella te admiraba.

—Sí, pero Gloria estaba loca por ti.

—¿Cómo lo sabes?

—Se le notaba.

—¿Te lo dijo?

—Era mi alumna, no mi amiga.

—¿Entonces cómo lo sabes?

—No paraba de hablar de ti, de presumirte.

Claudiqué. No tenía caso continuar por esa obtusa senda; debía haberlo anticipado antes de sentarme a la mesa con él, antes de preguntarle una sola palabra.

—¿Estás haciendo una nueva película? —le dije para cambiar de tema.

—Sí.

—¿Y ahora con quién?

—George Clooney, Natalie Portman y Gael.

—No me lo creo…

—Ya la verás…

El mesero apareció con dos pescados fritos y una ensalada aliñada para compartir. Pedimos dos tequilas y Guillermo empezó a contarme la nueva película sin parar de masticar un instante.

30

Eloy ha vuelto cariñoso, incluso diría que amoroso. No es que no regrese así de sus viajes habitualmente, pero esta vez ha sido distinto: algo sucedió en San Juan, y quisiera averiguarlo. ¿Debería preocuparme? ¿Habrá conversado con Javier, tal y como se lo pedí a Rosario? ¿Habrá conocido a alguien en Nueva York, a una mujer más joven, más hermosa? Siempre lo pienso. Es inevitable. Me cuesta admitirlo, pero todavía lo quiero. ¿Cómo puede una amar tanto a quien antes ha odiado como lo he llegado a odiar a él?

Hicimos el amor la primera noche, y la segunda, y la tercera. Luego hicimos el amor el cuarto día a mediodía, cuando Abraham y Natalia estaban en la escuela. Hicimos el amor como lo hicimos cada noche que estuvimos en el Chaco y Buenos Aires el pasado mes de mayo, como lo hacíamos en Los Ángeles cuando nos casamos hace dieciséis años y yo me mudé con él dejándolo todo atrás. Hicimos el amor hasta agotarnos cuatro días y sus noches y no sé aún si ese deseo incurable es el que, al final, nos mantiene unidos, maniatados, después de tanto inmarcesible desgaste, tanta corrosión y dolor.

31

Solti llegó a San Juan justo al otro día, por la tarde. Estaba frenético, alterado, como no lo había visto en años. Nos dimos un abrazo y me jaló al comedor del hotel, que a esa hora estaba desierto:

—Acompáñame, me muero de hambre. Tengo que contarte lo que está pasando en México… —sacó un pañuelo para secarse la frente empapada de sudor—. Lo de Bremen me está sacando de quicio. Me llueven ataques virulentos, insultos…

—¿Por qué?

—¿No lo sabes? —respondió enfadado.

—¿Porque le diste el premio?

—Le dimos, kimosavi —me corrigió sentándose en la primera mesa que encontramos—. Éramos siete miembros del jurado. Entre ellos, Odriozola, amigo de Bremen. Sólo por culpa de esa amistad, y pasando por alto toda su obra, pretenden aducir que Julio y yo le dimos el premio, cuando yo ni lo conozco ni lo he visto en mi vida.

—Cuando me preguntaste, yo mismo te dije que Bremen lo merecía por encima de cualquier otro, incluso por encima de Javier Marías…

—El colmo es que no te hice caso, ¿sabes?, y no voté por él. Sin embargo, ahora todos piensan que voté por Bremen y que influí en el jurado. ¿Puedes creerlo?

—No entiendo.

—Votamos por unanimidad…

—¿Y qué con eso?

—Que ahora me atacan insinuando una elaborada confabulación. Se dan golpes de pecho, vociferan que cómo pudimos darle el premio a un plagiario con dinero del erario mexicano. Es increíble la hipocresía y la mala leche.

—Se trata del autor de varias novelas que nos formaron, Javier. No entiendo —respondí francamente atónito—. ¿Siguen con lo de los plagios? Pensé que el asunto estaba zanjado.

—Lo está en Perú y en España, pero tus queridos compatriotas han montado una inquisición mediática, una cacería de brujas, para desprestigiarnos a Odriozola y a mí. No te enteras demasiado de lo que pasa en el mundo.

—Recuerda que vivo en Aix —contesté, y acto seguido—: ¿Qué vas a hacer ahora?

—No sé si responderles.

—No lo hagas. Vas a atizar el fuego. Deja que el asunto se olvide.

—No se va a olvidar tan rápido. Cada día sale algo nuevo en mi contra, el único mexicano entre los siete del jurado.

—No debería sorprenderte demasiado —esbocé una sonrisa—. Muerto Fuentes, hay que darle palo a alguien, y ése eres tú, mi querido amigo famoso. Eso quieren, ¿no te das cuenta? Que tomes la estafeta, que te hagas cargo... Deberías estar rabiando de alegría. Exitoso, poderoso e influyente, ¿qué esperabas sino golpes?

—¿Viste el debate? —me preguntó dándole un giro a la conversación—. ¿Viste el rostro compungido de Obama, la cantidad de veces que agachaba la mirada y fruncía el ceño con absoluta frustración...?

—Dirás con absoluto autocontrol, con increíble templanza.

—Exacto, Eloy. Ése es el problema. Lo que es templanza y sensatez, lo que es autocontrol frente a las vilezas de Romney, desgraciadamente se interpretó como cobardía y derrota.

—¿Qué quieres decir?

—Que debo responder a las calumnias y no quedarme callado. Se han pasado de la raya. Hasta Villalongo me amenazó. Rosario estaba presente cuando me dijo: "Javier, deslíndate del jurado ya. Quítenle el premio a ese plagiario. Si no, te vas a arrepentir".

Estaba perplejo al oír esa amenaza en labios de Javier. ¿Juan Villalongo le había dicho eso? La calígine en San Juan hacía las cosas aún peores de lo que sonaban: las agriaba, las acidulaba de forma inconcebible.

—¿Y tú decías que era tu amigo? —dije sardónico.

—Yo nunca he dicho eso. Sencillamente yo no quiero hacerme de enemigos.

—No se puede. Ellos te eligen —le respondí—. Hace veinticinco años, cuando publicabas tus primeras reseñas con Manuel Caballero, me dijiste que jamás tomarías una posición. Pretendías navegar con bandera de pendejo. Y sin embargo el tiempo me ha dado la razón: no se puede, ellos te esquinan, al punto de que terminas siempre eligiendo alguna cosa. No se puede no elegir. Lo mismo le pasó a Amancio conmigo.

—¿Sigues con eso? Ya ha pasado un año desde aquello.

—Él eligió no ser mi amigo, no yo.

—Entiendo tu decepción, pero deja el asunto por la paz.

—No es fácil tratándose de un amigo —respondí—. Hay veces que no queda alternativa salvo elegir y Amancio debía saberlo... Cualquiera de los dos caminos tenía sus consecuencias.

—¿De qué caminos hablas?

—El camino fácil y el de la amistad. El segundo, no digo que no, es difícil: requiere tomar posición. Por eso lo llamo el camino de la amistad. El primero no requiere explicación, y es el que siempre elige Amancio. Algún día lo corroborarás en carne propia.

—No lo creo —dijo enfático—. Yo no tengo nada que pedirle a Amancio.

—Exacto. Mientras que no le pidas nada, seguirá siendo el perfecto amigo sin compromisos. Mientras que no esperes nada de él, todo es miel sobre hojuelas.

Javier se quedó pensativo y unos segundos más tarde volvió al único tema que en ese momento le importaba:

—Por eso yo no tengo alternativa, ¿sabes? Debo responder a ese montón de ataques arteros y cobardes.

—Recuerda que Fuentes se desayunaba a sus críticos. Haz lo mismo. No puedes ahora decir que no votaste por Bremen.

—Pero tú sí —y de inmediato se giró a buscar un mesero por todo el comedor del restaurante—. ¿No hay nadie que atienda aquí?

—Creo que está cerrado. Somos los únicos. En Puerto Rico se almuerza como en Estados Unidos y ya son las cuatro.

—Mierda. Me muero de hambre. Vámonos a otro lugar.

—Tiene que ser rápido, pues tengo mi mesa a las cinco.

—¿Sobre qué?

—Erotismo y literatura.

—Tu tema favorito —se rió levantándose en un santiamén—. Salgamos a buscar algo de comer y luego vamos al museo, ¿te parece?

Un sol redondo caía a plomo. Salimos. Encontramos a Diamela Eltit conversando con otras dos escritoras. Cruzamos a la otra acera bajo el recio calor de San Juan: Javier no quería encontrarse con nadie. Caminaba a pasos agigantados, atolondrado y nervioso.

De pronto, sin detener su marcha, me preguntó:

—Por cierto, ¿cómo vas con la novela?

—No paro, ¿y tú?

—Igual, pero las clases en Princeton son una lata. Apenas puedo dedicarme a mi libro. ¿Cuántas páginas llevas?

—Doscientas cincuenta, más o menos. ¿Y tú?

—Trescientas. ¿Sigues con tu idea?

—¿La de una novela sobre la generación? —pregunté—. Sí... más o menos.

—¿Y lo otro? —dijo Javier.

—También. Digamos que las dos historias se entrecruzan —le expliqué sin disminuir la marcha y comenzando a resentir el tórrido ambiente puertorriqueño.

—Me refiero a que si las cosas se arreglaron entre ustedes...

—Fue una crisis pasajera.

—Otra más... —se rió pasándose la mano por la frente.

—Lo que pasa es que Rosario y tú siguen viviendo su luna de miel —le contesté.

—¿Sabes que Lourdes nos ha escrito? —dijo mirándome de reojo.

—No sabía... ¿Y?

—Quería que yo hablara contigo. Está preocupada... Pero eso fue durante su crisis. Veo que se han arreglado. Me alegra.

—Ha estado enojada a causa de mi libro. Te lo conté en un correo.

—Diría más bien que está aterrada.

Me quité el saco. El sopor era insufrible. ¿Cómo había traído algo caliente a San Juan aunque estuviéramos en octubre?

—¿Qué tal aquí? —dijo señalando unas hamburguesas con muy mala pinta: lo único que habíamos encontrado en el camino entre el hotel y el museo.

—Eres tú el que tienes hambre —respondí, y entramos; le conté que había visto a Arregui y me callé la parte delicada sobre Gloria—. ¿Pablo no viene?

—Lo veremos en Nueva York —dijo—. Por cierto, ¿por qué no vienes conmigo al homenaje a Fuentes en Brown y regresamos a Nueva York al otro día?

—Porque no me invitaron.

—¿Y qué importa?

—Prefiero aprovechar mis cuatro días en Manhattan para ver a Susana.

—¿Quién es Susana?

—La Madame Bovary de Nicaragua, ¿recuerdas?

—¿La señora casada que iba al Ajusco?

Asentí.

—No me digas que la sigues viendo.

—No la he visto en veinticinco años —dije—, pero me ha escrito.

—Debe ser una abuelita.

—Tiene 57.

—¿Vive en Nueva York?

—No. Allí vive su hija y va ir a verla...

—Y a verte a ti de paso, cabrón.

Luego de pedir su hamburguesa, Javier me dijo:

—A la vuelta de Brown, comemos con Pablo en Manhattan, ¿te parece? Conozco un restaurante griego de primera cerca de Penn Station. Te pondré al corriente sobre el *affaire* Bremen.

—No le digas una palabra a Pablo sobre Susana, por favor —lo conminé—. No quiero estar divulgando mis torpezas.

—Por supuesto. Lo que no entiendo es que te sigan gustando mayorcitas...

—No es eso —lo corregí—. Digamos que al verla recordaré algo que olvido todo el tiempo.

—¿Y qué es eso?

—Que más vale vivir como si me fuera a morir mañana —me detuve, y de inmediato añadí—: Te parecerá extraño, pero reencontrar a Susana, quizá me haga apreciar más a Lourdes...

—Eso es demencia senil —se rió mi amigo.

32

Cuando llegamos a Los Ángeles recién casados, Eloy ya había pasado un año con sus tres amigos sinaloenses, sus compañeros de cuarto. Los había conocido por Aldo Pérez, así que debían ser parecidos a él: mujeriegos, guapos, fiesteros, pero también inteligentes. Y lo eran. Los tres hacían una maestría en Administración de Empresas en UCLA mientras que el único excéntrico entre los cuatro era Eloy. ¿Qué hicieron estos mosqueteros cuando yo no estuve allí? ¿Qué tropelías fabularon esos meses en que Eloy no era mi novio? No lo sé y no me interesa averiguarlo. Importa lo que sucedió a partir de que fui a Los Ángeles, a partir de que nos hicimos novios y nos casamos por la iglesia, tal y como mis padres me exigieron.

Para esa época, Eloy ya había perdido sus ligas con el catolicismo. No practicaba ni iba a misa. Creía, como yo, nebulosamente, en Dios, y admiraba con fervor a Cristo, pero nada más. Fue, creo, a partir de sus años en UCLA que su posición se polarizaría: allí perdió, primero, su fe en Jesús, hijo de Dios; allí dejó (poco más tarde) de creer en Dios y en Los Ángeles también se volvería ese declarado enemigo de la fe católica en que se convirtió. Yo, quien nunca tuve verdadera fe, seguí creyendo en un Dios nebuloso, una energía cósmica, una inteligencia divina, todas las cuales eran la misma sola patraña para Eloy, quien no dejaba de desmentir mis vaguedades cada vez que polemizábamos sobre teología. Y he aquí (Dios y sus avatares) una de las varias incongruentes y ridículas razones de nuestras peleas —una, entre muchas, pues la verdad es que nuestras insalvables diferencias no se hicieron esperar y a los pocos meses de vivir juntos comenzamos a sufrir el inminente desgaste conyugal—. Éramos sin embargo jóvenes como para vivir tan pronto esa erosión. Yo no entendía qué pasaba e imagino que él tampoco. La convivencia nos rebasaba, nos ofuscaba. Éramos, acaso, dos almas con dos férreas voluntades puestas a prueba, dos formas de pensar el amor diametralmente distintas, dos modos de imaginar el matrimonio.

Eloy creía que podía practicarse una especie de liberalismo conyugal, semiabierto y *sui generis*. Para él, el amor lo podía todo, lo transigía todo, incluida la infidelidad. Eloy quería ser diferente al mundo entero. Odiaba los valores pequeñoburgueses y la esclerosis que, según él, entraña la vida en pareja si se cae, por descuido, en la rutina. Había que evitarla a toda costa inventándose lo que fuera. No comprendía que ese aburguesamiento es, nos guste o no, parte inherente del matrimonio, su santo y seña. Añoraba, no obstante, romper sus moldes, las normas del amor. Soñaba en convertirse en un bohemio de la vida conyugal, lo cual es, ya se sabe, un contrasentido. Pretendía ser un paria del amor pero había elegido ser un pequeñoburgués con un doctorado en UCLA. Quería estar casado pero sin estarlo; quería ser monógamo y polígamo a la vez; quería vivir conmigo como si no lo estuviera, y yo simplemente no podía seguirlo en esa senda, en esa confusión. Estaba hecha de otra materia, quién sabe, y ese camino me estaba aniquilando; no era lo que yo nunca imaginé. No podía transigir con sus flirteos, sus requiebros y juegos eróticos. Cada vez que salíamos con amigos de la universidad, algo tenebroso acontecía: una mirada, un galanteo, un cumplido de Eloy a otra mujer. Yo me soliviantaba y lo encaraba, él negaba y yo atacaba, él mentía y yo me enfadaba, él refutaba y yo contraatacaba, él se enfurruñaba y la velada terminaba por ser un desastre colosal que amargaba la fiesta de los otros.

Cada mujer hermosa que se aparecía en un restaurante, en un aula, en la calle, era una posibilidad latente de ligue, casi un reto, un desperdicio si no actuaba y se probaba a sí mismo que seguía siendo, a pesar de todo, el soltero o galán de marras. Parecía no entender que cuando eligió casarse, ese coto estuvo para siempre vedado y que ésa había sido su elección. Y que no había marcha atrás. Que casarse conlleva un pudor, un autocontrol, un cambio de vida, pero Eloy no los tenía y tampoco deseaba ese cambio. Había vivido tanto tiempo a su aire, conociendo a quien le daba la gana y acostándose con muchas, viviendo su libertad sexual a su arbitrio, que otra cosa distinta debía ser un puro calvario para él. Y esto no lo predijo al decidir casarse conmigo. No lo predijo o no lo sabía. O creyó que yo consentiría en su aventura conyugal, no lo sé. De cualquier forma, este equívoco nos costó caro e hizo de esos dos primeros años un pequeño infierno. Recuerdo el epígrafe de su primera novela, el cual de cierta manera resume todo lo que nos pasaría. Musil dice que sólo los matrimonios jóvenes saben lo que es haber pasado por cada morada del averno. Y eso pasamos juntos como dos corderitos llevados al matadero. No me victimizo. Fuimos los dos.

Todo esto Gloria debió haberlo previsto con creces. No era tonta o no tan bruta como yo. Su intuición debió haberla ayudado y por eso pudo romper a tiempo su lazo. Siempre he creído que ella supo algo que yo no supe a tiempo. Gloria debió conocer zonas umbrías de mi marido que yo no conocí, las cuales la espantaron. ¿Por qué, si no, decidió acabar su compromiso poquísimo antes de casarse? Diez días antes, creo. ¿Qué pasó entre ellos? Se amaban como yo amaba a Eloy y no obstante ella lo dejó o ambos se dejaron. Algo debía saber ella. Algo sospechaba Gloria y yo no lo aquilaté a su debido tiempo. Jamás lo ponderé. Nadie me lo dijo. Si hubiera, tal vez, sabido lo que Gloria supo, no me habría casado con Eloy en el verano del 96 frente a trescientos invitados. Si hubiera barruntado ese no sé qué que Gloria adivinó, no hubiera ido a visitarlo a Los Ángeles y tampoco hubiera sellado mi condena. Pero elegí visitarlo. Elegí aceptar su oferta del San Ángel Inn entre copas de vino y románticos besos en la mano; decidí atreverme; acepté el reto a sabiendas del peligro y fui a Los Ángeles y me quedé con Eloy en su departamento de soltero y conocí a los sinaloenses y reímos y bebimos mucho y bailé con cada uno y me abrazaron y cantamos y entré a su hogar de mosqueteros y me hicieron sentir como su hermana menor. Me dieron la bienvenida a su ciudad. Me abrieron sus puertas y Eloy me abrió su corazón y yo me abrí con él una noche de copas y le dije que lo quería y que deseaba con toda mi alma casarme con él. Era abril. En esos cortos días firmé la segunda sentencia de mi vida, el segundo monstruoso capítulo. En abril sellé mi porvenir y lo hice entre risas, chistes pícaros, bailes, juerga y mucho alcohol.

Ahora estaba a su lado, casada con el hombre que yo había elegido. La fiesta había llegado a su fin. Eloy había dejado el departamento de soltero en Westwood y vivíamos en un lindo departamento que su profesora argentina, Adriana Bejarano, le había alquilado a un módico precio. Ahora empezaba de verdad una nueva vida para los dos: dormiríamos y despertaríamos juntos, desayunaríamos *bagels* y *cream cheese*, iríamos de compras de la mano, leeríamos juntos en un café, mataríamos el tiempo como dos hermanos siameses.

A pesar de todo, este primer hogar, ese comienzo, ese departamento, empezarían fatales. A los dos meses, los electrodomésticos se descompusieron, el escusado se atascó, el aire acondicionado dejó de funcionar y un tufo insoportable salido de la cañería se empozaba por las noches. Eloy no pudo o no supo cómo hablar con su profesora y la explosión no se hizo esperar. Hipersensible, ella; directo, llano, él. El desencuentro en Starbucks fue fatídico. Adriana Bejarano, su profesora, lloró frente a mis narices: su departamento era como un hijo y Eloy, su estudiante favorito, había hablado mal de él a su propia madre, la dueña del inmueble. A la semana nos salimos a otro sitio más caro y más pequeño a tres cuadras de allí. Perdimos espacio y perdimos una amiga. La relación con su profesora argentina no sería, a partir de ese momento, la misma. Tampoco mi relación con Eloy, quien se hallaba ocupado en sus estudios de doctorado, abrumado de *papers* y lecturas, de clases de lengua que tenía que dictar a cambio de la beca que percibíamos y de las clases de posgrado que tomaba cada trimestre. Yo, en cambio, no tenía absolutamente nada en Los Ángeles: no sólo había dejado la academia de Nélida, la misma que simbólicamente había heredado. Tampoco tenía un trabajo, un oficio, una pasión. Mi vocación estaba trunca. No tenía papeles para trabajar en Estados Unidos, el proceso de la *green card* llevaría dos o tres años, no conocía a nadie salvo a los sinaloenses y ellos no eran mis amigos, por supuesto. Habían sido los compañeros de correrías de Eloy y sólo eso. Yo no tenía a nadie en ese maldito país y no sabía qué diablos hacer cuando Eloy estaba fuera de casa, cuando se iba por las mañanas y volvía hasta tarde de la universidad. Vivía crispada, aburrida, arrepentida, confinada en ese pequeño departamento con una sola habitación y una chimenea perfectamente innecesaria pues en Los Ángeles el clima no la amerita. Mi única dedicación, mi vocación, era esperar paciente y abnegada a ese nuevo esposo, este marido que apenas conocía a pesar de haberlo conocido tantos años. Mi único deber y sentido de vida era calcar en esencia lo que más odiaba: la imagen sumisa de mi madre, su juventud secuestrada, su destino dócil, paciente y servil. Me había jurado que jamás sería ella, y ahora, para mi vergüenza y desengaño, la repetía. Era su inútil remedo. Allí estaba yo, la indómita bailarina independiente aguardando cual momia o bulto al marido victorioso, al novio que nunca fue, al amigo secreto y con derechos, al infiel truhán, libre y soberano, voluntarioso, coqueto, amante, para colmo, de mis enemigas declaradas: las mujeres bonitas del mundo.

33

El miércoles, cinco días después del Festival, estábamos los tres en el Dafni Greek Taverna, cerca de Penn Station, protegiéndonos del incipiente frío con una botella de vino griego que yo mismo había ordenado mientras mis amigos llegaban de Brown. El tinto no estaba mal ni tampoco era caro. Tres piernas de cordero con papas y arroz se cocinaban cuando Pablo, quien había llegado contento y emocionado, brindó:

—Por Bremen y por Fuentes.

Chocamos las copas y le dije a Pablo:

—Te advierto que todo lo que digas puede ser usado en tu contra.

Se echó a reír, pero Javier le dijo:

—Va en serio. Este loco escribe un libro sobre nosotros. No tengo idea qué diablos estará tramando...

—¿Qué pasó contigo cuando nos fuimos de México en el 95? —le pregunté yendo derecho al grano.

—¿Para tu novela?

—Sí.

—Me quedé a recibir los golpes que nos dieron —dijo Palacios con humor, alborozado de tener que recordar esa época—. Nos odiaban.

—Nos odian —rectificó Javier.

—Te odian —puntualicé.

—Bueno, es lo mismo —corrigió—. Ésa era tu idea de grupo, ¿recuerdas? Todos para uno, uno para todos.

—¿A qué te dedicabas cuando Javier y Amancio estaban en Salamanca y yo en Los Ángeles? —insistí.

—Enseñaba en la universidad y escribía libros.

—¿Y lo de la Secretaría de Cultura?

—Eso vino después, en el 98.

Permanecimos unos segundos en silencio; Pablo y yo untamos mantequilla al pan recién horneado para aplacar el hambre.

Las piernas de cordero seguían cocinándose allá dentro, lejos de nosotros. Una larga fila de gente esperaba una mesa...

—¿Estaba Amancio el día del *Manifiesto* en San Ángel? —pregunté pues no conseguía recordarlo.

—Estaba en Escocia haciendo su maestría y luego se fue a Salamanca —dijo Pablo.

—Ni se enteró del desaguisado —agregó Javier.

—Ustedes se largaron y todo lo que vino después me lo dejaron a mí y a Abelardo.

—¿Por qué nos odiaron tanto? —insistí.

—Por provocadores —afirmó Javier—. *Les enfants terribles* siempre caen gordos, y eso éramos: unos insufribles adolescentes con novelas publicadas.

—¿Era para tanto?

—No, pero ellos lo hicieron enorme.

Una mesera rumana, bajita, de ojos verdes, trajo los tres rebosantes corderos con papas y comenzamos, voraces, a comer como auténticos *enfants terribles*. El olor a romero y limón se instaló en la mesa como el genio de la lámpara maravillosa y con ese aroma se empozó el silencio.

Desde allí teníamos una vista inmejorable hacia las calles de Manhattan: la barahúnda ininterrumpida de mi ciudad natal, esa prodigiosa urbe que apenas conocía, por la que debo caminar con un mapa y por culpa de la cual me aborrecen en mi país. En México, basta parecer yanqui para ser defenestrado, y tristemente lo parezco. Deslindarte, como Villalongo le sugirió a Javier, no sirve demasiado en mi caso. Terminas por convertirte en lo que tus detractores (esas hormigas) quieren que seas. Y contra eso no se puede hacer demasiado. Son bulto, una montaña rojiza y pululante: si te descuidas te pican la pierna, los testículos y las orejas.

—Queremos convencerte —dijo Javier.

—A que te unas y nos acompañes a Princeton —agregó Pablo—. Cuarenta minutos en tren.

—Así conoces la casa, saludas a Rosario y salimos los cuatro a cenar —dijo Javier entusiasmado—. Los voy a invitar a un restaurante de mariscos.

—Estamos apenas comiendo y ya piensas en comer otra vez —me reí—, pero suena tentador.

—Mañana se regresan tú y Pablo temprano a Nueva York —añadió Javier.

—Tengo que leer una ponencia en un congreso de latinoamericanistas a las once —especificó Palacios.

—¿Sobre?

—Las películas de Arregui...

—Te acompaño —dije—. Me gustaría oírla.

—¡Qué solidario! —se burló Javier—. Por eso mismo tengo que pedirte que envíes un desplegado a cuantos académicos conozcas apoyando la decisión del jurado que le otorgó el premio a Bremen.

—Sabes que eso va a atizar el fuego.

—A estas alturas no hay remedio —opinó Pablo—. Creo que lo tiene que hacer.

—Aunque no fueras mi amigo, defendería a Bremen —aserté.

—Y bueno... ahora cuenta —Pablo se aclaró la garganta—: ¿De qué va ese mentado libro tuyo?

—De nosotros, ya te dije.

—Suena a *non-fiction novel* —bromeó.

—Narro treinta años según mi limitado recuerdo.

—Es decir que tergiversas lo que quieres —apuntó Javier.

—Mi memoria discrimina y selecciona, sí.

—Javier me ha dicho que Lourdes no está muy contenta con tu novela —apuntó Pablo.

—Ha jurado que no va a leerla.

—Mentira —aseguró Javier—. La va a leer dos veces, y Amancio también...

—¿Cómo se te ocurre escribir un libro así? —me reprochó Pablo.

—Eso mismo me digo cuando leo los de ustedes —me reí.

—¿No me digas que vas a contar tu complicada historia con Piquer?

—Escribo una novela y mi punto de vista es eso: un punto de vista. Cada uno puede dar la versión que le plazca según lo recuerde o convenga a los propósitos de su historia. Yo cuento la mía.

—¿Y también cuentas mi lío con Amancio? —preguntó Pablo alarmado—. Preferiría que no lo hicieras.

—Como quieras...

—¿Por qué haces concesiones con Pablo y a mí no me cambias el nombre? —se quejó Javier.

—Porque tengo prerrogativas —atajó Palacios, y luego me preguntó—: ¿Y a alguien le va a interesar tanto barullo literario?

—El libro debe sostenerse independientemente de las intrigas, el chisme o las anécdotas. Ésos son accesorios, pero no son la novela.

—De hecho, *todo* es la novela —me corrigió Javier—. Los chismes, las anécdotas, tu complicada historia con Amancio, tu complicada historia con tu mujer y hasta mi complicada historia contigo…

—Y hablando de complicaciones —interrumpió Pablo—. ¿Te acuerdas que compramos un perro?

—Sí —mentí.

—Pues me lo llevé al súper para hacer las compras y lo dejé en el coche escasos veinte minutos. Cuando regresé, vi una patrulla. Inquieto, me acerqué con las bolsas en la mano: pensé que me habían robado. Al verme, la policía me preguntó si era mi coche, y contesté que sí, y luego me preguntó si era ése mi perro, y dije que sí. Sin mediar palabra, me arrebataron las bolsas y me esposaron… Sí, allí mismo, en el estacionamiento, a plena luz del día. Aterrado, pregunté qué había hecho. "Dejar a su perro abandonado en su auto", respondió el oficial. "Pero si sólo entré a comprar unas cosas", dije. "Maltrato de animales", rezongó otro de los oficiales. "Está bajo arresto y tiene derecho a permanecer callado hasta que encuentre un abogado."

—No me lo creo —dije—. ¿Estás bromeando?

—No —dijo Solti como si hubiese estado presente.

—Me llevaron a la comisaría, me hicieron pagar una fianza y ahora estoy fichado. En el estado de Massachusetts, no puedes dejar un animal dentro de tu coche un minuto si no está todo el tiempo al lado de su dueño. Para colmo: esto va a afectar el proceso de mi *green card*, ¿lo puedes creer?

—Mierda —dije estremecido.

—Por eso aborrezco tu país —dijo Javier—, por eso *Truman Show* es abominable como el retablo de Maese Pedro y Don Quijote lo sabía. Por eso lo destruyó. Estados Unidos puede ser pintoresco, impoluto, multirracial, pero no deja de ser un sitio detestable.

—Pero aquí estás, en Princeton, enseñando —resondré—, y cobrando caro, mi querido leninista…

—Eso no quita que los gringos sean unos redomados imbéciles —contestó Javier—. ¿El país de la libertad? No me cuentes…

—No hay libertad ni de mear tranquilo —agregó Pablo.

—Los perritos franceses son tan libres que todo mundo tiene que soportar su inmundicia y llevarla incrustada en la suela de los zapatos —arremetí—. Allí tienes el precio de tu mentada libertad. Un poco de orden, civilidad y limpieza no cae nada mal si quieres vivir en el primer mundo.

—La letra con sangre entra —se burló Pablo—, y ahora... con su permiso: tengo que ir al tocador a empolvarme.

Javier aprovechó la súbita desaparición de Palacios para preguntarme:

—¿Y qué tal con Susana? ¿La viste?

—Se fue hoy temprano a Nicaragua.

—¿Y?

—Tal y como te dije, funcionó: aprendí que ya no tengo 25 años y también que me puedo morir pasado mañana. Como dice Khayyam: "Vive plenamente hoy y no calcules el precio".

—Pero no necesitas acostarte con tu amante de la juventud para saberlo...

—Al contrario... Necesitaba verla demacrada y sin cabello, con veinte kilos menos de peso, a pocos meses o semanas de morir, para acordarme...

34

—No entiendo, Eloy, por qué no publicas un largo artículo sobre Bremen. Es el momento. Te caerá como anillo al dedo meterte en una causa en la que crees, aparte de que estarías otra vez en el candelero, algo en lo que no has estado desde hace mucho tiempo.

Caía una lluvia sesgada. La veíamos, fina, desde la sala. Abraham y Natalia estaban en la escuela. Debían ser alrededor de las nueve. Eloy bebía, impasible, su café antes de irse a la recámara a escribir como hace cada mañana. Yo también tomaba un café con leche. No lo dejé levantarse. Necesitaba decírselo, expresar lo que sentía atravesado en el alma…

Eloy permaneció callado, pensativo, aquilatando mis palabras.

Insistí:

—Te quejas de que no te leen, pero no haces nada para remediarlo.

—Claro que hago —respondió—: escribo y publico. Eso hago.

—Tú sabes a qué me refiero. Parece como si hubieras decidido estar lejos de todos y de todo.

—"Lejos" y "todo" es relativo, Lourdes.

—No te hagas el chistoso —lo acusé—. Tus amigos venden libros, cobran regalías, son conocidos, se habla de ellos, se polemiza sobre lo que dicen o publican. En cambio tú no haces nada para conseguirlo.

—No es mi culpa… Los dos decidimos salirnos de México. Era el precio por lo que creíamos era una mejor vida.

—Eso no tiene nada que ver —arremetí a punto de soltar mi taza—. Podrías haber continuado publicando artículos de opinión, reseñas, ensayos, lo que fuera, con tal de estar presente. En cambio, pretendes ser leído sin hacer absolutamente nada. Nadie te va a pedir que escribas y opines sobre Bremen si tú mismo no lo buscas. Y luego te quejas de que no eres leído, pero es sólo tu culpa.

—Antes lloriqueaba, es cierto, pero ya no.

—Ahora es peor: ni siquiera te contraría tu destino, nada te incordia. Lo tuyo es una aceptación pacata que no deseabas cuando nos conocimos. Tú querías ser famoso como Javier y Pablo, ¿recuerdas? Y justo cuando surgen momentos o situaciones propicias, no haces nada, te quedas callado en tu rinconcito escribiendo tu maldita novela que nadie, ni yo, leerá.

—Conseguí treinta de las ciento diez firmas que apoyan la decisión del jurado del premio a Bremen —respondió categórico.

—Pero al final ni siquiera aparece tu nombre en la lista.

—Ni el de Abelardo, Amancio y Pablo —contestó—. Javier pensó que incluir a sus amigos restaba peso al desplegado en los periódicos.

—Pues no estoy de acuerdo. Debió haber puesto sus nombres. A estas alturas, ¿qué más da?

Eloy se levantó, cogió mi taza y la suya. Fue a la cocina a servir más café. Las trajo bien calientes. La lluvia disminuía; el tamborilear del agua se espaciaba. Por fin, empezaba a hacer un poco de frío en Aix.

—Podrías, por ejemplo, publicar algo sobre las primeras novelas de Bremen, las cuales admiramos los dos —insistí.

—¿Te confieso algo? —me dijo de pronto—: Estoy cansado. Me invade una infinita pereza sólo de pensar meterme en todo eso... Prefiero invertir mis energías en lo único que, siento, cuenta de veras.

—Pero si no haces maldita alharaca, nadie leerá tu novela cuando salga, y no venderás libros y no te leerán y te amargarás la vida por no haberme hecho caso. ¿Te das cuenta? Así son las cosas. Hay que estar presente o se olvidan de ti.

—Evidentemente no me muero porque me lean ni por ser famoso; de lo contrario haría todo lo que dices y más.

Su conformismo me hacía daño como si se tratase de una infidelidad. No terminaba de comprenderlo. ¿Qué le había sucedido todos estos años? No había dejado de escribir desde que nos largamos a Los Ángeles y sin embargo cada vez parecía más compenetrado y aquiescente con su entuerto destino, uno que en nada se parecía al que una vez soñó.

—Me da envidia Rosario...

—¿Por qué?

—Porque Javier tiene el reconocimiento que yo quería para ti y que te mereces.

—Lo tengo.

—No es cierto. Apenas te leen —dije con rudeza.

No me arrepentía: casi nunca hablábamos de este asunto y la coyuntura era la oportuna para incitarlo y pedirle que se hiciera parte de la discusión; era el momento de que tomara una postura en el *affaire* Bremen, ya no por Javier Solti, sino por él, por algo en lo que Eloy creía de veras.

Su impasibilidad rebasaba mi comprensión. Me ofendía. Me nublaba la vista, la mente.

—Probablemente no quiero eso que ayer deseaba con ahínco. La edad, la fatiga o el puro desinterés me impiden ponerme a escribir cada semana en periódicos y revistas como tú quisieras. Tampoco tengo el ánimo para meterme en reyertas literarias, debatir en foros. ¿Para qué? No veo el sentido, Lourdes. No puedo decirte más que esto porque no sé más.

—Lo sé y por eso me desilusiona tanto. Has elegido una vida pequeñoburguesa, una vida intelectual incipiente y cómoda, con los menos torbellinos posibles.

—Dedicado a mis libros y fuera de mi país, sí… —asintió—. No lo niego: soy un comodino, un conformista. Y antes no lo era.

—Pensándolo bien: siempre lo fuiste —no podía rendirme—. Eres esencialmente un *bont vivant* y has conseguido lo que querías: una vida sosegada en Estados Unidos, con tus sabáticos en Francia, con tu sueldo fijo de por vida, tu hermosa familia apoyándote, tu mujer cuidándote cuando te enfermas y lejos del mundanal ruido. Eras y sigues siendo un asqueroso hedonista…

—¿Te das cuenta? Dices, primero, que siempre había deseado el prestigio y la fama, y ahora dices que siempre había anhelado lo que tengo: una vida cómoda y pequeñoburguesa. ¿Cuál de las dos quería finalmente?

—Las dos —respondí—. Quieres ser rico y admirado sin dejar de ser un comodino y eso no se puede. Lo quieres todo sin transigir en nada.

—Si tanto quisiera lo que dices, habría hecho algo al respecto, al menos lo mínimo ¿no crees? Y lo mínimo no es, por supuesto, escribir novelas y cruzarme de brazos esperando un milagro. En eso te sobra razón. Como mínimo hay que estar en el ajo; hay que opinar de todo, hay que ser ubicuo y publicar cada semana, hay que meterse en polémicas y hacerse de buenos enemigos, los que de paso, con su odio cerril, te enaltezcan. Eso requiere trabajo adicional, un vigor que ya no tengo.

—Vivir tantos años fuera de México te volvió un escritor contemplativo, marginal, indolente...

—Perdimos en intensidad, es cierto, pero ganamos en calidad de vida. Gané también perspectiva para escribir sobre México y decir lo que quiera. Al menos así lo veo yo.

Otra vez se impuso el silencio rasgado por la menuda lluvia que otra vez comenzaba, insistente, a caer. Los amplios ventanales de la sala estaban salpicados de lodo. Habría que limpiarlos cuando escampara. Frente a los hechos, tal y como esgrimía Eloy, no había mucho que rebatir. Ese desinterés, ese tedio, eran exactos. Habíamos perdido en intensidad, pero él había ganado algo que a mí al menos se me perdía de vista, algo que me rebasaba. Una cosa era la vida que habíamos elegido, la vida diaria para nosotros y nuestros hijos —y de eso, por supuesto, no me arrepentía—, pero otra cosa muy distinta era usar ese exilio como coartada. Eloy los había estado utilizando (el destierro, el desarraigo) para no tener que estar presente en México, para no involucrarse, para no lidiar con nadie, para justificar su tedio, su abulia...

—Tal vez un día vuelva a ser el chico indómito que te gustaría que fuera —dijo de pronto sacándome de mis cavilaciones.

—Ya no serías un chico, ¿te das cuenta? Es ahora o nunca.

—Uno puede cambiar muchas veces en la vida: nunca es tarde. Hay etapas... Ya ves: yo era el feroz agrupador del *Clash*, su adalid, estaba en boca de todo el mundo y ahora estoy en la periferia, escribiendo novelas que nadie lee pero convencido de que importan... Y para colmo: soy moderadamente feliz en esa periferia. "Lejos de todo", como dices —se detuvo, pero de inmediato añadió—: Escribo lo que quiero, imagino lo que se me antoja y a nadie, ni a ti, pido permiso para ponerlo en el papel. Eso ya es muchísimo aunque no lo creas. Ninguno de mis amigos se atrevería. Eso que hago es ya la suprema rebeldía, el deicidio máximo, el mayor acto de valor y coherencia al que puede aspirar un novelista.

35

Conversar con Lourdes me provocó, a pesar de todo, una idea súbita cuando me dirigía a comprar un pollo, el cual finalmente no encontré pues la *charcuterie* estaba, para no perder la costumbre, cerrada. Mi receta con relleno de manzanas, ciruelas y almendras tendrá que posponerse para otra ocasión. Natalia y a Abraham saltarán de alegría cuando les anuncie que en lugar del pollo prometido, iremos a cenar a un restaurante marroquí que los Miller nos han recomendado.

¿No será todo, me dije yendo por la acera y esquivando mierdas, un asunto de pura percepción? La idea se grababa con fuerza... ¿Quién dicen que soy, a diferencia de lo que yo mismo opino? Si ambas cosas no encajasen por algún error de cálculo podría fácilmente derrumbarme en la autodestrucción, y si esto pasa a veces es porque percibimos algo distinto de lo que los demás perciben en uno.

Hay grandes escritores que no se enteran de quiénes son, olvidan lo que han hecho, se inquietan por las noches, pasan insomnios y se preguntan si esas grandes obras que escribieron son tan grandes o si de veras ellos las escribieron un día. En esa ambivalencia, supongo, se origina la primera (invisible) fisura existencial, el ulterior resquebrajamiento.

¿Cómo pudo Bremen joderse la vida como lo hizo? ¿Qué necesidad tenía de ponerse a plagiar textos cuando ha escrito esas grandes novelas? ¿Cómo pudo olvidarse de lo que había construido con tanta paciencia? Quizá, cuando debió ser reafirmado, cuando debió haber obtenido el reconocimiento que merecía, no lo fue y no lo obtuvo, y eso sólo bastó para sembrarle la desconfianza, misma que, con los años, se acendraría llevándolo a la ruina y la locura.

Algo así debió pasarle a Melville, a Poe, a Stendhal, a Maupassant, a Kafka, a Márai, a Cernuda y a Donoso. Todos ellos no tuvieron en vida lo que merecían y, al contrario, contemplaron (mortificados) cómo otros, pequeñas hormigas, sí lo obtenían. Pero ¿por qué yo no y los otros sí? ¿Qué habrá sucedido en el ínterin? ¿Se habrán comparado con sus contemporáneos victoriosos y alabados? Era inevitable...

En lo que se parecen, en lo que todos conservan un mismo aire de familia, es no obstante en la errada intuición de sí mismos, una imagen falseada (y apócrifa) que nada tenía que ver con la realidad, con la percepción de la mayoría, quienes, al contrario, los admiraban y leían con devoción, como a remotos titanes y no como ellos se vieron al final de sus vidas: tipos fracasados o ineptos u olvidados.

Pero... volví a pensar al descubrir la jodida *charcuterie* cerrada, ¿cómo diablos comenzó todo, cuándo inició la desconfianza, dónde pudo originarse el *angst*? ¿Cuánta seguridad debe, por el contrario, albergarse para no caer fulminado ante las mediocres huestes de enanos?, pensé al girar en Rue de Cézanne y volver a casa malhumorado sin el maldito pollo. Amargarse la vida es más fácil de lo que cualquiera imagina. Despeñarse es sencillo si no se tiene presente lo que se hizo. Si todos ellos erraron, pensé como si se tratase de una estúpida revelación, fue en la percepción de sí mismos. Ésta, al final, los gangrenó e impidió vivir en paz, conformes y orgullosos.

¿Cómo hacer para no desplomarse en una falsa percepción?, me dije remontando Rue de la Clairière, ¿qué pasos deben tomarse si me hallo descobijado, en el exilio?, ¿cómo confiar en el valor de las palabras? ¿No estaré engañándome cuando le digo a Lourdes que basta con ser moderadamente feliz escribiendo en la periferia? ¿Me habré mentido todos estos años? ¿Era el precio de la supervivencia, el mendaz coste para no volverme loco?

36

UCLA fue, como la UNAM, un sitio memorable. Ambos superaron con creces mis expectativas. Visto en retrospectiva, creo que tuve mucha suerte. Los cuatro años en Los Ángeles fueron tan buenos como los cuatro en la UNAM o incluso mejores. Supongo que esto pasó porque, a diferencia de mis amigos, yo había escogido lo único que me interesaba hacer en la vida: literatura. No se trataba de hacer una carrera de Letras; no era una maestría ni un doctorado lo que me interesaba, sino la seductora tentación de un mundo que desde los doce años inflamaba mi imaginación: los libros, la parte interna de los libros, las ideas, los dilemas, las palabras y los personajes que poblaban esos libros, sus vidas y pasiones, sus desafíos y venganzas, las intrigas y sus revelaciones, los lugares remotos que habitaban, y no la parte editorial o física, mucho menos el aspecto público o rutilante de esos libros. Si hubiera estudiado otra cosa (derecho, comunicación, sociología, psicología o historia), no hubiera sido tan feliz y seguramente no tendría los recuerdos que conservo.

No creo sin embargo que mi felicidad pasada y la presente se la deba a mis condiscípulos. De hecho, no tuve amigos en la Facultad de Filosofía y Letras de la UNAM y tampoco tuve muchos amigos durante el posgrado en el Departamento de Español de UCLA. Fueron, por sorprendente que parezca, los profesores los que hicieron de esos sitios algo bienquisto y entrañable, una memoria separada de muchas otras, una cueva de Montesinos en la que a ratos me vuelco y me ensimismo. Si en la UNAM aprendí de escritores brillantes como Elizondo, López Páez, Batis, Pereira, Molina, Patán, Cross y Manuel Ulacia, en UCLA me iría a topar con el ejemplo de Carol Johnson, Verónica Cortines, Jesús Torrecilla, Brian Morris, Carlos Peregrín Otero y sobre todo John Skirius y Efraín Kristal. El primero se convirtió, después de mi distanciamiento con Adriana, en mi *advisor*, mi amigo y mi guía. Sin el segundo no hubiera sido aceptado en UCLA —mi tesis sobre Vargas Llosa dirigida por Pagani y nuestra pasión compartida por el escritor peruano coadyuvó en que fuera admitido—. Efraín se convirtió, con el correr de los años, en un amigo al que admiro y al que recurro. John, quien fue mi consejero y amigo desde mi llegada a UCLA, murió hace poco; fui invitado a hablar durante una ceremonia en su honor. Sentí con profundo pesar su fallecimiento. Sin él tal vez no me hubiera quedado en Estados Unidos. Quizá estaría en México alimentando desesperadamente esa percepción que yo hubiera deseado que los otros tuviesen de mí, toda esa epifanía de la que he hablado antes. Quién sabe... El caso es que yo a él lo buscaba, a él me confiaba y a él lo consultaba con asiduidad. Fuimos muchas veces a comer a lo largo de esos cuatro años en Los Ángeles. Le encantaba la comida española como a mí, pero no bebía casi nada. Era gordo, muy gordo, e increíblemente agudo, brillante, culto, sagaz. Sabía todo sobre México; sabía más que muchos historiadores sobre la primera mitad del siglo XX y no había nadie en el mundo que conociera la vida y obra de José Vasconcelos como él. Sin embargo, una crisis depresiva lo había acabado a muy temprana edad. Esto había sucedido antes de que yo llegara a Los Ángeles: nunca supe los detalles y jamás me atreví a preguntar. Hace mucho miré un documental donde él y Carlos Fuentes dialogan sobre México. Skirius era otro: delgado, pausado, pulcro, diligente. Después ¿qué pasó? ¿Cuándo pasó? No lo sabía. No lo supe todo este tiempo. Descubriría la vesania, el salaz y rastrero misterio, quince años más tarde, poco después de su fallecimiento. Skirius era, como Melville, Márai o Cernuda, una víctima de sí mismo: un error de percepción lo había conducido a la propia destrucción. Alguien, no obstante, lo había orillado, un colega lo había precipitado al vacío con premeditación y por envidia, la misma con que atacaban en México al plagiario Bremen; mas eso no importaba hoy; esto no debía haberle importado a Skirius cuando ocurrió puesto que él estaba por encima de cualquier pelafustán, y sin embargo hesitó, perdió confianza y de pronto se cimbró el suelo en el que andaba. Depresión, peso, manía, tics, locura, paranoia. Nunca se recobró del todo. Jamás publicó su gran biografía sobre Vasconcelos y no obtuvo lo que merecía: el reconocimiento, el ascenso, el prestigio académico. Su percepción de sí mismo difería sustancialmente de la que otros tipos como yo teníamos de él. Se sentía olvidado, inepto y desvalorizado. Es decir, padeció el atroz ninguneo que sufrieron muchos hombres talentosos y, al igual que ellos, cayó morosamente en la amargura y la destrucción. A pesar de verlo desaseado y maniático, gordo y paranoico, yo lo quería, lo admiraba. Cuando le dije que no sabía si quería hacer mi tesis de doctorado sobre Luis Cernuda o sobre Solti, en lugar de disuadirme o empujarme a hacerla con Otero, el gran amigo de Cernuda y también mi profesor, me dijo: "Si tú crees que la obra de Solti lo amerita, hazla sobre él. No importa que sea tu amigo. Sólo recuerda que vas a publicarla un día. Que no sea demasiado larga y que sea objetiva y documentada. Tengo confianza en que lo harás". Y eso hice, pero para eso faltan unos años, falta que termine los exámenes de maestría, primero, y los de doctorado, después; falta que Lourdes y yo viajemos a San Francisco y a San Diego con los sinaloenses; falta que conduzcamos a Ensenada y acampemos tres días en la playa sin dinero pero enamorados; falta que Lourdes, de vuelta de una película de Woody Allen, me grite y me golpee y falta que yo me defienda y la arrastre del cabello embravecido por sus golpes y me salga a pernoctar con los mosqueteros; falta que Lourdes me diga una mañana lluviosa que me quiere abandonar y falta que me diga que me ama dos días más tarde; falta que lloremos y nos reconciliemos muchas veces; falta que me separe de Lourdes dos años después de habernos casado en una hacienda de Hidalgo; falta que me abandone y se regrese a México con sus decepcionados padres; falta que yo reciba un grueso sobre color manila de Javier Solti en el nuevo departamento de Sepúlveda Boulevard —el mismo que apenas empezábamos a alquilar.

Después de un año difícil, desgastante e intenso, habíamos conseguido un lugar más amplio para vivir, para tolerarnos. Había una lista de estudiantes graduados y profesores queriendo mudarse a estas nuevas y flamantes viviendas recientemente construidas por la universidad. Aunque más lejos del campus, eran más baratas y mejor equipadas. Tenían dos habitaciones y dos baños en lugar de una habitación con un solo baño. Teníamos enfrente el supermercado y para entonces ya habíamos comprado un pequeño Corolla con miles de millas encima, el mismo que nos llevó a Ensenada y a San Francisco. Yo no lo necesitaba para ir a la universidad. Era más sencillo desplazarse en autobús, el cual me dejaba a un paso del Departamento de Español. Allí, rodeado del césped mejor cortado que he visto en mi vida, pasaba horas leyendo o corrigiendo exámenes. Allí coincidía con mis compañeros de posgrado o comía con Lourdes o tomaba un café bajo la sombra de un árbol. Hoy los llamo, claro, condiscípulos pues no sé si, al final, fueron amigos o compañeros de ruta: no los he vuelto a ver, no sé nada de ellos, ni siquiera sé si concluyeron sus estudios, si se casaron o murieron. Eran venezolanos, colombianos, españoles, argentinos, cubanos, brasileños y peruanos, un enjambre de nacionalidades con el que conviví por cuatro años, codo a codo, con los que departí casi a diario en el campus y, finalmente, con los que Lourdes y yo hicimos una nueva vida social en largas francachelas, bailes de salsa que yo odiaba y cenas estudiantiles con ron y bataca. Fueron todos ellos los que me hicieron descubrirme, por primera vez en la vida, latinoamericano, los que me sacaron de mi abotargada mexicanidad y me integraron (sin imaginarlo) a un territorio más ancho, más rico...

Seguimos viendo a los sinaloenses, pero con menos frecuencia que antes. Pertenecían a un mundo aparte, el de los casabolseros, los *yuppies* estudiantes de negocios, los futuros economistas de México, los banqueros y dirigentes de mi país arruinado. Yo era, en cambio, al igual que mis camaradas del Departamento: un excéntrico, un intelectual sin dinero, un estudiante de Letras (eso que no sirve para nada), con la notable diferencia de que ellos, los latinoamericanos, no pretendían ser novelistas ni poetas y yo (descocado e insolente) sí. Mi soberbia en aquella época debía ser bárbara: una cosa era estudiar a los grandes autores y otra cosa pretender emularlos. Yo era el único que había tenido el descaro de obsequiar a mis profesores y a varios compañeros de posgrado mis dos novelas y mis libros de poemas. ¿De veras pretendía ser leído, adulado, cuando había que leer, primero, a Roa Bastos y a García Márquez, a Onetti y a Borges? ¿Pretendía arrebatarles su precioso tiempo cuando apenas lo teníamos para escribir sendos ensayos sobre Cortázar, Paz, Neruda, Del Paso y Lezama Lima? Un par de condiscípulos, no obstante, me leyeron, aunque jamás se dignaron decirme una palabra. Jamás supe si mis libros les parecían una mierda o no a esos futuros académicos latinoamericanos de Estados Unidos. Las alabanzas vinieron, no obstante, de donde yo menos lo podía esperar: de mis profesores.

Johnson, el gran experto en el *Quijote* y decano de nuestro Departamento, elogió mi novela cervantina en un correo electrónico; Efraín la citó en su enciclopedia; Skirius dictó dos conferencias sobre otras dos novelas mías; Benítez, el famoso galdosista, interrumpió una clase para dedicarla (con mi total estupor) a estudiar "la creación de espacio" en mi segundo libro. Recuerdo cuando le dijo a mis compañeros: "No hay mayor desafío que el de crear un espacio novelístico donde antes no lo ha habido", y era cierto. Yo, confieso, no lo había visto hasta entonces: jamás había reparado en el reto que implica imaginar un lugar donde los personajes van a sentir, soñar y matarse. Y eso lo había conseguido como si se tratara de un demiurgo. Supongo que al final nada de esto pudo atraerme muchos amigos. Sólo quedó uno después de esos cuatro años: José Luiz Passos, brasileñista y novelista, quien aprendía español más pronto de lo que Lourdes y yo aprendimos portugués. De hecho, después de dos semestres en los que ambos compartimos clase con José Luiz, nos rendimos. Lourdes había conseguido trabajo en una academia de ballet a pesar de no haber obtenido la *green card* todavía. Estas nuevas horas ocupada haciendo lo que más amaba en la vida, lo que sacrificó por venir a Estados Unidos, fueron un paliativo frente a la tensión que se cebaba entre los dos sin saber cómo aplacarla: un altercado nos llevaba a otro, una diferencia de opinión se hacía un alud de fuego, un malentendido o gesto equívoco producía catástrofes difícilmente reparables. Nos precipitábamos como dos gorriones al nefando vacío y nada conseguía detener la caída. Casi deseábamos que todo eso deleznable ocurriera y que se lo llevara pronto el infierno. ¿Qué mierda hacíamos los dos metidos allí, atrapados en ese matrimonio expedito? ¿Quién nos conminaba desde el alto cielo a este maleficio? Nadie, por supuesto. Nosotros mismos. Ella lo eligió por su cuenta, libre y soberana, y yo lo busqué y lo propicié y a veces, muchas veces, ya no lo quería. Pero ella tampoco lo quería. Pero sólo a veces... Por las noches, reos de nocturnidad, la pasión o el arrepentimiento regresaban, solapados; la ácida atracción nos impelía; éramos dos imanes que supuran después de la batalla sin comprender jamás qué los orilla a tocarse, qué los empuja a besarse y morderse otra vez, acaso sin querer saber más allá de lo que simplemente brota del sexo, sin hurgar más que en esa infame comezón que hiende entre las piernas, a ratos aliviada por el coito. Otra veces, sin embargo, no era así —ni siquiera teníamos esos espurios momentos de paz, ese consuelo de la piel—. Esas veces se instalaban, entre nosotros, la disputa, el rencor sin tregua ni reposo. Nuestro odio ganaba la balanza. Nuestro encono iba ganándole al amor. Era obvio. Incluso el lenitivo del orgasmo iba perdiendo el combate frente a la ira, los celos y la desconfianza.

A los trece o catorce meses de vivir con Lourdes en nuestro nuevo departamento de Sepúlveda Boulevard, abrí aquel grueso sobre de manila que Javier me enviaba y que yo francamente no esperaba: adentro había una pequeña novela engargolada, una sátira, una parodia, el bálsamo de Fierabrás. En una nota aledaña escribía: "Eloy, tanto me ha gustado tu triángulo amoroso, tu novelita porno que me dejaste antes de partir, que no pude no responderla. Lo hice a través de otra novelita, que espero te guste. Tómala como un pequeño homenaje. Tu amigo, Javier". Por supuesto, detuve todo, puse paréntesis en mis estudios, cancelé mis clases al día siguiente y me enfrasqué de corrido en la lectura de su novela gemela, su estrambótico triángulo amoroso invertido. Desde *Humbolt's Gift*, *Martín Romaña* y *Domar a la divina garza* no me había reído de manera tan desparpajada como lo hice ese memorable día y medio encerrado en mi habitación entre cafés y tostadas con mantequilla. No recuerdo haber vuelto a reírme como lo hice con esos libros en toda mi vida, y el último de todos fue el de Javier, mi mejor amigo. Han pasado quince años desde esas risotadas en Sepúlveda Boulevard y todavía las confundo con las que me produjeron Humboldt, Romaña y Dante C. de la Estrella. Diez años más tarde tuve que atreverme a escribir mi novela carnavalesca, mi propia idea de cómo debía reírme del mundo.

37

Yo fui la estúpida que comencé el juego entre los tres y la verdad nunca preví las consecuencias.

Tessi, mi hermana, había llegado a Los Ángeles poco después de haber cumplido (con penosa dificultad) nuestro primer año de matrimonio. Para esa época yo ya enseñaba ballet por las tardes. Ir a trabajar cuatro veces por semana lograba destensar, un poco al menos, la violencia enquistada en nuestra relación —a veces llegábamos a las bofetadas, los empujones y los agravios más inverosímiles—. Eloy me ofendía sin decir groserías —como yo se las decía a él—, pero igual conseguía herirme. Aunque él no me golpeaba, sí se defendía y con ello bastaba para que sus manos, ciñendo mis muñecas y puños, me hicieran daño y me dejaran moretones. Yo a él le dejaba rasguños en el rostro y los brazos. ¿Cómo empezaban las disputas? Imposible rastrear un origen. Como todo, surgían por acumulación, por fermentación. Las diferencias, las ínfimas grescas cotidianas, se adherían como costras de mugre. En un abrir y cerrar de ojos, el vaso de la discordia rebalsaba y no éramos, a partir de ese instante, sino incoherentes marionetas sin control: nos despeñábamos en un embudo, una aguda espiral, en la que ya no hallábamos fórmula o pócima que detuviera lo que de todas formas se veía venir, lo que se precipitaba. Con Tessi o sin ella, las cosas hubieran sido las mismas. De hecho, yo no supe nada, no supe lo que ocurrió entre los dos —sus repulsivos escarceos, sus juegos furtivos—, hasta un año más tarde y, para entonces, yo ya estaba en México de vuelta con mis padres decidida a no volver con Eloy, ahíta de rencor y fatiga, asqueada de eso que llaman con frivolidad la vida conyugal. Tessi sólo me contó lo ocurrido entre ellos más tarde. En Los Ángeles, mientras todo pasaba a mis espaldas, ella permaneció cobardemente callada, tal y como convenía a sus intereses. Y los suyos eran, por supuesto, que yo nunca supiera esa verdad (una que la involucraba, por supuesto) y de paso que yo nunca volviera con Eloy, único testigo de su verdad.

Pero ¿cómo empezó lo suyo? No lo sé, pues Eloy y mi hermana eran amigos desde antes de que yo lo conociera a él, antes incluso de que su primo Alejandro Grey y Tessi me lo presentaran el día de mi cumpleaños en La Regadera, cuando eran dos prometidos a punto de contraer nupcias. ¿Había ocurrido algo entre ellos antes de conocerlo yo a él? ¿Se había metido Eloy con la novia de su primo? Se lo pregunté a Tessi un año más tarde, ya en México, cuando mi hermana me confesó todo y ella me juró que antes de esa fecha nunca había ocurrido nada, y yo, por supuesto, le creí. Tanto confiaba en mi hermana —al menos esa añeja parte desleída de la historia—, que cuando yo misma catapulté los estúpidos jueguitos en nuestro departamento de Sepúlveda Boulevard, no me pasó por la cabeza que ellos pudieran verse de otra manera que como hermanos. Y si no precisamente como hermanos (hoy no soy tan ingenua), al menos como dos individuos donde la atracción está proscrita, desterrada. Por eso digo que no sé cuándo comenzó a inflamarse la carne de los dos, y no sé tampoco si fui yo, Lourdes (la cándida hermana menor), quien a ciegas lo incité todo, quien inadvertidamente propicié con esos juegos inocentes los posteriores juegos no inocentes cuando yo partía, cuando no estaba en casa, cuando enseñaba mis clases de ballet y Eloy regresaba de la universidad para encontrársela.

Leyendo no hace mucho una novela de Marías que Abelardo Sanavria me obsequió para mi cumpleaños, encontré una cita del diccionario de Covarrubias donde éste pergeña el significado de la palabra envidia, y más o menos esclarece lo que Eloy nunca ha parado de asestarme estos dieciséis años: la envidia viene a veces de tu mejor amigo, Lourdes, o de tu propio hermano. Él insiste, por supuesto, en que Tessi siempre me ha envidiado, dice que me tiene celos, y antes de que yo lo escamotee y me ría sugiriendo que acaso ella me envidia porque mi hermana muere por él, Eloy puntillosamente añade a su argumento: Tessi no codicia al marido, Lourdes, te envidia a ti, lo que haces, lo que eliges, lo que tienes, lo que sabes e incluso lo que no sabes, lo que no tienes y hasta lo que dejaste de hacer. La suya es una envidia crónica, arguye, una envidia automática, que no responde a nada concreto o particular y que, en cambio, responde a todo lo que tenga que ver conmigo —en general y en abstracto—. Según su teoría, casi todo lo que hace Tessi está movido (a veces inconscientemente) por mí. Yo soy su razón de ser. Ella se nutre de mí, vive por mí y depende de mí como un vampiro se alimenta de la sangre de su víctima. Todo este discurso huero y ridículo, me lo endilga, por supuesto, después de lo ocurrido en Los Ángeles, luego de su infame escarceo con su cuñada, la princesita que no llegó a ser, como la llama con sarcasmo. Ésa es justo la parte de la trama que me inclina a desconfiar de sus observaciones: si antes ellos eran tan buenos amigos, ¿por qué a partir de su perfidia Tessi se volvió su aborrecible enemiga? Con ello, Eloy y sus teorías han perdido plausibilidad. Los celos que Tessi pueda o no tenerme no tienen mayor peso que cualquier otro sentimiento *non grato* que pudiese tener yo hacia mi hermana.

Con todo lo anterior, no pretendo insinuar que no la hallo culpable de lo ocurrido. Tessi es tan deplorable y patética como lo pudo ser Eloy. Los dos se comportaron con bajeza. Y lo hicieron a mis espaldas. Y aunque Eloy quiera justificarse aduciendo que lo nuestro no andaba bien de cualquier modo, eso no lo exime de haberse metido con la hermana de su mujer. Y si Tessi pretende justificarse aduciendo que se hallaba triste y vulnerable durante su visita, y que yo misma la había incitado a participar en esos juegos en un primer lugar, su pretexto tampoco la condona. Ambos se portaron como lo que fueron: unos miserables perros, unas abyectas bestias en brama.

38

Lourdes nos dijo ese sábado después de desayunar:

—Vengan, siéntense. Les propongo un juego.

Desconcertados, Tessi y yo nos levantamos de la mesa y nos acercamos, todavía en pijama, al nuevo sillón de la sala. Lo acabábamos de comprar en Ikea, la tienda de los estudiantes con bajo presupuesto, y nos sentíamos dichosos con el mueble color ciruela: ahora podíamos mirar la televisión cómodamente arrellanados, algo que no habíamos podido hacer desde que nos mudáramos a Sepúlveda Boulevard y dejáramos atrás, arrumbado, el destartalado love seat, obsequio de unos engorrosos vecinos peruanos.

Nos sentamos cada uno, Tessi y yo, al lado de Lourdes. Ésta, sin preguntarme nada, me dijo:

—Cierra los ojos.

—¿Qué?

—Hazme caso: ciérralos.

Y yo lo hice. Inmediatamente después sentí una venda en los ojos. Lourdes me los tapó e hizo un nudo con una mascada o lo que fuera que estaba usando. ¿Qué hacía? ¿Íbamos a jugar a la gallina ciega? No dije nada. Ensayé una sonrisa, me quedé quieto, aguardando unos segundos. Hacía calor. Eran las once pasadas.

—¿Ahora qué? —preguntó Tessi.

—Ven —le dijo Lourdes a su hermana mayor—. Levántate.

Me quedé solo en el amplio sillón.

—Ahora debes adivinar quién de las dos se sienta en tus piernas y te da un beso —dijo mi mujer.

Me quedé estupefacto. ¿Había oído bien? ¿Había sido Lourdes la emisora de esas extrañas palabras? A pesar de mi sorpresa, no dije nada: intenté disimular mi azoro escondido tras la mascada. Pero ¿qué cara habría puesto Tessi al oír eso? No lo podía imaginar. Sin embargo, la escuché a ella, de pie frente a mí, diciéndole a su hermana menor:

—Pero ¿qué juego es ése?

—Qué fresa eres —le dijo Lourdes—. ¿Juegas o nos vamos a Venice Beach?

Tessi no replicó. Yo me quedé impávido, acechante. ¿Qué sentí en ese momento o en los siguientes veinte segundos? Un quemor, una leve comezón: hasta esa mañana yo no había sentido nada hacia mi cuñada, la ex prometida de mi primo Alejandro. En ese instante sin embargo una honda cálida me inundó y mi sexo se abultó bajo el pantalón de mi pijama; permanecí quieto, callado, ciego. Un minuto más tarde, sentí un cuerpo sentándose sobre mis piernas, un culo tibio, cubierto de franela. ¿Era Lourdes? ¿Era Tessi? Realmente no lo sabía. Tampoco supe quién de las dos había sido cuando de pronto sentí un brazo alrededor de mi cuello y un pequeño beso en mis labios. Acto seguido, ese cuerpo se paró y yo me quedé sentado en el sofá.

—¿Quién de las dos fue? —preguntó Lourdes.

—Tú —dije, pero no tenía la menor idea.

—Viste —me acusó mi mujer.

—Te juro que no —me reí.

—No te creo —insistió Lourdes.

—Fue tu olor —mentí.

Otra vez el silencio, la ceguera, el extraño y perverso juego de mi mujer. ¿Qué pretendía? ¿Por qué hacía esto? ¿Se sentía tan mal por su hermana mayor, la hermana sin novio, la princesa saltada, abandonada, triste y soltera? ¿Quería reconfortarla? Pasaron varios segundos, quizá treinta, quizá cuarenta, no lo sé, pero en ese breve intervalo, algo inédito, una quemadura que jamás había sentido, empezó a apoderarse de mí contra mi voluntad: era el podrido deseo hacia otra mujer. Y no es que no hubiese tenido deseos hacia muchas mujeres, pero nunca los sentí hacia Tessi, jamás hasta ese sábado a mediodía en Sepúlveda Boulevard. Un cuerpo interrumpió mis ideas, mi pensamiento, lo que fuera que estaba cavilando aún sentado allí, imbele y ardiendo de deseos. Una forma redonda se acomodó sobre mis piernas y esta vez mi verga, enhiesta, difícilmente ocultable, se topó con ese pedazo de franela, con ese bulto de carne. ¿Era el culo de mi mujer o era el de mi cuñada? No sentí un brazo rodeándome los hombros como la primera vez, pero sentí el beso, pequeño, mojado. El primero no lo era. Éste sí. También sentí que esas nalgas no habían rehuido la dureza de mi verga bajo la pijama. Al contrario: se habían aposentado, firmes, allí.

—¿Eres tú? —dije, pero no oí nada: era obvio, no había dicho quién de las dos era—. Quiero decir: eres tú, Tessi.

—Sí —dijo Lourdes decepcionada justo enfrente de mí—. Adivinaste.

—¿Estás viendo? —dijo Tessi sin moverse de mi regazo y auscultando mis ojos bajo la venda para cerciorarse de que no hacía trampa.

—Bueno, ya —dijo Lourdes cansada o acoquinada de súbito—, vámonos a Venice Beach a caminar un rato, ¿no? Hace calor aquí. Necesito buscar unos aretes.

—Yo me quedo —respondí.

—Qué aburrido eres —dijo Tessi.

Las dos se ducharon, se arreglaron y salieron del departamento. Nomás ver el Corolla partir veinte minutos más tarde, corrí y me encerré en el baño como un adolescente: nada conseguía desinflamar esa erección. Necesitaba sacar ese chorro de semen. Por primera vez en la vida me masturbé pensando en mi cuñada, la princesita que no llegó a ser, el chivo saltado, mi futura enemiga, la misma que, poco tiempo después, se convertiría en algo peor que mi fiscal: mi conciencia delatora, mi culpa y mi vergüenza. Pero todo eso todavía yo no lo sabía y ni siquiera lo auguraba. Faltaría un año a partir de ese día para descubrir su arrepentimiento disfrazado de encono y rencor, o mejor: su odio y su rencor disfrazados de arrepentimiento.

39

Esa misma noche, para colmo, le dije a Eloy:

—¿Te importa que Tessi se venga a la cama con nosotros?

Él y yo estábamos acostados ya, la habitación a oscuras, a punto de dormir. Habíamos cenado juntos, habíamos mirado una película los tres y habíamos bebido unas cuantas cervezas cómodamente sentados en el nuevo sillón color ciruela de Ikea: no recuerdo qué más pudimos haber hecho ese sábado, aparte de ir a Venice Beach y comprar mis aretes, pero tampoco importa demasiado. Lo que interesa es descubrir los resortes de mi locura compasiva, mi extraña manera de sentirme solidaria con Tessi, mi descabellada forma de reconfortarla de su pérdida: nada menos que con mi marido, con un hombre, un mujeriego, su cuñado. ¿En qué diablos estaba pensando?

—No me importa —me dijo soñoliento, y añadió—: Pero ¿por qué la quieres invitar?

—Tú sabes por qué.

—No tengo idea.

—No está bien todavía. Sigue deprimida. Piensa en Alejandro. Me sabe mal que se quede sola en la otra habitación cuando aquí tenemos mucho espacio. Su cama es ruin, Eloy.

—Como quieras.

Acto seguido, me levanté en las tinieblas y fui por ella al otro cuarto; la convencí de quedarse con nosotros esa noche. La cama era grande y a mi marido no le importaba: era, al fin y al cabo, como un hermano suyo, su cuñado. Al final, no sólo fue esa noche, sino la siguiente y la que le siguió. Tessi hizo de nuestra recámara su propia alcoba nocturna, su lecho nupcial. Durante el día tenía su habitación, pero por las noches emigraba (ya sin invitación) a la nuestra. Yo siempre dormí en medio de los dos —por eso me consta que no pudieron tocarse por las noches, ni rozarse—. Reconozco que fui una redomada imbécil, una retrasada mental o algo aún peor: los retrasados mentales no saben lo que hacen y yo sí sabía y lo consentí. Me pregunto si habré propiciado ese deseo inconscientemente. ¿Pudo ser mi subterfugio para romper, por fin, con Eloy? No lo sé, sin embargo, no me enteraría de los juegos y escarceos sino hasta un año después de separarme de Eloy. Tessi, como dije, permaneció callada, no me contó una palabra sino hasta el último instante: cuando le notifiqué (ya estando en México) que había decidido volver con Eloy *a pesar de todo*. Ella montó en cólera y me pronosticó lo peor: que yo hubiese decidido volver con mi esposo le pareció un desatino mayor que el haberme casado con él. Contarme, acto seguido, lo ocurrido entre los dos un año atrás fue, por supuesto, su último recurso, su alfil. Tessi estaba desesperada, acorralada. En ese momento (conforme la oía relatar *su* versión de los hechos, conforme me hería con cada palabra) me di clara cuenta de que odiaba a Eloy tanto como Eloy la odiaría cuando supiera que mi hermana lo había culpado a él de todo. Mi marido nunca la perdonaría: hoy comprendo que fui corresponsable. ¿Qué ganaba restregándoselo a Eloy si de todas formas había decidido volver con él?

En 1998 aparecieron las dos novelitas porno junto con una novela de Abelardo y otra de Pablo Palacios. Aunque nos reunimos otra vez para lanzarlas en México, en esta ocasión poca o ninguna gana teníamos de volver a nuestro país: dos años antes, en el verano del *Manifiesto*, diarios y suplementos nos habían tratado bastante mal. Los críticos nos habían crucificado sin haber leído las novelas. Nuestro desplante literario se había interpretado como osadía y provocación. Y lo era ciertamente. Lo que no medimos fue la proporción del odio que suscitaríamos a partir de ese momento, una saña que ha perdurado al día de hoy. Por ello, esta segunda remesa publicada en conjunto terminó por convertirse en un evento menos aparatoso que el primero de 1996. No podíamos, a pesar de cierta desgana que nos circundaba, dar marcha atrás en nuestra altanería. Era tarde para ello. Al contrario: debíamos ser consecuentes, demostrar entereza y confianza, sentimientos que, a partir de esa segunda ronda, empalidecerían gradualmente en Amancio, primero, en Javier y Pablo después, y al final en Abelardo. Por algún motivo que desconozco e iré descifrando, sólo yo, testarudo o idealista, me empeñé en mantener nuestra osada cofradía de juventud. Creía que era asaz inconsecuente arrepentirse una vez había dado inicio la batalla; sentía que era un craso error desmembrar un grupo si, a pesar de todo, seguíamos siendo amigos. En mi caso, mi espíritu gremial sólo empalideció cuando la amistad palideció en la realidad. Antes, no. En el caso de mis amigos novelistas, sospecho que a partir de 1999 ese espíritu cesó de agitarse. Esa segunda ronda de novelas publicadas por Lázaro Pagani había dado de sí como grupo: mis compañeros estaban exhaustos, arrepentidos, quién sabe. Reunimos, no obstante, los nuevos libros y los presentamos la misma noche durante una visita relámpago que hicimos desde nuestros respectivos lugares de adopción: Amancio y Javier vinieron desde Salamanca, Pablo desde Querétaro y Abelardo desde Inglaterra. Lourdes me acompañó en esa visita que hice al Distrito Federal y si no yerro en la crónica de eventos, Esa sería la última vez en que los dos estaríamos en buenos términos, arañando migajas de esperanza y añorando la recompostura de nuestra dilapidada relación. Era, sin embargo, tarde para salvar el matrimonio...

A los dos años de casados, Lourdes me dejó. Era previsible que así fuera. Lo sé ahora. Habíamos llegado al punto de no-retorno. Habíamos pasado juntos, una a una, todas las moradas del infierno que pasan los amantes, como dice Musil. Estábamos hastiados y con trabajos resistíamos algo peor que el desencanto: el aborrecimiento, la extenuación, ambos mezclados en idénticas cantidades. Apenas y lográbamos sostenernos en pie. Parecíamos dos pugilistas que jamás hubieran contado con una pelea tan larga: seguíamos tirando golpes o evitándolos por instinto o por orgullo.

Al final, creo que yo la empujé a la separación. Debió haber sido poco después del lanzamiento de las novelas, ya de vuelta en Los Ángeles. No sé cómo lo hice, pero debí haberla orillado a abandonarme, lo mismo que había orillado a Gloria Piña a dejarme años atrás. ¿Qué me pasaba? ¿Por qué no podía permanecer con la misma persona? ¿Con qué defecto congénito había nacido o con qué descompostura emocional y psíquica había sido criado? ¿Tendría que ver en ello la historia disonante de la madre judía y el padre culpable? ¿Aquella incongruente pasión entre la madre mentirosa y el padre entercado eran, acaso, el motivo liminar de mi desperfecto espiritual? De ningún modo. No debo achacar a nadie mi descompostura. Hoy creo que lo opuesto es lo normal: ¿con qué descompostura podemos haber sido criados los humanos para poder cohabitar bajo el mismo techo 365 días al año?, ¿con qué defecto de fabricación debimos haber nacido para resistir heroicamente una vida de sacrificio compartiéndolo todo con un perfecto desconocido, de la madrugada hasta el anochecer? ¿No es extraño y anormal? ¿No es acaso ridículo? ¿No es enfermo y delirante? Lo es, y no obstante la maldita fuerza de la costumbre nos hace creer que la vida en pareja es lo más natural del mundo, lo previsible, razonable y saludable. La fuerza de la costumbre (llámese civilización o cultura) me ha empujado a vivir y respirar bajo ese mendaz paradigma. Dieciséis años casado con Lourdes lo demuestran. Debo, no obstante, rectificar un ínfimo detalle: son quince si contamos que un año (o casi) no vivimos juntos. Son quince si contamos que ella volvió a México poco después de ver publicada mi novelita porno al lado de la de

Javier. Yo tuve que quedarme todavía en Los Ángeles y terminar el doctorado en UCLA cuando Lourdes se marchó. Me faltaba poco para doctorarme. Subarrendé el departamento de Sepúlveda Boulevard y me mudé con los sinaloenses, quienes me acogieron como a un hermano pródigo que rectifica el camino y vuelve al redil; volví con mis antiguos compañeros de cuarto, los cuales seguían solteros y dichosos, disfrutando a tope de la vida, las mujeres, las francachelas y esa libertad a la que yo había abdicado durante dos años de extenuante matrimonio.

Al principio, lo confieso, sentí un profundo e indescriptible alivio sin Lourdes. Me sentía tranquilo, gozoso y convaleciente con la separación. Era un sobreviviente y no un enfermo. Aunque la extrañaba, de pronto contemplaba el reverso del infierno conyugal: nadie se quejaba de mí, nadie me regañaba, nadie se encolerizaba o desconfiaba de mis actos, nadie averiguaba adónde había ido o por qué había vuelto tan tarde, nadie perseguía el hilo de mi mirada para descubrir si la posaba sobre los hombros de otra mujer, nadie me castigaba por ser feliz, libre y vivir en paz y a mis anchas. Los mosqueteros me acompañaban. Se volvieron de la noche a la mañana —y por necesidad— una especie de hermanos en el exilio. Cada quien se dedicaba a lo suyo, nadie se metía con nadie, y sólo la juerga era compartida y comunitaria, tal y como debía ser desde el principio de los tiempos.

No obstante, a los cuatro o cinco meses de soltería empecé a echar de menos a Lourdes. Fue un proceso lento, imperceptible incluso para mí. Si me iba contento y despreocupado a la cama, al despertar empezaba a extrañarla, a rumiar su ausencia, su voz y sus besos. Era raro sentirme así. Este fenómeno iba, sin embargo, agudizándose cada día, y no daba muestras de dar marcha atrás. Por eso, más o menos por esa época, yo ya había decidido que deseaba reconquistarla sin saber por qué, sin intuir cuáles resortes me movían o qué buscaba en realidad; debía, a pesar de todo, terminar el semestre, primero, defender el proyecto de mi tesis, después, y pasar mis exámenes finales. Y eso hice ese último año en Los Ángeles, ya de vuelta en el departamento de Westwood, al lado de mis compatriotas sinaloenses. La tesis sobre Solti dirigida por Skirius la escribiría en México mientras ganaba el terreno perdido con Lourdes. Iba a ser difícil, claro, pero me había resuelto a recobrar a mi mujer.

Tercera parte

1

Ayer volvimos de Roma. Aprovechamos una de las dos semanas de vacaciones de otoño de la escuela para visitar la ciudad que Natalia había elegido para su cumpleaños. Eloy y yo se lo habíamos prometido desde antes de venir a Francia —entre otras, ésa fue la condición que nos impuso para no renegar de la mudanza—. No es lo mismo tener un varón de ocho años que tener una adolescente de trece: otra es la edad, otro el sexo y otras las negociaciones y compromisos. No obstante, Eloy y yo sabíamos que la estancia en Aix ameritaba una visita a Roma. El vuelo duró una hora y el viaje resultó maravilloso en todos los sentidos: desde la habitación del hotel, mucho más amplia de lo que preveíamos, hasta el clima fresco, los restaurantes de primera y los museos. La relación con Eloy también dio un salto cualitativo: un sentimiento nuevo y cariñoso afloró durante el viaje.

Nuestros vecinos, los Moreau, pasaron sus vacaciones en Roma con nosotros. Coincidimos los primeros tres de los seis días, pues al cuarto, Eloy decidió que era ya bastante jaleo ir y venir todos juntos tratando de conciliar voluntades y gustos. Aunque Clovis, Nina y sus dos hijos de veras nos simpatizan (la amistad entre las familias se ha estrechado en estas últimas semanas), nos tomó desprevenidos que no quisieran separarse ni para ir a descansar después del almuerzo: nos seguían al hotel en Via del Properzo, cerca del Vaticano, y allí se quedaban (en la recámara) mirando los inminentes resultados electorales en Estados Unidos. Incluso celebraron con nosotros la noche que ganó Obama la reelección.

Con ellos y sus hijos hicimos, el primer día, el largo paseo al Foro, el Palatino y el Coliseo Romano; el segundo día visitamos el Museo Vaticano y la Basílica de San Pedro, y el tercero, fuimos los ocho a Villa Borghese, la cual Eloy y yo conocíamos de una anterior visita cuando le publicaron su novela en italiano. Nos enamoramos de las estatuas de Bernini, que no habíamos visto más que en fotos;

a mí, sobre todo, me gustaron el *Apolo y Dafne* y *El rapto de Proserpina* y a Eloy el *Eneas, Anquises y Ascanio*, el cual le recordaba, dijo, "No oyes ladrar los perros", donde un padre lleva a su hijo herido sobre los hombros.

—¿Rulfo no habrá pensado en la *Eneida* cuando escribió su cuento? —me dijo deteniéndose en esa escultura que abarcaba toda la sala—. Sólo que en lugar de Eneas cargando a su padre, en el cuento es el anciano el que carga a su hijo.

Yo no seguía el hilo de sus lucubraciones; sólo deseaba aprovechar las dos horas reglamentarias que otorga el museo. Quería continuar, pasar a la siguiente sala; sin embargo, a punto de hacerlo, Eloy saltó exultante y me dijo:

—Claro que no es fortuito.

—¿Qué? —le dije.

—La idea del cuento. El lugar adonde se dirigen padre e hijo se llama Tonaya, ¿lo ves? No puede ser casualidad. Tonaya se parece mucho a Troya, justo adonde Eneas, Anquises y Ascanio, su hijo, se dirigen en el poema de Virgilio.

—Vámonos ya —repliqué: no entendía una palabra y sólo teníamos una hora más para visitarlo todo.

Una incipiente tensión con los Moreau salió a relucir las horas que pasamos juntos durante los almuerzos y las cenas. Ellos no tenían planeado gastar en restaurantes, ni caros ni baratos, y Eloy y yo no íbamos a dejar de conocer algunas buenas hosterías: comer se ha vuelto nuestro pasatiempo favorito, y en eso se nos va el poco dinero que ahorramos —lo que no me compro en ropa, me lo meto al estómago y por eso tampoco consigo bajar de peso—. Por ejemplo, los Moreau compraban un plátano o una ensalada para el almuerzo y dos pizzas compartidas para la cena; nosotros, por ende, debíamos ajustarnos a su estilo frugal con una sonrisa obediente y canina.

En una ocasión comimos los ocho de pie al salir del Museo Vaticano; otra más almorzamos queso y fruta en una banca del parque al salir de Villa Borghese, y otra más, la última que pasamos juntos, comimos unos insulsos paninis de mozzarella y espinaca en la escalinata de la Piazza di Spagna. Para colmo, durante las únicas dos cenas que compartimos, Eloy y yo nos despachamos media botella de vino, coronada con *grappas*. Ellos, en cambio, no pidieron siquiera una cerveza, todo lo cual hacía inequitativa la hora de sentarse a la mesa. Eloy añoraba prolongar esos momentos con un café expresso y ellos sólo querían continuar las andanzas por Roma. Y no es que a Eloy no le guste caminarlo todo, pero empieza (como yo) a sufrir de su columna a últimas fechas. De súbito ansía una silla, un basamento o lo que encuentre para poder sentarse cada vez que el dolor se empecina con su espalda, herencia de su padre fallecido. Correr largas distancias cuatro veces por semana tampoco le ayuda; al contrario: recrudece su malestar por las noches.

Por otro lado, Nina Moreau, que se ha vuelto una buena amiga en Aix, no sólo no bebe una gota de alcohol sino que tampoco come mucho. Prefiere pelar una mandarina o masticar unos duraznos, antes que pedir un estofado a la romana o unos gnocchi gorgonzola, lo cual, de paso, me llena a mí de remordimientos. Todo este lío dio al traste al tercer día cuando Eloy me dijo *sottovoce* que ya era hora de tomar rumbos distintos: los alimentos —y no la interacción— se estaban volviendo la manzana de la discordia, y en parte era cierto. La gota que derramó el vaso llegó cuando Nina, que es pediatra y está en paro desde hace cuatro meses, nos endilgó una catilinaria sobre los daños que produce el exceso de alcohol en el hígado. No podía creer que cenáramos con vino todas las noches, lo que, confieso, me hizo sentir pésimo: los efectos del Chianti esa velada me agriaron los alimentos. ¿Una francesa diciéndome esto?

La última de las tres noches que pasamos con los Moreau, antes de despedirnos con la excusa de ir al Sagrado Bosque de los Monstruos de Bomarzo —el cual está fuera del circuito romano, en Viterbo—, Eloy salvó la vida a Abraham de puro milagro. Ocurrió tras salir de la pizzería en Via de Cola di Rienzo, cerca de nuestro hotel.

Remy, el hijo de los Moreau, correteaba con Abraham por la acera; Natalia y Martina, la hermana de Remy, participaban de la persecución. Era ya casi medianoche. El alumbrado era escaso. Cual espectros zigzagueantes, los niños iban y venían alrededor de los cuatros mayores evitando ser tocados: jugaban a los encantados en su versión francesa, donde lo que importa es correr a toda prisa y no dejarse tocar por el adversario.

En cierto momento, minutos antes de despedirnos, Abraham corrió hacia la calle sin antes fijarse si venían autos con el fin de evitar ser encantado por Remy; dado que justo allí había un paso de cebra, Abraham asumió que esas líneas le autorizaban a cruzar la calle sin girarse a los lados. Lo cierto, sin embargo, es que en Roma los coches no se detienen a menos que uno haga enfático amago de cruzar: debes, primero, asegurarte que te han visto, y luego confirmar que han desacelarado el automóvil. Sólo después cruzas. Abraham no llevó a cabo ninguno de estos obvios requisitos, y como un endemoniado corrió hacia la calle para evitar ser encantado por Remy. Eloy, que por casualidad se hallaba con un pie en la banqueta, consiguió atraparlo al vuelo en el instante en que un coche pasaba a toda velocidad a diez centímetros del cuerpecito de mi hijo. Fue tal el susto que Nina soltó un grito mayúsculo, yo empalidecí y Eloy le metió, turbado, dos sendas nalgadas. Estaba lívido; regañó a Abraham, lo mismo que yo: Natalia, estupefacta, comenzó a llorar acusándonos de ser unos malos padres, gritones y feos. No entendía por qué, además del susto que Abraham se había llevado, debía recibir esa zurra.

En resumen: que Clovis terminó mediando diciendo que era tarde y que los niños estaban cansados. Nos despedimos. Esa noche yo no pude cerrar el ojo: imágenes de lo sucedido me asaltaban y me impidieron dormir.

Volvimos a Aix al sexto día. Curiosamente, extrañábamos la casa de Rue de la Clairière aunque no sea nuestro verdadero hogar. El nuestro sigue estando en Carlton —ya ni siquiera la Ciudad de México—. ¿Quién iba a decirme que echaría de menos Francia? ¡Dios, cómo cambian las perspectivas con la distancia y el tiempo! ¿Mi hogar, mi patria, cuáles son, dónde están, dónde pudieron haberse quedado? Acaso mi patria sean mis hijos y mi marido.

Los niños estaban felices de volver, lo mismo que nosotros: diez, doce horas de largas caminatas por Roma nos habían dejado exhaustos. Añorábamos nuestras camas, nuestra cocina, nuestra privacidad y nuestras alegres rutinas francesas. Abraham llegó derecho a tocar su violín sin que tuviera que ir a perseguirlo y Natalia sacó su clarinete y se encerró en su cuarto a tocar y leer por espacio de tres horas sin parar.

Eloy, nomás llegar y deshacer maletas, reinició su libro: parece que tuviera una fecha de entrega cuando ni siquiera tiene un editor. No sé qué pensar de esta pasión suya; tampoco sé si se trata de una nueva, efímera, obsesión. Algo de celos debo estar sintiendo, pienso al tiempo que echo la ropa sucia en la lavadora: está bien que se ocupe de su novela aunque me disguste lo que escriba.

Si él no hubiera estado parado en la acera de Via de Cola di Rienzo, si el azar no lo planta allí, Abraham estaría en un hospital o no estaría aquí conmigo esta noche, y yo estaría agonizando de pena.

2

Cuando abandoné a Eugenio en Los Ángeles, volví con mis padres convencida de que no volvería a verlo salvo para firmar el divorcio. Había llegado al límite de mis fuerzas. Aunque aún lo amaba —o eso creía entonces—, estaba deshecha por dentro. Sospechaba que una parte de mí se había quedado como ovillada, incapaz de salir a la luz, incapaz de ser la mujer que había sido antes de conocerlo, pero también sentía (¡extraña paradoja!) que me faltaba la respiración al no tenerlo cerca, a mi lado —la maldita fuerza de la costumbre se cebaba dentro de mí y no conseguía extirparla.

Sea como fuere, yo ya no era la misma sin él, aunque tampoco lo había sido a su lado: algo se había endurecido, algo siniestro y rijoso. Me sentía distinta y me dolía venir a descubrirlo ahora —como si hubiera estado ciega y de pronto me arrojaran un hato de luz en el rostro—. Mi espíritu se había encallecido en cuestión de meses. Pero ¿todo este desgaste, era el matrimonio? ¿Por qué nadie me lo había dicho?

Eugenio se quedó en Los Ángeles y les pidió asilo a sus amigos sonorenses a las dos semanas de haberlo abandonado. Evidentemente, no había conseguido llevar tan bien la soltería como llegó a creer en un principio; no en balde, nomás volver a la ciudad de México —una vez hubo defendido su proyecto de tesis sobre su mejor amigo—, comenzó a buscar a Lourdes antes de buscarme a mí.

En su nueva novela, Eugenio crea una historia, no sé si hermosa o perversa, no sé si edificante o vulgar, pero sí sé que por completo falsa. Yerro: no es del todo falsa. Muchos de los hechos son verdaderos; lo que cambia, lo que altera una y otra vez, son los nombres de las personas y el filtro sesgado con el que narra esos hechos. A diferencia del famoso cuento de Borges, Eugenio no modifica las circunstancias, aunque sí se empeña en alterar los rasgos de sus protagonistas y uno que otro lugar, una que otra anécdota, uno que otro año o mes de la historia. Como si hacerlo lo aliviara de algo, lo reconfortase o le hiciera vivir una vida que soñó con otra mujer distinta que nunca llegó a tener. ¿Por qué lo hace? No lo sé y tal vez nunca llegue a descubrirlo.

Ésta es, pues, mi propia versión de su vida y la mía (ambas sombríamente reunidas) en poquísimas y tajantes palabras. En primer lugar, Eugenio volvió a México con sus maletas hechas, abatido y desorientado. ¿Qué iba a hacer a partir de ese momento, qué rumbo tomaría su vida una vez terminara su disertación? ¿Permanecería en México o regresaría a Estados Unidos? ¿Continuaría separado y soltero o encontraría a alguien y se volvería a casar? ¿Acaso ese alguien sería Lourdes, su amiga bailarina, quien (muy oportunamente, cabe decir) se prestó como paño de lágrimas para sus cuitas de abandonado? ¿Repetiría Eugenio sus errores o los rectificaría?

Una de las primeras cosas que hizo fue, ya lo dije, llamar a Lourdes y verla. Quería, por supuesto, contarle sus desavenencias maritales, sus penas de amor. Quería un hombro femenino y un par de tetas para que lo consolaran. No lo culpo. Yo hice lo propio cuando volví a México sin él, sólo que ninguno de los tres hombres con quienes salí me pudieron consolar —o bien yo no estaba lista aún para ser consolada.

Lourdes, hasta donde tengo entendido, seguía enseñando ballet en su pequeña academia de Polanco y no se había casado todavía. A pesar de haberla ido a buscar —era su mejor amiga, se justificó más tarde—, Eugenio tuvo la desfachatez de ir a mi casa con el pretexto de devolverme el dinero del Corolla, el cual me correspondía pues yo lo había comprado con mis ahorros antes de casarnos. Esa tarde no lo quise ver. Mi madre salió a recibirlo. Lo saludó fríamente y él, desencantado, se fue sin decir mucho más. Yo conseguí mirarlo desde la ventana de mi cuarto, oculta entre los visillos, y confieso que en ese par de segundos se me volcó el corazón. A pesar de que todavía lo odiaba con toda mi alma, un nudo se me hizo en la garganta cuando lo volví a mirar después de tantos meses.

Debía ser firme en mi decisión, me repetía como una promesa que me hubiera hecho yo sola, y si a veces titubeaba, me reconvenía con furor y sin piedad. Estaba resuelta a no volver con él y a sólo coincidir (acaso por última vez) en un despacho para firmar nuestro divorcio. No importaba cuánto lo siguiera amando: Eugenio me había hecho demasiado daño y no lo iba a perdonar jamás. Lo tenía claro. Si alguien, a pesar de todo, me hubiera preguntado cuál era la naturaleza del daño, no hubiera conseguido explicarlo, no podría ni siquiera ubicarlo, pero lo sentía con inhabitual y agudísima certeza. Acaso hubiera sido su falta de empeño en retenerme, su falta de fe cuando todo estaba ya acabado entre nosotros. Quién sabe... Ese ulterior desprecio consiguió, al final, herirme más que sus flirteos con mis amigas, sus devaneos con desconocidas, mis sospechas de infidelidad e incluso su abierto deseo por explorar juegos eróticos con otras parejas. Todo eso era ya lo de menos. Fue, si debo ser sincera, su falta de ímpetu por retenerme, su apatía amorosa, la inmarcesible sensación de fracaso.

Cuando esa última Navidad le anuncié que me largaba, él simplemente asintió, no dijo nada. Percibí una imponderable tibieza, una repugnante aceptación. Era claro: no iba luchar por mí. Probablemente estaba tan harto como yo lo estaba. Necesitaba descansar de mí tanto como yo lo ansiaba. Descubrir todo esto, justo al final, esa Navidad, hirió mi orgullo de mujer más que ninguna otra afrenta que hubiese yo podido recibir durante nuestro corto matrimonio. Por eso, ahora que volvía a buscarme trayéndome el dinero del Corolla, no pensé ni por un instante bajar a saludarlo, mucho menos aceptar tomarme un café con él para charlar, tal y como me había propuesto varias veces por teléfono. Que se dedicara a su maldita tesis, me decía furiosa, a su doctorado y a sus asquerosos libros, pues yo me proponía seguir mi camino sin él.

Fue entonces, acaso dos meses después de esa visita relámpago, que supe por la prima de Lucy, mi vecina, que Eugenio había vuelto a buscar a su amiguita de antaño. La prima de Lucy lo había encontrado en la academia de Nélida Alegría. No sé cuántas veces habría visto a Lourdes desde que llegara a México, no sé tampoco cuántas veces habrían salido juntos y tampoco si algo pudo pasar entre los dos.

Enterarme por Lucy o por su prima (lo que es lo mismo) atizó algo sepulto dentro de mí: no sé si era amor o revanchismo, no sé si fuera cariño o competencia o pura afrenta de mujer, incluso puede ser que fuese una mezcla de muchos sentimientos, ninguno irreconciliable con el otro. Sin el consuelo de su amiga bailarina —quiero decir: su indirecta, artera ayuda femenina—, tal vez yo no hubiera aceptado volver a salir con él dos meses más tarde, quizá tampoco hubiera tomado un primer café, luego un segundo, finalmente un tercero para... allí mismo, en un rincón desierto de la pastelería de Insurgentes adonde estábamos guarecidos como dos párvulos, besarlo sin haberlo perdonado en mi corazón. Si no hubiera creído que

Lourdes quería a mi marido para ella, no hubiese vuelto con Eugenio y no estaría casada con él y tampoco hubiéramos estado en Roma con la pequeña Luna y los Moreau. Hasta aquí, pues, mi versión de los hechos, mi brevísimo recuento. No hay historia de un coche pasando a toda velocidad, no hay pasos de cebra ni juego a los encantados en Roma: Luna tiene seis años y estaba profundamente dormida en mis brazos cuando volvíamos a nuestro hotel en Via de Cola di Rienzo. No era medianoche, por supuesto. Eran las nueve. A ese tipo de modificaciones me refiero cuando digo que Eugenio (alias Eloy) trastorna la realidad pero apegándose (de cierta alrevesada manera) a los hechos. A eso me refiero cuando digo que cambia nombres y deja sitios o cambia sitios y deja nombres. A eso me refiero cuando digo que muchas veces parte, sí, de la realidad para luego desviarse cuando le conviene: utiliza, por ejemplo, un pasaje verdadero para transformarlo en viciada mentira novelesca. Esos cientos de páginas escritas no tienen, pues, más veracidad que la que pueda o no tener un diagnóstico patológico: averiguar por qué mi marido se enfrasca en el relato de un extravagante matrimonio que jamás existió, con dos hijos que no tuvo, con una vida pública y privada más o menos parecida a la que se ha empecinado en contar, sí, pero alterada y subvertida hasta la médula y la carcajada. Es hora, pues, de que yo cuente algo de lo que realmente pasó; un fragmento de lo que ha sucedido en estos años desde que nos reencontramos y pensé que lo había perdonado.

3

Antes de volver a México en el verano de 1998, había comenzado, indeciso, una nueva novela. La llamo mi novela azul o también mi novela introspectiva. Lo de azul era un asunto privado, pues poco tenía que ver con el libro: había visto la película de Kieślowski del mismo nombre y me había impresionado muchísimo. Salvadas todas las distancias, mi relato pretendía describir, como el de Juliette Binoche, un valiente viaje interior hacia las distintas fases de la depresión. Mi historia no tenía como protagonista a una mujer, sino a un clarinetista obsesionado con tener una hija antes de elegir si se suicida o no. La lectura de *Darkness Visible. A Memoir of Madness*, de William Styron, me había decidido a escribir mi propia versión del asunto (no de balde había vivido en carne propia una severa depresión). Al final, la novela resultó demasiado pesimista para el gusto de mis amigos y de los poquísimos que se atrevieron a leerla. A mí, sin embargo, me sigue gustando. A veces creo que se trata de la mejor prosa que he escrito aunque la historia sea floja e intimista, aunque lo narrado sólo me interese a mí, el depresivo, el insufrible melancólico de aquella época. En la novela extrapolo mucho de mi experiencia con el psicoanálisis —otra razón para que a Pagani, Solti y Sanavria les disgustara el libro—. De hecho, en cuanto volví al Distrito Federal en busca de Lourdes —o en busca de mi país o ambas cosas a la vez—, llamé al mismo psiquiatra que me había ayudado años atrás a salir de mi melancolía. Parte de lo que iba aprendiendo sobre mí mismo durante largas sesiones iba trasvasándolo, gota a gota, a mi novela azul, algo parecido a lo que hago ahora, con la diferencia de que en aquel libro el protagonista no sabe si acabar con su vida por culpa del amor y en éste no sabe si su matrimonio perdurará o no por culpa del odio. En cualquier caso, mi novela introspectiva no aparecería publicada sino hasta el 2000, año en que se publicó mi ensayo sobre Solti, el cual no era otro que mi tesis de doctorado abreviada.

Pero ¿por qué hice esto? ¿Por qué elegí dedicar cuatrocientas páginas a las novelas de mi amigo sabiendo que con ello me iba a ganar la rechifla generalizada? No lo sé y aquí sólo puedo esbozar (aventurar) conjeturas: conocía el tema, admiraba sus libros, era mi amigo, deseaba escribir un ensayo pionero, era sencillo y tenía a la mano cantidad de información que me ahorraba engorrosos viajes a la biblioteca de la UNAM... Todo lo anterior puede ser más o menos cierto, no obstante, nada responde o aclara sobre mi auténtica motivación. Creo que al final tenía que ver con cierta proclividad hacia la biografía y el biografismo, una íntima obcecación por borrar los límites entre la literatura y la vida, entre la ficción y la realidad, entre el relato novelesco y la biografía. Como si quisiera demostrar que, al final, también nosotros somos personajes de *Niebla* o ingenuos espontáneos actuando en *Truman Show*. Como si remachara mi convicción de que no importan los relatos si no encontramos imbricada en ellos la vida de su autor, es decir, lo contrario a la versión fundada por Flaubert y establecida por Barthes y sus amigos: los escritores y sus vidas, según ellos, no importan, sólo importan los libros. Yo digo lo contrario: importa descubrir a Dostoyevski en *Humillados y ofendidos*, importa vislumbrar a Lawrence en *The Rainbow* e inquirir a Flaubert en *Madame Bovary* aunque él haya hecho todo el esfuerzo por desaparecer tras bambalinas. Esta pasión (¿de qué otra manera llamarla?) no ha disminuido desde que, por primera vez, me sumergí en los libros. Y no es que las novelas no importen; al contrario: sin ellas, jamás nos interesaría el autor. Pero de allí a pretender borrar de un plumazo al ser humano, al individuo moral y sus dilemas, al autor que eligió, sentado en su oficina, una trama y unos personajes, un estilo y un punto de vista, hay un océano de por medio. La novela que uno se sienta a leer despreocupado la tuvo que escribir alguien, no puede ser de otra manera. Alguien que sufre y goza se enfrenta de lleno a este relato, y algo elijo y algo elimino al otorgarle forma y ponerlo por escrito. Es en esa selección moral y artística en la que se funda cualquier obra de arte, y es a esa ardua y laboriosa discriminación a lo que llamamos comúnmente estilo. El estilo es, pues, la forma en una obra de arte.

Como dije, pasé el siguiente año en la redacción de mi tesis doctoral y en mi novela introspectiva, yendo de una a otra según me conviniera o me sintiera de ánimos, los cuales, dicho sea de paso, pocas veces estaban en paz y concordia. Tuve la fortuna de que mi padre (acaso con lástima) me dejase vivir en el que fuera alguna vez departamento de mi abuela. Ella estaba tan anciana que habían tenido que llevársela a Morelos. La hermana mayor de mi padre, la madre de mi prima Ana, la acogió en su casa y la cuidó hasta el día de su muerte. El departamento que ella habitaba en la colonia Del Valle se convirtió en mi nuevo hogar mientras yo buscaba la manera de reconciliarme con Lourdes. Por más que intenté acercarme a mi mujer (al fin y al cabo seguía siéndolo mientras no me divorciara), resultó en vano. Parecía aferrarse a su convicción: yo no la amaba lo suficiente, yo la había dejado ir y, por lo mismo, era claro que no la merecía. Cuando la llamaba por teléfono y se dignaba responder, sólo me decía impertérrita: "¿Cuándo nos divorciamos?"

4

Estoy por acabar *Los mandarines*. La empecé por insistencia de Eloy, quien pretende escribir algo parecido. Desde que terminó la novela de Simone de Beauvoir me ha pedido que la lea, y yo, por fin, me decidí hará cosa de un mes. No la he soltado y hasta Roma me la he tenido que llevar. Los pequeños ratos en que no estábamos con los Moreau, los aprovechaba para avanzar unas cuantas páginas...

Hoy, mientras tomábamos café, le he preguntado a Eloy:

—¿Sabes si ella y Sartre tuvieron hijos?

—Creo que adoptaron a una niña —me contestó saliendo del ensimismamiento de su lectura: releía la última novela de Javier para presentarla en Guadalajara en pocos días—. ¿Por qué lo dices?

—No me gusta el final —le dije señalando el libro deshilachado—: Nadine, la hija de Robert y Anne, se casa con Henri. Es decir, la hija de Sartre y Simone de Beauvoir termina por casarse con Camus. ¿No te parece raro?

—Yo pensé lo mismo —me dijo desconcertado—, aunque si lo analizas, verás que tiene su sentido...

—No entiendo.

—El que Simone desplazara en una hija su amor hacia Camus.

—¿Estaba enamorada del mejor amigo de su esposo? ¿Es lo que quieres decir?

—No exactamente, pero sí que lo adoraba y sublimó su amor. Camus era más joven que Sartre, más simpático, más guapo y tan influyente y famoso como él. En *Los mandarines* se nota a leguas, ¿no crees?

—Se percibe cariño y una admiración profundas, pero nada más.

—Para mí, Nadine es la joven rebelde que le hubiera gustado ser a Simone de Beauvoir y en la que no se atrevió a convertirse sino hasta muy tarde en la vida. Por eso en su libro termina por enlazar a Camus con esa muchacha impetuosa que en el fondo no es otra que ella misma. Ésa es mi teoría, claro.

—Escucha esto —le dije a Eloy señalando un pasaje que había leído esa mañana:

«—Pero todo es culpa tuya —dijo Nadine bruscamente—. ¿Por qué fuiste a contarle nuestras cosas a todo el mundo?

«—Vamos: yo no he hablado de nosotros a nadie —dijo Henri—. Sabes muy bien que todos los personajes son ficticios.

«—¡Ajá! Hay cincuenta cosas en la novela que se aplican a papá [Sartre] o a ti [Camus], y he reconocido muy bien tres frases mías —dijo.

«—Son dichas por gente que nada tiene que ver contigo —dijo Henri y se encogió de hombros—. Evidentemente he pintado tipos de hoy que están más o menos en la misma situación que nosotros; pero hay millares así; no son ni tu padre ni yo en particular; al contrario, en la mayoría de los puntos mis personajes no se nos parecen en nada.

«—No me quejo porque hubieras dicho que armo líos —dijo Nadine agriamente—, pero ¿crees que es agradable? Uno conversa con ustedes tranquilamente, se cree entre amigos y durante ese tiempo ustedes se dedican a observar, toman notas mentales y un buen día uno encuentra impresas palabras que había dicho para que fueran olvidadas, gestos que no contaba. ¡Yo a eso le llamo abuso de confianza!

«—No se puede escribir una novela de otra manera —dijo Henri.

«—Quizá, pero entonces no habría que frecuentar escritores —dijo Nadine rabiosamente.

«—¡Has caído en mal sitio!

«—Búrlate de mí —dijo poniéndose colorada.

«—No me burlo de ti —dijo Henri y rodeó con su brazo los hombros de Nadine—, pero no vamos a hacer un drama con esta historia.

«—¡Son ustedes los escritores los que hacen un drama! —contestó Nadine.»

—¿No te parece bastante familiar? —me volví de inmediato a Eloy, quien no conseguía ocultar una sonrisilla taimada.

—Un poco —respondió, y añadió con la obvia intención de no abundar en el tema—: ¿Sabes? No sé qué decir sobre la novela de Javier. No me gusta la historia, pero tampoco es su culpa. Quiso ser demasiado fiel a los hechos, a la biografía de los personajes.

—A mí me encantó —le dije en el acto.

—¿Sabes lo que le he dicho por teléfono? Que la próxima vez no se encapriche con una historia real por más fascinante que le parezca intelectualmente... Es mucho mejor que el argumento se posesione de ti sin que apenas te des cuenta. Cuando se te mete en la cabeza una historia verídica, pones en riesgo tu libertad creativa; pero cuando, en cambio, dejas que el relato siga su curso sin saber adónde va, la novela termina por imponerse; hay que confiar más en la imaginación y menos en la historia verdadera. Ésa a nadie le importa...

—¿Y qué te contestó?

—Estaba de acuerdo. Ahora sabe que la historia, verídica en este caso, no daba para mucho, pero era demasiado tarde para dar marcha atrás. Esto sin contar con que la ceñida biografía de los personajes le dejaba poco espacio para la imaginación.

—Pero tú haces lo mismo, Eloy —lo ataqué dejando mi café sobre la mesita—: tampoco tú usas la imaginación en tus novelas. Calcas la realidad. Lo haces en casi todos tus libros, y sé de sobra que en este que escribes también.

—No se puede escribir una novela de otra manera, no se puede partir de la nada. ¿No dice eso Camus? —me contestó abandonando su café junto al mío—. Partir de la realidad no significa siempre calcarla, Lourdes; tampoco significa descartar la imaginación. Como novelista siempre la usas, lo quieras o no.

—Lo mismo podría argumentar Javier. Él y Pablo parten de una realidad biográfica o histórica y luego imaginan un montón de cosas. No veo la diferencia.

Eloy se quedó callado; meditaba, acaso, mis palabras.

—Tienes razón. Quizá no haya tanta diferencia.

—Me dijiste que a Pablo le pasó lo mismo con su último libro.

—Sí. Por empeñarse en ser fiel a los hechos, sacrificó su libertad creativa. Eso es... —saltó como si descubriera el hilo negro de lo que quería decir—: yo tomo de la realidad lo que quiero cuando quiero y como quiero, elijo y discrimino, aderezo o modifico, recuerdo lo que puedo y lo que no recuerdo, lo invento. Pablo y Javier no fueron tan libres al contar sus historias porque eligieron una de antemano, se encapricharon con ella y al final ésta los aplastó. ¿Sabes lo que decía Robert Frost?

No tenía idea.

—Que el poema debe cabalgar por sí solo como un pedazo de hielo derritiéndose sobre una sartén ardiendo. ¿No es hermoso? Aunque lo dijo sobre la poesía, también aplica a la novela... Pablo y Javier se impusieron límites que nadie les pidió. Cuando no te empecinas con la historia real, el riesgo es muy distinto.

—¿Y cuál es el tuyo?

—Supongo que escribo al vaivén de mis corazonadas y ése es mi riesgo... Mi intuición me dicta a cada momento qué es lo novelístico y qué no lo es —se quedó callado, meditando—: Lo que sí te digo es que Pablo solía confiarse más a su imaginación; las novelas se posesionaban de él y él se dejaba conducir por ellas. No se encaprichaba con un evento o un personaje histórico. Narraba con libertad, como el hielo derritiéndose sobre la sartén ardiendo. La imaginación estaba allí, campante. Ahora ya no puede porque no quiere. Se impuso, igual que Javier, un corsé.

—¿Y Abelardo y Amancio?

—Abelardo dejó de escribir varios años, ya lo sabes. Ahora ha publicado sus dos mejores libros. Su eterno problema es el estilo, al cual no le interesa dedicarle más que lo indispensable, y su mayor virtud es que sabe contar como nadie una historia. Su ritmo es apasionante.

—Es mi escritor favorito después de ti.

—Pero si odias mis novelas, Lourdes.

—No es cierto. Sólo odio la que escribes ahora —y de inmediato le pregunté, a sabiendas de que tocaba un punto neurálgico—: ¿Y Amancio?

Eloy tomó su taza tranquilamente, lo pensó unos segundos antes de contestar y por fin me dijo sin haber bebido un solo sorbo:

—Es un extraordinario escritor, pero no es un buen amigo. Su problema es otro: no tiene ideas, lo que le sobra, por ejemplo, a Javier. Admiro su pródiga imaginación, o mejor: su desenfadada libertad creativa y su estilo perfectamente ambiguo, pero sus inverosímiles historias tristemente no le interesan a nadie —se detuvo, recapacitó y luego dijo—: Tal vez las mías tampoco le interesen a nadie a pesar de buscar ser todo lo verosímil del mundo.

—¿Sigues dolido?

—Por supuesto —me respondió sin pensárselo dos veces.

—¿Vas a perdonarlo?

—No se trata de perdonar, Lourdes. Es más complicado que eso. En el mundo de Amancio sólo existen él mismo y su obra. Jamás le ha importado nadie más. Vive inmerso en su solipsismo. Ni siquiera leía mis libros cuando se los regalaba y él se jactaba de ser mi mejor amigo. Su inconsciente desdén hacia el mundo es enorme y yo no puedo con eso, me rebasa. Como dice Javier: hay que aprender a aceptarlo tal y como es, soberbio y narcisista, y a mí la verdad me cuesta mucho trabajo. Es más fácil vivir sin su amistad que tenerlo como amigo. Supongo que él tampoco me tolera demasiado; por eso terminamos —se levantó del sofá y me dijo, ya con ganas de largarse a la recámara—: Me voy a escribir. Se me viene el tiempo encima y no puedo zafarme del compromiso con Javier.

—Tenemos el espectáculo de Heike, la maestra de violín de Abraham, ¿recuerdas?

—Lo había olvidado. ¿A qué hora?

—A las siete y media.

—¿Con los niños?

—Claro. Vienen los Moreau y sus hijos.

—Dios.

—¿No quieres ir?

—Al contrario. Me sirve para despejarme y salir un rato.

—Parece que no estuvieras en Francia.

—¿Por qué lo dices? —seguía parado allí, en el umbral, ansioso por irse.

—Porque estar en Francia, China o México te daba en el fondo lo mismo. Lo que necesitabas era escribir ese maldito libro. Largarte de Carlton, de la universidad, de tus deberes y encerrarte en tu habitación, eso es lo único que querías. No está mal, sólo corroboro lo que he visto. Desde que llegamos, estás más tiempo metido en tu novela que en la ciudad que escogimos.

—He intentado repartir mi tiempo, y pensaba que no lo había hecho tan mal. Acabamos de estar en Roma y no dejamos de hacer paseos con Abraham y Natalia. Fuimos a la abadía de Sylvacane, ¿recuerdas? Fuimos a Niza y Saint Tropez con los Miller y hemos ido a otros mil sitios. No sé de qué hablas...

—Me refiero a Aix. Casi no sales de casa.

—Prefiero escribir aquí que irme a un café como hace Javier. Para cuando me estuviera instalando, ya habría olvidado lo que tenía que decir. Este libro es distinto; se escribe sobre la marcha. No hay una cuota de tramas a cubrir o capítulos preestablecidos...

—Ya lo veo —dije sarcástica—. Bueno, ya vete a seguir tus corazonadas. No te detengo.

Me dio un beso y se metió en el cuarto sin su café. Yo me enfrasqué en *Los mandarines* hasta terminarlo.

Sentía en las fibras de mi alma que volvía a querer a Eloy, a pesar de todo.

5

Al final, Lourdes y yo regresamos y nunca volví a buscar a Gloria. No sé si Lourdes supo o no que yo había llamado a mi ex prometida, no sé si adivinó que me acosté con Gloria varias veces en esos absurdos y morosos meses en que ella, Lourdes, eligió no hacerme caso, ese fangoso periodo en que ella, orgullosa, decidió ampararse en su razón y su legítimo coraje. Yo amaba a Lourdes, pero no iba a esperar interminablemente su perdón, su autárquica anuencia que, al fin y al cabo, afectaba indefectiblemente mi porvenir. Tal y como hablé con mi psiquiatra, yo debía seguir con mi vida, y eso intentaba hacer. Escribía mi novela azul a la par que me documentaba para mi tesis sobre Javier en el departamento de la colonia Del Valle; veía a mis amigos de la infancia, Ismael Sánchez y Omar Massieu, quienes ya estaban casados y por lo mismo no podían salir hasta muy tarde conmigo; a veces iba a un excelente bar de la Condesa, El Tetrarca, con Aldo Pérez, quien continuaba soltero y conocía hermosas mujeres que a mí, a pesar de todo, no me interesaban demasiado. En el fondo uno solo era mi objetivo: recobrar a Lourdes, reiniciar mi matrimonio, y eso finalmente conseguí después de una larga batalla donde la pericia y la determinación fueron mis aliados.

Una vez volvimos a besarnos en un café desierto de Insurgentes adonde nos encontramos la tercera vez, la relación comenzó a fluir espaciosa o caprichosamente: el reinicio conyugal no fue sino una aleatoria mezcla de tenacidad y tiempo. No hicimos las paces ni nos volvimos a enamorar de la noche a la mañana. El reencuentro fue un proceso extraño y sinuoso: un sutil reacomodamiento del odio al amor, de la furia al perdón, del rencor al olvido, todo superpuesto y oscilatorio como placas tectónicas que buscan encajar. Ni ella ni yo entendíamos lo que iba a pasar al otro día, a la semana siguiente.

Ella continuaba viviendo con sus padres al otro lado de la ciudad y yo seguía metido en mis dos libros durante la mitad del día hasta que el hambre me sacaba del departamento y buscaba algún comedor barato donde ir a comer un arroz con blanquillos o un caldo tlalpeño con aguacate, guajillo seco y crema fresca. La demás parte del tiempo, las tardes y noches, las tenía para mi psicoanálisis, para salir con Aldo, para visitar a Omar e Ismael en sus casas de recién casados, y para algún viaje esporádico a Morelia a ver a mis padres y mis hermanas.

Una vez comenzamos a salir Lourdes y yo, supe que ya no deseaba volver a ver a Gloria, y esto, para mi sorpresa o decepción, fue mucho más sencillo de lo que nunca imaginé. Con Gloria jamás fui claro en mis intenciones... Por fortuna, ella tampoco había sido *del todo* clara conmigo. Salía con otro hombre, me lo había dicho la primera vez que nos vimos en un restaurante italiano, aunque no sabía con precisión cuáles eran los términos de su relación; si, por ejemplo, ese otro sabía o no de mi existencia. ¿Qué otro remedio tenía, pues, que aceptar sus condiciones, yo, quien estaba todavía casado y quien, aparte de casado, buscaba (a escondidas de Gloria) recobrar a Lourdes, mi mujer? Por supuesto, esta delicada parte del *affaire* nunca se la mencioné a Gloria, aunque ella tampoco me la preguntó. Quedaba, por supuesto, implícita: lo que fuere que había pasado un lustro atrás entre los dos cuando estuvimos a punto de casarnos, no importaba demasiado ahora. El tiempo, benévolo, nos había salvado del suicidio. Cinco años habían apaciguado nuestro idealismo adolescente, cinco años nos habían distanciado lo justo como para poder buscarnos sin hacernos daño; ahora, estaba claro, jamás podrían volver a ser las cosas como lo habían sido cuando perdimos la razón y decidimos casarnos precipitadamente en aquel verano negro de 94. No había, pues, nada que temer; menos aun si ella, Gloria, me decía abiertamente, desnuda sobre las sábanas del hotel, que había otro hombre en su vida, y yo, por mi parte, *no* le decía que había otra mujer en la mía aunque de alguna manera lo intuyera. Esos meses entretuvimos el tiempo como dos niños que quieren retozar juntos sin pararse a sopesar las consecuencias; esas semanas enlazamos los cuerpos y fatigamos al azar que, gracioso, nos orillaba a repetir juegos que echábamos de menos. Cruzábamos un punto muerto, una bisagra sin pasado ni porvenir. O al menos yo lo vivía de esa manera.

Como sea que haya sido, dejé de buscarla y ella, Gloria, jamás me llamó ni me reclamó una palabra. Recuérdese que, a pesar de todo, ella tenía a su hombre, *otro* hombre, claro. No debía haberle pesado tanto, inferí, mi sorpresivo alejamiento. A partir de ese instante —o bien a partir de que Lourdes abriera los diques de su corazón— pude centrar mi entera voluntad y mi deseo en ella, quien, después de todo, seguía siendo mi mujer. Jamás pisamos un despacho de abogados ni tampoco me envió una demanda de divorcio, como amenazaba cuando dejó Los Ángeles. Mientras que eso no sucediera, intuía que podía seguir ganándole terreno al embravecido mar.

Antes de mudarse conmigo al departamento de la colonia Del Valle, coincidimos en que sería prudente buscar ayuda psicológica, y eso hicimos. Desde que Lourdes volviera a México diez meses atrás, solía asistir puntual a una terapia semanal con Emma, una psicoanalista junguiana que no sé dónde conoció y que la había ayudado en los peores momentos. Estaba feliz a su lado. Cuando nos encontrábamos y no se había mudado conmigo todavía, me decía, exultante, cuánto había descubierto sobre sí misma y su voluntad enterrada desde niña; me contaba sobre su auténtica feminidad, sobre la distancia que había marcado con su madre, sumisa y dócil, y lo distinta que era a partir de que me abandonara en Los Ángeles. No dejaba de ser extraño que hablase de su rompimiento conmigo como si fuese yo otro, un amante o amigo, lo que, confieso, no dejaba paradójicamente de tranquilizarme. A Emma le anunció que había decidido volver a mi lado, con su marido, y a ella le pidió sin demora si podía recibirnos juntos: queríamos intentar un análisis de pareja, queríamos hacer las cosas bien, salvar y proteger el futuro (eso que, por supuesto, no existe).

Emma tuvo una peregrina idea, una suerte de iluminación junguiana: ¿por qué no agregar a su ex marido psiquiatra a la terapia de parejas? Todo sería equitativo e imparcial. (Creo que en esto tenía razón: Emma intuía que, habiendo sido yo el sujeto defenestrado de los últimos meses, podía, muy a pesar suyo, sostener una visión sesgada en mi contra, cierta inevitable animadversión.) Y eso hicimos. En un abrir y cerrar de ojos, estábamos reuniéndonos dos veces por semana los cuatro en su consultorio: Emma, su ex marido, Lourdes y yo. Los encuentros eran estrafalarios. No sólo éramos dos los psicoanalizados, sino cuatro, pues las posiciones de nuestros consejeros se desplazaban invariablemente de uno a otro extremo, a veces al punto de que entre ellos dos, Emma y su ex marido, no terminaban de ponerse de acuerdo en algún punto candente y uno le daba la razón a Lourdes mientras que el otro me la daba a mí, y viceversa. Incluso llegaron a discutir y enfadarse acaloradamente, lo cual era divertidísimo. Como ayuda, lo fue, pues a raíz de esas sesiones, no sólo se mudó Lourdes conmigo a la Del Valle, sino que algo de su resentimiento y su coraje se apaciguó.

Durante esos meses no dejé de visitar de manera independiente a mi propio psicoanalista, quien, en una ocasión, ante mi angustiada pregunta, me respondió:

—Según las estadísticas, sólo el 5% de las parejas reincidentes consiguen salvar su matrimonio.

—Pero ¿por qué, doctor? —un hilo de voz desfalleciente resbalaba de mi boca.

—Porque las cuotas a cobrarse son muy altas.

—¿Quiere decir las pequeñas venganzas?

—Digamos las cuotas, los cobros no resueltos. El análisis puede ser la diferencia en estos casos, Eloy. Un reconocimiento profundo de las partes. De lo contrario, viene el invierno cruel.

Tal vez tuviera razón. Tal vez habíamos atinado con nuestra terapia junguiana, muy a pesar de Abelardo y Javier, quienes escépticos del análisis, no daban crédito a sus oídos cuando se los conté... ¿De qué otra manera, si no, explicarse que Lourdes y yo hubiésemos cruzado (nunca ilesos) esas moradas del infierno durante 16 o 17 años? ¿De qué otro modo iluminar nuestra historia y darle un sentido? ¿Era simplemente el amor lo que nos unía, tal y como decían los abuelos? ¿A ese enardecido trastorno neuronal se reduce todo? Me niego a admitir que así sea. O que solamente sea el amor. Deben ser otras muchas cosas combinándose: resistencias, circunstancias, fuerzas reprimidas, fuerzas eclosivas, necesidades, contingencias. ¿Acaso obra en ello la inteligencia emocional? ¿O se trata de la pura fuerza de la voluntad? ¿O de la fuerza despiadada de la costumbre, y no precisamente de ninguna fuerza volitiva? ¿Se trata del sexo y la atracción, de los imanes químicos del organismo? ¿O del miedo a quedarse sin el otro, el temor a no volverse a encontrar en este efímero valle? ¿Acaso la pura conveniencia? ¿La economía que aprieta, cierto pragmatismo financiero? ¿O cierto conformismo al que uno indefectiblemente arriba: más vale malo conocido que bueno por conocer? ¿Cuál de todas estas cosas es? ¿O son todas amaridadas? ¿Cómo hicimos para librar el reencuentro, la reincidencia, las cuotas, los costos, los cheques en blanco, los rencores, la venganza a la vuelta de la esquina? No tengo idea. ¿Cómo pudimos ser parte de ese exiguo cinco por ciento? ¿Acaso fue la anonadante sorpresa de enterarnos una tarde en la colonia Del Valle de que Lourdes estaba embarazada?

—¿Cómo? —le dije atónito: yo estaba radiante e incrédulo a la vez.

—Hay que ir al ginecólogo para confirmarlo, Eloy —me dijo aterrada—. No sirvió el dispositivo. No entiendo.

Al final supimos la sencilla verdad, la cual no debería habernos sorprendido demasiado: al volver a vivir juntos, al reiniciar nuestros encuentros, Lourdes había hecho, casi de inmediato, una cita con su ginecólogo. Éste le dijo que debía esperar una semana para poder implantarle el dispositivo nuevamente. Estaba en sus días... Le advirtió que no hiciera el amor, que podía ser arriesgado. Y ella, Lourdes, también me lo había advertido a mí, lo recuerdo, y a pesar de saberlo los dos, a sabiendas del peligro, lo hicimos, lo efectuamos competente, rutinaria y hasta, uno diría, intencionalmente. ¿Por qué sorprenderse, pues?

Tal y como mi psicoanalista me espetó en esa ocasión, a estos actos del inconsciente se les denomina "secuestros de semen". Lo que no consigue decidirse con el libre albedrío, lo dejamos en manos del azar, se abandona en las manos de la Providencia. Si es de Zeus que volvamos, tendremos un retoño. Si es de Zeus que tengamos un retoño, será porque debíamos volver... El asunto, como echa de verse, es recursivo. No hay salida.

Como sea que fuere, el "secuestro" dio fértil resultado y en Roma, hace unos días, Natalia cumplió 13 años.

6

Cuando le dije a Eugenio que estaba embarazada, yo ya había decidido abortar; sentía sin embargo que era mi deber, mi responsabilidad, advertírselo. No es que él fuera a hacerme cambiar de opinión, sino que me parecía justo hacérselo saber: Eugenio era el padre del bebé (del embrión) después de todo. Abortar sin que él lo supiera habría supuesto reiniciar una vida con mentiras y secretos, todo lo que yo no estaba dispuesta a hacer. Si pretendía volver con Eugenio, sería limpia, sin rencores, sí, pero también sin un bebé de por medio, al menos no por ahora. Y así se lo dije antes de que él se volviera a Los Ángeles a defender su tesis sobre su amigo Jacinto en abril de 1999:

—Tengo miedo. No estoy preparada para un hijo.

—Pero ¿estás segura? Date tiempo, Gloria, te lo ruego.

—Ése es el problema, son tres meses ya. No debo posponer esto más tiempo. No está bien.

—¿Y si te arrepientes un día?

—No va a pasar. Quiero estar a tu lado, pero no así.

—¿Y yo? ¿No importo yo?

—Luego hablamos, ¿quieres? Se me hace un poco tarde —sabía que no habría un luego ni un más tarde: mi decisión estaba tomada y Eugenio lo entendía. Había cumplido, a pesar de todo, con mi espantoso deber: se lo había notificado. Él, por su parte, no volvió a decir una palabra sobre el asunto. Comprendía y estaba triste, probablemente decepcionado de mí. Él hubiese querido tener ese hijo, pero ni siquiera le di la oportunidad de discutirlo. Se lo avisé, pero no lo había hecho partícipe: para mí este embrión era un asunto privado, y por más egoístas que pudieran parecerle al mundo mis acciones, sabía que a ese mundo no le interesaban mi vida y la del bebé: yo tendría que hacerme cargo de ese niño, si nacía, y no estaba lista para él.

Por otro lado, creo que hubiera sido injusto hacerle creer a Eugenio que podía existir una alternativa, una mínima posibilidad, pues lo cierto es que no la había. ¿Para qué preguntar su opinión o su deseo? Con ello hubiera abierto la puerta a un mundo de futuros plausibles, con los que yo no deseaba soñar. Me solté a llorar cuando estuve en la calle a punto de encender el coche. Estaba asustada con mi decisión, aterrorizada de oír mi propia voz diciendo que no lo tendría. Ni mi madre supo una palabra al respecto, jamás se lo dije a ella o a mi padre. Sólo Eugenio, Selma, mi psicoanalista, y mi ginecólogo supieron lo que pasó a continuación...

Yo nunca había pretendido que sucediera algo semejante; jamás lo propicié, ni siquiera inconscientemente. El dispositivo nos había fallado. Eso era todo. No quería que Eugenio creyera que ésa podía ser mi sesgada manera de alejarlo de Lourdes, a quien, ya lo dije, sabía que había vuelto a ver a través de mi amiga Lucy (o su prima) y con quien se reunía (o acostaba) a mis espaldas cuando yo aún no había resuelto volver a su lado aún. La bailarina era su amiga, su confidente y su aliada. A Lourdes le contaba todo. O eso creía yo.

Al final, yo y no ella, regresé con Eugenio —como él fabula, por supuesto, en su estúpida novela—. Aunque afligida y resentida, todavía lo quería demasiado para divorciarme y no volverlo a ver. A pesar de nuestros amargos reveses, no había conseguido borrar esos cinco años de matrimonio. Desde el verano de 1994 hasta el día en que le dije que estaba embarazada y deseaba abortar habíamos pasado una eternidad de cosas juntos, buenas y malas, penosas y alegres. No iba a tirar lo construido por la borda. Selma, mi psicóloga, pensaba diferente. Según ella, debía continuar mi vida sin él; debía seguir en México y olvidarme de ese matrimonio en el extranjero. No debía ver el divorcio como un fracaso sino como un aprendizaje. Al igual que ella, debía divorciarme de mi esposo para poder encontrar mi auténtico yo, esa indómita mujer que permanecía subyugada en mi inconsciente sin poder crecer, sin poder ser ella misma, sin amarras, sin complejos. Una vez separada de Eugenio, sería otra mujer y ya ni siquiera me reconocería en mi antigua piel. Por otro lado, repetía Selma con fervor, Eugenio era, como todos los artistas, un individuo harto peligroso, un tipo con dos personalidades escindidas: no distinguía entre la ficción y la realidad, tenía los límites entre ambos bastante diluidos, emborronados, y los transgredía rutinariamente, como si se tratase de un deporte. No en balde, insistía durante mis sesiones, era propenso a explorar zonas limítrofes en su vida conyugal, lo que había conseguido dar al traste con nuestro breve matrimonio. Como escritor, tampoco respetaba la privacidad del otro; usurpaba las vidas ajenas si le convenía o las torcía a su antojo para novelarlas. En resumen, Eugenio no era para mí. Estaba, quizá, hecho para otro tipo de mujer: una con otras costumbres, otro carácter, otra moral… mucho más relajada o disoluta.

Con todo y sus innumerables advertencias, desoí a Selma, ya lo dije: volví con Eugenio y aborté.

En abril de 1999, mi marido se doctoró y ese verano encontró su primer trabajo en Estados Unidos. Nos marchamos de México encantados de poder dejar, nuevamente, la insufrible capital pocos meses antes de que el PRI perdiera las elecciones por primera vez en la historia: Eugenio, dispuesto a comenzar una vida desde cero; yo, con heridas en el alma.

7

Eloy terminó su pequeño texto sobre la novela de Javier para llevárselo a Guadalajara y luego se afeitó para salir con los Moreau y los niños. De hecho, todos estábamos listos a las siete en punto y sólo faltaba Eloy. La noche era perfecta: estrellada, sin nubes... Hacía un poco de viento, pero no era el mistral de los Alpes que lo arrasa todo cuando llega a la Provenza, sino el austro del Mediterráneo que planea a veces sobre Aix.

Nina y Clovis se notaban bastante emocionados con la idea de salir todos juntos al evento. Sus hijos, Martina y Remy, también estaban felices. En cuanto a Natalia y Abraham, no había que insistir demasiado: bastó decir que irían los vecinos para que, de inmediato, dejasen de rechistar y quejarse de la obligada salida nocturna.

La amistad entre los cuatro, a pesar de la diferencia de edades, se ha hecho más fuerte desde nuestra vuelta de Roma. Abraham busca a Remy para jugar *playstation* en su casa y Martina busca a Natalia por las tardes para hablar de chicos y mejorar su pobre inglés. De una u otra manera, lo cierto es que no podíamos faltar al espectáculo: se trataba de Heike, la maestra de violín de Abraham, quien nos había pedido encarecidamente acompañarla en la inauguración del evento.

Llegamos diez minutos antes de que diera inicio; por fortuna, el tugurio no estaba lejos y lo encontramos en una callecita por la que solemos pasar de día cerca de la Place des Tanneurs, en el casco antiguo. El sitio era, para decirlo en pocas palabras, una madriguera más o menos insalubre. Digo más o menos pues la conservaban limpia y estaba recientemente remodelada. Todo mundo ha visto escenas de aquella taberna en Liverpool donde los Beatles tocaban cuando no eran famosos ni se llamaban Beatles. Bueno... pues el sitio era similar: ruin, vetusto y cinco metros bajo tierra. Sólo las paredes de estuco eran nuevas y albas. Allí fuimos descendiendo los ocho junto con otras dos parejas de franceses. Esa oscura cava elongada sin ventilación estaba acondicionada con sillas plegables en línea horizontal. Todos mirábamos (en embudo) hacia el proscenio, un reducto minúsculo al fondo. La luz era escasa y el olor a humedad, insoportable. Para colmo, habíamos pagado doce euros cada uno por estar allí encerrados. Los Moreau ya no estaban tan contentos como cuando salimos de casa. Eloy tampoco. Y todo había sido mi idea, aunque no mi culpa: Heike nos había endilgado esta invitación que en realidad no lo era. Costaba… y caro.

Apagaron las luces y salió ella del fondo: guapa, dulce, encantadora, tal y como ha sido desde que la conocimos y comenzó a enseñar a Abraham. Llevaba un vestido escarlata de encaje con los hombros desnudos. Sobre el hombro, erguido, el violín. Al salir al proscenio, caminó tres pasos y se quedó sobre la exigua tarima por un largo minuto. No sonreía: sólo miraba en lontananza algo indescifrable, parte de la bizarra producción. Por fin, empezó a tocar empuñando el arco y cerrando los ojos. Escuchar la música distendió los nervios de los doce concurrentes. Ese extraño minuto con Heike mayestática en el estrado de suelas crujientes no había sido el mejor de los comienzos, sin embargo, de súbito, sin finalizar la pequeña suite de Bach que tañía pulcramente, un hombre alto y desgarbado salió de bambalinas como si se tratara de un ladrón o un violador. Llevaba barbas y bigotes mal afeitados, un sombrero ladeado y una carpeta en la mano. La maestra de Abraham se giró a mirarlo: pretendió estar asustada al descubrirlo. El hombre la tomó del mentón con su mano vacía, se la quedó mirando un rato sin decir palabra y después se dirigió (pausado) al otro lado del escenario. Sobre un taburete puso su carpeta, la abrió con parsimonia y comenzó a leer un larguísimo poema en francés. Era un poema de amor, pero no un poema a la amada, sino un inhumano poema a la humanidad, al amor en general, a la naturaleza, los hombres, los animales y las cosas. Un himno insoportable, una mala oda elemental de Neruda. No había que tener muy buen francés para seguirlo, para internarse en el luengo y melifluo texto. Era cursi, grandilocuente. Por fin, se detuvo, esperó otro largo minuto en silencio y comenzó a hacerle preguntas sobre su propio poema a la maestra de Abraham, quien simulaba estar embelesada por la lectura y repetía una serie de líneas memorizadas y escritas por el actor. Sí, porque el tipo en cuestión era el productor, el director, el realizador, el actor principal y el autor de la farsa, según deduje al abrir el pequeño folleto que llevaba en la mano. El hombre lo había ideado todo y la pobre Heike, crédula y ferviente, lo había seguido como una sierva del Señor. Otra vez, ella tocó una breve pieza con los ojos cerrados y el violín erguido: una hermosa serenata de Schubert. La melodía iba bien, salvo que hacia la mitad algo comenzó a fallar en alguna de las cuerdas del violín, algo chisporroteaba o chasqueaba imperdonablemente. Abraham me cogió de la mano y en secreto me dijo: "Mami, creo que el violín de la maestra está desafinado". Yo me puse un dedo en los labios en señal de que guardara silencio, pero era cierto. Algo no marchaba bien con su violín. Heike parecía no notarlo u obviaba el desperfecto. En cualquier caso, la sala con los doce concurrentes nos sentimos de veras aliviados cuando por fin calló. Por desgracia, este consuelo no se prolongaría demasiado, pues acto seguido el tipo de barbas y bigotes empezó a dirigirse al auditorio con preguntas sobre el amor. De entre los doce asistentes, eligió a Clovis y le dijo a bocajarro:

—¿Qué piensa usted del amor?

Así, tal cual: del amor. No especificó a qué amor se refería... Un reflector salido de las tinieblas del antro se posó súbitamente sobre su rostro compungido. Aunque Clovis era guapo, se le notaba francamente incómodo. No sabía qué responder. Se sentía (con sobrada razón) asaltado, cogido fuera de guardia. Seguro nunca imaginó que parte del espectáculo involucraba a los presentes. Clovis era tímido, lo había percibido desde nuestro viaje a Roma. Culto, comedido, no era precisamente un tipo lenguaraz; solía ser serio, aunque sin caer pesado ni aburrido. El pobre contestó que no tenía una respuesta a la mano y de inmediato se puso escarlata, del mismo color del vestido de Heike. El actor de barbas y bigotes debió haberse detenido allí, no obstante volvió al ataque diciendo con altisonante furia poética:

—¿Acaso no tiene usted una idea del amor? ¿No tenemos *todos* una idea del amor? Hasta los niños...

Y calló de súbito desafiando al pobre Clovis con mirada torva desde el estrado. Todos los presentes estábamos bastante incómodos en ese momento. ¿Era este malestar parte del espectáculo? ¿Estábamos perdiendo de vista el *quid* del juego musical, la quintaesencia del misterioso y bizarro evento? El actor prorrumpió entonces:

—¿No es ésta su mujer? ¿Quiere decirle algo a ella sobre el amor? —y me señaló a mí, quien estaba justo a su mano derecha, y no a Nina, quien se encontraba a su mano izquierda.

—No —respondió desde su silla plegable—. Es ella —y señaló a Nina.

—¿Entonces? —arremetió el actor de nueva cuenta contra el pobre Clovis demudado—, díganos: ¿qué es el amor?

—El amor es una gota de agua en el cristal —dijo Eloy en español interrumpiendo al actor o a Clovis demudado y lívido.

—Je ne comprend pas —dijo el actor alto y desgarbado al mismo tiempo que el reflector se dirigía al rostro de Eloy, quien de inmediato tradujo como pudo el verso de la canción de Perales, una línea que le gustaba soltar en plan guasa cuando quería pasarse de chistoso con sus amigos.

—Ahhhh… —dijo el actor con voz de barítono, sin captar la ironía.

Acto seguido, comprendiendo que tenía, para su mala suerte, un público no francófono para la inauguración, le pidió a la maestra de Abraham que tocara una melodía de amor, a lo que ésta, dócil o embrujada por el hipnotizador, aceptó cerrando otra vez los ojos con fuerza (tal vez quería olvidarse de que estaba allí metida, haciendo el ridículo frente a sus amigos).

Yo francamente no podía creer lo que estaba mirando: una de las farsas más grotescas a las que había tenido el desagrado de asistir. Seguro Eloy, Clovis y Nina pensarían lo mismo, aunque no dijimos nada hasta más tarde, durante la cena en el pequeño local de los *shawarmas*, al que no habíamos vuelto desde hacía un par de meses. En ese momento, todavía metidos en la húmeda madriguera, sólo hubiésemos deseado la devolución de nuestro dinero, pero eso no iba a suceder. Heike o su amigo poetastro nos habían embaucado y nosotros habíamos embaucado a nuestros pobres vecinos, los Moreau. La infame velada concluyó cuando, veinte minutos más tarde, el actor pidió que hiciéramos un poema de amor entre los doce presentes. Él empezaría, dijo, arrojando al público un primer verso y luego uno de los concurrentes lo retomaría añadiendo un verso más, un juego surrealista, según explicó, que podía conducirnos, con un poco de suerte, al verdadero significado de la palabra amor, el tema de la noche. Los doce testigos contribuimos con un verso, incluidos Abraham y Natalia, quienes, a esas alturas, disfrutaban como enanos la *boutade*, una que desgraciadamente para Heike, no lo era. Al contrario: el espectáculo pretendía ser absolutamente serio, artístico y de gran envergadura. El problema era que sólo Heike no se había percatado del có(s)mico desastre. Y tal vez el actor tampoco. Todos los demás, hasta los niños, queríamos que esto terminara pronto. Era demasiado ya y el olor insalubre del tugurio volvía el ambiente más enrarecido por segundos. Por fin pude leer el folleto completo cuando diez minutos más tarde encendieron la luz del proscenio: "Hablemos de amor esta noche", se titulaba esa monstruosidad que acabábamos de contemplar. Con todo, algo bueno había quedado de esa velada, aparte, por supuesto, de los *shawarmas*: la rodilla de Clovis y mi rodilla no dejaron de tocarse la hora y media que duró el espectáculo. Y la verdad es que ninguno de los dos hicimos demasiado para impedirlo.

8

En abril de 1999 fui a Los Ángeles, defendí mi tesis, me doctoré y volví a México a los tres días sin bombos ni fanfarrias, tal y como siempre había anhelado. Mis compañeros, José Luiz Passos entre ellos, asistieron a la graduación junto con docenas de estudiantes que, como nosotros, se doctoraban ese año con toga y birrete. Siempre he abominado ese ritual. Evito esas celebraciones como a la peste. A veces, sin embargo, no he logrado escabullirme y he tenido que presenciar el atildado festejo, los discursos, la flema, los padres de familia, los abuelos y el llanto, la fanfarria, la emoción que se prodiga a manos llenas. En mi caso, la emoción y el festejo, más sensato, más discreto, vino mucho antes, cuando fui aceptado en el programa de UCLA. Mi padre, parco, me había dicho cuatro años atrás: "Te ganaste la lotería, Eloy", y tenía razón: sin mi posgrado no tendría trabajo y probablemente estaría mendigando, como hacen infinidad de intelectuales brillantes, ora vendiendo chorizos en un tianguis los domingos, ora traduciendo artículos de medicina o informática, ora corrigiendo planas en algún periódico de provincias u ora lambisconeando una jefatura de Departamento a expensas de algún condiscípulo leguleyo de la secundaria.

Yo, al contrario de José Luiz y mis compañeros del Departamento, tenía muy clara mi vocación: era un escritor, quería ser un escritor como Stendhal, y no un doctor en Filología, mucho menos un profesor de aquello que no se puede ni debe enseñar: la literatura. Ese grado académico, adquirido con harta paciencia —y sin gran dificultad—, no me autorizaba, lo sabía en mi fuero íntimo, más que para obtener un trabajo más o menos bien remunerado, poblar una oficina con libros, pagar las cuentas de luz y de agua. Esos cuatro años de posgrado jamás me harían un mejor escritor. Incluso podían hacerme un peor escritor o bien podían (como en algunos casos) disuadirme de serlo para toda la vida. Conocía latinoamericanos que habían desistido al conformarse con endilgar lo que otros habían escrito, aquiescentes con su destino trunco —siempre he creído que un profesor de literatura o un crítico literario es, en el fondo, una forma honorable de ser un escritor fracasado, un embrión que no llegó a crecer o bien se conformó con ser feto, lo cual tampoco está mal necesariamente.

Pero ¿cómo iba a ser yo para no caer en las garras de ese mefítico engranaje aceitado, esa maquinaria perfectamente bien diseñada que se llama la academia norteamericana, la cual, como pocas cosas en la vida, sofoca y cauteriza como las endorfinas? ¿Cómo escapar de su trampa maléfica si intuía que ese estilo de vida pretendidamente intelectual se convertiría, con los años, en una vida docente, una vida administrativa o en el menos peor de los casos: un destino ofrendado a la investigación? No lo sabía realmente, no adivinaba cómo escaparía de ese entuerto por venir, pero muy pronto encontraría (para mi estrella) un acicate, una chispa que podría impulsarme, si por alguna razón esas endorfinas académicas comenzaran de repente a succionar, si percibiese las várices y manchas en las piernas, el reumatismo, la atrofia irremediable...

A los dos meses justos de vivir en Colorado, recibí una llamada de Javier, otra vez de Javier, desde Salamanca:

—¿No lo vas a creer? Me han llamado de la editorial Seix Barral.

—¿Para qué?

—Para avisarme que soy finalista del Premio Biblioteca Breve.

—¿Qué? —dije con un nudo en la garganta: asombro, celos, dicha, envidia, estupor.

—Tal como lo oyes.

—Te lo van a dar —le aseguré desde el otro lado de la línea sin meditarlo un segundo.

—No, sólo soy finalista. Eso me han dicho.

—No seas ingenuo —le respondí—, eso te dicen, pero te lo van a dar.

Y así fue: en diciembre le otorgaron el Biblioteca Breve y ese premio cambiaría, para siempre, las cosas, torcería el rumbo de su vida, no sólo la de Javier Solti, sino la del otrora vilipendiado y defenestrado *Clash*: la de Amancio y Pablo, la de Abelardo y la mía, y de paso la de toda la generación de escritores latinoamericanos a la que Javier y yo pertenecíamos. Ese premio abriría (sin imaginarlo entonces) la puerta a un grupo nutrido de escritores más o menos jóvenes que no habían sido publicados todavía en España: Santiago Gamboa, Andrés Neuman, Edmundo Paz Soldán, Alberto Fuguet,

Xavier Velasco, Santiago Roncagliolo, Cristina Rivera Garza, Eduardo Berti, Juan Gabriel Vásquez, David Toscana y muchos más. Aparte de García Márquez, Fuentes, Isabel Allende y Vargas Llosa, se contaban con los dedos de una mano aquellos novelistas leídos en la península ibérica. A partir de ese invierno, bolivianos, argentinos, colombianos, mexicanos, cubanos y chilenos comenzaron a llamar la atención de las grandes editoriales. El Biblioteca Breve otorgado a Javier reinstituyó algo así como la moda latinoamericana, un fenómeno literario que se había desvanecido a partir de la muerte de Franco, y con sobrada razón: la novela latinoamericana publicada en los setenta y ochenta poco tenía que ver (con sus contadas excepciones) con la gran novela de los cincuenta y los sesenta. El *Clash* había pretendido resucitar esa novela, volver a esa forma literaria, lo que sea que fuere: desafiante, compleja, profunda, experimental, dialógica, totalizadora, difícil o fácil, no lo sé, pero la misma que muchos latinoamericanos de mi edad habíamos devorado con fruición diletante durante la adolescencia. Apenas un año atrás, otro latinoamericano, Roberto Bolaño, había publicado una novela monumental, cortazariana, la cual, junto con la de Javier, coadyuvaría al fenómeno del que hablo. Ambas abrieron paso a lo que siguió en la primera década del siglo XXI.

Emocionado, incrédulo, se lo conté esa tarde a Lourdes cuando estábamos a punto de ingresar al Saint Mary's Hospital de Colorado. Las cuarenta semanas habían transcurrido, faltaba poco para que mi mujer diera a luz; no obstante, Natalia no parecía querer salir de la placenta: estaba dichosamente adherida a su madre y por lo mismo había que ingresar a Lourdes al quirófano y propiciar el parto, avisó el doctor. Natalia nació amarilla, pero sana. Necesitaba pigmentación, es decir, baños de sol, para reducir la acendrada ictericia, y eso hicimos consuetudinariamente llevándola a la nieve al mediodía, en cuanto regresaba yo de la universidad. Era noviembre y las montañas estaban cubiertas de un suave tul blanquecino que se extendía, pulcro, por las laderas que rodeaban el villorrio adonde habíamos llegado por accidente. De las universidades adonde solicité trabajo, ésta había sido la única que, al final de la desenfrenada búsqueda, me ofreció un puesto permanente, eso que llaman los americanos *tenure*. Éramos relativamente pobres, pero extrañamente dichosos —cuando uno tiene su primer hijo pierde de vista muchas cosas, sobre todo al principio… cuando la visión se centra casi exclusivamente en la cuna del bebé—. El sueldo, mi primer sueldo, era miserable, pero la acogida del Departamento de Lenguas fue todo lo cordial y cálida que uno jamás podría esperar entre anglosajones del Mid-West. Mis colegas de español le hicieron un *baby-shower* a mi mujer sin conocerla y allí, entre ese grupo de profesoras americanas de cejas rubias, hizo sus primeras dos amigas. También yo hice uno de mis mejores amigos: Tom Acker, el gringo menos gringo que conozco, casado con la dominicana menos dominicana que hayamos conocido Lourdes y yo. Con ellos y sus dos hijos pasamos memorables veladas con vinos de la región (no siempre malos) y expediciones por sierras, acantilados y desfiladeros que en nada se parecen a cosa vista por el ojo humano.

Mi vida había cambiado en un abrir y cerrar de ojos y apenas me estaba enterando: me había convertido en un reluciente padre de una hermosa niña, había vuelto con Lourdes y ya no era un estudiante de posgrado, sino un respetado profesor universitario. Todo a la vez... ¿quién iba a decirlo? ¿Cuándo en mi juventud podría haber adivinado un destino semejante? El rebelde sin causa de la adolescencia, el inconforme, el forajido, el incorregible poeta maldito... convertido en un rebelde encauzado, en un modoso profesorcillo de provincias, miembro ejemplar de la conspicua academia anglosajona: doctor, padre de familia, esposo y ciudadano ejemplar... ¿Es que alguien, incluida Lourdes, podría jamás sospechar quién era yo en realidad, de qué gruta siniestra había emergido? ¿Alguien podría haber dibujado al tipo que fui, el joven descarriado que había sido antes de toparme con el primer libro que leí en la vida (*Siddhartha*, de Hesse)? Nadie lo sabía en Estados Unidos, por supuesto, y en México lo sabían muy pocos —sólo quienes me conocieron muchos años atrás, antes de ingresar al bachillerato marista: Aldo Pérez, Ismael Sánchez, Omar Massieu, mis padres y mis hermanas, mis tíos y mi prima Ana, los psiquiatras, neurólogos y educadores que me trataron durante extenuantes sesiones con escaso éxito—. Sólo ellos supieron la prístina y terrible verdad. Sólo ese puñado conocía mi añeja identidad, las mazmorras de donde venía, mi doble personalidad. Nadie que me conociera a partir de los quince podría siquiera columbrar la silueta del que escribe treinta años más tarde. ¿Somos el mismo o cambiamos? ¿Hay una continuidad del yo o ésta se interrumpe a plazos, a tramos desiguales? A veces pienso que jamás somos los mismos, ni siquiera de un día al otro, de un minuto a otro, aunque parezca lo contrario y nos llamemos igual, aunque despertemos en el mismo domicilio y en el mismo lecho y con la misma mujer… ¿Yo soy otro o acaso soy el mismo? Y aquí estaba ahora llevando a cuestas una nueva identidad, inseguro de ser yo mismo, con este cuerpo o disfraz o lo que fuere que cargaba encima, remodelado treinta años más tarde, reencarnado sin habérmelo propuesto, sin calcularlo, incluso sin quererlo.

Lourdes, Natalia y yo no viviríamos de becas a partir de ahora, sino de un solo sueldo, el cual, para mi franco y doloroso estupor, era menos de lo que yo ganaba como estudiante graduado en UCLA. Me habían mentido, el mundo me había engañado otra vez: profesores y estudiantes me habían prometido que, como profesor con *tenure*, viviría sin escasez, holgadamente, y no era cierto, al menos no esta vez. Fue ese desencanto el principal motivo por el que, al final, nos largamos de Colorado al año siguiente. A pesar del desengaño, cuatro cosas quedaron indeleblemente impresas en mi memoria: el rostro iluminado de Natalia al salir del útero sangrante de su madre, el paisaje magenta de cañones y montañas rocallosas rodeando la pequeña ciudad, mi amigo Tom Acker y la nueva novela que me había propuesto escribir el mismo día que nació mi hija.

Poco antes de dejar el D. F. y marcharnos a Colorado, Javier me había endilgado dos gruesos volúmenes engargolados de cuatrocientas páginas cada uno a renglón seguido y en hoja tamaño oficio: era el manuscrito de la novela que obtendría el premio Biblioteca Breve cuatro meses más tarde. Javier era imparable. Confieso que conforme la leía, la comprendía menos, o mejor dicho: no comprendía a mi amigo tras el relato, se me escabullía y no hallaba la correlación de intereses entre el Javier que yo conocía y el autor de esa extraña y portentosa novela. ¿Dónde estaba Solti, mi amigo del bachillerato, en todo esto? ¿De qué trataba ese libro tan largo? ¿Qué se había propuesto? Su novela no se parecía a nada que yo hubiese leído jamás. ¿Bomba atómica, física cuántica, nazis y espías, opera wagneriana, Segunda Guerra Mundial? Como sea que fuere, su llamada telefónica con la noticia fue la mecha que me impulsaría a escribir mi novela más ambiciosa. El nacimiento de Natalia en las montañas fue la pólvora y al final sólo a eso me aboqué ese año y los siguientes tres: una saga de familia, un esperpéntico fresco con ciento veinte años de historias entretejidas y un solo hilo conductor: la vida de su protagonista, una Sherezada mexico-americana, de madre judía y padre *goy*, extraviada en el laberinto de las identidades y las lenguas.

Si Javier había concluido su novela más ambiciosa y extensa, ¿por qué yo no haría lo mismo? Lo estaba haciendo Pablo Palacios en Querétaro, quien al año siguiente publicaría su mejor libro —el más complejo de los que había escrito hasta entonces—. Lo estaba haciendo Amancio en Salamanca e incluso Abelardo preparaba algo ambicioso, según describía en sus correos electrónicos; yo no podía quedarme atrás, aparte de que ya tenía la argamasa de la historia, un drama que me embrujaba desde hacía mucho tiempo: la caída en desgracia de una mujer divorciada, enamorada de un adolescente. A la tragedia de la mujer en cuestión se sumaba ese árbol genealógico que ella, infatigable, relataba para explicarse a sí misma lo ocurrido: su pasión prohibida, el bebé producto de su descabellado amor. Y a ese libro aboqué mis fuerzas y mi tiempo. Era eso o el letargo aniquilador de la academia norteamericana suavemente envuelta en febles copos de nieve y chimeneas encendidas con vasos de whisky y lecturas algodonosas. ¿Cómo lo hice? No sé. Javier había invertido sus años de doctorado para conseguirlo; Piquer y Palacios también: yo podía intentarlo al menos. Mi novela azul no había sido esa gran novela, estaba claro. Hasta mi madre me lo dijo en una ocasión acaso desilusionada con la lectura de mi relato depresivo: "Eloy, ponte a escribir algo de veras grande esta vez".

Para entonces era evidente que los cinco amigos atravesábamos una etapa excepcional en nuestras vidas, cada uno a su manera y cada uno en su humilde rincón del planeta. No había que ser agudo para darse cuenta de que cada uno miraba al otro con el rabillo del ojo; no había que ser perspicaz para enterarse de que, sin los otros —esos amigos talentosos y omnívoros— no habríamos escrito lo que escribimos, cada uno a su manera. Ellos, los otros, eran el rasero, la medida, y nadie más. La nuestra se volvió, indefectible, una dura competencia... pero otra cosa también, algo más sutil y ovillado: la necesidad (o voluntad) de conservar nuestra amistad a sabiendas de que sólo perviviría si conseguíamos tratarnos como iguales, reconociendo en el otro al eterno rival admirado pero no por ello temido. Conformarse con menos no estaba en la agenda de nadie. Las cartas estaban echadas y había que ponerse a escribir ese gran libro, tal y como mi madre decía, tal y como Javier lo había conseguido.

9

—¿Sabes? Francia es un polvorín —me dijo Eloy al despedirnos de los padres de Sammy, el nuevo amiguito de Abraham, quienes acababan de pasar a la casa a tomarse una taza de *thé á la menthe* y recoger a su hijo.

Ahmed, alto, corpulento y moreno, es de Marruecos; Jhema, su mujer, delgada y blanca, es argelina, sin embargo, al final del día, ambos son franceses por los cuatro costados, árabes franceses, magrebíes, eso que Nina Moreau embozadamente critica cuando charlamos con ella y Clovis, su marido.

—Nina no tolera a los árabes y vive al lado de ellos, rodeada de ellos. Todo el sur de Francia está lleno de magrebíes.

—No tolera a los árabes que no se integran, lo que es muy diferente, Eloy. No le gustan los que hablan mal de Francia, que odian al país que los acogió y que se niegan a cantar *La Marsellesa* en los partidos de futbol. No son todos...

—Esos cuantos odian a Francia con razón —me dijo Eloy—. No digo que esté de acuerdo, pero ése es su punto de vista y obedece a una historia. Hay un pasado de colonialismo que no se olvida...

—Pero ¿crees que los Moreau son racistas?

—Racistas, no; pero sí razonablemente intolerantes —opinó desde su sillón con una sonrisa.

—No entiendo el enigma —me burlé—. ¿*Razonablemente* intolerantes? ¿Qué diablos significa eso?

—Nina Moreau es, como tú o yo, una occidental que vive en un país occidental y que desea vivir un estilo de vida occidental. ¿Por qué no? Asimismo espera que los que vengan a Francia se integren y no que pretendan cambiar su estilo de vida con su religión y sus costumbres medievales. ¿Por qué eso sería ser racista? Por eso digo que sólo son *razonablemente* intolerantes. O mejor: tolerantes con reservas. Vengan a Francia, pero adáptense, por favor, intégrense y hablen francés, quítense el velo y respeten a sus hijas si no quieren llevarlo puesto. Eso es todo.

—Nina está contra el velo y Jhema no y ambas viven en la misma esquina y llevan a sus hijos a la misma escuela pública a la que llevamos a Abraham. Según Jhema, el yihab es una forma de feminismo. O eso era al menos al principio de los tiempos.

—Pero ya no lo es, Lourdes, y mucho menos en Francia. Hoy es lo contrario... Si me preguntas, a mí me parece excelente que estén prohibidos los yihab, las estrellas de David, los crucifijos, los turbantes, los cairelitos y las manifestaciones religiosas de cualquier índole —dijo con aplomo—. Eso es a lo que yo llamo ser tolerante con reservas. Tiene que haber límites a la libertad de expresión, especialmente a la libertad religiosa.

—Eso es ser intolerante —le reconvine—. Yo creo que las mujeres están en todo su derecho a llevar el velo si lo prefieren, no importa lo que signifique. Es Francia y son libres.

—¿Y también tienen derecho a bloquear las calles para ponerse a rezar a mitad del día?

—Eso no.

—¿Y tienen derecho a apedrear a sus hijas porque no llegaron vírgenes al matrimonio?

—Por supuesto que no, pero exageras...

—¿Entonces cuál es el límite de esa libertad que defiendes? Dime... Si uno empieza con velos y crucifijos, luego se pasa al burka y después a la ablación y luego a alguna otra locura, sin fin. Ése es el peligro con la mentada "libertad religiosa". A mí me parece bien que prohibieran los yihabs en las escuelas públicas. La religión es viral. Si la dejas manifestarse con el pretexto de ser libres y democráticos, lo infesta todo. Un Estado laico, el francés o el mexicano, debe controlar las religiones, estar por encima de ellas, vigilarlas, les guste o no a los creyentes. Spinoza lo supo antes que nadie y escribió un libro al respecto hace trescientos años. Por supuesto, lo querían linchar por sabio. Muchos árabes, judíos y cristianos no lo entienden y ponen a Dios por encima de todo, incluso por encima del Estado —se detuvo, tomó inspiración y continuó su diatriba—: Francia es un polvorín, Lourdes. Clovis tiene razón cuando dice que el problema migratorio en Estados Unidos es por completo distinto: los cuarenta millones de mexicanos no suponen el trastorno religioso que suponen los inmigrantes magrebíes. Los árabes son de otro mundo, pero nadie se atreve a decirlo porque nadie quiere pasar por racista. Eso sí que no... No importa si algunos se dicen agnósticos o liberales, en el fondo el islam es una estructura mental, un gen pernicioso.

—Como el cristianismo.

—Por supuesto. Sólo que el cristianismo *lo fue*, ya no lo es, como tampoco lo es el judaísmo; ambos están imbuidos de democracia, tolerancia, civismo, libertades individuales, pero, sobre todo, de límites, muchos límites... La modernidad, los derechos humanos, el feminismo, el sufragio, la educación y la igualdad les amputaron los brazos, los convirtieron en puro simulacro, ornamento de bautizos, bar mitzvás, bodas y primeras comuniones. El cristianismo y el judaísmo están heridos de muerte. Digamos que son un virus controlado. El Islam, al contrario: es una plaga infiltrada en Occidente, trasplantada a Europa. Como los gérmenes que trajeron los españoles y portugueses al Nuevo Mundo. Ese germen, por supuesto, no era nuevo, pero la peste y las enfermedades que trajeron sí lo fueron para nuestra desgracia indígena. A cristianos y judíos, por más religiosos u ortodoxos que pretendan ser, no les ha quedado otro remedio que integrarse y aceptar, amputados, la ley del Estado. Son occidentales, piensan de manera más o menos afín, hay un consenso de normas y costumbres, un contrato social. Con los musulmanes es distinto, pero nadie se atreve a decirlo. Sólo Nina Moreau, y no creo sinceramente que se le pueda tachar de racista por eso. Mucho menos a Clovis.

—El problema es la fe, las religiones, la industria religiosa, el Más Allá, ese opio para controlar el miedo del rebaño.

—El problema *eran* las religiones, Lourdes. Ahora es algo peor: una estructura mental enquistada; algo inasible con que se nace, se crece, se reproduce y se muere. El virus era religioso, como tú dices, pero luego se hizo cultural e ideológico y con los siglos se ha vuelto genético, intravenoso. Convivir con árabes en Francia no es lo mismo que convivir con mexicanos guadalupanos en Estados Unidos.

—¿Y los padres de Sammy? ¿Qué piensas de ellos?

—Me cayeron muy bien.

—¡Ya ves!

—Porque son franceses. Ése es mi punto.

—No, son árabes, Eloy. Él nos lo dijo. Ahmed habla árabe, nació en Marruecos y es musulmán por los cuatro costados. Su mujer es argelina.

—No sabemos si son religiosos, pero si lo fueran, igual no afecta en nada su trato, ni su manera de ser, ni su pensamiento. Ella no lleva el yihab. Para mí son tan franceses como Nina y Clovis Moreau.

—Pero no se soportan entre ellos. En el fondo se saben distintos.

—Pero se toleran, se saludan, comen quesos fermentados, van al mismo mercado a hacer las compras, leen *Le Monde* y se apasionan con el futbol. Eso los hace franceses. Tal vez por eso no ha estallado el polvorín, pero la verdad no sé cuánto tiempo dure esta delicada mezcla.

—Para colmo todos tienen por igual ese insoportable complejo antiyanqui. Odian a los americanos pero los envidian con toda el alma. Cada vez que pueden, los critican con ferocidad, aunque los imiten en todo. Es para morirse de risa.

—Como los mexicanos —dijo Eloy—. En eso son idénticos.

—Dijiste "son idénticos" y no "somos idénticos" —recalqué asombrada—. ¿Te diste cuenta?

—Porque yo no los envidio; los admiro, igual que tú. A pesar de su simpleza, su estrechez de miras y su infinita incultura, son diligentes, trabajadores y ambiciosos. Con eso basta para crear una clase media más o menos robusta.

Aproveché su comentario para soltarle una idea que me rondaba desde hacía tiempo:

—¿Sabes? Creo que viene siendo hora de aceptar nuestra condición de americanos.

—Eso hacemos, Lourdes.

—No es cierto. Siempre decimos que somos mexicanos cuando nos lo preguntan. Nos deslindamos por conveniencia...

—Porque *también* eso somos.

—Abraham y Natalia no lo son. Siempre que pueden nos rectifican enfrente de todo mundo. Están orgullosos de ser gringos y finalmente eso son, nos guste o no. Eso elegimos para ellos... y ya es hora de que les demos su lugar. Es hora de admitirlo: son americanos, aman Estados Unidos y se vanaglorian de su país cada vez que tienen oportunidad.

—¿Y nosotros qué somos entonces?

—La verdad, no sé —le dije asustada—. Lo que sí te aseguro es que no me siento orgullosa de ser mexicana como mis hijos se sienten de ser americanos. Ojalá pudiera remediarlo... pero no puedo. Tengo más motivos de envanecerme de Estados Unidos que de México, y siento que somos unos hipócritas convenencieros cuando los franceses nos preguntan qué somos y nosotros respondemos "mexicanos".

10

Eugenio se fue el viernes temprano a Guadalajara. Antes de irse, me leyó el texto con el que va a presentar la nueva novela de Jacinto, la cual, me confesó, no le ha gustado; maquinó algunos malabarismos para no tener que decirlo: habla bastante bien del libro aunque sin mentir, resaltando lo mejor, lo cual, para mi gusto, es muchísimo. A diferencia de Eugenio, el libro me atrapó aunque no crea que sea el mejor que haya escrito. A Roxana, por supuesto, le encantó: Jacinto se lo dedicó a ella. ¿Cómo no iba a gustarle?

Ambos continúan acaramelados en su luna de miel, parecen dos gorriones volando a ras de suelo. En cambio, Eugenio y yo seguimos a marchas forzadas nuestra complicada luna de hiel: ésa es, admito, la diferencia cuando estás por cumplir veinte años de matrimonio, cuando has pasado malas rachas, cuando te ha costado tanto trabajo sobrevivir al lado de un escritor que detesta la docencia y no ha tenido el éxito que tienen sus amigos, aquellos con quienes creció y maduró, con quienes se hizo escritor. No debe ser fácil, lo adivino. Todos: Alonso, Pato, Jacinto y ahora hasta Genaro, con su última novela policial, venden lo suficiente para poder dedicarse (si lo quisieran) a la literatura y nada más. Pero no lo hacen… Han decidido, nada tontos, mantener dos copiosos ingresos. El de los *royalties* y premios literarios, por un lado, y el de sus orondos empleos gubernamentales, por el otro. Nosotros, en cambio, tenemos a duras penas un solo ingreso: el de la docencia. No tenemos, por lo pronto, otra alternativa hasta que yo no encuentre un buen trabajo y Luna ingrese a la escuela primaria en Carlton, la cual es gratuita y muy buena.

Las novelas que Eugenio ha escrito nunca pasan de los tres mil ejemplares. Según Lizardo, eso es muy bueno, muy *chic*, prueba de que sus libros son de muy *alta* calidad, literatura destilada. Lizardo es un añejo convencido de que las mejores novelas (las que van a perdurar) son para *the happy few*, como decía Stendhal al final de *La Chartreuse de Parme*. Consuelo de tontos, digo yo; consuelo de puristas y puritanos necios, y Lizardo es uno de ellos, siempre lo fue desde que lo conocimos. Según Fabio Morábito, el otro amigo novelista y poeta de Eugenio (y de la misma generación que Lizardo), tener tres mil lectores es para sentirse un genio, para estar agradecido con el género humano, para no dormir y perder el apetito, pero yo no estoy tan segura, la verdad. Los raseros de Eugenio, para su desgracia, son distintos: más exigentes, más difíciles de alcanzar... empero no da su brazo a torcer y no quiere dejar de escribir lo que se le da su regalada gana a pesar de no vender lo que él querría. Lo desea todo. Lo espera todo. No concede y no cambia el rumbo ni el estilo, pero eso sí: añora milagros y ventas caídas del cielo similares a las de sus amigos. Como si la gente fuese a cambiar sus hábitos sólo para complacerlo. Eso, en parte, es lo que ha hecho difícil la existencia a su lado: su desencanto y su impotencia consuetudinarios, los cuales se traducen luego en enfado e irritabilidad. Se ha enfrascado en un camino pedregoso y se siente frustrado, pero ésa es sólo su culpa, y él lo sabe. Sus editores se lo han dicho mil veces. Su agente, Aureliana Kleiman, y sus amigos novelistas se lo han repetido hasta el cansancio (claro: Lizardo y Morábito no aplican entre los que le espetan la cruda verdad). Ahora, con este nuevo libro, será mucho peor. Con lo que he leído, no veo a quién diablos pueda interesarle. Disputas conyugales, celos, odios, reconciliaciones, falsas familias felices, amistades y deslealtades, amor y desamor a mares, idas y vueltas por Europa y Estados Unidos, psicología tortuosa y un crimen "revolucionario" que olvida de repente continuar... ¿Hay lectores para este tipo de novelas? ¿Acaso la gente no tiene suficiente con lo que vive en carne y hueso todos los días? ¿Para qué leer más cuitas, problemas y trifulcas? Los lectores quieren llegar a casa y evadirse, escapar a tierras exóticas, vivir grandes pasiones aderezadas de erotismo y valentía, adentrarse en imposibles y edificantes hazañas, incluso prefieren aventurarse con vampiros, zombis y alienígenas antes que con seres humanos, o, en el menos peor de los casos: prefieren novelas pseudohistóricas donde aprenderán (el rato que les quede libre) la historia que no estudiaron en el bachillerato. Monstruoso, pero cierto. Escribir hoy como pretende Eugenio es un billete directo al fracaso. A sus autores favoritos poca gente los lee hoy, diga lo que diga: Lawrence, Moravia, Onetti... Pero hay esos otros que él admira también y que, a pesar de todo, continúan vendiendo: Kundera, Coetzee, Vargas Llosa. Ojalá él fuese como los segundos, pero su arte (o su número de lectores) se acerca peligrosamente a los primeros.

Después de Guadalajara, Eugenio iba a ir a visitar a su madre al Distrito Federal. Al menos eso me dijo antes de partir. Yo no le creí un ápice, por supuesto: no soy tan ingenua. Veinte años de matrimonio me han convertido en la escéptica que hoy soy. Tengo mis bien fundadas sospechas para no creerle ese cuento. En el fondo, sé que se encontrará con Lourdes, su amiguita de antaño, su paño de lágrimas. Tal parece, y hasta donde me he enterado, ella continúa soltera. Con Lucy, mi antigua vecina, he perdido contacto, y era su prima la que conocía a Lourdes a través de la academia de Nélida Alegría adonde llevaba a su hija hace años: era ella, la prima, quien le pasaba los chismes y novedades a Lucy y Lucy me los contaba luego a mí, pero eso se ha acabado.

He perdido la cuenta, pero son muchos años desde que abandonamos México, desde que dejé a mis padres y mi trabajo en la editorial para lanzarme a esta aventura por el mundo con Eugenio, y todo para que él me pague así: todo este sacrificio invertido para que siga escribiendo perversas novelas sobre Lourdes veinte años después como si se tratase de una extraña posesión, una manía, inventándose una historia de amor a su lado y hasta con dos hijos, una adolescente de trece que toca el clarinete y un niño de ocho que toma clases de violín con Heike... vaya nombre... Dios santo. Es el colmo de las patologías, digo yo, el *summum* de las aberraciones... No me sorprendería que Eugenio estuviese con ella ahora mismo: estarán cogiendo en un roñoso motel en la salida de la carretera a Toluca o bien a la salida de la carretera a Cuernavaca, los nichos ocultos de los amantes que quieren poner el cuerno a sus esposas y maridos. Lo sé de sobra. Todo el hipócrita mundo lo sabe...

—Te he extrañado —le debe estar murmurando esa zorra al oído.

—Y yo a ti —deben estar tendidos sobre la cama apestosa del motel.

—Siempre me han gustado tus manos —le dice Lourdes. Falsísimo: las manos de Eugenio son horribles: resecas, arrugadas, romas. ¿Cómo le puede decir eso? Jamás se las cuida. Odia ponerse crema. A veces hasta le sangran en invierno. Cuando vuelva a Aix, verá lo que es canela fina: la heladera se ha soltado aquí, embiste por las mañanas con sus cuernos, no puedes salir sin guantes ni bufanda, y apenas estamos en diciembre. Lo que nos falta...

—Y a mí tu cuerpo —le dice él acariciándola.

—Pensé que no me llamarías.

—¿Por qué no lo iba a hacer? ¿Estás loca?

—Tú sabes por qué.

—¿Gloria?

—La última vez me dijiste que sospechaba de nosotros. Sabe que nos seguimos viendo, ¿no es cierto?

—No hablemos de eso —dice él, melifluo y cobarde.

—Siempre me ha odiado.

—Olvídalo.

—Si no se hubieran casado, ¿continuaríamos tú y yo juntos, Eugenio?

—No lo sé, pero quiero pensar que sí.

—No es lo mismo estar casados que verse dos veces por año... —en eso le sobra razón a la perra: sólo en eso.

—No es lo mismo, pero igual hubiéramos durado. No te imaginas qué difícil y complicada se ha vuelto Gloria —Eugenio espera unos segundos y después añade—: Cuando veas a una pareja cogida de la mano en un restaurante con candelabros y velas sólo pueden ser cuatro cosas: se acaban de casar, se acaban de reconciliar, no se han visto en seis meses o uno de los dos está enfermo de cáncer.

La estúpida se ríe con el chiste.

—No hay cosa más falsa que esos anuncios de televisión donde la pareja camina asida de la mano por la playa mojándose los pies descalzos. Toma viagra, te recomiendan, o compra un seguro de vida para tu hermosa familia. Cualquier mentira con tal de vender. Son las parejas que nunca tuvieron problemas quienes se divorcian primero.

—¿Qué quieres decir?

—Que Gloria y yo nadamos en problemas...

—¿Y por eso no se divorcian...?

—Tal vez —responde él inseguro—, pero no hablemos de eso ahora...

—Nunca pensé que durarían tanto.

—Shhhhh —la detiene Eugenio poniendo un dedo sobre sus labios, deteniéndolo allí, acercando su boca a su boca, el muy cabrón, pasando sus brazos por su envés y apretándole el culo firme, mordiéndole el cuello y los hombros morenos, acariciando y rozando su vientre con su verga enhiesta, lo conozco, busca ahora mismo ensartarla, ansioso, lamiéndola como un perro sediento y amansado.

Ponte un condón, quiero gritarle…

—¿Cuántos años tiene Luna? —lo detiene ella en seco, pero ¿para qué?, ¿por qué diablos querría saber nada sobre mi pequeña, qué le importa a esa zorra de mal agüero mi hija adorada?

—Cinco.

—Y no se arrepiente…

—¿Gloria?

—…

—¿Del aborto?

—Tendrían dos hijos, Eugenio —le recuerda Lourdes.

—No se lo he preguntado, pero no creo. Yo sí, te lo he dicho muchas veces. Yo hubiese querido tener ese hijo, pero Gloria no estaba preparada. Fue su decisión, no la mía.

Basta.

¿Escribirá sobre su encuentro con Lourdes en cuanto vuelva a Aix o seguirá empecinado en su apócrifa historia con dos hijos adolescentes que no tiene en lugar de hablar sobre Luna, la hermosa hija que *sí* tiene? ¿Me seguirá sustituyendo por Lourdes o contará por fin la verdad, una mirruña al menos, de lo nuestro? Por lo pronto, yo no tengo más remedio que seguir haciendo lo que hago; Eugenio no me ha dejado alternativa: daré mi versión cada vez que pueda inmiscuirme en su maldito libro. Y si para ello tengo que elucubrar probables encuentros con Lourdes, ni modo: lo haré igual como hacen sus amigos novelistas. Yo ni siquiera le pregunto si la ha visto. Siempre lo niega, claro. ¿Qué más iba a hacer que negarlo? Me jura que desde aquella horrible Navidad en que lo descubrí no la ha vuelto a ver ni ha sabido nada más de ella, ni siquiera sabe si se ha casado o no, si vive sola o acompañada, si continúa bailando o si ha dejado la academia de Nélida Alegría. Jura y perjura haber roto para siempre desde que descubrí su correo electrónico y lo eché de casa en Carlton, pero sé que son puras mentiras encaminadas a salvaguardar su pellejo. No quiere perdernos a Luna y a mí.

Ella está viva en su novela y habita en Aix —al menos en el Aix de su novela—, y con eso me basta y sobra para temerla, para odiarla más de lo que la odiaba antes cuando quise ser su amiga…

11

En Roma, creo, empecé a notar las primeras, escuetas, señales. Al principio no quise prestarles mucha atención. Eran gestos mínimos, signos superficiales y espurios. Pero allí, paseando por el Foro Romano bajo la fina lluvia de otoño, vislumbré de pronto, no sé en qué momento, un pequeño exceso de interés, de cortesía o atención hacia mi esposa. Tal vez haya sido el acto solícito de ayudarla a saltar un pedazo de ruina enquistada en la tierra mojada, quizá haya sido el instante en que, afanoso, él le tendió la mano para subir la escalinata hacia el Templo de Rómulo o bien cuando acercó su mejilla a la de Lourdes más de la cuenta para la fotografía que yo les hice a los siete frente al Templo de Saturno —he visto esa fotografía varias veces y lo puedo corroborar sin temor a equivocarme—. Hablo de Clovis Moreau, marido de Nina, nuestro amable vecino de Aix, el padre de Martina y Remy, la mejor amiga de Natalia. Simpático, generoso, preocupado por nuestro bienestar en Francia, servicial y diligente si lo necesitas para cualquier cosa, no obstante, Clovis, ¿cómo decirlo?, ha sido a ratos excesivamente esmerado con Lourdes, y ella, encantada de la vida, lo ha dejado ser, le ha abierto las puertas, no sé si de su corazón o tan sólo las puertas de la casa, pero el punto es que en más de una ocasión he llegado cuando él se estaba yendo, o bien he vuelto a casa de la *boulangerie* o del mercado y me lo he encontrado, sin su mujer, acompañando a la mía. Allí mismo, en el comedor o en la sala, Lourdes y Clovis toman una taza de *thé á la menthe*, charlan mientras Martina oye música o conversa con Natalia en la recámara de mi hija, las dos encerradas a cal y canto, ajenas a lo que pasa o no pasa en el comedor y en la sala.

Abraham, por el contrario, suele irse a jugar *Play Station* con Remy a su casa, enfrente de la nuestra. Así que los dos, Lourdes y Clovis, se hallan, digamos, felizmente solos, dichosamente aislados, mucho más ahora que Nina ha encontrado un trabajo en Marsella, a cuarenta minutos de aquí.

Siempre que llego y los encuentro pegados, hallo que Clovis está explicándole algo importante a mi mujer; tienen el iPad abierto sobre la mesa y él, galante, le señala alguna cosa o le explica lo que en francés quiere decir un asunto preciso, una instrucción, una guía, una ruta cualquiera en un mapa virtual... Lourdes lo comprende todo en francés: no necesita ninguna explicación, lo habla mucho mejor que yo. No entiendo, pues, por qué requiere la obsequiosa ayuda de Clovis, pero, claro, se deja mimar, permite que el vecino le explique alguna tontería, y ella, por supuesto, le pone toda la atención que no me pone a mí. ¿Pretende incitar mis celos o realmente yo no existo cuando esto sucede frente a mis narices? Tal vez no exista nada y yo exagere las cosas, tal vez imagino situaciones e invento un exceso de cordialidad...

En cualquier caso, desde que salí de Aix en el absurdo vuelo con conexión en Ámsterdam para llegar a Guadalajara, he empezado a atar cabos sueltos, detalles y gestos significativos, momentos especiales donde yo (con la membrana de mis ojos) presencié un leve contacto, un devaneo, una mirada nictitante, cierta reciprocidad...

La tercera noche (¿o fue la cuarta?) de mi llegada, ya instalado en Guadalajara, soñé con ellos, pero ahora tampoco sé si fue un sueño o si imaginé una escena durante la duermevela, ese insufrible estado hipnótico que padecemos por culpa del *jet-lag*, lo que en Francia llaman *décalage horaire*: no duermes después de veinte horas de vuelo, tu cuerpo no se acostumbra al cambio de horario, estás metido en cama pero dando vueltas, regurgitas ideas y planes, recuerdas pasajes o fantaseas historias y rumias pequeños relatos con la esperanza de caer rendido y poderte dormir. Por eso, repito, no sé en realidad si todo lo soñé, no sé si lo pensé despierto o si acaso sucedió, pero fue más vívido y real que si yo mismo lo hubiese presenciado...

—¿Te gustan mis zapatos nuevos? —le pregunta Lourdes a Clovis Moreau—. Eloy me los compró y no los había estrenado. Son de aguja, ¿sabes? Él tiene debilidad por los zapatos negros de tacón afilado, con el empeine desnudo... como éstos, mira...

—Son bonitos —dice él nervioso, trémulo, sentado en el sofá. No tiene idea de qué hace allí, pero ha ido, solícito o manso, a averiguarlo... ¿Para qué diablos lo ha llamado Lourdes? ¿Para mostrarle unos zapatos que su marido le obsequió antes de largarse a Guadalajara?

—Mira: tienen una linda hebilla aquí —levanta un pie y lo posa descaradamente sobre su rodilla tiesa. Clovis debe llevar, como suele, unos desgastados jeans, sin embargo, Lourdes nota ya un pliegue abombado: se le ha endurecido el sexo. Clovis, el pobre, no consigue disimularlo. Enrojece como hizo aquella noche en que el actor le preguntó qué significaba el amor y confundió a Lourdes con su esposa.

Nina trabaja en un consultorio de Marsella a cuarenta minutos de Aix. Después de casi cinco meses en el paro, ha sido lo único decente que ha encontrado… y para colmo, mal pagado, pero es mejor que nada. Los niños están en la escuela. Lourdes está sola en casa. Es lunes. Es mediodía y el frío ha cedido un poco. Comparado con las gélidas madrugadas, esto es bastante soportable. Lourdes ha visto a Clovis llegar a su casa; al menos ha visto su auto.

Desde la ventana de la cocina, podemos mirar su cochera cuando lavamos la vajilla, cuando ponemos a calentar el café: el portón de rejas verticales y alineadas puede deslizarse hacia la izquierda para meter dos autos sin problema sobre una franja de gravilla. Ahora hay uno solo, el de Clovis. Ella lo sabe, lo esperaba así… y lo llama: él ha respondido el teléfono. Lourdes le ha pedido que venga, por favor, quiere preguntarle algo urgente, alguna fruslería que no entiende. Él lo ha dejado todo y ha entrado sin tocar, como suele, como yo mismo he visto que hace cuando llega a casa: debe ser una costumbre francesa, quién sabe. En México jamás entraría a tu casa un vecino —ni un amigo— sin tocar antes a la puerta, pero aquí y en Estados Unidos, por lo visto, no es así, al menos Clovis no lo hace, tampoco Nina Moreau. Nos hemos acostumbrado aunque al principio nos desconcertó. A Lourdes le parece ahora de lo más natural. Por eso sabe que él no va a tardar y que pronto empujará esa puerta y ella estará lista para seducirlo. No es difícil conseguirlo, claro, o eso piensa mientras se mira por última vez frente al espejo, se acicala y se ajusta el vestido rojo que enseña sus piernas morenas y torneadas. Se calza, por fin, los zapatos negros de aguja con hebilla que yo mismo le regalé.

¿Remordimientos? Conmigo, por supuesto que no. No los podría tener. Después de lo que hemos vivido, después de las veces en que me ha descubierto deseando a otra mujer, lo que menos puede sentir es remordimiento hacia mí, el peor marido del mundo, según ella, el descastado y desleal hombre con el que se casó. Pero ¿hacia Nina? ¿Sentirá remordimientos más tarde? Tal vez, pero no quiere pensar en ello. Evita a toda costa imaginar lo que va a sentir mañana cuando se encuentre a la mujer de Clovis, cuando la bese y se sonrían y charlen despreocupadamente. Ahora, al contrario: sólo quiere pensar en él, sentirlo y, si se puede, gozarlo. Lo ha visto, lo ha notado, desde Roma, desde el Foro, luego en el Coliseo y durante las tres primeras cenas que departimos los ocho con pizza y ensalada en Via de Properzo, y antes, en la Plaza de España, comiendo paninis de espinaca y mozzarella, sentados los ocho allí, sobre la escalinata, Clovis rozándola y sonriendo, ayudándola a no trastabillar, algo que ni siquiera hace con su propia mujer y de pronto empieza a hacer con la mía... Lo ha vuelto a notar Lourdes la noche que salimos juntos al esperpéntico espectáculo de poesía y violín con la atractiva maestra de Abraham. Allí, deferente, Clovis le cedió el paso, le cedió el lugar, se sentó a su lado, no la paró de admirar, y todo frente a su mujer que, o bien no se entera de nada, o bien no le importa un posible desliz... No es cortesía, es otra cosa. No estoy ciego. Por ello no consigo dormir esta noche, por eso cavilo, por su culpa discurro y me abismo, imagino tan intensamente que, al final, todo ese flirteo y seducción se vuelven de veras realidad...

—Me he depilado el sábado, ¿sientes? —le dice Lourdes y toma la mano de Clovis para que le acaricie el peroné, la tibia, el muslo, la rodilla.

Él no sabe si huir, si quedarse, si traicionar a su esposa, pero la fuerza de la piel satinada de mi mujer lo embruja, lo deja imantado al viejo sofá mientras recorre con la palma de su mano izquierda la pierna de Lourdes, luego son las dos, ambas girando alrededor de su piel como un orfebre que moldease la arcilla caliente... Lourdes se inclina, por fin, y lo besa y él la besa y nada importa a partir de aquí, sólo el deseo y la combustión de esos veinte minutos que pasarán tirados sobre el sofá de la sala o sobre el tapete sucio del comedor.

Ella lo intuía desde hacía tiempo, e incluso me lo dijo a mí, me confesó que había visto a Clovis más de una vez admirándola, acaso deseándola. Una vez, incluso, me susurró —hacíamos el amor, a punto estaba ella de venirse— que Clovis le parecía guapo, y más que eso, atractivo, serio, interesante, y que deseaba a Clovis con toda su alma, que deseaba sus manos, que querría cogerse a Clovis cuando no estuviera yo, justo cuando estaba por tener ese orgasmo, que si no me importaba, gemía de gozo y plañía, que ella también lo deseaba a él, que si le daba yo permiso de hacerlo con el vecino una sola vez y luego vendría y me lo contaría todo... con lujo de detalles. Eso me dijo Lourdes y no lo susurró: jadeaba al proferirlo, hincaba sus uñas en mi carne, y yo le creí, le sigo creyendo, ahora mismo la imagino cumplir su deseo desde aquí mientras yo me masturbo, mientras columbro la silueta de sus cuerpos trenzados ardiendo desde este otro lado del Atlántico y no consigo dormir, ni siquiera puedo quedarme quieto en la cama, remuevo las sábanas y las empapo de frío sudor hasta que, por fin, me vengo...

Lourdes, encaprichada de Clovis. Mi hermosa mujer deseando al marido de su amiga. Lourdes masturbándose con la imagen de Clovis. Él masturbándose, pensando en mi mujer, adivinándola sin el vestido rojo, desnuda, descalza o con zapatos negros de tacón afilado y empeine desnudo, los mismos que yo le regalé, quién sabe, pero haciendo fantasías desde su propia habitación con mi mujer cuando la suya no está en casa, cuando se ha ido a Marsella a trabajar hoy que Nina salió, por fin, del paro y abandona su hogar para volver hasta muy tarde, muy tarde, cuando ha pasado todo ya o no ha pasado nada.

12

La presentación del libro de Javier el domingo al mediodía salió bastante mejor de lo que nos esperábamos —esto si se toma en cuenta el *affaire* Bremen que presagiaba nubes negras—. Solti derrochaba alegría. Si no le hubiera gustado mi texto, no me hubiese repetido que *debía* publicarlo cuanto antes. Según él, yo había descifrado el relato. Según yo, había logrado hacer malabarismos. Daniela Taracena, una joven novelista amiga nuestra, también leyó un hermoso ensayo sobre su novela premiada. La sala estaba a reventar e incluso había gente de pie. Allí estaban, entre otros, Abelardo Sanavria, Aureliana Kleiman, mi agente, Néstor, su asistente, y tres de nuestras viejas amigas del taller de los miércoles, aquél que presidía (ya conté) el nicaragüense Chema Lagos en los ochenta, cuando apenas éramos un connato de futuros novelistas.

Pablo Palacios no había llegado y Amancio no iba a venir este año a la Feria del Libro, cuestión que, confieso, tampoco me quitaba el sueño.

De hecho, dos días antes, el mismo viernes que salí de Francia, había encontrado por azar a Aureliana y Néstor en el aeropuerto de Ámsterdam. No sé por qué motivo, pero teníamos que conectar, primero, en Ámsterdam desde Marsella o Barcelona para poder ir después a Guadalajara vía Atlanta. Un sinuoso calvario aéreo...

Como de todas maneras íbamos a reunirnos en la FIL para hablar de mi novela, pude allí, entre cervezas y cigarrillos, adelantarles algo de la historia, una mirruña de la trama, los personajes verídicos y no verídicos, las líneas narrativas entrecruzadas, lo quintaesenciales que eran los puntos de vista. Pude, por supuesto, ver sus acuosos ojos de asombro (¿o de terror?) y comprobar lo que los dos se decían en recíproco silencio: pero ¿no estará Eloy perdiendo la razón?

Tras la presentación del libro de Solti, corrimos a otra sala más grande, aledaña a la primera. Allí Javier presentaba *Freedom*, la nueva novela de Jonathan Franzen. Para cuando llegamos, la sala estaba al tope y no había lugares más que reservados. En el pódium estaban, esperando a Javier, Franzen y Silvia Lemus, la viuda de Fuentes, a quien, como ya dije, me une un cariño especial desde aquella vez en que, leyendo a Sábato en el carrito del hotel, me atajó diciéndome que el escritor argentino era íntimo amigo de su esposo. No la había visto desde hacía por lo menos un año y sí, las cosas habían cambiado en ese intervalo. En pocos meses la vida de cualquiera puede dar un vuelco dramático, lo comprobé al mirarla allí, contrita y pálida, sin Carlos. Al verme, se acercó, me acerqué, me abrazó y me dijo: "Sólo faltabas tú". No había podido darle el pésame desde que su marido (el mayor novelista de México) se nos fuera... ¿Cómo sería su vida hoy?, me pregunté involuntariamente mientras buscaba una silla vacía entre el gentío del salón. Sin hijos, sin esposo, sola pero acompañada por todos, acompañada, pero sola... Mientras me sumergía en esos tristes pensamientos, Silvia se levantó para otorgarle la primera medalla "Carlos Fuentes" a Franzen delante de una muchedumbre de admiradores a punto de hacer estallar el recinto. Ése, confieso, fue un minuto entrañable, sobre todo por lo que vino a continuación y nadie podía haber previsto, ni siquiera Franzen, Solti o la misma Silvia, y es que debido a la estatura de Franzen (tan alto como Cortázar), Silvia no conseguía enlazar el cuello del novelista por más que se encorvaba. La medalla con el nombre de su esposo seguía colgando entre sus dedos. Al percatarse, Jonathan se arrodilló frente a Silvia remedando un caballero medieval. En ese momento, la viuda de Fuentes, pálida y hermosa, pudo colgarle la medalla y coger con la punta de los dedos el mentón del novelista pidiéndole que alzara su mirada, y eso hizo. Aunque abomino los sentimentalismos, no pude reprimir un leve escalofrío. Lo demás resultó sencillo: el público reaccionó arrobado, predispuesto a lo que fuera a partir de ese momento.

Javier, Abelardo y yo nos escabullimos a comer al Angus enfrente de la Feria en cuanto acabó el acto de Franzen. No habíamos tenido un minuto para estar solos, charlar, ponernos al corriente, despotricar contra uno o dos críticos, contar nuestros proyectos literarios, tal y como hacemos desde hace treinta años. No teníamos, sin embargo, mucho tiempo: Abelardo presentaba su novela policial a las 4:30 de la tarde y Pablo (que hablaría de ella) no había llegado del aeropuerto. Antes de sentarnos en una mesa apartada bajo un candelabro, ya habíamos saludado a Santiago Gamboa y a Eduardo

Berti, a Sergio Ramírez y a Carmen Boullosa, a Martín Solares y su mujer, entre otros. No había manera de no encontrarse a los colegas en la Feria. Cada vez que nos reunimos en Guadalajara sucede lo mismo. Ésta es la fiesta de los escritores, y en especial de los escritores latinoamericanos que quieren ser agasajados. El festín de este año daba visos, no obstante, de arruinarse por culpa del premio a Bremen (o mejor dicho: por culpa de los inquisidores de Bremen y Javier), pero, por fortuna, los ánimos se habían calmado y al final no había ocurrido nada bochornoso, nadie había mencionado el premio al peruano y ninguno hasta esa hora había impugnado o encarado a Solti por habérselo otorgado.

Una hermosa tapatía escotada se acercó a preguntarnos qué queríamos tomar:

—Tequila Herradura blanco —dijimos Javier y yo.

—Agua mineral —dijo Abelardo para no perder la inveterada costumbre: hasta el día de hoy casi no bebe, y si lo hace, dosifica una sola copa durante la cena, y eso sólo en ocasiones especiales. Para sus amigos no deja de ser engorroso, pero nos hemos acostumbrado a su abstinencia, lo mismo que estamos acostumbrados a sus desplantes, su arrogancia, su inseguridad, pero también a su generosidad ilimitada—: Miren…

Nos mostró un mensaje en su teléfono celular. Lo que leímos era por demás desconcertante: "Abelardo, eres un hijo de la gran puta. Traidor. Ya verás. La vida da muchas vueltas. Alberto".

—Pero ¿qué es eso? —preguntó Javier demudado.

¿Y quién era Alberto?

Conté que cuando más deprimido estuve en la vida, cuando mi psiquiatra decidió empastillarme —era el otoño de 1994—, Abelardo me dio algo así como un salvífico empleo en la Procuraduría General de la República, donde él fungía como secretario particular del procurador, un puesto de excesiva confianza y capacidad de maniobra política, cosas ambas que Sanavria ha sabido utilizar —lo hace tan provechosamente que por eso dejó de escribir novelas varios años—. El caso es que Alberto Miranda era mi jefe directo en aquella época. Con él me había enviado Abelardo esos seis meses que pasé haciendo traducciones para el procurador, revisando *memos* que me endilgaba Alberto y sollozando en los baños comunes mi pérdida amorosa, metiéndome antidepresivos, mientras buscaba salir del trance en el que Gloria Piña me había dejado tras romper conmigo. No sólo eso: Alberto Miranda había sido mi compañero en el bachillerato marista, así que tanto Javier como Amancio lo conocían de sobra, aunque sin ser precisamente sus amigos.

Abelardo estaba lívido, desconcertado y, por supuesto, muy triste. Antes de siquiera preguntarnos cómo estábamos, antes siquiera de comentar su nueva novela policial o la de Javier o la de Franzen, ya había elegido el desafortunado tema de nuestra comida en el Angus. Así era él, maniático y obsesivo, ¿qué se le iba a hacer? Siempre dominaba la charla, siempre elegía y controlaba la conversación. Amancio, Javier y yo lo conocíamos de sobra. Lo aguantábamos, lo queríamos; nos había dado trabajo a los tres en más de una ocasión. Era lo menos que podíamos hacer: escucharlo, dejarlo contar su versión de la historia, dejarlo defenestrar al pobre o enfurecido Alberto, a quien, por cierto, yo no veía desde 1995, fecha en la que le pedí mi renuncia y me largué a UCLA secundado por mi padre.

En ese momento recordé una anécdota que él, Alberto, había compartido conmigo en mi cubículo de la Procuraduría una espantosa tarde de chubascos en la Ciudad de México. Debió haberme visto muy mal, desamparado y triste —¡vaya que lo estaba!—, y por eso, compadecido, cerró la puerta tras de sí y me dijo aclarándose la garganta:

—Eloy, yo también rompí con una novia a la que amaba con toda mi alma. Mira —me dijo señalándose las cejas—: no tengo cejas, todas me las arranqué de nervios y coraje. Jamás me volvieron a salir, o al menos no como antes. Me quería suicidar. No podía creer lo que me estaba pasando, sentí que se me acababa el mundo. Me puse a leer *La separación de los amantes,* de Caruso, para intentar entender mi situación. No sé si me ayudó, pero al menos me esclareció ese sucedáneo de la muerte que yo vivía por primera vez en carne propia. Romper y perder al ser amado es la única experiencia compatible con la muerte. Ninguna otra, óyelo... Lo sé ahora y por eso te entiendo mejor de lo que tú crees. ¿Y sabes cómo salí, sabes cómo salvé el pellejo? Cuando toqué fondo. Ya no podía ir más hondo, más abajo, puesto que ése era el límite, el suelo. No me quedaba más remedio que perecer o salir, y eso hice. Me impulsé, tomé fuerzas y escapé a la superficie. No te puedo decir nada más que eso. Y tampoco sé si te sirva de consejo...

Abelardo interrumpió ese vivísimo, espantoso recuerdo, y nos dijo allí en el Angus a los dos:

—Cuando me dieron la Subsecretaría, Alberto me pidió que intercediera por él para que me reemplazara y se hiciera cargo del

IMCPE. Y eso hice. No sólo eso: yo mismo le mostré la carta que había escrito y firmado, la carta donde lo recomendaba, y luego le pedí que él mismo la enviara al secretario, y eso hizo. A pesar de todo, no sé por qué, le dieron el puesto a su peor enemigo. Yo no tengo nada que ver con eso, se lo he dicho, pero no hay manera, por lo visto, de hacerle creer lo contrario. Todo el maldito asunto ha sido muy desafortunado.

—¿Alberto piensa que lo traicionaste? —preguntó Javier.

—Por supuesto —respondió Abelardo enfurecido; no obstante, detrás de esa cólera, yo notaba algo peor: el rostro de la amargura, de la impotencia y la grima, la sensación absoluta de fracaso. Había perdido, como yo, a un amigo de muchísimos años—. Se ha vuelto loco. ¿Por qué me escribe estas cosas?

La escotada tapatía nos trajo los tequilas, las sangritas, los limones y el agua mineral. Abelardo no la dejó irse. La cogió del brazo. Tenemos mucha prisa, le expresó con una orden tajante. Había que pedir la comida y eso hicimos, apurados por Sanavria. La mesera, enfadada, tomó el pedido y se marchó.

—Pablo no llega —dijo Abelardo mirando su reloj. Estaba muy nervioso.

—Se le debe haber cruzado algo, no te preocupes —dije feliz de poder cambiar el rumbo de la charla: no quería abundar en el tema de Alberto, por supuesto. Me entristecía por él (había sido un buen jefe) y me apenaba por Abelardo, quien no permitiría por nada del mundo mostrarnos su vergüenza; frente a nosotros, sus amigos novelistas, ocultaría su frustración, por supuesto, pero sobre todo, disimularía su dolor. Había perdido un buen amigo, un colega, un aliado político luego de veinte, veinticinco años. No era fácil, lo sabía yo: lustros de construir algo con paciencia y ese algo se hacía polvo al menor contacto humano—. Seguro llega a tiempo para la presentación. Si no, Javier o yo te secundamos...

—¿Y qué ha pasado con el *affaire* Bremen? —preguntó Abelardo dando un sorbo a su vaso con agua mineral, un poco distraído todavía, hablando por hablar.

Javier y yo chocamos nuestros tequilas.

—Nada —dijo Solti con alivio—. Lo único malo es tener que saludar a esos mismos imbéciles que no han dejado de insultarme en las últimas seis semanas.

—¿Qué esperabas? —dijo Sanavria con una sonrisita—. La fama y el poder tienen sus consecuencias políticas. Dar premios crea enemigos, Javier. Los que no recibieron su mendrugo van a morderte al menor descuido.

—Imagínate —contestó Javier—: se me acerca el gordo Callejas, me extiende la mano muy campechano y me dice: "Hola, hermano: ya llegó tu inquisidor" y luego, para colmo, me da un fuerte abrazo como si nada hubiese sucedido, como si no se hubiera dedicado a agredirme en su revista.

—No lo hubieras saludado —dije aturdido—, y menos le hubieras dado un abrazo.

—Imposible. No había manera de escapar de sus regordetas tenazas y su inmensa panza pulquera. Me apachurró en un segundo.

—Quería hacer unas regordetas paces —se rió Abelardo; yo, por supuesto, no pude reprimir una carcajada.

—Qué chistosos —dijo Javier volviendo a coger su tequila—. ¿Vas a ir a la cena de las chicas del taller?

—No puedo —dijo Abelardo, quien desde hacía mucho había perdido contacto con el núcleo del antiguo taller de los miércoles. Chema Lagos nunca le había caído en gracia: el nicaragüense era alquimista y experto en astrosofía y Abelardo era un cínico volteriano racionalista. Nada que ver uno con el otro. Por eso, y aunque Lagos ya no estaba viviendo en México desde hacía años, Abelardo asociaba a las compañeras del taller con el nicaragüense—. Tengo una cena con alguien...

—Mejor no preguntamos con quién... —dijo, cáustico, Javier.

—Exacto —respondió Sanavria mirando su reloj: no llegaba la comida y tampoco aparecía Palacios por ningún lado.

—Otro tequila —dijo Javier a otra camarera que venía pasando a nuestro lado.

—Que sean dos —dije, dando el último sorbo al mío.

—Me contó Javier que escribes un libro sobre nosotros, ¿es cierto? —dijo Sanavria de repente.

—Más o menos —respondí no muy seguro: Abelardo debía tener otras cosas en la cabeza. Pablo no llegaba, la comida tardaba más de la cuenta, faltaba menos de una hora para la presentación de su novela y, sobre todo, ese terrible mensaje de Alberto lo tenía desolado, por decir lo menos. Noté sus ojos empañados: delataban cólera y tristeza.

—¿Y? —insistió para sacarse los malos pensamientos.

—Digamos que se trata de mi propia versión de *Los mandarines* —respondí para salir del paso con un ejemplo conocido.

—Menudo proyecto —sonrió.

—¿Y quiénes son los mandarines?

—Ninguno, por supuesto —dije desprevenido.

No lo había pensado, pero era cierto: en mi novela no había mandarines, pero en la de Simone de Beauvoir tampoco los había. No podía decirse que Sartre o Camus lo fueran. Al contrario: eran tipos de carne y hueso, llenos de contradicciones, pletóricos de flaqueza y estulticia humanas, irremediablemente equivocados. Esto sin contar que su novela era, sobre todo, una historia de amor en el contexto de la posguerra, aparte de un *roman à clef* saturado de política.

—En mi novela no hay política ni posguerra...

—Entonces debe llamarse *Las mandarinas* —dijo Abelardo y los tres nos echamos a reír.

—¿Y cómo le está yendo a tu novela policial? —le pregunté.

—Ha vendido treinta mil ejemplares...

—¿De veras? —preguntó Javier espantado: ahora Abelardo competía con él.

—En apenas tres meses.

Yo estaba a punto de soltar un desliz, una broma, pero los reprimí: cualquier cosa que saliera de mi boca sonaría afectada, huera e insincera. En el fondo me daba envidia que mis amigos vendiesen veinte veces más que yo, pero así era, así me había tocado o así lo había buscado, quién sabe. Fingir que no me importaba vender libros y ganar dinero hubiera sido una vergüenza, una fatuidad, aparte de que nadie me lo hubiese creído, ni siquiera Morábito o Pagani, con todo lo puristas y selectivos que pretendían ser en el solapado aspecto de las ventas. ¿Dos ingresos? ¿Quién no hubiera querido tener dos ingresos en lugar de uno solo? El académico y el de las regalías por los libros vendidos. Y entre mis amigos novelistas, entre mis amigos del *Clash* al menos, yo era el único que debía contentarse con ver publicados (a duras penas) sus libros. Argumentar que escribía para la posteridad era, aparte de arrogante, absurdo y condescendiente. Decir que escribía por el placer de escribir era una perogrullada: todos los que escribimos lo hacemos por el tortuoso placer... Pretender que no importaba la fama o el reconocimiento, era inconsecuente y mezquino. Claro que importaban. A todos les importa (hasta a Poe y a Borges les importó). Decir que escribía para que mis amigos me leyeran (como le gustaba declarar a García Márquez) era una patraña vil: mis amigos no me leían y los pocos que me leían no eran mis amigos.

Tal y como aprendí hace mucho en *El erotismo* de Alberoni, las mujeres inevitablemente buscan tres cosas y ninguna de ellas es exactamente la belleza física del hombre en cuestión. Según el filósofo italiano, las féminas desean poder, estatus o dinero —cualquiera de las tres o las tres a ser posible—. Como leí en Freud mucho antes que en Alberoni, hombres y mujeres queremos la misma cosa aunque no siempre lo asumamos. A nosotros nos atrae —y hasta nos basta— la belleza física para obtener*lo* y a ellas cualquiera de las tres para enardecerse, primero, y querer consumar*lo*, después. Como más tarde aprendí en mi clase de lógica en el bachillerato marista: estatus, poder y dinero atraen, al final, eso mismo que todos los hombres queremos al principio, eso que, para colmo, las mujeres también desean (aunque sin decirlo). Dos premisas, una conclusión. Y aunque puedan cambiar los gustos o los intereses, las épocas o las costumbres, cualquiera de esas tres te acerca invariablemente al amor. No sé si me he explicado, pero tengo una irredenta convicción en lo que digo.

Una mano sobre el hombro me sacó de mi ensimismamiento. Giré la cabeza. En la tenue luz del restaurante, alcancé a ver unas facciones, un rostro que yo conocía pero que no distinguía bien. Javier y Abelardo se giraron a mirar al hombre que acababa de acercarse a nuestra mesa. Tendría mi edad. Me levanté y le estreché la mano que me ofrecía sin saber quién era... Evidentemente él sí me recordaba a mí:

—Eloy —dijo contento de verme.

—Hola —respondí absolutamente desorientado.

—¿No me recuerdas?

—Tu cara, sí, pero he olvidado tu nombre —tenía que ser honesto.

—Juan Carlos Santiesteban, de la Alianza Francesa...

Y en ese momento, como el brote de un hongo en el umbrío bosque de los pinos, miré no sólo su rostro, el rostro de Juan Carlos, sino el de su hermano mayor, el pederasta hijo de puta, el tenista de la clínica de Cocoyoc... ¿Podía este hermano, dudé, saber quién era yo, intuía quién fui en el pasado tenebroso de su hermano? Nunca más lo volví a ver después de mi enloquecida acción, pues nunca más me atreví a volver a la Alianza.

Javier debió escuchar algo, pues dijo desde su silla:

—¿Estuviste en la Alianza?

—Sí —respondió Juan Carlos—. Con Eloy.

—Yo también estudié allí —dijo Javier.

—Disculpa, no te recuerdo —y le estrechó la mano—: Juan Carlos Santiesteban…

—Javier estaba una o dos clases más arriba que nosotros —intervine poniéndome nervioso: ¿sabría que había atacado a su hermano? ¿Sabría que casi lo mato frente a su mujer? ¿Sabría que le había disparado y luego había huido de su casa? ¿Se lo habría contado su hermano mayor o su cuñada alguna vez? Pero… si así fuese, si así ocurrió, no estaría sonriéndome, pensé, no estaría parado aquí y no habría estrechado mi mano con tanto alborozo y aplomo…

—Eloy y yo nos conocimos jugando tenis muchos años antes de ir a la Alianza —explicó Juan Carlos—, en la famosa clínica de Ives Lemaitre, en la Hacienda Cocoyoc.

Asentí. Estaba sudando. Las grisallas del Angus me ocultaban, disimulaban mi nerviosismo, o eso al menos hubiera querido yo.

—De hecho, Eloy me recordaba a mí —insistió Juan Carlos—, y ahora yo te recuerdo a ti. Es gracioso.

¿Es gracioso? Podría haber sido una amenaza, pero no había sonado así. Me limpié las gotas de la frente con la manga de la camisa.

—No sabía que eras tenista —se burló Javier.

—Nunca lo fui. Soy corredor de fondo, ya lo sabes.

—¿Y qué hacen aquí? —preguntó Juan Carlos.

—Vinimos, como todos, a la FIL —respondió Abelardo sin mostrar el más mínimo indicio de pretender pararse o ser cordial con Juan Carlos: sólo miraba su reloj cada treinta segundos a ver si aparecían Pablo o la escotada camarera por algún lado.

—Yo también…

—¿Escribes? —preguntó Javier.

—No, soy agente literario de autores japoneses y coreanos. Entre otros, represento a Murakami en Latinoamérica y España. De hecho, voy a comer con él, lo estoy esperando —dijo, miró su reloj y nos tendió una tarjeta de presentación—. Bueno, los dejo comer tranquilos…

La primera joven llegó con su charola atiborrada de platillos humeantes: tres arracheras con su guarnición de frijoles refritos y guacamole. Nos despedimos de Juan Carlos, no obstante apenas me senté, un maléfico resorte me impulsó a seguirlo. Lo detuve, él se giró y yo le pregunté con absurda temeridad:

—Olvidé preguntarte cómo están tus hermanos… Recuerdo que eran tres; tú eras el menor…

La cara se le descompuso. Juan Carlos me miró con tal intensidad, con tal gravedad, que, por primera vez, sentí miedo:

—El mayor se suicidó y el segundo murió hace un año.

—Perdona, no lo sabía…

—No tenías por qué saberlo —dijo con los ojos súbitamente nublados, perla, acaso con rabia, o al menos eso presentí—. Reinaldo, el mayor, acababa de casarse y al poco tiempo se mató. Fue hace mucho…

—Lo siento —mentí.

—Tengo que irme —respondió estrechándome la mano: en lugar de un apretón, podría haberme golpeado. Lo pensé después, pero era tarde y, para mi fortuna, no lo hizo, no me golpeó, no me hirió, no vengó la muerte de su hermano, no la desquitó conmigo.

O la cuñada no le dijo nunca una palabra o bien la rubita se lo dijo a sus hermanos y a sus padres; tal vez les contó mi aparición, y él, Juan Carlos, el menor, nunca ató los cabos: jamás imaginó que el chico de la Alianza pudiese haber llevado al precipicio al hermano mayor que había abusado de él cuando era niño; Juan Carlos nunca pudo hilar que Eloy coadyuvó, sin sospecharlo, en el suicidio de ese hermano que quiso abusar de él (es decir, de mí) en la Hacienda Cocoyoc.

Volví apesadumbrado. Pablo Palacios no había llegado aún, pero Murakami y su frágil y pálida mujer estaban sentándose en la mesa de Juan Carlos.

13

Esa misma noche, Javier, Aureliana, Néstor, Pablo y yo compartimos un taxi y nos fuimos a cenar a casa de Dánae Hubard, nuestra vieja amiga del taller de los miércoles, quien se había casado veinte años atrás con un tapatío millonario y simpático. Dánae había dejado México para instalarse en Guadalajara y convertirse en mamá de dos niñas. Desde entonces, cada año, nos recibía en su enorme casa estilo colonial con un suculento banquete mexicano. Los comensales variaban, pero el núcleo central se mantenía intacto: aquellos que alguna vez asistieron al taller del nicaragüense Chema Lagos en los ochenta. Allí estábamos, aparte de nosotros cinco, Anabel, la hermana de mi amigo Aldo Pérez; Laura, la prima de mi amigo Ismael Sánchez, e Irma Lozano, aquella chica insensible que me había roto el corazón.

Pablo Palacios, al final, había llegado a tiempo para presentar la novela policial de Abelardo y una hora más tarde, abrumados de literatura, cada quien se marchó a su hotel a reponer fuerzas para la velada. Como cada día en la Feria, esa jornada había sido agotadora, intensa, pero también divertida. Charlé un rato con mi viejo ídolo de juventud, Sergio Pitol, a quien había reseñado en el suplemento de Batis cuando apenas nadie lo leía en México. Vi a mi amigo boliviano Edmundo Paz Soldán, quien presentaba su nueva novela. Abracé a David Toscana y a Julio Trujillo, al brasileño Paulo Lins y a la argentina Mariana Dietl, quienes luego se evaporaron entre el gentío de la Feria. Volví a encontrarme con Almudena y Luis charlando con Elena Poniatowska. En resumen, que cada dos pasos me topaba con otro escritor, otro poeta o novelista, un tipo idéntico a mí y a todos esos otros fieles que esperan ser leídos o reconocidos o celebrados o que tal vez no saben lo que esperan y sólo escriben porque no tienen otra forma de pasar la vida, otra manera de escapar a la muerte.

Después de los camarones en salsa de crema chipotle, el arroz amarillo con nueces, las verduras hervidas y de varios tequilas y botellas de tinto —todos más o menos achispados en torno a la hoguera encendida—, Javier rememoró una divertida anécdota…

—No sé cuándo pasó, pero sí recuerdo que Abelardo me había recomendado con Iliana Ugalde, la directora de Publicaciones de Gobernación… Una mujer muy guapa y poderosa en aquella época. Debe haber sido a mediados de los noventa —Solti se aclaró la garganta: solía hacerlo para asegurarse que todos le ponían la debida atención—. El caso es que a las dos horas de haber llegado a mi entrevista en la colonia Roma, ya estaba contratado. Era una jefatura de departamento, la cual, debo decir, me cayó del cielo pues no tenía trabajo y me urgía el dinero. En esa época escribía una novela policial y…

—…y tampoco habías ganado ningún premio —acotó Dánae.

—Eso también.

—Pero antes debo contar mi parte —intervine.

Todos giraron esa franja del rostro que el fuego de la chimenea iluminaba parcialmente.

—Mi padre me llamó un día para decirme que debía llamar cuanto antes a la célebre Mabel Ruiz, quien entonces estaba casada con Gamaliel Garcés Galindo, el anciano historiador. Mi padre conocía a la hermana de Mabel y deseaba ayudarme con algún contacto literario. Así que la llamé y fuimos a tomar un café al Sanborns de la Carreta. Mabel era casi veinte años mayor que yo, pertenece a la generación de Pagani y Morábito. Aunque arrogante y atildada, era una mujer inteligente, aparte de increíblemente hermosa. Me regaló sus últimos dos libros, los cuales reseñé para Huberto; yo, por mi parte, le obsequié alguno de los míos. Hasta allí todo iba muy bien. Yo era el pupilo y ella la madrina del polluelo; ella dictaba cátedra, yo escuchaba embelesado…

—Sí, hasta allí todo iba bien —remachó Javier haciéndose el gracioso.

—¿No me digas que te acostaste con Mabel Ruiz? —preguntó Dánae asustada.

—No, no —la atajé—. Espera y verás…

—La que quiso acostarse con Eloy fue su hija —gritó Javier adelantando un tramo de la historia.

—¿La hija de Garcés Galindo? —saltó Aureliana Kleiman con cara de absoluta incredulidad.

—No exactamente —maticé—. Lo que sucedió fue que, un par de semanas más tarde, fui a casa de Mabel a tomar un café y charlar de literatura y allí conocí a la hija, casi de mi edad.

—Muy guapa, por cierto —atajó Pablo—, como la madre.

—En ese entonces era muy guapa —rectificó Javier—. La he vuelto a ver y se ha puesto fea y gorda.

—¿La madre?

—No, la hija —aclaró Solti—. A la madre no la he vuelto a ver.

—Cabrón —dijo Anabel—, ¿qué dirás de nosotras a nuestras espaldas?

—Ustedes siguen igual de hermosas que hace veinticinco años.

—El caso es que la hija de Garcés Galindo y yo salimos algunas veces a partir de ese día, pero nunca fuimos novios —expliqué con mi tequila en la mano, sorbiéndolo, gozando el súbito recuerdo de la historia.

—Porque tenías novia —admonizó Pablo desde su rincón.

—En una ocasión, Eloy la invitó a tu fiesta de cumpleaños —añadió Javier dirigiéndose a Anabel.

—¿A mi fiesta?

—Sí —reconocí.

—Entonces la conozco...

—Probablemente no te acuerdes, pues esa fue la última vez que salí con ella. Aldo, tu hermano, la conoció. Salimos juntos un par veces...

En este álgido punto, los comensales todos estaban en vilo, alegres y despreocupados, escuchando aquella anécdota entre copas de vino, whiskies y tequilas con sangrita y limón. El marido de Dánae, como siempre, no estaba. Mágicamente se refundía en su habitación, nos dejaba despotricar a nuestras anchas. Su mujer podía convertirse, por fin, en ella misma; descocada, irrumpía con chistes y palabrotas, fumaba como chacuaco... Todos podíamos seguirla sin sobresaltos, medio ebrios, hasta muy altas horas de la noche.

—No entiendo una cosa —dijo Laura, la prima de Ismael, quien estaba casada y tenía siete hijos aunque su marido español (emparentado con la realeza, según contaba mi amigo) no estaba esa noche—. ¿Cómo dice Pablo que tenías novia si estabas casado?

—No estaba precisamente casado —apuntó Pablo.

—Estaba separado —puntualicé.

—No lo sabía —comentó Irma.

—Porque hace dos mil años que no nos vemos —expliqué, íntimamente feliz de no habérmela vuelto a encontrar.

—Pero no nos desviemos —dijo Dánae impaciente.

—¿Qué pasó entonces? —nos azuzó Aureliana sin soltar su whisky.

—Pues que Eloy abandonó a la hija de Mabel Ruiz y Garcés Galindo en tu fiesta, Anabel, con el pretexto de haber olvidado tu regalo de cumpleaños en su casa.

—Algo de un regalo de cumpleaños recuerdo vagamente, ahora que lo dices —mintió Anabel—, pero de esa chica nada...

—Y la joven no conocía absolutamente a nadie, como comprenderás —añadió Pablo socarrón.

—¿Y adónde fuiste? —preguntó Irma.

—Por la otra —explotó Javier—, por su novia, ¿lo pueden creer? Dejó a una en tu fiesta para ir por la otra.

—Era su despedida —me justifiqué—. No podía no asistir. Era su novio.

—Pero si era tu novia —preguntó Anabel—, ¿por qué salías con la hija de Garcés Galindo?

—Por inquieto... —se rió Javier.

—Y encima estabas casado —agregó Laura sirviéndose otra copa de vino.

—Estaba separado.

—¿Y qué pasó? —volvió Aureliana a arremeter.

—Pues que dejó a la hija de Mabel Ruiz, quien estaba medio enamorada de él, en casa de Anabel, sin conocer a nadie, y luego se fue a la fiesta de despedida de la otra, su novia de paso —puntualizó Javier—, y al final nunca se lo dijo a ninguna de las dos, por supuesto, salvo a Abelardo, a Pablo y a mí.

—Y Abelardo se lo dijo a la hija de Mabel Ruiz cuando, poco más tarde, empezó a salir con ella —explicó Pablo despejando la incógnita del cuento.

—¿Te acusó? —saltó Laura.

—¿Por qué hizo eso? —preguntó Irma.

—Para ganar su atención, para conquistarla —dijo Javier atolondrado—. Abelardo no entendía cómo Eloy había despreciado los favores de esa inaccesible belleza intelectual que él había deseado desde que la conoció.

—Y los obtuvo —añadió Pablo—. Con trabajos, pero lo consiguió. Me consta.

—Eso no hace un verdadero amigo —razonó Laura.

—Es un traidor —dijo Anabel.

—Sobra decir que ella se lo dijo a sus padres, a Mabel Ruiz y a Gamaliel Garcés Galindo, y desde entonces todos odiaron al pobrecito Eloy.

—Menudo favor te hizo Abelardo —sentenció Aureliana con sobrada razón: Sanavria la había dejado como agente y desde entonces éste ya no era santo de su devoción.

—¿Y qué tiene que ver todo este embrollo con la directora de Publicaciones de Gobernación y tu trabajo como jefe de departamento? No entiendo nada… Estoy perdida —dijo Laura, trayéndonos de vuelta a la realidad.

—Pues que Iliana Ugalde es la mejor amiga de Mabel Ruiz —explicó Javier con picardía—. Cuando, tres días más tarde, Iliana me pide que contrate a dos personas calificadas de mi entera confianza, no sabe que Eloy es una de esas dos y tampoco se imagina que en casa de su mejor amiga, la escritora Mabel Ruiz, ese tipo es odiado a muerte, pues osó burlarse de su hermosa hija.

—Es un portento de telenovela —se burló Anabel.

—Espera, y ya verás el final del portento… —se rió Pablo.

—Unas horas después de que Eloy se presenta con Iliana Ugalde en las oficinas de la Roma, horas después de que ha firmado el contrato de empleo, Mabel Ruiz se entera que su mejor amiga acaba de contratarme a mí —explicó Javier—. Conociendo nuestra amistad—y me señaló—, le advierte que, bajo ningún concepto, vaya a contratar a un sujeto con tal y cual apellido que se hace pasar por novelista. Ese tipo es un monstruo, le advierte, un don Juan de baja estofa.

—Pero ya era tarde —recalcó Pablo.

—Yo ya había firmado —expliqué.

—Y allí escribió, para colmo, y con dinero del erario, una de sus novelas —dijo Javier.

—Y tú una de las tuyas, ¿recuerdas?

—Pero hacía mi trabajo al menos —se justificó Solti delante de todo el mundo—. Pero todo no acaba allí.

—¿Hay más?

—Detente —dije.

—No —saltó Laura muerta de curiosidad—. Ahora nos cuentas qué pasó.

—Eloy terminó llevándose a la cama a Iliana, es decir, a la mejor amiga de Mabel Ruiz.

—No me lo creo —dijo Dánae.

—Es una payasada de estos dos —añadí señalando a Javier y a Pablo, que se morían de la risa.

—Lo más grave del enredo es, por supuesto, la traición de Abelardo — opinó Dánae.

—¿No estás sentido con él? —intervino Laura.

—Ha pasado mucho tiempo. No es la primera vez que algo así sucede en el mundo.

—Ya se sabe: dos tetas tiran más que dos carretas —sentenció Néstor, quien no había abierto la boca en toda la noche.

—¿Fue después de esto que volviste con tu mujer? —preguntó Irma, la rompecorazones, acomodándose las gafas.

—Sí —dije sirviéndome un tequila, pero sin poder evitar acordarme de otro asunto que no paraba de rondarme y hacerme comezón: ¿y qué si Abelardo realmente hubiese traicionado a Alberto como éste creía? ¿No hacían esto los políticos? ¿No decía Sanavria que el fin justifica los medios? ¿No lo había hecho así conmigo para granjearse la atención de la hija de Mabel? ¿Era tan imberbe para creerle a mi amigo o debía, por el contrario, darle el beneficio de la duda a Alberto Miranda, el compañero del bachillerato que una tarde de chubascos en la capital me había confesado (sólo a mí) el verdadero motivo por el cual no tenía cejas? ¿A quién de los dos debía creerle?

14

"Escribir novelas es una labor insana", escribe Murakami.

De vuelta a Aix me leí de un tirón ese extraño librito que compré en la Feria sobre el arte de correr maratones, el cual no es, en el fondo, sino su propia idea de escribir novelas de gran aliento, novelas totalizadoras.

La metáfora que recorre el texto es, por supuesto, las carreras de fondo, las carreras de resistencia y su propia experiencia corriéndolas durante tres décadas... Pero el libro también habla de otra cosa: de su vida escribiendo, de sus impulsos y fracasos. Su *ars poetica* se resume más o menos con esta frase: "Para tratar con cosas insanas como son las novelas, las personas tienen que estar lo más sanas posible". La idea, no hay duda, es interesante: al escribir ficciones, según el japonés, los escritores liberamos toxinas, mismas que debemos capear —o asimilar— a riesgo de perecer exterminados por ellas. Paradójicamente, dice, sin esas toxinas no podríamos escribir nada valioso, nada con auténtico valor artístico. Las novelas "contienen agentes insanos y antisociales", sin embargo para escribir ese gran libro, el novelista debe primero desarrollar un sistema inmunitario que haga frente a esas toxinas que él mismo ha segregado. Este sistema exige, a la vez, una nada despreciable cantidad de energía física, la cual él denomina "fuerza física de base". Murakami la ha encontrado, confiesa, corriendo 240 kilómetros al mes ininterrumpidamente durante treinta años —para ser precisos, desde 1985—. Como he contado ya, desde 1984 corro poco más o menos la mitad —son innumerables los pares de zapatos que he desgastado desde que empecé a correr con Jirafa, mi otro amigo traidor, son miles y miles los kilómetros andados para conseguir, a duras penas, no terminar como el gordito Callejas, a quien conocí en la UNAM cuando era delgado y ecuánime.

Mis tiempos no son buenos, pero mi resistencia la he sabido mantener a pesar de que me acerco peligrosamente a los cincuenta.

¿Será verdad que los novelistas nos inmunizamos corriendo o hay otras maneras de hacerlo?

Para Murakami no hay victorias o derrotas cuando hablamos de una novela; por eso, esgrime, correr maratones se parece tanto al arte de escribirlas. Lo importante no es ganar, sino comprobar que lo concluido alcanza los tiempos que uno se ha fijado: "Porque si hay un contrincante al que debes vencer en una carrera de larga distancia, ése no es otro que tú mismo".

Leyendo el librito de Murakami recordé aquel otro de Theroux que leía en el verano. El norteamericano cuenta que, cuando visitó Japón (última escala antes de volver a Inglaterra) llamó a Murakami para saludarlo y conversar con él. Creo que el japonés había traducido un libro suyo. En *Ghost Train to the Eastern Star* leemos una larga y sabrosa charla entre los dos. El libro de Theroux es, con todo, un larguísimo maratón por el mundo, uno más que hizo su autor antes de cumplir los setenta años de edad: una hazaña, por supuesto, nada despreciable. Cada artista se inmuniza como puede, me queda claro. Unos viajan, otros corren, otros beben, otros cocinan, otros se casan y otros muchos se divorcian y escriben sobre el amor. Lo cierto es que, al final, como quiera que se vea, contar historias es una labor insana y en este punto Lourdes no yerra: los novelistas estamos intoxicados de los pies a la cabeza.

El último día, antes de partir de Guadalajara, me encontré a Murakami firmando su libro en un *stand* de la Feria. Había una larga cola de admiradores esperando su turno. Al verme al final de la línea, Juan Carlos me llamó, me saludó afectuosísimo y en un santiamén me metió a la fila —me ahorré, por lo menos, una hora y media—. Nos presentó a Murakami y a mí y yo le tendí en el acto el libro que había comprado. Haruki sonrió intrigado, lo firmó y me preguntó en inglés:

—¿Eres corredor?

—Sí —respondí.

—Qué bueno que no eres novelista. Prefiero a los corredores.

—Yo también —le estreché la mano y me marché de allí.

15

Vine a Madrid con Dorian Millerton para mi cumpleaños. Eugenio ha sido muy comprensivo cuando le he dicho que deseaba una semana sin Luna. Necesitaba y me merecía un descanso, le dije. De inmediato me animó a que me fuera, y bueno, aquí estoy desempacando la maleta. Dorian no conocía Madrid y yo moría por volver unos días. Mi amiga ha dejado a sus hijos con su marido y una niñera francesa que apenas conoce. Por eso, supongo, me ha preguntado al llegar al cuarto del hotel:

—Ahora sabrá lo pesado que es quedarse con los tres. ¿Sabes? Es la primera vez que lo hace. Se la pasa viajando.

—Pero tendrá a la niñera para que le ayude.

—¿Debo confiar en él?

La pregunta me dejó paralizada. Y no es que no quisiera abrirme con Dorian, al contrario: me alegraba que condujera la charla hacia cosas más íntimas, asuntos de mujeres, sólo que no esperaba esa pregunta, escueta y descarnada, y mucho menos en ese momento...

Visualicé a la nueva *au pair*: veintitrés años, bonito cuerpo, bajita, con rostro angelical y gruesos anteojos de intelectual o bohemia parisina. Sí, era parisina y estudiaba la carrera en Aix. Seguramente había huido de la Ciudad Luz por despecho: alguien le habría roto el corazón y había creído olvidarlo yéndose al otro extremo del país.

—No lo creo —fue lo primero que se me ocurrió, pero mentía.

—¿No te parece muy guapa?

—Bueno... —titubeé—, un poco, pero no veo por qué debas desconfiar de tu marido.

Ahora era yo quien metía baza, era yo quien abría las puertas a una posible confesión —si es que la había. Quizá no fuese yo la única en el mundo con problemas conyugales: tal vez no era la única que desconfiaba de su esposo. Ya éramos, por lo pronto, dos.

Respiré aliviada mientras seguía desempacando mi maleta.

—Los hombres son muy tontos —dijo ella de pronto.

—Sí, son débiles —corroboré y otra vez nos quedamos un rato en silencio sin saber qué más decir —al menos yo no sabía qué añadir ni hacia dónde pretendía ir con todo esto. Seguí doblando mi ropa en los cajones del armario. Dorian continuaba apoyada en el alféizar, mirando hacia la fuente de Neptuno en el Paseo del Prado. No hacía tanto frío como imaginábamos, pero hacía bastante viento y un chiflón entraba en la recámara.

De repente, girándose hacia mí, Dorian me dijo:

—Hay algo que debes saber.

—...

—Quería decírtelo antes de llegar a Madrid, pero no me atrevía.

—¿De qué se trata?

—Me gustas mucho, Gloria.

16

Solo en casa. Lourdes se ha ido a Madrid con su hermana, la princesita que no llegó a ser. Me he quedado feliz y tranquilo con Abraham y Natalia. He escrito bastante por las mañanas, he conseguido adelantar algunos capítulos de este enloquecido maratón. Desde que partí a Guadalajara, no había vuelto a retomar la novela. Ahora sin embargo no paro: estoy motivado como nunca, casi diría que poseído (¿lo estaré cuando relea todo lo que he metido aquí?).

Después de llevar a Abraham a la escuela y despedir a Natalia, me hago mi café *alongé* y me siento a escribir igual que si estuviera a punto de hacerme una pasta *all'arrabbiatta*: pico el ajo, corto los tomates secos, agrego el vino blanco y salpimento... No tengo prisa —nadie me apura, es cierto—, pero tampoco tengo tiempo que perder. Debo contar la historia que me he propuesto y sólo tengo un sabático para hacerlo. Como dice Murakami: el desafío es con uno, a nadie más le importa, y está bien que sea así. Eso es lo hermoso de salir a correr por las mañanas sin plazo fijo y en el completo anonimato: nadie está pendiente de ti, nadie verifica tu tiempo, tu kilometraje... sólo corres y corres hasta que ya no puedas más y el cuerpo reviente...

A punto de reemprender la crónica en aquella primavera del 2000, me he enfangado en una absurda asociación de ideas mientras oía, ensimismado, la *Scherezade*, de Rimsky-Korsakov. Recordé, primero, aquel grupo de los cinco rusos e inevitablemente pensé en esos otros cinco que fuimos nosotros: Pablo, Amancio, Abelardo, Javier y yo. Luego, en medio de los meandros del segundo movimiento o Cuento del príncipe Kalendar, até no sé por qué la pasión eslava que brota de la *Scherezade* con el delirio de mi admirado Dostoyevski, ese vórtex en que solía hundirse cada vez que se ponía a escribir contra reloj... sin pensarlo dos veces, arrojándose, como quien dice, al precipicio de la historia —lo opuesto a Turgueniev o Chejov—. Si uno era dionisiaco, los otros eran apolíneos. Pensé otra vez en Dostoyevski, intuí cómo las toxinas de un autor contaminan al lector sin que él lo sepa... Dostoyevski no era un autor sano, definitivamente. En mi divagación, y oyendo el cuarto movimiento o Naufragio del acantilado, supe enseguida por qué Beethoven seguía siendo mi compositor favorito entre muchos otros que admiro: porque Beethoven era Dostoyevski, claro. Los dos, corredores de fondo, compitieron una y otra vez contra sí mismos. ¿De qué otra manera, si no, interpretar esa perenne superación de la obra anterior? Y ya en el colmo del absurdo arrebato matutino, hice la siguiente tabla mental de equivalencias:

Primera sinfonía = Pobres gentes
Segunda sinfonía = El doble
Tercera sinfonía = Humillados y ofendidos
Cuarta sinfonía = Recuerdo de la casa de los muertos
Quinta sinfonía = Crimen y castigo
Sexta sinfonía = El idiota
Séptima sinfonía = Los demonios
Octava sinfonía = El adolescente
Novena sinfonía = Los hermanos Karamazov

Y aunque la novena nunca fue mi favorita (tampoco *Los hermanos Karamazov*), ambos son su legado, una cima entre cimas, el final de una vida y su coronación. Queda la muerte —autárquica, solitaria—. No hay más... Lo han entregado todo al mundo. Han corrido los maratones y en cada uno han mejorado su tiempo, su marca, al menos según sus estándares, sus propios raseros artísticos, que es, al final, lo único que cuenta. No interesa si una obra fue mejor que la otra o si al público le gusta más la tercera o la quinta o la séptima... importa correr el maratón, apostarlo todo sin detenerse o claudicar en el trayecto.

Como dice Murakami en su librito: no importa el tiempo, importa llegar a la meta.

En la primavera del 2000, cuando Javier no se había repuesto del impacto que supuso el premio Biblioteca Breve —giras y entrevistas, contratos y adelantos, traducciones, viajes por el mundo—, Amancio Piquer ganó el premio Primavera. Dos mexicanos. Dos perfectos desconocidos triunfando en España. Los dos, para colmo, íntimos amigos y estudiantes de posgrado de la misma universidad. Los dos integrantes de una misma generación, ambos de la misma edad. ¿Qué estaba pasando en México? ¿Una nueva confabulación mercadotécnica? ¿Pura coincidencia? ¿Editores, agentes y autores amafiados? ¿Una nueva moda literaria venida del otro lado del Atlántico? ¿Era esa agente literaria que compartían quien movía los hilos y resortes con tal maestría y a tal grado?

Inevitablemente la palabra *Clash* volvió a surgir luego de haber permanecido sepulta varios años. No hubo entrevistador europeo o latinoamericano que no quisiera enterarse de qué diablos era eso o con qué se comía. Aunque para esas fechas Javier y Amancio habían decidido tácitamente no mencionar al vilipendiado grupo (¿arrepentidos, culpables, acoquinados?), éste, al final, los rebasó, los abrumó. En poco tiempo se volvió un alud que no estaba en sus manos detener. De pronto, y para su absoluta decepción, las novelas ya no importaban demasiado; a los periodistas les interesaban, sobre todo, el *Clash*, el manifiesto, la anécdota, el guiño y el otrora desafío juvenil mexicanos contra el *Establishment*. Un grupo así podía vender más y mejor que cualquier novela, no importaba qué tan buena fuera ésta. Era, sobre todo, una historia bonita de contar y Aureliana Kleiman, su agente, se convirtió en mi agente también, la agente de Abelardo y Pablo, y la auténtica reina del *tablao* literario.

Un editor catalán, Juan Milá, compró los derechos de nuestras siguientes novelas —esta vez todas en conjunto, algo parecido a lo que Lázaro Pagani se había atrevido a hacer en México. Muy pronto, la editorial organizó nuestra llegada para el año siguiente, de tal manera —y con tal fanfarria— que coincidiera con la aparición de los nuevos libros. *El País* nos apodó el *dream team* mexicano y Aureliana consiguió —junto con Milá— que los cinco fuéramos los invitados de honor en el Líber a celebrarse al siguiente año.

17

Mientras tanto, empezaría por esa época —sin vislumbrar, claro, el precio y el precipicio— mi embarullado peregrinar universitario por los departamentos de Lenguas Romance de Estados Unidos. Nunca imaginé que la travesía terminase por ser tan desgastante e inútil. Cuando terminé mi doctorado en UCLA, pensaba como casi todos mis compañeros, que terminaría enseñando en una *Ivy League*, es decir, una de aquellas universidades selectas donde muy pocos (los mejores) consiguen trabajar y pasar el resto de sus vidas investigando y enseñando a una conspicua minoría de iniciados con dinero y un alto IQ. Yo me merecía esto, por supuesto. Yo era un tipo brillante, culto, estudioso, productivo, serio, capaz y por si todo lo anterior no fuera suficiente, era el preclaro autor mexicano de algunas novelas y un par de ensayos académicos, sin contar, por supuesto, con mi exquisita y hermética poesía que a nadie interesaba. ¿Cómo no se irían a pelear por mí los Departamentos de Lenguas Romance cuando supieran quién era yo? ¿Cómo no lucharían a brazo tendido por atraerme a sus aulas ofreciéndome un sueldo extraordinario?

No obstante, la realidad fue mucho más dura de lo que jamás supuse en un principio. Después del primer sentón, cuando sólo obtuve un pobre ofrecimiento de trabajo en aquel pequeño college en Colorado donde nació Natalia y empecé mi saga novelística, supe muy pronto que algo no marchaba bien con el proceso que me llevaría a la Tierra Prometida: ¿era mi carta de presentación, era mi currículum, se trataba de las cartas de Skirius, Kristal y Torrecilla, mis excelsos maestros de UCLA? Por supuesto que no era nada de esto. Las cartas de mis profesores eran excelentes, mi carta de presentación había sido cuidada hasta la minucia, mis entrevistas de trabajo salían muy bien. Entonces ¿qué diablos era, qué pasaba conmigo?

Lo descubrí, claro, muy tarde, muchos años después, cuando de verdad ya no me importaba remediarlo: el problema había sido simple y llanamente que yo era un novelista, un poeta, un creador y por tanto un veleidoso traidor a los ojos de mis pares, ese nutrido grupo de investigadores y escritores frustrados. En mi puerilidad o ceguera, jamás se me asomó por la cabeza este pequeñísimo pero fundamental detalle: ¿a santo de qué pensaba yo que esos ilustres profesores, colegas míos, latinoamericanos casi siempre, iban a permitir que un novelista mexicano se metiera en sus departamentos de investigación y docencia? ¿Cómo no supe que la envidia y la tacañería jamás dejarían de desempeñar el papel decisivo en la selección de candidatos, en la decisión de quién era, a fin de cuentas, ese colega afortunado que ingresaría a las filas de los *Ivy League*? ¿En qué mundo color de rosa mexicano vivía yo? ¿Por qué diablos cualquiera de ellos querría jamás tener a un novelista del *Clash* enseñando literatura, compitiendo con ellos por unas migajas de poder departamental y acaso por un ridículo y despreciable *merit raise*? Yo, en mi asombro y amargura, le decía a Lourdes o a quien tuviera la paciencia de escucharme: "Pero yo soy la literatura, ¿no se dan cuenta estos imbéciles?" Por supuesto que se daban cuenta y claro que lo sabían; indiscutiblemente lo supieron y por eso hicieron hasta lo imposible para tenerme lejos (lejecitos) de sus áuricos ámbitos, proscrito de sus pequeños nichos de envidia y estrechez.

Cuando defendí mi tesis en el 99 y cuando más tarde viví en Colorado con Natalia recién nacida, al lado de mi mujer y acompañado de Tom Acker y Diana, su esposa dominicana; cuando escribía paciente y determinado mi ambiciosa saga, mi novela sobre aquella Scherezade mexicoamericana enamorada de un adolescente de trece, en esa lejana época, sí, tenía una sola, absurda obsesión: ser contratado por una de las mejores universidades norteamericanas, una *Ivy League*, una Research One University donde pudiese enseñar literatura a estudiantes de posgrado enamorados de la literatura como yo lo había estado siempre. Eso me merecía con creces. Eso pensaba que iba a suceder tarde o temprano. En ese vano empeño se me iba la vida y el sueño y por culpa de ese espejismo malgasté horas y días preciosos, tiré al cesto de la basura otras hazañas y conquistas que estaban pasando frente a mis narices. Yo miraba a la izquierda y muchas cosas buenas pasaban a mi derecha. Así suele ser la vida, supongo. O así al menos me pasó a mí. Ahora bien, tampoco quiero decir que no me percatase de otras muchas cosas que sí me sucedían... Sólo digo que mi obsesión estaba centrada en algo que entonces no sabía que en el fondo no quería. Creía que deseaba ser un reputado profesor y que el renombre de un *college* me otorgaría eso que me hacía falta (como aquel que necesita un coche último modelo para reparar su inseguridad); no intuía que son los profesores y sus reputaciones quienes dan renombre a las universidades y no al revés; pensaba asimismo que alcanzar una posición en Yale, Harvard, Columbia, Stanford, Duke, Princeton, Austin o Dartmouth me haría un mejor ser humano o de plano un mejor escritor. Pero ¿en qué mierda estaba yo pensando? ¿En qué ofuscado sueño me había metido? ¿Quién me había engañado? ¿Cuándo comenzó el pérfido autoengaño?

Creo que todo dio inició en UCLA, creo que fue durante esos juveniles años al lado de mis condiscípulos latinoamericanos, creo que fue oírlos una y otra vez en el café para estudiantes, creo que fue un engaño mutuo y presiento que nadie en el fondo es culpable de lo que ocurrió. Hoy comprendo que no había manera de escapar del enredo y descubro avergonzado que el único que pudo, si acaso, huir de la trampa era yo, pues era el único escritor entre mis compañeros de posgrado y sólo yo debí haberlo al menos inferido, yo debía haber adelantado que para ellos no había otro objetivo en la vida, que ésa era la única meta a alcanzar y que no era necesariamente la misma que yo tenía o deseaba. Pero fue tarde, lo entendí años después. Ellos, mis compañeros de posgrado, José Luiz entre ellos, no tenían alternativa. Su ego, su honor, su dignidad, estaban en juego y estaban indefectiblemente aunadas, para bien y para mal, a ese virtual puesto docente y en esa universidad de alcurnia y a la denodada consecución de un *tenure*, es decir, la plaza definitiva que coronaría su vejez y daría sentido a sus vidas. En cambio, yo tardé siglos en escuchar a Lourdes, quien, frente a cada nuevo sentón y descalabro, me repetía paciente mientras, solícita, ponía ungüentos en mi corazón: "Pero si tú eres un escritor, Eloy. Tú no eres un profesor como ellos. No lo pierdas de vista". Pero, claro: yo lo perdía de vista y cada año volvía a solicitar a las mejores universidades de Estados Unidos, cada año resultaba finalista en una o dos, cada año me invitaban a hacer una visita al campus (lo que implica estar en la terna) y cada año volvía a recibir una amable carta de rechazo.

Con el paso del tiempo cambiaron las prioridades, evolucionaron los intereses y los objetivos. Si al principio yo creía sinceramente querer enseñar en una de las prestigiosas *Ivy League* estadounidenses, poco a poco fui deseando otra cosa: dinero, un mejor sueldo, una mejor situación financiera. No tenerlo o vivir cada mes en números rojos, imperceptiblemente redirigió la ruta de mis intereses. ¿Qué importaba la reputación académica si no tenía el jugoso sueldo anhelado? En muchos casos, lo sabía de sobra, se podía tener un buen salario sin estar necesariamente contratado por una Research One University. Por ejemplo, los llamados Liberal Art Colleges, sobre todo si son privados, pagan extraordinariamente bien sin atosigarte demasiado. Otra vez, con este nuevo pensamiento fijo en la cabeza, volví a la carga como el asno que persigue la zanahoria: cada año volvía a solicitar un mejor puesto de trabajo buscando (en esta ocasión) los aumentos, los salarios altos, los colleges privados, y aunque obtuve un par de aumentos, lógicamente éstos nunca fueron suficientes. Uno siempre desea más. Uno siempre quiere darle más y mejor a sus hijos, a la esposa y a uno mismo. De esta manera fue que, al año, Lourdes, Natalia y yo abandonamos Colorado, dejamos a Diana y a Tom con sus hijos y nos mudamos nostálgicos al este de los Estados Unidos, es decir, al otro lado del país.

Esta vez, en Virginia, nuestra nueva Tierra Prometida, encontraría la horma de mis zapatos. Durante los siguientes cuatro años me dedicaría sólo a buscar la manera de escapar de ese infierno sin esta vez conseguirlo a la primera o la segunda y echando de menos, para colmo, las buenas épocas de Colorado con Tom y Diana, las inefables Rocallosas, los precipicios sepia y magenta de ese hermoso estado del Mid-West, el paisaje inmenso y la nieve, el cariño de mis antiguos colegas.

Millard Fillmore University, enclavada en un pequeño pueblo a dos horas de Washington, fue el nuevo lugar que me acogió gracias (o por culpa) a una monstruosa profesora colombiana a quien, en lugar de estarle agradecido, aborrecí a lo largo del siguiente lustro. Pero todo esto, claro, yo no lo sabía aún. Si Millard no era la prestigiosa *Ivy League* que me aguardaba, al menos había dado un salto afortunado y nada desdeñable en mi sueldo. Este sustancial cambio de fortuna (entonces no sabía que era infortunio) me hizo morder el anzuelo nuevamente: por fin *algo* estaba sucediendo, me decía. Era sólo cosa de intentarlo otra vez, pensaba con afán supersticioso, el año siguiente y el siguiente... Los astros se alineaban a mi favor. Ya era hora. Debía ser paciente y tenaz. En otras palabras, Millard Fillmore debía ser el perfecto trampolín para alcanzar (después) la gloria académica. Era cuestión de tiempo para que las *Ivy League* se peleasen por mí, para que las más ilustres Research One de Estados Unidos comprendieran que yo no era un simple profesor de literatura, un paleto cualquiera, y que, lo mismo que mi querido Nabokov, mi caso no era en absoluto comparable al de la inmensa mediocre mayoría; que, por tanto, no era lógico y mucho menos admisible que me dejasen ir, que no me contratasen; que Nabokov y yo no éramos simples educandos o docentes, no: Vladimir y yo éramos la literatura, ¿cómo no?, la fuente misma de donde emana el Verbo.

18

Querido Iñaki:

Hace mucho que no sé de ti, al menos desde el verano pasado que me hiciste la entrevista para la revista madrileña. ¿Cómo has estado? ¿Cómo van las cosas en Millard Fillmore? ¿Te dieron el *tenure* finalmente? Nunca me dijiste en qué terminó el desgastante proceso. Si no yerro, este año te decían si te lo daban o no. De sobra lo mereces, pero nunca se sabe a qué atenerse.

Nosotros seguimos en Aix. Creo que te dije que me habían dado un sabático completo en Bastion y que Lourdes y yo habíamos decidido venirnos a Francia con los niños. No sé qué secreto encanto tenga la Provenza, pero hemos vuelto luego de seis años. Creo que, al menos en parte, se trata del desafío por aprender la lengua... Nos encanta el francés y queremos que Abraham y Natalia lo aprendan. En realidad no sirve para nada, pero igual no estorba...

Desde que llegué, me puse a escribir una novela. ¿A qué otra cosa me iba a dedicar si no? Escribir, imaginar, crear un mundo o agonizar de aburrimiento. No he hecho otra cosa que sentarme a escribirla hasta que el cuello y la espalda me lo impiden. Me he pasado estos últimos seis meses trabajando y la verdad es que no la he podido releer, así que no tengo idea de qué estará pasando allá dentro. Estoy como el pintor que no se ha detenido un minuto a contemplar su cuadro: sólo pinta, corrige, delinea, borra y vuelve a pintar pero sin haber dado cinco pasos atrás para ver de qué trata el conjunto. No miento. He preferido escribir sin cuestionarme demasiado, confiando poco o mucho en la inspiración y la disciplina. Flaubert me mataría, claro. "Desconfía de la inspiración", recomendaba a sus discípulos, a mi admirado Maupassant, entre ellos. Pero la verdad es que si no aprovecho este año, tampoco avanzaré una línea: terminaré por escribir dos cuentos y ésa no fue mi intención. La mía era hacer una novela larga, ambiciosa, digamos que mi propia versión de *Los mandarines*. A los cuentos les tengo un reverencial miedo, lo sabes. Si no son perfectos, mejor no escribirlos. O si los escribes, reescríbelos mil veces, decántalos hasta la médula, como hacían Inés y Borges, Chejov y Maupassant... Las novelas, al contrario, pueden y deben ser imperfectas.

En todo caso, tal y como te decía, no he releído aún lo escrito y tal vez no lo haya hecho porque tengo un pavor insano a mirar adentro de Montesinos. Me frenan el pudor o el misterio. O más bien me embarga de horror imaginar que lo escrito no sirve para nada y que todo el esfuerzo invertido ha sido en vano. Por eso te la mando adjunta. Tú eres el mejor crítico que conozco. Nunca has sido piadoso. Nadie más la ha visto, ni siquiera Lourdes.

No sé si pasarás las Navidades en Virginia o si vas a ver a tus padres a Madrid como sueles. De cualquier forma, seguro te darás unas merecidas vacaciones. Estarás, y no te culpo, harto de los estudiantes y de Millard Fillmore. No sé cómo logré escapar a tiempo de ese infierno. Evidentemente tú no la has odiado tanto como yo, pero de eso han transcurrido muchos años y hoy es agua de borrajas.

Nosotros la pasaremos en Aix. Dejaré descansar, como el pintor, el cuadro unas semanas; paleta, óleo y pinceles se irán al fondo del cajón, como recomendaba Gómez de la Serna. Le hará bien a la novela, supongo.

Si vas a Madrid, salúdame a tus padres, de quienes conservo siempre un hermoso recuerdo.

Te mando un fuerte abrazo,

Eloy

19

Esa misma noche, Dorian y yo salimos a cenar a una deliciosa tasca en la Plaza Santa Ana, no lejos del hotel en que estábamos alojadas, enfrente de El Prado. Nos abrigamos cada una con un chal: el viento raspaba, pero la luna resplandecía en el cielo de Madrid. Desde la tarde, prudentes o apenadas, no habíamos vuelto a tocar el delicado tema del amor y la amistad. Dorian no había dicho una palabra luego de que yo le dijera, allí en el cuarto, apoyada en el alféizar mirando hacia la fuente de Neptuno:

—Yo también tengo una confesión que hacerte.

Por supuesto, mi amiga se quedó helada. Si ella me había cogido fuera de guardia con su confesión, yo la había desarmado con el anuncio de la mía. Estábamos a mano. O casi… Faltaba sólo yo de confesarme. Sin embargo, lo que iba a revelarle quería decírselo en el rincón de una tasca, a la luz de una vela con una copa de vino y a una hora concreta. Todo tenía que ser exacto.

Nos dimos una ducha con agua caliente, nos vestimos sin decir una palabra (yo había encendido la televisión), nos abrigamos y por fin salimos sobre las siete al restaurante que nos esperaba con una mesa reservada. Estábamos, a pesar del incidente, contentas y algo achispadas: era claro que nada iba a empañar nuestra semana sin hijos y maridos en Madrid.

Dorian no conocía la ciudad y a mí siempre me ha encantado. De hecho, cada vez que vengo busco la manera de escabullirme y dar un largo paseo por el Parque del Retiro y la Castellana, por Sol o Chueca o donde sea que me lleve el viento. Caminar esta ciudad cuando hay buen tiempo es como andar sobre las nubes…

A diferencia de Eugenio, los madrileños me caen muy bien; su desenfado me cae al pelo y no me ofenden sus modales bruscos. Quizá me he acostumbrado a ello. Desde que vine con Eugenio por primera vez para el Liber hace, creo, doce años (Luna no había nacido), siempre busco la manera de regresar. En una época, mi medio hermano vivió aquí, cerca de Príncipe de Vergara, por lo que tenía un excelente pretexto para visitarlo, salir de marcha, descubrir plazas, barrios, restaurantes y regresar al Thyssen-Bornemisza, mi museo favorito. En esta ocasión tenía a mi favor el que Eugenio no hubiese parado de viajar (San Juan, Nueva York, Guadalajara, México), el que yo me mereciese estas vacaciones sin Luna y el que Dorian Millerton muriese por que yo la acompañara.

Por fortuna, nuestros maridos aprobaron el plan y ahora estábamos aquí las dos, sentadas en la tasca, frente a la estatua de Lorca, a la luz de una vela, tal y como yo deseaba, a punto de consumir una botella de Ribera, lista para decirle a mi amiga la verdad, lista para endilgarle lo que nadie más sabe y por primera vez quiero contar...

—Tengo un amante —le dije de sopetón y sin preámbulos.

El rostro de Dorian expresó, aparte del evidente y previsible asombro, un deseo desesperado por saberlo todo. No tenía caso demorarse en vanos circunloquios, por lo que le pregunté:

—¿Qué horas son?

Desconcertada, miró su reloj de pulsera: apenas conseguía ver las manecillas en el tenue resplandor...

—Casi las ocho.

—En unos minutos lo conocerás.

—¿Qué?

—Sí —le dije tranquila—. Viene en camino. Suele ser puntual.

—¿Prefieres que me vaya?

—Al contrario —le respondí aliviada—. Por eso te invité, por eso él hizo la reserva. Porque yo quería que lo conocieras. ¿Te importa?

—Al contrario —susurró, como si de veras alguien nos fuese a escuchar, como si a alguien le importase mi vida.

El restaurante estaba casi lleno, sobre todo el área del bar. Allí se hacinaban los madrileños, siempre de pie, apoyados en la barra, bebiendo y fumando y sin parar de gritar a voz en cuello... Unos comían una tapa o masticaban una lonja de jamón, otros tiraban las colillas o los palillos de los pinchos al suelo.

Había, sin embargo, pocas mesas ocupadas a esa hora todavía crepuscular —era relativamente temprano en España. Para Dorian y para mí no lo era, por supuesto.

—¿Y cuánto tiempo llevan juntos, Gloria? —balbuceó ella.

—Varios años —sonreí, y casi no me reconocí al decirlo: un fardo se me había quitado mágicamente de encima. En lugar de vergüenza sentía alivio, felicidad.

—¿Es mexicano?

—No, español. Se llama Iñigo. Ya lo verás. Es muy guapo y dos años más joven que yo.

—¿Tu marido lo sabe?

—Claro que no. El problema, sin embargo, es mucho peor que eso.

—¿Cuál es el problema?

—Es amigo de Eugenio.

20

Iñaki Abad y José Valdés fueron mi tabla de salvación los cinco años exactos que viví en el mentado y repudiado pueblo de Virginia adonde fuimos a caer. Iñaki era madrileño por los cuatro costados; José, tímidamente murciano. No se conocían, igual que yo no los conocía hasta que los tres llegamos el mismo año a Millard Fillmore y nos hicimos amigos: los tres amábamos la literatura por encima de todas las cosas. La diferencia, no obstante, era que yo era profesor asistente y ellos instructores o adjuntos —menuda diferencia, cabe decir, aunque para mí no lo fuera. Para los administradores y contables y, por tanto, para el Departamento de Recursos Humanos, un instructor es, sobre todo, un peón asalariado; por lo mismo, el adjunto no detenta los fueros, beneficios y oportunidades que tiene un profesor de tiempo completo como lo era yo—. Un instructor es, digamos, la clase más baja en el escalafón académico, seguido tan sólo por la secretaria del Departamento. Un instructor hace el trabajo que los profesores no quieren hacer pero que deberían. Nosotros, los profesores, nos dividimos a su vez en tres categorías: asistentes, asociados y completos (Assistants, Associates y Fulls). Son más que denominaciones; se trata de auténticos rangos, títulos nobiliarios. Así, tal y como los adjuntos suelen hacer el trabajo aburrido y pedestre de los asistentes, éstos hacen la talacha de los asociados y éstos a su vez la de los completos. Los completos o *Fulls* sólo rinden cuentas al *Chair* o jefe de Departamento —en el fondo se tratan de iguales aunque se detesten, claro—. El *Chair* rinde cuentas al decano y éste al preboste. Los prebostes trabajan como esclavos, pero ostentan sueldos millonarios. Los presidentes o rectores, en cambio, juegan golf con la aristocracia del barrio, recaudan fondos, asisten a cenas de gala y ganan más que los prebostes. De esta manera queda estratificado el organigrama académico en las universidades norteamericanas. Si pude huir a tiempo de la burocracia, la esclerosis y ramplonería burguesa de mi país, no pude escapar del aristocratizado sistema académico norteamericano.

En mi ceguera o bonhomía, pensaba que las cosas eran muy distintas en el país de la democracia y la igualdad, en el imponente país vecino de las oportunidades y la libertad, pero no era así, por supuesto. Había un orden, habían jerarquías, había clases sociales bien delimitadas —no en el sentido en que las hay en América Latina: la prosapia anglosajona no tiene que ver con raza o apellidos de abolengo, sino con el puro y duro poder adquisitivo.

De una u otra manera, para aquellos que verdaderamente aman los títulos y linajes, la academia norteamericana es el sitio idóneo para jugar a las castas. La profesora colombiana a la que antes bauticé como monstruo, y por la que llegué contratado a Millard Fillmore, creía con cada fibra de su ser en estas distinciones, vivía para las nomenclaturas y los escalafones. Se los tomaba a pecho y se ceñía a ese retorcido orden más que lo que se apegaba a los Mandamientos. Cuando me entrevistó, cuando visité el campus, cuando me dio el puesto como profesor asistente, había descartado previamente a tres candidatos. Sólo más tarde supe el motivo: no eran apiñonados y blanquitos como ella. En su mundo no sólo se trataba de ostentar un doctorado (requisito, por supuesto, indispensable), no bastaba con pertenecer a la burguesía criolla latinoamericana, sino sobre todo había que cerciorarse de que el color de piel te identificaba como parte de su distinguido gremio. En resumen: la profesora en cuestión reunía todos esos asquerosos atributos con los que yo más he luchado en mi vida. Por supuesto, el monstruo no lo sabía cuando me ofreció el trabajo, y yo no sabía que ella no lo sabía. Cuando, poco a poco, lo fue descubriendo (cuando olfateó al traidor de su clase en el nuevo profesorcillo asistente de improbable ascendencia mexicana) era ya muy tarde para dar marcha atrás. La guerra (soterrada al principio) estaba declarada entre los dos. La diferencia estribaba en que la colombiana era una Full Professor y yo un advenedizo asistente con libros publicados. La diferencia era que los dos españoles que ella había contratado como serviles ayudantes con el falso título de instructores se aliaron conmigo, el débil y contestatario profesorcillo mexicano sin ningún poder, pero eso sí... con exceso de ínfulas.

No voy a contar otra vez los pormenores de esta guerra puerca. Lo hice con sorna en mi novela carnavalesca, la cual no empezaría a escribir sino años más tarde, cuando ponga pies en polvorosa y me haya largado de Virginia para siempre jamás. Sólo repaso lo mínimo y nuclear de esos años para poder explicar por qué diablos el murciano José Valdés y el madrileño Iñaki Abad fueron mi tabla de salvación durante esa infernal temporada que pasé en Virginia suponiendo que ése sería mi trampolín, el paso obligado hacia las ilustres *Ivy Leagues*. En mi empecinamiento, creía que iba a ser sólo cosa de uno o dos años para llegar allí; al final fueron cinco, y no llegué a una *Ivy League*, como deseaba.

De entre todo el desastre y porquería en que me hundí ese lustro, hubo no obstante algunas cosas buenas allá afuera, en el mundo real, eventos que definirían al escritor que soy, el tipo en el que me he convertido al rayar los cincuenta. Mucho de esto se lo debo a Lourdes; otro tanto a Iñaki y a José, quienes, a su vez, no paran de decir que me deben mucho a mí. Pero allende a estas recíprocas deudas y agradecimientos, algo extraordinario pasó en Virginia: nació Abraham y eso cambiaría mi vida para siempre.

En una hermosa película de Richard Curtis, el padre del novio confiesa a sus invitados, parientes y amigos:

—De muy pocas cosas en mi vida me siento orgulloso, y la más importante de todas es la de haber tenido a mi hijo.

Eso me pasó a mí.

21

Querido Eugenio,

Recibo entusiasmado *La mujer del novelista*. Bueno: las primeras dos partes. Veo que faltan, como dices, la tercera y cuarta. Supongo que las estarás escribiendo. Felicidades, amigo, y mucha suerte. Adelante.

Sí, desde la entrevista que te hice el verano pasado no sabíamos nada uno del otro. Te cuento lo más importante: al final me dieron el *tenure*. El monstruo no pudo hacer nada para impedirlo y lo obtuve en noviembre después de años de bregar contracorriente. Imagínate que llevo once en Millard y ya ni siquiera está Josué conmigo. Al igual que tú, se largó a tiempo de este agujero inmundo. No sé por qué nunca me atreví, pero ahora es tarde. Con el *tenure*, ésta se ha convertido en mi jaula de oro.

Te cuento que estoy en Madrid. Aquí pasaré las Navidades y en enero, después de Año Nuevo, me vuelvo a Virginia. De hecho, no estamos tan lejos. Si tú o Gloria os dais una vuelta, no dejéis de avisarme y os veo. Me encantará llevaros a cenar, charlar sobre los viejos tiempos e irnos de marcha hasta el amanecer. Hay un par de sitios encantadores que no conocéis, entre ellos, una deliciosa tasca en la Plaza Santa Ana, justo frente a la estatua de Lorca.

Prometo hincarle el diente a tu novela y serte franco. Me da mucha curiosidad leerla. Acabo de terminar la última de Bremen, por cierto, y no está a la altura de sus grandes libros. Eso no obsta para que le den el Cervantes. Lo merece desde hace por lo menos quince años. Aquí en España nadie entendió el lío que armaron tus compatriotas en México. Vosotros sois más papistas que el papa. Se lo dije a Jacinto en un email cuando se desencadenó el zafarrancho, pero afortunadamente ya pasó el vendaval. Me había pedido que firmara un desplegado apoyando la decisión, y por supuesto, lo hice. Por cierto, no vi tu nombre en la lista, pero asumí que Jacinto lo había eliminado para no generar suspicacias.

¿Has visto a Pato y a Alonso? ¿Sabes algo de Genaro? ¿Están escribiendo algo nuevo? Cuéntame. Hace siglos que les perdí la pista.

Bueno, os mando un abrazo a Gloria, a Luna y a ti. Te escribo a la vuelta cuando haya terminado de leer las dos primeras partes,

Iñigo

22

En el verano del 2002, Seix Barral reeditó mi novela cervantina en España y en poco tiempo se catapultó a varias lenguas. Nunca entendí por qué justo ésa y no otra se abría camino fuera de mi país. Era difícil y exigía demasiado del lector. Tanto era así, que el libro fue un rotundo fracaso de ventas en cada país donde fue apareciendo. No dejaba de ser irónico: por un lado, a los editores les gustaba y, por otro, a los lectores los apabullaba su dificultad. Al final, las ventas, como siempre, y no el valor artístico o formal, decidieron el futuro de mi siguiente novela, la que escribía entonces, la ambiciosa saga de mi Scherezade mexicomericana y su prohibida relación con el chico de trece años.

Pagani tenía razón cuando me dijo: "En lugar de reeditar y traducir tu novela cervantina, asegúrate de publicar la nueva". Pero eso no lo decidí yo y ni siquiera lo decidió Aureliana. Fueron los editores. Yo sólo di mi brazo a torcer. El precio, no obstante, fue muy alto y por demás ambiguo: por un lado, me abrí camino en otras lenguas, pero, por el otro, cerré el acceso a lo que más me interesaba: publicar mi entrañable saga familiar. Había puesto demasiado en ella, había venido labrando (paciente) en ese libro desde que naciera mi hija Natalia en Colorado; la había llevado y traído de aquí para allá; había reescrito y cincelado la novela como una estatua de grupo de Bernini; por doquier aparecían personajes, conexiones, un enjambre de relaciones humanas que no me dejaba dormir. Soñaba y deliraba con mi libro. A medianoche o en la madrugada me lanzaba a la universidad (a veces bajo la nieve) para teclear como un poseso, para escribir un nuevo capítulo y no perder la correlación de acontecimientos, fechas, anécdotas y personajes que me había impuesto contar.

Ya he dicho antes que, desde adolescente, me atraían las sagas de familia (*Buddenbrooks* era mi favorita); ya dije que aquella primera novela de 1992 había sido, en el fondo, un primer intento de escribir una, pero que, al final, no lo conseguí. Debía esperar diez años para intentarlo nuevamente y ahora lo hacía en Millard Fillmore; justo ahora (en ese horrendo agujero de cuarenta mil habitantes) escribía y reescribía mi obra como un demente que vive más la realidad de su ficción que la del mundo y sus quehaceres domésticos. Enseñaba mis cursos con la monotonía con que uno se cepilla los dientes: lo hacía bien, lo hacía a tiempo y rutinariamente, pero mi corazón no estaba en cepillarme los dientes sino en continuar atando complicados cabos, ínfimos detalles, de mi ambiciosa saga, en dar cohesión a nacimientos, decesos y acontecimientos históricos. Otra vez, sin Iñaki y José no habría podido concluirla y cohesionar esos infinitos tentáculos que se abrían y desperdigaban. Fueron ellos quienes la leyeron, corrigieron y decantaron hasta su versión definitiva. Menudo favor les hice —y me hice— cuando Aureliana me dijo que Seix Barral había rescindido el contrato de ese libro. Como ya dije: las ventas de mi novela cervantina dejaban mucho que desear y los editores no podían apostar, adujeron, por un nuevo libro (¡y tan extenso!) del mismo desconocido autor mexicano. Por supuesto, este tipo de truculencias jamás las conocen los lectores, las amas de casa que compran las novelas, los doctores e ingenieros, los abogados y aficionados a la literatura, es decir, la gente a la que sencillamente le apasiona leer y olvidarse del mundo. Ellos van a la librería, se meten en línea y encuentran una novedad. Quizá busquen, con un poco de suerte, la nueva obra de aquel autor que alguna vez leyeron. Si así aconteciera (cosa por demás improbable), pronto descubrirán que el escritor no tiene un nuevo libro publicado y en dos segundos se olvidarán de él. No imaginan, por supuesto, que el autor ha concluido su novela, incluso mejor que la anterior; no tienen manera de enterarse de que busca desesperadamente encontrar un editor que apueste por ese nuevo relato al que ha dedicado varios años. ¿Por qué lo sabría la gente, por qué tendría que importarle? El caso es que ése fui yo. Mi ambiciosa saga esperó mucho más de la cuenta, aunque al final apareció en otra editorial sin jamás ser traducida. No debo, por supuesto, quejarme —no lo pretendo hacer aquí—. Constato las vicisitudes por la que atraviesan muchos libros, comparto los gajes del oficio, lo que casi nadie sabe, lo que los lectores prefieren obviar.

Mientras luchaba como hormiga las guerras intestinas de mi Departamento y buscaba editor para mi saga, Javier y Amancio triunfaban como locos: Solti fue nombrado adjunto cultural de la Embajada de México en Francia y Piquer en la de Inglaterra. Pablo Palacios era nombrado secretario de Cultura de su estado y Abelardo medraba en el gobierno mexicano con Vicente Fox. Todos triunfaban, salvo yo. Excepto Sanavria, ninguno de los otros cuatro dejamos de escribir, ninguno de nosotros cejaba un minuto en su denodado empeño (¿cuál?), la diferencia era, supongo, la palabra triunfo, su implacable y liminar sentido…

Pero ¿de cuál triunfo hablamos y qué entendemos por él? ¿Se vive de un trago, a sorbos pequeños, o acaso se tiene y se pierde? Para el mundo (o para esa inmensa mole que te rodea) el éxito se parece mucho más a lo que mis amigos vivían en esos años que a eso otro que yo padecía en un pueblo de cuarenta mil habitantes al lado de mis queridos Iñaki y José. No estoy ciego ni soy tan cándido. Hay más o menos un consenso sobre el sentido de la palabra. Cualquiera sabe el evanescente contenido del vocablo. También sé que hay un margen (pero sólo un margen) de relatividad o ambigüedad. También comprendo que aun pretendiendo ser objetivo, el triunfo puede ser bastante subjetivo. Todo eso lo sé y más y no me engaño un átimo, no podría hacerlo…

Pero ¿qué pasó conmigo en ese lustro? ¿Cómo me sentía desde donde estaba, es decir, desde mi rinconcito en el este nevado de los Estados Unidos? ¿Cómo experimentaba el súbito triunfo de los otros? ¿Acaso lo que viví entonces lo trastoco hoy? ¿Pervierto los eventos? ¿La memoria me traiciona? ¿Triunfaba a mi manera y no me daba cuenta, ciego de mí? ¿O no triunfaba y quiero consolarme a costa de espurios subterfugios? No lo sé, pero algo sí tengo claro: hay un orden natural que ignoro. Decirlo así parece metafísico, no obstante, las cosas pasan cuando tienen que pasar o no pasan. Lo he corroborado infinidad de veces. Por supuesto, los humanos queremos rebelarnos a ese orden, a ese ritmo, pero aun esa abstrusa rebeldía forma parte intrínseca del tiempo y su orden. Alguna vez escuché a alguien decir algo así como: "Cada libro tiene su lector y a cada uno le llega el libro a su debido tiempo". Puedo, por ejemplo, comprar tal novela un día y no leerla sino diez años después. Ése era su momento y yo debía leerla precisamente dentro de diez años. El libro me esperaba en la repisa, en el anaquel del librero de mi madre, allí yacía empolvado, allí aguardaba a su lector… y ese lector era justamente yo. Hay un orden y una razón para ese orden. No lo conocemos, pero no significa que no exista. Algo parecido sucede con las cosas, los triunfos y fracasos, esa vuelta de la noria. Todos tienen su ritmo, su orden y su tiempo natural. Al final del día, acaso importa una cosa: ser moderadamente feliz con la forma en que se desenvuelve la vida, con la manera en que se acomoda y reajusta. Casi deberíamos confiar en ella, ajustarnos a su orden. No digo que sea fácil, tampoco insinúo que deba rendirse uno a la fatalidad. No predico la anulación del ego como Schopenhauer, pero sí que conviene adecuar el ego a ese orden y a ese tiempo. Si ambos lograsen convivir (voluntad y orden), será mucho mejor y la curva de la felicidad irá en ascenso; las llamadas "eventualidades" se simplificarían bastante. Esa connivencia podrá hacerte menos desdichado de lo que crees, estarás moderadamente en paz con lo que tienes y no tan descontento con lo que no tienes. Supongo que todo lo que digo se resume en una línea: aquiescencia y destino.

Yo no viajaba por el mundo ni me entrevistaba todo el mundo ni me buscaba todo el mundo ni me agasajaba y envidiaba todo el mundo como a mis amigos, pero escribía mis libros a mi propio paso, a mi propio ritmo; jamás dejé de romperme la espalda haciendo lo que me gustaba. Si alguna vez me puse triste, verdaderamente triste, fue cuando algo me impidió escribir, cuando me enfangaba en el silencio. Los escritores lo llaman bloqueo, y los tuve, pero siempre pude salir de ellos; tarde o temprano lograba empezar o continuar un libro nuevo.

Lourdes suele decir que me pongo insoportable cuando no escribo mis cosas, por más que a algunas de ellas las aborrezca con toda el alma. Tiene razón: me pongo triste, me siento abatido, no soy ni remotamente feliz. Los seres abatidos y tristes suelen ser insoportables. Nadie los aguanta. En cambio, si escribo, asciende la curva de la felicidad, salgo del abatimiento y triunfo en mi subjetiva y particular ficción.

Sería injusto si dijese que por esos años no viajé, si no contara que fui invitado o traducido y publicado, si no dijera que más de uno me leyó y me preguntó por mis novelas. Todo eso sucedió. El problema, como ya lo dije, fueron siempre mis amigos: sus éxitos, sus triunfos. Lo que les pasaba a ellos hacía de pronto empalidecer lo que me pasaba a mí. Intuía, no obstante, que debía aceptar mi tiempo, sabía que debía plegarme al orden y seguir mi propio ritmo. Nadie puede apropiarse del tiempo del otro, ya se sabe: sería como adueñarse de un destino ajeno… Una suplantación.

Esos años fueron, a pesar de todo, muy buenos: aprendí lo que tarde o temprano hay que aprender antes de cumplir los cuarenta. Y si no lo aprendes, entonces fracasas en serio. Ése fue, al final, mi verdadero éxito.

23

Antes de salir a Carrefour esta mañana, Eloy me preguntó qué pensaba del triunfo, de la palabra triunfo, de su sentido liminar, sin ambages. Me lo preguntó así, de súbito y sin venir a cuento; al final, como siempre, nos pasamos horas hablando del maldito asunto. Cuando quiere salirse con la suya, lo consigue...

Me confesó que había estado meditando sobre el triunfo para el libro que escribe, me confesó que deseaba ser, a toda costa, honesto y descarnado, no podía (ni quería) ser autocomplaciente ni indulgente ni tibio; no se lo podía permitir a sus 45 años, y menos ahora que se había puesto a escribir y rememorar el duro aprendizaje virginiano.

Sé que no debió ser nada fácil estar rodeado de sus amigos escritores. Yo lo vi todo. Yo lo viví a su lado. Supe cómo se cimbraba el suelo que pisaba cada vez que le llegaba una noticia desde México, desde Londres, desde París o desde donde fuera que estuvieran ellos cuatro: Abelardo, Pablo, Amancio y Javier.

De pronto las cosas se salían de proporción, incluso para mí, quien no cabía de asombro con todo eso que les pasaba. Confieso que también quedaba aturdida cada vez que Eloy me contaba alguna buena nueva, y eran tantas, tan seguidas, tan abrumadoras... Javier y Amancio habían sido, por ejemplo, nombrados adjuntos en Londres y París, el sueño de, por lo menos, un millón de mexicanos. Eloy, en cambio, no había sido nombrado nada, salvo profesor asistente en Millard Fillmore, en un pueblo aburrido metido en la montaña, una ciudad que, al menos a mí y a pesar de haber estado al borde de la muerte, me trae buenos recuerdos...

Javier y Amancio habían obtenido la beca del FONCA y después la beca Guggenheim que, dicho sea de paso, hubiera remediado nuestras finanzas. Pablo Palacios obtendría ambas un par de años después. Las novelas de Amancio eran traducidas en las dos editoriales más codiciadas del mundo, Gallimard y Simon & Schuster;

las novelas de Javier eran traducidas a veinte lenguas. Los adelantos de sus libros alcanzaban el cuarto de millón de dólares y aunque las novelas de Pablo no alcanzaban esos estratosféricos adelantos, conseguía vender sus libros históricos de forma impresionante. Las cosas se salían de proporción. Un día Fuentes llamaba a Javier para invitarlo a dar una conferencia. Otro día Gabo llamaba a Amancio para pedirle que él (sí, Piquer) presentara su última novela en Guadalajara o Madrid. Otra vez Fuentes le llamaba a Pablo para consultarle alguna minucia del argot mexicano que requería precisión para emplearla en su más reciente libro. Vargas Llosa invitaba a Sanavria a desayunar y escribía la introducción para uno de sus ensayos políticos. Elena Poniatowska escribía maravillas sobre la novela de Pablo que había obtenido el prestigioso Premio Villaurrutia. Incluso Guillermo Arregui, su amigo cineasta, nos dijo en una comida: "Brad Pitt me ha pedido que escriba el guión de su nueva película. Yo le he dicho que sólo escribo guiones originales, pero es muy necio. No se rinde." Dos años más tarde, Eloy y yo veíamos en Quebec su obra maestra: *Babel.* No cabíamos de asombro. Cuando Eloy le pidió que presentara su saga de familia, Guillermo primero le contestó que no podía porque se iba de caza con Tommy Lee Jones. Eloy me susurró: "Guillermo está volviéndose loco, ¿te das cuenta? Ya no sabe ni qué pretextos inventar para zafarse." Al final, Arregui presentó la saga de Eloy en el Claustro de Sor Juana y también escribió y actuó en *Los tres entierros de Melquíades Estrada* al lado de su nuevo amigo actor, Tommy Lee Jones. Para coronar sus triunfos, Arregui obtendría en el 2005 el premio al mejor guión en el Festival de Cannes. Las cosas, insisto, se salían de quicio. Sus amigos más íntimos, con quienes había madurado y crecido, parecían nadar en la abundancia de la fama o del dinero o del poder, cada quien en su propio rubro, cada uno en su desmedida proporción...

Por esos años Pablo renunciaba a su puesto como secretario de Cultura para convertirse en flamante rector de una prestigiosa universidad mientras Eloy seguía luchando por un burdo puesto fijo (el mentado *tenure*) en una mediocre universidad americana. Sanavria era llamado por el presidente Calderón, su compañero de la Libre de Derecho, para desempeñar un alto cargo político, mientras su novela histórica vendía diez veces más que todas las novelas juntas de mi marido. Javier, por ejemplo, le escribía cada semana desde Seúl, Buenos Aires, Goa, Frankfurt, Chicago, Tokio y Helsinki para contarle que su más reciente libro competía con el de Umberto Eco o el de Isabel Allende, a quien había conocido y de quien era ya íntimo amigo. Amancio le escribía para contarle que tal o cual estudiante graduado escribía su tesis doctoral sobre sus libros en Barcelona o Dublín. Pablo le escribía para contarle que la Universidad de Valparaíso había organizado un simposio sobre su obra o que había comprado un hermoso departamento en París. ¿Era verdad todo aquello? ¿Dónde terminaba la fabulación y dónde comenzaba la pedestre realidad? ¿Eso ocurría *allá afuera* mientras Eloy enseñaba clases de lengua e introducción a la literatura hispanoamericana en un pueblo de Virginia donde al menos yo fui bastante feliz a pesar de haber estado al borde de la muerte? ¿Acontecía todo eso mientras él, Iñaki y José se consumían en su pequeña guerra intestina con la profesora colombiana?

Recuerdo una ocasión en que Eloy invitó a Javier a dar una charla a Millard Fillmore. Debió haber sido a mediados del 2003. Debido a que la insufrible colombiana no había podido recibirlo en el aeropuerto, tuvo que enviar a Iñaki, José y Eloy por Javier. Encantados, los tres lo recogieron y lo llevaron a casa. Cenamos unos gruesos rib eyes con chimichurri y unas papas al horno. Esa noche bebimos hasta emborracharnos. Al otro día, cuando Javier llegó a la universidad para dar su charla a un auditorio repleto de estudiantes, zalamera, la profesora se acercó, lo besó y le dijo enfrente de Iñaki y José: "Mil disculpas, doctor, por haber enviado a los chicos a recogerlo. Era mi intención hacerlo, pero se me cruzó un imprevisto. Espero lo hayan sabido agasajar como se merece. Hoy iré yo misma por usted para llevarlo a cenar a un lugar decoroso". Había rebajado a nivel de "chicos" a dos profesores y había insinuado, de paso, que mi casa no estaba a la altura del "decoro" —todo frente a Eloy y en la cara de los españoles.

Si Iñaki y José no eran doctores, lo cierto era que tenían maestría, concluían su doctorado y eran adjuntos del mismo Departamento. Tampoco eran unos "chicos". El menosprecio de la colombiana era patente, no obstante para Eloy algunas cosas, creo, se aclararon esa malhadada ocasión: Javier y él no estaban (a los ojos del mundo) al mismo nivel desde hacía mucho. Lo habían estado, sí, alguna vez, pero era evidente que ya no. Las cosas habían cambiado en un abrir y cerrar de ojos, y corría apenas el 2003, el mismo año en que, juntos, ganarían el Premio Nacional por un olvidado libro de juventud. ¿Quién iba a decirlo? ¿Quién hubiera pronosticado en los ochenta (o incluso en los noventa) que sucedería esto así? Fue un duro golpe para Eloy… o quizá no tanto, pues venía (a su manera) absorbiéndolos desde hacía algunos años. Sus amigos del bachillerato triunfaban allá afuera y a eso se refería cuando me preguntó sobre la palabra triunfo antes de salir a Carrefour.

No fue fácil estar en su lugar. Lo sé de sobra. Nunca es sencillo vivir cerca de los triunfadores, ser su mejor amigo, su confidente, su aliado. Yo lo atestigüé. Su suelo se cimbraba. Oía y recibía información de cada uno, de sus éxitos, sus ventas, su dinero, su fama, sus becas, sus premios, su poder y hasta de sus desperdigados amoríos por el mundo. La vida les había cambiado a los cuatro mientras Eloy continuaba enfrascado en una ambiciosa novela (mi favorita) que nadie quería publicar y cuyo contrato había sido rescindido.

Iñaki Abad, para colmo, escribía su tesis sobre las novelas de Javier y Eloy era su *advisor* y modelo. Dado que mi marido había escrito el primer libro sobre Solti, ¿quién más podía ayudar a Iñaki sino el mismo Eloy, su mejor amigo? Y no sólo eso: cuando se conocieron, el madrileño estaba por empezar una tesis sobre Delibes, pero se aburría soberanamente. Fue entonces (cuando leyó las novelas de Javier recomendadas por Eloy) que cambió el tópico de la noche a la mañana, abandonó a Delibes y se embarcó en una nueva disertación sobre Solti: más vasta, más amplia, más extensa. Sí, no debió ser nada fácil para mi marido contemplar a Iñaki, su pupilo, sumido en el éxtasis y devoción literarios estudiando a Solti, su amigo. Las cosas se habían salido de proporción, cobraban dimensiones de estratosfera. Cualquiera en sus cabales habría creído que esas noticias eran una pura fantasía descomunal, una broma pesada, una patraña de escritores enloquecidos, pero no lo eran, y eso fue lo peor… o lo mejor. Sí, lo mejor pues, a pesar de los estragos, algo de esos triunfos rozaba las orillas de Virginia como las ondas de una bomba que hubiese estallado a cien kilómetros de distancia. Por eso digo que no todo fue tan negro como Eloy lo suele recordar. Muchas cosas sucedieron en aquella época, algunas por influencia de sus amigos, otras por su propio empeño, algunas académicas, otras literarias. Escribió mucho, publicó dos novelas más, apareció un nuevo libro de poemas, terminó un hermoso libro de ensayos sobre autores latinoamericanos, entre ellos, un largo trabajo sobre Palacios y otro sobre Lázaro Pagani. Javier nos invitó a París cuando era adjunto y la novela cervantina de Eloy fue presentada en la Maison du Mexique por Nedim Gürsel, uno de sus autores favoritos. El Pen World lo invitó a su Festival de literatura en Nueva York y yo pude acompañarlo, orgullosa, esa ocasión. Allí se hizo amigo de Paulo Lins y junto con él y Gioconda Belli cenamos en casa de Salman Rushdie y fumamos marihuana hasta el amanecer. En el 2003, los organizadores de la Feria de Guadalajara ofrecieron una cena de gala con los cinco amigos del *Clash* sentados a la misma mesa de Gabo, Saramago, Fuentes y Goytisolo. Varias veces comimos con Carlos y Silvia, su mujer, en México y España. Entre esos encuentros, recuerdo uno especialmente: Fuentes publicaba su hermoso libro *En esto creo* (uno de mis favoritos) al mismo tiempo que Eloy publicaba el suyo. Lo recuerdo bien pues Amancio e Irene, su mujer de entonces, volaron desde Londres para presentar ambos y en esa ocasión se quedaron en nuestra casa. Millard Fillmore había enviado a Eloy un semestre a Salamanca y desde allí viajamos a Estambul invitados por Nedim, más tarde a Praga y a El Cairo invitados por sus respectivas universidades. Por supuesto, todos estos eran también (y a su manera) triunfos merecidos de Eloy. El problema fueron sin embargo sus amigos, siempre sus amigos... El verdadero escollo (la piedrita en el zapato) eran Javier, Abelardo, Pablo y Amancio. Sus respectivos triunfos, sus éxitos, hacían palidecer los de mi esposo, los cuales nunca fueron cosa de poca monta.

En cuanto al grupo de amigos como tal, el último retrato de familia fue, al menos en mi opinión, el del Premio Nacional que obtuvieron Eloy, Javier, Amancio y Abelardo en el 2003. Claro, ellos no podían adivinar que el *Clash* fenecía... o si acaso lo intuyeron, prefirieron ignorarlo. El episodio, no obstante, es digno de mención. Amancio había hallado una copia (la única) de aquella novela al alimón, *La muerte de Artemio Krauze*, que los cuatro habían escrito en 1988. El libro había desaparecido desde los años del bachillerato y nadie se acordaba de él. Después de haberlo hallado durante una mudanza en la casa de sus padres, Amancio llevó el manuscrito a un restaurante del Parque México adonde todos habían quedado para celebrar algún nuevo triunfo (uno más). Javier quiso releer el vetusto manuscrito y se lo pidió a su amigo. Un año después, el libro obtenía el Premio Nacional. ¿Cómo lo ganó? Hasta donde me enteré, Solti lo había enviado con pseudónimo al concurso. Cuando el jurado abrió las plicas, descubrió que el autor no era uno solo, sino cuatro de los cinco novelistas del vilipendiado *Clash*. El jurado intentó, mas no pudo, revocar el veredicto, y el premio quedó repartido entre Piquer, Solti, Sanavria y mi marido. Pablo, al parecer, no los conocía cuando escribieron aquel libro juvenil, y yo tampoco.

El editor de Mondadori se empeñó en publicarlo, pero Amancio se oponía: le parecía un pecado de juventud, un exceso, y de ninguna manera un relato que mereciera ser editado, según me contó Eloy durante esos apasionados días. Los demás se inclinaban a publicarlo aunque ninguno moría tampoco de deseos por hacerlo. Las negociaciones duraron varios meses: emails, llamadas telefónicas y hasta un desastroso encuentro en la Ciudad de México. Eloy y yo necesitábamos el dinero y no podíamos despreciar el jugoso ofrecimiento de Mondadori. Había tarjetas de crédito que saldar... El proceso, recuerdo bien, fue desgastante. Al final, llegaron a un extraño consenso: hacer un libro misceláneo en lugar de publicar *La muerte de Artemio Krauze* como relato autónomo. Para ello redactaron, primero, una introducción donde narraban la génesis del libro y del *Clash*, posteriormente aparecía el antiguo *Manifiesto* de 1996, luego el relato más o menos mejorado, en seguida una sección donde cada uno de ellos contribuía con un pequeño ensayo, y al final, Iñaki Abad, que para entonces se había vuelto experto en la obra del grupo, contribuyó con una larga bibliografía anotada.

Mondadori aceptó la bizarra propuesta y el libro apareció en el 2004. Era el canto del cisne del *Clash*, aunque el único que no se percató de su agonía fue Eloy. El *Clash* fenecía pero él no estaba dispuesto a reconocerlo. Siempre había hablado de la amistad que unía a los autores del 98 o a los poetas del 27 o a *Contemporáneos*, hablaba con emoción de la generación *Beat*, de *The Lost Generation* o hasta de los Beatles. Creía que la suma de voluntades era siempre más fuerte que la voluntad de un solo artista, no importa qué tan genial éste fuera. Tal vez tuviese razón, sin embargo los demás no pensaban como Eloy y ese buque iba, indefectible, a la deriva en el 2004 —al menos yo lo veía hundirse desde mi atalaya—. En ese contexto, Eloy era como McCartney aunque se sintiera Lennon: se aferraba al grupo después de fenecido, hacía lo imposible para mantener la cohesión (la flama viva). La realidad era otra y hoy creo que fue esa suerte de ciego empecinamiento el que lo hizo ignorar por mucho tiempo la egoísta conducta de Piquer. Yo pude contemplar mucho mejor que nadie el proceso entre los dos, y se reducía a un punto esencial: no estaban hechos el uno para el otro aunque, para su mala suerte, tenían un mundo de cosas en común. Les pasaba como a esa pareja de enamorados que ha durado 25 años desgastándose y de pronto ya no sabe cómo decirse adiós. Ocasiones hubo en que pudieron despedirse, pero al final ninguno la aprovechó; el miedo, la lealtad o el pasado común los refrenaba. Alargaron poco sabiamente su agonía. En el inconsciente de sus corazones, ambos buscaron varias veces la manera de alejarse sin herirse. El rompimiento, a pesar de todo, debía esperar algunos años más. Para Amancio (como para los demás), el mundo era color de rosa, ¿por qué venir a fastidiarlo con melodramas y cuitas de comadres gritonas? Javier y Pablo lo notaban, pero como sabios linces, abogaron por el *statu quo*: mientras que no se diga nada, no pasa nada... Y así transcurrieron otros cinco años de melodrama asordinado.

A pesar de lo que cuento, creo que Eloy consiguió, al final, sortear el camino pedregoso de las suspicacias, la senda que por suerte o infortunio le tocó andar. No hablo aquí de su relación con Amancio, sino de su relación con todos los demás. No era muy difícil, digo yo, ser amigo de Eloy; era complicado para Eloy ser amigo de ellos. Sin haberlo jamás pedido, mi esposo se había convertido en el receptor de las incesantes buenas nuevas, y ellos, sus amigos, los excélsior de sus propios triunfos. ¿Qué le quedaba a mi marido? No mucho de verdad. Sonreír y escucharlos, aplaudirles y felicitarlos, acaso felicitarse a sí mismo por tenerlos como amigos, animarse y pensar que pronto él tendría un lugar en la mesa de los convidados...

Pensándolo con calma, la verdad es que no sé cómo lo hizo. Él siempre ha repetido que yo (más que nadie) lo ayudé, que yo lo ubicaba en el mundo, que era su ancla. No sé si sea cierto ni tampoco si sea del todo justo. Mi trabajo no fue fácil, es cierto, ¿pero qué otra cosa podía hacer si yo lo había elegido a él, si me había casado con Eloy convencida de que él y ningún otro sería el gran escritor, el triunfador, él, por encima de cualquiera? Tener a Javier Solti como mejor amigo era aplastante —supongo que como tener a Thomas Mann de hermano mayor—. Incluso para Piquer, Palacios y Sanavria, quienes tenían (y tienen) un ego a prueba de balas y una indubitable confianza en su propio talento, estar cerca de Javier suscitaba recelos, susceptibilidades y envidias pasajeras. Incluso para ellos fue difícil rivalizar con Javier. Y aunque no eran enemigos y la literatura no es una competencia, los cinco se miraban con pelusa, los cinco sabían lo que el otro hacía o dejaba de hacer, los cinco eran fieles testigos de su prójimo: eran el rasero, la medida, el reflejo del otro. Y en ese alambicado proceso, en esa delicada mezcla de egos, no era sencillo sobrevivir ileso a menos que tuvieras, tú también, una piel gruesa y una voluntad de acero. Todo eso tuvo Eloy. Todo eso tiene Eloy aún. Lo sé. Lo he examinado sin que él lo advierta. Lo he calibrado en momentos arduos y he visto cómo, al final, todo ha sucedido extrañamente para bien; una y otra vez he corroborado cómo, *a pesar de sus amigos*, su curva de la felicidad va en ascenso, cómo la aquiescencia del orden y el tiempo, como él dice, lo ha transformado en un tipo más tranquilo, más relajado, más satisfecho con lo que tiene y menos insatisfecho con lo que no obtiene. ¿Se engañará? No lo creo sinceramente. Soy su mejor testigo y no sólo su mujer. Lo he visto en crisis, lo he mirado atormentarse. Y eso sólo acontece cuando no puede sentarse a escribir, cuando no tiene una idea, y no cuando los otros le comparten sus triunfos. No, ese arsenal de victorias ajenas no lo abate, aunque lo cimbre. Eloy funciona a contracorriente. Cuanto más éxito tienen sus amigos, menos desfallece. Está en su naturaleza obstinada. Cuando le dicen que no puede, hace las cosas con exceso de pasión y adrede. Cuando le insinúan que no es capaz, más terco se pone y al final consigue lo que quiere. Ése es su mendrugo de éxito.

24

Querida Roxana,

Iré al grano: te escribo para contarte lo que pasó ayer por la noche.

No sé qué horas eran. Podrían ser las dos o tres de la mañana. Luna y yo estábamos dormidas. De repente, oí que Eugenio se levantaba de la cama, pero la verdad no presté mayor atención. Creo que dijo: "Oí ruidos" u "Oí pasos", no estoy segura.

Un minuto más tarde, sentí su brazo encima...

—Lourdes —murmuró—. Hay una niña en el cuarto de visitas.

Oí claramente que dijo "Lourdes", pero estaba tan cansada que no pude (ni quise) prestar mayor atención, incluso llegué a elucubrar que yo era la que estaba soñando, es decir, que ese nombre era sólo parte de mi pesadilla y mi fatiga, pero no era así, pues, terco, Eugenio volvió a removerme y me dijo asustado:

—Hay una niña en el otro cuarto, ¿me oyes? ¿Quién es?

—¿De qué hablas? Ya duérmete.

Supongo que por fin se calmó o se quedó dormido o yo caí rendida pues ya no lo escuché decir una palabra. Al otro día, cuando se despertó y le pregunté sobre lo que había oído o visto la noche pasada, Eugenio no recordaba nada. Cuando le pregunté sobre su sueño, tampoco recordaba qué soñó. Cuando, por fin, le dije que me había despertado para hablarme de una pequeña desconocida, me miró con ojos de extrañeza, como si yo, y no él, estuviera loca de atar, como si hubiese sido yo (y no él) quien no reconociera a Luna dormida. Cuando le pregunté si me había llamado "Lourdes", por supuesto, lo negó.

Dudé un par de horas si lo que decía era cierto, si acaso yo había alucinado, pero conforme avanzaba el día, más me percataba de que ni lo había imaginado ni jamás lo soñé. Eugenio me había llamado con el nombre de su amiga bailarina. Estoy segura. Ya no le dije una palabra, pero no dejé de observarlo durante el día, no paré de examinar su comportamiento, al menos durante esos ratos en que se dejaba ver pues, como suele hacer cada mañana, se metió con su café en la recámara a escribir su libro y ya casi no salió más que para ir a cenar los tres juntos un espantoso *fondue* a Centre Ville. Curiosamente, la conversación giró alrededor de Jacinto, Alonso, Pato y Genaro, sobre sus éxitos y fracasos, sobre sus libros y traducciones, sobre sus ventas y premios literarios, sobre aquellos años que pasamos en Virginia refundidos, sobre el sentido de la palabra triunfo y sobre lo que significa ser o no ser un triunfador. Quería saber si él lo había sido, si yo lo era, si ustedes lo eran y cómo se puede determinar el éxito, cuál es, al fin, el rasero. Hablamos luego del destino, del orden y del tiempo para cada cosa que nos pasa, la razón o sinrazón por la que algo sucede o no sucede. Hablamos de la curva de la felicidad y si ésta tiene que ver con el triunfo, si su requisito es triunfar... Estaba de veras preocupado con el tema y la verdad que a mí también me intrigó. ¿Por qué sacarlo mientras cenábamos un queso fundido, por qué ponerse a recordar esos cinco años en Millard Fillmore? Supuse que debía estar escribiendo sobre todo eso. Así es Eugenio, transparente como un vaso de agua: no consigue ocultar lo que le escuece en la cabeza y ahora mismo su cabeza está en su libro y no en su hija y su mujer. Eso, te confieso, me aterra. No es nada divertido que te llamen con el nombre de una vieja amiga a las dos de la mañana y menos enterarse que escribe sobre ella y los hijos que pudo haber tenido y no tuvo a su lado. Es perverso enterarse que los ha puesto a respirar dentro de tu casa y que de paso no se acuerde que tiene una hija conmigo. ¿Acaso no le basta? Bastante hace recreando a Lourdes como para que, aparte, venga a despertarme llamándome por su nombre. Las cosas tienen su límite, y Eugenio ya se pasó de la raya.

Cuando por fin, de vuelta del restaurante, volví a decirle que me había despertado llamándome "Lourdes", me miró como queriéndome auscultar (deseaba asegurarse de que no le estaba tomando el pelo) y luego lo negó rotundamente. Cuando en lugar de mencionar a Luna le hablé de dos niños durmiendo en el cuarto de visitas, se enfadó y me dijo: "¿Te has metido en mi archivo o qué?" Tuve que jurarle que no lo había vuelto a hacer y al final con trabajos me creyó, pero también se quedó intrigado con todo el embrollo que le endilgué.

Creo que a partir de ese momento empezó a dudar de sí mismo. Quién sabe si lo dudó, pero ya no dijo una palabra. A partir del restaurante ha estado, igual que yo, asustado y bastante confundido. No lo puede ocultar. Sabe que habló más de la cuenta, sabe que algo debió haberme dicho aunque no lo consiga recordar y sé que intuye que quizá esté traspapelando su novela en nuestras vidas. O se ha vuelto un sonámbulo o está perdiendo la poca cordura que le queda. La otra alternativa es que sea yo la demente, pero no lo soy, amiga. Yo no estoy escribiendo una novela.

Bueno, ya no te doy más lata con nuestras estúpidas historias de terror. Te ruego no le digas una palabra a Jacinto. Sabes de sobra que todo se lo cuentan uno al otro. Prefiero dejar este delicado asunto entre tú y yo.

Espero que estén felices en Princeton. Cuéntame cuando puedas cómo va el inglés y cómo van ajustándose los niños a la vida americana.

Besos a todos desde Aix,
Gloria

25

Una noche de enero del 2005, diez meses después del nacimiento de Abraham en Virginia, me levanté de la cama para ir al baño con urgencia. Al volver, el dolor había subido de grado. Tuve que despertar a Eloy de inmediato.

—No puedo más —le dije.

—¿Qué pasa?

—Llévame al hospital.

—¿Y los niños?

—Estamos a diez minutos —le contesté—. Me dejas y regresas. No tienes que quedarte conmigo.

Sin pensarlo dos veces, se puso un suéter encima, me ayudó a vestirme y salimos en estampida de la casa, la misma que se había tragado nuestros ahorros y préstamos bancarios. Era noche cerrada y no se veía un solo coche en el pueblo. No tengo idea qué horas podrían ser cuando me dejó en Emergencias y se regresó a casa como bólido: no podíamos abandonar a un bebé de diez u once meses con Natalia, que debía tener entonces cinco años.

El doctor en turno me auscultó dos minutos y me preguntó qué había ingerido. Le dije que habíamos cenado unos camarones la noche anterior. Sin titubear, sin volver a revisarme, dijo sucinto: "Food poisoning" y me dejó marchar con una receta en la mano. Eloy vino a recogerme con Abraham después de dejar a Natalia en la guardería, luego nos detuvimos en la farmacia, me dejó en casa con mi hijo y se fue a Millard Fillmore a toda prisa. Yo no estaba bien: me subió la calentura durante el día, sudé en abundancia hasta empapar las sábanas y no dejaron de recorrerme súbitos escalofríos. El dolor de vientre empeoraba por minutos. Tuve que llamar a la vecina para que se hiciera cargo de Abraham. Cuando Eloy volvió con Natalia me notó mucho peor, mas no quise hacerle caso a lo que me pasaba y no volvimos al hospital como él insistía. "Food poisoning", había dictaminado el doctor y no había que darle más vueltas al asunto. Era mejor esperar a que la medicina hiciera sus efectos.

Esa segunda noche, el dolor de vientre se recrudeció. Pensé que necesitaba evacuar. Sí, debía ser eso... Me levanté de la cama con enorme dificultad y me dirigí al baño a tientas. Todos dormían. Conseguí sentarme, pero de inmediato me di cuenta que no tenía ganas, sólo era un deseo y un espantoso dolor. Me levanté con inexplicable trabajo, me lavé las manos y caminé de vuelta hacia la cama. Fue entonces que las piernas me fallaron, que el dolor subió de grado y de inmediato caí de bruces sobre la alfombra sin poder impedirlo. Por supuesto, Eloy me oyó caer. Se rehízo de la cama de un salto y se aproximó corriendo hacia mí. Yo grité:

—Me muero.

—Vamos a Emergencias, Lourdes.

—No puedo —grité—, no puedo moverme, me estoy muriendo, Eloy.

Algo filoso me desgarraba los intestinos, las entrañas, pero ¿qué era? Eloy quiso levantarme, pero no lo consiguió y tampoco lo dejé intentarlo dos veces. Bastaba ponerme un dedo encima para incrementar el sufrimiento.

—Llama a una ambulancia —me oí decir, y hoy comprendo que la tortura debió ser infinita para que yo, quien acababa de parir un hijo sin la epidural, prorrumpiera con esa enérgica demanda.

Eloy no titubeó y en quince minutos unos camarilleros me alzaron en vilo y me llevaron al hospital en ambulancia.

El mismo doctor en turno de la noche anterior me miró y auscultó por segunda ocasión. Estaba nervioso, evidentemente atribulado. Pidió que me hicieran un *CAT scan* a la brevedad. Me dieron a beber un líquido amarillo y comencé a evacuar sobre la cama reclinable donde me habían acomodado treinta minutos antes. Eloy ya estaba a mi lado, mi vecina estaba con mis hijos y mis padres estaban informados en México de lo que estaba pasando.

La abyecta historia se resume en pocas líneas a partir de este momento: el doctor había fallado en su primer diagnóstico, nunca debió haberme mandado de vuelta a casa asumiendo que mi caso se debía simple y llanamente a la ingesta de unos camarones malos. El médico debió haberse asegurado de las causas de mi estado llevando a cabo un *CAT scan* la primera vez, es decir, la noche anterior, y sin embargo había decidido no hacerlo confiando, al contrario, en su pura intuición hipocrática. En conclusión, que en ese intervalo de doce o catorce horas mi apéndice estalló y pude por ello haber muerto durante ese lapso. Por supuesto, había excremento en mis intestinos, lo que produjo, de paso, una espantosa infección y una hemorragia. El dolor era incalculable. Quien haya sufrido una apendicitis lo sabrá. Tuvieron que operarme al día siguiente, pero, para colmo, la primera intervención no fue exitosa y diez días más tarde tuvieron que abrir las costuras y operarme por segunda vez para limpiar las costras fecales adheridas que habían dejado en la primera intervención. Mi madre estuvo conmigo esas semanas, los siguientes tres meses, lo mismo que Eloy, Iñaki y José. Incluso la colombiana me trajo unas flores una tarde a la habitación del hospital. Todo el Departamento de Literatura de la universidad se enteró de mi desgracia y vino a buscarme y consolarme. Mi vecina y mis amigas no dejaron de venir al hospital y ofrecerse a cuidar a mis hijos. Cuando, al final, fui dada de alta, supe que Eloy había recibido una misiva del preboste negándole el *tenure*, es decir, la definitividad, el puesto fijo de por vida, eso por lo que matan los docentes en Estados Unidos. Debíamos, pues, marcharnos de Virginia el verano siguiente. Debíamos poner a la venta nuestra nueva casa y empezar en otro sitio con nuestras cuatro vidas...

Esto, como se verá, fue lo mejor que pudo haberle sucedido a Eloy aunque ni él ni yo lo hubiésemos imaginado entonces, mucho menos en esas circunstancias. Sólo el tiempo, como dice él, logró poner cada cosa en perspectiva. Había un orden, pero no era el que nosotros augurábamos o suponíamos...

En cuanto al duro momento que pasábamos, había, a pesar de todo, algo bueno en la misiva del preboste: Eloy tendría un año pagado por la universidad para poder buscar otro trabajo (medida más o menos habitual en la academia norteamericana). Lo que, sin embargo, no es usual, era que ese año en cuestión el profesor despedido *no* tuviera que enseñar sus cursos, es decir, no tuviese que presentarse regularmente a clase. Era más que claro: los administradores lo querían lejos del pueblo y la universidad y sólo por eso estaban dispuestos a pagarnos un año sabático, el cual de todas formas Eloy merecía.

Junto con la mala nueva, llegó otra, una que nos desgastaría varios meses, pero que, al fin, reivindicaría (¿reivindicaría?) mi dolor: habíamos demandado al doctor de turno. Cinco meses más tarde ganábamos la demanda. De hecho, antes de irnos a ningún juicio los abogados llegaron a un acuerdo, eso que en Estados Unidos se conoce como *settlement* y suele evitar largas y penosas complicaciones. Ese dinero nos ayudó a salir a flote una buena temporada.

26

Querido Eloy, querido Eugenio...

¿Cómo llamarte?

He leído la primera y segunda partes de *La mujer del novelista* y me has dejado perfectamente boquiabierto. Me encantó. Es un libro inusual. No sólo inusual entre tus libros, sino en el panorama de la literatura actual. No conozco nada parecido. La llamas, claro, "novela" pero es varias cosas a la vez: crónica, relato, memorias, diario, biografía cruzada, todo imbricado y a la vez desdibujado. De sobra sabemos que esa capacidad, esa maleabilidad, es lo que hace a la novela el género más fascinante, divertido e impredecible de todos. Y eso es tu libro: impredecible... No me ha aburrido en ningún momento, y eso es lo importante; no sé si sea porque conozco las anécdotas, no sé si obedezca a la ambición de abarcarlo todo, no sé si sea por la confusión de historias o por tu osadía al destapar algunos asuntos públicos y otros privados.

Una cosa sí te digo desde ya: no imagino cómo lo tomará nuestro mutuo amigo cuando la lea. Tampoco cómo lo tomará tu mujer (si la lee, por supuesto). Especialmente me preocupan ellos dos —aunque hay otros personajes involucrados que tampoco estarán muy contentos—. Tocas asuntos delicados, sobre todo el de la amistad entre vosotros y el otro infame asunto de T, la hermana mayor de la protagonista, cuando os visitó en Los Ángeles. Esas partes me han dejado helado. Dirás, claro, que es una novela, pero la tuya es, en el fondo, a *true fiction*, es decir, una memoria sesgada: biografía y diario, confesión e historia, ficción en clave, nunca totalmente disimulados como suele hacerse en esta clase de libros. Hasta Simone de Beauvoir enmascaró más que tú *Los mandarines*. En ese sentido, alabo que hayas elegido mantener los nombres de los escritores y maestros que marcaron tu vida, los nombres y apellidos de esos amigos (y enemigos) que te condicionaron y formaron. Eso es valiente... o algunos dirán que loco y temerario.

Encontré pocas incongruencias, todas sencillas de ajustar. Las señalo en el archivo adjunto. Lo mismo las erratas, gazapos, cacofonías y ripios: todos los he marcado a color en el texto. En general, *La mujer del novelista* está muy bien escrita hasta donde tengo leído. Se nota que has cuidado el estilo. La novela se deja leer y el aprctado ovillo no resulta tan complejo como para perderse con nombres, asuntos o fechas. El único auténtico enredo, amigo, es el de averiguar quién es, al cabo, la mujer del novelista...

Cambiando de tema, te cuento que me he encontrado al murciano de visita en Madrid. Sí, después de todos estos años, ¿lo puedes creer? No sabes el gusto que me dio volverlo a ver. Parece que se ha casado y se ha mudado a California con su esposa. Desde que huyó de Millard en el verano del 2005, no me lo había vuelto a encontrar, no habíamos coincidido en un solo congreso de literatura. Nos largamos, por supuesto, de copas y charlamos hasta el amanecer. Recordamos infinidad de anécdotas de aquellos cinco años, nos reímos como enanos y hasta en cierto momento él se puso sentimental. ¿Sabes por qué? Resiente que hayas dejado de ser su amigo. Te quería, te admiraba. Me juró una y mil veces que nunca le tiró los tejos a tu mujer y que no entiende por qué lo pensaste o quién te lo dijo. Eso es todo, prefiero no abundar en el tema, pero necesitaba contártelo. De hecho, él me pidió que lo hiciera.

En cuanto tengas la tercera y cuarta partes, envíamelas. Como ves: ya estoy enganchado. Prefiero no imaginar qué estarás contando ahora mismo. Si acaso salgo en ella, espero no quedar tan mal parado y me hagas un poco de justicia...

Te mando un fuerte abrazo desde Virginia,

Iñ...

p.s.1. Creo que deberías retomar el misterio del crimen del cadete Bryan Huerta. Es buenísimo y no lo has vuelto a mencionar hasta donde tengo leído...

p.s.2. Abraham y Natalia me parecen personajes planos. Debes darles más relieve, más fuerza, involucrarlos más en la novela.

27

Natalia ha leído algo en el libro de Eloy, no sé qué, pero es algo que la ha aturdido demasiado. Lo que me faltaba, Dios, y justo el día de mi cumpleaños, ayer sábado 2 de febrero.

El viernes, antier, Eloy y yo salimos al nuevo auditorio de Aix, el Grand Théâtre, a escuchar los cuartetos Razumovsky de Beethoven, su eterno ídolo, y sospechamos que fue justo durante nuestra ausencia que Natalia se metió a la computadora de Eloy, pero no precisamente a indagar (como yo hago), sino a chatear con sus amigas o a escribir el trabajo que le había pedido su maestra de literatura.

Aunque Natalia tiene su propia laptop, a veces prefiere meterse en la de su papá y ver películas allí porque, según ella y su hermano, la pantalla es más grande y el sonido más potente.

A Eloy, por supuesto, no le gusta que invadan su computadora, pero ha ido irremediablemente cediendo a últimas fechas... como en casi todo. Si no trabaja en su libro, ya no le importa que los niños se metan un par de horas a nuestra habitación. En cualquier caso, no recuerda si dejó el archivo abierto, no sabe si Natalia lo abrió a propósito y tampoco supimos (sino ya tarde) qué diablos exactamente pudo haber leído...

Como dije, cenábamos tranquilos en la Maison du Fondue, un restaurante al que los niños insistieron en llevarme para mi cumpleaños... Abraham me regaló un suéter de cashmir divino y un dibujo de unos árboles con pájaros que pintó, Natalia mi perfume favorito y Eloy, sobriamente envuelta, una novela que, me dijo, le traía un curioso recuerdo de juventud: *Thérèse Raquin*, de Émile Zola, la cual no trata sino de un perverso triángulo amoroso con un trágico desenlace...

—¿Sabes cómo descubrí a Zola? —me preguntó mientras los niños metían pedazos de pan en el queso derretido—. Cuando tenía quince años transmitían unas series de televisión basadas en las grandes novelas del siglo XIX. Creo que las producía la BBC de Londres.

—Recuerdo *Los misterios de París.*

—Exacto— respondió Eloy dando un sorbo al excelente vino provenzal que habíamos ordenado—. Yo también la vi. ¿Sabes quién hacía las presentaciones? Juan José Arreola, uno de los mejores cuentistas que ha tenido México. Con decirte que en alguna época lo compararon con Borges. Era una exageración, por supuesto, pero en los cincuenta, cuando escribía, no lo era... A Arreola le ocurrió como a Rulfo: se dio a la bebida y cesó de producir sus extraordinarios cuentos.

—¿Y qué tiene que ver eso con *Thérèse Raquin*? —le pregunté. Había decidido no probar bocado del fondue de queso y mejor esperar a que trajeran el de carne.

—Pues que en una ocasión, Arreola habló en televisión de Émile Zola y el naturalismo, de sus novelas, de los Rougon Macquart y de su amistad con Paul Cézanne...

—¿Eran amigos?

—Por supuesto, y no sólo eso: los dos nacieron aquí mismo, en Aix. Mantuvieron, incluso, una larga correspondencia... Pero no era eso lo que te quería contar.

El mesero llegó con una charola con trozos de carnes frías para meter en una olla con aceite. Natalia y Abraham estaban encantados con el juego de los palitos. Hasta ese momento, Natalia no había dicho una palabra sobre su atroz descubrimiento: esperaba a que sus padres cesáramos de intercambiar aburridos recuerdos para fulminarnos con su revelación.

—Cuando Abelardo publicó su novela sobre un Cristo nietzscheano en 1987, la presentaron Juan José Arreola, René Avilés Fabila y Manuel Caballero. Allí estábamos, entre el público, Solti y yo, en el Palacio de Bellas Artes —se detuvo, quiso precisar los hechos, y continuó—: Poco después, Abelardo me preguntó si quería acompañarlo a casa de Arreola. No cabía de alegría, por supuesto. ¿Ir a ver al maestro? ¿Conversar con el genio? Imagínate cómo vi yo a Abelardo Sanavria a partir de ese momento: como un pequeño dios que se codeaba con los grandes de la literatura. Acepté y allí estábamos Abelardo y yo, en el patio de la casa de Arreola, quien no soltaba, por cierto, su copita de jerez. Fue entonces que con mi típico arrojo y desenfado le conté de buenas a primeras que había devorado las novelas de Zola gracias a su benigna influencia. Le dije emocionado que Zola se había convertido en mi novelista de cabecera, y no exageraba. Leí varias gracias a aquella presentación que había visto televisada cuando tenía quince años. Le conté que *La tierra*, *Thérèse Raquin*, *Naná*, *El matadero*, *Germinal* y *La bestia humana* se encontraban entre mis libros favoritos de todos los tiempos. Imagínate mi candidez.

—¿Y qué te dijo? —no habíamos tocado el fondue de carne. El aceite no hervía aún y el de queso los niños lo habían devorado hacía ya un rato.

—De la forma más gentil o cínica, Arreola me respondió: "Te confieso que yo nunca he leído a Zola".

—¿Qué?

—Tal y como lo oyes —dijo Eloy con una sonrisa—. Me quedé de piedra allí mismo.

—Era, por supuesto, una broma —le contesté.

—Es posible. De hecho, Arreola era afecto a esas payasadas, pero en esta ocasión sonó bastante auténtico. Sanavria es testigo. Él también le creyó. Arreola no tenía por qué declarar esas cosas y menos si nadie se lo había preguntado. Hasta la fecha no sé qué pensar de su *boutade*. Es uno de los grandes misterios de mi juventud: ¿Arreola leyó o no leyó a Émile Zola? Hablaba de Zola, claro, como un erudito, un experto en la materia.

—¿Y por eso tu regalo?

—No, sino porque la historia de *Thérèse* es espeluznante —me dijo—: Te va a encantar.

—¿Y por qué prefieres a Maupassant entonces?

—Porque estaba loco.

La verdad, esa respuesta me cayó como balde de agua helada. No me pareció nada graciosa. Alguna fibra debió tocar dentro de mí, pero no dije una palabra pues en ese instante, Natalia confesó:

—Papá, ¿tú y mi mamá se van a divorciar?

—De ninguna manera —contestó Eloy impertérrito, pero obviamente desconcertado.

—¿Por qué lo dices? —me giré a mirarla.

—Lo leí en el libro que está escribiendo mi papá.

—¿Qué leíste? —le pregunté con el sabor del vino acidulándose instantáneamente en mis papilas.

—Ya te dije: que tú y mi papá se van a divorciar cuando dejemos Aix, cuando volvamos a Carlton, que este es el año decisivo, el último...

—¿Es cierto? —preguntó Abraham, pero sin dejar de masticar—. ¿Se van a divorciar? Yo no quiero.

—Lo que leíste, Natalia, es una novela y las novelas siempre tienen personajes de ficción, no son personas de carne y hueso. Nada es cierto… —mintió Eloy.

—¿Entonces por qué tus personajes viven en Aix?

—Pero ¿qué diablos leíste, Natalia? —intervine colérica, pero no con ella, sino con Eloy.

—Lo primero que vi.

—¿Te metiste en mi archivo, Natalia?

—No, papá. Lo dejaste abierto y me puse a leer lo primero que encontré.

—Todo lo que escribo es como los libros de vampiros que te gusta leer. ¿Recuerdas el cuento que leíste la semana pasada para la escuela?

—"El horla" —dijo Natalia—. Sí… De hecho, ayer quería escribir mi *rapport* sobre "El horla" en tu computadora.

—El tipo que escribe ese diario está loco, ¿recuerdas?

—Sí, incluso va al médico y le dice que alguien que no existe lo vigila todo el tiempo y lo quiere matar.

—¿De veras? —preguntó Abraham asustado.

—Y dime, Natalia: ese loco que escribe su diario, ¿es el mismo que el autor del cuento?

—Creo que no.

—Aunque el loco escriba su diario y *parezca* real, sabemos que el loco no es el mismo que el autor que escribe el libro…

—¿Y quién escribió ese cuento? —pregunté furiosa.

—Maupassant —respondió Natalia, quien tenía presente su clase de literatura.

Con ese agreste malestar estomacal concluyó mi cumpleaños. No fue casualidad que hubiese olvidado el maldito regalo de Eloy en el restaurante.

28

Querido Iñaki, querido Iñigo,

¿Cómo debo llamarte?

Antes que nada, muchas gracias por tu atenta lectura. He corregido los gazapos y erratas que encontraste, he reescrito algunos párrafos que me marcaste en negritas y sobre todo he tomado en cuenta tus dos últimos consejos o posdatas: dar más relieve a los personajes de Natalia y Abraham y retomar el crimen del cadete Bryan Huerta. De hecho, he pensado si acaso sería buena idea comenzar *La mujer del novelista* con un "Comunicado de prensa", algo al estilo Joël Dicker:

(Miércoles 18 de junio, 2013)

El día de ayer martes 17 de junio informes policiales difundieron la noticia del horrendo crimen perpetrado contra el cadete Bryan Huerta en la capital del país. El joven de 21 años pasaba cinco semanas en Madrid junto con un grupo de estudiantes universitarios, presumiblemente para mejorar su nivel de español. Hasta el momento la policía capitalina no ha señalado un posible o posibles culpables, tampoco el móvil del crimen. Los compañeros del cadete Huerta están siendo interrogados, lo mismo que sus maestros del Instituto Saavedra en la calle Lagasca. A estas horas la policía no ha dado aún con el paradero del responsable del Programa en España, el profesor Eugenio Kurtz Bassó, escritor mexicoamericano, quien se encuentra desaparecido desde la mañana del sábado 14 de junio, última vez en que se le vio en el Instituto. Los investigadores han descubierto, no obstante, que Kurtz Bassó había concluido recientemente unas memorias o autobiografía. La policía ha intentado hacerse con el libro para investigarlo y rastrear alguna imposible conexión; sin embargo, su agente literaria en Barcelona y su editor en Madrid se han rehusado a cooperar. En un comunicado de prensa anterior dejaron claro que no piensan entregar lo que ellos consideran una novela y nada más. Han reiterado que nadie leerá el libro hasta su publicación. Ésas fueron, dicen, las órdenes expresas que su autor dejó antes de desaparecer de su apartamento en la calle Claudio Coello.

29

Inés y Pablo Palacios nos han dicho que nos prestarán su departamento de París. Hemos comprado los billetes de tren para el 15 de febrero: estaremos allí las dos semanas que duran las vacaciones de los niños. ¿Cómo no íbamos a llevar a Natalia y a Abraham a la Ciudad Luz ahora que estamos en Francia? Aunque la economía aprieta, sería absurdo dejar pasar esta oportunidad... ¿Cuándo volveremos con nuestros hijos a Europa? Tal vez nunca. Bueno... eso pensábamos hace siete años cuando llegamos a Arles, y ahora hemos conseguido repetir los cuatro la aventura francesa. Lo que será distinto —si surge una tercera oportunidad, claro— serán las edades de Natalia y Abraham, y, por supuesto, nuestras edades. ¿Seguiremos juntos? ¿Nos habremos separado? ¿Estaré enamorado de otra mujer? No lo sé (cada día me siento más confundido a este respecto), pero una cosa es segura: el tiempo de nuestra estancia en Aix avanza invencible, corre aprisa, y no hay modo de fijarlo. No importa cuánto mire para atrás, cuánto me empeñe por atarlo o recobrarlo, éste fluye al mismo exacto ritmo: construye y demuele edificios a su paso y sin piedad. No sólo han transcurrido siete años desde que llegamos a Francia por primera vez, siete desde que me echaron de Millard y llegamos a Arles, sino que ahora son ya siete meses desde que llegamos a Aix, siete meses desde que empecé este bloque con piedras, una encima de otra. Apenas un pestañeo; lo que dura la lectura de un libro...

El año sabático se encarece a marchas forzadas; todo cuesta el doble que en Estados Unidos —todo salvo las verduras, las frutas y el vino—. Por esa razón ya incurrimos en deudas y hemos pedido dos préstamos al banco; ahora prefiero no pensar mucho en ello: me distrae de mi trabajo, me deprime, me aleja de este libro, de todo eso que me falta por contar, por ejemplo, que el conato de amistad con Ahmed y Jhemma, su mujer, no ha prosperado, a pesar de todo. Hubiera sido por demás provechoso para la espesura del relato decir que nos cayeron bien desde que los conocimos, contar que nos invitaron dos veces a su casa y luego describirlo a él, Ahmed, como a un tipo pacífico, alto y de pocas palabras (se parece en esto a mi amigo Ismael Sánchez), y a ella como a una mujer baja, eternamente despeinada, pero amable y cordial. Más importante que todo hubiera sido explicar que el problema, al final, no han sido ellos, sino Sammy, su único hijo.

Abraham no lo soporta, y ahora que conozco al niño, no culpo a mi hijo. Las dos veces que estuvimos con ellos, Sammy destrozó un plato, mojó el *iPad* de Ahmed, se peleó con Abraham a golpes y le gritó a su madre enfrente de todos. Lourdes y yo estábamos aterrados. Yo hubiera querido decirle a Ahmed: "Pero ¿por qué no le metes una paliza a tu hijo?" No lo hice, por supuesto, pero lo pensé con extraña intensidad. La *galette* de almendras y el *thé a la mente* que nos ofrecieron se descompuso por culpa de Sammy. Lo mismo le ocurrió a Abraham y a su madre. Cuando salimos, Lourdes me contó que Jhemma le ha confesado que Sammy es hiperactivo y bipolar, incluso que lo lleva a un psiquiatra dos veces por semana. Con razón, me digo... Ni Abraham en sus peores arranques se comporta como Sammy. Me dio pena por Ahmed. El tipo me cae bien. Lo veo cada tarde a la salida del colegio cuando vamos a recoger a nuestros hijos. Conversamos, me cuenta sobre Marruecos, me insiste que debemos visitar Marrakesh —su hogar—, me pregunta por México y sus tradiciones, hablamos de nuestras familias, se interesa genuinamente por mi libro, en resumen: que nos caemos en verdad bien. Por desgracia, no podremos aceptar más invitaciones de los dos. Abraham se rehúsa a jugar con Sammy. Cada vez que nos reunimos, todo termina en una riña espantosa. Ahora, no obstante, entiendo mejor a mi hijo y no lo pienso forzar. Tal y como dice Lourdes, tampoco podemos invitarlos a nuestra casa sin Sammy; sería ridículo aparte de evidente el disgusto que nos produce su hijo. Creo que Jhemma y Ahmed deben, a estas alturas, adivinarlo. Seguro se han dado cuenta de que ningún niño quiere jugar con su hijo, que todos lo evitan como a la peste. Abraham, al principio, lo intentó, me consta, pero ya no quiere hacerlo.

Ayer, por ejemplo, a las cuatro en punto, hora en que salen del colegio, Monsieur Lefèvre, el maestro de los niños, mandó llamar a Ahmed, quien esperaba a su hijo, al lado mío. Al ver que Ahmed no volvía, decidí no esperarlo más, como suelo. En el camino de vuelta, sin que yo se lo preguntase, Abraham me dijo: "¿Sabes por qué Monsieur Lefèvre mandó llamar al papá de Sammy?" "No", le respondí. "Porque rompió dos ventanas con una piedra". "¿Qué?" "Sí", dijo Abraham tranquilo, "y después cogió varias chaquetas y se puso a pisarlas como un loco". "¿Y por qué hizo eso? ¿Estaba enojado?" "No, sólo para hacerse el chistoso enfrente de la clase. Así es siempre. Yo por eso no quiero volver a su casa y no puedes forzarme, papá." Es cierto: no puedo forzarlo. Tristemente, no podremos continuar la amistad y lo último que yo quisiera es que Ahmed y Jhemma pensaran que tiene que ver en ello su religión o su cultura. Al contrario, para los dos era una suerte tener auténticos amigos magrebíes en Francia (lo que no hay en Estados Unidos y menos en México), pero Sammy nos lo ha arruinado.

30

Acabo de terminar *La mujer justa*, de Márai. Eugenio me había pedido que la leyese desde que terminé *Los mandarines*. Finalmente, la empecé y ahora no he podido soltarla. Ha tocado una escondida fibra dentro de mí.

Eugenio dice que la prefiere a *El último encuentro*, la otra novela de Márai que leímos por insistencia de Lizardo y Clau. Cubre más registros, dice, se contraponen tres voces, tres puntos de vista, involucra más personajes y distintas épocas, pero, sobre todo, el desafío es mayor, su espesura la hace mucho más similar a la verdadera vida. No entiende que los Pagano la prefieran por encima de la otra.

Hace dos años, Clau nos había dicho:

—Lizardo empezó una nueva novela... Su propia versión de *El último encuentro*. Sólo hay tres personajes, dos hombres y una mujer. Debes leer la de Márai primero, Gloria... y ¿sabes por qué? Porque tu marido es uno de los dos... y tú eres la protagonista...

—¿Y quién es el otro? —pregunté azorada.

—Yo... —intervino Lizardo.

Por eso Eugenio y yo la leímos después de aquella cena. Si los Pagano se empeñan en decir que *El último encuentro* (*A gyertyák csonkig égnek* en húngaro) es una de las mejores novelas del siglo XX, algo tendrán de razón, pero a Eugenio, cuando la leyó, le pareció sencillamente una aceptable novela corta y punto; en cambio, las quinientas páginas de *La mujer justa* (*Az igazi* en húngaro) lo han entusiasmado al grado que me ha pedido que la leyese sin demora, y eso he hecho.

Cuento esto porque al final encontré unas líneas asombrosas: sentía que era yo, Gloria, quien se las decía a Iñigo y no la mujer del libro a su amante romano, desnudo en el lecho, a su lado: "Ya sabes que sólo quiero contarte el final. ¿El final de qué?, dirás. Pues de toda la historia, que todo fue inútil porque en el fondo de mi corazón siempre odié a mi marido. Pero también lo adoraba, estaba loca por él".

Me quedé lívida, estupefacta, cuando lo leí. ¿Odiaba a mi marido? ¿Lo amaba y odiaba a la vez? ¿Estaba loca y enredada como la mujer del libro de Márai? ¿Será éste el auténtico final de "toda" la historia? ¿Es Aix la culminación de nuestro despropósito de veinte años? ¿Es éste el escollo donde, al final, se hundió el barco?

¿Todo fue inútil como dice la mujer de Márai?

31

Lourdes se fue a tomar, por segunda vez esta semana, un café con Doris Miller, y luego, al regresar, me ha contado en secreto lo que pasa entre ella y su marido.

Al parecer Aaron no consigue adaptarse a Aix y eso ha generado una peligrosa tensión… Al igual que nosotros, llegaron a Francia el verano pasado sin conocer a nadie. De hecho, llegaron un par de meses antes, sin embargo, a la fecha, su adaptación es nula y su francés igual. No han hecho el más mínimo esfuerzo por aprenderlo. Ella, al menos, sabe pedir un café o la hora, pero Aaron ni siquiera eso. Se le nota frustrado, pero no por la dificultad de la lengua, sino por el estilo de vida que ha elegido a sus 45 años, mi edad.

Aquel libro sobre la adopción que iba a escribir ha quedado, según me confesó, en las treinta páginas. Creyó que sería fácil contar su experiencia con la adopción de sus hijas, pero no ha podido avanzar por culpa de sus interminables viajes de trabajo. Creo que ésa es sólo una excusa… En el fondo huye de sí, huye de su realidad, de la trampa en la que él solo se ha metido. Se lo he dicho a Lourdes la otra tarde: Aaron escapa de su hogar porque se siente abrumado y su perfecta coartada son esos interminables viajes de trabajo.

Comprendo que no sea nada fácil adoptar a dos niñas —una de ellas siempre enferma, para colmo— y cambiar tan drásticamente tu estilo de vida cuando antes tenías sólo un hijo de ocho o nueve años. Lo compadezco porque sé que lo hizo por amor a su mujer aunque no lo diga. Doris quería tener un segundo hijo aparte de Stan desde hacía mucho y no lo conseguían. Al final, adoptaron no una, sino dos niñas negritas.

En una ocasión, hace meses, Doris nos confesó que al ver a la segunda bebé en la cuna del orfanato se sintió incapaz de dejarla allí a su suerte —las dos tenían la misma edad, incluso parecían hermanas—. Luego nos dijo que durante el proceso de adopción, empezó a soñar con ambas recursivamente (una era la otra y la otra era la primera). Al final, angustiada, adoptó a las dos. ¿Quién soy para decir si hizo o no hizo lo correcto? ¿Quién soy para decir qué es lo correcto, y menos en estas circunstancias? ¿Quién soy yo para juzgarlos? Nadie y nada sé de la adopción. Una sola cosa sin embargo infiero: no se adoptan hijos por filantropía o por caridad. Así se lo dije a Lourdes la otra tarde en que salimos al Grand Théâtre. Un hijo no es un acto de caridad. Es, al contrario, un premio, un regalo que te das, y si no lo entiendes, significa que has errado el sentido profundo de la paternidad y que poco más tarde te darás de bruces con los hechos: un hijo adoptivo jamás es un acto de altruismo y Aaron, sospecho, no lo aquilató en su debida proporción. Al menos no lo aquilató como Doris, a quien se le nota más contenta, incluso más satisfecha con su elección.

Aaron no halla el minuto para escapar de su casa, para huir de Aix, para culpar a los franceses de su propia frustración y para volver a irse de viaje en cuanto puede. Y sus viajes suelen ser muy largos. Pasa la mitad del mes en Irak, Líbano o Jordania. Son tantos y tan seguidos los periodos que evita estar en Francia, que ahora él, y no Doris, ha decidido contratar una nueva *au pair* para que le ayude a su mujer cuando él no está en casa. Cuando Lourdes me lo contó, respondí: "Por fin Stan y las niñas podrán oír francés y aprenderlo". "No", me contestó Lourdes, "la nanny es inglesa como ellos". No lo podía creer. ¿De veras pretendían vivir el resto de sus vidas en Francia como nos dijeron hace seis meses? ¿Estaban jugando al extranjero rico que viene a sentirse Ernest Hemingway y Hadley Richardson? Creo que lo último se parece más a la realidad, independientemente de lo que ella promulgue a diestra y siniestra.

Apenas la semana pasada, Aaron preparó un exquisito cordero al romero con puré de papás en su mansión campestre de Éguilles. En cierto momento, sentados a la mesa, se me ocurrió preguntarle a Abraham y a Stan un par de cosas sencillas en francés. Abraham respondió fácilmente. Stan no entendió una palabra. Yo no entendía si era timidez o apatía, así que lo volví a intentar y el niño siguió mirándome absolutamente perplejo. Abraham otra vez contestó por él. Ni qué hablar que Doris y Aaron se quedaron estupefactos —la situación se tornó incómoda por unos segundos—. Notándolo, Lourdes cambió el tema. Y es que al llegar, los Miller decidieron poner a Stan en un colegio americano y nosotros a Abraham en una escuela pública francesa, a tres calles de Rue de la Clairière.

Según Doris, el francés es igualmente sólido en el colegio americano de Stan, pero los hechos la desmentían. Lo que obviamente ocurría frente a sus narices era que los niños franceses que iban al colegio de Stan estaban beneficiándose de Stan y no al revés (como debería ser). Eso sucedía porque la escuela en cuestión recibe niños de varias nacionalidades —alemanes, holandeses, americanos, canadienses, brasileños, japoneses— y por consiguiente la lengua franca termina (como siempre) por ser el inglés. Los niños en el colegio de Stan hablan inglés entre ellos todo el día, y, para colmo, las clases de inglés son tan pedestres que no había tampoco progreso alguno para Stan en su propia lengua. De hecho, el niño se quejaba con sus padres de que era aburrido aprender inglés en su colegio —por supuesto, pensé: las clases de inglés están dirigidas a niños francófonos, ¿de qué otra manera creían los Miller que iba a suceder si estaban en Francia?—. Y esto era lo que justamente argüía Aaron con enfado para construir su caso y fortalecer la idea de largarse el próximo año. Por un lado, su hijo no avanzaba en su inglés, y, por el otro, tampoco avanzaba en su francés. Para coronar los fiascos: la escuela era carísima. Era claro que los habían estafado —o que se sentían estafados, lo que es lo mismo pero no es igual—. Como le dije a Lourdes antes de llegar al Grand Théâtre, todo hacía indicar que se trataba de una escuela orientada a niños franceses ricos que podrían beneficiarse de niños de habla inglesa o bien de niños que hablan el inglés mucho mejor que los niños galos. Un excelente negocio *francés*, una idea a pedir de boca… Es decir, todo lo contrario a lo que Abraham vivía ocho horas y media todos los días sin que nos costara un céntimo: él se beneficiaba de los niños franceses, quienes no hablan prácticamente una jota de inglés. ¿Qué idioma iba a prevalecer en esas duras circunstancias sino el del más fuerte? ¿Qué idioma va a predominar sino el de la mayoría? O aprendes o pereces… Incluso las tres horas semanales de inglés en la escuela pública de Abraham son, lo sé de sobra, un franco desperdicio (tal vez no lo sea para los niños franceses, pero sí para mi hijo). La inmersión ha sido, pues, completa para Abraham, tal y como debe ser, tal y como Lourdes y yo previmos antes de llegar a Francia. De hecho, el experimento lo habíamos llevado a cabo con tremendo éxito siete años atrás cuando vivimos en Arles: Natalia tenía seis, estaba en primer grado, y al final hablaba como una francesa.

Imagino que Aaron y Doris subestimaron a su hijo o sobrestimaron el colegio al que lo inscribieron. En conclusión, que Aaron

Miller emplea este argumento, según Lourdes, para insistir en abandonar Francia el próximo verano y volver a Estados Unidos con nosotros. Doris se rehúsa: su sueño ha sido (como el nuestro) vivir en Francia, *hacer la Francia*. Lo que yo no entiendo es por qué, si ése era su sueño, no se ha puesto a estudiar el francés de verdad, por qué se rodea de familias americanas, canadienses, irlandesas y australianas. ¿Por qué ha dejado sus clases privadas en Aix cuando gastó tanto tiempo en aprender los rudimentos en Carlton? Nada tiene sentido...

Como dice Lourdes, ambos están entrampados en sus respectivas mentiras, cada uno encerrado en su propio egotismo. Para colmo, el puente de la comunicación se ha destruido y la tensión va en *crescendo*. No por otra razón, Doris le ha pedido a Lourdes irse a tomar un café por segunda vez esta semana. Era urgente, le dijo. Debe estar desesperada... Aaron, por supuesto, se ha ido a sus viajes de trabajo a Medio Oriente y la ha dejado con la nanny inglesa vivir su falso sueño francés.

Una novela...

Sí, la vida es como una novela y una novela abultada es un poco como la vida.

A lo largo de un año, el campo de acción de cualquiera (su mundito) es mucho más reducido, en el fondo, de lo que se imagina, no importa cuánto haga, cuánto viaje, a cuántas fiestas acuda o a cuántos amigos o vecinos conozca. En realidad, su círculo es tan pequeño como el del personaje de una novela abultada aunque este personaje obviamente no lo sepa. Albergamos una insana tendencia a creer lo contrario, pero se trata sólo de eso: una ilusión.

En un año no son más de dos o tres docenas los seres humanos con los que uno interactúa, y en ese grupo están incluidos varios personajes de paso, tipos como el carnicero o la marchanta con quien riño por el precio, el maestro de la escuela de mi hijo, monsieur Lefèvre o el padre xenófobo de Nina Moreau, a quien apenas hemos visto. En el fondo, todos ellos sumados son mucho menos de los que uno piensa. Un año no da para mucho en la vida de un individuo. Y las novelas son idénticas —incluso las más largas—. Si se mira con atención, se comprobará que sus personajes suelen ser escasos, sólo que sus nombres machaconamente se repiten, aparecen y desaparecen, giran y hacen bizcos alrededor del personaje principal o alrededor de la familia o la pareja de amantes. Eso es todo. En la vida hay mucha gente, sí, pero en el fondo no existen, dan igual, conforman una mampostería, un decorado, son los extras o relleno de la película: ni sabes sus nombres ni conoces sus vidas. Respiran, estorban, y eso basta. En las grandes novelas, los extras se describen con una o dos pinceladas, cosas como: "había una muchedumbre esa tarde primorosa" o "la gente del pueblo murmuraba cuando lo veía pasar" o incluso "aquella interminable cola para entrar al circo". Es innegable su humanidad, pero eso no añade un ápice a nuestras (noveladas) vidas.

En cambio, esas dos o tres docenas que consuetudinariamente giran a nuestro alrededor, esos cuerpos que vienen y van, aquellos que salen del proscenio y reaparecen cuando menos se lo espera uno, esos sí pueden dar o quitar sentido a nuestras vidas, pueden influirla o condicionarla tanto como la otorga el insoportable vecino al personaje del libro en cuestión. Así, por ejemplo, los ancianos Lastique de arriba o Clovis y Nina Moureau, o Jhemma, Sammy y Ahmed, o Aaron y Doris Miller, o Heike y Pierre, su colega de barbas sin afeitar, o Juan Carlos Santiesteban y Javier Solti, sí, ellos han nutrido estos meses: ellos entraron en mi vida, creyendo todo el tiempo que yo los usurpaba a ellos.

Cuarta parte

1

He vuelto a soñar con Isabelle.

¿Cómo se puede sentir tanta alegría, una felicidad tan completa, tan hermosa, cuando uno está dormido? No recuerdo nada, salvo que ella estaba allí… acurrucada, a mi lado. Me acariciaba y me decía que todo iba a estar bien, que no me preocupara.

2

Querido Eloy,

Acabo de terminar mi novela. 450 páginas, dos años de intenso trabajo.

Esta mañana me metí a la oficina de la universidad y de un solo tirón (ocho horas sin descanso) escribí el último capítulo. Estoy molido. Me duele todo, el cuello, los brazos, el culo, los dedos. Hasta los ojos me arden horrible. Creo que me voy a casa a celebrar con Rosario y los niños. Si todavía tengo fuerzas, los llevaré a cenar al mismo restaurante de mariscos al que fuimos con Pablo, ¿recuerdas?

Por supuesto, se trata de una primera versión sin corregir. Espero tener una definitiva en abril o mayo para enviártela. Como siempre, te pido que la leas y me hagas tus más despiadados comentarios. Esta vez sólo se la pienso dar, aparte de a ti, a Iñaki Abad. Abelardo, ya sabes, no tiene tiempo ni para escribir, Amancio no se lee más que a sí mismo y Pablo me dice siempre que mi último libro es fantástico sin añadir una sola corrección…

Terminar una novela es una experiencia extraña y traumática, lo sabes de sobra; una y otra vez confundes pasajes ficticios con otros vividos en la realidad. De pronto no recordaba cuál era cuál, y para colmo, había nombres del libro que pronunciaba en voz alta frente a Rosario o mis alumnos como si existieran en la realidad. Uno termina por sumergirse a tal grado en la ficción que de pronto descubre que no hay mucha diferencia entre una novela y la vida. Por eso, imagino, la desazón, la melancolía, cuando pones punto final: es como despedirse del mundo, un poco como morir.

Y tú ¿cómo vas con *La mujer del novelista*? ¿Crees terminarla antes de que concluya el sabático?

¿Cómo están Lourdes y los niños? ¿Qué tal la vida en Aix?

Como no he oído nada negativo desde hace tiempo, deduzco que todo debe estar yendo moderadamente bien. Si no fuese así, cuéntame: soy todo oídos…

Me dijo Pablo que irán a su departamento de París. Rosario y yo estuvimos allí hace un par de años. No sabes qué lindo y qué gran ubicación tiene. Ya hablaremos…

Un abrazo desde Princeton,

Javier

3

Llegamos a Arles porque Marianne, la traductora de Eloy, nos aseguró que era el lugar idóneo para estar con los niños aunque no teníamos la más mínima noción de cómo sería la ciudad de Van Gogh. Llegamos a Arles con los ojos vendados, al igual que llegamos a Aix, la ciudad de Cézanne. Pensábamos que yendo a Arles podríamos evitar París (en eso coincidimos Eloy y yo), pensábamos que nos aclimataríamos a la Provenza fácilmente y que, de paso, estaríamos cerca de la editorial que acababa de publicar la segunda novela de mi esposo en francés. No sólo eso: la Maison du Traducteurs, con su enorme biblioteca aledaña y su sala de trabajo con computadoras gratuitas, estaba a escasas tres calles del estrecho departamento que alquilamos en el corazón de Centre Ville. A pesar de ello, Eloy prefería quedarse a escribir en la recámara, justo lo mismo que ahora, siete años más tarde, en Aix. La diferencia, no obstante, es el tamaño del lugar: aquí nos sobra espacio mientras que allá vivíamos confinados a dos minúsculas habitaciones. Abraham y Natalia en la primera planta, Eloy y yo en la segunda. La única clara ventaja de aquella buhardilla, aparte de su maravillosa ubicación, era que tenía una hermosa terraza con parras mirando a los tejados más bajos de las casas vecinas. Vivíamos en las alturas de la ciudad: hasta las lindes del río Rhone alcanzaba la mirada.

Ese año en Arles fue lo mejor que pudo habernos sucedido, especialmente a Eloy y a mí, aunque entonces no pudiéramos pronosticarlo. Su espíritu, su cabeza, su ánimo todo, se habían envenenado esos cinco años que pasamos en Virginia a grados difíciles de describir. Al final, nada bueno había sacado de aquella estúpida guerra que vivió en el Departamento de Lenguas al lado de sus queridos José Valdés e Iñaki Abad. Perdió la batalla: le negaron el *tenure* y le ofrecieron en compensación —y para mantenerlo lejecitos del campus— un simbólico año sabático. José también huyó a otra universidad, aunque en esa época todavía no le perdíamos la pista; continuamos en contacto por dos o tres años más. Habíamos estado demasiado unidos ese lustro como para desvanecernos en el aire. El rompimiento con José vendría más tarde y sólo por mi culpa, cuando venga de improviso a visitarnos a Carlton, cuando venga a consolarme, cuando se quede en casa unos días, pero no me quiero adelantar...

Decía que nada bueno había sacado Eloy de su pequeña guerra departamental, pero me equivoco: escribió su novela en Arles. Según Javier, Pablo y Lázaro: se trata de su mejor novela, aunque no mi preferida. Incluso Fuentes la alabó en una hermosa reseña que escribió poco antes de morir. Eloy sabía que, como ninguna otra, debía escribirla. Acaso inconscientemente entendía que necesitaba extirpar ese veneno, toda la pudrición y encono acumulados durante cinco años; no sólo la ponzoña producto de Millard Fillmore y su lucha con la profesora colombiana, sino el odio que los dos albergábamos hacia el doctor en turno que, por pura negligencia, no había sabido diagnosticar mi apendicitis, el imbécil que pudo evitar a tiempo que estallase dentro de mí. Fueron épocas duras, ni qué hablar, pero Eloy las supo capotear escribiendo una extravagante novela donde proyectaba su rencor. Paradójicamente, ese libro terminó por ser el más humorístico, chocarrero y enloquecido que ha escrito a la fecha. Como nunca hasta entonces, se desparpajó, se desaliñó, osó descararse. Acababa de leer a Rabelais y *Les testament trahis*, de Kundera, donde el checo explica inmejorablemente la modernidad del genio de Chinon. Esas lecturas, junto con las de Pitol y Donoso, lo llevaron a fabular su propia disparatada parodia universitaria: una novela libérrima, según decía a propios y extraños. En eso se concentró ese año arlesiano, aparte de estudiar francés y salir a correr cada mañana como ha hecho desde hace treinta años.

Yo, por mi parte, me volqué en mis hijos. Abraham tenía dos años, Natalia seis, casi siete, cuando llegamos a Arles. Pude por primera vez dedicarme tiempo completo a los dos; no debía preocuparme por el horario ajustado del ballet como hacía en Virginia. Estudiaba francés, tomaba clases de pintura, lo mismo que hago en Aix, y paseaba por la ciudad de Van Gogh con las nuevas amigas que había hecho a través de la escuela de Natalia. El mercado de Arles, dos veces por semana, era el centro neurálgico de la ciudad, el lugar de encuentro seguro, incluso más que el Hôtel de Ville y la plaza central con su fuente primorosa. Dicen los arlesianos con orgullo que ese mercado sigue siendo el más grande de Francia, y puede que lo sea. En Aix, al menos, no hemos encontrado nada remotamente similar. En el de Arles lo venden todo, y cuando digo todo, no exagero un ápice. Eloy salía de la habitación sólo para ir a hacer el mandado los miércoles y sábados. La historia se repite en Aix, donde ni siquiera se detiene para afeitarse o cortarse las uñas.

Ese primer año en Francia, las clases de ballet sufrieron un largo paréntesis, y esa carencia fue lo único que de veras eché de menos de Virginia, donde jamás dejé de enseñar. En Arles no podía continuar haciéndolo. En las dos academias en las que me presenté me pidieron papeles, y por supuesto, no los tenía. Al igual que este año en Aix, habíamos entrado a Europa como simples turistas. A los tres meses debíamos haber salido, pero no lo hicimos, ni antes cuando vivíamos en Arles, ni ahora aquí. Al final, nunca pasó nada con las autoridades, pero tampoco pude trabajar. No fue sencillo dejar de hacerlo. Extrañaba la academia de Virginia donde (mal que bien) perpetuaba mi inveterada pasión por la danza.

Por algo pasan las cosas, dice Eloy, pero yo no lo entendería sino varios años más tarde. Sí, por algo tuve que dejar de enseñar ballet en Arles: porque un día en Carlton, Carolina del Sur, estaría de todos modos obligada a abandonar lo que más amé en la vida, la danza, y eso sucedió cuando recibí el segundo gran revés en mi salud después de la apendicitis: la ciática que me destrozó los discos de la columna. A partir de ese momento, ya no pude volver a bailar, a saltar y mucho menos a salir a correr con Eloy —aunque irresponsablemente lo intento ahora—. Mi vida cambiaría de manera dramática, pero para que eso ocurra todavía faltan algunos cuantos años. Entonces, allí en Arles, me entrenaba (sin saberlo) para ser fuerte, me entrenaba (sin imaginarlo) para contrarrestar los espantosos achaques que vendrían después. Por algo pasan las cosas, decía Eloy. Hay un orden, un tiempo y conviene ajustarse a ellos, conviene no sublevarse…

Iñaki había alquilado nuestra primera casa en Virginia. En ese aspecto, al menos, podíamos estar tranquilos. Él fue el único que, al final de la batalla, permaneció en Millard Fillmore: supo sortear a su manera el vendaval. No sé si fue lo más sensato, pero así lo había elegido él —Abad siempre había sido el cauteloso de los tres—. En cuanto a Eloy y José, no tenían alternativa: debían dejar el pueblo que los había acogido mal por cinco años.

A los cuatro meses de vivir en Arles, los abogados que habían llevado mi caso contra el doctor me pidieron que volviera a Virginia: debían llevar a cabo, dijeron, una declaración jurada, una nueva deposición, antes de poder irnos a juicio. El proceso entraba en su última fase. Tuve que dejar a Eloy con los niños dos semanas. Al final, mis abogados y los del médico llegaron a un acuerdo, pudimos evitar el juicio y gané la demanda; a pesar del triunfo, no sé si el desgaste emocional y el espanto de revivir el recuerdo merecieron la pena. Una cosa, sin embargo, aprendí: jamás volveré a demandar a nadie. Nadie que no lo haya padecido sospecha la cotidiana angustia, tanta que una acaba por arrepentirse cuando ya es muy tarde.

Volví a Arles contenta pero psicológicamente destrozada.

4

Lourdes invitó a Heike, la maestra de violín de Abraham, a un pequeño *brunch*. No es, de hecho, la primera vez que viene a la casa. Desde que nos enteramos que el marido la dejó con las dos hijas, nos hemos encariñado con ella —no sé si es compasión, afecto o una mezcla de los dos.

Heike debe tener mi edad; es tranquila e inteligente, aparte de hermosa. ¿Por qué la habrá dejado el marido? ¿Qué pudo pasar entre ellos? Era un pequeño misterio que no lográbamos descifrar. Poco o nada sabíamos de lo que había sucedido hasta que, para nuestra sorpresa, nos lo contó ayer durante el *brunch*.

Pensábamos que todavía seguía con el esposo, pues cada vez que llevamos a Abraham a su clase encontramos fotos enmarcadas de ella con él y las niñas. Lourdes y yo dedujimos que debía ser algo más o menos reciente (dos meses a lo sumo), pero ayer nos ha confesado que ha pasado un año y pico desde que él la abandonó dejándole casa, coche, perro y niñas.

Como había sobrado mole oaxaqueño del día anterior, preparé unos huevos estrellados con lo que había quedado, freí unas tortillas y añadí unos frijoles negros como guarnición. Algo de lo más común y corriente en México puede ser un manjar exquisito en el extranjero. A Heike le gustó el mole, pues no dejó una sola gota en el plato.

En cierto momento, sintiéndose en confianza, empezó a contarnos *su* versión de la historia. La otra no la sabremos nunca, y tampoco la quiero inventar. No deja de aturdirme una cuestión, sin embargo; un punto al cual nadie más que su marido podría responder: ¿por qué un hombre inteligente y rico, un arquitecto guapo y exitoso, abandona a su bella mujer y a sus dos hijas por otra mujer cinco años mayor que él, sin dinero y, al parecer, sin ningún atractivo físico? ¿Qué lleva a un padre de familia de mi edad a esa extraña y fatal decisión? Es un sencillo misterio que no consigo resolver y que finalmente me atañe. Sí, me atañe puesto que ese hombre puedo ser yo, puede ser Pablo o Abelardo o Ismael Sánchez, cualquiera de mis amigos con familia, con hijos pequeños. ¿Por qué un hombre deja a su mujer que lo ama, aquella con la que comparte una memoria, un fragmento de vida, y sobre todo, por qué olvida a sus dos hijas pequeñas como si nunca las hubiera tenido, como si no las hubiese amado y protegido diez o doce años? Responder que uno hace lo que hace por amor o desamor simplemente no me basta. Responder que se enamoró de otra tampoco es suficiente explicación... Mi padre tampoco tenía una respuesta, pero solía decir algo que me parecía bastante duro de escuchar: "Cuando un hombre se separa de su esposa, se olvida de sus hijos también. Está en su naturaleza. ¿Por qué? No lo sé, pero sólo por eso, acaso intuyéndolo, no me divorcié de tu madre sino hasta que ustedes fueron mayores de edad." ¿Será ése el motivo por el que yo no me atrevo a abandonar a Lourdes? ¿Por Abraham y Natalia? ¿Porque son pequeños, porque debo protegerlos y amarlos? ¿O porque de veras amo a Lourdes? Y si la amo, ¿qué significa amarla en realidad? El amor tiene un sentido recóndito e inescrutable que se me escapa, que nos rehúye a todos... No lo conozco ni nadie lo sabrá jamás sino hasta el final de los tiempos aunque pretenda aducir lo contrario, aunque presuma tener resuelto en sus dedos el enigma.

De cualquier manera, ayer Heike estaba allí, acodada en la mesa, con el plato vacío y la taza de café que le había llenado por tercera ocasión, contándonos su vida, su versión de los hechos, al menos esa parte oscura de su terrible historia:

—Hace poco más de un año le pregunté a mi marido si había otra... Me respondió que sí. Ni siquiera titubeó, en ningún instante pretendió engañarme con mentiras o subterfugios. Y eso fue, de todo, lo que más me asustó, lo que me dejó clavada allí mismo. Si él al menos hubiese evitado la pregunta, si lo hubiera negado, podría haberlo amedrentado, podría haberle exigido que dejase a la otra, hubiese podido soltarle un ultimátum, pero no fue así. Eso era lo terrible. De inmediato me di cuenta que estaba desarmada, que la otra había ganado... pero ¿cuándo?, ¿en qué momento había empezado esta guerra de apropiación?, ¿por qué nadie me avisó que la había? ¿O acaso no quise verlo? —se detuvo, reflexionó y prosiguió—: Porque mi querido padre había muerto un año atrás, es decir, hace dos años y medio, y yo, a partir del fallecimiento del hombre más importante de mi vida, me desligué del mundo, olvidé a mis hijas y arrinconé a mi marido. Me sumergí en mi pena. Nada me importaba más que mi dolor. Ésa era mi prioridad, mi secreto. Dirán, con razón, que eso no basta para engañar a una esposa; dirán que no es excusa para que tu marido se vuelque en otra y termine por abandonarte de la noche a la mañana. Nada lo justifica, lo sé de sobra, sin embargo, ese prolongado luto fue decisivo. La muerte de mi padre fue el factor que desencadenó algo más profundo, algo desconocido que lo fue orillando, poco a poco, hacia la otra. Sé que sueno indulgente. Entiendo que Chris no merece disculpa. Él pudo haber elegido otra cosa, y sin embargo esa noche se acercó y me dijo en un susurro: "Me voy". "¿No puedes dejarla?", pregunté con un nudo en la garganta. "No puedo. No se merecen esto tú y las niñas". "Sí, no nos lo merecemos", asentí llena de rabia. "Por eso es mejor que me vaya", insistió, pero casi me lo suplicaba el hijo de puta. "Sí", respondí sin detenerlo, aterrada con mi impasibilidad —y Heike se detuvo sólo para añadir—: Y es que hay veces que una sabe que ya no tiene caso luchar. Eso pasa cuando has perdido la batalla, y la mía estaba perdida, sólo que no lo había querido ver, sedada como estaba, aterida por el luto. Al que, sin embargo, no comprendo es a él; Chris rebasa mi raciocinio y mi cordura. ¿Por qué dejas a tus dos hijas pequeñas, a tu esposa, por la mejor amiga de tu mujer? Y créanme cuando les digo que ella no es guapa. Es cinco años mayor que él y tampoco tiene dinero. Entonces ¿en qué radica el misterio de su amor? ¿Es el maldito sexo? No dejo de mesarme los cabellos tratando de descubrir el hilo de la cuestión: ¿qué lo empujó a ella, qué lo atrajo a mi mejor amiga o cómo pude orillarlo hasta ella? Y para colmo —Heike se rió de pronto con voz estrepitosa—, la semana pasada tomé un café con su marido por tercera vez desde que todo esto ocurrió. Está acabado, el pobre. Si ustedes creen que yo estoy mal, deberían verlo a él. No se imaginan… Desde que nos abandonaron, él aún no se repone, todavía la espera… y lo peor es que ésta es la segunda vez que ella lo engaña. Sí, hace quince años mi amiga lo dejó de manera idéntica por otro hombre más joven que ella. Exactamente igual, la misma horrible historia. Un día ella se fue sin avisar. Lo abandonó con los dos hijos pequeños. Entonces, en ese lapso, fue que nos hicimos amigas, y de eso hace tres lustros ya. Yo conocí, por supuesto, al amante en turno: no había cumplido los treinta. Dos años después, ella volvió con el marido y sus hijos cuando el joven se cansó de ella, cuando la dejó por otra mucho más joven y mucho más hermosa. Es decir, mi amiga jamás volvió con su esposo por amor, eso me consta; él, a pesar de todo, la quiso perdonar y a partir de ese momento volvieron a ser una familia unida y feliz. O eso parecía, claro... Todo esto pasó, como les digo, hace quince años. Ésta es, pues, la segunda vez que lo hace... y ¿saben algo? —se quedó mirando absorta su taza de café—: No sé si ella va a cansarse de mi esposo o mi esposo va a cansarse de ella; no sé si Chris va a pedirme volver a casa con sus hijas, que lo adoran... Porque eso sí, debo admitirlo: es un excelente padre, nunca nos faltó nada, hasta ahora, claro, que regatea los centavos. No ha sido nada fácil desde que se fue. Termino el mes con los gastos muy justos, incluso con deudas... Por eso he vuelto a retomar las clases de violín y los pequeños recitales como aquel de Centre Ville, ¿recuerdan?

—Por supuesto —dijo Lourdes, embargada de emoción con la historia de Heike.

No habíamos abierto la boca todo el rato que duró la confesión; yo no la abrí tampoco hasta que la maestra de Abraham me preguntó sin venir a cuento:

—Eloy, nunca me dijiste qué habías pensado del espectáculo...

—Nos encantó —mentí.

—Pues ahora voy a confesarles algo —dijo Heike con la sonrisa en los labios, desesperada por compartirnos la nueva.

Yo creí que nos diría, por ejemplo, que a ella tampoco le había gustado su esperpento musical. Era demasiado lista como para no haberse dado cuenta (aunque fuera tarde para ello). Sin embargo, para mi absoluta perplejidad, nos confesó otra cosa:

—He empezado a salir con el actor. No puedo seguir esperando a mi marido. Está claro como el agua... Ha pasado más de un año. No es vida para mí y tampoco es justo.

—Por supuesto —dijo Lourdes asustada.

—¿Y tú que piensas? —otra vez volvió a dirigirse a mí y no a mi esposa.

Desconcertado, decidí ser absolutamente franco; Heike lo merecía:

—Creo sinceramente que ella lo escogió porque se trata del marido de su amiga y tu amiga debe tenerte mucha envidia...

—Pero ésa no fue la pregunta —me regañó Lourdes—. Heike sólo quiere saber qué piensas *como hombre* de lo que le ha pasado a ella... No le interesa saber las intenciones de su amiga.

Aturdido por el regaño, tomé mi taza de café para hacer algo de tiempo y pensarme dos veces mi respuesta:

—Creo que lo suyo no va a durar más de tres años. Cuatro a lo sumo. Es una cuestión biológica. A eso se reduce todo, al final... Cuando se canse, y se va a cansar, va a querer volver contigo y sus hijas. Sólo entonces tendrás que decidir qué es lo que quieres hacer. Y no estoy seguro de que sea necesariamente vivir un romance con tu amigo el actor.

—Pero Pierre me adora —dijo enternecida Heike—. Incluso quiere volver a producir otro pequeño musical para la primavera.

Por fortuna llegaron Natalia y Martina del colegio e interrumpieron por lo sano la triste locura de Heike.

5

Cuando vivimos en Arles, Javier concluía su periodo como agregado cultural en la Embajada de París. Tenía una hermosa novia ecuatoriana que nos había ayudado durante nuestro difícil tránsito a Francia. A Lourdes y a mí nos caía muy bien, pero rompieron cuando la chica descubrió que Solti le era infiel. Hasta donde recuerdo, Javier no sufrió demasiado esa ocasión: aparte de su amante en México (a quien visitaba periódicamente), había entablado relación con una guapa joven francesa de la Universidad de Pau. La estudiante, que Lourdes y yo conocimos más tarde, adoraba a Javier, aparte de que escribía su tesis doctoral sobre sus libros. Al poco tiempo de romper con la novia ecuatoriana, Javier dejó el cargo en la Embajada y se instaló en San Sebastián, a una hora escasa de Pau.

—¿Por qué no mejor mudarse a Pau? —le pregunté cuando nos vimos en San Sebastián a fines del 2005.

—Sus padres me odian, sus amigos me detestan, sus hermanos no me pueden ver.

—¿Pues qué le hiciste a la chica esta vez?

—A ella, nada.

—¿Entonces?

—Dejó a su prometido con el que iba a casarse para andar conmigo. Sus padres adoraban al novio y no toleran la idea de que lo haya dejado repentinamente por un mexicanito al que no conocen y de quien, para colmo, su hija escribe su tesis doctoral.

—Es demasiado, ¿no crees? —corroboré.

—Sí, no los culpo. Por eso me mudé a San Sebastián y no a Pau. Ella cruza la frontera los fines de semana y yo escribo mi nueva novela de lunes a jueves. Así todos contentos...

—¿Y tu amante de México? —le pregunté—. ¿Quién es? ¿La conozco?

—No. Se llama Rosario, tiene dos hijos y está separada del marido. Aún no se divorcian.

—Y ¿a quién diablos quieres de verdad?

—No sé —me confesó atribulado—, digamos que estoy un poco confundido.

Así era Javier, así fue hasta que se enamoró perdidamente de Rosario, hasta que dejó a la joven francesa con el corazón roto y una tesis inacabada, hasta que dejó su ambivalencia arrinconada y eligió (como yo) tener una familia, aunque, claro, para eso faltan un par de años, falta que termine su mejor novela, falta que yo concluya la mía, falta que Abelardo se case primero que él, falta que Amancio se divorcie de Irene y falta que nazca el cuarto hijo de Pablo e Inés en París.

Recuerdo, sin embargo, esa visita con los niños y Lourdes a San Sebastián porque en esa ocasión tuvimos —durante una de esas lluviosas tardes del Cantábrico— una interminable discusión que ha continuado al día de hoy: ¿Gabriel García Márquez o Mario Vargas Llosa?, disputa semejante a aquella otra sempiterna de los años cincuenta: ¿Sartre o Camus?

Javier siempre ha admirado a García Márquez por encima del peruano y yo al peruano por encima del primero. Admito que mi apreciación estética de Gabo siempre ha estado influida (y acaso sesgada) por su posición ideológica y política, las cuales rechazo sin ambages. Javier prefiere, en cambio, obviarlas. De forma (casi) condescendiente, pretende aducir a quien opine contra el colombiano algo más o menos como "Bueno, nadie es perfecto", empero esa suerte de indulgencia no me basta. Triste o felizmente padezco un prejuicio atroz con el hecho de que el autor hispanoamericano más famoso del mundo no haya condenado públicamente a su amigo dictador. Me parece tan grave como ser amigo de un nazi u ocultar a un asesino desalmado, y no lo he podido o querido superar. Puedo ser amigo de un hijo de puta redomado, pero no puedo serlo de un racista, un pederasta y menos de cualquiera que atente contra el valor de valores, el valor supremo, el valor por antonomasia: la libertad.

A esta querella personal se suma otra cuestión: releí *Cien años de soledad* en UCLA cuando tenía 29 años en el seminario de John Skirius y lo que había sido un primer y franco deslumbramiento a mis 17 pasó a ser una enorme decepción, incluso una aburrición desmedida. No exagero. No entendía cómo un relato donde la sangre de Aureliano Buendía desafía la fuerza de la gravedad y sube milagrosamente peldaños en lugar de verterse cuesta abajo podía ser la obra maestra indisputable del siglo XX. Evidentemente algo no marchaba bien con mis gustos literarios a mis entonces casi treinta años de edad.

Por otro lado, admito que he tenido desde joven una pasión desmedida por las novelas de Mario Vargas Llosa, en especial por *La casa verde* y *La guerra del fin del mundo*, las cuales, creo, superan cualquier novela del escritor colombiano. A esto se aúna otra cuestión, digamos, ideológica: mi pensamiento político se afilia al del peruano como una gota de agua se mezcla con otra. Esta comunión con su valiente posición había sido, hasta entonces, un mero presentimiento (una emoción), no obstante la lectura de Karl Popper hizo inteligible lo que antes era pura intuición: frente a la comprensible tentación de imponer a rajatabla la justicia y la igualdad, jamás debe sacrificarse nuestra libertad en el altar de la Historia. Frente a la sensible tentación de imponer el bienestar o la paz a cualquier precio, no se puede coartar la libertad. Frente al benévolo impulso de traer el paraíso a la Tierra, la felicidad universal, no podemos permitir que se sacrifique nuestra libertad, el bien más precioso que tiene el ser humano. Al final, si se le sacrifica, si se le concede un margen al totalitarismo, ni se tiene una ni se obtienen las otras. Terminamos sin paz, sin igualdad, sin justicia, sin bienestar y de paso perdemos (también) la libertad. Es decir, la ofrendamos en balde. La historia lo demuestra una y otra vez. Al inmolar la libertad y los derechos que conlleva en aras de cualquier otro bien, traemos con ello el infierno a los otros. Y eso han traído los dictadores de América Latina a sus pueblos. Y yo sencillamente no transijo con una posición similar no importa qué tan buenas o justas sean las intenciones. Más o menos ésta era —y ha sido— mi posición frente a Javier, mi mejor amigo.

En cuanto a él, aparte de su condescendía política hacia García Márquez, lo gobierna un componente que, al menos a mí, no se me escapa: el deslumbramiento por la fama mundial del colombiano. No por su obra (la cual admira sin duda), sino estrictamente por su fama. Desde que los conozco, Amancio y él —y muchos otros como ellos— han vivido enceguecidos por el alcance universal que *Cien años de soledad* ha disfrutado, un fenómeno que ningún otro libro en español ha tenido desde el *Quijote*. Y esto los aturde y fascina, parece inocularles un éxtasis rayano en la indulgente devoción hacia el escritor de Aracataca. Lo que es obtusa veneración de la izquierda marxista por García Márquez, en mis amigos es, aclaro, devoción por su fama y por sus libros, y no por su castrismo. Quisieran, por supuesto, que el novelista fuera menos radical, más sensato e incluso, si se pudiera, más honesto; en el fondo desearían que su posición fuera, por ejemplo, la de Carlos Fuentes, sí, pero con la fama exorbitante del primero... pero eso es, diría Paz, como pedir peras al olmo.

Pecaría asimismo de parcial si dijera que sólo se trata de lo anterior —lo anterior es, como suele pasar, sólo una parte del todo. En la visión de Solti —y de miles como él—, Vargas Llosa es un pensador neoconservador, un neoliberal latinoamericano, es decir, un derechista europeo —menuda confusión de etiquetas—. Nada sin embargo más lejano a Vargas Llosa que Margaret Thatchter, Ronald Reagan o Aznar. Nada más próximo al peruano que Isaiah Berlin y Karl Popper. Para mi amigo, creer en una economía de libre mercado, apoyar la libre competencia y admitir que el capitalismo es, a fin de cuentas, el menos peor de los males, te convierte en un enemigo declarado del pueblo o incluso en un proyanqui sin escrúpulos, cuando Vargas Llosa es todo lo contrario.

¿Qué ha sido Vargas Llosa, le decía yo en San Sebastián bajo la terca lluviecita, estos últimos treinta años? Un defensor de los derechos humanos, Javier, un adalid de la democracia y un liberal que busca la justicia, sí, mas no al precio de la libertad, he allí: un liberal que comprende que inmolarla no es sino el camino más corto para alcanzar el infierno.

Solti siempre se ha sentido, sin embargo, más afín a Fuentes que a Gabo. Afín a una izquierda sensata, una socialdemocracia, un centro izquierda crítico, pero eso sí: no *demasiado* crítico de la izquierda ortodoxa, marxista (Castro, el Peje, Chávez). Nuestra discrepancia estriba, pues, en que Solti no acepta, y me lo dijo en esa ocasión, otra posibilidad de izquierda. En cambio, para mí, la del escritor peruano es la única posición íntegra: la que se atreve a abrir los ojos al peligro del totalitarismo, la que no se deja embaucar con enmascaradas dictaduras altruistas, la que conoce el daño real que causa el comunismo, la que sabe que la libertad ha sido pisoteada una y otra vez en aras de la mentada justicia y la igualdad, la que pronostica que si se la destruye, se ha perdido de paso todo lo demás.

Pero ¿cómo llegué a Popper y cómo iluminó mi lectura de Vargas Llosa a partir de mi estancia en Arles? Lo que en un principio había sido pura pasión por la obra del novelista peruano, voracidad de lector, se volvió sensato raciocinio cuando comprendí, guiado por el filósofo austriaco, los meandros del pensamiento vargasllosiano, su valiente giro al liberalismo clásico. No a la derecha ni a la izquierda ni al fascismo o al totalitarismo, no al conservadurismo ni al imperialismo, sino simple y llanamente al liberalismo en su estricto sentido, el cual, para quien no lo sepa, abraza sin cortapisas las nociones políticas contrarias al poder absoluto del Estado y su intervención en asuntos de los individuos. *Ce tout!* Eso no se llama derecha, Javier, le decía impaciente, por más que tramposamente se la quieras imputar. Eso se llama liberalismo.

Antes de leer *La sociedad abierta y sus enemigos*, había leído *El mundo de Parménides*, ambos de Popper, y lo hice porque necesitaba comprender al filósofo de la inmovilidad del ser antes de comprender al verdadero héroe de mi nueva novela: Empédocles de Agrigento. Una cosa me llevaba a la otra. Y es que yo tenía impregnada en el espíritu una imagen seminal, como las llama Lezama, una imagen que iría a permear de principio a fin el libro que escribía en Arles: un político mexicano, convencido de ser Empédocles reencarnado veinticuatro siglos más tarde, decide tirarse al cráter del volcán Popocatépetl para demostrar a su amado pueblo mexicano que es un semidiós. A partir de esa imagen obsesiva, todo podía suceder en mi libérrima novela, no obstante era evidente que debía estudiar, primero, el tema presocrático, y a eso me aboqué con pasión. Nunca supuse que leer a los filósofos griegos "de la naturaleza" me llevaría más tarde a Popper y éste a Berlin y éstos luego a comprender lo que latía dentro de mí desde la adolescencia: no hay bien más alto que el de la libertad humana y todo lo demás debe supeditarse a ella.

Hasta la fecha, Javier y yo disentimos amistosamente en muchas cosas (no sólo en nuestro autor latinoamericano favorito), pero en otras muchas coincidimos: el problema sin embargo es el lenguaje. Peor aun: el problema ha sido nuestra pasión por el lenguaje, puente de la comunicación e incomunicación entre los individuos. La quintaesencia de nuestra querella no son nuestras posiciones políticas o ideológicas (las cuales en el fondo se asemejan y no son irreductibles), sino los rubros, las etiquetas, los nombres, esa nomenclatura confusa y engañosa en la que todo mundo vive entrampado al hablar de política.

6

En enero del 2006 volví sola dos semanas a Virginia, pero antes, para Navidad, Eugenio y yo estuvimos diez días en el flamante departamento que Jacinto alquilaba en San Sebastián. El sitio era increíble: tenía una vista espectacular a la playa de la Concha, tres amplias recámaras, dos baños, una sala amueblada al último grito de la moda y una cocina lujosa con todos los electrodomésticos imaginables. La literatura y la política le redituaban bien a Jacinto desde esa época...

Él y Eugenio se la pasaron encantados de la vida cocinando para su nueva novia francesa y para mí. Cada día competían por el mejor platillo o la mejor sazón, algo que no han dejado de hacer desde que se dieron a la extravagante tarea de cocinar exóticos y complicados guisos. Hay una extraña conexión entre gastronomía y literatura, tanto como la hay entre literatura y política. Esas tardes frente al Mar Cantábrico me lo demostraron: desfilaban frente a nuestras narices humeantes platillos hindúes, turcos, tailandeses, franceses e italianos. Debo decir, sin embargo, que Jacinto tenía en su alacena cualquier especia, algo que Eugenio ha emulado a través de los años. Recuerdo también que entre festines y paseos bajo la lluvia, Eugenio y Jacinto se enzarzaron, al menos durante un par de días, en una nueva e insulsa discusión: ¿Vargas Llosa o García Márquez? Ambos estaban insufribles y machacones con el tema, tanto que la novia de Pau y yo nos escabullimos al centro de la ciudad en más de una ocasión. En una de esas huidas, ella me confesó que estaba perdidamente enamorada de Jacinto, pero que sus padres lo odiaban sin haberlo conocido. Por eso, me dijo, habían decidido vivir en distintas ciudades. Era lo más prudente por ahora, lo discreto... Ella cruzaba la frontera cada jueves por la noche y se quedaba con Jacinto durante el fin de semana. Así habían pasado los últimos siete u ocho meses desde que se conocieran y Jacinto abandonara la Embajada de París. De hecho, me confesó que iba a casarse con otro joven francés de su misma facultad, pero que, al último momento, descubrió que no lo amaba. Lo quería, me dijo, pero no lo amaba. Al que adoraba era a Jacinto.

La chica nos cayó muy bien: era abierta, sincera, inteligente y vivía entregada a su tesis, la cual no tenía otro tema que el de su novio y sus novelas. Ésa era, de hecho, la otra delicada (y complicada) cuestión entre los dos: bajo ningún concepto debían enterarse en la Universidad de que el argumento de su tesis era inequívocamente el tema de su amor. Esto, claro, no nos lo explicó Jacinto, o no así de claro. Él esgrimía otras razones que, al final, no importaron demasiado, pues esa apasionada historia terminó abruptamente poco después de nuestra visita de diciembre. Y no perduró porque Jacinto, poco a poco —y en cada viaje relámpago que hacía al Distrito Federal— fue enamorándose de mi amiga Roxana. Con ella terminó viviendo bajo un mismo techo, primero, y por fin casándose el año pasado en Salamanca. Con Roxana terminó por hacer una familia al adoptar a sus dos hijos pequeños. También con Jacinto, Roxana y sus niños fuimos el verano pasado a una casa alquilada en la Sierra de Peñanegra donde nuestro suplicio de Tántalo inició. Por supuesto, para el matrimonio de Roxana y Jacinto faltan todavía seis años. En aquella época, Jacinto se dedicaba a su libro (tal vez mi favorito) y a amar a la joven estudiante de Pau. Yo, como ya conté, tuve que volver a Virginia a mediados de enero del 2006: los abogados me habían pedido que fuera a hacer una segunda deposición antes de irnos a juicio. Los defensores del doctor que me había desgraciado una de las trompas de falopio no querían aceptar un arreglo, es decir, un *settlement* que podría evitarnos el desgastante juicio por venir. Pensaban que, al final, yo me arredraría —al menos eso me explicaron mis abogados, quienes tenían sobrada confianza en ganar el juicio. Si hubiese yo perdido, claro, nos habría costado un ojo de la cara —un ojo que no teníamos—. De allí que el *settlement* era en el fondo la mejor opción y a ésa nos cogimos como a una tabla de salvación. Irse a juicio no dejaba de ser un riesgo por más que mis abogados me asegurasen que teníamos todo para ganar. Esas semanas estuve más angustiada que nunca. Incluso los días previos (antes de volver a Virginia y abandonar Arles) no conseguí dormir. Me despertaba sudando, alucinaba historias de sangre y hospital y recordaba, obsesiva, la ordalía por la que había tenido que sirgar.

Podría haberme alojado en Virginia con alguna buena amiga, podría haberme quedado en un hotel... No soy tan bruta. No obstante, por algún motivo que rebasa mi comprensión, preferí hospedarme en la casa que Iñigo nos alquilaba por un año. Era, finalmente, mi casa, nuestra casa, me decía, y era finalmente nuestro mutuo amigo español, es decir, íntimo amigo de Eugenio y mío.

Fue la penúltima noche, luego de habernos bebido media botella de tequila, que el madrileño me confesó que le gustaba. Hacia las dos de la mañana me dijo, medio ebrio, que desde que nos había conocido no había parado de pensar en mí, pero que la amistad con mi marido lo había detenido todos estos años. No lo podía creer. Lo oía en la sala de mi propia casa y pensaba sin embargo que estaba soñándolo todo, que otra vez alucinaba como deliraba en Arles mi antigua ordalía del hospital. Y es que, para ser franca, siempre había sentido (o siempre había creído) que era a Josué a quien le gustaba de verdad y jamás a Iñigo, quien, admito, también me gustaba a mí. Dicho esto, confieso que la mía era, cuanto mucho, una atracción pasajera, meramente física o estética, sin segundas intenciones. Iñigo era, por supuesto, guapo: alto y delgado, de cabellos largos y ojos grises, casi perla, pero con todo y su grácil e imponente belleza, en ningún momento, durante los cinco años que vivimos en Virginia, pasó algo entre nosotros. Jamás le insinué una palabra, jamás cruzó mi mente acostarme con él y tampoco él me insinuó una palabra. Ni un roce ni un requiebro y ni siquiera una mirada fugaz... No había manera, pues, de sospechar que nos gustáramos. En cambio, con Josué, el murciano, siempre había sido más que evidente. Durante mucho tiempo había notado yo su nerviosismo, sus miradas y timidez aunque nunca les otorgué la más mínima importancia, y si nunca se las presté fue, lo sé de sobra, porque él a mí no me gustaba. Sólo más tarde, dos años después de lo que cuento, se desencadenaría el pequeño zafarrancho entre Eugenio y él cuando Josué me visite en Carlton con el infantil pretexto de consolarme de mi decepción. Lo irónico o patético de este futuro incidente fue que Eugenio siempre haya dudado (hasta el día hoy) del murciano y jamás del madrileño.

Esa penúltima noche, Iñigo y yo nos acostamos por primera vez; lo nuestro fue más hermoso, más perfecto, que todas las noches en que me he acostado con Eugenio desde hace muchos años.

7

Todos los miércoles, desde que llegamos a Aix, llevo a Abraham a sus entrenamientos de soccer. Tomamos el minibús a media calle de la casa, éste nos deja en la Rotonde Victor Hugo y allí cogemos, cinco minutos más tarde, otro autobús, el cual nos lleva al centro deportivo Val de l'Arc, enclavado en las lindes de un tupido bosque. Todo el trayecto no dura de más de treinta minutos. La eficiencia del transporte en Francia es, debo decirlo, impresionante. En eso le gana a Estados Unidos y empata con México. La diferencia, sin embargo, es que en mi país no existen los horarios, y aquí, por el contrario, suelen ser exactos. La otra diferencia es, por supuesto, la contaminación, el estrés y el tráfico del Distrito Federal.

Mientras Abraham entrena en las canchas con otras docenas de niños (algunos de su misma escuela), yo me escapo al bosque que hay detrás. Un riachuelo a punto de ser río corre sinuoso entre los gigantescos árboles que forman un techo con sus ramas. Casi nadie pasa por allí —de pronto encuentro algunos corredores, pero son escasos—. El sitio es fresco, umbrío y perfecto cuando hace mucho calor, pero en invierno es un congelador inhóspito...

Ayer que volvíamos del entrenamiento, Abraham me dijo:

—Papá, cuando sea futbolista, ¿debo irme a vivir al lugar donde juega el equipo?

No estaba seguro de su pregunta, por lo que le pedí que me la volviera a explicar.

—Si, por ejemplo, quiero jugar con el Real Madrid, ¿debo irme a vivir a Madrid?

—Sí —le respondí—, pero no es tan sencillo. El entrenador, primero, te ve jugar, y si eres muy bueno, te llama a su equipo. Pero no siempre es el equipo que tú quieres...

—¿Cómo? ¿Tú no eliges el equipo?

—No exactamente.

—Eso me dijo Jean Batiste...

—Pues no está bien informado.

Se quedó perplejo. Evidentemente no le había gustado mi respuesta. Estuvo pensativo un largo rato, mirando hacia la calle desde la ventanilla del minibús, y de pronto me dijo:

—Entonces no quiero ser futbolista.

—¿Por qué? —ahora era yo quien estaba desconcertado con el súbito cambio de vocación.

—Porque no quiero ir y venir de Madrid a Carlton —y casi de inmediato añadió—: Si no juego para el Real Madrid, tampoco quiero ser futbolista.

—Entonces ¿qué te gustaría ser? ¿Violinista?

—Tampoco —dijo tajante—. Voy a ser científico. Ya lo decidí.

—Me parece muy bien —le respondí echando una mirada a la hilera de álamos blancos allá afuera: pelones, impasibles, simétricos, resistiendo unidos el espantoso frío de febrero mejor que mi hijo y yo.

En el puro trayecto del autobús de Val de l'Arc a la Rotonde Victor Hugo, las prioridades de Abraham habían cambiado sustancialmente. No hace mucho quería ser doctor, luego quiso ser astronauta, después violinista (para darle gusto a su papá, claro), más tarde nos avisó que sería futbolista y ayer mismo ha dicho que científico. Las mías, mis prioridades, también fueron cambiando, mas no al ritmo vertiginoso de las de Abraham. Lo mío fue mucho más pausado…

Cuando te acercas a los cincuenta, cuando te percatas de que el tiempo se te viene encima y no eres ya el joven escritor —la promesa literaria—, te vuelves lerdo y cauteloso. Sabes que ya no hay tantas y tan variadas alternativas como pensabas cuando eras estudiante. El destino te vuelve selectivo; el maldito sentido común te orilla a discriminar lo que puedes de lo que ya no se podrá. Por eso, supongo, durante el año que pasamos en Arles descubrí que mis prioridades habían vuelto a sufrir un cambio sustancial, un giro que marcaría para siempre la vida de los cuatro.

Ya he dicho que siendo estudiante graduado cometí un error de cálculo, un error semejante al de mis compañeros de generación: en esa época todos creíamos, mal que bien, que la felicidad residía en la universidad que nos contratara al concluir el doctorado. Entre más prestigiosa fuera ésta, más felices seríamos, claro. Era una ecuación perfecta y fiable. Nadie pensaba demasiado en el sueldo y mucho menos en la ubicación de esa posible universidad… Entre todos, ya lo dije, alimentamos la ciega confianza de que una *Ivy League* llenaría por fin de gozo y plenitud nuestras esperanzadas vidas estudiantiles. No sólo no era así, sino que incluso era lo contrario...

Entre muchas, recuerdo dos historias que corroboran lo que digo: mi amigo, el novelista boliviano Edmundo Paz Soldán, no sabe al día de hoy cómo escapar del prolongado invierno que azota a Cornelle, una de las más reputadas universidades del mundo. Nada hay cerca de Ithaca, donde vive desde hace quince años, tampoco hay mucho que hacer en ese pueblo aparte de escribir y leer y, para colmo, la nieve es pavorosa durante siete u ocho meses. No sólo no encontró Edmundo la felicidad anhelada en la prestigiosa Cornelle, sino que ahora, quince años más tarde, añora desesperadamente escapar de ese boquete en el norte más desolado de los Estados Unidos.

El otro caso es el de José Luiz Passos, mi compañero de UCLA, mi único amigo el tiempo que estuve haciendo mi doctorado allí. El mismo año que Lourdes y yo nos largamos a Colorado, José Luiz fue contratado por UC Berkeley, cerca de San Francisco. ¿Quién no daría un dedo de su mano derecha por irse a vivir a ese hermoso lugar arbolado y enseñar en su universidad? Pletórico de secuoyas gigantes, templado en otoño e invierno, con restaurantes de todas las nacionalidades y una envidiable vida cultural, a dos pasos de una de las ciudades más encantadoras de Estados Unidos, Berkeley sería el sueño de millones, no obstante, tal y como él mismo me confesó: desde que llegó al Departamento de Lenguas Romance todo fue un pequeño infierno entre sus egotistas y ridículos pares. A tal punto se agriaron las cosas, que tres años más tarde no tuvo más remedio que renunciar y ponerse a buscar otro trabajo.

En resumen, que las prioridades cambian con los años, y en esta ocasión, luego de abandonar Virginia, las mías habían ido transformándose: ya no era una *Ivy League* lo que más deseaba para encontrar la felicidad, tampoco era el jugoso sueldo que ayuda al bienestar pero no asegura la alegría; en esta ocasión, me repetía en ensalmo, debía hallar el lugar idóneo, debía elegir el sitio donde pasaríamos el resto de nuestras vidas. Al final, argüía Lourdes con razón: uno puede tener todo el dinero del mundo y pasársela mal, o bien puede detentar el trabajo más envidiado en el peor sitio del mundo, o incluso si la ciudad es primorosa y tu oficina es un nicho de víboras, vas a pasártela mal todos los días de la semana, tanto que querrás largarte como hiciera José Luiz e hiciera yo de Millard Fillmore después de aquel abominable lustro.

Yo no había tenido mucha suerte, o al menos eso creía hasta que empecé a escuchar muchas historias parecidas a las de José Luiz y Edmundo... Yo no había encontrado el sitio ideal ni tampoco había tenido el oneroso sueldo y para colmo ninguna universidad de alto calibre había reclamado mis servicios desde que me recibiera con mi doctorado. Pero obviamente yo no era el único que no conjugaba todas las suertes en una sola perfección...

En el 2006 tuve diez entrevistas de trabajo en Estados Unidos, récord absoluto en mi propio itinerario profesional. De las diez, al final sólo tres me hicieron ofertas de trabajo. En esta ocasión, cuando lo supo en Arles, Lourdes me dijo simple y llanamente, sin margen para el diálogo o la discusión:

—Esta vez tú no vas a elegir, Eloy; lo haré yo.

Y eligió el lugar más hermoso, con el mejor clima, pero con la peor universidad. Sí, mis prioridades habían cambiado *gracias* a mi mujer. De esta manera *sui generis* terminamos en Carlton, una ciudad perfecta que no era ni más pequeña ni más grande de lo que necesitábamos —y buscábamos— desde que salimos del Distrito Federal.

Como digo, acepté *gracias* a mi esposa el único trabajo que jamás en mi vida pensé poder aceptar: enseñar en una universidad militar, un *college* con estudiantes que a sí mismos se denominan cadetes y que representan, para colmo, el ala más conservadora y facistoide de los Estados Unidos. Es decir, dije *sí* a todo lo que no soy, todo lo que he rechazado a lo largo de mi vida, el mundo opuesto de aquel con el que comulgo...

Nada es perfecto.

Eso también lo aprendí.

No tengo el jugoso sueldo, pero tampoco me va mal. No enseño, es cierto, en una *Ivy League* o en una *Research One* como alguna vez soñé que haría, pero al menos me codeo con el mejor grupo de colegas que pueda uno tener en un ambiente (el académico) donde los egos suelen estar a flor de piel. Finalmente, los camaradas del trabajo son, nos guste o no, una suerte de familia prolongada, y esto cualquiera que colabore en una oficina repleta de humanidad lo sabe mejor que yo. Más discreto es llevarla bien con todos pues a su lado (*chances are*) te harás viejo y achacoso. Por paradójico que parezca, ninguno de mis colegas es gente de derechas (aunque algunos hay que son religiosos); todos son demócratas y casi todos son de algún otro lugar, es decir, no son norteamericanos. Como yo, no saben cómo están allí ni cómo fue que acabaron enseñando en ese sitio extraño. Lo que sí se nota es que son más felices que la mayoría de los académicos que conozco.

Más importante que todo lo anterior es que los cuatro llegamos, sin sospecharlo, a nuestro paraíso. Porque Carlton es una especie de Edén atravesado por brazos de mar, ríos y bosques inmensos, con playas que nada tienen que envidiar a las de mi país, con una vibrante vida cultural y un centro histórico que riñe con el de Aix: terrazas y boutiques, galerías de arte, restaurantes y bares, salas de concierto, cines y discotecas, bibliotecas y universidades, un palpitante mercado al aire libre los fines de semana, todo permeado por el embrujo del sur faulkneriano donde el invierno no es invierno porque siempre hace calor —¡un maldito calor del demonio!, para ser francos.

Hay de consuelos a consuelos, pero Carlton sigue siendo el mejor de los que conozco.

Me digo que al fin y al cabo en algún lugar me tengo que morir. Me digo que en alguna parte me haré viejo, necio y achacoso —con o sin mujer—. Al final del día, las personas tenemos que vivir y defecar en un solo retrete y no en dos; nadie ha sido ubicuo, nadie puede dormir en dos casas a la vez como tampoco nadie puede vivir con dos mujeres en el mismo sitio.

8

A punto de partir a la estación de tren con Lourdes y los niños, he recibido este correo de mi colega Saulo Castillo Ariste, de Bastion, excelente poeta bajacaliforniano:

Querido Eloy,

Espero se encuentren bien por allá y sigan aprovechando el sabático. ¡Qué envidia nos dan! Cuando me lo ofrezcan, mi mujer y yo haremos lo mismo que ustedes, pero en España. A mí lo del francés y los franchutes no me atrae como a ustedes. Con su literatura y sus excelentes vinos me sobra, aparte de que no soporto su eterno olor a queso podrido...

Te cuento que hemos contratado dos nuevos profesores en el Departamento, uno de alemán y una latinoamericanista. Ya los conocerás a tu vuelta. Por lo demás, todo sigue idéntico, sólo se extrañan nuestros cafés en el Starbucks del centro. Cuando vuelvas, ya nos pondremos al día con lecturas y poemas...

Deseaba ponerte al corriente con el programa de verano. Al día de hoy, tenemos una lista de 23 cadetes, de los cuales sólo doce han pagado el coste total. Los que restan, han prometido hacerlo antes de que termine marzo...

Otra cuestión: no llegaré a España sino una semana más tarde. Les he dicho que tú estarás en el aeropuerto de Madrid-Barajas el primero de junio para recibirlos. Te mantendré informado conforme se acerque la fecha. Por lo pronto, te envío adjunta la lista de los interesados y, con asterisco, los doce que han pagado la cantidad total. Si tienes preguntas, no dudes en escribirme.

Un abrazo desde Carlton,

Saulo

Hasta aquí el correo de mi colega y compatriota, de quien hablé al principio. El email, sin embargo, no tendría mayor impacto si no abro, antes de partir a la Ciudad Luz, el mentado archivo con la lista de cadetes inscritos al programa de Madrid; lo que me dejó perturbado, vacilante, fue ver el nombre del cadete Bryan Huerta en la lista de Saulo. Y llevaba asterisco.

9

¿Cómo pudieron acomodarse Pablo, Irene y sus cuatro hijos aquí? Eso fue lo primero que pensé al llegar al hermoso pero minúsculo departamento cerca de Les Gobelins. No tuve que decírselo a Lourdes; ella lo entendió a primera vista: una sola habitación, una estrechísima cocina, un solo baño y una sala comedor en penumbras. Había, no obstante, un sofá-cama en el que podían dormir dos de los hijos de Pablo, pero ¿los otros dos dónde se habrán acomodado?, ¿cómo se las habrán apañado los seis el año que duró su estancia en París? Como sea que fuere, lo cierto es que los Palacio llegaron en el verano del 2007 huyendo (literalmente) del único lugar que consideraban su hogar, su terruño, su patria querida: Querétaro.

Conté que Pablo había escalado vertiginosamente escaños políticos en su estado natal hasta convertirse, dado su prestigio intelectual, en rector de su Universidad, pero no dije que todo aquel ascenso concluyó con una estrepitosa caída. No conozco los detalles de la historia, sólo recuerdo las dos ocasiones en que pude verlo ese verano antes de su partida a París. Me topé, para mi azoro, con un individuo distinto al que yo conocía desde hacía años: un ser enfebrecido por las guerras de poder, demacrado, harto de las maquinaciones y traiciones de su gente y a punto de zozobrar por culpa de una de ellas: la de su mano derecha, el vicerrector, antiguo compañero de la escuela, quien lo había apuñalado por la espalda, según me contó a retazos la segunda vez que lo vi.

Al poco tiempo de esa entrevista, me escribió sucinto: "Renuncié, Eloy. Hemos vendido la casa y nos vamos a Francia. ¿Quién lo diría? Ustedes vuelven, nosotros nos vamos despavoridos a París. Ni idea cuánto dure este periplo. Un abrazo. Luego te escribo con calma". No sé, al día de hoy, si renunció como me dijo o si lo echaron como leí en los periódicos, pero el tema fue comidilla política durante ese verano: los medios se abalanzaron sobre él culpándolo del desastre financiero de la universidad, entre otras corruptelas. Claramente, Inés tampoco soportó aquello y al final lo convenció de salir de Querétaro y partir a París, la ciudad donde ella había estudiado y que seguía amando. No así Pablo, quien nunca terminó de acostumbrarse a Francia y los franceses. Su experiencia con los galos, según me la describió tiempo después, fue en todos los sentidos espantosa.

Ahora estábamos los cuatro usufructuando el mismo hogar donde ellos, los Palacio, padecieron la amarga conciencia de los exiliados: la de que no volverás a tu país, la de que te has vuelto (de la noche a la mañana) un expatriado, una especie de paria apestado. Ese acerbo descubrimiento nos había llegado a Lourdes y a mí varios años atrás (no sé si en Los Ángeles, en Colorado o en Virginia) y sabía por experiencia que su equivalente simbólico no es otro que el de la pérdida del ser amado. El departamento en Les Gobelins conservaba ese desolado olor a mudanza y a tránsito, una indescriptible pátina de amargura, a pesar de haber transcurrido ya un lustro desde que lo cerraron para instalarse en Estados Unidos.

La tercera noche, cuando terminé de leer la abultada novela de Dicker y me puse a buscar algo interesante que Pablo pudiese haber abandonado antes de macharse a Dartmouth en el verano del 2008, hallé una copia de mi propia novela rabelesiana, aquella que había escrito en Arles y le había enviado a París. Al ver el libro dedicado, recordé emocionado un correo suyo en que me felicitaba. Decía algo así como: "Cuánto me has hecho reír bajo la nieve de esta ciudad insoportable". La memoria ató de inmediato varios cabos, dio un salto en el tiempo y esa noche insomne me puse a escudriñar un poco más en nuestro pasado común: ¿qué ocurría mientras Pablo y su familia pernoctaban en París sin tener idea de dónde terminarían viviendo?, ¿qué hacíamos cada uno de nosotros en esa misma época?

El 2007 fue, creo, un año importante y dichoso para todos salvo para Pablo: Javier, Abelardo, Amancio y yo publicamos nuestras mejores novelas —al menos ellos publicaron las que hoy siguen siendo mis favoritas—. Irónicamente, en esa ocasión nadie se había puesto de acuerdo para que los libros coincidieran: en espacio de seis u ocho meses, cada novela fue apareciendo en la misma editorial, cada una fue abarrotando las librerías y compitiendo con las otras. Todos nos leíamos, por supuesto, todos prestábamos atención a lo que los otros decían de nuestros libros, todos nos enterábamos de la reseñas y los chismes, las posibles traducciones y ventas, las presentaciones y presentadores, las ruedas de prensa, el éxito de crítica o el cobarde silencio de los críticos.

Abelardo sc casó el mismo año que Pablo huía de México. Sanavria tenía la edad que hoy tengo cuando se atrevió a dar el insólito paso —insólito, claro, para él y sus pragmáticas teorías sobre el amor y la vida conyugal—. Había esperado mucho tiempo para hacerlo, había esperado a la mujer correcta y todos supimos que la había encontrado cuando la conocimos. Lo que, sin embargo, jamás comprendimos fue por qué ella lo había elegido a él, qué había encontrado esa hermosa joven quince años menor en nuestro insoportable amigo, pero ese misterio no nos concernía, al fin y al cabo. La parte que a Javier y a mí nos importó fue ese libro que había escrito (el mejor de todos) y que nos dedicó en reconocimiento a las tres décadas de entrañable amistad —eventualmente la novela ganaría el premio Hammett de novela policiaca en la semana Negra de Gijón y sería traducida a varias lenguas—. La otra parte que nos involucraba fue el desafortunado malentendido que tuvieron él y Amancio en la Feria del Libro de Guadalajara de ese año, meses después de la suntuosa boda de Abelardo a la que habíamos ido en Cuernavaca y en la que yo me emborraché bailando con Leonor, la antigua novia de Sanavria, íntima amiga de mi ex novia Casilda Beckmann, que, por supuesto, no asistió.

Ahora mismo no recuerdo el restaurante ni aquellos que estábamos presentes cuando Sanavria y Piquer comenzaron su absurdo debate sobre la calidad literaria de Orhan Pamuk, a quien le habían otorgado el Nobel apenas un par de meses atrás. A Abelardo no le gustaban sus libros y a Piquer le fascinaban. A Javier y a mí nos dejaban impávidos: coincidíamos en que *Nieve* era su mejor novela, pero tampoco nos entusiasmaba el asunto como para involucrarnos demasiado. En esta clase de disputas podía no sólo írsenos una velada sino la vida entera, sobre todo a Amancio y a Abelardo, quienes, aparte de apasionados, eran (y siguen siendo) testarudos e intensos a rabiar.

De cualquier modo, recuerdo la aseveración pomposa de Piquer cuando de pronto sentenció sin soltar su eterno cigarrillo:

—Pamuk es, sin duda, el más grande estilista vivo del mundo.

Sí, eso dijo: estilista. Pudo haber dicho escritor, novelista, incluso creador o artista, sin embargo dijo "estilista" y dijo "sin duda" y ese error de cálculo fue suficiente para que Abelardo lo escarneciera frente a todos nosotros:

—No sabía que hablabas turco, Amancio. ¿Cuándo lo estudiaste?

—Tú sabes a qué me refiero —respondió colérico Piquer, quien sabía que en ese momento era el centro de atención de todos los comensales.

—Claro... Te refieres al mejor estilista de cabello para mujeres —tosió—. En eso te cabe toda la razón. Pamuk es el mejor del mundo.

—Imbécil —lo apostrofó Amancio.

—El imbécil eres tú, que hablas de estilo cuando no sabes nada del asunto.

—Mira quién lo dice: el gran estilista del grupo...

Allí mismo Javier o yo intervinimos, dijimos algo, cualquier cosa, con tal de calmar los encendidos ánimos. Los dos estaban tremendamente enardecidos a pesar de que ni Amancio ni Abelardo eran afectos al alcohol: era la pura pasión literaria, la defensa a ultranza de sus convicciones, lo suficiente para que el cariño de tres décadas se enfriara en una sola, estúpida, velada tapatía.

Eso mismo recordé cuando abrí la cortina del departamento y miré caer los primeros copos de nieve sobre las calles de París. Lourdes y mis hijos aún dormían...

2007 había sido decisivo para el *Clash*: allí se publicaron grandes libros, sí, pero allí se hizo añicos lo que venía crujiendo desde hacía varios años.

10

"Quisiera ver tus ojos otra vez". Así decía el correo que recibí en noviembre del 2007 casi al mismo tiempo que Pablo leía mi novela rabelesiana bajo la nieve de París, al mismo tiempo que Abelardo disfrutaba su luna de miel en Rusia, Amancio se divorciaba de Irene y Javier tomaba las riendas del canal 22.

Nadie firmaba ese correo.

Preguntar quién me escribía, morder el anzuelo de la curiosidad, fue el origen de mi segundo rompimiento con Lourdes, la causa de que me echara del hogar cuando se puso (otra vez) a hurgar dentro de mi computadora...

Pero Lourdes no me echó (ni me pidió el divorcio) por haber respondido un correo electrónico... Sería estúpido ponerlo así. Tuve que pedir asilo a mi colega de Bastion por siete largos meses, tuve luego que soportar su traición y, por último, tuve que romper con José Valdés (mi antiguo colega de Millard) sólo porque terminé acostándome con la propietaria de ese enigmático y fugaz correo.

Todo se concatenaba, se enlazaba, y aunque enumerar lo anterior no tiene mucho sentido y además suena absurdo, al final se verá cómo un email puede desencadenar un centenar de mariposas o cómo una mariposa logra desencadenar un tsunami.

Pero ¿quién era esa mujer? ¿Por qué deseaba ver mis ojos otra vez?

Se trataba de Vanessa, aquella hermosa chica que hacía quince años o más me presentara Irene, aquella antigua compañera suya de la Universidad Iberoamericana, la joven que conocí antes de que, otra vez Irene, me presentara a Gloria Piña.

Vanessa se había acostado conmigo una sola vez antes de su boda y yo, en un acto de temeridad enloquecido, había llevado a Casilda Beckmann a esa fiesta. También conté que me despedí de ella con un beso en la boca frente a una multitud de desconocidos... La demencia de Vanessa (y la mía) resurgían de las cenizas quince años más tarde en la forma encapsulada de un misterioso correo, pero entonces, al recibirlo esa mañana, yo no lo podía adivinar. ¿Cómo habría adelantado el desenlace, cómo habría podido presagiar el rompimiento con mi esposa, el rompimiento con José Valdés y de paso la artera traición de Amado Acosta, mi colega cubano de 72 años? Esas cosas sólo se descubren en retrospectiva, cuando uno se sienta (¡vaya con el lugar común!) en la mugrienta barra de un bar de mal agüero y se pone a revivir lo acontecido.

Cuando le escribí de vuelta, la desconocida me pidió una disculpa y me dijo que se había equivocado de persona, pero no era cierto, por supuesto, y yo, imberbe, insistí: volví a preguntarle quién era, decidido a averiguar el nombre y sobre todo a saber por qué deseaba ver mis ojos otra vez.

Por fin, lo hizo: me escribió por tercera ocasión, me dijo quién era y por supuesto lo recordé y até todo en un santiamén. No voy a alargar lo que, a todas luces, resulta predecible: esa misma Navidad que pasé en México con Lourdes y los niños, me volví a acostar con Vanessa. Su historia se resumía en unas cuantas líneas: se había casado con el tipo de la boda a la que yo había ido con Casilda, tenía dos hijos con él y, por supuesto, no lo amaba. De sobra está decir que el marido se acostaba con otra y ella lo había desenmascarado no hacía mucho. Vanessa había hurgado (lo mismo que Lourdes) en sus correos electrónicos y había descubierto (para su desgracia) la prístina verdad: su esposo la engañaba con otra. En resumen, que ella, Vanessa, ya no lo quería y ahora me extrañaba a mí o pensaba en mí o sencillamente quería desquitarse con su infiel marido acostándose con el mismo tipo con quien se había acostado una sola vez en su vida quince años atrás. Menuda venganza… y yo participé en ella con experta candidez: no por venganza ni desquite, claro, sino porque Vanessa me gustaba y me supo (o me dejé) seducir el día que nos encontramos a tomar un café en el Sanborns de la Carreta, para no perder la maldita costumbre.

En enero del 2008, de vuelta en Carlton, Lourdes encontró un correo de Vanessa abierto en mi computadora. O eso dice ella. Yo sé de sobra que, como ha hecho en Aix —y en muchas otras ocasiones—, Lourdes hurgó, husmeó, escarbó desesperada por encontrar algo, lo que sea… y, por supuesto, lo encontró. Como decía mi querida abuela paterna: la que busca encuentra, y por eso, repetía, ella nunca buscó. ¿Con qué objeto? ¿Para hacerme más complicada la vida, para saber eso que no debía saber, para odiar a tu abuelo y separarme de quien, de todas maneras, no me voy a divorciar porque lo quiero, porque ha sido un buen hombre, porque ha sido un padre ejemplar, porque no gano nada y los dos perdemos todo?

Lourdes me enfrentó esa tarde, me mostró el correo al volver a casa, y yo ya no pude negarlo: era elocuente y erótico, dos errores, dos marcas indelebles, en las que ningún hombre o mujer infiel deben jamás incurrir a riesgo de perderlo (casi) todo. Primera y única regla de los infieles de la Tierra: nunca escribas correos comprometedores... Punto. Y yo había fallado y había caído y ahora no podía ocultarlo ni negarlo ni desdecir lo que le había respondido a Vanessa en otro email y Lourdes me mostraba con un dedo incandescente apuntando a la pantalla de la computadora.

Me ahorro aquí los gritos destemplados, las rabiosas pataletas y amenazas (parecidas a las del año pasado en Aix). El caso es que esa noche o al siguiente día acudí con la única persona en Carlton con quien podía abrirme, el único hombre que, pensé, comprendería mi desagradable situación. No era Saulo Castillo Ariste. Él no había llegado a Bastion con su esposa neurocirujana; no acudí tampoco a los escasos amigos que teníamos en común: absolutamente todos eran casados y ellas, las esposas, eran íntimas amigas de Lourdes. Amado Acosta era el individuo idóneo para contarle mi desdicha y pedirle posada mientras se arreglaba mi desagradable situación o mientras se decidía mi nada o muy prometedor divorcio...

Amado había enviudado por segunda vez hacía unos meses. Al igual que con su primera mujer, a ésta se la había llevado el cáncer en poquísimo tiempo. La finada era, ironías de la vida, quince años menor que él, quien, ya lo dije, tenía 72; Amado era abuelo de ocho nietos y vivía completamente solo en una enorme casona a diez minutos de la mía. Le expliqué lo que había ocurrido, el descubrimiento de Lourdes, la furia que desencadenó la revelación del correo de Vanessa y la forma destemplada en que me echó.

Lo primero que me dijo fue:

—Hiciste bien en salirte, Eloy. Tienes que dejarle su espacio y su tiempo. No pretendas explicarte ni enfrentarla, ni debatir con ella ni justificarte y ni siquiera pedirle perdón. No importa qué hagas, no te va a oír. Ella hará todo lo que esté a su alcance para hacerte sufrir, tal y como siente que tú la has hecho sufrir a ella... Aquí tienes tu casa el tiempo que lo necesites. Ya verás cómo lo tuyo se arregla dándole tiempo al tiempo, pasito a pasito.

No podía creer mi suerte. No entendía cómo ni por qué Amado me brindó su hogar cuando apenas y nos conocíamos: él era un adjunto y yo un profesor asistente, él era un abogado cubano de Florida retirado en Carlton buscando la manera de ocupar su tiempo libre: ni necesitaba el trabajo ni el dinero. Tenía de sobra y vivía feliz con su segunda esposa hasta el día en que el cáncer se cobró la dicha que había vivido a su lado entre la muerte de la primera y el fallecimiento de la segunda a resultas del cáncer, un lapso que, según me dijo, fue lo mejor que le pasó en la vida.

Cuando meses más tarde conocí a una de sus hijas, una señora de mi edad con tres hijos, quien había venido a ver a su padre, me dijo con lágrimas en los ojos: "Es él quien está agradecido, Eloy. ¿No te das cuenta? Fuiste su ángel de la guarda… Desde que murió su esposa nos lo hemos querido llevar a Florida, pero él se resiste. Se estaba muriendo en esta casa, rumiando su dolor, hasta que llegaste tú a pedirle asilo. Él te ha ayudado, pero créeme que tú lo has ayudado a él también." Y era cierto. Tener un compañero era mucho mejor que vivir solo, aislado, fustigándose con recuerdos dulces del pasado. Cenábamos y bebíamos juntos, mirábamos algún programa de televisión por las noches, charlábamos sobre Cuba y México, nos hacíamos buena compañía…

Aunque Amado no lo consintió al principio, yo insistí en pagarle un simbólico alquiler de trescientos dólares mensuales, los cuales no cubrían, por supuesto, ni la tercera parte de mis gastos reales, pero no podía darle más. Mientras se esclarecía mi situación con Lourdes, yo seguía pagando los mismos gastos de la casa que yo ya no usufructuaba (¡menudo arreglo!). Debía, como nunca, cuidar y repartir mi sueldo de la universidad. Incluso, por esa época, empecé a enseñar por las noches en el College of Carlton, la universidad aledaña, la eterna rival de Bastion College. Ese dinero adicional me permitía ir llevando el mes a cuestas; compensaba el drástico cambio financiero. Y aunque Lourdes no dejó de trabajar y ganar un reducido sueldo, vivir cada uno por su cuenta con dos hijos de por medio duplicaba los gastos. Así pasaron siete meses, tiempo en el que mis sentimientos evolucionaron imperceptiblemente. (No encuentro mejor manera de ponerlo, pero si al principio extrañé a Lourdes y a mis hijos con toda el alma mientras corregía exámenes en mi habitación imaginando qué estarían haciendo sin mí, al final del periplo había descubierto, para mi absoluta perplejidad, la secreta dicha del soltero, la fortuna del divorciado, la alegría que embarga a aquel a quien de pronto —y rompiendo la rutina— nadie regaña ni cuestiona, nadie insulta ni agravia. De repente era demasiado libre, tanto que no sabía qué hacer con mi otrora castrada libertad.) No obstante, una cosa había yo ya decidido independientemente de mi separación: no volvería a ver a Vanessa, no me interesaba fungir como desquite o rival de su marido y ni siquiera deseaba volver a acostarme con ella. Esa historia se había acabado para mí tan pronto como la había iniciado, independientemente de mi futuro con Lourdes. Lo que sin embargo me llevé de ese reencuentro, lo que rescaté de ese error, fue la primera línea, sí, solo la primera línea de la siguiente novela que me puse de inmediato a emborronar en casa de Amado:

Quisiera ver tus ojos otra vez.

11

Edward Albee, Jack Kerouac, Gabriele D'Annunzio, Eugenio Kurtz Bassó y el que escribe esto tenemos algo en común: nacimos un 12 de marzo. Ellos, sin embargo, tienen un aire de familia que los identifica, cierto patente desorden o desequilibrio emocional, el cual tiene su cúspide en otro artista, un famoso bailarín (el más querido por Lourdes), Váslav Fomich Nijinsky, quien, como he leído en una biografía, terminó loco de atar, aunque no suicidándose. Era, como Kurtz, esquizofrénico. Todos ellos del 12 de marzo…

Cada año desde que lo conocemos, Palacios nos envía un poema para celebrar su cumpleaños. No sé por qué lo hace, pero con el tiempo se ha vuelto una ininterrumpida tradición… Se lo manda a amigos y familia, le pone la fecha exacta en que lo escribe (su aniversario) y lo guarda, me ha dicho, en una carpeta especial con el fin de publicarlos, todos juntos, el día en que se vaya de este mundo —infiero que será Inés, su mujer, y no él quien los edite, por supuesto.

Yo nunca he escrito un poema el día de mi cumpleaños, al menos ninguno que tenga presente. Si alguna vez lo hice, fue fortuito. Jamás elijo el día en que escribo un poema. Éste será, pues, el primer año que lo haga: hoy, 12 de marzo, me he escrito un breve poema en Aix-en-Provence y lo he titulado (con muy poca imaginación, lo admito) "Cronos":

Si hubiese un dios, un dios omnipotente,
lo llamaría Cronos: dulce, grave,
horrendo Cronos.
¿Cómo hablar, si no, al misericordioso
monstruo que con dedos afilados
(yemas de jade negro)
tritura y lo deglute todo?
Si hubiera un dios, un dios que nunca ha habido,
lo llamaría Cronos…

o bien si fuese griego, existiría
ese gigante con guadaña y dientes
que consuela del ansia y la memoria
del dolor, y supongo
que al amado maldito rezaría:
"Cronos cabrón, benigno monstruo, venga a nos
tu Reino y hágase tu voluntad."

Releí el poema. No, no estaba nada mal. Eliminé un par de versos, encabalgué otro, cambié un adjetivo y me quedé en perfecto silencio, un sepulcral y angustioso silencio. No había nadie en casa más que yo y mi sombra. Lourdes había salido con Doris Miller y los niños a pasear a Centre Ville. Di un largo sorbo a mi café *alongé*. Se había enfriado mientras corregía el poema. Decidí de pronto (aún no sé por qué motivo) hacer una llamada a mi doctor en México. Habían pasado meses desde mi última sesión telefónica. Sabía que me costaría cara. Tal y como expliqué, podíamos hacer llamadas a todo el mundo salvo a México. (No entiendo el motivo, pero la dueña de la casa, Madame Rahim, había sido clara a este respecto.) Con la diferencia de horario, debían ser casi las ocho de la mañana en el Distrito Federal. Afortunadamente, me respondió él:

—¿Cómo le va? —me dijo afable (siempre me hablaba de usted).

—Muy bien, doc. No me puedo quejar.

—¿Sigue en Francia?

—De aquí mismo le llamo.

—¿Aix, no es cierto?

—Sí —respondí—. Qué buena memoria tiene…

—Conozco Aix. Es muy lindo… ¿Y la familia? —siempre me pregunta por la familia. Es un tic. Es inevitable. Parece como si de allí dependiera mi salud mental y quisiera averiguar (a través de esa pregunta) cómo me sentía en realidad…

—Capeando el temporal… —dije por decir aunque en realidad no lo pensé demasiado.

—¿Hay acaso un temporal?

—No, nada de eso —corregí—. Lo hubo, pero ahora mismo estamos bien, doctor. Lo llamaba porque justo hoy es mi cumpleaños…

—Feliz cumpleaños —me interrumpió, y acto seguido añadió—: ¿Ha estado tomando sus pastillas?

—También le llamaba por eso... De hecho, las dejé de tomar desde que llegamos a Europa el verano pasado. Las perdí en el viaje o durante la mudanza...

—¿Y por qué no me lo dijo? Podía haberme llamado o escrito y le hago una prescripción de inmediato. No puede estar sin sus pastillas, Eugenio. Lo sabe de sobra.

—¿Eugenio? —lo interrogué—. Soy Eloy, doctor.

—Deme su dirección ahora mismo —dijo con voz enfadada—. En cuanto reciba la receta, empiece a tomarlas otra vez, se lo ruego. Ya hemos pasado por esto en otras ocaciones.

Colgué. Era mi cumpleaños. Saldríamos con Natalia y Abraham a cenar a un buen restaurante y no estaba para sermones de nadie, menos de mi psiquiatra en el Distrito Federal. Para monótonas y cansadas homilías, con las de Lourdes tenía suficientes...

12

"Quisiera ver tus ojos otra vez" fue exactamente la misma frase con que di inicio a la novela que me puse a escribir en casa de Amado Acosta. Cada tarde, al volver de la universidad y antes de sentarme a su lado y beber un par de Chivas Regal, me encerraba en mi habitación y escribía mi nueva novela sobre Luis Cernuda. Otra vez, una perniciosa experiencia (ese primer correo de Vanessa sin firmar) desataba una historia sin habérmelo propuesto.

A pesar de todo, esta vez mi relato no tenía nada que ver con Vanessa y la infidelidad sino con la paternidad y el exilio, dos temas que me acosaban desde que fui padre de Natalia y Abraham. ¿Qué pasaría, me planteé, si ese misterioso correo sin remitente lo enviara una joven mujer que tuviera un hijo con un homosexual quien en su exilio neoyorquino no imagina que es padre de ese niño? Ésa fue la premisa y la había catapultado ese primer *email* sin firma...

Pero había algo más...

Al lado de la paternidad y el exilio, existía un asunto que no paraba de rondarme la cabeza desde que leyera la trágica anécdota: la verídica historia de los 3,800 niños vascos desterrados en Gran Bretaña en febrero de 1937 tras la caída del cerco de Bilbao. Luis Cernuda, mi poeta de cabecera desde los ochenta, había estado allí... con esos niños, trabajando con ellos y ayudándolos, esperando como todos los exiliados el momento del inminente regreso a la Madre Patria, cosa que jamás sucederá. ¿Podría, pues, escribir una novela con todos estos elementos? ¿Podría reunirlos en una sola forma coherente y artística? ¿Podría volcar el dolor de mi propia escisión en un relato cuyos temas (al menos algunos) no me eran del todo ajenos? ¿Paternidad, destierro, Guerra Civil, lucha por la libertad, poesía, homosexualidad? Y a eso me aboqué esos meses mientras Amado Acosta llamaba por teléfono a Lourdes para contarle mentiras sobre mi vida e intentar seducirla aprovechando su dolor y debilidad.

Suena descabellado, pero fue exactamente como lo cuento.

Amado tenía 72 años, ya lo dije. Tenía hijos de mi edad. Tenía nietos de la edad de mis hijos. Era dos veces viudo y sin embargo se sentía como un joven de cuarenta: guapo, vigoroso, atractivo, bronceado, afeitado y elegantemente vestido. Todos los días, mientras yo escribía mi novela sobre la paternidad y el exilio o corregía infinitos exámenes, Amado salía al enorme jardín trasero de su casa a podar el césped o cortar y dar forma a los arbustos. Ésa era su obsesión desde que muriera su segunda mujer, si no es que lo era desde antes. Levantaba sacos de hojas muertas, los transportaba en andas, se encaramaba en los árboles sin medir el riesgo, abría y cerraba surcos por doquier, plantaba flores y regaba su jardín dos veces al día como una forma de no abatirse en su dolor, un sucedáneo que lo mantuviera vivo, a flote, alejado de su luto y su viudez.

Conjeturo que intentar seducir a Lourdes era más un deporte que una posibilidad real y congruente, acaso una manera peculiar de demostrarse que aún podía gustarle a las mujeres aunque fueran treinta o cuarenta años menores que él. No sé exactamente qué se proponía ni por qué lo hizo. Sólo deduzco lo anterior, claro... Jamás me atreví a enfrentarlo. Mi situación era en extremo delicada: vivía en su casa, yo era un arrimado y, para colmo, se había vuelto algo así como un abuelo sabio, un amigo con rasgos indeleblemente paternales. ¿Qué pretendía jugando a seducir a mi mujer? ¿En que momento imaginó que Lourdes podría aceptar sus invitaciones a Europa, sus joyas, regalos y embelecos? ¿Para qué lo hacía si debía conocer de antemano la derrota? No terminaba de entenderlo. ¿Lo hacía para joderme, para envenenar nuestro afecto, para que yo no tuviera más remedio que desilusionarme un día de él? No lo creo. Prefiero pensar que desvariaba por culpa de la edad y la viudez, pero si era así, si en realidad se había vuelto un viejo senil, ¿de dónde sacaba ese vigor, esa capacidad para beber sin emborracharse mientras poníamos carnes en el asador de su jardín? Algo no cuajaba en todo esto y sólo lo descubriría más tarde...

Visto a la distancia, confieso que su traición fue doblemente amarga pues, a estas alturas, lo consideraba un buen amigo. Fue inclusive macabro que engañase a Lourdes diciéndole que yo salía por las noches y llevaba mujeres a su casa, que yo era un temible don Juan sin remordimientos, que me había conocido varias rubias guapas y que le había confesado que ella, Lourdes, ya no me interesaba, cuando era justo lo contrario, y él, Amado, lo sabía de sobra, se lo había dicho una y mil veces entre whiskies y vinos. Descubrir su doblez me desgarró cuanto que yo creía que él intercedía por mí con Lourdes cuando iba a verla a mi casa o cuando ambos conversaban por teléfono una hora a mis espaldas.

En una ocasión, casi al final de mi larga estancia en su casa, me llamó a su despacho en el segundo piso. Él apenas y entraba allí. Lo tenía repleto de libros en español, los cuales leía su segunda mujer antes de morir, pues a Amado nunca lo vi sacar uno. En su oficina tenía un secreter y encima una computadora; al lado había un sofá y un par de sillones vintage tapizados en piel verde olivo. La casa toda respiraba un aire señorial, vetusto, como anclado en los años cuarenta.

Me pidió que me sentara, se aclaró la garganta y me dijo muy serio:

—Tengo una confesión que hacerte.

Yo, que a esas alturas sabía lo que hacía y decía a mis espaldas, pues Lourdes me lo había echado en cara un par de semanas atrás, pensé que se disculparía, creí que al menos mentiría aduciendo cualquier chalada senil, pero no lo hizo. Sacó unas fotos grandes de un sobre manila que tenía en un cajón del secreter y me pidió que las viera con calma: las pasé una a una con parsimonia. Estaban en blanco y negro. Eran viejas y borrosas. Un par de ellas eran conocidas. Yo las había visto alguna vez, pero no recordaba dónde exactamente… En una de ellas se veía un grupo de soldados alrededor de un muerto con los ojos abiertos. Entonces, señalando a uno de los soldados, me dijo:

—Ése soy yo, Eloy, aunque no lo creas.

Probablemente era él, lo mismo que podía ser cualquier otro. ¿Por qué no creerle? El de la foto en cuestión era un tipo joven, no muy alto, vigoroso, lo mismo que todos los soldados que se encontraban alrededor de ese cuerpo yacente con el torso desnudo.

—Yo tenía treinta años, ¿sabes?

—¿Y quién es el muerto? —pregunté aunque ya lo empezaba a adivinar.

—Estas fotos dieron la vuelta al mundo, ¿no las reconoces de veras? Ésta sobre todo… —señaló una—. Son todas originales… Yo mismo las revelé cuando volví a Miami poco después. Las tomó mi compadre Félix Rodríguez —dijo señalando otra parecida a la primera, pero tomada desde un ángulo distinto.

En esta segunda foto quedaba casi recortado el mismo macilento rostro del muerto pero esta vez mucho más próximo a la cámara: barbas y bigotes negros y tupidos, los ojos bien abiertos, una mirada intensa de vivo aunque estuviera demasiado muerto...

—¿Es el Che?

—Sí, yo lo maté... Bueno, yo estaba allí, en el aula de La Higuera. Fue el sargento Terán quien soltó las ráfagas por orden del coronel Pérez y éste a su vez por órdenes de mi compadre Félix, quien a su vez recibía las órdenes desde Florida. Yo luego llevé el cadáver en el helicóptero a Vallegrande. La mayoría de las fotos que la gente ha visto fueron tomadas allí, pero no éstas que te enseño. Éstas son sólo mías. Digamos que de mi colección particular...

—¿Y qué hacías en Bolivia?

—Como muchos exiliados, odiaba al Che. Lo había perdido todo en Cuba, Eloy; todo, incluidos mis padres y mis dos hermanos, a quienes asesinaron los comunistas. Yo sobreviví de milagro... ¿Sabes cómo? Escondido en un camión de escuela destartalado, sin comida, sin agua, solo y muerto de miedo, en una calle desierta de La Habana... Contarte cómo escapé, las horrendas peripecias y la angustia de no saber si viviría otro día, son una historia demasiado larga, digna de que un día la escribas tú. Sólo te adelantaré algo: cuando me buscaron, acepté sin dudarlo un instante.

—¿Quién te buscó?

—La gente de Bobby Kennedy, ¿quién más?

—¿De veras?

—Bobby había planeado desde el principio esa operación encubierta y yo presté mis servicios encantado de la vida. Tenía la oportunidad de vengar a mis padres, ¿comprendes? Era un cubano exiliado y había perdido mi país, mi casa, mi trabajo y mi familia en un abrir y cerrar de ojos; tenía razones de sobra por las que luchar. Por eso me llamaron... a mí y a otros. Fui entrenado, primero, y luego enviado junto con mi compadre Félix y 56 cubanos más. Estuvimos en combate un par de meses junto con soldados bolivianos en la Quebrada del Yuro, uno de los lugares más intrincados de América. Casi desde el comienzo el Che estuvo acorralado... Era pura cuestión de tiempo. Su misión boliviana era absurda, un suicidio anticipado, y él lo sabía de sobra. Nadie entiende qué pretendía hacer en Bolivia si anticipaba su derrota. Hay quienes opinan que así quería morir, en la lucha armada, sin rendirse, como el héroe que siempre quiso ser...

Quedé atónito con lo que oí esa tarde. Era demasiado real para ser un embeleco más... Al menos sonaba excesivamente verídico y los detalles coincidían a la perfección. Esa misma noche me dediqué a googlear el relato de Amado para corroborarlo, y era cierto. Podía ser cierto que Amado hubiese trabajado para la CIA, podía ser cierto que hubiese estado en Bolivia en octubre de 1967. En cuanto a las fotos que me enseñó, no había mucho que añadir a ese respecto: esos hombres podían ser cualquier hombre, él u otro. Eran fotos viejas, fuera de foco. Lo mismo las otras que hallé en internet y que cualquiera puede mirar si se toma la molestia.

Sin pensármelo dos veces, le dije:

—¿Me dejarías contar tu historia?

—Por eso te he traído aquí —no sé si se refería a su oficina o a su casa—. Porque escribes endemoniadamente bien y porque me gustaría hacerte una linda propuesta. Yo te cuento mis recuerdos y tú los pones por escrito, les das forma y fluidez, incluso los sembramos de intriga para que la gente se enganche y no se aburra. Créeme: sobra intriga en mi vida y toda es verdadera —aquí se detuvo, caviló unos segundos y por fin añadió—: En lo que resuelves tu matrimonio con Lourdes, podemos ponernos a trabajar por las tardes, a la vuelta de la universidad, si te conviene. Aparte, te pagaré por el trabajo.

Le respondí que sí, que lo haría encantado, aunque para esas fechas yo ya estaba camino de volver a casa, camino de reinstalarme con mis hijos y a unos cuantos días de partir a Madrid cinco semanas con los cadetes de mi universidad. No estaba, sin embargo, seguro que deseara volver a vivir con Amado a mi vuelta de España. Mi intención era, a estas alturas, regresar a casa con mi familia. Lourdes me había perdonado, o eso decía... Y si no me había perdonado, al menos había dejado de pensar con tanta obstinación en el maldito divorcio. Las aguas se habían calmado por ahora. Entrábamos en una etapa de bonanza, una más en nuestra vida conyugal... El tiempo y el terreno que prudentemente dejé de por medio (con esfuerzo al principio, con dicha al final) habían conseguido su benigno efecto, tal y como el viejo Amado pronosticó la primera vez que hablé con él.

Aunque no pensaba volver a vivir en su casona jamás, sí llegué a considerar escribir su vida y hasta incluso novelarla. Debía zambullirme, claro, en ese agreste periodo del que poco o nada sabía y luego debía descifrarlo desde el punto de vista del perdedor, sí, del *loser* histórico, porque al final no había sido el Che el auténtico vencido, pensaba, sino Amado Acosta y Bobby Kennedy, el dicharachero Bobby, quien, para colmo de nostalgias, moriría asesinado en el violento verano del 68; el mismo Bobby, quien le dijera a Amado al volverlo a encontrar en Florida: "A pesar de todo, envidio a ese bastardo, ¿sabes? Al menos podía salir allá afuera y luchar por lo que creía. En cambio, lo único que hago yo aquí es ir a aburridas cenas donde sólo sirven pollo frito."

No escribí ese libro prometido al regresar de España. No volví a encontrarme con Amado. Cuando fui a buscarlo en agosto o septiembre del 2008, me enteré allí mismo, en la puerta de su casa, que la había vendido ese verano. La anciana que salió a la terraza me dijo cordial:

—Se mudó a Florida con su hija y sus nietos.

Entonces, sólo entonces, comprendí: Amado pensaba que acaso la única (y última) plausible manera de compartir su relato y dejar testimonio de su vida, era si me sentaba a escribir ese libro autobiográfico a su lado. Volver con mi esposa, escapar de su hogar —al final otra forma de cautiverio—, arruinaría indefectiblemente sus planes, cancelaría esa postrer posibilidad.

Por eso eligió traicionarme…

13

Al año y medio de vivir en Carlton, en enero del 2008 para ser precisos, descubrí que Eugenio me había sido infiel. ¿Debo aclarar que fue un golpe horrendo, un infame navajazo en mi corazón? Sólo aquellos que han padecido una infidelidad pueden siquiera imaginar lo que se vive (lo que se siente) al abrir un correo y enterarse de la espantosa tración. Una especie de fuego te abrasa y envuelve en cuestión de segundos, un acero líquido te cercena las entrañas y tu mente se oscurece. Ese acero atraviesa tu cuerpo, recorre las arterias y tus venas. Conforme vas leyendo y descubres que tu esposo se ha acostado con ella, con la otra, se produce una combustión que nada consigue mitigar. Cuando descubres en un simple correo que la ha vuelto a ver, sabes que ahora sí es el final, el final de finales, que tu matrimonio se ha acabado no importa cuántas veces lo hayas dicho sin llevarlo a cabo, no importa cuántas veces te hayas separado de la persona amada para reencontrarla después, tampoco importa si tú misma le has sido infiel. Y aunque yo, lo he dicho antes, veía a Iñigo desde enero del 2007, saber que Eugenio se acostaba con Lourdes fue un golpe doblemente atroz, dos veces más cruento que si se hubiese acostado con cualquier otra, incluso con la tal Vanessa, como fabula en su estúpida novela para párvulos.

—No la había vuelto a ver en años, te lo juro —me dijo mientras lo insultaba.

—Pero el correo es contundente: describe tu verga y su cuerpo, su saliva y tus besos, las cosas que se hicieron, lo mucho que te extraña, ¿lo vas a negar?

—No, Gloria —me dijo aterrado, acorralado—, pero eso no significa que Lourdes sea mi amante. Nos vimos en Navidad, es cierto, pero no la había vuelto a ver en muchos años…

—¿Se vieron o se acostaron, hijo de puta?

—Una sola vez.

—Con eso basta y sobra, lárgate de esta casa —le grité con todas las fuerzas de mi alma ese primer miércoles del 2008.

Al otro día se fue. Su colega Armando Costa, un viejo libidinoso, le ofreció su casa. Claro, en ese entonces Eugenio no sabía lo que Armando tramaba y mucho menos yo. Lo triste, lo lamentable de todo este descabellado asunto, es que el dominicano lo chivara, que viniera a nuestro hogar asegurándole a Eugenio que me iría a convencer de volver a su lado, engañándolo consuetudinaria y descaradamente, cuando, al contrario, aparecía con un ramo, una alhaja o hasta un cheque, el cual, por supuesto, jamás acepté. El pobre anciano estaba loco de remate. Armando Costa tenía 64 años y se comportaba como un hombre de cincuenta, o peor: como un adolescente en plena pubertad. ¿Creía acaso que en mi dolor iba ablandarme a sus favores? ¿Cuándo en la puta vida tuvo esa ocurrencia? ¿Cómo creyó que iba a interesarme por un viejo senil y apestoso? Por otro lado, no podía tampoco decirle una palabra del asunto a Eugenio. Armando era magnánimo con él —generoso a su alrevesada manera, claro—. Le había dado un techo y yo no iba a arrebatárselo contándole lo que su colega viudo pretendía llevar a cabo a sus espaldas. Habría sido una locura decírselo cuanto que fui yo quien lo empujó hacia esa brecha... Habría sido una atroz imprudencia poner a Eugenio en ese nuevo aprieto: yo no lo quería conmigo y Luna, pero tampoco me convenía que alquilara un departamento cuando apenas y librábamos el mes con su miserable sueldo universitario...

De entre todas las aberraciones que he vivido, ninguna se compara con la que padecí durante siete largos meses: no sabía, en mi enfado, si reírme o llorar de rabia. A la infidelidad de Eugenio, se sumaba el patetismo del dominicano viudo. Eso que ocurría no era, por supuesto, un dramón de calidad, se había convertido en un sainete ridículo, una comedia en la que yo jamás pedí ser personaje. Y todo a espaldas de Eugenio, a quien odiaba con toda mi alma, pero a quien compadecía también. Esta repugnante mezcla de sentimientos era harto difícil de explicar, pero ¿de qué otro modo, si no, describir lo que sentía, la absurda situación en la que Eugenio se había metido al irse con el viejo a vivir y en la que de paso me había metido a mí sin imaginárselo siquiera? Y todo por culpa de Lourdes, su maldita amiga bailarina, quien reapareció en su vida cuando menos lo esperaba, cuando mejor y más felices estábamos los dos disfrutando de nuestra pequeña Luna.

Poco antes de que Eugenio se llevara a los cadetes a Madrid en junio del 2008, lo llamé, le dije que me urgía hablar con él antes de que se marchara. La situación se había vuelto insostenible con Armando, quien no paraba en sus requiebros, obsequios y tonterías. No me quedaba otro remedio que decirle a Eugenio la verdad aunque lo hiriese, aunque lo pusiera con ello en un aprieto. Por supuesto, se quedó de piedra cuando se lo conté. Su cabeza parecía dar vueltas como un trompo. Primero no me creyó, pero cuando le espeté las historias que el viejo me relataba sobre sus supuestos deslices amorosos (deslices de Eugenio, claro), mi marido se enfureció y lo negó todo. Incluso estuvo a punto de salir de casa e ir en el acto a encararlo y pedirle cuentas, pero lo contuve. Me di cuenta que Eugenio decía la verdad: me extrañaba, extrañaba a su hija, deseaba una reconciliación y, sobre todo, no había estado conquistando rubias como me había dicho Costa para seducirme y buscar un probable desquite a mi rencor.

Perdoné a Eugenio.

¿Perdoné a Eugenio?

Para cuando se fue a España con los estudiantes, mi coraje se había diluido. Ahora sólo odiaba a la bailarina que había buscado a mi marido. Y si él se había acostado con Lourdes en aquella espantosa Navidad que pasamos en México, lo cierto es que yo lo había hecho con Iñigo en Madrid. Estábamos a mano... La diferencia, tal y como se lo dije a Dorian en la tasca de la Plaza Santa Ana, era que Eugenio jamás se había enterado de lo nuestro, Eugenio no me sabía nada, no sospechaba nada, en resumen: yo no lo había herido nunca con mi indiscreción y devaneos.

Él, por el contrario, seguía haciéndolo dejando abiertos sus correos y escribiendo para colmo esa maldita novela que poco o nada tiene de ficción. Pero ¿de veras piensa que no voy a hurgar en ella conociéndome? ¿Lo estará haciendo a propósito? y si es así, ¿por qué lo permite? ¿Qué diablos trama con todo esto? ¿Por qué deja sus archivos a mi alcance?

14

No fue sino hasta un año más tarde que le conté a Eloy la otra verdad.

Su padre había fallecido en agosto del 2008 de cáncer en el páncreas, yo acababa de perdonarlo uno o dos meses atrás, apenas volvíamos a ajustarnos a nuestros hábitos y rutinas con menor o mayor dificultad, apenas volvíamos a ser una familia unida y funcional: por todo eso yo no podía asaltarlo así, de pronto, con otra deleznable noticia. Por ello, insisto, me callé los primeros diez meses; por eso no le dije la segunda verdad sino hasta el año siguiente, una vez habíamos dejado atrás el primer horrendo vendaval: José Valdés me había expresado su amor durante su ausencia, José Valdés quería casarse conmigo si yo me divorciaba de Eloy, su querido amigo y colega de Millard Fillmore, amigo de Iñaki también.

Y aunque yo ya lo intuía, aunque siempre adiviné sus genuinos sentimientos bajo esa máscara de bonhomía y timidez, jamás supuse que aprovecharía su breve visita de tres días para expresarme, por fin, lo que sentía por mí desde los años de Virginia. Habían transcurrido tres desde nuestra separación: él se había marchado a California y nosotros a Arles. Nunca sin embargo perdimos contacto. Eloy y él se escribían regularmente. Incluso, mi marido me decía que lo único bueno que había conservado de Millard eran Iñaki y José, y lo decía en serio. Lo demás lo había enterrado dos metros bajo tierra. Igual, yo. Especialmente después de mis dos operaciones, después de esa amarga experiencia con doctores y abogados…

Cuando José se enteró de nuestro rompimiento, cuando me escribió y yo le respondí explicando las razones que me habían llevado a echarlo de casa, cuando Eloy ya vivía con Amado Castro, Valdés me preguntó si podía venir a verme a Carlton. Era mi amigo. Siempre lo fue independientemente de lo que yo adivinaba o no como mujer. Le dije que sí, que podía venir, pero que no quería distraerlo de sus quehaceres, que no era necesario. Sabía que tenía mucho trabajo en su nueva universidad en California y lo que menos deseaba era hacerlo venir desde la costa oeste, lo que menos quería era convertirlo en mi paño de lágrimas.

Sí, ya lo dije: sabía que le gustaba, pero nada más. Nunca me había dicho o insinuado una palabra, jamás un gesto o un improbable signo amoroso. En cinco años sólo afecto y amistad, sonrisas, juergas en grupo, fiestas y salidas con Iñaki y Eloy, con los niños, todo siempre en familia o con otras parejas de latinoamericanos. Aparte de esto, el verdaderamente guapo y atractivo, el interesante de los dos, no era él, sino Abad. Cualquier mujer estaría de acuerdo conmigo: alto, fuerte, delgado, con una melena que ondeaba salvajemente hasta los hombros, ojos gris perla y dientes blancos y alineados. Por si todo esto no fuera suficiente, Iñaki era carismático, chistoso y culto. Pero había dos problemas, siempre los hubo: Iñaki adoraba a Eloy, en primer lugar, y en segundo, yo nunca me hubiera imaginado con un amigo de mi esposo. Bueno, había asimismo un tercer impedimento: yo no le gustaba a Iñaki ni siquiera un poco. Tenía infinitas chicas a su acecho (a su servicio, digamos) como para fijar su atención en mí, una mujer casada y mayor que él. No así José. El murciano era su reverso: tímido, extremadamente serio y feo. Nunca le conocí una novia. En los cinco años que pasamos con él, hablaba de una falsa eterna prometida en su pueblo natal, cerca de Murcia. Nunca nos enseñó una sola foto. Incluso Eloy llegó a pensar alguna vez que José era secretamente homosexual aunque para creerlo no tenía más base que el no haberle conocido una sola pareja en el campus de la universidad. Todo lo contrario a su compatriota Abad.

Como sea que fuere, al mes de vivir sola con los niños apareció José en casa lleno de regalos. Se quedó tres noches y no desperdició una sola hora de su visita. Me llevó a cenar, me hizo buscar una niñera para poder salir de casa sin hijos, fuimos al mismo bar del centro en dos ocasiones y en la segunda, durante la última noche de su estancia en Carlton, me dijo muy serio:

—Eloy no te merece. Perdona que te lo diga tal cual, pero nunca te ha querido, Lourdes. Eres una gran mujer, eres demasiado guapa e inteligente para Eloy. Y aunque él es mi amigo, prefiero decírtelo ahora que callármelo una eternidad. Ya lo hice cinco años, ¿sabes? Ya me callé la boca en Virginia mucho tiempo. La verdad esperaba este momento, es más: sabía que este momento iba a llegar. Conociendo a Eloy, auguraba algo así. Tarde o temprano te defraudaría, y ya lo hizo, y yo no pienso perder esta oportunidad. Me gustas, jolines. Siempre me has gustado. Y a eso vine, a decírtelo aunque me tomes por un loco o un traidor. No importa. Te amo y debes saberlo.

¿Te amo? Me quedé helada. Ni siquiera Eloy me lo había dicho en quince años. ¿Te amo? Era demasiado fuerte, demasiado sólido, pero en la boca de Valdés, con su rostro contraído y serio, no lo era: sonaba distinto. No era empalagoso, pero tampoco era frío. Sonaba simplemente extraño o tal vez sólo me lo pareció a mí porque yo a él sencillamente no lo amaba.

Eloy sabía, por supuesto, que su amigo José Valdés vendría a visitarnos desde California. Sabía que se hospedaría en mi casa, en *nuestra* casa, aunque él no estuviera aquí. Lo que no sabía era lo que el murciano, el tímido José de marras, acariciaba en lo más profundo de su corazón. ¿Cómo iba a saberlo si pensaba que era gay? ¿Cómo iba a siquiera a imaginarlo si, al final de todo, era su amigo, uno de sus mejores amigos, su viejo colega de Millard Fillmore?

Natalia y Abraham no tuvieron que decirle a su padre que José nos visitaba. Incluso Eloy lo iba a ver una de esas tardes, ambos iban a reunirse en un café, Valdés iba a ayudarlo, iba a interceder por él conmigo... Todo lo que Amado Castro le decía que hacía cuando me llamaba por teléfono, todo lo que el cubano le decía que hacía por él al venir a hablar conmigo: intermediar, abogar, ayudar a componer la situación, buscar reconciliarnos...

Idéntico al cubano, el murciano traicionaba a Eloy en sus propias narices. No, no podía hacerle pasar este nuevo trago, no al menos en ese momento cuando su padre acababa de morir; no, ahora que volvíamos a ser una familia y yo lo había perdonado... No tenía sentido, no al menos de inmediato, por eso esperé diez meses para confesarle la *otra* verdad: su querido amigo no había venido a Carlton a interceder por él, sino a declararme su amor y a pedirme ser su esposa si me separaba de él.

José nunca lo volvió a buscar; Eloy tampoco. Y así acabó esta incoherente historia de vilezas y traiciones y todas ellas por culpa de un correo, todo por culpa de la tal Vanessa, la casquivana imbécil que Irene y Amancio Piquer le habían presentado quince o veinte años atrás.

15

Ayer, sin querer, encontré el diario de Natalia. Eloy y yo sabíamos que escribía uno, pero jamás nos atrevimos a pedirle que nos lo enseñara. De hecho, yo nunca lo hubiese visto si no es porque moví la cómoda donde guarda su ropa y cayó al suelo desde donde se ocultaba cuidadosamente empotrado. Lo abrí. Empecé a leer...

Lo primero que me sorprendió es descubrir que Natalia se masturba, y dice que le gusta hacerlo pensando en un joven actor de su edad, quizá un poco mayor, no sé, no importa el nombre. Allí, sentada al filo de su cama, traté de recordar a qué edad yo empecé a masturbarme y si no me equivoco, fue bastante más tarde. Tendría 15 o 16... Ahora entiendo por qué se encierra con llave. Se excusa diciendo que escribe o practica el clarinete, pero ésas son excusas para echar el cerrojo cuando lo tiene prohibido. Mi miedo ha sido siempre que se meta al internet a hurtadillas y empiece a chatear con desconocidos. Todo mundo sabe que allá afuera hay una infesta de predadores, y si una se descuida, tu hija puede caer con uno de esos desgraciados. No parece ser el caso: su encierro, su silencio, su secreto, obedecen a la comezón que invade su cuerpo de trece años... sí, pero a algo más también: dice estar enamorada de Remy, dice que al principio (cuando lo conoció) no le gustaba (incluso que no lo soportaba), pero que ahora le empieza a gustar; menciona detalles precisos en su diario, incluso cita un verso de Verlaine que él le dijo el otro día y uno más que ella le escribió y no le ha entregado; cita canciones que a los dos les gustan (por supuesto, canciones en inglés), pero donde verdaderamente surge la querella es en el tema de la hermana de Remy, es decir, con Martina Moreau, quien se ha vuelto la inseparable de Natalia desde que volvimos de Roma. “Martina ha notado algo”, escribe Natalia en su diario. La hermana menor de Remy, tal parece, ha modificado su actitud hacia mi hija y Natalia empieza a sufrir por sentirse atraída por el hermano de su mejor amiga...

16

Si 2007 fue un año excelente para las novelas del grupo, no lo fue para el *Clash*. Por esa época había empezado a resquebrajarse nuestra (ahora sí) legendaria amistad. El 2008 enfatizó lo que venía pergeñándose desde tiempo atrás, es decir, dio el puntillazo a veinte años de sueños compartidos. Los Beatles se desmoronaban... Los *Contemporáneos* comenzaban a hartarse uno del otro, y si no todos estaban cansados de todos, al menos algunos lo estaban más que otros... No importaba que McCartney quisiera mantener (al precio que fuese) la cohesión del grupo, no importaba que Aureliana o yo quisiéramos sostener este acto de prestidigitación: poderosas fuerzas volitivas actuaban por encima de nuestras pías intenciones.

Poco después del absurdo altercado "Pamuk" en la FIL Guadalajara entre Sanavria y Piquer, Palacios rompió, el primero, con Aureliana Kleiman, nuestra agente literaria. Pocos meses después, y sin haberse puesto de acuerdo, lo seguiría Sanavria. Los dos a su manera, y por sus muy particulares motivos, estaban decepcionados de ella, desilusionados de no haber conseguido lo que habían estado ansiando durante una década (el éxito de Solti o las traducciones de Piquer). Confieso que la separación con quien había sido nuestra agente y amiga me hizo vacilar unos meses. Yo también pensé en dejarla, no obstante, Javier me disuadió. Era claro que sus razonamientos —y los de Amancio— diferían sobremanera de los que Abelardo y Pablo tuvieron para abandonarla. Los dos primeros habían llegado muy lejos (y muy alto) gracias a ella, los otros tres —Sanavria, Palacios y yo—, no. O al menos no hasta donde cada uno esperaba llegar. Y he aquí el delicado cogollo de la cuestión: determinar si había sido ella, nuestra agente, la causante o no del triunfo de Amancio y Javier, la ejecutora de su éxito internacional. ¿Era Aureliana un hada madrina del bosque? ¿Otorgaba premios, lanzaba al estrellato a escritores como Hollywood lanzaba artistas y cantantes? ¿O acaso se trataba del valor intrínseco de los libros *solamente*? Es decir, ¿había que escribir portentosas novelas o había que conocer a Aureliana Kleiman? ¿O ambas a la vez? La compleja cuestión, para decirlo en resumidas palabras, era que Aureliana no había conseguido acomodar ninguna de nuestras novelas entre las finalistas de un premio millonario. Quien diga que no quiere un premio millonario, miente como un pillo o está mal de la cabeza, y aunque los novelistas todos mentimos y estamos mal de la cabeza, ninguno es tan mendaz (ni está lo suficientemente loco) como para desdeñar un premio que no sólo remediará sus eternas penurias económicas sino que lo dejará escribir su siguiente novela en perfecta paz, el sueño auténtico de todo novelista. Que tire la primera piedra aquel autor que no envidie, por ejemplo, a Mario Vargas Llosa...

En resumen: que Pablo y Abelardo estaban insatisfechos con los pobres resultados obtenidos y prefirieron tomar otro sendero. Yo lo estaba también, pero mi apuesta era muy otra, mi apuesta, ya lo dije, era escribir este complicado libro y contar lo que tengo que contar... sin desdeñar (por supuesto) los premios millonarios ni las traducciones ni la fama ni la envidia que pueda engendrar obtener cualquiera de esas cosas.

Independientemente del valor de las dos novelas que hicieron ricos y famosos a Amancio y a Javier en el 99 y el 2000 respectivamente, yo he tenido una cuestión más o menos clara hasta el día de hoy: es más sencillo (o motivador) escribir, por ejemplo, *La casa verde* (1965) cuando dos años atrás has obtenido el premio Biblioteca Breve por *La ciudad y los perros* (1963), que ponerse, verbigracia, a escribir *La casa verde* cuando no eres absolutamente nadie y ni siquiera un alma bondadosa espera nada de ti. Tienes 26 años, tu primera novela se ha vuelto un *best-seller* literario, se traduce a treinta lenguas y te deja dinero suficiente para largarte a París a escribir la siguiente. Es decir, te hallas, de pronto, sobrestimulado, todos te admiran o te envidian en secreto, aparte de que, claro, eres talentoso y tienes, para colmo, una voluntad de acero. Todo se conjuga, todo se despliega frente a ti como un tapete rojo que se desenrolla. Sólo necesitas concentrarte y poner manos a la obra. Sólo necesitas ponerte a escribir *La casa verde*. Y, otra vez, dos o tres años más tarde, repites tu propia hazaña: tu segundo libro gana todos los premios, se traduce a todas las lenguas y todos los escritores te admiran (y te odian, por supuesto). En ningún momento he pretendido insinuar que hacer *La casa verde* haya sido una tarea fácil. Todo lo contrario: debió ser endemoniadamente difícil. Lo sé porque he estudiado el tema a fondo; incluso sé dónde y cuándo la escribió su autor, los mapas de los que dispuso, los viajes que hizo a la Amazonía peruana, etcétera. Mi punto es que, al final, una cosa lleva a la otra y si uno, como mi amigo Javier, aprende temprano a capitalizar, las cosas se suavizan, el futuro irradia haces de luz y calor... Todo esto para decir que no basta tener a la agente literaria, tampoco basta escribir la portentosa obra, sino que, una vez los innombrables dioses te han otorgado la oportunidad (única e irrepetible), no debes dejarla escapar: deberás cogerla al vuelo, deberás despanzurrarla como a una ave montaraz y sobre todo deberás capitalizarla trabajando en serio en lo que sigue... Lo demás se derrama en abundancia si tienes un mínimo de talento y voluntad. El problema sin embargo persiste: ¿cuándo va a llegar la gallina de los huevos de oro, cuándo aparecerá la maldita coyuntura? Sé que no basta escribir el portentoso libro, me queda claro que tampoco basta tener a la agente de los huevos de oro... Se requiere otra cosa... algo más: la entrada a ese primer insalvable peldaño. Como aquel que busca su primer trabajo y nadie se lo ofrece con el argumento de que no tiene experiencia porque nunca ha trabajado antes... ¿Cómo escapar a este ridículo círculo vicioso? No sé la respuesta, la verdad. Sólo se me ocurre la siguiente equívoca metáfora: aguardar a que la esfera de Fortuna abra su única y discreta compuerta, y entonces, sólo entonces, meterse en ella a como dé lugar. El problema, lo sabemos, es que ella gira a gran velocidad. El problema es que pocas veces se abre su única compuerta y para colmo debe uno estar atento, siempre alerta, preparado con un portentoso libro en la mano (como si éstos se escribieran cada mes). De lo contrario nada pasa... o casi nada, y vuelta a la noria. Es esta metáfora la que ilustra más o menos el hartazgo de Pablo y Abelardo, su decisión de separarse de Aureliana. Hoy comprendo que ella no puede gran cosa y que jamás pudo aunque nosotros creyéramos lo contrario. Son, al final, una serie de factores, algunos aleatorios y otros no, los que modifican el destino, los que, si no definen, al menos coadyuvan en el éxito o fracaso —independientemente de lo que signifique uno o el otro—. A quién conoces, con quién te enfadaste o a quién invitaste a tu fiesta de cumpleaños, cuándo naciste y de dónde eres, dónde estudiaste, en qué pupitre te sentaron los maestros el primer día de clases... Eso y otras cosas más que nos rebasan... João Gaspar Simões aventura que si Pessoa hubiese nacido, por ejemplo, en Frankfurt, y no en Lisboa, su destino hubiera sido otro y su reconocimiento no se hubiera hecho esperar… Tolstoi decía al final de *Guerra y paz* que Napoleón había sido un producto de inimaginables y fortuitos factores históricos, que básicamente no existe el gran hombre, que todo es casualidad o azar… No sé si lo sea. Creo en las coyunturas y oportunidades, en una extraña esfera que gira a gran velocidad, en la discreta compuerta que, aleatoria, se abre y se cierra, en el cónclave de dioses y en un orden imposible de rastrear, pero sobre todo creo en la capacidad (innata o no) de capitalizar lo que Fortuna ha tenido a bien obsequiarte. Unos la tienen, otros la aprenden, algunos ni la tienen ni la obtienen jamás. Hay hombres de genio que no la tuvieron: tenían la obra, pero no una noción inteligente de los dividendos. Ésa acaso sea la verdadera diferencia entre el triunfador y el genial desconocido. Una agente literaria o artística la tienes cuando empiezas a capitalizar, y no antes. Un agente literario es como un *broker* y nada más: acudes a él cuando amasas tu primer millón. Antes ni siquiera te recibe en su oficina. Acaso ese insignificante detalle no lo entendieron mis amigos. No los juzgo. ¿Cómo voy a hacerlo si yo apenas hoy lo he aprendido?

17

He vuelto a buscar el diario de Natalia justo donde yo misma lo volví a poner, bajo la cómoda. No le he dicho una palabra a Eloy y mucho menos a mi hija. El tema con Remy y su hermana se complica pues desde hace meses, aparte de Martina, Natalia tiene otras dos buenas amigas, Agnes y Amandine. Las cuatro han formado un grupo inseparable en el colegio. En los recesos se reúnen a charlar, intercambian fotos de actores y cantantes, comen juntas y hasta han salido a Centre Ville a pasear y comerse una crepa de nutella por las tardes. Es esta libertad (inexistente para Natalia hasta llegar aquí) por la que ahora dice estar enamorada de Aix. Como nunca antes, la dejamos tomar sola el minibús, salir con amigas a una *brasserie* o incluso ir en dos ocasiones al cine con Agnes o Amandine. Eloy no estaba muy seguro al principio, pero ha cedido: Aix es bastante seguro, uno encuentra chicos de la edad de Abraham viajando solos en los autobuses o volviendo de la escuela a pie. Esto, por supuesto, es imposible en la Ciudad de México y aunque Carlton es bastante tranquilo, Natalia no lo podría hacer allá sin un coche. En cualquier caso, mi hija escribe que va a extrañar esta libertad cuando nos marchemos, confiesa que no se quiere ir de aquí jamás.

El punto álgido del diario llega, no obstante, en una entrada de hace unos cuatro o cinco días: Remy le dijo que quería ser su novio y ella ha aceptado. Se dieron un beso. Su segundo beso y su segundo novio, escribe. No tenía idea… ¿Cuándo fue esto? No sabía que Natalia había tenido un primer novio y mucho menos un primer beso… Traté de rebuscar en mi memoria… y nada, ni en Carlton ni en Aix ni en México… ¿Cuándo entonces? ¿Habrá sido durante las vacaciones en Collado Villalba con mi hermana? En cualquier caso, el diario es claro: besó a Remy y ahora son, lo que se dice, novios "formales". Con razón, me dije de inmediato… De súbito tantas visitas a casa de los Moreau. De pronto ya no importaba si Natalia sabía que Martina no estaba. La última vez, cuando le preguntó Eloy, le dijo simplemente que iba a casa de Remy a explicarle la lección de inglés y ninguno de nosotros se inmutó. De hecho, ni Clovis ni Nina ni Eloy ni yo nos hemos percatado de nada... hasta hoy, claro, que leo todo esto en su diario y por pura casualidad...

Lo más terrible es que, según explica Natalia, Martina empieza a sospechar de su noviazgo y no sabe qué hacer. ¿Decírselo? ¿Ocultarlo? ¿Confesárselo? En otro apartado escribe que definitivamente no va a decirle una palabra a Martina; está resuelta a no perder su amistad y menos la del grupo de amigas de la escuela. Le ha hecho prometer a Remy guardar el secreto, no decírselo a nadie... Pero ¿lo conseguirán?

Existe una anécdota que alguna vez leí, la cual no sé si haya sido cierta: cuando Vargas Llosa recibe el premio Rómulo Gallegos en 1966, los más importantes escritores latinoamericanos del momento acuden a la celebración en Caracas, Venezuela; entre ellos, por supuesto, están sus íntimos amigos, Gabriel García Márquez y Carlos Fuentes. Ellos dos y muchos más hacen una larga cola para felicitar y abrazar al festejado. Tiene treinta años. Es exitoso, guapo y envidiado. Todos los que están allí, sus pares, han leído, por supuesto, su segunda novela, *La casa verde*, y todos, sin duda, están más que deslumbrados ante la fuerza que el relato emana, su construcción, sus vasos comunicantes, sus datos escondidos en hipérbaton, su desafío formal, su factura impecable y hasta su compromiso social, el cual siempre queda sabiamente supeditado a la exigencia del arte. Todos sus amigos lo saben (no son tontos): este peruanito ha escrito un segundo (portentoso) libro. Gabo está escribiendo el suyo, por supuesto. Lo escribe en secreto para Marito: él es el primer "testigo" del que habla Márai... Lo escribe en la Ciudad de México con una máquina de escribir prestada para que su mejor amigo lo juzgue, lo admire, lo quiera más, lo considere su par y, por supuesto, para no quedarse atrás en la carrera de relevos. Claro: en uno o dos años, cuando publique *Cien años de soledad*, todo este batiburrillo dará un giro vertiginoso. El antiguo acólito se vuelve el rey del mambo y el antiguo rey del mambo se convierte en su acólito. Se quieren, se leen, se admiran, se envidian: compiten en sana lid. Son amigos, sí, pero sobre todo son "testigos". No en balde, Gabo dijo alguna vez que escribía para sus amigos, y aunque por mucho tiempo yo no le creí, un deprimente día de abril o mayo del 2009 una voz interior me lo susurró al oído: "Eloy, escribes para Amancio". Digo Amancio, dije Amancio —o la voz murmuró Amancio—, por tres sencillas razones: porque él era mi amigo, porque todos mis demás amigos siempre me habían leído y no merecían ese reproche y porque Amancio había dejado de leer mis libros desde tiempo inmemorial. Cuando se lo pregunté dos días más tarde, durante una visita relámpago al Distrito Federal, apagando su cigarrillo, me contestó muy nervioso

—Claro que sí las he leído. Incluso presenté dos, ¿lo recuerdas?

—No hablo de mis dos primeras novelas hace veinte años —le respondí—. Hablo de las siguientes cuatro o cinco.

Atolondrado, se justificó:

—Ya no leo novelas, Eloy, salvo a los clásicos.

Cuando los demás oyeron el insulto (cuando, poco más tarde, yo se lo conté), no cabían en sí de su asombro. De alguna manera (que yo nunca descubrí) se lo hicieron saber y poco más tarde recibí un correo de Piquer diciendo que estaba leyéndolas todas y que me quería invitar a comer para comentármelas.

Comimos en la siguiente Feria del Libro de Guadalajara... y cumplió: las leyó todas de un tirón.

No sé si la situación era, confieso, más vergonzante para él o para mí. Allí sentados ambos con nuestros tequilitas, parecía haberme hecho un enorme favor a pesar de que (dicho en su descargo) no quisiera tampoco hacérmelo sentir. Como un alumno aplicado, me relató las tramas y personajes, los principios y desenlaces, en fin, los libros que le habían gustado, los que no tanto y los que más o menos. Pobre Amancio: tuvo que hacer la tarea retrasada, debía demostrarle al insufrible profesor de Bastion que había leído ya completos cada uno de los libros de la asignatura correspondiente. Qué engorroso... La situación era ridícula en extremo pero sólo él la había propiciado con su falta de amistad, o mejor: con su completo solipsismo o egotismo natural. Piquer vivía para sus libros y nada ni nadie le importaban un carajo (salvo los clásicos). No digo que no fuésemos, acaso, más o menos parecidos sus íntimos amigos: la diferencia era que no lo hacíamos sentir, la diferencia había sido que al menos sabíamos simular (disimular) interesarnos por los otros, leernos, comentarnos, incluso criticarnos. Recuérdese: uno escribe para los amigos, y no cualquier amigo, por supuesto —uno escribe para sus amigos escritores, sus amigos críticos e inmediatamente después para sus muchos enemigos (pero sólo después). Más tarde se encuentran los demás: sus lectores, los desconocidos que compran los libros, es decir, los dos mil amigos de Facebook que no irán a tu entierro porque tienen algo mejor que hacer. Ésa es la atroz realidad y Amancio había roto ese (implícito) pacto con su perfecto y sincero desdén.

Antes dije que en algún momento pensé escribir, en lugar de éste, un libro parecido al que Paul Theroux escribió con sangre sobre V. S. Naipaul, pero que, al final, decidí no hacerlo sobre nosotros dos sino, tal y como he intentado, sobre nosotros cinco. Tenía, con sobrada razón, pavor a pecar de injusto, injusto a sabiendas de que en estos libros, el que lo cuenta es siempre subjetivo, fatalmente parcial aunque no quiera, unilateral aunque se resista a serlo.

Para los que no lo sepan, Naipaul y Theroux fueron mejores amigos por treinta años, empero Theroux decidió romper con el premio Nobel cuando encontró algunos de sus libros en una librería de viejo. Sí, los mismos libros que Paul le había obsequiado, dedicados de su puño y letra a su mejor amigo, esos libros que probablemente había escrito pensando en el juicio —bueno o malo, no importa— del eterno amigo. Hasta ese fatal día, Naipaul había sido ese testigo del que habla Márai. No sé si lo sabía, quién sabe si lo entendió alguna vez o incluso si le importaba. Una cosa sin embargo queda clara en el descarnado libro de Theroux: después de la amargura, lo invadió algo así como la paz... la paz de haberse quitado de encima a su testigo.

Mi verdadero rompimiento con Piquer no vino, sin embargo, sino un año más tarde. Esa irritante comida entre el alumno aplicado y el insufrible profesor había sido sólo su preámbulo.

19

Mi padre falleció en agosto del 2008, cuando volví de Madrid, cuando Lourdes me había ya perdonado, cuando estaba a punto de volver a vivir con mis hijos en Carlton. No voy a hablar sobre su vida o su muerte; algún día escribiré el libro de mi padre. Lo hicieron Simone de Beauvoir y Albert Cohen. Los dos escribieron el libro de su madre. Yo haré el libro de mi padre, pero no es éste el lugar. Sólo dejo el poema que le escribí cuando estaba a punto de morir consumido por el cáncer:

Hace cuarenta y un años —tal vez
el día en que nací—
te fuiste preparando hacia tu muerte
sin saberlo, o quizá,
papá, lo adivinaras...
¿Mas cómo lo intuirías, dime:
en qué lugar,
en qué sitio profundo o imposible
de tu piel o tu hermoso corazón
pudiste adelantarlo?

Ahora contemplada,
tu vida traza una vereda
silenciosa, secreta o intrincada,
hacia este cáncer, siempre hacia este fin,
hacia esta muerte tuya, que es también
—para mi mala suerte—
una forma de muerte para mí.

No hay modo de decirme
que ya no te veré y que tenga calma,
que nuestras breves almas se tocaron

lo que dura un abrir y cerrar de ojos...
y apenas los abrí y apenas supe
que el universo es ruin y es anchuroso,
que el tiempo es una gota y que acaso
obró una coyuntura hermosa Azar
en el espacio eterno
para ponernos juntos este rato.

Desde hace mucho ya no creo,
perdí la fe, extirpé cualquier escombro
de Dios o religión de mi alma...
y me he sentido en paz,
no obstante tengo fe en tu amor por mí
y creo que exististe para mí,
sé que naciste para vernos,
en que un día (años después) me tuviste
y en que otro día, muy pronto, te irás...
En eso creo y no hay alivio y no hay
sosiego... Hay, por el contrario, rabia
—esa ira que viene en la impotencia—
por no entender o fingir que entiendo a ráfagas
que ya no volveré a besarte,
que ya no volveremos a abrazarnos
como antes, y que no volveré
a encontrarme contigo JAMÁS, NUNCA,
en un café, en la playa o en tu casa.

20

El diario de Natalia se ha vuelto esporádico, espaciado. Se percibe un dejo de tristeza en él. A pesar de todo, y para mi sorpresa, no ha roto con Remy. Al contrario, dice estar cada vez más enamorada del chico y lo mismo él de mi hija. A estas alturas, el problema, no son ellos, sino todas las demás… empezando por Martina, quien no está nada contenta con el noviazgo de su hermano y su nueva amiga extranjera. No le ha hecho la ley del hielo, dice Natalia, pero casi… y yo, confieso, ya lo había empezado a notar: las visitas de Martina a nuestra casa disminuyeron al punto de que apenas ayer le he preguntado a Natalia si vería a su amiga este viernes y de inmediato se ha encerrado sin responderme una palabra. El diario confirma mis suposiciones: la hermana de Remy no está nada contenta con el descubrimiento.

Algo peor ha sucedido: Amandine y Agnes lo saben también. Martina se lo ha ido a contar al colegio. Primero enfrentó a su hermano, escribe Natalia, y después fue con la noticia como si se tratara de una terrible enfermedad. Las tres amigas han llamado a Natalia en conciliábulo y la han constreñido a que diga la verdad: acorralada, mi hija no ha tenido otro remedio y les ha confesado que sí, que Remy y ella son novios "formales". Esto, por supuesto, ha desencadenado una pequeña conmoción grupal, no obstante Natalia ha prometido que nada entre ellas cambiará, que las cuatro seguirán igual de amigas como hasta ahora, y por consiguiente, Agnes, Amandine y Martina han cedido "temporalmente". Sí, eso dice el diario de mi hija: "temporalmente". Supongo que querrá decir algo como "ya veremos si cumples tu palabra, jovenzuela" o "ya veremos si no cambia tu actitud hacia nosotras tres, estás a prueba, recuérdalo…".

Sin embargo, la última entrada en el diario de mi hija añade con letra pequeña (casi avergonzada) que Amandine le ha dicho a las claras que odia a Remy y que debe elegir entre ella o él independientemente de lo que Agnes y Martina decidan o digan. Lo de "temporalmente" no calza, pues, con las expectativas de Amandine…

Está claro que las mujeres podemos ser unas bestias cuando nos lo proponemos.

En cuanto a lo que a mí concierne, creo que es hora de que le comparta todo este lío a Eloy. No puede no enterarse de lo que está pasando frente a sus narices. Preferiría no tener que decirle una palabra, pero los cambios de humor de Natalia, sus súbitas tristezas y alegrías, nos están empezando a preocupar. Su comportamiento brusco y grosero con Abraham ha provocado un par de castigos severos. No deseo ver a mi hija escindida, desgarrada. Es muy joven aún. Eloy debe saber lo que pasa… aunque auguro que va a terminar por reprocharme el que yo haya husmeado en el diario de Natalia. Si lo haces con tu hija, me va a reconvenir, ¿cómo no lo vas a hacer conmigo?

Mi respuesta la tengo preparada: es mi responsabilidad como madre hurgar en su diario al costo que sea. Si hay algo que deba yo saber de Natalia (algo por lo que debamos estar preocupados) sería una negligencia no haberlo averiguado a tiempo. Sí, eso le voy a contestar si me recrimina o me dice una sola palabra.

21

Esta mañana Lourdes leía *On Borrowed Words*, las memorias de Ilán Stavans, que yo mismo le he regalado —su historia, para mi sorpresa, es muy parecida a la mía: el mexicano emigrado a Estados Unidos, el judío que quiere ser escritor, el profesor universitario escindido entre dos culturas—, cuando de repente se soltó a llorar.

Me acerqué y le pregunté en el acto:

—¿Qué pasa?

—Nada.

—¿Qué leíste? Dime...

—Esto... —y me enseñó el siguiente escalofriante párrafo en el libro de Stavans: "La historia tiene una coda desagradable y una conclusión desastrosa. Durante un tiempo pensé escribirla y dejarla entre paréntesis, pero al hacerlo disminuiría su fuerza e insultaría la memoria del tío David. Más o menos dos décadas más tarde, justo después de que emigré a Nueva York, un amigo muy querido de la familia y periodista, Golde Cuckier, murió junto con sus tres hijos —el más pequeño se llamaba Ilán en mi honor— en un avionazo de Aeroméxico (el cual pudo haber sido prevenido) que se dirigía a Manzanillo. Unos días después del accidente —embargado de tristeza, pasaba la mitad de mi tiempo rezando el Kaddish en la sinagoga—, leí en el *New York Times* la lista de los pasajeros. Descubrí que no solamente viajaban Golde y sus tres hijos en ese vuelo, sino también el hijo del tío David, junto con su esposa y sus hijos."

—¿No me digas que era el mismo vuelo?

—Sí —soltó un gemido y se soltó a llorar de nuevo.

La tragedia, parte de la cual ya conocía, había sucedido más o menos así: la mejor amiga de Lourdes de aquella época la había invitado a Manzanillo a celebrar su cumpleaños. Allí se embarcarían en un crucero por el Pacífico. Lourdes debe haber tenido 15 años. Su amiga los cumpliría en el barco. No obstante, en el último momento, la madre de Lourdes no le dio permiso para ir. Mi mujer rompió en sollozos, hizo una rabieta y se enfadó con la madre. El padre no la secundó esta ocasión a pesar de que mi mujer había ido a buscarlo para intentar convencer a su madre. Al día de hoy, mi suegra no sabe por qué no la dejó tomar ese vuelo a Manzanillo. En él no iba sólo la mejor amiga de Lourdes, sino sus dos hermanas y su madre. Las cuatro murieron, lo mismo que, según las memorias de Stavans, los tres hijos de Golde Cuckier (incluido el pequeño Ilán) y el hijo del tío David junto con su esposa y sus hijos. Eran demasiadas espantosas coincidencias: el tiempo las trenzaba, pensé con horror. ¿Qué pasará en el alma de un padre cuando sabe que sus hijos y él están a punto de morir en el aire? ¿Qué le dices al hijo que tienes a tu lado? ¿Qué dice el hijo a su padre, en qué piensa? ¿Qué saben ellos que no sabemos nadie?

—Su padre y su hermano no iban en ese vuelo —me dijo de repente Lourdes entre lágrimas—. Ellos dos las iban a alcanzar al otro día para tomar el crucero.

—¿Los volviste a ver?

—¿No te lo conté? —vaciló un instante—. Cuatro o cinco años más tarde, yo estaba en un gimnasio con Tessi y una amiga de las dos. Noté que un señor, a lo lejos, no dejaba de mirarme, tanto que incluso me incomodó. Lo recuerdo, Eloy, como si me estuviera pasando ahora mismo. Seguía mirándome entre la gente que hacía ejercicio... y de pronto se acercó. No estaba segura si se dirigía a mí o si sólo venía hacia donde yo me encontraba. Me puse muy nerviosa. ¿Quién era?, pensé. ¿Qué quería? No lo reconocí hasta que lo tuve enfrente, a dos palmos de distancia... Entonces lo vi, nos vimos, me hundí en sus ojos y me eché a llorar. Él hizo lo mismo. Nos abrazamos frente a todo el mundo.

Lourdes se detuvo. La abracé.

—Y al hermano de mi amiga nunca lo volví a encontrar.

22

La situación entre Abraham y Sammy se ha vuelto insostenible. Mi hijo no quiere jugar con él, no quiere verlo, no quiere que lo invitemos a la casa y el niño, por otro lado, insiste con denuedo, llama por teléfono o incluso aparece con su madre; por si todo esto no fuera suficiente, cada tarde a la salida del colegio, Sammy se abalanza contra mí, me abraza cariñosamente y me ruega que lo invite a nuestra casa a jugar, lo hace enfrente de Jhemma o Ahmed, según quien lo recoja, me lo suplica enfrente de Abraham, quien a su vez me mira con ojos de reconcentrado odio, una mirada que a las claras significa: "No, papá; no lo invites", y entonces yo no sé qué hacer, qué nuevo pretexto inventarme... Sammy no parece percatarse del asunto y son ahora ya varios meses entrampados en esta desagradable situación.

De hecho, apenas invitamos a cenar a Ahmed y a su mujer el viernes pasado a pesar de que habíamos decidido lo contrario. La velada fue maravillosa hasta que Sammy y Abraham comenzaron a pelear. Oímos gritos en la habitación, un vidrio roto y de inmediato los cuatro nos desperezamos levantándonos de nuestros mullidos sillones para ver qué diablos ocurría allá adentro. Los hallamos enzarzados en una lucha sin cuartel y una lámpara rota. Eran las once de la noche. Hora de partir. Hora de acabar el altercado. Lourdes y yo hubiésemos deseado prolongar la grata velada un par de horas más, pero Abraham lloraba desconsolado y sólo repetía que no quería volver a ver a Sammy, que era su peor amigo, que por qué teníamos que invitar precisamente a sus padres a la casa y no, por ejemplo, a la madre de Jean Batiste. Lourdes lo tranquilizó, lo llevó a la cama con caricias y en unos minutos cayó rendido de sueño.

A la semana siguiente, el martes pasado para ser precisos, la madre de Jean Batiste se me acercó a la salida del colegio donde todos los padres nos congregamos para recibir a los niños a las cuatro en punto de la tarde. Después de saludarme me entregó una invitación para el cumpleaños de su hijo. Justo cuando me lo decía, apareció Jhemma detrás de mí, nos saludó a los dos y se quedó parada en medio mientras que Isabelle me decía que ella podía, sin problema, recoger a Abraham el domingo para llevarlo al cumpleaños de su hijo, que entendía que no tuviéramos auto, que no nos preocupáramos... Todo esto mientras la madre de Sammy la escuchaba. Al principio pensé que Jhemma estaba informada y que también llevaría a su hijo al cumpleaños de Jean Batiste, no obstante a los dos minutos caí por fin en cuenta de mi craso error: Sammy no estaba invitado. Jean Batiste, lo mismo que Abraham, aborrece a Sammy. La situación se tornó de súbito poco menos que embarazosa... Mi hijo estaba invitado y el insoportable hijo de Ahmed no lo estaba. A esas alturas yo ya sabía por qué; Lourdes me lo ha explicado pues Jhemma se lo dijo confidencialmente: Sammy está enfermo. Lo han llevado a una docena de psicólogos, pediatras, psiquiatras, neurólogos, etcétera, y no consiguen tranquilizarlo. Padece de ansias compulsivas, es hiperactivo, bipolar y lo peor: se enfada con facilidad y se torna violento si lo contradices. Esto es justo lo que Abraham, Jean Batiste y los demás niños de la escuela no toleran porque no entienden y no entienden, claro, porque son niños y no tienen por qué entenderlo aún. ¿Cómo van a comprender que Sammy los golpee o los persiga por cualquier motivo, les arroje cosas e interrumpa la clase, que haga desperfecto y medio en el salón de Monsieur Lefèvre?

Abraham me contó el jueves pasado que Sammy había escrito con el lápiz labial de su madre en la pared: "Sexy". Un día más tarde, rompió un pupitre y tuvieron que llamar a Ahmed... Aparte de este berenjenal, Sammy no consigue concentrarse en clase, no estudia ni hace las tareas, vive inmerso en los eternos castigos de los profesores y por eso tampoco sale en el recreo a jugar, es decir, Sammy es un pequeño infierno, y lo peor de todo es que Sammy soy yo...

Sammy *fui* yo.

No era mi deseo desviarme. Me había establecido un límite, un marco preciso: el día que nos conocimos Javier Solti y yo, y eso sucedió, ya lo dije, el primer año del bachillerato marista, a los 15 o 16, es decir, hace treinta años. Pero ¿cómo diablos llegué a esa preparatoria y qué pasó antes de esa fecha? No lo he dicho, no quería... ¿Cuántos colegios recorrí, cuánto ira, violencia, frustración y tristeza derroché inútilmente para llegar sano y salvo a la literatura, la Ramera que consuela? Nadie lo sabe. Nadie lo sospecha. Sólo mis padres. Por eso siento ahora, a pesar de todo, tanta compasión por Ahmed y Jhemma. Sí, miro a Sammy y me veo reflejado en sus hermosos ojos negros...

A diferencia de mis amigos, a diferencia de mis enemigos, yo sobreviví por el milagro de la literatura. Si no hubiese llegado a los libros no estaría aquí, no tendría lo que tengo ni habría conseguido ser moderadamente feliz. Si existía un niño, un adolescente, llamado al fracaso, convocado a la desgracia, a la vergüenza y al escarnio, ése era yo, ése fui yo hasta que un día cualquiera cayó, primero, *Siddhartha* en mis manos, poco después *Crimen y castigo* (en versión abreviada), un año más tarde *Rojo y negro* y después ya no hubo remedio: me convertí, me volví un súbdito, un adepto. No fue Dios ni fueron los psicólogos, no fueron mis maestros ni fueron mis amigos, y ni siquiera fueron mis padres a pesar de que por muchos años lo intentaron... Fueron los libros que cayeron en mis manos. Yo era Sammy a los 7, 8 y 9 años de edad; a los 10, 11 y 12 era algo peor: un vándalo violento. Mi padre me tuvo que sacar dos veces de una prisión de menores, mi padre invirtió infinitas horas en hablar conmigo, en tratar de convencerme e incluso tuvo que golpearme y castigarme, y nada absolutamente funcionó. A los 7, 8 y 9 yo tiraba cuchillos a los que no quería, a quien me contradijera, yo atacaba, golpeaba, hería, mordía... Yo sufrí. Y lo peor es que sufría gratuitamente. En conclusión: que fui un niño triste, bastante triste. A diferencia de mis amigos (y tal vez de mis enemigos), mi niñez y adolescencia fueron un infierno de tristeza. ¿Cuántas veces no lloré solo en mi habitación, frustrado, impotente, sin entenderme a mí mismo, deseando no haber nacido? ¿Cuántas veces no me miré en el espejo con odio destilado, como si ese niño del reflejo fuese otro y no fuera yo? ¿Cuántas veces quise en mi soledad salir de mi cárcel de encono y llanto y no lo pude conseguir porque no entendía una mierda del mundo o de la vida? ¿Cuántas pastillas, psicólogos, neurólogos y psiquiatras visité? ¿Cuántas escuelas recorrí? ¿Nueve, diez veces me expulsaron, o acaso fueron más porque nadie me aguantaba? ¿A cuántas maestras golpeé o a cuántos compañeros ataqué porque simplemente me miraron feo o me gritaron que estaba loco? ¿Cuántos pupitres destrocé, cuántos pillajes llevé a cabo, cuántas veces insulté a mis padres, a mis primos, a mis maestros? ¿Quién podía conmigo? Nadie pudo. Lo digo yo. Nadie podía. Ni Dios ni los psiquiatras. Ni el amor ni los castigos ni la paciencia ni la impaciencia ni la autoridad ni el miedo. Por eso lo mío fue devoción cuando me convertí a los 14 o 15 —no fue amor ni afecto ni interés superfluo—. Yo no llegué a la Ramera como tantos otros llegan. Para mí era mi última esperanza, mi salvación. Nadie lo entiende porque nadie lo ha vivido como yo, nadie padeció el dolor absurdo que yo me eché a cuestas por tres lustros. Fueron Hesse, Stendhal y Dostoyevski los que, sin proponérselo, me salvaron de esa tumba que me cavaba férreamente. Fueron Vallejo, Baudelaire y Cernuda quienes me enseñaron otra forma de vivir.

Sammy era yo y por eso siento que lo quiero.

23

Querido Eugenio alias Eloy (¿o debo decirlo al revés?),

Se me olvidó contarte algo por demás curioso en mi anterior correo: en una de las librerías de viejo en Miguel Ángel de Quevedo, en mi adorado Distrito Federal, encontré una novela usada de Lázaro Pagani. Iba a comprarla —pensé que era una buena forma de presentarme en su casa al día siguiente para que me la firmara— pero resulta que la novela, cuando la abrí, ya estaba dedicada en su segunda página. Los destinatarios eran tú y tu mujer y la fecha era, si no me equivoco, de julio de 1999. Hace quince años de esto.

Como comprenderás, ni lo comenté con Lázaro y Cloe ni compré la novela. La coincidencia es más propia de un relato de Carlos Ruiz Zafón: una vez más la realidad superaba a la ficción. ¿Qué vueltas no habría dado ese libro hasta llegar a mis manos?

En la misma librería quedaba alguna versión de las primeras ediciones de tu ensayo sobre Solti y un ejemplar descuadernado de tu novela azul, y, para mi sorpresa, en la Gandhi de Madero tu obra no estaba en la sección de "Novela mexicana", sino en la de "Novela anglosajona", esto es, donde los novelistas canadienses, australianos, ingleses y gringos. ¿Lo puedes creer? Me pareció el colmo.

También te cuento que conocí a la artista mexicana María Roti; ella era una de las "musas" de Huberto Batis en el *unomásuno*. Al igual que tú, hablaba de Batis como de una figura legendaria. Se acordó muy bien de ti. Me dijo que habían sido amigos en el bachillerato del Reina de México antes de que se convirtiera en modelo. Me confesó que había estado secretamente enamorada de ti, pero que jamás te lo dijo y nunca te enteraste. Me contó que no lo hizo porque tú estabas encaprichado en mantener vuestra amistad... Conocí a otros compatriotas tuyos que, te confieso, no me dejaron tan buena impresión: asistí, entre otras, a la presentación del libro de Edgardo Antón Porras, quien me pareció un verdadero gilipollas... En cambio, la pasé excelente con Amancio, cenamos juntos en dos ocasiones. Cuando le pregunté por ti, no dijo una palabra, sólo que hacía mucho que no te había visto... y de inmediato cambió el tema de la conversación.

¿Cómo va *La mujer del novelista*? Debes estar por acabarla, supongo. Ojalá hayas incorporado el crimen del cadete Huerta; me parece, de verdad, una trama fabulosa que no debes desperdiciar. De hecho, olvidé contarte que seguí tu consejo y me leí *The Lord of Discipline*. No tenía idea que Conroy había sido cadete en Bastion College y durante los mismos años en que Vargas Llosa era cadete del Leoncio Prado. ¡Otra coincidencia! También vi la película basada en la novela de Conroy y la verdad no me parece ni la mitad de buena que el libro...

Te cuento que MFU me está dejando poco tiempo libre últimamente, sin embargo tengo la cabeza llena de proyectos y la maleta repleta de libros que compré en México, entre ellos uno de Bárbara Jacobs sobre Simone de Beauvoir, que pinta muy bien. El 4 de junio me largo a España, así que podremos vernos si tus cadetes de Bastion te lo permiten. Quiero terminar mi libro sobre el *Clash* y necesito hacerte algunas preguntas.

Contento, como ves, con mi mexicanismo y eternamente agradecido por haberme abierto la puerta de los tenebrosos pasillos de la literatura de tu país...

Un abrazo fuerte,

Iñaki

Decir que me quedé como piedra es minimizar el hondo malestar que me produjo el correo del madrileño. ¿Cuándo había llevado yo mis libros a ninguna librería de viejo? ¿Cómo dieron hasta allí? Ya no sólo los de mi autoría, sino los de mis mejores amigos. La cabeza me daba vueltas. Más que por la trastada que la realidad me hacía copiando a la ficción, mi malestar se debía a otra cosa: si Theroux había roto su amistad con Naipaul por un motivo semejante, ¿cómo me arrogaba el derecho de comparar mi rompimiento con Piquer con el de ellos? ¿En qué me distinguía? Al menos desde el punto de vista de Iñaki, yo debía ser un tipo tan insensible e ingrato como lo había sido Naipaul, el único problema con esta apreciación es que yo no había llevado el libro de Lázaro a ninguna librería de remate —nunca lo habría hecho—. ¿Estaría loco de atar? ¿Cómo me habría atrevido si ni siquiera lo haría con la novela de mi peor enemigo? Para mí, un libro dedicado es un objeto sagrado, entraña un valor especial, lo mismo que el reloj inservible de mi padre... Jamás me desharía de ellos. ¿Quién fue entonces? ¿Cómo llegó ese libro hasta una librería de viejo en Miguel Ángel de Quevedo?

¿Y María Roti? Hacía 25 años que no la había vuelto a ver. ¿De veras estuvo enamorada de mí como le dijo a Iñaki? ¿De veras le gustaba cuando yo pensé que sólo tenía ojos para el maldito ex novio judío que la cambió por otra?

24

Sammy apareció en la casa sin que nadie lo invitara. Jhemma llegó quince minutos más tarde por él. El niño se había escapado sin permiso para venir a jugar con Abraham, quien nomás verlo llegar le ha puesto cara de pocos amigos. Cada día rechaza más al pobre Sammy, cada día se porta peor con él... Cuando lo encuentra, lo evade o nos regaña a nosotros, como si Eloy y yo fuésemos los culpables de la atracción que Abraham ejerce sobre su compañerito de clase. Y la verdad es que ya no sabemos qué decir o qué nuevos pretextos inventar...

Los quince minutos que tardó Jhemma en preguntar por Sammy fueron, no obstante, suficientes para que su hijo causara un terrible alboroto con Monsieur Lastique. Y es que el anciano ha pasado el mes de marzo y parte de abril abriendo surcos en el jardín de enfrente. Aunque no muy amplio, el césped requiere bastante trabajo. Eloy me ha dicho que su pasión por la tierra y las plantas le ha recordado al cubano Amado Castro: de la misma edad que su antiguo colega de Bastion, Monsieur Lastique no parece tampoco fatigarse. Al contrario, ama su labor con delirio: lo revigoriza, le quita años de encima, lo mantiene vivo.

Conforme el voluble clima de marzo se lo permitía, Monsieur Lastique desbrozaba y escavaba nuevos surcos. Cada mañana, puntual, quitaba el hierbajo ralo y descolorido, llenaba los barbechos con tierra fresca y, al final, esparcía las semillas. Concluida esta tarea, cercó los límites con una cinta y un par de letreros en francés para recordarnos que no pisáramos la tierra. También ha puesto dos espantapájaros: uno enfrente del jardín mirando hacia la calle y el otro (con un solo brazo) colgando desde la terraza en el segundo piso. Nadie creería la cantidad de cuervos y grajos que revolotean el techo y el alambrado en Rue de la Clairière: sólo parecen temerle a esos muñecos. No así Sammy, quien en su intempestiva visita traspasó la cinta que prohibía pisar la tierra del jardín y de paso destruyó uno de los espantapájaros. Como nadie estuvo presente —yo ni siquiera me había enterado que el niño estaba aquí—, tampoco nadie pudo impedir el desastre: Monsieur Lastique nos tocó la puerta furibundo justo cuando Jhemma apareció consternada preguntando si sabíamos dónde estaba su hijo. Ni idea tenía la pobre de lo que acababa de pasar. Se disculpó avergonzada, prometió al anciano reparar su espantapájaros (cosa que, por supuesto, no va a hacer), me dio un abrazo y se llevó a su hijo.

Nomás partir Jhemma y Sammy, Eloy me dijo en voz queda, trémula:

—Sammy me recuerda a un niño —y antes de que le preguntase a quién, añadió—: En cuarenta minutos llega Aaron por nosotros… y ni siquiera te has bañado, Lourdes.

Los Miller nos habían invitado a su casa y venían por nosotros en su coche, como suelen. La tarde era perfecta para salir y pasar el día en la campiña de Éguilles con nuestros amigos ingleses. Era claro que estábamos aficionándonos demasiado a estas visitas de fin de semana: sabía yo que los echaríamos de menos al partir de Aix y ese momento se acercaba. La primavera había llegado y con ella los últimos meses de nuestra aventura francesa…

Aaron llegó puntual y como siempre, Doris nos agasajó con una maravillosa pierna de cordero al romero, un suculento gravy y unas papas asadas, las mejores que he probado en mi vida. Yo llevé una ensalada de *mache* y berros y Eloy dos botellas de vino. Como ya es habitual, la pasamos estupendo aunque resultó claro (al menos me lo resultó a mí) que las cosas siguen sin marchar nada bien entre ambos: Doris sigue empecinada en quedarse y Aaron en largarse a Londres con sus padres. Es su ciudad, su lengua, su vida, nos repitió a Eloy y a mí como si fuéramos sus jueces, sus testigos… ¿Qué diablos hacen aquí, preguntaba airado, qué diablos estamos haciendo todos nosotros en Aix-en-Provence? Y yo la verdad no sé si nos estaba incluyendo a Eloy y a mí o hablaba sólo de Doris y sus tres hijos.

En contraparte y para colmar el vaso, mi amiga me ha dicho que no va a cambiar de opinión; primero muerta o divorciada que volver al pestilente país donde nació (no la culpo: yo tampoco volvería al mío). Odia el clima londinense, odia la flema de sus compatriotas, la comida es cara y abominable y para colmo se aburre soberanamente en Inglaterra. En cambio, adora Francia como yo, en especial la Provenza: ha retomado por fin sus clases de francés y ha cambiado de *au pair*, tal y como yo le recomendé que hiciera.

Después de haber despedido a la chica parisina de anteojitos y más tarde a la inglesa desabrida, ahora ha contratado una señora francesa que apenas habla dos palabras de inglés, justo lo que debía haber hecho desde un principio...

Aaron, en cambio, ha decidido pasársela sin aprender una palabra (casi un capricho) y cada día parece despreciar un poco más el sitio que ambos eligieron para vivir. Para colmo, él ha abandonado el libro sobre la adopción, y es mi amiga quien ahora desea retomarlo. En resumen, que su historia conyugal se complica, y no sé si innecesariamente. Stan tampoco es muy feliz en su escuela americana y su francés sigue siendo nulo después de un año. Dios... Con todo el dinero que tienen, ¿por qué no ser un poco menos desdichados?

Stan y Abraham jugaron toda la tarde y Natalia nos ayudó con las dos pequeñas una hora escasa. A estas alturas hay que pagarle por su servicio, de lo contrario lo hace a regañadientes. La edad en que jugaba con niñas de dos y tres años ha volado. Ahora sólo piensa en Remy Moreau. Quién lo diría... Ni yo fui tan precoz... Haberla llevado con los Miller destruyó, nos dijo, sus planes originales para ese sábado: salir a Centre Ville con sus tres amigas. Pero yo sabía que no era a sus amigas a las que echaba de menos, sino al hermano de Martina y nada más.

Hoy en Éguilles no he dejado de pensar que, a pesar de los baches, Eloy tenía razón cuando hace nueve meses me aseguraba que algún día los cuatro iríamos a extrañar este sitio, este año, estos amigos... Yo hace nueve meses lo odiaba con toda mi alma: había leído en su libro que este año sería el decisivo de nuestro matrimonio, y al descubrirlo, lo aborrecí en secreto... Incluso lo golpeé una tarde con un paraguas de metal. Me sentía estafada con el señuelo de venir a Francia, con el sabático que nos obligaba a no desperdiciarlo... No quería creerle que un día no quisiéramos volver a nuestra casa, a nuestra vida americana y la rutina en Carlton... En agosto del año pasado yo quería largarme de aquí cuanto antes, quería dejarlo solo y llevarme a los niños conmigo. Y ahora sucede lo contrario: no me quiero ir y no obstante se agota, irremediable, nuestro año aquí; se disuelve, grano a grano, a través de la clepsidra: lo veo caer desde este cómodo sillón de piel; lo miro, impasible, deslizarse igual que miro caer la tarde; nada detiene esas partículas de arena, esos días, estos minutos... absolutamente nada. Por eso detengo ahora mismo este último sorbo en la boca, por eso paladeo el irrepetible instante: siento el vino desplomarse, suave, dentro de mí, degusto sus taninos, los absorbo, porque sé que cuando vuelva a abrir los ojos se habrá acabado el resto de mi copa y ya será muy tarde para regresar al presente, a esta tarde inolvidable.

25

Querido amigo,

Recién termino el espléndido ensayo de Bárbara Jacobs sobre Simone de Beauvoir. Dado que tu novela pretende ser la versión mexicana de *Los mandarines*, no podía dejar de mandarte la siguiente cita, la cual me ha puesto a reflexionar hondo sobre los límites que un autor debe imponerse al escribir una novela, sobre las fronteras entre lo permisible y lo transgresor, la facultad de traspasar y usurpar vidas ajenas, la intimidad de los otros, su sexualidad y sus secretos más recónditos, todo eso que, a la postre, no es parte del dominio público.

Resulta que un tal H. E. F. Donohue, famoso reportero neoyorquino, publicó unas "conversaciones" con el novelista de Chicago, Nelson Algren, amante de Simone y personaje fundamental de *Los mandarines*. Cuando Donohue le preguntó por qué había terminado su larga relación amorosa con la escritora francesa, éste le respondió enfático: "*Contarlo todo* tiene sus riesgos. *Contarlo todo* bajo la suposición de que el mundo ha estado esperando oírlo, cuando el mundo no ha estado esperando nada por el estilo. Lo único que el mundo ha estado esperando es que te calles un segundo. Hacer pública una relación entre dos es acabar con ella como relación de dos: demuestra que para empezar la relación nunca pudo haber tenido gran sentido si su finalidad tenía tan poco que ver con el amor. Se vuelve otra cosa. O sea, lo grandioso del amor sexual es que hace que te vuelvas ella y ella tú, pero cuando compartes la relación con todo el que pueda comprarse un libro, lo reduces. Deja de tener sentido. Es bueno para el negocio de los libros, supongo, pero tú sencillamente pierdes interés en la otra persona".

Hasta aquí la respuesta, amigo, la cual no podía dejar de enviarte por obvias razones. Ni qué hablar que la de Algren, aparte de ser una legítima posición literaria y moral, es un sentimiento harto comprensible, empero no se me escapa que existe otra postura y se resume más o menos así: ¿en qué se distinguen, a la postre, un biógrafo de Simone y *Los mandarines* de Simone si en ambos casos terminará por aparecer su historia de amor con Nelson Algren, sus intimidades y secretos? ¿Es el biógrafo de Simone menos inmoral que la novelista por el mero hecho de ser biógrafo?, ¿uno tiene la obligación de contarlo todo y el otro no la tiene, o ambos son igualmente inmorales? ¿Escribir una autobiografía sería ético mientras que hacer una novela con la propia vida no lo es? Bueno, como ves, yo mismo no tengo una respuesta clara al respecto, sólo te hago y me hago estas mismas complicadas preguntas...

Un abrazo fuerte,

Iñ...

26

Todo empezó el día que escribí y publiqué mi fábula sobre el Zorro, quizá el más famoso escritor mexicano del siglo XX. Pero antes debo explicar mi particular problema con el Zorro y no el problema del Zorro conmigo —dado que el Zorro nunca me conoció—. Él era y sigue siendo famoso, yo no lo era ni lo soy. Pero para darle un orden o coherencia al motivo que me llevó a escribir mi texto, debo remontarme atrás, mucho tiempo atrás, cuando leí, confuso y azorado, "El Zorro es más sabio", la célebre fábula de Tito, el amigo del Zorro y marido de Bárbara Jacobs, para colmo de fábulas y coincidencias:

«Un día que el Zorro estaba aburrido y hasta cierto punto melancólico y sin dinero, decidió convertirse en escritor, cosa a la cual se dedicó inmediatamente, pues odiaba ese tipo de personas que dicen voy a hacer esto y lo otro y nunca lo hacen.

Su primer libro resultó muy bueno, un éxito; todo el mundo lo aplaudió, y pronto fue traducido (a veces no muy bien) a los más diversos idiomas.

El segundo fue todavía mejor que el primero, y varios profesores norteamericanos de lo más granado del mundo académico de aquellos remotos días lo comentaron con entusiasmo y aun escribieron libros sobre los libros que hablaban de los libros del Zorro.

Desde ese momento el Zorro se dio con razón por satisfecho, y pasaban los años y no publicaba otra cosa.

Pero los demás empezaron a murmurar y a repetir: "¿Qué pasa con el Zorro?", y cuando lo encontraban en los cócteles puntualmente se le acercaban a decirle tiene usted que publicar más.

—Pero si ya he publicado dos libros —respondía él con cansancio.

—Y son muy buenos —le contestaban—, por eso mismo tiene usted que publicar otro.

El Zorro no lo decía, pero pensaba: "En realidad lo que éstos quieren es que yo publique un libro malo; pero como soy el Zorro, no lo voy a hacer".

Y no lo hizo.»

A la equívoca fábula del Zorro escrita por Tito, su amigo, algunos la llaman (con razón) la mejor biografía jamás publicada del escritor del que estoy hablando —la mejor y más breve—. El problema (mi problema) era no obstante la siguiente frase: "Desde ese momento el Zorro se dio con razón por satisfecho, y pasaban los años y no publicaba otra cosa".

Por mucho tiempo no dejó de aturdirme la frasecita puesta allí como si cualquier cosa... No dejaba de darle, confieso, vueltas al asunto, a la médula de la oración. Conforme pasaban los años y leía y releía los dos admirables libros del Zorro, seguía sin entender por qué diablos debería "sentirse satisfecho", tal y como presuponía su querido amigo Tito... ¿Darse por satisfecho? ¿Cómo puede un auténtico Zorro, uno que se precie de serlo, darse por satisfecho con dos excelentes libros, no importa qué tan extraordinarios sean éstos? Joyce no lo hizo y había publicado (al igual que el Zorro) una novela perfecta y un libro de relatos igualmente perfectos antes de emprender el *Ulysses*. Thomas Mann había escrito dos obras maestras antes de cumplir los 30 y aun así se puso a escribir *Doctor Faustus* al final de su vida. Tolstoi había concluido *Guerra y Paz* a los 40 y sin embargo emprendió *Anna Karénina* y *Resurrección* muchos años más tarde. Cervantes, Dickens, Faulkner, Lawrence, Mishima, Yourcenar, Carpentier, Borges y Dostoyevski hicieron lo propio y ninguno dejó de escribir hasta el mismo día de su muerte. Simplemente en México, Carlos Fuentes había publicado dos grandes novelas por los mismos años que el Zorro y sin embargo nunca dejó de intentarlo una y otra vez, independientemente de haberlo conseguido o no. Mariano Azuela, a la misma exacta edad del Zorro (ambos tenían 38 años) había publicado asimismo su pequeña obra maestra y a pesar de ello jamás se rindió, nunca se dio "por satisfecho".

No dejaba de recorrer una lista mental de escritores a quienes admiro, Zorros que, a pesar de haber escrito una o dos obras maestras, habían intentado una tercera y una cuarta y hasta una quinta, independientemente del fracaso o del éxito, independientemente de los críticos y sabuesos de los que habla el entrañable amigo del Zorro mexicano. Entonces me decía, confuso: ¿por qué pretender hacer pasar por sabiduría lo que no es sino un infernal estreñimiento?

O peor aun: ¿por qué engañar al fatigado Zorro diciéndole que es un Zorro sabio cuando lo que le sucede al pobre es que tiene una severa depresión que lo ha tenido tres décadas inmovilizado? Eso no hace un buen amigo. ¿Por qué uno embauca al otro? ¿Por qué mentirle al Zorro en lugar de animarlo a escribir el tercer libro? E incluso: ¿por qué decir que los otros "quieren que publique un libro malo" cuando lo que deseábamos todos era que publicase *muchos libros buenos*? No lo entendía, hasta que, poco tiempo después, encontré la respuesta a mis preguntas en un maravilloso librito de Bertrand Russell donde, por casualidad, encontré un párrafo (¡oh sorpresa!) donde se citaba, otra vez, al mismísimo Zorro: "Consideremos el tema de la mentira. No niego que hay demasiadas en el mundo y que estaríamos mucho mejor parados con un buen incremento de verdad, pero sí niego de manera inequívoca (tal y como cualquier persona racional haría) que mentir no sea siempre y necesariamente algo injustificado. En una ocasión, yendo en un paseo por el campo, miré a un pobre Zorro gimiendo de cansancio, esforzándose por continuar su huida. Unos minutos más tarde, encontré a unos cazadores. Me preguntaron si había visto al Zorro, y yo les respondí que sí, que lo había visto. Me preguntaron hacia qué lado había tomado, y yo les mentí. No creo que hubiese sido una mejor persona si les hubiera dicho la verdad."

Claro, pensé, cerrando el libro de Russell: Tito, el amigo del Zorro, había mentido a los malditos cazadores para que éstos, por fin, lo dejaran en paz. Tito no era, a pesar de todo, un mal amigo, como yo tontamente creía; al contrario, Tito era un tipo compasivo, solidario... El pobre Zorro, ya lo vimos en su fábula, estaba exhausto, muerto de miedo, vivía un calvario interior. Los cazadores lo habían perseguido por muchos años y el pobre no encontraba la forma de zafarse de sus requisas y reclamos. Su amigo la encontró por él aquella tarde en la campiña: engañó a los cazadores, escribió una equívoca fábula biográfica e hizo pasar por sabiduría lo que no era sino depresión, bloqueo, amargura, estreñimiento, parálisis y temor de escribir un tercer libro como hacen los auténticos grandes novelistas...

Me atreví a publicar mi fábula y con ello me granjeé la enemistad de cientos de cazadores en mi país, todos aquellos que ganaban un sueldo vendiendo la historia del Zorro sabio a quien la quería oír y deseaba creerla... Claro: lo que menos hubiesen deseado estos sabuesos es que viniera yo (este rubito de mierda) a desmentir la ya para entonces legendaria fábula de su amigo Tito: perderían sus sueldos y no podrían pagar sus hipotecas y la escuela de sus hijos. (No los culpo: yo he vivido con ese problema también.)

No había, pues, pisado tan sólo la cola del Zorro sabio, sino también la insignificante colita de sus insaciables sabuesos. Y en México esa osadía se paga cara. Ya lo experimentaría en carne propia...

27

Desde que recibió el correo de Iñigo, Eugenio se ha puesto a investigar la genealogía del dictador Victoriano Huerta. Había dejado el asunto en paz desde hacía rato, pero estos últimos días ha vuelto a retomarlo.

Primero fueron un par de libros sobre la Revolución Mexicana, luego una biografía de Pancho Villa en dos volúmenes, y más tarde comenzó a indagar en la red. Se ha pasado enlazando datos que confirmen las palabras de su estudiante, corroborar si verdaderamente es, como él le dijo en Carlton, bisnieto del Chacal.

Según Eugenio, el tema de Bryan Huerta y Victoriano podía haber dado para una buena novela negra, un relato policial, algo a caballo entre *The Lord of Discipline* y *La ciudad y los perros*, sin embargo el impulso inicial al poco tiempo desfalleció y en su lugar se puso a fabular una ridícula novela con fantasmas cuyos personajes son él mismo, Lourdes, su amiga, y dos inexistentes hijos de trece y nueve años de edad. Todos, para colmo, viviendo en Aix. Todos enquistados en este mismo sabático. Y en lugar de usar su verdadero nombre, se ha inventado un alter ego. ¿A quién pretende engañar?

Aunque Iñigo le había escrito sugiriéndole retomar el asunto del cadete tras haber leído la mitad de su novela, Eugenio no había estado muy seguro de intentarlo. Era tarde para ello, me confesó, aunque no me quiso dar más explicaciones. ¿Cómo incorporar un crimen "revolucionario" dentro de una novela conyugal? No obstante, otro nuevo correo lo ha vuelto a impulsar: Saúl Castelo Arizpe, su colega de Bastion, le ha dicho que Bryan se ha inscrito para el programa intensivo de verano en Madrid. Cuando Eugenio lo supo se quedó helado. Primero, Iñigo, mi amante, lo animaba con el tema, le insistía que debía retomarlo; luego Saúl remachaba la cuestión dándole la lista con los nombres... Todo lo empujaba hacia el maldito Huerta.

Como sea que fuere, enterarse que el joven viene a España lo ha animado a continuar con su investigación. Tal vez, me ha dicho, consiga sacar algo en claro con todo este galimatías: un ensayo, un cuento policiaco, un relato histórico como los que escribe Pato...

Ahora bien, según Eugenio, Bryan le había dicho que el general había sido su bisabuelo. Yo incluso conocí al muchacho el día que vino a recoger el coche para llevárselo a Jacinto a Princeton —todo esto poco antes de que dejáramos Carlton—. Debo agregar que cuando abrí la puerta y le entregué las llaves con el sobre que Eugenio me había dejado, no me cupo la menor duda: el Chacal podía haber sido su bisabuelo; eran idénticos, sólo que Bryan era un poco gordo y alto y el dictador (al menos en las fotos) parece delgado y bajito.

Esta mañana, Eugenio ha salido extático del cuarto, y me ha dicho:

—Victoriano Huerta no era su bisabuelo, como Bryan cree, sino su tatarabuelo. Mira esto, Gloria...

Y me empujó a la recámara para enseñarme sus descubrimientos: primero un pequeño árbol genealógico que había hallado en internet, luego otro y después un tercero que él mismo había compuesto a partir de los anteriores. Me enseñó distintas actas bautismales, actas de nacimiento y defunción, manifiestos de embarque, fotografías en blanco y negro... La historia del clan Huerta se desenvolvía más o menos así: el asesino de los hermanos Madero y Pino Suárez había nacido el 22 de diciembre de 1850 en Colotlán, Jalisco. En 1880, a sus 29 años, se había casado con Emilia Águila y con ella había tenido once hijos, aunque al momento de fallecer en el exilio, sus hijos eran ocho: Jorge, María Elisa, José Víctor, Luz, Elena, Dagoberto, Eva y Celia.

José Víctor Octavio Huerta Águila, nacido en 1891, será el bisabuelo de Bryan y no su abuelo. José Víctor se casaría el 23 de abril de 1914 con Concepción Hernández Güereña (originaria de Chihuahua) antes de que el clan Huerta huyese para siempre hacia el destierro. Concepción y José Víctor tuvieron un solo hijo: Víctor Huerta Hernández (el abuelo de Bryan), quien nació en Barcelona en junio de 1915.

Dando un nuevo giro a su destino, el clan se embarca en Barcelona rumbo a Nueva York. Hoy se sabe que el ejército alemán fraguaba un nuevo golpe de estado y que Huerta, junto con Pascual Duarte, lo llevarían a cabo desde Estados Unidos. El clan arriba a Nueva York el 25 de junio de 1915. El bebé tiene cuatro meses al llegar, pero lleva encima tres nacionalidades y la nefanda reputación de su abuelo, quien muere en 1916...

—Pero ¿por qué diablos te interesa Huerta? —interrumpí la perorata de Eugenio, quien no cejaba de atiborrarme con datos.

Parecía desquiciado; ni siquiera había tocado su café de esa mañana. Los dos seguíamos sentados frente a la computadora, con los libros abiertos y los árboles genealógicos desparramados sobre su mesa de trabajo.

—No me importa Huerta, Gloria, sino a los que mató —me dijo fríamente, cambiando de tono.

—Era un asesino. Todo mundo lo sabe.

—Mató a mi tatarabuelo. Eso no lo sabes porque nunca te lo he contado...

—¿Quién era tu tatarabuelo?

—Alfonso Bassó Bertiolat —cerró los ojos, se aclaró la garganta y añadió—: Aunque marino, era intendente de Palacio Nacional cuando Madero era presidente de la República. El Chacal lo mandó matar el 19 de febrero de 1913 en medio de los sucesos de la Decena Trágica. Lo mandó a asesinar a él y a Gustavo A. Madero, el hermano del presidente. Mira, encontré esto en un libro de Taracena que te aclarará mejor lo que pasó: "Los festejos en La Ciudadela continuaron hasta el amanecer del día 19. Al calor de la borrachera los soldados exigieron a Félix Díaz la entrega de los hermanos Madero. Huerta se opuso, pues necesitaba la renuncia oficial del presidente para dar legalidad a la usurpación; a cambio, les entregó a Gustavo A. Madero y a Adolfo Bassó Bertiolat. Los prisioneros fueron conducidos por Joaquín Maas y Luis Fuentes ante la presencia de Mondragón, quien, en venganza por las muertes de Reyes y Ruiz, ordenó su muerte inmediata. Debido a las arengas que Cecilio Ocón había lanzado a la soldadesca, hacia el filo de las 2:00 a.m., Gustavo fue cruelmente martirizado. En las afueras de La Ciudadela le arrancaron el único ojo que tenía dejándolo ciego, luego lo patearon, lo humillaron y lo golpearon continuamente; un capitán le disparó; ya muerto, su cuerpo fue mutilado y los soldados le siguieron disparando. Le extrajeron el ojo postizo y su cadáver fue quemado. Tenía treinta y siete heridas de bala. Acto seguido, Adolfo Bassó Bertiolat fue fusilado, sin embargo, en esta ocasión él mismo dio las órdenes al pelotón. Antes del amanecer, en el mismo sitio, fue asesinado el periodista y jefe político de Tacubaya, Manuel Oviedo, con quien Mondragón tenía viejas rencillas."

28

Manuel Caballero era un entrevistador de la tercera edad. En alguna época había sido un comentarista respetabilísimo. Conocía a todos los escritores mexicanos y de todos escribió algo. Algunos importantes sin embargo se le escaparon. El caso más señero fue, sin embargo, lamentable: olvidó a la mejor cuentista mexicana del siglo XX, Inés Arredondo, la madre de Pancho Segarra, de quien ya hablé al contar mi aventura con *Sacbé.* Caballero decidió no incluirla en su famosa antología poética por falta de espacio (según me explicó una vez), lo mismo que no hicieron Monsiváis y algunos otros por falta de algo más. Eso, al final, no importó demasiado: Inés, con los años y desde ultratumba, se desayunó a sus antologadores (un poco como Pessoa se desayunó a los suyos en Portugal). Su genio y disciplina se impusieron con el paso del tiempo. Claro: tardó más que muchos hombres mucho menos talentosos. No en balde a seres como a Inés se les conoce con el equívoco epíteto de "sexo débil": por lo general a estos individuos las cosas se les vuelven un poco más difíciles, aunque tarde o temprano, como suele siempre suceder, la calidad termina por imponerse (Sor Juana, Duras, Yourcenar, Morante, Arredondo, Simone de Beauvoir, Lispector *et alii*). En cualquier caso, yo aquí no iba a hablar de Inés sino de Manuel, el gran entrevistador que tuvo México en los sesenta. ¿Y por qué diablos ponerme hablar de este señor? ¿Qué tiene que ver con mi vida?

Sencillamente porque fue a él, en primer lugar, a quien no le gustó mi fábula sobre el Zorro sabio que publiqué en el 2002. Al principio, pensé que su inquina era por haber discrepado yo con Tito en su benigna apreciación —confundir, ya dije, una derrota humana con una victoria literaria—, pero Abelardo Sanavria, pragmático de hierro, me hizo entender la verdadera causa de su enfado: no haberme unido a la cofradía de adeptos del Zorro por él fundada en los sesenta. Y eso se paga muy caro, me advirtió con una risita sarcástica como suele. Tenía razón: durante tres años consecutivos, Manuel Caballero vetó mi solicitud al Sistema Nacional de Creadores.

Las consecuencias de mi acto (de mi contrafábula) no paran, sin embargo, aquí —y ni con él, por supuesto—. Después de obstruirme por espacio de tres años, otros dos íntimos amigos y pupilos suyos hicieron lo propio: Manfredo Quiñones (tres años) y Miguel Doménech (otros tres años). En total pasé nueve solicitando una beca para escritores que merecía desde hacía, por lo menos, nueve años; nueve años esperando recibir lo que Javier, Amancio, Pablo y Abelardo habían obtenido dos veces cada uno y les había deparado no sólo gran satisfacción sino sobre todo mucho dinero...

Como me dijo Cloe una vez: "Eloy, hasta que no tengas un amigo dentro del jurado, jamás la obtendrás, no seas tan ingenuo". Y tenía razón. Muchísimos competían por el jugoso estímulo: poetas, dramaturgos, cuentistas, novelistas, críticos literarios... Era mucha la pasta en juego y, por lo mismo, la lucha por ganar la beca podía llegar a ser sangrienta; los compadrazgos, amiguismos y alianzas se hacían inevitables —no podía ser de otra manera—. Se sellaban con sangre y cenizas. No bastaba con ser buen escritor y ni probarlo con la obra publicada o traducida. Se requería algo más, como decía Cloe, y ése algo no llegó sino el bendito día en que Amancio Piquer recibió una milagrosa llamada para fungir como jurado por primera vez sustituyendo a Doménech por los siguientes tres años. Según supe más tarde, su primera reacción había sido la de no aceptar el delicado encargo. Ese tipo de complicaciones no eran (nunca han sido, es cierto) de su agrado. Amancio ha sido, desde que lo conocemos, reticente a complicarse la vida, a pesar de que a veces se la embarulla más intentando no complicársela...

Cuando Amancio le contó a Javier que le habían pedido ser parte del jurado, éste le dijo: "Pero ¿no te das cuenta? Es la única manera de ayudar a Eloy. De lo contrario, jamás la va a obtener." "Por supuesto", cayó en cuenta Piquer, "¡qué bruto soy!" "Estamos hablando de jugosos dólares, Amancio", añadió Solti, "tú lo sabes mejor que nadie". "Sí, sí", dijo nuestro mutuo amigo, "y vaya que los necesita, el pobre". Sí, ¡vaya que los necesitábamos Lourdes y yo!

Con mi sueldo miserable en Bastion College no alcanzábamos para cubrir el mínimo de las deudas acumuladas y ni siquiera llegar tablas con los gastos al final de mes. Apenas conseguíamos librar la hipoteca y ya habíamos estado a punto (al menos en dos ocasiones) de darnos a la quiebra, eso que en inglés se conoce como *foreclosure* (o juicio de venta hipotecario). Algunos conocidos lo habían ejecutado después de la crisis del 2008, entre ellos Saulo Castillo y su mujer neurocirujana, por más doctores que fueran los dos. Debido a que su hogar (como el de millones) se había devaluado a la mitad en cuestión de meses, ¿por qué querría nadie pagar un precio inexistente e irrazonable al maldito banco? Mejor salirse, dejar la propiedad e irse a alquilar a otro lado por un precio real (o al menos módico y razonable). Claro: con ello tu crédito caía en picada y no podías volver a sacar una tarjeta de crédito, así que Lourdes y yo lo evitamos a todo precio, nos apretamos el cinturón y seguimos estirando los centavos. Desde hacía una década vivíamos entrampados en el crédito, acostumbrados a vivir en números rojos, y todo se empeoró cuando la ciática lumbar le impidió continuar trabajando en la academia donde laboraba medio tiempo. Ese pequeño ingreso nos ayudaba a salir más o menos a flote; no obstante, una vez comenzó a padecer ese dolor que, decía, la desgarraba (literalmente) por dentro, decidimos que era hora de que emprendiera una carrera, aquella que nunca estudió por amor a la danza, desoyendo a sus padres que le habían rogado veinte años atrás que la hiciera.

La ciática lumbar dio su aldabonazo poco después de volver a casa en aquel verano del 2008, casi al mismo tiempo en que yo estaba al lado del lecho de muerte de mi padre. Lourdes me había descrito con detalle su espeluznante experiencia: iba en el auto con los niños conduciendo cuando sintió de pronto un pinchazo que la inmovilizó de la cadera hacia abajo. Ya no pudo mover el coche a la vereda y tuvo que esperar a que una patrulla la ayudara y los trajese a casa. Dos discos de la columna habían destrozado el nervio dorsal. El doctor fue contundente: cortisona o dejar de bailar, y, por supuesto, moverse con mucha cautela a partir de ahora y por el resto de su vida. Desestimó la cortisona: los efectos secundarios eran terribles y duraderos, tanto que en el transcurso de una vida no se recomienda inyectársela más de dos o tres veces.

En resumen —y para no alargar lo irremediable—, Lourdes renunció a su pasión, dejó de hacer ejercicio, se deprimió y subió de peso cuando tenía que haber bajado, cesó con ello de ingresar el apoyo mensual con que nos manteníamos a flote (aunque sin poder saldar las malditas deudas) y comenzó a estudiar pedagogía a sus cuarenta años de edad. La carrera, para colmo, era más cara de lo que jamás imaginamos. Aunque público, el College of Carlton, lo mismo que Bastion, es universidad de paga —y de *mucha paga*—.

Decir pública en Estados Unidos es un nefando eufemismo, para quien no esté enterado.

Todo para explicar nuestras esperanzas puestas en Amancio, mi querido Amancio, el nuevo juez del Sistema Nacional de Creadores, el único que podría paliar de un plumazo y con su venia nuestra desesperada situación económica. Cuando él me llamó para contármelo, no cabíamos de la emoción Lourdes y yo. Era un hecho. Por fin, después de una década, iba yo a obtener lo que tanto merecía, los jugosos centavos que todos mis amigos habían obtenido desde hacía dos o tres lustros y yo no había tenido por culpa del maldito Zorro sabio, quiero decir, por culpa de Tito, quiero decir, por culpa de Manuel, Manfredo y Miguel, quiero decir: por culpa *solamente* Mía.

Sí, ¿quién diablos me mandaba escribir fábulas esquizoides en mi querido y veleidoso México? Atreverse, tener la temeridad de tocar a una vaca sagrada con el pétalo de una rosa, te llevaba derecho al paredón:

M. M. M.

29

Iñigo no lo sabe; Eugenio no lo sabe. Y yo tampoco estoy segura... De hecho, nunca, en todos estos años, lo he estado.

¿De quién es hija Luna?

30

Nina Moreau me ha llamado por teléfono esta mañana. Dejé lo que estaba escribiendo y corrí a contestar a la carrera. Lourdes y Abraham acababan de partir a la clase de violín con Heike, tal y como suelen hacer los miércoles a las diez en punto. Natalia estaba en la escuela.

—Hola, Eloy. ¿Está Lourdes? —me dijo con su vocecita escuálida.

—No, acaba de salir. Regresa a mediodía.

—Quería hablar contigo. Es urgente... ¿Puedes venir a casa?

—Por supuesto —le contesté—. Estoy allí en cinco minutos.

Me puse los mismos jeans del día anterior, me peiné y crucé Rue de la Clairière: en realidad los Moreau y nosotros vivimos a veinte metros de distancia. Basta cruzar la estrecha callecita con gravilla y uno se encuentra frente al garage de su casa. Desde la ventana de la cocina podemos ver sin mayor dificultad cuándo llegan o salen y si han estacionado sus coches. De hecho, nos vemos casi todos los días aunque sea de puerta a puerta: nos hacemos una seña, nos enviamos un saludo afectuoso...

Toqué la puerta y Nina me abrió. No parecía contenta... Yo hubiera querido que Lourdes y Clovis estuvieran allí: el espinoso tema de Remy y Natalia nos concernía finalmente a los cuatro.

Nos sentamos en su terraza con un pequeño café expresso y sin demora, adivinando de lo que con tanta urgencia quería hablar, me adelanté:

—Quiero que sepas que Lourdes y yo tenemos la misma preocupación.... Es hora de poner un hasta aquí a todo este asunto.

—¿De qué hablas, Eloy?

—De Remy y Natalia, por supuesto.

—No quería hablar de eso. Al menos no ahora.

No me había pasado por la cabeza (no hasta ese momento) que pudiera tratarse de otra cosa. Desde que empezaron su noviazgo, el asunto se nos ha venido escapando de las manos: la llama del amor surgió tan de súbito entre ambos, que para cuando reparamos (o cuando Lourdes lo supo) ya nada ni nadie podía detenerla. Ahora parecen dos adultos entrampados en un matrimonio con sus desavenencias, sus llantos y reconciliaciones abruptas. Y aunque ya habíamos hablado una sola vez sobre el tema con los Moreau, ayer había ocurrido otro nuevo incidente: Natalia le había gritado no sé por qué y Remy se había ido llorando a su casa sin decirnos adiós. Asumí que Nina quería hablar sobre esto, contarme lo que había ocurrido pues Natalia se ha enfrascado en un obstinado silencio...

—Quería hablar contigo a solas, sin Lourdes —dijo enfática.

—Soy todo oídos —le dije tomando mi tacita de café.

—Se trata de Isabelle.

—¿Isabelle? —respondí perplejo dejándolo sobre la mesa—. Pero ¿quién es Isabelle?

—No te hagas el chistoso: tú sabes muy bien quién es Isabelle.

—No conozco a ninguna Isabelle...

Esta vez, un poco molesta, subió de tono y me dijo:

—La mamá de Jean Batiste. ¿Ahora *sí* te acuerdas?

Me quedé aterrado. ¿Cómo diablos podía Nina saber nada de esto? ¿Se lo había dicho ella, Isabelle? Imposible. ¿Quién se lo habría contado si nadie más en este mundo podía estar enterado? Lo primero que me vino a la mente fue si acaso ya lo sabría Lourdes... Sentí un vértigo... y mientras trataba de pensar qué le respondería a Nina Moreau, repasé el humor de mi mujer esta mañana antes de salir a la clase con Heike: no sabía nada, no podía sospecharlo. Yo lo hubiera presentido... Basta con que ella intuya algo, bastan unos incipientes celos infundados, para que me insulte o me rompa un trasto en la cabeza.

No, Lourdes no sabía nada: al menos no todavía...

—¿Quién te dijo? —le pregunté.

—Eso no importa ahora, Eloy.

Se quedó otra vez callada, seria, como una maestra de escuela enfadada. Parecía meditar tranquilamente sus siguientes palabras, ponderarlas, esto sin dejar de fijar su mirada azul sobre la mía. Me sentía, confieso, en el banquillo de los acusados. Nina se había convertido de pronto en mi juez y mi verdugo.

No importa contar cómo empezó mi relación con Isabelle (no iba a hacerlo en este libro), sino explicar de qué manera había podido ocultarla todos estos meses. Desde que nos vimos la primera vez en la salida de la escuela de Abraham una tarde a las cuatro, supimos los dos que nos gustábamos. Este tipo de sensaciones (¿cómo llamarlas, si no?) suelen pasar en la vida cuando menos te lo esperas... Son infrecuentes, pero cuando una mujer te gusta y ella decide desvelar que tú también le gustas... bueno, pues lo demás son circunstancias, tiempo y coyunturas que juegan más o menos a tu favor o en tu contra...

Transcurrió un mes antes de que, por fin, iniciáramos la primera conversación a la salida del colegio —creo que no fue sino hasta fines de octubre que surgió la excusa, misma que vino cuando Abraham me presentó a su nuevo mejor amigo del salón, Jean Batiste—. A partir de ese día, las cosas entre su madre y yo fueron armándose por sí solas... aunque aquí exagero la nota, claro. Nada pasa por sí solo: uno lo empuja, lo orilla, lo busca... Lo que quería decir es que lo nuestro fluyó de manera natural y sin demasiados aspavientos...

Isabelle es divorciada. Su ex marido se mudó a Córcega hace tres años y desde entonces él apenas ve a sus hijos (la historia de Heike se repetía más o menos parecida: el hombre había encontrado otra mujer y se había olvidado de Aix y su familia). Pretender que a Isabelle no le importaba que fuese yo casado sería una atroz mentira y la haría pasar como una desvergonzada, una mujer sin escrúpulos, cuando es justo lo opuesto: la contrariaba horrores que estuviera yo casado, pero más le horrorizaba tener que encontrarse con Lourdes a la salida del colegio. Fingir frente a mi esposa la desmoralizaba tremendamente... ¿Qué pasaría si se enterase Lourdes? ¿Qué si lo supieran los niños? ¿Qué si se difundiera el chisme entre los padres de familia del colegio? En resumen, que ella dejó de ir por Jean Batiste a las cuatro y en su lugar empezó a recogerlo su anciano padre, un amable viejecillo que vive a tres calles de nuestra casa. De hecho, ésa es la verdadera razón por la que Jean Batiste y su hermanita pueden ir al colegio de este distrito: el domicilio del abuelo les permite asistir al mismo colegio que Abraham, ya que Isabelle vive a las afueras, cerca de Éguilles, donde los ingleses.

Tuvimos, pues, que extremar la cautela desde el primer momento —quiero decir, desde el primer beso que nos dimos—, y eso hicimos reduciendo nuestros encuentros a una sola vez por semana desde mediados de noviembre, a la vuelta de Roma: sólo nos veíamos los miércoles en el bosque de Pont de l'Arc mientras Jean Batiste y Abraham entrenaban en las canchas de futbol soccer. Eran dos horas para nosotros, dos horas para charlar, contarnos nuestras vidas y besarnos bajo la techumbre del bosque mientras caminábamos al filo del río. Y aunque suene ingenuo o cándido y nadie jamás me lo llegue a creer (mucho menos Lourdes), lo cierto es que nunca me he acostado con ella...

—Le dije a Isabelle que no estaba bien lo que hacían, que estabas casado, Eloy.

—Ella sabe que estoy casado. Nunca le mentí.

—Claro que lo sabe... Ésa no es la cuestión —dijo enfadada Nina—. El problema en esta historia es que tú traiciones a Lourdes, el problema es que yo lo sepa y que tu mujer sea mi amiga. ¿Te das cuenta? Menudo aprieto... ¿Qué debo hacer ahora? Tú dime... ¿Quedarme cruzada de brazos? ¿Verla a la cara y salir los cuatro juntos a cenar fingiendo que no sé nada? Ponte en mi lugar, Eloy. Maldito el día en que me tuve que enterar.

—¿Quién te lo dijo? ¿Ella?

—Por supuesto que no. Fui yo quien la increpó —dijo con su vocecita meliflua—. Claro: Isabelle lo negó al principio. Idéntico a ti. La diferencia, sin embargo, es que ella no está casada. ¿Te das cuenta? Isabelle no tiene nada que perder con este lío de ustedes. Y tú, en cambio, sí... Y se lo dije tal cual, con la misma franqueza con que te lo digo a ti ahora. No me parece justo lo que están haciendo...

—Si Lourdes se entera, se divorcia.

—No es para menos... ¿Qué pensabas? Y de paso tus hijos van a pagar por tus juegos eróticos...

—No son juegos —riposté.

—Llámalos como quieras.

—Quiero a Isabelle.

—Estás loco. Eso no es amor. Es una pura ilusión pasajera, otra novela que escribes. Tu realidad es una y solo una: Natalia, Abraham y Lourdes. Tu realidad es tu familia. Tu realidad es que en escasos dos meses volverán a Estados Unidos. Isabelle se queda en Aix. Es francesa. Sus hijos son franceses. ¿De qué diablos estás hablando? ¿Amor? ¿Cuál amor?

—Sí, Nina.

—En tres o cuatro meses la habrás olvidado; lo mismo ella a ti. Ya verás que tengo razón y me lo agradecerás toda la vida.

—¿Qué te ha dicho ella?

—Que ya no te verá. Que te olvides de sus encuentros en Pont de l'Arc los miércoles. Va a sacar a su hijo del equipo de futbol. Lo va a llevar a un centro deportivo distinto, qué sé yo...

—No te lo creo.

—Hoy que vayas a Pont de l'Arc te enterarás —se aclaró la garganta un par de segundos y agregó con firmeza—: Y ni se te ocurra volverla a buscar. Lo último que quiero es tener que arruinarte la vida.

—¿Se lo vas a decir a Lourdes? ¿Es eso?

—No, pero no me obligues a seguir fingiendo. Ya te lo dije: tu mujer es mi amiga. Lo mismo Isabelle.

—Te lo dijo su padre, ¿no es cierto?

—Eso no importa —y dando un giro a la conversación, concluyó—: Tenemos que hablar con Remy y Natalia los cuatro adultos. Entre más pronto, mejor. Las cosas están poniéndose color de hormiga y apenas son unos críos. Su noviazgo me da un poco de miedo, ¿sabes? Se enzarzan en cada disputa…

Yo ya no le puse la menor atención. Sólo pensaba si debía contar esto o no, si debía confesarlo o callármelo. Sólo pensaba si volvería a ver a Isabelle. Sólo pensaba sobre lo que realmente yo quería hacer con mi vida, sí, con mi vida, con eso que usualmente se llama destino, futuro, porvenir… ¿Y si me equivocaba, si confundía la decisión? ¿Y si Nina tenía razón y lo nuestro era una ilusión pasajera, un escarceo ridículo? ¿Y si amaba a Lourdes aunque le hubiese jurado a Isabelle lo contrario en Pont de l'Arc?

De una cosa estaba seguro mientras oía la voz de mi verdugo como música ambiental: yo no podía convertirme en el ex marido de Heike o el ex marido de Isabelle y dejar a mis hijos sin su padre. Sencillamente no podía: no estaba en mi sangre, en mi naturaleza, imaginarlo nada más me rebasaba y hacía estallar los diques, lo que fuese que había dentro de mí… ¿Quedarme en Francia y abandonar a Natalia y a Abraham? Una locura… ¿Criar dos niños que no son míos y echar de menos a los que sí lo son? ¡Vaya ridícula paradoja! Ése sería, entre otros, el precio por tener… acaso… tres años de dicha y sosiego, luego… lo mismo, la misma estúpida vaina del amor, sus subidas y bajadas, sus esperanzas y estrepitosas caídas. El amor, esa puta noria sobrevalorada… Yo mismo se lo había dicho así a Heike cuando nos contó su historia, yo mismo se lo advertí cuando nos confesó cómo su marido las había abandonado por una mujer mayor que ella, su propia amiga. Yo mismo le había dicho que eso no duraría más de dos o tres años y que luego volvería a buscarlas a ella y a sus hijas, que estuviera preparada. Al tiempo, tiempo… ¿Sería lo mismo con Isabelle? Pero sólo imaginarlo, sólo pensar no volvérmela a encontrar en Pont de l'Arc este miércoles (hoy), empezaba a dolerme ya en alguna parte del alma.

Nina me sacó de mis cavilaciones:

—¿Me estás oyendo?

Asentí. Y añadió de inmediato dejando su café en la mesa:

—Mira: si no te lo decía yo, el padre de Isabelle iba a decírselo a Lourdes. Ésas eran las opciones. Tal y como lo oyes. Yo le dije que me dejara hablar contigo primero, que no era necesario ir con tu mujer, que lo entenderías y no la volverías a buscar. Lo que menos quiere el anciano es un hombre casado para su hija. Es normal. Siente que juegas con ella, que te aprovechas de su vulneravilidad...

—Pero eso no es cierto —argüí.

—¿Cómo te atreves a decir que no es cierto? ¿Acaso vas a dejar a tu familia? No, ¿verdad? Entonces *sí* es cierto: su padre tiene razón, al fin y al cabo.

—Hay sentimientos... muy fuertes.

—No lo dudo —dijo Nina—, pero también hay hijos de por medio, hay realidad, hay facturas que pagar, hay fronteras y países, mundos distintos. No me pidas que te diga todo lo que ya sabes de sobra. No eres un niño. Te comportas peor que Remy.

¿Era cierto? ¿Actuaba peor que un adolescente? ¿Sólo un chico de catorce o quince tiene derecho a sentir cariño, amor, ternura, comprensión? ¿La gente de mi edad (los hombres casados y con hijos) estamos condenados a todo eso que Nina llama realidad, materia bruta, deleznable realidad cuantitativa, escasa de afecto y carente de eso "pasajero" que finalmente volví a sentir con Isabelle cuando menos lo esperaba, a mis 46 años de edad?

31

¿Por qué soñar con María Roti un día después de la inquisición de que fui objeto, después del prolongado sermón de Nina Moreau? ¿Por qué soñar con María y no con Isabelle? No lo entiendo todavía, pero una cosa sí sé: yo era verdaderamente feliz al lado de mi amiga, algo innombrable me embargaba de dicha mientras la soñaba y la tenía cerca de mí. ¿Ternura, amor, paz, comprensión? ¿Qué diablos sentí? No lo sé... Era precioso y fue horrible despertar. En mi sueño estaba a punto de decirle una y mil veces que la amaba, pero alguien nos interrumpía siempre, algún desconocido aparecía de pronto y yo me paraba en seco sin pronunciar una maldita sílaba. Por eso, la única parte irritante de mi sueño era que María no acababa de darse cuenta de mi amor. Me abrazaba, me acariciaba la frente, me cogía la mano, me sonreía todo el tiempo, pero no se daba por enterada, no adivinaba que su mejor amigo del bachillerato estallaba de amor al verla aparecer cada mañana en el salón de clases. A pesar de este irritante contratiempo, yo era inmensamente feliz, dichoso nomás poder tenerla cerca. A ratos desaparecía, no sé por qué, y de pronto me invadía el ansia, pero en un par de segundos volvía a aparecer por una ventana, radiante, diáfana, invadida de luz. Era, por supuesto, una María del bachillerato, una hermosísima joven de 17 años, y en mi sueño ella tenía ojos sólo para mí —era claro que buscaba amarme, pero sin deseo, y yo también: no la deseaba, pero la amaba infinitamente—. ¿Quién diablos era esta mujer de mi sueño? ¿Era de verdad la María Roti que conocí hace treinta años y de la que estuve secretamente enamorado o era acaso Gloria Piña o tal vez Lourdes o, como todo hacía suponer, se trataba de Isabelle, la madre de Jean Batiste?

Para colmo, justo esta mañana, hojeando el libro de Lelord que Lourdes me pidió que leyera, encontré una frase que me dejó boquiabierto: "Le bonheur, ce serait de pouvoir aimer plusieurs femmes en même temps." ¿Será cierto? Lo dice un psiquiatra respetado. De hecho, alguna vez el mío me dijo algo parecido: "Usted es profundamente monógamo y profundamente polígamo. Deje de conflictuarse intentando saber cuál de los dos es. Se lo digo yo, Eloy: usted es las dos al mismo tiempo y está bien que sea así, pero no lo comparta con nadie". Ahora Lelord me lo refrendaba: uno sería feliz amando a más de una mujer al mismo tiempo, y eso precisamente me estaba sucediendo a mí.

Sí, porque (a pesar de los subterfugios que me pudiera inventar) yo sentía de veras que amaba a Isabelle y me dolía el cuerpo pensar que no la volvería a ver el mes y medio que me restaba en Aix. También sabía que amaba a Lourdes aunque nuestro amor estuviese terriblemente deteriorado, desgastado. ¿Y Gloria? Era parte de mi vida: estuve a punto de casarme con ella y hacer una familia a su lado... Pero ¿María? ¿Qué tenía que ver con ella? ¿Por qué volvía a soñar con María Roti en Aix? ¿Qué querría decir este confuso sueño?

32

Eugenio me dijo esta mañana que había recibido un correo de su tía, la hermana mayor de su padre, es decir, la madre de su prima Ana. En él le contaba que Ana le había dejado una carta antes de suicidarse. Aparentemente se trata de una carta larga y detallada. Veinte páginas de letra menuda y compacta, le explicó su tía en el email. También le confesó que la había abierto y que la había leído varias veces; le rogaba que la perdonara, que era vergonzoso lo que había hecho, pero que debía saber si esa carta arrojaba luz sobre el suicidio de su hija la pasada Navidad… y por supuesto que aclaraba mucho, demasiado… tristemente.

En cualquier caso, le pedía su domicilio en Aix para enviársela cuanto antes: no era su carta, ella no era la destinataria.

Eugenio me dijo apesadumbrado:

—¿Sabes? Ana fue la primera chica a quien besé en la vida. Teníamos doce años —se quedó pensativo con su recuerdo: imagino que intentaba saber si ese detalle me lo había o no contado—. Juego de niños, claro… Pero luego, al poco tiempo de ese beso, ella cambió para siempre. Su fe religiosa la trastornó. Esa súbita obsesión por hacerse monja… Pobre. No fue su culpa. Si hubiera algún responsable de su historia, ésos serían sus padres solamente, la incorregible ceguera de mis queridos tíos. ¿Sabes qué pienso? Si algo le sucediera a Luna es porque nos descuidamos, Gloria. No puede uno darse el lujo de vivir en las nubes cuando has elegido ser padre.

—El mundo está lleno de pederastas —corroboré.

—Lo que le pasó a tu hermano… —me respondió—. Dime: ¿quiénes crees tú que fueron los culpables?

—¿Pretendes insinuar que fueron mis padres? —le pregunté enfadada.

—Sólo digo que si tú y tu hermano no hubieran sido enviados a una clínica de tenis a los diez u once años, nada de eso hubiera sucedido y tu hermano no hubiera ido a la cárcel quince años más tarde. Eso es todo.

—El tipo que abusó de él se merecía esa golpiza y muchas más —dije de pronto furiosa recordándolo todo.

—Hay otro asunto que no te he contado —Eugenio quería calmar mis ánimos: había tocado una delicada fibra y lo sabía de sobra—. El hijo mayor de Ana casi mata a golpes a su tío. Le sacó un ojo.

—No entiendo.

—¿Recuerdas que te dije que el hermano mayor de su padre había abusado de él cuando era un niño? —asentí, y Eugenio prosiguió—: Bueno, pues mi tía me dice en su correo que, al parecer, su nieto estaba ebrio en casa de su padre con sus tíos y sus abuelos paternos. Mi tía no sabe exactamente bien lo que pasó… El caso es que de pronto se enzarzaron los dos a golpes. Sí, el tío y el sobrino, tal y como lo oyes… El depredador y el hijo de Ana. Claro: el hijo de Ana es un musculoso gigante de veintidós años. Para cuando los separaron, el tío estaba muy mal. Lo tuvieron que llevar a urgencias.

—No me lo creo —dije atónita.

—Tarde o temprano tenía que suceder ¿no crees? —dijo Eugenio—. El tío se merecía esa golpiza desde hacía tiempo.

—Ahora me entiendes —dije, más tranquila—. Lo que hizo mi hermano fue una completa locura, pero ese imbécil se la tenía merecida. Afortunadamente no lo mató, pero casi.

Eugenio guardó silencio y ya sólo dijo, ensimismado:

—Lástima que el padrecito haya muerto. De lo contrario yo mismo le hubiera sacado un ojo.

33

Querido Eloy,

Lo prometido es deuda. Aquí va la novela corregida. En realidad se trata de un falso memorial... escrito por un falso Javier Solti. Un enredo como los que tú haces. Te ruego lo leas y me mandes tus más descarnadas observaciones, como siempre. ¿Cómo vas con *La mujer del novelista*? ¿La terminas pronto? No debo decirte lo evidente: me muero de curiosidad por leerla. Lo mismo Abelardo y Pablo, quien, por cierto, está por terminar su novela sobre Lawrence en México. Me ha dicho que nos la va a mandar al mismo tiempo a los dos. O sea que todos tenemos bastante trabajo por delante... como en los viejos tiempos.

En un mes dejamos Princeton y regresamos a México. Ya te contaré lo que suceda allá, según se desenvuelvan los acontecimientos. Abelardo me ha prometido interceder a mi favor para que me ofrezcan algún puesto importante en el nuevo gobierno. Yo le he dicho que quisiera algo en cultura, pero no siempre se puede, ya sabes como es esto...

En cuanto al coche que nos prestaste, unos amigos te lo llevarán a Carlton en junio. No sabes cómo nos ha sacado del apuro este año.

¿Cómo están ustedes, cómo va el francés, cómo están los niños y Lourdes? Espero que todo esté marchando bien.

Rosario les manda abrazos cariñosos, yo igual,

Javier

p.s. Olvidaba contarte que Amancio me escribió la semana pasada preguntando por ti, quería saber qué era de tu vida, qué escribías, cómo estaban tus hijos y Lourdes, etcétera. Algo me dice que, por fin, se ha dado cuenta de su error.

34

Cuando abrimos el periódico ese domingo de julio para ver los resultados finales de la convocatoria, mi nombre no aparecía por ningún lado. Lourdes y yo nos quedamos petrificados en el sofá de la sala. Leímos y releímos cada uno de los nombres y yo no estaba en ninguna parte. Era con ése el décimo año en que me negaban el estímulo. Yo no sabía si reírme o ponerme a llorar, si romper una ventana o golpearme la cabeza contra la pared. Lourdes tampoco. Estábamos tristes, desconsolados. Como nunca antes, contábamos con esa ayuda... ¿Habría habido un error? ¿Habrían vetado a Amancio en el último instante? ¿Dejó de ser parte del comité y nunca me lo compartió? Me puse a buscar los nombres del jurado en la misma página del diario (información de dominio público, por supuesto) y allí estaba Piquer escrito con letras claras y redondas. ¿Qué diablos había pasado entonces? Primero Manuel Caballero, después Manfredo Quiñones, más tarde Miguel Doménech... ¿y ahora esto? ¿Podía ser posible? ¿Estaría soñándolo todo? No, no podíamos soñar lo mismo dos personas al mismo tiempo: Lourdes y yo estábamos, por decir lo menos, estupefactos y abatidos ese domingo por la mañana, hace dos años.

—Te traicionó —me dijo ella en el acto sin pensárselo dos veces.

—Cómo crees —le contesté—. Amancio es mi amigo, mi mejor amigo...

—Eso crees tú —dijo ella, y añadió—: A los hechos me remito, Eloy: tu nombre no aparece en la lista y el nombre de él, sí. Explícamelo si no.

—Voy a hablarle por teléfono ahora mismo —dije—. Algo debió pasar.

Me levanté del sofá, dejé mi café sin haberlo tocado, y llamé a casa de Amancio. Era temprano, era domingo, pero igual debíamos dilucidar el aciago misterio cuanto antes. ¿Qué diablos había sucedido? Era natural (ya lo dije) que gente como Quiñones, Doménech y Caballero me obstruyeran año tras año, pero ¿mi amigo, mi mejor amigo, mi compañero de la preparatoria? Imposible...

Marqué a su casa... Amancio me contestó.

La explicación fue más o menos la siguiente: el día de la última deliberación, después de haber enviado su lista definitiva al comité con mi nombre incluido, Amancio no pudo asistir. Su hija bailaba en la escuela a la misma hora en que el jurado (otros tres escritores) tomaba la decisión final. Se disculpó con ellos y asumió cándidamente que su bendita lista (con mi nombre encima) era un artefacto más que suficiente para conseguir que recibiera yo el estímulo que nos sacaría del bache económico. No fue así. En el toma y daca de los apellidos, yo era el sacrificable (mi abogado no estaba allí para defender mi posición, claro), no así los íntimos amigos y compadres de los otros tres escritores.

Era evidente, a estas alturas, que para obtener el estímulo de SNC no bastaba con escribir, publicar, ser traducido y tener a tu mejor amigo en la comisión, sino que, aparte de todo lo anterior, tu amigo debía ir a la guerra con el fusil cargado al hombro, y eso fue justo lo que Amancio no hizo, no quiso o no pudo hacer.

Tuvimos, por supuesto, una desagradable conversación telefónica. Yo no acababa de entender cómo había podido dejar de asistir a la última deliberación del comité y cómo podía haber creído que una simple lista enviada a última hora haría respetar su voz y su voto a mi favor.

—Pero no todo está perdido —se excusó restándole la importancia que para Lourdes y para mí tenía el desaguisado—. El próximo año debemos intentarlo otra vez. No te rindas. Te lo mereces de sobra, todo mundo lo sabe. Es una injusticia. Peor que eso: una infamia...

Desconsolado, asentí, le dije que por supuesto. ¿Qué otro remedio tenía sino aceptar sus animosas palabras? Amancio tenía el poder, Amancio tenía las llaves del Reino y yo estaba claramente a su merced. Un año más de deudas, fatigas y esperanzas puestas en mi amigo del bachillerato, uno de mis más viejos y entrañables amigos, mi compañero del *Clash*.

35

Ismael Sánchez y su esposa llegan la próxima semana. Se hospedarán con nosotros cinco días en Aix antes de partir a París. Estoy feliz de volverlos a ver, emocionado de encontrarme a mi viejo amigo de la infancia, recordar viejas anécdotas que no son parte de este libro, calaveradas de cuando yo no había leído *Siddhartha* y *Rojo y negro*, empero el tiempo ceñido de éste se me viene encima, se reduce: se van los Sánchez, primero, y a la semana siguiente llegan los padres de Lourdes. Durante un mes no podré tocar *La mujer del novelista*.

Saulo me ha escrito ayer: tenemos 23 estudiantes inscritos. Más de los que esperábamos. En Madrid veré a Bryan otra vez. Parece que su inequívoca sombra me persigue (¿o seré yo quien siga persiguiendo la suya?). Durante el mes de junio el cadete Huerta será mi estudiante. Haremos las mismas visitas que cada verano organizo con la ayuda del Instituto Saavedra: El Escorial, el Prado, el Reina Sofía, el Palacio de los Reyes, el Valle de los Caídos, Toledo, Ávila, Segovia, lo mismo de siempre… Ése es mi trabajo. Por hacer de niñero cinco semanas recibo un sueldo adicional: vigilarlos, enseñar español y pasear a los cadetes de Bastion College por España. No debo quejarme. Hay trabajos mucho peores. El mío es, si acaso, tedioso pues lo hago desde hace quince años (cada verano lo mismo). Al menos he podido terminar esta novela… o casi. Al menos he podido contar esta historia en diez u once meses, la historia de mi generación, la de mis amigos escritores, la del México que dejé arrumbado, la historia de los libros que escribí, la de los triunfos que no tuve, la de las personas a quienes quise mucho y luego odié, también los que me odiaron y después me empezaron a querer. Fueron treinta años… o casi… desde el bachillerato marista en la Ciudad de México, desde que cumplí los quince o dieciséis, desde que conocí al testigo, al primer testigo, luego al segundo y más tarde al tercero… También conté mi historia con Lourdes, mi versión de la historia, claro. Por último, intenté dejar cuenta de este año en Aix, desde nuestro arribo en Collado Villalba el verano pasado, nuestros viajes, paseos y encuentros, los amigos que hicimos o perdimos, pasando por las aventuras que les prometí a mis hijos en Carlton, hasta el día de hoy... Abarqué mucho, conté mucho, pero no todo... No es el aliento el que flaquea, sino los días que se acaban, la transitoriedad de una vida que se cuela, fugaz, por las rendijas. No es el fin de una historia (o de muchas) lo que está por concluir, sino el tiempo entallado de contarlas, el año que me impuse para recobrarlo... Ese tiempo fluye, indefectible. Y yo debo terminar. En algún lado debo terminar con la maldita novela que me impuse.

Falta poco.

36

No he tenido que acudir al diario de Natalia para conocer el desenlace de la historia. Ella misma prorrumpió en llanto incontenible ayer por la noche cuando Eloy le preguntó si le pasaba algo. De pronto dijo que sí por primera vez desde que la conocemos, acaso por primera vez desde que nació. Natalia no es afecta a sincerarse con nadie, ni siquiera conmigo. No sé si lo haga con sus amigas, pero si por la palabra *amigas* entendemos Agnes, Amandine y Martina Moreau, mejor no tener amigas, digo, pero no se lo he dicho, por supuesto. Eloy y yo la hemos dejado hablar, explayarse, intentando hacer las menos preguntas posibles y siguiendo el hilo complicado del asunto…

Finalmente terminó con Remy aunque no quería acabarlo. Pero ¿por qué lo hizo si no deseaba romper con el muchacho? Porque sus tres amigas la presionaron, porque las tres le exigieron (de modo sistemático) que lo abandonara, porque las tres se lo pedían en clase, cuando salían a pasear o incluso en la recámara de nuestra propia casa, a tres palmos de donde Eloy escribe sin enterarse de maldita cosa. Sí, Agnes, Amandine y Martina la coaccionaron hasta que mi pobre hija no tuvo más remedio que darles gusto a riesgo de perder su amistad.

La razón de su chantaje, según explicó Natalia, era que pasaba demasiado tiempo con Remy y por ése y no otro motivo mi hija ya no les hacía el mismo caso. Tal y como yo había leído a hurtadillas en una ocasión, mi hija debía decidirse entre la amistad o el amor porque, según el grupo, no se podían mantener "sanamente" las dos. Amandine llegó al extremo de empezar a odiar a Remy, o eso decía, por supuesto, a espaldas de su hermana —ni que fuera tan bruta como para espetarle a Martina que aborrecía a su hermano mayor, aunque eso sí: se lo hizo saber varias veces a Natalia, quien no entendía por qué la ponían en este aprieto sus entrañables amigas francesas.

Hasta donde pudimos colegir, las grescas con Remy tenían su origen en el siguiente álgido punto: por un lado, Natalia le pedía que hiciera el esfuerzo de aparecerse menos, le rogaba que no la buscara en los recesos del colegio, le suplicaba no venir a casa cuando estaba Martina con Natalia y sabía muy bien que estaban juntas, etcétera. En resumen, mi hija le imploraba que fuera discreto, menos apasionado, que le diera su espacio… Remy, por el otro lado, no quería y no entendía por qué tenía que ser así si estaban tan contentos juntos, si se querían… Era absurdo espaciar sus encuentros sólo porque Martina, Agnes y Amandine tenían celos y deseaban apropiarse de la amiguita extranjera. No le parecía justo. En conclusión, que ésa y no otra era la fuente de los males, ésa y no otra la razón por la que se la pasaban discutiendo acaloradamente.

Cuando le pregunté a Natalia si aún lo quería, me contestó que sí.

Cuando le pregunté a Natalia, enfrente de su padre, si quería volver con Remy, me respondió que no podía, que era imposible.

Cuando Eloy le preguntó por qué creía que era imposible volver con Remy si el joven la quería a ella también, Natalia dijo con lágrimas en los ojos:

Ése es el asunto, papá. Remy ya no me quiere.

—Pero si no lo sabes —le dije—. Te aseguro que sí te quiere.

—No, mamá. Yo estoy segura que ya no.

—Pregúntaselo —insistió Eloy.

—No tiene caso.

—Inténtalo al menos… —proferí.

—No puedo porque Remy ahora es novio de Amandine, ¿comprendes?

Me quedé de piedra, con la boca aceda, a punto de escupir bilis negra, verde o amarilla…

—Pero dijiste que Amandine lo odiaba —atiné a balbucir, pero Eloy me calló con una mirada terrible y de inmediato la estrechó en sus brazos. Sus ojos claramente decían: "Pero Lourdes, ¿no te enteras de nada? Me sorprende de ti". Y tenía razón. Era mezquino que le hiciera esa clase de preguntas a mi adorada hija.

Las mujeres podemos ser unas bestias. Yo lo sé.

37

Querido Eloy,

Espero te encuentres muy bien, lo mismo Lourdes y tus hijos.

Hubiera preferido vernos para charlar y explicarte lo que voy a decirte, pero, al final, no hemos coincidido como esperábamos en la Feria de este año... En pocas palabras y para no demorarme en menudencias, mereces saber antes que nadie que he decidido retirarme de la comisión que otorga las becas del FONCA. No puedo seguir siendo jurado por dos años más; está más allá de mis fuerzas.

Sé que yo mismo te dije el año pasado que deberíamos intentarlo otra vez, reconozco que te di falsas esperanzas haciéndote pensar que seguiría en mi posición, pero, al final, debes saber que nuestra disputa telefónica me dejó muy mal sabor de boca.

Tú y Lourdes creyeron que los había traicionado, se sentían defraudados... y yo me sentí defraudado sabiendo que eso pensaban ustedes de mí. No importa ahora, un año más tarde, aclarar lo que yo dije o tú dijiste, lo que no dije o no dijiste, empero los dos sabemos que nuestra última charla telefónica fue muy poco agradable por no decir monstruosa.

Si yo ya me sentía mal contigo al saber que no habías obtenido lo que tanto mereces, después de tu llamada conseguiste hacerme sentir aún peor. Yo sentí de verdad que no me lo merecía. Yo sentí que había hecho todo lo que estaba en mi poder para que la obtuvieras. Y eso es lo que básicamente necesitaba decirte en persona.

Este enredo ha sido harto desagradable, no sólo para ti, sábelo, sino para mí también. No quiero, sin embargo, dejar de ser tu amigo. Lo hemos sido casi treinta años. Es mucho tiempo si lo piensas detenidamente. Por eso apelo a tu cordura y te suplico no me guardes rencor e intentes comprender, al menos un poco, mi difícil y delicada posición. No fue, créeme, nada fácil decidirme. Lo pensé muchos días, incluso meses... Al final, tuve que reconocer que no estoy hecho para estas lides, para esta suerte de batallas campales con otros escritores y mucho menos contigo.

Esas comisiones o consejos son una espantosa cena de negros, como lo puedes imaginar. Y a eso añádele tu enfado, tu decepción, tu última llamada telefónica... Es demasiado para mí. Prefería decírtelo en persona en Guadalajara, pero no hemos coincidido lamentablemente.

Insisto y concluyo: no me guardes rencor y sigamos siendo amigos. Confío que el nuevo jurado que me sustituya reconocerá tus infinitos méritos literarios.

Te mando un abrazo cariñoso,

Amancio

38

Exaltado, Eugenio me leyó unas líneas esta mañana cuando aún no me tomaba mi primer café: "K se hallaba en un punto muerto de su propia historia. No sabía si había llegado a un final o a un comienzo. No conseguía ver lo que antes veía, ni como lo veía antes. Había tantas imágenes posibles en el mundo, había tanta incomunicación, que para él ya nada era real, ya todo era dudoso, y la realidad pasaba enseguida por irrealidad. Tampoco sabía si quería volver a ver lo que antes veía. Ni siquiera ver lo nuevo de hoy le interesaba".

—¿Quién lo escribió? —le pregunté.

—Adolfo García Ortega, un novelista al que admiro, pero eso no importa. Te lo quería leer porque *eso* exactamente sentí hace dos días. Fue una especie de *déjà vu*… Y para colmo, la K en el libro… ¿te das cuenta?

—Si eso sientes de veras, suena a que estás deprimido…

—Pero no lo estoy, ése es el asunto… Me siento, al contrario, feliz.

—Eso pensaba, pero por lo que me dices…

—Hace dos días, mientras meaba, miré por la ventana y pensé: "Pero qué aburrido es todo esto". ¿Comprendes?

—No… No entiendo. ¿Qué viste?

—No vi nada.

—¿Entonces mear es aburrido?

—Hablo en serio… Qué aburrida es la vida, pensé, qué aburrido es de pronto desentrañar el secreto de la Vida con mayúscula. Algo así pensé más o menos…

—Creo que te estás deprimiendo… —le dije cambiando mi tono a otro más grave, tal y como él me pedía.

Se quedó callado, rumiando algo. Fui por un café a la cocina y al volver le dije:

—Esa obsesión tuya por reescribir tu libro y no poder terminarlo es, al menos para mí, el mejor signo de que estás deprimiéndote, Eugenio. Te estás agarrando al libro como a una tabla de salvación porque no quieres acabarlo. Es de lo más normal.

—No lo había pensado —dijo.

—Aparte, este año en Aix está por terminar; te quedan tres semanas. Es natural deprimirse, digo yo, pero eso no significa que la vida sea aburrida, como dices. Al contrario...

—No era eso lo que sentí, Gloria; no exactamente. Era más una sensación que un pensamiento... ¿Comprendes? ¿*Spleen*, melancolía? No sé cómo llamarla.

—Lo de la melancolía te lo paso, pero no me vengas a decir que la vida es aburrida...

—Mientras orinaba, pensé: "Pero aún me quedan 25 o 30 años por vivir" y créeme: la sensación no era grata en absoluto; al contrario. ¿Qué voy a hacer?, pensé... ¿Cómo voy a invertir todo el tiempo que me queda? Qué fastidio, qué flojera... ¿Qué va a pasar ahora? ¿Hay algo nuevo, interesante, bajo el sol? ¿Habrá allá afuera algún secreto encanto que no conozca... aunque sólo sea de oídas? —se detuvo en seco, y casi de inmediato añadió—: Mira: me queda claro que no quiero vivir en la India. Me queda claro que no necesito ir al Congo Belga o a China para tampoco querer mudarme allá. Me queda claro que no me interesa tirarme de un paracaídas para sentir adrenalina y tampoco voy a hacer drogas a estas alturas de mi vida. Me queda claro que no puedo salvar a los niños de Biafra. Me queda claro que soy muy afortunando viviendo en Estados Unidos y teniéndolos a ustedes a mi lado. Me queda claro que un buen libro y un buen viaje es lo mejor que nos puede pasar... aparte de tener salud, claro. Todo eso ya lo sé. ¿Y entonces qué más debo saber que no sepa? ¿Hay algo que se me está pasando?

—No has vivido una guerra, por ejemplo, y no has sentido hambre...

—Hay muchas cosas que no necesito vivir y conocer para saber que no las quiero... Ése es mi punto, Gloria. Por eso precisamente pensé: "Pero qué aburrido es todo esto, qué hartazgo". No debería decírtelo, pero hasta las mujeres, que por treinta años me parecieron el asunto más intrigante del mundo, hoy me parecen francamente aburridas y predecibles... Todas quieren lo mismo.

—¿Y qué queremos, según tú? —repliqué.

—No sé, pero lo mismo... Y el problema es que yo ya lo sé. La vida es un poco así, ¿te das cuenta? Como una mujer o como un hombre, da lo mismo. Después de 46 años de vivir con ella, con la

Vida, empieza poco a poco a perder su gracia, sus secretos encantos. Te dices: "Pero ¿cuál era el misterio de la Vida al fin y al cabo? Su belleza parecía insondable... Dios, ya no hay misterio".

—¿Te has vuelto maricón?

—Hablo en serio, Gloria.

—Entonces, si no te gustan los hombres y tampoco te gusto yo, significa que estás deprimido. Es obvio.

—Yo no he dicho que no me gustes. Claro que me gustas. Hablo como cualquiera hablaría de sus intereses u obsesiones, hablo de la Vida con mayúscula...

—¿Y qué vas a hacer con tu revelación?

—Nada. No puedo hacer nada. Tratar de no aburrirme, supongo... Tratar, por ejemplo, de no pensar en nada cuando escuche que en algún rincón se ha desatado un nuevo genocidio y que nadie hace absolutamente nada para remediarlo. Tratar de no sentirme mal y tratar de no sentirme bien, tratar de ni siquiera decirme a mí mismo: "Otra vez, otra vez". ¿Te das cuenta? Hasta algo tan espantoso como una guerra o una hambruna se vuelve predecible y aburrido. Me avergüenza pensarlo, pero es cierto...

—Lo que te pasa se llama crisis de la edad adulta. No eres el primero ni serás el último —me detuve, lo miré a los ojos, y añadí—: Estás dejando viejos paradigmas e iniciando nuevos. Es duro. Una parte de ti acaba este año y otra está por empezar... No es fácil para nadie.

—Suenas a mi psiquiatra...

—Me alegra —me reí.

—Tal vez sea la crisis de la edad adulta, como dices —aceptó dejando su taza sobre la mesa—, pero también es algo más y no me lo vas a quitar de la cabeza... Dime: ¿qué puede haber mejor que estar con tu hija y tu mujer en Francia haciendo lo que quieres, escribiendo lo que quieres y bebiendo un buen *Chablis* en la terraza de tu casa en pleno mes de mayo sin preocuparte de absolutamente nada? Piénsalo, Gloria... ¿Qué puede haber mejor en el mundo que conversar con mis amigos, con Israel, Jacinto y Lizardo, y recordar juntos lo mejor del pasado mientras te vas poniendo borracho una velada? ¿Qué puede haber mejor que no padecer una guerra o una espantosa enfermedad o la muerte de alguien que amas? Nada hay mejor, ¿no es cierto? Y lo estoy viviendo ahora, tengo todo eso ahora... Nada habrá mejor que lo que ya tenemos... lo digo en serio. Y lo peor es que yo ya lo sé y hubiera preferido no saberlo; lo peor es que puedo adelantarme a los hechos y verme en el futuro y recordar este momento, este año, este libro, y saber que no hubo nunca nada mejor en mi Vida con mayúscula…

—¿Y eso es lo aburrido? —le pregunté asustada.

—Ésa no es la palabra, Gloria.

—Entonces ¿cuál es?

39

Querido Eloy,

Salgo de una primera comunión. Se me acerca una mujer de mirada triste y piel bastante reseca —"ajada" o "apergaminada", habrías dicho en tu lenguaje poético— y me pregunta:

"¿Te acuerdas de mí?"

Pensé que se trataba de alguna de mis compañeras mayores de la Libre de Derecho.

"No, no", balbuceé, confundido.

"Fui novia de Eloy", musitó con el tono de alguien a quien ha golpeado la vida: "Soy Casilda".

"¡Casilda Beckmann!", exclamé como si de veras la hubiera reconocido, como si continuase idéntica.

"Sí", suspiró, "la amiga de Leonor..."

Recordé inmediatamente a Leonor, recordé a Casilda y los poemas eróticos que le escribías y que tanto le aterraban y que tanto me gustaban a mí y que hubiera querido yo poder escribirle a Leonor cuando estuve enamorado de ella y no me hacía el menor caso...

Nada que ver. El tiempo es cruel...

Un abrazo,

Abelardo

p.s. Mañana desayuno con el S y voy a hablarle de JS. Me lo ha pedido encarecidamente. Quiere algo en cultura. Creo que su aventura docente en Princeton no le ha atraído demasiado. ¿Quieres que le hable de ti? Podría hacerlo. ¿No has reconsiderado volver a México? Si por fortuna cambias de opinión, ahora es el mejor momento... Sólo pídemelo. Y recuerda que todo se reduce a escoger entre ser cabeza de ratón o cola de león...

40

Querido Eugenio,
He recibido *La mujer del novelista*. Gracias. Empiezo a leer…
Abrazos,
Jacinto

41

Es sabido (o no sabido) que todos alimentamos una suerte de mitología privada, una bien aderezada mitología personal, que con el uso y la costumbre es susceptible de confundirse con la realidad. Esta cosmogonía la mimamos y modificamos según nuestro gusto, nuestra conveniencia, la época en la que vivamos, la gente a la que queramos impresionar...

La mía —mi *weltanschauung*— se resquebrajó tres años después de la muerte de mi padre, el 9 de noviembre del 2011 para ser precisos, día en que recibí un correo de mi medio hermano, hijo de mi padre, a quien, por supuesto, yo no conocía y de quien jamás había oído hablar en mi vida. Estaba en Carlton con mis hijos, hacía frío y recuerdo el efecto que me generó pues empecé a sudar copiosamente y esa noche terminé con fiebre en la cama. Ese día descubrí que no sabía nada (o casi nada) de mi padre y acaso tampoco de mi madre. ¿De veras los conocía? ¿Cuánto sabía de su pasado y cuánto me lo había inventado desde que nací? Mi elaborada mitología, ese imaginario construido a través de los años, sufrió ese día un ajuste instantáneo.

Conté que mi madre se embarazó a escasos tres meses de conocer a mi padre en Acapulco. Dije que nací por accidente en Nueva York y también que tuve que cargar con ese vergonzoso estigma muchos años en el México donde crecí (claro: el peso de la loza se alivianó al exiliarme a Estados Unidos y volverme allá un falso gringo). Ya dije que mi madre le mintió a mi padre y que éste, al final, la perdonó: si ella era judía, ¿qué importaba? Él era católico y sanseacabó. Pesara a quien le pesara —léase: mis cuatro abuelos—, los dos iban a largarse a Nueva York con el dinero del coche nuevo de mi madre, el cual ella había puesto a la venta un mes antes de partir. Hasta aquí, sucinta, la cosmogonía.

Como David Herbert Lawrence, mi amado escritor, creía que, a pesar de todo, yo era un producto del amor apasionado y nada menos que eso. Mis padres podrían pelearse, odiarse a muerte, ser distintos a rabiar, pero ¿qué importaba si al final había existido lo más importante, eso que Lawrence llama la comunión mística de los cuerpos y el espíritu? Sí, yo era producto del amor y por esa sublime razón mis padres habían contraído nupcias; por eso mi padre no dejó plantada a mi madre con un feto.

Pero ¿todo esto era así como lo cuento? Sí y no...

Mi padre no la dejó plantada conmigo porque la adorase o gracias a la irredenta pasión o comunión mística de los cuerpos que yo me había vendido desde pequeño. Mi padre se había casado con mi mentirosa madre por la despiadada culpa que lo atosigaba desde hacía tres años. El auto reproche terminó orillándolo, la reparación de algo escondido lo convirtió (de rebote) en mi padre y en progenitor por segunda vez: sí, porque durante la primera, él había huído acobardado...

Cuatro años antes de mi nacimiento, en 1963, mi padre tenía 23. Era un estudiante estrella, con un futuro prometedor. Los estudiantes de arquitectura como él iban a muchas fiestas y conocían a muchas chicas hermosas de la Roma, la Condesa y la Del Valle. Eran los años del presidente Adolfo López Mateos. Eran buenos tiempos para México: sobre todo si eras guapo y joven, si presumías una carrera universitaria y si tenías más o menos respaldado un futuro radiante y prometedor gracias a unos cariñosos padres de la burguesía capitalina.

En resumen, que mi padre conoció a Rita, una joven askenazí, de padres polacos emigrados a México. Rita tenía 20 años, hablaba yiddish y era virgen. Se enamoró, como le pasaría a mi madre tres años más tarde, del joven guapo y perdió la virginidad. Cuando, aterrada, le explicó a mi padre que estaba encinta, éste se lo dijo al suyo, y por su recomendación, mi padre la cortó *ipso facto*. Rita no quería abortar, deseaba al hijo: sus padres ricos la apoyaron, y así nació mi medio hermano. Según él me contará más tarde, mi padre fue a verlo por primera y última vez al hospital en la colonia Juárez. Tenía una foto a su lado, la única, y me la mostró con una lágrima en los ojos.

Dos años después, Rita conoció a un primo argentino, un primo segundo, que había venido de visita o acaso había venido ex profeso a conquistarla... Marcos Chemea era rico. Él y sus dos hermanos, Elías y Jacobo, habían heredado la fábrica de ropa de su padre en Buenos Aires. Marcos tenía 35 años y dos hijos pequeños sin madre: era viudo y lo que se dice un buen partido. Él y sus hermanos maquilaban camisas de algodón y poliéster, hermosas y baratas. Marcos se enamoró de Rita y no sé si Rita se enamoró de Marcos, pero de cualquier modo se casó con él y abandonó México para siempre cuando yo no había nacido. Mi medio hermano era, pues, argentino y no mexicano o había sido mexicano y se volvió argentino. Un poco como yo, pero distinto...

Sólo una vez volvió a México, en 1983, cuando supo la verdad por un error de cálculo o por falta de cuidado: descubrió, primero, la misma foto que me había enseñado, y casi de inmediato, leyó las dos cartas de mi padre dirigidas a su madre cuando él nació. A los 18 o 19 años enfrentó a sus padres en, lo que me dijo, había sido un terrible altercado familiar. No hubo más salida que decirle la verdad. Sus dos hermanos argentinos eran —y seguirían siendo— sus únicos hermanos: debía seguir queriéndolos igual, lo mismo que a sus padres, etcétera. La única diferencia iba a ser que, a partir de ese momento, tenía otros tres (desconocidos) medios hermanos en México y un verdadero progenitor: mi padre.

Un año más tarde viajó a México por primera vez (¿debe decirse *por primera vez* en estos casos?) decidido a conocer a quien lo había engendrado. Se vieron, conversaron mucho, incluso se dieron un cálido abrazo al despedirse... Eso al menos me dijo, eso me contará cuando Lourdes y yo lo conozcamos. Mi medio hermano irá, no obstante, a añadir un dato fundamental a su relato sin dejar de abrazar a su encantadora esposa: "Él me pidió que por favor no les dijera nunca una palabra a ustedes, que no tenía caso, y yo se lo prometí el mismo día que partí de vuelta a Buenos Aires, hace treinta años. Nunca más volví a verlo, Eloy, y él tampoco hizo nada para volverme a ver, para encontrarnos... Yo hubiera querido continuar la relación, pero era su turno, ¿no crees?"

Se perdieron la pista doce años, hasta que mi medio hermano le escribió para invitarlo a su boda, a la cual mi padre no asistió. Le mandó, sin embargo, un regalo. ¿Cuál? Un cheque. El cheque con el monto de su culpabilidad... Mi medio hermano rompió el cheque.

Cuando supo de la muerte de su padre (mi padre) en agosto del 2008, mi medio hermano lo lloró en Buenos Aires, lo lloró en secreto aunque no sabía muy bien por qué lloraba. Marcos Chemea era su verdadero padre y no el otro. Esto último, me dijo, lo tenía claro en su corazón desde hacía treinta años. Ni siquiera le contó a

Rita, su madre, que mi padre (su ex) había muerto en el otro extremo del continente americano. ¿Para qué?

A partir del momento que mi padre falleció, dudó si debía o no contactarnos a nosotros, sus hermanos mexicanos, y contarnos la verdad. Le llevó tres años decidirse a romper su promesa. Lo consultó, primero, por espacio de dos con su mujer, una cordobesa extraordinaria que Lourdes y yo conocimos cuando los visitamos el pasado mayo. Luego lo consultó un año con su almohada.

He hablado aquí de un viaje a Buenos Aires que hicimos mi mujer y yo antes de venir a Aix, antes de volar a Collado Villalba con mis cuñados, antes de llegar a la boda de Rosario y Javier en Salamanca. El viaje a Buenos Aires a principios de mayo del año pasado, un mes antes de llegar aquí, no hubiera sido posible si mi amigo Mempo Giardinelli no me invita a dar un taller de novela mexicana al Chaco, que, por cierto, no está nada cerca de la capital aunque digan lo contrario. Tuvimos, pues, que dividir aquel viaje entre el deber y la anagnórisis, entre el trabajo literario que pagaba los billetes de avión y el descubrimiento de un extraordinario medio hermano tres años mayor que yo.

Mi mitología privada, mi algodonoso imaginario, se reconfiguró.

Él era parecido a mí aunque bastante más serio, acaso un poco tímido y mucho más pausado al hablar y contarnos con lujo de detalles su historia. Compartíamos un aire de familia, dijo su mujer, risueña. La nariz, los pómulos, la boca y los labios delgados, algunos gestos... Lourdes asintió; a casi todo asentía en ese inolvidable viaje. Yo creo que estaba anonadada con lo que veía y escuchaba. No terminaba de creer lo que estaba sucediendo, y la verdad yo tampoco.

En el aeropuerto de la capital argentina, a punto de partir, nos dimos un abrazo los cuatro, y emocionado yo le di un beso en la mejilla a Héctor, mi querido nuevo medio hermano.

42

Queridos amigos,

Les escribo a los dos para decirles, simple y llanamente, que Lizardo tiene cáncer. Está invadido. Empezó en el páncreas, pasó al hígado y ahora la metástasis se ha ido a los pulmones. No hay nada que hacer a estas alturas. Dos oncólogos nos han dicho lo mismo: le quedan tres meses de vida, ni uno más. Lizardo ha dejado la quimio. Estaba harto. No quiere vivir lo que le resta con vómitos, diarreas y náuseas. Prefiere terminar su novela perfectamente lúcido y con las pocas fuerzas que le quedan. No responde a las llamadas de nadie ni los correos electrónicos. Se despierta y trabaja enloquecido. Sólo se detiene para comer algo, abrazarnos, darnos un beso cariñoso, siempre tirado en la cama... Dice que las fuerzas que le restan (muy pocas), no va a malgastarlas en fruslerías, ni una gota de saliva va a desperdiciar a partir de este momento... Su poco aliento irá sólo a su novela, aquella de la que les habló cuando estuvieron en casa la última vez y había dejado interrumpida largo tiempo.

Estamos tristes, aterradas, muertas en vida. Le he dicho a Vilma que debemos respetar la voluntad de su padre. Dejarlo en paz, acompañarlo, amarlo, pero calladas. Y otra cosa: no quiere decírselo a nadie. Lizardo no sabe que se los estoy contando ahora. Aborrece las simpatías, los consuelos, las llamadas telefónicas, incluso la de ustedes, a quienes considera, ya lo saben, sus mejores amigos, lo mismo que yo. Así que les suplico que no llamen y tampoco le escriban. Yo los mantendré informados de todo, se los prometo.

Los quiero mucho y cuídense en Aix,

Clau

43

Querido Eloy,

Te escribo para darte, antes que a nadie, una extraordinaria noticia.

Cuando nos despedimos en el *stand* de Tusquets en noviembre del año pasado, Haruki me preguntó si éramos amigos, y yo le dije que por supuesto sin pensármelo dos veces. De inmediato me contó que tú le habías dicho que eras corredor de fondo mientras te firmaba el libro y yo le dije que eso no lo sabía, pero sí que eras novelista. Se rió y me pidió que le escribiera en una hojita tu nombre y apellido para no olvidarlos. Sin decirme una palabra (y al volver a Japón), se puso a buscar tus únicos dos libros traducidos al inglés; los leyó de un tirón y le encantaron. No entendía que no estuvieran traducidos a su lengua.

Ahora se los ha recomendado a su editorial aunque la palabra "recomendar" es un eufemismo: todo lo que Murakami sugiere es, al menos en Japón, un decreto imperial… y se cumple a la brevedad. En resumen, que la editorial me ha llamado ayer para pedirme que me ponga en contacto con tu agente, pero pensé que era prudente darte, primero, la noticia.

Te mando un abrazo y seguimos en contacto,

Juan Carlos

p.s. Olvidaba decirte que, a pesar de todo, no te guardo rencor. Al contrario. Fue difícil para mí atar los cabos, pero el tiempo me ha ayudado…

Querido Eugenio,

A reserva de hablar el lunes, y como sigo impactado, en todos los sentidos, con tu libro, te escribo algunas reflexiones a unas cuantas páginas de acabarlo.

Primero, decirte que es una gran novela. De verdad. Lo conseguiste. Más que eso: se trata del mejor libro que he leído en mucho tiempo, aunque también vale la pena decirlo: visto en su conjunto, a la primera parte le falta una exhaustiva revisión. No está ni por mucho a la altura de las siguientes tres. Ya hablaremos luego de este aspecto literario.

No puedo, sin embargo, dejar de seguir obsesionado con la parte en que *La mujer del novelista* se imbrica contigo mismo, con Gloria, con tus amigos y con la realidad que te circunda. No sé muy bien, aún, por qué decidiste escribir este libro así. No sé siquiera si tú lo sabes, o si eres consciente de lo que escribiste, y de que, si Gloria lo lee con suspicacia o mala fe, podría ser la gota que derrame el vaso: el camino hacia una nueva y definitiva separación.

¿Eres consciente del peligro? ¿Te gusta rozarlo? ¿Quieres ver, una vez más, hasta dónde puedes llegar? ¿O sólo te dejas llevar por tu ética novelística sin prever las consecuencias? Esto daría para miles de sesiones psicoanalíticas, y no hace sino reforzar mi añeja idea de que el psicoanálisis es pura literatura, inútil para la vida.

Te voy a adelantar esa lectura (la psicoanalítica). Escribiste un libro sobre tu relación con Gloria estos veinte años y, a la vez, sobre ese *otro mundo posible* con Lourdes, tu amiga y antigua amante, por pura venganza, por rencor. Dirás misa sobre la ficción, pero todos los involucrados lo leerán así... ¿Imaginas lo que significará para Gloria? ¿Descubrir, como ella hará, que has fabulado otra vida *sin ella*, que las has *vivido* y que inevitablemente la anhelas?

El libro es tan bueno justo porque decides no dar una respuesta al amor, y porque tampoco se la das a la vida, o a tu matrimonio. Pero en términos estrictamente de Gloria, esto me parece mucho peor que cualquiera de tus infidelidades previas, o las que narras en el libro: es la infidelidad suprema, *escribir tu otra vida con otra mujer.*

Antes de terminar, pensaba que Gloria no iba a dejarte por este libro. Ahora, te confieso, no estoy tan seguro. Muchas veces has dicho, tramposamente, que nadie calcula las consecuencias de sus actos, pero no es verdad. Decir eso es un escudo cobarde. Has escrito este libro y *necesitas* prever sus consecuencias. Y en este caso concreto has decidido ponerte en el límite extremo de un autor: entre la fidelidad a tu mundo novelístico y la fidelidad a tu mujer, a la que en teoría no quieres dejar ni lastimar. Es una apuesta arriesgadísima.

¿Y si hubieras escrito este libro para *por fin* deshacerte de Gloria?

Otra trampa: el libro se llama *La mujer del novelista*, pero es, como *Los tres mosqueteros*, una pura celada, un ardid, pues no trata de los tres, sino del cuarto. Y este libro es únicamente sobre el novelista, no sobre su(s) mujer(es). Es la historia de un escritor que las sacrifica a todas: a la que tiene al lado y a la que no tiene al lado al amalgamarlas en un solo libro. Lo que pasa es que Lourdes está en otro universo (uno paralelo), mientras que en la realidad vives y cohabitas con Gloria.

Ya te lo dije por teléfono: también es tu libro más egoísta (y ya es decir). Y eso sí lo sabes, lo dices lúcidamente en alguna parte: los otros personajes entran y salen de escena, sólo importas tú. Tampoco es un libro sobre nuestra generación, o sobre tus amigos: el *Clash* y nosotros sólo importamos en la medida en que somos tus testigos.

Es el libro que CORRIGE la injusticia del mundo, el libro en el que TÚ eres el único que importa, y en el que por fin los demás nos convertimos en accesorios. Es el libro en el que sólo hay un triunfador: TÚ MISMO.

No sé si te des cuenta, pero este libro es tu venganza, tu GRAN REVANCHA contra nosotros, tus amigos que, o somos más exitosos que tú (Paco, Genaro, yo) o te han traicionado (Alonso, Josué y por supuesto los tres M's). Es tu manera de darle la vuelta a tus disquisiciones sobre el éxito, a tu aparente (falsa) resignación, a tu supuesta apatía literaria. Es en el fondo una magnífica muestra de PURA SOBERBIA.

¿Sabes? Una de las cosas que más me gustan de tu novela es que por fin has desenmascarado tu discurso "buena onda" de estos últimos diez o doce años. Lo haces, primero, desenmascarando tu aparente resignación frente al éxito literario o tu búsqueda de una "moderada felicidad" aunque justamente digas lo contrario. Con esta novela buscas el éxito literario a como dé lugar (ya te lo dije: deseas enmendarle la plana a la injusta Historia), con este libro muestras tu rabia y tu recelo, y no buscas en absoluto la moderada felicidad, sino el sacudimiento (como cuando eras joven e impetuoso). Me encanta este Eugenio fiero, nada resignado. Hirviente. Y destructor.

Tu libro pone también en evidencia el rencor que le tienes a Gloria (equivalente o mayor, ahora lo veo, al que ella te tiene a ti). No has parado de decir que no quieres dejarla, pero la escritura misma de esta novela dice justo lo contrario, es decir, que tú quieres llevar la situación a un sitio insalvable (o acaso a que los dos decidan quedarse juntos sólo porque cualquier otra opción es peor: un poco como los personajes perversos de *Luna amarga*).

Insisto: no deja de sorprender tu violencia soterrada hacia todos los que te rodean, especialmente hacia Gloria y nosotros. Es un libro que, en su afán por discernir cada sentimiento tuyo hacia tus personajes (tu familia y tus amigos), no duda en destazarlos, en exhibirlos. Y eso lo hace tan apasionante.

Es un libro honestísimo, sí, pero también lo contrario: un libro que usa la honestidad como arma, como hacha, como espada. Y que se regodea en ello.

Todos estos problemas "morales", me temo, hacen que sea un gran libro, tu mejor libro y uno de los mejores que he leído en mucho tiempo. Pero el precio que pagarás, me temo, será caro, muy caro. Y parece que es justo lo que quieres, y que por eso lo has escrito, acaso: para por fin desprenderte de la agobiante sombra de tus amigos y de la aún más agobiante sombra de tu mujer. Sólo ten cuidado, porque se podría cumplir lo que deseas.

Cuando yo publiqué *El barbecho incendiado*, ese librito mío que no te gustó pero que, temo decirte, es la semilla exacta del tuyo, en donde uso tus mismos procedimientos verdad-ficción, me costó dos años de silencio de mi hermana mayor, la decepción de mi madre y el odio indescriptible de mi ex novia francesa. Así fue, y con sólo unos cuantos parrafitos. Imagina, entonces, lo que harán tus largas páginas...

En fin, tampoco quiero asustarte de más. Es el camino moral y artístico que has elegido, llevado a su absoluto extremo. Y te admiro (y temo) por ello.

Es, en resumen, un libro monstruoso: digno de mostrarse, de exhibirse y de devorarse, aunque pueda terminar devorándote a ti y a tu mundo.

Un abrazo,

Jacinto

45

Esta mañana, de vuelta del mercado, me crucé con Monsieur Lastique y otro anciano que al principio no reconocí. Ambos salían de mi casa o de mi calle. Con las bolsas del mandado y el calor de mayo encima, no divisé al amigo de Lastique en un primer momento. Me llamó la atención, sin embargo, que ninguno de los dos me hubiese devuelto el saludo —al menos mi vecino me lo devuelve siempre.

Sólo un minuto más tarde caí en cuenta: el anciano compañero de Lastique no era otro que el padre de Isabelle, el abuelo de Jean Batiste.

Pero ¿cómo no lo reconocí en un primer momento? La razón es sencilla: jamás lo hubiese imaginado saliendo de mi casa o transitando por mi calle. No había que ser perspicaz, pues, para imaginarse lo peor, para saber lo que había pasado durante mi ausencia, lo que Nina Moreau *no* había conseguido detener a pesar de haberlo prometido, lo que probablemente me aguardaba al llegar a casa en escasos segundos, y eso exactamente sucedió…

—¿La amas? —fue lo primero que Lourdes me dijo al abrir la puerta.

Eran las doce en punto: por fin hacía calor en Aix.

Ismael Sánchez y su mujer llegaban por la noche en el TGV directo de Barcelona. Los esperábamos. Por eso las vituallas, los quesos, las aceitunas, los *merguez*, el *tajin* de cordero y chabacanos que iba a preparar para agasajar a mi mejor amigo de la infancia, los vinos de primera y hasta el tequila Herradura que encontré de milagro en una licorería…

—¿De qué hablas?

—Farsante —admonizó—, pensaba que, por fin, estábamos bien… que de veras salíamos del bache. No entiendo qué diablos te pasa.

—Estamos bien —le respondí.

—Estás loco —dijo en un susurro, sin levantar la voz—. ¿La amas?

Qué absurda pregunta, pensé mientras dejaba las bolsas del mercado en el suelo de la cocina… ¿Amar? No tengo idea si la amo, no sé qué significa la pregunta. Lourdes, otra vez, se ha equivocado. Debía haber preguntado: "¿Quieres estar con Isabelle o quieres estar conmigo?" Es todo. Ésa era la pregunta correcta y no si yo amaba a Isabelle… A eso no podía responder porque no sabía la respuesta…

Una cosa sin embargo era verdad: había cumplido mi palabra y no había vuelto a buscar a la madre de Jean Batiste desde que hablé con Nina Moreau, hace dos semanas. ¿Le habría dicho al padre de Isabelle que yo había prometido no buscar a su hija? ¿Lo habría olvidado mi vecina? ¿No habría tenido el tiempo para encontrar al viejo? Imposible. Seguro Nina había hablado en algún momento con el padre de Isabelle… y si era así, ¿por que entonces fue el anciano a buscar a mi mujer y con qué derecho? ¿No había exigido que yo, el extranjero casado, dejara en paz a su hija? ¿Por qué, pues, se metía en mi vida, por qué hurgaba en esta historia que no le incumbía? ¿Por qué no dejaba en paz a su hija? ¿Y a mí…? ¿Y ahora a Lourdes? ¿Por qué habían ido él y Monsieur Lastique a mi casa a hablarle a mi esposa? ¿Sólo para vengarse de mí? Era absurdo… ¿O acaso Isabelle pensó buscarme en estos días y se lo advirtió a su padre, lo amenazó como si se tratase de una chiquilla rebelándose al patriarca? Cualquier cosa podía ser verdad a estas alturas. Estaba en ascuas…

—¿La amas? —volví a escuchar el sonsonete.

—No lo sé —dije.

—¿Me amas?

—No lo sé.

—No lo puedo creer… Después de todos estos años, no lo sabes —lloró Lourdes—. ¿Vas a dejarnos? Dime… ¿Vas a quedarte con ella?

—No.

—¿Por qué no?

—No lo sé.

—Debes saberlo; deberías al menos saber por qué estás conmigo, por qué estás con tus hijos…

—No sé si debería —dije con pasmosa tranquilidad—, pero el hecho es que no lo sé. Ésa es la verdad.

—Estás loco.

—Tal vez, pero tampoco sé si estoy loco…

—No sabes nada. Eres un retrasado mental —farfulló sin dejar de llorar—. Tampoco sabes si la amas a ella o si me amas a mí. ¿Qué sabes entonces?

Lourdes no entendía nada. ¿Cómo hacerle comprender? ¿Cómo transmitirle que no se trata de *eso* en absoluto? ¿Cómo decirle que el amor no existe o si existe nadie lo conoce y si alguien lo conoce nadie lo entiende y que al final tampoco se trata de *eso*? Se trata de mi vida, de su vida, de la vida de mis hijos, de la vida de Isabelle, de la vida de cada uno y cada quien… y de qué se hace o no se hace con la vida, de las decisiones, de lo que se elige o lo que se deja atrás, en el camino… No hay más, a eso se reduce todo… ¿Cómo hacérselo entender? Hay cosas que no se dejan al amor o al desamor, igual que hay cosas que no se dejan al azar… Hay cosas que se eligen, Lourdes. Mi familia, mi esposa, era una de ellas, y éstas nada tienen que ver con su pregunta, nada…

—Si tu pregunta es si voy a dejarlos a ti y a mis hijos —repetí—, la respuesta es no, al menos no por ahora. Si tu pregunta es si voy a volver a ver a la madre de Jean Batiste —preferí no decir su nombre—, la respuesta es no, no voy a verla otra vez. Si la pregunta es por qué lo hago, por qué no voy a volverla ver: no sé, pero no es por ti, no es porque nadie me lo pida, ni por su padre que vino a hablar contigo ni por ella que jamás me lo ha pedido ni por mis hijos…

—Entonces ¿por qué?

—Ya te lo he dicho: no lo sé —respondí resuelto—, sólo sé unas cuantas cosas, muy pocas: que me voy a Carlton contigo, Natalia y Abraham; sé que primero me marcho con los cadetes de Bastion a Madrid porque tenemos muchas deudas que pagar; sé que nadie sabe quién es aunque diga lo contrario; sé que las cosas se hacen porque uno elige hacerlas; sé que quiero terminar mi libro; sé que hoy llegan Ismael y su mujer y que estoy feliz de volver a ver a mi mejor amigo.

46

Y también sé que albergo, a ratos, una fantasía: abandonarte, Lourdes, irme lejos…

47

Y yo abandonar a Eloy y empezar de nuevo, sola…

48

Y yo olvidarme de Eugenio para siempre, dejarlo enloquecer con sus libros, llevarme a Luna, vivir con Iñigo e intentar volver a ser feliz…

49

Y yo matar al cadete Bryan Huerta cuando me lo encuentre este próximo junio en Madrid…

Madrid, julio de 2012 - Aix-en-Provence, mayo de 2013

Agradecimientos

Quiero agradecer la atenta lectura que hicieron del manuscrito a las siguientes personas: Tomás Regalado, Raúl Carrillo-Arciniega, Miguel Ángel Zamora, Jorge Volpi, Ramón Córdoba, Gonzalo Pozo, Mariane Millon, Antonia Kerrigan, Ricardo Pérdigo, Marcela González Durán, Víctor Hurtado, Martín Solares, Annie Morvan, Frédérique Verdeau, Margot Kanán, mi madre, y Raquel y Ricardo Urroz, mis hermanos. Todos ofrecieron sus consejos y objeciones; de una u otra forma, todos ellos contribuyeron a la versión que el lector tiene en sus manos. Sobra decir que sin el apoyo incondicional de mis hijos y mi mujer este libro no hubiese sido posible. Por eso y mucho más, a ella está dedicado.

Índice

Primera parte 11

Segunda parte 133

Tercera parte 273

Cuarta parte 399

Agradecimientos 535

Esta obra se terminó de imprimir en abril del 2014
en los talleres de Impresos Publicitarios y Comerciales S.A. de C.V.
Delfín Mza. 130 Lte. 14 Col. del Mar, Delegación Tláhuac,
C.P. 13270, México, D.F.